셰익스피어(1564~1616) 작자 미상. 17세기. 런던, 포트레이트 갤러리

〈오베론과 티타니아의 화해〉 부분   조셉 노엘 페이튼. 1847. 에든버러, 스코틀랜드 국립미술관

〈안토니오와 클레오파트라의 만남〉 로렌스 알마타데마 경. 1884.

〈클레오파트라의 죽음〉 레지날드 아서. 1892.

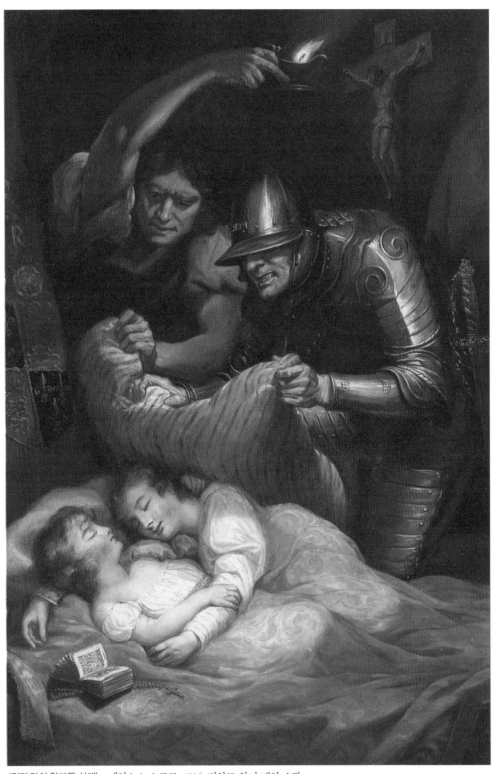

〈런던 탑의 왕자들 살해〉 제임스 노스코트. 1786. 리차드 하너 개인 소장

세계문학전집009
William Shakespeare
A MIDSUMMER NIGHT'S DREAM/THE MERCHANT OF VENICE
THE TAMING OF THE SHREW/ANTONY AND CLEOPATRA
JULIUS CAESAR/THE LIFE AND DEATH OF KING RICHARD III
한여름 밤의 꿈/베니스의 상인
말괄량이 길들이기/안토니우스와 클레오파트라
율리우스 카이사르/리처드 3세
윌리엄 셰익스피어/신상웅 옮김

동서문화사

한여름 밤의 꿈/베니스의 상인/말괄량이 길들이기
차례

A Midsummer Night's Dream

한여름 밤의 꿈

[등장인물]

테세우스 아테네의 공작

히폴리타 아마존족의 여왕, 테세우스의 약혼녀

아이게우스 헤르미아의 아버지

리산드로스 헤르미아를 사랑하는 청년

데메트리우스 헤르미아의 구혼자

필로스트레이트 테세우스의 의전관

헤르미아 아이게우스의 딸, 리산드로스를 사랑함

헬레나 데메트리우스를 사랑함

피터 퀸스 목수

닉 보텀 직조공

프랜시스 플루트 풀무 수선공

톰 스나우트 땜장이

로빈 스타블링 재단사

스너그 가구장이

오베론 요정들의 왕

티타니아 요정들의 여왕

퍽 '로빈 굿펠로'라고도 부르는 장난꾸러기 요정

콩꽃
거미집 ⎫
나방 ⎬ 요정들
겨자씨 ⎭

그 밖의 요정들
테세우스와 히폴리타의 시종들

[장소]

아테네, 그리고 가까운 곳의 숲

한여름 밤의 꿈

아테네. 테세우스 저택의 홀.
테세우스, 히폴리타, 필로스트레이트, 몇몇 시종 등장.

테세우스 아름다운 히폴리타, 우리 결혼식 날이 다가오고 있구려. 나흘만 기쁘게 기다리면 새 달이 뜨오. 하지만 이 그믐달은 왜 이렇게 더디게 기울까! 아, 지루하구먼. 대를 이을 젊은 아들에게 재산을 상속하기 아까워서 질질 끌며 미루는 의붓어머니나 돈 많은 과부처럼, 내 소원을 좀처럼 이루어 주려 하지 않는구려.

히폴리타 나흘쯤은 곧 지나가요. 네 번 해가 어둠 속에 지고, 네 번 밤이 와서 꿈을 꾸면 되는걸요. 그러면 하늘엔 은으로 만든 활 같은 초승달이 떠올라 우리 결혼식 밤을 축하해 줄 거예요.

테세우스 자, 필로스트레이트, 가서 아테네 젊은이들 마음을 들뜨게 해 유쾌한 기분으로 만들어라. 우울한 기분은 초상 때나 어울리니까. 파리한 얼굴들은 우리 혼인식에는 필요 없어. (필로스트레이트 퇴장) 그런데 히폴리타, 난 칼로 당신에게 구애해서 당신에게 상처를 주며 사랑을 얻었소. 그래서 결혼식엔 방법을 바꾸어서, 성대하고 화려한 잔치를 벌여 한껏 흥청거리게 할 생각이오.

아이게우스, 헤르미아, 리산드로스, 데메트리우스 등장.

아이게우스 문안드립니다, 그 이름도 높으신 공작님.
테세우스 오, 아이게우스, 웬일인가?

아이게우스 이렇게 원통한 일이 어디 있겠습니까? 딸아이 헤르미아 때문에 말입니다. 이보게, 데메트리우스, 이리 나오게. 각하, 딸과 약혼한 청년입니다. 자, 리산드로스도 이리 나오게. 그런데 공작님, 이자가 딸아이의 넋을 빼놓았습니다. 리산드로스, 자넨 저 아이에게 사랑 노래를 보내고 사랑의 선물을 주고받았지. 달밤엔 그 아이 창문 밖에서 그럴싸한 소리로 거짓 사랑을 노래했겠다. 그리고 자네 머리카락으로 만든 팔찌나 반지, 장식물, 또는 예쁜 장난감, 꽃다발, 달콤한 과자 따위 등, 아무튼 어린 마음을 녹일 온갖 물건들로 어느새 저 아이 맘속에 자네에 대한 환상을 집어넣고 말았어. 그 간사한 수단으로 그 아이의 마음을 빼앗고, 이 아비에게 순종해야 할 아이를 거친 고집쟁이로 만들어 버렸어. 그러니 너그러우신 공작님, 딸아이가 각하 앞에서 데메트리우스와의 결혼을 순순히 받아들이지 않는다면, 제발 예부터 내려온 아테네의 법률에 따라 조치를 내려주십시오. 딸아이는 부모인 저의 소유이니 제 뜻대로 처분할 수 있도록 맡겨주십시오. 여기 데메트리우스와 결혼을 하든가, 죽음을 택하든가 법을 당장 적용하도록 해주십시오.

테세우스 그래, 넌 어떠냐, 헤르미아? 잘 생각해 보도록 해라. 네 아버진 네게 하느님과 같으시다. 아름다운 너를 만드신 분이 아니냐. 네가 밀랍 인형이라면 아버지는 그걸 만드신 분이니 부수는 것도 간직해 두는 것도 아버지의 마음대로다. 데메트리우스는 훌륭한 신사이다.

헤르미아 리산드로스도 훌륭한 사람이에요.

테세우스 물론 그렇다. 그러나 이 경우엔 네 아버지의 승낙이 없으니, 남편으로서는 데메트리우스가 더 훌륭한 셈이다.

헤르미아 아버지께서도 저와 같은 눈으로 봐주셨으면 좋겠어요.

테세우스 아니, 오히려 네 눈이 네 아버지 같은 분별을 가져야지.

헤르미아 공작님, 저를 용서해 주세요. 무슨 힘이 저를 이토록 대담하게 만드는지 모르겠어요. 그리고 이렇게 공작님 앞에서 제 생각을 이야기하는 것이 너무나 염치없다는 사실도 알고 있어요. 그렇지만 공작님, 오늘 제가 데메트리우스를 거절할 경우에 내려질 최악의 벌이 무엇인지 알고 싶어요.

테세우스 사형을 받든가, 영원히 인간 사회와 등을 지든가 해야 한다. 그러니 헤르미아, 가슴에 손을 얹고 젊음에 물어봐라. 열정에 따져봐라. 아버지의 뜻

연극 〈한여름 밤의 꿈〉 데메트리우스(패트릭 게르텐베르크)와 결혼을 강요받고 있는 헤르미아
(마비 회르비거). 독일 잘츠부르크 공연. 2007.

을 거역하면, 영원히 컴컴한 수녀원에 갇혀서 차디찬 달님을 향해 가냘픈 찬
송가를 울리며 독신녀로 일생을 보내야 할 텐데. 어디 그걸 감당하겠느냐?
그렇게 열정을 누르고 신앙의 길을 걸을 수 있는 것도 참으로 행복한 일이라
하겠지만, 홀로 고독한 축복을 즐기다가 죽어버리는 가시나무보다는 장미꽃
으로 피어서 그 향기를 인간 세상에 전하는 쪽이 훨씬 더 행복한 일이다.

헤르미아 저는 저의 처녀성을 마음에도 없는 남자에게 내던지고 일생을 얽
매이느니보다는 그 가시나무와 같이 살다가 죽겠어요.

테세우스 잘 생각해 봐라. 새 달이 다시 떠오르는 날까지, 그러니까 나와 내
애인이 백년가약을 맺는 날이다만…… 여유를 주겠다. 아무튼 그날이 오면
넌 아버지의 뜻을 어긴 불효죄로 사형을 당하든지, 아니면 아버지 뜻을 받들
어 데메트리우스와 결혼을 하든지, 또는 달의 신 디아나의 제단에서 영원히
독신으로 지낼 맹세를 하든지 결정을 지어야 한다.

데메트리우스 마음을 돌려주오, 헤르미아. 그리고 리산드로스, 자네도 그 부
당한 요구를 철회하고 나의 정당한 권리를 인정해 주게.

리산드로스 여보게 데메트리우스, 자넨 헤르미아 아버지의 총애를 얻었어. 헤르미아의 마음은 내게 맡겨두고, 자넨 그의 아버지하고나 결혼하면 어떨까?

아이게우스 이 고얀 리산드로스! 그렇다, 데메트리우스는 내가 좋아한다. 그리고 내 것은 내가 좋아하는 사람에게 주겠다. 딸은 내 것이다. 그러니 딸에 대한 내 모든 권리는 데메트리우스에게 넘겨줄 테다.

리산드로스 공작님, 가문이나 재산으로 보더라도 저는 조금도 데메트리우스에게 뒤처지지 않습니다. 헤르미아에 대한 사랑은 제가 더합니다. 장래성을 말하자면 어느 모로 보나 제가 더 유리하다곤 못할지라도 데메트리우스와 비슷합니다. 그리고 무엇보다 제가 자랑할 수 있는 것은, 전 아름다운 헤르미아의 사랑을 받고 있다는 사실입니다. 그렇다면 제가 제 권리를 주장하지 못할 까닭은 없지 않습니까? 당사자 앞에서 털어놓고 말하겠습니다만, 데메트리우스는 네다의 딸 헬레나에게 구애를 해서 그녀의 사랑을 얻고 있답니다. 아름다운 헬레나는 이 지독한 바람둥이한테 홀딱 반해서 이런 자를 신처럼 숭배하고 있습니다.

테세우스 나도 그 소문을 벌써 듣고, 데메트리우스와 이야기하려던 참이었으나 일이 너무 바빠서 잊고 있었구나. (일어서면서) 데메트리우스, 그리고 아이게우스, 나와 같이 가주겠나. 자네들에게만 할 이야기가 있으니. 그리고 헤르미아도 아버지 뜻을 받들도록 다시 잘 생각해 봐라. 그렇지 않으면 아테네 법률에 따라서 넌 죽음이 아니면 독신의 맹세를 택해야 하는데, 이건 내 힘으로도 어떻게 할 수 없는 문제다. 함께 갑시다, 히폴리타. 내 사랑, 기운을 내오. 데메트리우스와 아이게우스는 함께 가세. 내 결혼식엔 자네들의 수고를 빌려야 하겠고, 또한 지금 문제에 대해서 의논할 일도 있으니까.

아이게우스 기꺼이 따라가겠습니다. (리산드로스와 헤르미아만 남고 모두 퇴장)

리산드로스 아니, 웬일이오? 당신 낯빛이 파리하군. 장미꽃 같은 당신 얼굴빛이 이렇게 빨리 사그라지다니?

헤르미아 비가 오지 않아서 그렇겠지요. 큰비가 눈언저리까지 와 있지만 꾹 참고 있는 거예요.

리산드로스 아, 이야기책이나 역사책을 읽어봐도 참된 사랑이 순순히 진행된

헤르미아와 리산드로스 존 시몬스. 1870.

일은 없더군. 집안의 차이라든가…….

헤르미아   아, 지독해라! 가문이 너무 높다고 지체 낮은 사람을 사랑하지 못한
다니.

리산드로스   아니면 나이 차이가 크다든가…….

헤르미아   아, 처량해라! 나이가 너무 많다고 젊은이와 맞지 않다니.

리산드로스   아니면 집안사람들 선택에 좌우된다든가…….

헤르미아 아, 끔찍해라. 남의 눈으로 애인을 택하다니.

리산드로스 또는 짝을 만나더라도 전쟁이니 죽음이니 질병이니 하는 훼방꾼이 끼어들어서 사랑은 어느새 사라져 버리더군. 사랑은 소리처럼 순간적이고, 그림자처럼 재빠르거든. 그리고 꿈같이 짧고, 어두운 밤의 번개처럼 순간에 하늘과 땅을 드러내곤, "저봐!" 하고 말할 틈도 주지 않고 다시 암흑의 아가리 속에 묻혀버리거든. 빠르고 빛나는 것이란 그렇게 순식간에 사라지는 법이야.

헤르미아 만약 진실한 연인들이 늘 방해만 받고 마는 것이라면, 우리의 고통스러운 마음에 참을성을 가르쳐 주기로 해요. 걱정과 꿈과 한숨, 희망과 눈물이 사랑에 으레 따라다니는 가엾은 그림자들이라면 어쩔 수 없잖아요.

리산드로스 좋은 생각이오. 헤르미아, 그렇다면 내 의견을 들어봐. 나에겐 혼자 사시는 고모가 한 분 계시는데, 유산은 많고 아이는 없어. 또 나를 외아들같이 위해 주셔. 아테네에서 20마일쯤 떨어진 곳에서 살고 계시는데, 헤르미아, 그곳에서라면 결혼할 수 있을 거야. 아테네의 엄한 법률도 그곳에까지는 미치지 못해. 그러니 정말 나를 사랑한다면, 내일 밤 집을 몰래 빠져나와. 5월절 아침 축제를 보러 갔을 때 헬레나를 만났던 곳에서 기다리고 있을게.

헤르미아 네, 좋아요, 리산드로스. 맹세하겠어요. 큐피드의 가장 강한 활에 걸고, 그의 가장 훌륭한 황금 화살에 걸고, 베누스의 순결한 비둘기에 걸고, 영혼과 영혼을 묶어서 사랑을 기리는 신에게 걸고, 그리고 저 불성실한 트로이 사람 아이게우스가 돛을 달고 떠나는 것을 보고 카르타고의 여왕 디도가 몸을 내던졌다는 불에 걸고, 여자들이 맹세한 것보다 몇 배나 더 많은, 뭇 남자들이 깨뜨린 온갖 맹세에 걸고 맹세하겠어요. 오늘 약속한 장소에서 내일 꼭 만나겠어요.

리산드로스 약속 잊지 마오, 헤르미아. 아, 저기 헬레나가 오는군.

헬레나 등장.

헤르미아 오, 헬레나, 넌 여전히 예쁘구나. 어딜 가니?

헬레나 나보고 예쁘다고? 그 예쁘단 말은 취소해. 데메트리우스는 네 아름다

헤르미아와 헬레나 워싱턴 올스턴. 1818.

움에 넋을 잃었더구나. 아, 행복한 미인! 네 눈은 북극성, 네 혀는 산들바람,
보리가 푸르고 찔레꽃 피는 계절, 목동의 귀를 간질이는 종달새보다 더 상쾌
하구나. 병은 옮는다는데 맵시도 옮는 것이라면, 예쁜 헤르미아, 지금 당장
너의 맵시가 나에게로 옮아온다면. 내 귀를 통해 네 목소리를, 나의 눈은 너
의 눈을, 그리고 나의 혀는 네 혀의 달콤한 곡조를 옮아보았으면. 만약 온 세
계가 내 것이라면 데메트리우스만은 빼놓고 나머지는 다 너에게 주어도 좋

겠다만. 아, 좀 가르쳐 줘, 넌 도대체 어떤 눈길로 그이를 바라보니? 무슨 방법으로 그의 마음을 움직이고 있니?

헤르미아 얼굴을 찡그려도 그는 날 사랑한다는구나.

헬레나 아, 너의 찌푸린 얼굴이 내 웃는 얼굴에 재주를 가르쳐 주어 그의 마음을 움직일 수 있으면 좋겠어.

헤르미아 내가 막 욕을 해도 그는 나를 사랑한다는구나.

헬레나 아, 나의 기도가 그만한 힘을 가지고 있다면!

헤르미아 내가 미워할수록 그는 더 쫓아다니는구나.

헬레나 그인 내가 사랑할수록 나를 싫어한단다.

헤르미아 하지만 헬레나, 그의 바보짓은 나의 잘못 때문은 아니잖아.

헬레나 그게 바로 너의 아름다움 때문이야. 아, 나도 너처럼 되어봤으면!

헤르미아 안심해. 그는 다신 나를 만날 수 없을 테니. 리산드로스와 난 이곳에서 달아나기로 했어. 리산드로스를 알기 전엔 낙원처럼 보이던 아테네였지만. 아, 무슨 마력을 가졌을까? 리산드로스는 천국을 지옥으로 바꾸어 놓았어!

리산드로스 헬레나, 당신한테 우리 계획을 털어놓겠소. 내일 밤 달의 여신이 은빛 얼굴을 거울 같은 물결 위에 비추고 풀잎에 진주 이슬을 내릴 때─도망치는 연인들의 발소리도 들리지 않는 바로 그때─우리는 아테네 성문을 탈출하기로 했소.

헤르미아 그리고 헬레나, 가끔 너와 함께 가냘픈 앵초 꽃밭에 누워 서로 즐거운 마음속 비밀을 이야기하던 바로 그 숲에서 나는 리산드로스와 만날 거야. 그러고 나서 아테네를 등지고 새로운 친구를 찾아 낯선 곳으로 떠나기로 했어. 잘 있어, 정든 내 친구. 우리를 위해서 기도해 주겠지? 네게도 행운이 찾아와서 데메트리우스와 짝이 되기를! 그럼 리산드로스, 약속 꼭 지켜요. 만나고 싶은 마음은 내일 자정까지 참아요.

리산드로스 참아야지, 헤르미아. (헤르미아 퇴장) 그럼 헬레나도 잘 가오. 당신처럼 데메트리우스도 당신을 사랑하기를 빌겠소! (퇴장)

헬레나 사람에 따라 행복이 이렇게도 차이가 있을까! 아테네 시내에서 나도 그 애만큼은 예쁘다는 소리를 듣는데. 하지만 그게 무슨 소용이란 말이니?

데메트리우스는 그렇게 생각해 주질 않는걸. 누구나 아는 사실을 그이만 몰라주니. 그이가 헤르미아 눈에 끌려서 넋을 잃었듯이, 난 그이의 장점에만 감탄하고 있어. 야비하고 비천한 것도 사랑에 빠진 사람이 보면 훌륭한 모양을 갖게 되거든. 사랑은 눈으로 보지 않고 마음으로 보는 거야. 그러기에 날개를 가진 큐피드는 장님으로 그려지는 거겠지. 그뿐인가, 사랑의 마음은 조금도 분별심이 없어. 날개와 장님, 이거야말로 물불도 모르는 성미를 나타낸 거지. 그래서 사랑의 신을 어린애라고들 하잖아. 그러기에 늘 엉뚱한 짓만 하는 거지. 흔히 장난꾸러기들이 일부러 맹세를 안 지키듯이, 사랑의 신 큐피드도 곳곳에서 거짓말만 하거든. 데메트리우스도 헤르미아의 눈을 보기 전까지는 자기 애인은 오직 나뿐이라고 맹세를 우박처럼 퍼부었으나, 헤르미아에게 열정을 느끼더니 우박 같은 맹세도 그만 녹아버렸지. 이제 가서 그이에게 헤르미아가 도망간다는 이야기를 해줘야겠군. 그러면 그이는 내일 밤 숲까지 그 애를 쫓아갈 거야. 그걸 알려주고 고맙다는 인사를 받아도 나에게는 고통스러운 일이야. 하지만 오가며 그이를 볼 수 있는 것만으로도 나에겐 위안이 되니까. (퇴장)

〔제1막 제2장〕

아테네. 퀸스의 집.
퀸스, 보텀, 스너그, 플루트, 스나우트, 스타블링 등장.

퀸스 다들 모였나?

보텀 명단대로 한 사람 한 사람씩 이름을 불러보는 게 가장 좋을 거야.

퀸스 이 명단은 공작 부부의 결혼식 날 밤 성안에서 할 우리의 연극에 한몫 낄 수 있을 만한 자들의 이름을, 아테네 시내를 샅샅이 뒤져서 적은 거야.

보텀 그런데 피터 퀸스, 먼저 그 연극 내용을 말해 주게나. 그다음에 배역을 발표하고 그리고 나서 본론에 들어가야지.

퀸스 참 그렇군, 우리 연극은 슬프디 슬픈 희극 피라모스와 티스베의 참혹한 죽음을 다룬 것이네.

보텀 그거 아주 좋은 연극이군. 그리고 즐겁고. 그런데 피터 퀸스, 그 명단의 배우들 이름을 부르게. 자, 너르게 앉아라.

퀸스 그럼 부를 테니 대답하게. 직조공 닉 보텀.

보텀 오, 다음 이름을 부르기 전에 내 역할을 말해 주게.

퀸스 닉 보텀, 자넨 피라모스 역할이네.

보텀 피라모스라니? 연인인가, 폭군인가?

퀸스 연인인데, 사랑 때문에 용감하게 자살을 하네.

보텀 잘만 하면 사람들 눈물깨나 짜내겠군. 내가 연기할 때 관객더러 눈 조심하라고 해. 억수 같은 눈물을 쏟게 해서 비탄에 젖게 할 테니까. 계속해……하지만 난 폭군 역할이 가장 맞아. 글쎄 내가 헤라클레스 역할을 하면 기가막힐 텐데. 큰 소리로 호통을 치는 역할도 잘하지. 관중이 물 끓듯이 열광할거야.

　　바위가 노하여
　　그 진동이 울려퍼지고
　　감옥의 문은 드디어
　　그 빗장이 부서졌다.
　　태양의 신이 탄 수레
　　저 멀리서 빛나면,
　　어리석은 운명의 여신들은
　　여지없이 스러지는도다.

아주 그럴싸하지 않은가. 다음 배역들을 부르게. 지금 건 역시 헤라클레스 장사의 기질, 폭군의 기질이란 말이야. 연인 역할이라면 좀더 차분한 태도를 취해야겠지.

퀸스 풀무 수선공, 프랜시스 플루트.

플루트 여기 있네. 피터 퀸스.

퀸스 플루트, 자넨 티스베 역할이네.

오베론과 티타니아의 결혼식 존 앤스터 피츠제럴드

플루트 티스베? 떠돌이 기사 말인가?

퀸스 그건 아가씬데, 피라모스의 연인일세.

플루트 제기, 난 여자 역할은 안 되겠어. 수염이 나고 있거든.

퀸스 괜찮아, 탈을 쓰고 하니까. 될 수 있는 대로 작은 목소리로만 하게나.

보텀 탈을 쓰고 한다면 티스베 역할도 내가 맡겠네. 들어봐, 이렇게 아주 작
     은 소리로 말할 테니. "아 피라모스, 나의 그리운 사람! 나는 당신의 티스베,

당신의 소중하고 소중한 티스베예요."

퀸스   그만, 그만! 자넨 피라미스 역할이야. 플루트, 자네가 티스베 역할이고.

보텀   할 수 없지. 계속해.

퀸스   재단사, 로빈 스타블링.

스타블링   오, 여기 있네.

퀸스   로빈 스타블링, 자넨 티스베의 어머니 역할이야. 땜장이, 톰 스나우트.

스나우트   오, 피터 퀸스.

퀸스   자넨 피라모스의 아버지 역할이네. 난 티스베의 아버지 역할이고. 가구
장이 스너그, 자넨 사자(lion) 역할이네. 자, 이제 역할 배정이 끝났네.

스너그   사자 역할의 대사는 써놓았나? 써놓았다면 이리 주게. 난 머리가 둔
해서.

퀸스   즉석에서 할 수 있어. 으르렁대기만 하면 되니까.

보텀   사자 역할도 내가 하겠네. 내가 으르렁대 주지. 그걸 들으면 다들 속이
후련해질 거야. 내가 으르렁대면 공작님은 "한 번 더 으르렁대라, 한 번 더"
하고 말씀하실 거야.

퀸스   너무 사납게 으르렁대면 공작부인과 귀부인들이 놀라서 소릴 지를 거야.
그렇게 되는 날엔 우리 모두 교수형감이네.

모두   그렇고말고, 우린 모두 교수형감이지.

보텀   물론이지. 귀부인들이 너무 놀라서 정신을 잃는 날엔, 그저 우린 교수형
에 처해지는 수밖에는 도리가 없지. 하지만 난 속삭이는 듯한 큰 소리로 새
끼 비둘기같이 조용히 으르렁거릴 테야. 소쩍새처럼 으르렁대 줄 테야.

퀸스   자넨, 피라모스 역할밖에 할 수 없네. 피라모스는 반할 만큼 멋있는 사
내란 말이야. 흔히 볼 수 있는 사람이 아니라 대단한 멋쟁이 신사라고. 그러
니 피라모스 역할은 반드시 자네가 맡아줘야겠어.

보텀   그럼 맡기로 하지. 그런데 수염은 무슨 빛깔로 하는 게 좋을까?

퀸스   그건 자네 맘대로 하게나.

보텀   밀짚 색, 아니 황갈색, 아니면 자주색으로 할까? 아니, 아주 노란 프랑스
금화 빛깔로 할까?

퀸스   프랑스 사람 머리는 매독 때문에 대머리라네. 그러니 자네도 수염 없이

2막 1장, 요정의 왕 오베론과 여왕 티타니아의 말다툼   프랜시스 댄비. 1832.

하게나. 그런데 여보게들, 이건 각자 하게 될 대사네. 자네들에게 청하고 바라고 부탁하네만 내일 밤까지 다들 외워주게나. 그리고 시내에서 1마일쯤 떨어진 숲속에 공작님의 저택이 있네. 달빛이 비치니 그곳에서 만나 연습하기로 하세. 시내에서 만나면 사람들이 모여들고 우리 계획이 탄로 나니까. 그때까지 난 연극에 필요한 도구 목록을 만들어 놓겠어. 그럼 잘들 부탁하네.

보텀   알았네. 그곳에서라면 맘대로 실컷 연습할 수 있지. 수고들 하게. 확실하게 해보자고. 잘들 가게.

퀸스   공작님 저택 참나무 아래에서 만나자고.

보텀   알았어. 비가 오건 화살이 쏟아지건 꼭 가겠네. (모두 퇴장)

〔제2막 제1장〕

아테네 근처에 있는 숲.

양옆으로부터 퍽과 요정 등장.

퍽   아니, 요정이네! 너, 어딜 돌아다니냐?

요정   언덕 넘고 골짜기 넘어, 덤불 뚫고 찔레 뚫고, 마당 넘어 울타리 넘어, 물을 헤치고 불을 지나서, 달님보다 더 빨리 어디에나 돌아다니지. 요정 여왕님의 분부를 받아, 풀밭 둘레에 이슬을 뿌리지. 키가 큰 노란 앵초는 여왕님의 시동이며, 그 황금 외투에는 여왕님의 선물인 향기 그윽한 루비가 번쩍번쩍하지. 이제 난 이슬을 찾으러 가야겠어. 앵초 꽃잎 끝에 모두 진주같이 달아 주게. 얼간아, 잘 있어. 난 가볼게. 우리 여왕님과 요정들이 곧 이리로 오실 거야.

퍽   오베론 임금님이 오늘 밤 이곳에서 잔치를 하신단다. 네 여왕님은 얼씬대시지 않는 게 좋을 거다. 오베론 임금님은 지독할 만큼 성미가 급한 분이거든. 글쎄 여왕님의 시동들 가운데 인도 왕한테서 훔쳐온 소년이 있잖니. 그렇게 귀여운 아이는 여왕님도 처음 보셨대. 그런데 오베론 임금님은 샘이 나서 그 아이를 빼앗아 숲속을 다니실 때 시동 우두머리로 삼으려고 하셨지. 하지만 여왕님은 그 귀여운 아이를 놔주질 않고 화환을 만들어서 씌워 주는 등, 이만저만 예뻐하시는 게 아니거든. 그래서 임금님과 여왕님은 숲에서나 들에서나 맑은 샘가에서나 반짝이는 별들 아래서나, 만났다 하면 싸우시거든. 그래서 시중드는 요정들 모두가 겁을 먹고 도토리 껍데기 속으로 기어들어가서 숨어버린다는 거야.

요정   내가 잘못 보지 않았다면, 너는 장난꾸러기 요정 로빈 굿펠로로구나. 마을 처녀들을 놀라게 하는 건 너지? 그리고 아낙네들이 숨을 죽이며 버터를 만들고 있는 것을 망쳐 놓거나 우유에 뜬 크림을 슬쩍 건져내어 놀라게 하고, 또는 맥주에 거품이 일지 않게 하거나, 밤길 가는 손님을 헤매게 하여 골탕 먹이며 깔깔 웃는 놈이 바로 너지? 그러면서도 너를 말썽쟁이 요정이니 귀여운 퍽이니 하고 불러주는 사람들에게는 힘이 되어, 제법 행복을 갖다주고 있는 놈이 바로 너 맞지?

퍽   그렇다, 난 밤의 즐거운 방랑자다. 오베론 임금님에게도 어릿광대 노릇을 한다. 또 암말로 둔갑하여 힝힝 울어서 콩을 먹고 살진 수말을 속여주면, 그걸 보고 임금님은 빙그레 웃으신단다. 어떤 때는 구운 사과로 둔갑하여 할망구들의 맥주잔에 숨어 있다가, 마시는 걸 기다려서 입술을 툭 차주고 그 쭈글쭈글한 목에 술을 쏟아붓는단 말이야. 아니면 영리한 아주머니가 슬픈 이야기를 하려고 가끔 나를 세 발 의자로 잘못 알고 걸터앉으려는 순간, 슬쩍 피하면 아주머니는 쿵 하고 나가떨어지면서 "아이코" 소릴 치고 쿨룩쿨룩 기침을 하지. 이걸 보고 할망구들은 모두 볼기짝을 치며 깔깔대고, 하도 우스워서 눈물을 흘리며 이렇게 신나본 적은 처음이라고들 떠들어. 그런데 자릴 비켜라. 저기 오베론 임금님이 오신다.

요정 여왕님도 오시는군. 오베론 임금님은 가주셨으면 좋겠다!

한쪽에서 오베론이 하인들을 데리고, 다른 한쪽에서 티타니아가 하인들을 데리고 등장.

오베론 달밤에 재수 없이 만났군. 거만한 티타니아 같으니.

티타니아 아니, 질투쟁이 오베론이군요! 요정들아, 서둘러 가자. 난 이이의 잠자리에는 물론이고 곁에도 안 가기로 맹세했으니.

오베론 거기 서 있어, 이 뻔뻔한 뺄때추니. 나는 당신 남편이 아닌가?

티타니아 당신이 내 남편이라면 난 당신의 아내여야 하게요. 하지만 나도 다 알고 있어요. 당신은 요정 나라에서 몰래 빠져나와서 목동 코린의 모습으로 종일 풀피리를 불고 연가를 노래하며, 시골 처녀 필리다를 유혹하려고 했겠지요. 저 머나먼 인도의 산중에서 이곳으로 돌아온 이유를 나도 다 알고 있어요. 당신이 좋아하는 저 거만한 여장부 아마존 계집과 테세우스 공작의 결혼식에서 주례를 서고, 두 사람의 신방에 기쁨과 행복을 가져다주기 위해서 아닌가요?

오베론 당신은 부끄럽지도 않나? 나와 히폴리타의 관계를 그렇게 제멋대로 짐작하다니. 당신과 테세우스의 관계를 나도 빤히 알고 있어. 당신도 그걸 모르지는 않을 텐데. 그자가 폭력까지 써서 아내로 삼은 페리지니아를 버린 것도, 별이 반짝이는 밤 당신이 그자를 꼬여냈기 때문이잖아. 그뿐인가, 공작으로 하여금 어여쁜 아이글레에게 한 맹세를 깨뜨리게 한 것도, 아리아드네와 안티오파의 맹세를 깨뜨리게 한 것도 당신이 아닌가?

티타니아 그건 모두 질투에서 나온 터무니없는 말씀. 초여름에 접어들면서부터 언덕에서, 계곡에서, 숲에서, 목장에서, 바닥에 돌이 깔린 샘 곁에서, 왕골

이 자란 시냇가에서, 또는 바닷가 모래밭에서, 산들 부는 바람에 맞추어 손을 맞잡고 춤을 추려고 하면, 당신이 꼭 나타나서 시비를 걸고 흥을 깨뜨리곤 했어요. 그러니 불어도 보람 없음을 안 바람은 그 원한 때문에 바다에서 독기 찬 안개를 뿜어다가 뭍에 쏟아놓았는지, 하찮은 강까지 흘러넘치고 땅은 온통 물바다가 됐지요. 그래서 소가 쟁기를 끈 것도 헛일이 되고, 파릇파릇한 곡식은 새 이삭도 나기 전에 썩어버렸지요. 물이 든 들판에는 가축 우리가 텅 비어 있고, 죽은 가축떼에 까마귀들만 배가 불러요. 사람들이 놀거나 경기를 하던 곳도 진흙에 덮이고, 무성한 풀밭에 만들어 놓은 교묘한 미로놀이 길도 걷는 사람이 없어 이제는 알아볼 수가 없어요. 겨울을 맞는 사람들은 기쁨이 없고, 찬미나 노래가 울리는 밤도 없어요. 그래서 밀물 썰물을 지배하는 달님은 노기에 얼굴이 파리해지고 대기를 적시니, 덕분에 류머티즘 환자만 늘어요. 그리고 계절이 뒤죽박죽이 되었어요. 백발 같은 서리가 갓 피어난 진홍색 장미꽃 위에 내리는가 하면, 동장군의 차디찬 대머리 위에 비웃는 듯이 향기로운 여름날의 몽우리가 화환같이 장식되는군요. 봄, 여름, 열매 맺는 가을, 성난 겨울이 저마다 옷을 바꿔 입으니 세상은 어리둥절하고, 그때그때의 자연 현상만 봐서는 어느 계절인지를 모를 수밖에요. 그런데 이런 나쁜 결과는 바로 우리의 다툼과 불화 때문이지요. 우리가 그것들의 어버이이며 근원이에요.

오베론　그럼 당신이 고치구려. 당신에게는 그것을 바로잡을 수 있는 힘이 있어. 그런데 티타니아는 왜 남편인 오베론과 말다툼을 하는 거지? 나는 다만 그 소년을 내 시동으로 달라는 것뿐인데.

티타니아　그것은 단념해요. 그 아이는 요정 나라 전부와도 바꿀 수 없으니까요. 그 애 어머니는 나를 맹목적으로 믿었어요. 저 인도의 향기로운 밤에 내 곁에 앉아 때때로 세상 이야길 했지요. 낮에는 바닷가 노란 모래밭에 같이 앉아서 항해하는 상선들을 헤아리고, 돛이 부질없는 바람을 받아 아이 밴 배같이 팽팽해 있는 모습에 함께 깔깔대며 웃었지요. 그때 그 애 어머니는 그 아이를 잉태하고 있었지만, 돛단 상선을 흉내 내어 그 뒤를 쫓아 헤엄치듯이 예쁜 걸음걸이로 바닷가를 쏘다니며, 가지가지 물건을 주워다 주었어요. 항해에서 돌아온 상선이 상품을 잔뜩 싣고 오듯이 말이에요. 하지만 보통 사람이다 보니 아이를 낳다가 죽었지요. 그 애 어머니를 봐서라도 난 헤어질 수 없어요.

오베론　이 숲에 언제까지 있을 생각이지?

티타니아　글쎄요, 테세우스 공작의 결혼식이 끝날 때까지 있겠어요. 혹시 꾹 참고 우리와 춤을 추고 달밤의 향연을 보려거든, 함께 가요. 그럴 마음이 없거든, 아무 데로나 가버려요. 나도 방해하지는 않을 테니까요.

오베론　그 아이를 내놔. 내놓으면 따라갈게.

티타니아　당신의 요정 왕국을 모두 준대도 싫어요. 요정들아, 가자! 더 있다간 싸움이 나겠다. (요정들을 데리고 퇴장)

오베론　좋다, 가라. 하지만 이 숲에선 나가지 못한다. 내가 가만히 둘까 보냐. 다정한 퍽, 이리 와. 너 기억하지? 언젠가 내가 곶(串)에 앉아 있을 때 인어가 돌고래 등에서 노래하는 걸 들었던 일을. 어찌나 산뜻하고 고운 노래였던지 거센 바다도 잔잔해지고, 하늘의 별들도 그 가락을 들으려고 미친듯이 내리비췄지.

퍽　예, 기억합니다.

오베론　그때 얼핏 보니, 넌 몰라봤지만 큐피드는 차디찬 달과 이 지구 사이를 날며 활을 겨누었지. 그 목표는 서쪽 옥좌에 앉아 있는 베스타[1]의 여사제, 저 아름다운 처녀였다. 그때 그 화살은 수천 수만의 마음을 뚫을 것 같았지만 큐피드의 불타는 화살도 물같이 차고 맑은 달빛에는 그만 식어버리고, 처녀는 경건한 생각에 잠긴 채 사랑의 번민도 없이 그냥 지나가더군. 그때 난 이 큐피드의 화살이 떨어진 곳을 눈여겨봐 두었다. 서쪽에 작은 화초가 있는데, 여지껏 젖처럼 하얗던 것이 사랑의 화살에 상처를 받고 바로 보랏빛으로 변해 버렸어. 처녀들은 그 화초를 삼색제비꽃이라 하더군. 그 꽃을 꺾어 오너라. 이 화초를 언젠가 네게 보여준 일이 있었을 것이다. 그 즙을 짜서 자는 사람의 눈에 발라놓으면 남자든 여자든 사랑하는 마음으로 미칠 듯이 불타, 잠을 깨면 처음 보는 상대에게 완전히 반해 버린다. 그 화초를 꺾어 얼른 돌아오너라. 고래가 3마일을 헤엄치는 시간보다 더 빨리 말이다.

---

1) 로마 신화에 나오는 불의 여신. 그리스 신화의 헤스티아에 해당한다.

퍽   지구 한 바퀴쯤은 40분 안에 돌 수 있습니다. (퇴장)

오베론   그 즙만 손에 들어오면, 티타니아가 자는 틈을 지키고 있다가 그걸 눈에 발라놓을 테다. 그래서 그녀가 눈을 뜨면 사자든, 곰이든, 늑대든, 여우든, 장난이 심한 원숭이든 처음 보는 것한테 사랑에 빠져서 미친 듯이 쫓아다니게 되겠지. 그리고 다른 약초를 써서 그 힘을 눈에서 풀어주기 전에 그 시동 아이를 나한테 보내게 해야지. 그런데 누가 오나 보군. 사람들 눈에 난 보이지 않으니 좀 엿들어야겠다.

데메트리우스 등장. 그 뒤를 쫓아 헬레나 등장.

데메트리우스   당신을 사랑하지 않으니 쫓아오지 마. 리산드로스와 아름다운 헤르미아는 어디 있을까? 그 녀석을 죽이고 싶은데 그 여자는 나를 죽이는군. 두 사람이 여기로 도망왔다고 해서 이곳까지 쫓아왔지만, 이런 숲속에서 헤르미아는 보이지도 않고, 난 미칠 것만 같구나. 그만 쫓아오고, 돌아가라니까!

헬레나   당신이 날 끌어당겨요. 당신은 차디찬 심장을 가진 자석이에요! 그래도 그 자석은 감히 칼을 빼진 못하는군요. 내 심장은 강철같이 진실하니까요. 그 자석으로 날 끌어당기지 마요. 그럼 나도 당신을 그만 쫓을게요.

데메트리우스   내가 당신을 유혹하기라도 하나? 말이라도 곱게 했다고? 아니, 도리어 사랑하지도 않고 사랑할 수도 없다고 분명히 말하잖아!

헬레나   그래서 나는 당신이 좋아지는걸요. 데메트리우스, 나는 당신의 충직한 개 스패니얼이에요. 스패니얼은 때리면 때릴수록 더욱 꼬리를 흔들며 달라붙거든요. 날 당신의 스패니얼처럼 생각하고 차든가, 때리든가, 모르는 척하든가, 잊든가 마음대로 해요. 보잘것없는 몸이지만 당신의 사랑을 더 이상 바라지 않을 테니, 당신의 개가 되어도 괜찮으니까 당신 곁에만 있게 해줘요.

데메트리우스   내 영혼마저 당신을 싫어하게 하는 말은 삼가줘. 정말이지 당신만 봐도 구역질이 난다니까.

헬레나   나는 당신 얼굴을 보지 못하면 구역질이 나는걸요.

데메트리우스   당신은 처녀다운 수줍음이 너무도 없어. 이렇게 시내를 떠나서

오베론과 인어 조셉 노엘 페이튼

사랑하지도 않는 남자의 꽁무니를 쫓아다니다니. 더구나 한밤중에 오가는
사람도 없는 곳에서 누군가가 당신에게 나쁜 마음을 먹는다면 당신은 험한
꼴을 겪을 수밖에 없어.

헬레나 당신은 훌륭한 사람이니 그 점은 안심이에요. 당신의 얼굴만 보면 밤
이 아니니까요. 그래서 나는 지금이 밤이라곤 생각지 않아요. 그리고 이 숲
은 한적한 곳이 아니에요. 나로선 당신이 온 세계니까요. 그러니까 내가 혼자
있다고는 할 수 없어요. 온 세계가 나를 바라보고 있잖아요.

데메트리우스 그럼 나는 도망쳐서 덤불 속에 숨어버릴 테야. 그리고 당신이
들짐승들 밥이 되든 말든 그냥 내버려 두겠어.

헬레나 아무리 사나운 맹수라도 당신처럼 가혹하지는 않아요. 언제든지 달아나요. 그러면 이야긴 거꾸로 되죠. 아폴론은 달아나고, 오히려 다프네²⁾가 쫓게 되겠군요. 비둘기가 괴물 그리핀을 쫓고, 순한 암사슴이 호랑이를 잡으려고 마구 쫓아가게 되겠군요. 하지만 마구 쫓아가 봤자 헛수고지요. 약한 놈이 쫓고 강한 놈이 달아나니까요!

데메트리우스 당신 이야기를 듣자고 오래 머물진 않겠어. 나 혼자 갈 거야. 굳이 쫓아오겠다면 할 수 없지만 안심은 하지 마. 숲속에서 무슨 변을 당할지 모르니까.

헬레나 사실 당신은 성당에서나, 시내에서나, 들에서나 내게 모욕만 주고 있어요. 너무해요, 데메트리우스! 당신의 행동은 여성을 모욕하는 것이에요. 남자들은 그럴 수 있지만 여자들은 사랑 때문에 싸우지 않아요. 여자는 구애를 받아야 하지, 구애를 할 수는 없으니까요. (데메트리우스 퇴장) 그래도 당신을 따라가겠어요. 사랑하는 사람의 손에 죽을 수만 있다면, 이 지옥 같은 고통도 천국의 기쁨으로 바뀔 거예요. (퇴장)

오베론 잘 가, 아가씨. 행운을 빈다. 저 사내가 이 숲을 나가기 전에, 네가 달아나는 쪽이 되고 상대가 사랑을 애걸하는 쪽이 되게 해놓을 테다.

퍽 다시 등장.

오베론 그 꽃은 가져왔느냐? 반갑군, 방랑자.

퍽 예, 여기 있습니다.

오베론 그걸 이리 다오. 그런데 저기 둑에 백리향이 흐드러졌고, 앵초도 자라고, 제비꽃은 바람에 살랑거린다. 그 위에는 향기로운 인동덩굴과 사향장미, 들장미 등이 천장처럼 뒤덮고 있다. 티타니아는 밤이면 곧잘 그곳에 가서 꽃밭에 누워 즐거운 춤에 취하여 잠이 든다. 그리고 뱀은 에나멜 껍질을 벗어서 요정들한테 꼭 알맞은 옷을 남겨놓지. 그때 난 이 꽃의 즙을 그 여자 눈에 발라놓을 거야. 그러면 그 여자 마음속이 끔찍한 환상에 가득 차게 되겠

---

2) 큐피드의 화살을 맞고 그녀를 사랑하게 된 아폴론의 구애를 물리치고 도망쳐 월계수로 변한 요정.

지. 너도 이 즙을 좀 가지고 가서 숲속을 샅샅이 뒤져라. 아테네의 어떤 아름다운 처녀가 사랑에 빠졌는데, 상대 청년은 거절하고 있다. 그 젊은이 눈에 이 즙을 발라라. 그러나 그가 눈을 뜨고 처음 보는 것이 그 처녀가 되도록 해야 한다. 그는 아테네 사람 옷을 입고 있으니, 바로 알아낼 수 있을 게다. 조심해서 여자보다 그가 상대를 더 사랑하게 만들어라. 그리고 첫닭이 울기 전에 돌아와야 한다.

퍽 걱정 마세요. 그렇게 하겠습니다. (모두 퇴장)

〔제2막 제2장〕

숲속의 다른 곳.
티타니아, 요정들을 거느리고 등장.

티타니아 자, 이번엔 동그랗게 원을 그리고 춤을 추면서 요정 노래를 해. 그리고 그 노래가 끝나면, 20초쯤이면 될 테니까 누가 가서 사향장미 봉오리에 있는 벌레를 죽여. 몇몇은 박쥐와 싸워서 그 날개를 가져와. 작은 요정들 외투를 만들어 줘야겠으니. 또 몇몇은 밤마다 울어대서 귀여운 요정을 놀라게 하는 올빼미를 쫓아내. 자, 이제 한숨 자겠으니 노래를 불러줘. 그러고 나서 저마다 맡은 일을 하러 가. 나는 좀 쉬어야겠으니.

요정 1 (노래한다)

　　혓바닥이 갈라진 얼룩 뱀아,
　　가시 돋친 고슴도치야, 나오지 마라.
　　도롱뇽과 도마뱀도 나오지 말고,
　　우리 여왕님 곁에 얼씬대지 마라.

요정들 (노래한다)
　　밤꾀꼬리야, 아름다운 소리로
　　달콤한 자장가를 불러다오.

자장자장 잘 자오,
자장자장 잘 자오.
어떤 해로움도
주술도 요술도
우리 여왕님 곁에는 오지 마라.
자장자장 잘 자오.

요정 1 (노래한다)

거미들아, 이곳에 줄을 치지 말아라.
저리 가라, 다리 긴 왕거미들아!
새까만 딱정벌레도 오지 마라,
벌레도 달팽이도 장난치지 말아라.

요정들 (노래한다)

밤꾀꼬리야, 아름다운 소리로
달콤한 자장가를 불러다오.
자장자장 잘 자오,
자장자장 잘 자오.
어떤 해로움도
주술도 요술도
우리 여왕님 곁에는 오지 마라.
자장자장 잘 자오. (티타니아, 잠이 든다)

요정 2 좋아, 가자! 모두 잘됐다. 누구 하나는 보초를 서라. (요정들 퇴장)

오베론 등장.

〈잠자는 티타니아〉 프랭크 카도간 쿠퍼. 1928.

오베론 (티타니아 눈에 꽃즙을 떨어뜨리며) 잠을 깨서 뭘 보든, 그것이 당신의 진짜 애인이 되어 사랑의 고민을 맛보라고. 그것이 살쾡이든, 고양이든, 곰이든, 아니면 표범이나 뻣뻣한 털투성이 멧돼지든, 당신이 잠을 깨어 처음 눈에 보이는 것이 당신 애인이다. 제발 무슨 흉악한 것이 곁에 있을 때 잠을 깨려무나. (퇴장)

리산드로스와 헤르미아 등장.

리산드로스 이봐 헤르미아, 숲속을 헤매다가 지친 모양이군. 사실 나도 길을 모르겠어. 좀 쉬어 갑시다. 괜찮지? 날이 밝으면 나아질 테니 그때까지 기다리자고.

헤르미아 네, 그렇게 해요. 어디 누울 곳을 찾아봐요. 나는 둑을 베개 삼아 눕겠어요.

리산드로스 잔디 위에 함께 눕자. 마음도 하나, 자리도 하나, 가슴은 두 개라도 진실은 하나야.

헤르미아 안 돼요, 리산드로스. 제발 저만치 떨어져서 누워요. 이렇게 가까이는 싫어요.

리산드로스 아, 내 순진한 마음을 오해하지 마. 연인끼리는 설명이 필요 없잖아. 내 마음이 당신과 맺어져 있으니까 우리는 한마음 한뜻이란 말이야. 그리고 이 두 가슴은 하나의 맹세로 맺어져 있으니까, 두 개의 가슴이라도 하나의 진실이란 말이지. 그러니 당신 곁에 누워도 괜찮잖아. 곁에 누워도 허튼짓은 하지 않을 테니까.

헤르미아 리산드로스의 말솜씨가 참 좋네요. 내 입에서 당신이 그런 허튼짓을 할 것이라는 말이 나온다면 나야말로 천한 나쁜 여자가 되지요! 하지만 제발 사랑과 예의를 지켜 점잖게 저만치 가서 누워요. 결혼 전의 순결한 남녀에게 적당한 거리로 가서 누워요. 이제 됐어요. 잘 자요. 당신의 삶이 끝날 때까지 그 사랑이 변하지 않길 바라요!

리산드로스 아멘, 그 희망에 나도 진심으로 화답하겠어. 내 마음이 변하는 날엔 난 벼락을 맞아도 좋아! 나는 여기에 누울게. 잘 자!

헤르미아 그 소원의 절반은 당신에게 깃들기를! (두 사람 다 잠이 든다)

퍽 등장.

퍽 숲속을 샅샅이 뒤져보았지만 아테네 사람은 찾을 수가 없군. 눈에 발라서 사랑이 솟아나는지, 이 꽃의 힘을 시험해 봐야 할 텐데. 고요한 밤중인데 누가 여기 누웠지? 입은 옷을 보니 아테네 사람이구나. 바로 이자다. 오베론 임금님이 말씀하신 젊은이인데, 어떤 아테네 처녀를 아주 싫어한다지. 그 처녀도 이 눅눅하고 더러운 땅 위에 곤히 잠들어 있군. 가여워라! 이 무정하고 무례한 놈 곁에 눕지도 못하고. (리산드로스 눈꺼풀에 꽃즙을 바른다) 요 녀석, 네 눈에 신비한 효력을 가진 약을 잔뜩 발라놓았으니, 눈을 뜨거든 사랑에 미쳐서 영원히 잠들지 못하게 할 것이다. 나는 물러갈 테니 너는 잠을 깨라. 이제 나는 오베론 임금님께 가봐야지. (퇴장)

데메트리우스와 헬레나, 뛰어들어온다.

헬레나 기다려 줘요, 데메트리우스. 나를 죽이고 싶다면 죽여도 좋으니 제발 기다려 줘요.

데메트리우스 저리 가라니까 그래. 이렇게 귀찮게 쫓아다니지 마.

헬레나 아, 날 어둠 속에 내버려 둘 생각인가요? 그러진 말아요.

데메트리우스 따라오기만 해봐. 혼을 내줄 테니까! 나는 혼자 갈 테야. (퇴장)

헬레나 오, 바보같이 쫓고 있다가 나는 숨도 못 쉬겠어. 기도를 하면 할수록 효험은 줄어드네. 지금 어디 있는지는 몰라도 헤르미아는 행복하겠지. 다 타고난 예쁜 눈 덕분이지. 그 애 눈은 어쩌면 그리도 빛날까? 짜릿한 눈물 때문은 아니겠지. 만일 눈물 때문이라면, 내 눈이 훨씬 더 자주 눈물에 씻겼는걸. 아냐, 아냐, 난 곰처럼 못생겼어. 짐승들도 나를 보면 질겁하고 달아나잖아. 그러니 데메트리우스도 나만 보면 괴물이라도 만난 것처럼 달아나지. 그건 조금도 이상한 게 아냐. 망할 놈의 거짓말쟁이 거울 같으니, 어쩌라고 헤르미아의 별 같은 눈과 내 눈을 비교할까? 그런데 저게 누굴까? 리산드로스 군! 저렇게 땅바닥에? 죽었을까? 잠을 자고 있을까? 피나 상처는 보이지 않는군. 이봐요, 리산드로스, 살아 있다면 일어나요.

리산드로스 (잠을 깨면서) 오, 당신을 위해서라면 불에라도 뛰어들겠소. 햇빛같이 아름다운 헬레나, 자연의 불가사의랄까, 그 가슴을 통해 당신의 마음이 환히 비쳐 보이오. 데메트리우스는 어디 갔소? 그 더러운 녀석, 내 칼에 죽어야 마땅해!

헬레나 그러지 말아요, 리산드로스. 그런 말을 하면 안 돼요. 그이가 당신의 헤르미아를 사랑하는 게 뭐 어때요? 나쁠 건 없잖아요? 헤르미아는 당신만을 사랑하고 있으니, 만족할 수 있잖아요.

리산드로스 헤르미아에 만족할 수 있다고요? 천만에. 그 여자와 함께 보낸 기나긴 시간이 후회돼요. 내가 사랑하는 여자는 헤르미아가 아니라 헬레나요. 누가 까마귀를 비둘기와 바꾸지 않겠소? 남자의 욕망은 분별심에 좌우되는 건데, 내 분별심은 당신이 더 훌륭하다고 말하고 있소. 과일과 채소는 때가 되어야만 익는 법이오. 내가 그랬소. 젊기 때문에 이제까지 분별력이 다

익지를 못했던 것이오. 그러나 이제는 지혜의 높이에도 키가 닿도록 분별력이 욕망을 지배하여 이렇게 당신 눈에 들게 된 것이오. 당신 눈이야말로 향기로운 사랑의 이야기들이 담긴 책이고, 나는 거기에서 가지가지 사랑이야기를 읽어내는 것이오.

헬레나 대체 무슨 악운을 타고났기에 내가 이렇게 조롱당해야 하는 거죠? 당신마저 이렇게 조롱하다니, 내가 무슨 짓을 했단 말이에요? 나는 이제까지 한 번도 데메트리우스의 고운 눈길을 받아보지 못했어요. 나는 그만한 가치도 없는 여자예요. 그것도 모자라서, 당신마저 이 못난이를 비웃나요? 정말 너무해요! 그렇게 야비하게 구애를 하다니! 이제 그만 가겠어요. 나는 당신이 점잖은 사람인 줄 알았어요. 아, 한 남자한테는 거절당하고, 이 때문에 다른 남자한테는 조롱당하는 한 여자의 신세여! (퇴장)

리산드로스 헬레나는 헤르미아를 미처 못 봤나 보군. 그럼 헤르미아, 거기서 자고 내 곁에는 영영 오지 마! 맛있는 음식일수록 너무 많이 먹으면 위장에 지독한 염증을 가져오고, 사이비 종교에서 깨어난 사람들은 속아온 것만큼 무럭무럭 증오심이 일어나는 법. 마찬가지로 이 여자가 나의 맛있는 음식이자 사이비 종교였지. 헤르미아, 이제 모두에게 미움 좀 받아봐. 특히 나한테. 자, 앞으로는 애정과 온 힘을 다해 헬레나를 숭배하고 그녀의 기사(騎士)가 돼야겠다. (퇴장)

헤르미아 (잠을 깨면서) 사람 살려요, 리산드로스, 사람 살려요! 뱀이 가슴 위를, 얼른 떼어줘요! 아이, 무서워. 이게 무슨 꿈일까? 리산드로스, 나 좀 봐요. 이렇게 떨려요. 글쎄 뱀이 내 심장을 삼키려고 하는데 당신은 앉아서 웃고만 있고, 삼키라고 내버려 두는 줄만 알았어요. 리산드로스! 어디 갔을까? 리산드로스! 안 들리나? 아, 어디 있어요? 들리거든 대답해 봐요. 제발 대답해 봐요. 아무래도 이 근처엔 없는 것 같아. 그렇다면 그이를 찾아봐야지. 혹 그이를 찾으러 다니다가 죽임을 당한다 할지라도. (퇴장)

숲속.

티타니아가 잠들어 있다. 퀸스, 스너그, 보텀, 플루트, 스나우트, 스타블링 등장.

보텀 다들 모였나?

퀸스 됐어, 연습하기엔 완벽한 곳이야. 이 잔디밭을 무대로 하고, 이 산사나무 덤불은 탈의실로 하세. 그리고 공작님이 보신다 생각하고 연기해 보자.

보텀 피터 퀸스!

퀸스 왜 그래, 개구쟁이 보텀?

보텀 글쎄, 이 피라모스와 티스베의 희극엔 좀 언짢은 대목이 있네. 첫째, 피라모스가 칼을 뽑아 자살하는 대목 말인데, 귀부인들에겐 질색일 거야. 자넨 어찌 생각하나?

스나우트 그건 그럴 거네. 다들 놀라 자빠질 거야!

스타블링 그렇다면 자살 장면은 없애버리는 게 어떻겠어?

보텀 아냐, 그럴 건 없어. 좋은 생각이 있네. 서사(序詞)를 붙이면 어떻겠는가? 칼을 쓰긴 하지만 상처는 내지 않을 것이며, 피라모스도 정말로 죽는 건 아니라고, 서사에서 미리 말해 두잔 말일세. 더 확실히 안심시키자면, 이 사람은 피라모스 역할이지만 사실은 피라모스가 아니라 직조공 보텀이라고 대놓고 말하자는 걸세. 그렇게 해두면 아무도 무서워하지 않을 거야.

퀸스 그럼 서사를 붙여볼까? 운(韻)은 팔육조(八六調)로 하지.

보텀 아냐, 둘을 더 붙여서 팔팔조(八八調)로 하세.

스나우트 그런데 귀부인들이 사자를 무서워하지 않을까?

스타블링 그게 정말 걱정이군.

보텀 여보게들, 이건 좀 신중히 생각해 볼 문제네. 귀부인들 앞에 함부로 사자를 끌어내는 건 위험천만한 일이거든. 살아 있는 사자보다 더 무서운 짐승이 어디 있느냐 말이야. 이건 삼가야겠는걸.

스타블링 그럼 해설을 하나 더 붙여서, 이건 진짜 사자가 아니라고 털어놓지.

보텀 아냐, 그보다도 사자 역할을 맡은 배우가 제 이름을 공개하고, 사자 모가지에서 얼굴을 반쯤 내놓고 말하는 건 어때? 이렇게 말이야. "숙녀 여러분들", 또는 "아름다운 숙녀 여러분들, 부탁입니다만 부디", 아니면 "간청입니다만 제발 놀라지 마십시오. 떨지는 마십시오. 이것이야말로 제 일생의 소원입니다! 제가 한 마리의 사자로서 여기에 등장한 것같이 여러분들이 생각하신다면, 정말 제 일생의 유감입니다. 저는 절대로 그런 짐승은 아닙니다. 절대로 그런 짐승이 아니고, 다른 사람들과 똑같은 사람입니다." 그러고는 이름을 대버리게. 아니, 털어놓고 소목장이 스너그라고 말해 버리게.

퀸스   그러는 게 좋겠군. 그런데 두 가지 난처한 일이 있네. 그게 뭐냐 하면, 커다란 홀 안으로 달님을 어떻게 가져오느냐가 문제란 말이야. 알다시피 피라모스와 티스베는 달밤에 만나거든.

스나우트   우리가 연극하는 날 밤에 달은 있나?

보팀   글쎄, 달력을 보면 되겠지. 달력을 보게, 달님이 있나!

퀸스   (달력을 꺼내 뒤적이며) 음, 그날 밤 달이 있군.

보팀   그럼 문제없어. 창문을 열어놓고 연극을 하면 달빛이 창문으로 비쳐들 것 아닌가.

퀸스   그래도 좋지. 아니면 누가 가시나무 다발과 각등을 들고 들어와서 이렇게 말하면 되네. 자기가 달님 역할을 하는 거라고. 그런데 또 한 가지 문제가 있어. 홀 안에 돌담이 있어야 해. 이야기 줄거리를 볼 것 같으면, 피라모스와 티스베는 돌담 틈으로 말을 하거든.

스나우트   돌담을 가져올 수야 없지. 자네 의견은 어떤가, 보팀?

보팀   그거야 누가 돌담 역할을 맡아야 하지 않겠는가. 그리고 그자에게 회반죽이든지 진흙이든지 초벽이든지 들고 들어오게 하세. 그가 돌담이라는 사실을 다들 알게 말이야. 그러고는 손가락을 이렇게 벌리고, 그 사이로 피라모스와 티스베가 소곤대도록 하게 해야지.

퀸스   그렇게 약속해 두면 아무 문제 없네. (연극 대본을 꺼내 펴면서) 자, 다들 앉아서 저마다의 역할을 연습하게. 피라모스, 자네부터 시작하게. 자네의 대사를 다 말하고 나면, 저기 덤불 속으로 물러가게. 그리고 그 뒤부터는 각자 자기 대사를 놓치지 말 것.

퍽이 도토리나무 뒤에서 등장.

퍽 (혼잣말로) 아니, 이 망나니 같은 것들이 뭘 이렇게 떠들고 있나. 우리 요정 여왕님이 주무시는 곳 가까이서? 연극을 하나봐? 좀 구경해야지. 경우에 따라선 나도 한몫 끼어봐도 좋고.

퀸스 피라모스, 시작해. 티스베도 나오고.

보텀 "아, 티스베여, 감미롭고 불쾌한 향기 지닌 꽃이여……."

퀸스 (대본을 들여다보면서) 그윽한, 그윽한.

보텀 "감미롭고 그윽한 꽃이여, 그와 같이 향기로운 당신의 입김, 아, 그리운 티스베. 아, 사람 소리가! 여기서 잠깐 기다려 주오. 곧 돌아오리다." (덤불 속으로 퇴장)

퍽 (혼잣말로) 이런 괴상한 피라모스는 처음 봤는데. (퇴장)

플루트 이제 내 차롄가?

퀸스 응, 자네 차례야. 피라모스는 무슨 소리가 들려서 보러 갔을 뿐이고 곧 돌아올 테니까.

플루트 "가장 빛나는 피라모스 님, 백합 같은 살결에 활짝 핀 장미 같은 얼굴빛, 늠름하신 그 젊은 모습, 더구나 다시없이 사랑스러운 유대인, 지칠 줄 모르는 말(馬)과 같이 충실하신 분. 피라모스 님, 니니[3]의 무덤에서 기다리겠어요."

퀸스 여보게, "니누스의 무덤"이네! 원, 그건 아직 말해선 안 돼. 그 대목은 피라모스에게 대답하는 대사니까. 자넨 다음 대사까지 모조리 단번에 말해 버렸군. 피라모스 등장이네. 자, 다시 시작하게. "지칠 줄 모르는"부터.

플루트 그렇군! "지칠 줄 모르는 말과 같이 충실하신 분."

보텀 등장, 머리가 당나귀 머리로 변해 있다. 그 뒤에 퍽이 따라 들어온다.

보텀 "오, 티스베여, 내가 그만한 미남이라면, 나는 오직 당신의 것."

---

3) 아시리아의 전설적인 왕 니누스의 무덤이, 이야기 배경이 되는 비빌론 근처에 있다. 니누스를 잘못 읽은 니니(ninny)는 '바보' '멍청이'란 뜻이다.

퀸스 아이고, 괴물 봐라! 아이고 큰일났다! 귀신이 나왔구나. 아이고, 달아나자, 달아나세! 어서 빨리! (다들 덤불 속으로 달아나고 보텀만 남아 있다)

퍽 자, 따라가 보자. 저자들을 끌고 늪으로, 덤불 속으로, 숲속으로, 가시밭으로 다녀보자. 나는 때와 장소에 따라 맘대로 될 수 있다. 말도 돼보고, 개도 돼보고, 머리 없는 곰도 돼보고, 불도 돼보자. 그리고 말같이 울어도 보고, 개같이 짖어도 보고, 돼지같이 꿀꿀거려도 보고, 곰같이 으르렁대도 보고, 불같이 타오르기도 해보자. (퇴장)

보텀 왜 모두들 달아나 버릴까. 아마 나를 곯려줄 생각을 한 모양이지. 그럴 셈으로 장난을 꾸민 모양이구나.

스나우트 다시 등장.

스나우트 아이고 보텀, 변했네그래! 그게 웬 꼴인가?

보텀 웬 꼴이냐고? 자네처럼 당나귀 대가리 꼴이라도 됐단 말인가? (스나우트 퇴장)

퀸스 다시 등장.

퀸스 아이고 여보게, 보텀! 여보게! 자네, 변했네그려. (퇴장)

보텀 저것들의 장난을 누가 모를까 봐. 날 당나귀 취급하고, 가능하면 날 겁나게 해줄 심보겠지. 하지만 무슨 수작이고 해봐라. 난 이곳에서 끄떡하지 않을 테다. 자, 이 근처를 왔다 갔다 하면서 노래나 부르며 내가 조금도 무서워하지 않는다는 걸 저 작자들에게 알려주겠어. (콧노래를 부르며 이따금 당나귀 소리를 낸다)

> 검은색 털빛의 검은 노래지빠귀
> 부리는 주황빛을 띤 황갈색이라네.
> 개똥지빠귀는 맑고 깨끗한 목소리로,
> 굴뚝새는 가는 목소리로 짹짹거리네.

연극 〈한여름 밤의 꿈〉 이안 갈라나 감독, 캐스린 엘리자베스 켈리(티타니아 역)· 그레고리 버제스(보텀 역) 출연. 체서피크 셰익스피어 컴퍼니, 볼티모어 공연(2014).

티타니아 (잠을 깨며) 저건 천사의 소릴까, 꽃밭에서 나의 잠을 깨우는 것이?

보텀 (노래한다)

되새, 참새, 종달새,
잿빛 뻐꾸기의 노래는 단순하고 소박하네.
그 노래를 많은 사람들이 들으면서
감히 "아니다"라고 답을 하지 못하네.

원, 그따위 바보 같은 뻐꾸기하고 시비를 할 사람이 있나? 그놈의 뻐꾸기가 "미친 듯이" 울어봤자 곧이들을 남편이 어디 있겠느냐 말이다.

티타니아 부디 상냥한 이여, 한 번 더 노래해 주세요. 내 귀는 당신 목소리의 포로가 되어버렸어요. 내 눈은 당신 모습에 이미 빠져버렸어요. 당신의 아름다움에 이끌려 더는 참을 수 없어요. 첫눈에 당신을 사랑한다고 맹세할 수밖에요.

보텀 글쎄요, 그 말은 좀 이성을 잃은 표현이 아닐까요. 사실 요사이 이성과 사랑은 그리 친하지 않더군요. 유감스럽게도 그 둘을 친구로 맺어줄 만한 선량한 이웃 사람도 없고요. 하긴 나도 때에 따라선 농담쯤은 할 수 있답니다.

티타니아 당신은 아름다우면서도 지혜로우시네요.

보텀 그렇지도 못합니다. 하지만 이 숲에서 달아날 재간만 있다면, 나로선 충분하겠습니다.

티타니아 이 숲에서 달아나신다는 생각은 아예 하지 마세요. 당신이 원하든 원하지 않든 이곳을 떠나시면 안 됩니다. 나는 보통 요정이 아니에요. 어딜 가나 내 주위엔 여름이 따라다녀요. 그리고 내가 당신을 사랑하잖아요? 그러니 언제나 나와 함께 계세요. 요정들에게 시중들게 할게요. 그리고 그것들에게 깊은 바다에 가서 보배를 가져오라고 할게요. 또 꽃밭에서 주무실 때는 노래를 부르게 할게요. 그리고 결국엔 죽는 천한 인간의 본성을 말끔히 씻어내고 당신을 죽지 않는 요정처럼 어디로든 갈 수 있게 해줄게요. 애, 콩꽃아, 거미집아, 나방아, 겨자씨야!

요정 넷 등장.

콩꽃 예!

거미집 예!

나방 예!

겨자씨 예!

모두 어디로 갈까요?

티타니아 너희들, 이 어른을 공손히 잘 모셔야 한다. 이 어른이 외출하실 땐 앞에 가서 뛰고 즐거운 춤을 추어 눈요기가 되시도록 해라. 살구, 검은 딸기, 자줏빛 포도, 푸른 무화과 오디 같은 것을 드시게 해라. 그리고 땅벌 집에 가서 꿀집을 훔쳐 오너라. 침실 촛불은 밀랍이 잔뜩 붙은 땅벌 넓적다리가 좋을 게다. 그걸 번뜩이는 개똥벌레 눈에서 불을 켜서 이 어른 침실에 갖다 놓고, 그리고 주무실 때는 눈에 비쳐드는 달빛을 오색나비 날개로 몰아내 드려라. 자 요정들아, 머리를 숙이고 인사를 드려.

콩꽃 안녕하세요, 사람님!

거미집 안녕하세요!

나방 안녕하세요!

겨자씨 안녕하세요!

보텀 여러분들, 고맙네. 그런데 실례지만 이름은?

거미집 거미집입니다.

보텀 우리 좀더 가깝게 지내보세. 거미집 씨, 요다음 내가 손가락에 상처를 입으면 신세를 좀 져야겠어. 그런데 자네 이름은?

콩꽃 콩꽃입니다.

보텀 아, 그럼, 어머니 콩꼬투리 부인과 아버지 콩꼬투리 어른께 안부를 여쭙게. 이봐 콩꽃 씨, 앞으로 우리 친하게 지내보세. 그리고 자네 이름은?

겨자씨 겨자씨입니다.

보텀 아, 겨자씨 선생. 참을성이 무던한 그대를 잘 아네. 저 덩치가 큰 겁쟁이 같은 황소란 놈이 그대 집안 어른들을 모조리 삼켜버렸지. 하기야 그대 친척 때문에 나는 이제까지 많은 눈물을 흘렸지만 앞으로 우리 좀더 친히 지내보자고, 겨자씨.

티타니아 자, 어서들 이 어른의 일을 돌봐 드려. 그리고 내 정자에 안내해 드려. 어쩐지 달님이 눈물을 머금으신 것 같구나. 달님이 우시면 온갖 잔꽃들도 운단다. 아마 어디서 숫처녀의 몸이 더럽혀지고 있는 것을 슬퍼하시는가 보다. 자, 이 소중한 이를 조용히 모셔가. 아무 말도 시키지 말고. (모두 퇴장)

〔제3막 제2장〕

숲속의 다른 곳.
오베론 등장.

오베론 지금쯤 티타니아는 잠을 깼을까? 깼다면 처음 눈에 보인 것에 홀딱 반해 있을 테지.

퍽 등장.

오베론　내 전령이 오는구나. 야, 망나니 요정이냐? 대체 어찌 된 일이냐? 이 숲속에 인간이 나타나 밤새도록 북새를 떨고 있는 모양인데, 이게 대체 어떻게 된 일이냐?

퍽　여왕님이 괴물과 사랑에 빠지셨습니다. 여왕님이 성스러운 비밀 정자에서 노곤하게 졸고 계시는데, 마침 아테네 장바닥에서 날품팔이나 하는 어중이떠중이 직공들이 테세우스 공작의 결혼식을 축하할 셈으로 연극을 연습하려고 모여 있었습니다. 그런데 그 바보들 중에도 가장 둔한 녀석이 피라모스역할을 맡았는데, 마침 연극 진행상 일단 덤불 속에 들어와 숨었습니다. 저는 이 기회를 놓칠세라 그자의 머리에 당나귀 머리빡을 씌웠습니다. 이윽고 연인 티스베와 대화를 주고받아야 할 때 이 어릿광대 녀석이 나타났습니다. 이때 동료들이 이자를 보자, 살금살금 접근해 온 포수를 본 들오리 떼나, 총소리에 놀라서 날아올라 까옥거리며 미친 듯이 하늘을 나는 까마귀 떼처럼 기겁을 하고 달아나는데, 이곳저곳 그루터기에 걸려 넘어지는 놈도 있고, “살인이야!” 외치며 도와달라고 아테네에 대고 소리 지르는 놈도 있었습니다. 본디 멍청한 녀석들인 데다가 공포에 넋이 나갔기 때문에, 무심한 초목까지 그자들한테 장난을 하기 시작했습니다. 찔레며 가시가 옷을 잡아채더니 어떤 것은 소매를, 어떤 것은 모자를, 이렇게들 멍청한 무리한테서 홀딱 껍데기를 벗기는 형편이었습니다. 저는 공포로 넋이 나간 녀석들을 적당히 몰아버리고, 몰골이 변한 피라모스 녀석만 혼자 남겨놓았습니다. 그런데 그때 마침 티타니아 여왕님이 눈을 뜨고 바로 당나귀 녀석한테 흠뻑 빠지셨지요.

오베론　계획보다 더 성공이구나. 그건 그렇고, 내가 말한 대로 아테네 청년 눈꺼풀에 사랑의 즙을 발라놓았겠지?

퍽　마침 그자가 잠을 자고 있기에 말씀대로 해놨습니다. 그리고 아테네 처녀도 그 옆에서 잠을 자고 있었으니까, 남자가 잠을 깨면 반드시 그 처녀를 보게 될 겁니다.

연극 〈한여름 밤의 꿈〉 션 패트릭 드 저지(오베론 역)의 연기. 스트랫퍼드 로열셰익스피어 극단 공연. 2008.

데메트리우스와 헤르미아 등장.

오베론 이리 바싹 다가서라. 내가 말한 아테네 청년이다.

퍽 여자는 그 여자지만 남자는 다른데요.

데메트리우스 오, 당신을 이처럼 사랑하는 사람을 왜 비난하오? 그렇게 독한 말은 밉살스러운 원수에게나 해요.

헤르미아 오늘은 단지 입으로만 욕을 하지만, 이보다 더 하게 될는지도 몰라요. 글쎄, 당신은 나한테 저주받을 만한 짓을 했잖아요. 잠자고 있는 리산드로스를 당신이 죽였지요. 어차피 시작한 일이니 내친김에 피 속에 철썩 뛰어들어가서 나까지 죽여버려요. 해님이 낮에게 아무리 충실해도 나에 대한 그이의 정만큼은 못해요. 그런 사람이 잠든 이 헤르미아를 두고 살그머니 달아날 리가 있겠어요? 그걸 믿을 바엔 차라리 단단한 대지에 구멍이 뚫려서 달님이 그 구멍을 통해 지구 저쪽으로 튀어나오고, 낮을 지배하는 그곳의 오라버니 해님을 노하게 한다는 이야기를 믿겠어요. 틀림없이 당신이 그이를 죽였을 거예요. 당신 얼굴을 보니 살인자의 얼굴빛이에요. 무섭게 험상스러운 저 얼굴빛.

데메트리우스 죽임을 당한 사람의 얼굴빛이 그럴 거요. 내 얼굴빛도 그럴 거요. 당신의 냉혹한 처사에 마음을 난도질당한 나니까 말이오. 하지만 그렇게 사람을 죽인 당신의 얼굴빛은 저 하늘에 떠 있는 샛별처럼 맑게 빛나는구려.

헤르미아 그게 리산드로스와 무슨 관계가 있어요? 그이는 어디 있어요? 아, 데메트리우스, 그이를 내게 돌려줘요.

데메트리우스 그러느니 차라리 그 녀석 시체를 개에게 던져주겠소.

헤르미아 오, 개 같은, 짐승 같은 사람! 당신이 나로 하여금 처녀다운 예의까지 잃게 만든 거예요. 역시 당신이 그이를 죽였군요. 아, 나를 위해서 한 번만 더 진실을 말해 봐요, 네! 낮에는 그의 얼굴을 똑바로 볼 수 없으니까 잠든 사람을 죽였나요? 참으로 용감하시군요! 뱀이나 독사도 무색할 지경이군요. 그래요, 그이를 죽인 건 독사예요. 당신이라는 독사예요. 어떤 독사라도 거짓말하는 당신의 혀보다는 지독하지 않을 거예요.

데메트리우스 얼토당토않게 괜히 화를 내는군요. 난 리산드로스의 피를 흘리지 않았소. 아니, 내가 아는 한은 그는 죽지 않았소.

헤르미아 그렇다면 그가 무사하다고 말해 봐요.

데메트리우스 그렇게 말한다면, 그 대가로 뭘 주겠소?

헤르미아 다시는 날 보지 않을 특권을 줄게요. 그리고 밉살스러운 당신 앞에서 떠나겠어요. 이제 내 앞에 나타나지 말아요. 그이가 죽었든 살았든. (퇴장)

데메트리우스 저렇게 화가 나서 서슬이 퍼런 여자를 따라가 봤자 소용없겠지. 그렇다면 여기에 이대로 잠깐 있자. 슬픔의 무거운 짐이 갈수록 더 가슴을 짓누르는구나. 잠은 부족한 데다가 슬픔의 짐을 옮겨주는 사람도 없으니 말이다. 이제 누워서 잠이나 청해 보면, 조금은 메워지겠지. (눕는다)

오베론 (퍽에게) 이게 웬일이냐? 이건 큰 실수다. 넌 진짜 애인 눈꺼풀에 사랑의 즙을 발랐었구나. 네 실수로 불성실한 애인을 진실하게 돌리기는커녕, 진실한 애인까지 들뜨게 돼버렸구나.

퍽 이제는 운명의 여신에게 맡겨야죠. 이렇게 되면 진실을 지키는 자는 오직 한 명뿐이고, 백만 명은 맹세를 깨뜨리는 거짓말쟁이입니다.

새벽부터 도망가는 퍽 데이비드 스콧. 1837.

오베론　어서 바람보다 더 빨리 숲속을 뒤져서 헬레나라는 아테네 처녀를 찾
　아내라. 상사병에 걸리다시피 되어 얼굴은 파리하고, 사랑의 탄식에 소중한
　젊은 피까지 말리고 있다. 무슨 환상이라도 보여서 그 여잘 이리 데려오너라.
　그 여자가 올 때까지 난 이 청년의 눈에 마법을 걸어놓겠다.

퍽　갑니다, 가요. 알았습니다. 타타르인의 화살보다 더 빨리 다녀오겠습니다.
　(퇴장)

오베론　(잠든 데메트리우스를 들여다보며) 자, 큐피드 화살에 맞은 보랏빛 꽃의 즙
　이다. 자, 이 사람의 눈동자 속에 들어가라! 깨어나서 보면 눈에 비치는 여자
　의 얼굴은 하늘의 샛별같이 찬란하게 빛나리라! 눈을 뜰 때 여자가 옆에 있
　으면, 사랑의 갈증을 애걸하게 되리라.

　퍽 다시 등장.

퍽　우리 요정 나라의 대장님, 지금 헬레나가 오는 중입니다. 제가 실수를 한
　청년도 함께 오면서 애인의 권리를 애걸하는 중입니다. 그들의 바보 같은 어

릿광대짓을 구경이나 하실까요? 아, 인간들은 참으로 멍청해요!

오베론 물러서 있어. 그것들의 부산한 소리에 데메트리우스가 잠을 깨겠다.

퍽 그러면 두 사람이 동시에 한 여자에게 애걸하게 되겠네요. 그것만으로도 재미가 넘칠 거예요. 일이 뒤죽박죽되는 게 가장 보기 좋거든요.

리산드로스와 헬레나 등장.

리산드로스 어째서 조롱 삼아 애걸한다고 생각하오? 경멸과 비웃음으로는 눈물을 못 흘리는 법입니다. 자, 봐요. 난 맹세를 하면서 눈물을 흘리잖소. 이렇게 나오는 맹세엔 진실만이 있는 법이오. 이것이 어떻게 당신 눈엔 조롱으로 보이오? 한마디 한마디에 진실의 낙인이 찍혀 있는데.

헬레나 조롱하는 솜씨가 여간 아니시군요. 하나의 진실이 다른 진실을 죽인다면, 그야말로 마귀같이 성스러운 싸움이군요! 그런 맹세는 헤르미아의 것이에요. 그런데 그 사람을 버린단 말이에요? 평형 저울 양쪽 접시에 다 같이 맹세를 올려놓고 달아본다면 가지런히 되겠지만, 그건 거짓말과 같이 가벼울 뿐이에요.

리산드로스 그 여자에게 맹세를 했을 땐 난 분별력이 없었소.

헬레나 그 맹세를 깨려고 하는 걸 보니 지금도 분별력이 없군요.

리산드로스 그 여자는 데메트리우스가 사랑하고 있소. 그리고 그 사람은 당신을 사랑하지 않소.

데메트리우스 (눈을 뜬다) 오 헬레나, 여신, 거룩하고 완전무결한 님프여! 아, 당신 눈을 무엇에 비교할까? 수정도 너무 흐려. 오, 무르익은 그 입술, 달콤한 두 개의 앵두같이 점점 더 사람 마음을 홀리는군! 저 토로스 산꼭대기에서 불어오는 샛바람에 얼어붙은 흰 눈도, 당신이 손을 들어 보이자마자 까마귀 빛깔이 되어버려. 오, 숭고할 만큼 하얀 당신 손에 행복의 표시로 키스를 하게 해줘!

헬레나 아! 아, 망측해라! 당신들 둘이 공모해서 날 놀림감으로 삼는군요! 체면을 아는 사람들이라면, 이렇게까지 나를 바보 대하듯 하지는 않을 거예요. 미워하다 모자라서 둘이 한통속이 되어서는 나를 조롱해야 속이 시원해지겠어요? 나도 다 알아요. 당신들이 겉모습처럼 진짜 남자라면, 순진한 여자를 이렇게 대하진 않을 거예요. 당신들은 분명히 진심으로 날 미워하고 있으면서, 사랑의 맹세니 선서니 하면서 나를 한껏 치켜세우는군요. 당신들은 서로 연애의 경쟁자며 헤르미아의 사랑을 얻고자 경쟁하고 있으면서도, 이제는 이 헬레나를 두고 조롱하는 경쟁을 하는군요. 참 장하고 대장부다운 일입니다. 실컷 놀려서 이 가엾은 처녀의 눈에 눈물을 짜내놓다니! 점잖은 사람들이라면, 도저히 이렇게 하지는 않을 거예요. 이렇게 처녀를 놀려먹고, 끝내 약한 마음의 분통을 터뜨려 놓다니, 그것도 순전히 당신들 심심풀이로 말이에요.

리산드로스 데메트리우스, 모질게 굴지 말게. 자넨 헤르미아를 사랑하고 있잖나. 그걸 내가 알고 있다는 것을 자네도 알잖나. 그러니 여기서 난 진심으로 기꺼이 헤르미아에 대한 사랑을 자네에게 양보하겠네. 대신 자네는 헬레나에 대한 사랑을 내게 양보하게. 난 헬레나를 사랑하고 있을 뿐만 아니라 죽는 날까지 사랑하겠네.

헬레나 멀쩡한 사람 바보 만드는 것도 정도껏 하라고요.

데메트리우스 여보게 리산드로스, 헤르미아는 자네가 맡게, 내겐 필요없으니까. 예전엔 사랑했지만 이젠 그 사랑도 다 사라졌어. 그 여자에 대한 내 마음은 잠시 들러가는 길손밖에 안 되고 이제는 헬레나라는 고향에 돌아왔으니 거기에 머물 생각이네.

리산드로스 헬레나, 저건 거짓말이오.

데메트리우스 알지도 못하면서 남의 진심을 함부로 모욕하지 마라. 그러다간 혼날 테니. 보게, 자네 애인이 저기 오네. 저 여자가 자네 애인일세.

헤르미아 등장.

헤르미아 캄캄한 밤이 눈에서 보는 능력을 빼앗아 가니 귀만 더욱더 예민해지는군. 사물을 보는 감각이 둔해져서, 소리를 듣는 감각이 곱절로 되는 모양이구나. 아, 리산드로스, 이 눈이 당신을 찾아낸 것이 아니라 고맙게도 당신 목소리를 들은 이 귀가 나를 이리로 오게 한 것이에요. 하지만 왜 나를 혼자 두고 가버렸어요?

리산드로스 (등을 돌리면서) 사랑이 떠나라고 채찍질하는데 가만히 있을 까닭이 없지.

헤르미아 누가 리산드로스에게 내 곁에서 떠나라고 압력을 넣을 수 있다는 거예요?

리산드로스 내 마음을 몰아세우는 연인이란 바로 아름다운 헬레나야! 저 하늘의 반짝이는 별들보다 더 아름답게 빛나는 이 여인 때문이지. 한데 당신은 당신이 싫어져서 달아난 나를 왜 찾아다니는 거요?

헤르미아 마음에도 없는 말을 하는군요. 절대로 그럴 리가 없어요.

헬레나 아! 이 애도 한통속이군! 이제 나도 알았지만, 세 사람이 서로 짜서 이런 못된 장난을 꾸며 날 곯려주자는 것이군요. 너무하는구나, 헤르미아. 인정머리 없는 애 같으니, 너도 한패지? 저 사람들과 공모해서 날 이렇게 놀림거리로 삼고 괴롭히자는 속셈이지? 너와 둘이서만 한 이야기와 언니 동생의 맹세, 함께 보낸 나날, 금방 시간이 흘러가서 우리가 헤어져야만 하는 것을 아깝게 생각했던 시간―아, 너는 그걸 모두 잊었니? 그리고 학교 시절의 우정도, 어린 시절의 천진난만함도 잊어버렸니? 헤르미아, 우린 같이 수놓는 두 여신같이 두 개의 바늘로 하나의 꽃을 수놓았잖아. 하나의 방석에 같이 앉아, 둘이 같은 노래를 같은 곡조로 부르면서 말이야. 우리의 손발과 몸뚱이, 목소리와 마음이 하나로 섞여버린 것 같았잖니. 우린 그렇게 함께 자랐잖아. 보기엔 따로따로인 것 같아도 근본은 붙어 있는 두 개의 아름다운 열매가 하나의 대에 달려 있는 쌍둥이 앵두같이. 그러니 몸뚱이는 두 개라도 마음은 하나, 결혼하면 부부의 집안이 합쳐져서 하나가 되듯이 두 몸뚱이는 하나의 마음에 지배받았지 않았니? 그런데 넌 그토록 오래 묵은 우정을 깨뜨리고, 남자들과 어울려서 이 가엾은 친구를 조롱하자는 거니? 그건 친구답지도, 처녀답지도 않은 짓이야. 나만 아니라 모든 여성들이 너의 그런 수작을 비난할 거야. 하긴 해를 입은 사람은 나 혼자이지만.

헤르미아 기가 막혀, 그렇게 성내는 말이 어디 있어? 나는 너를 조롱하지 않아. 도리어 네가 나를 조롱하는 것 같구나.

헬레나 리산드로스를 시켜 내 뒤를 쫓게 하고 내 눈과 얼굴을 칭찬하게 한 사람이 너잖아? 그리고 또 하나의 애인 데메트리우스까지도, 조금 전만 해도 날 발길로 찼으면서 이제는 여신이니, 님프니, 심지어는 신성하고 귀하고 보배 같고 천사 같다는 둥 칭찬하게 한 것도 다 너지? 그렇지 않다면 미워하는 여자에게 그이가 왜 그런 말을 하겠니? 리산드로스도 마찬가지야. 그렇게까지 진심으로 너를 사랑한다는 그가 네 사랑을 거절하고 어떻게 나를 사랑한다는 말을 할 수 있는 거야? 네가 시키고 네가 허락했으니 그러는 거지. 넌 남자들의 사랑을 받는 무척 행복한 여자이고 나는 너처럼 행복하질 못하고 비참하게도 남을 연모만 하는 쪽이지만 그렇다고 어쨌단 말이니? 넌 이걸 오히려 동정해야지 경멸해서는 안 되잖아.

헤르미아 네가 무슨 말을 하는지 난 모르겠어.

헬레나 잘들 하는군! 그렇게 시치미를 떼고는 내가 뒤돌아서면 입을 씰룩하고, 서로 눈짓을 하면서 재미나게 조롱을 계속해요. 이 장난은 잘되면 나중에 이야깃거리가 될 테죠. 만일 조금이라도 인정이나 호의나 분별이 있는 사람들이라면 나를 이렇게 장난거리로 삼진 않을 거예요. 그럼 잘들 있어요. 내게도 실수는 있으니, 죽든가 만나지 않든가 하면 그것도 저절로 잊힐 날이 오겠죠.

리산드로스 잠깐만, 헬레나, 내 이야길 좀 들어봐요. 내 사랑, 내 생명, 내 영혼인 아름다운 헬레나!

헬레나 말은 그럴듯하네.

헤르미아 리산드로스, 헬레나를 그렇게 조롱하지 말아요.

데메트리우스 헤르미아의 말을 못 듣겠다면 내가 폭력을 써서라도 듣게 하지.

리산드로스 자네 폭력쯤은 헤르미아의 말보다도 못하네. 자네의 위협도 헤르미아의 힘없는 기도나 마찬가지야. 이봐, 헬레나, 당신을 사랑하오. 내 목숨을 걸고 사랑하오! 당신을 위해서라면 당장이라도 버릴 수 있는 이 목숨에 걸고 맹세하지만, 내가 당신을 사랑하지 않는다고 말하는 녀석이 있다면 그 녀석의 낯가죽을 벗겨놓고 말겠소.

데메트리우스 단언하지만 저 사람보다는 내가 더 당신을 사랑해.

리산드로스 정 그렇다면 저리 가서 칼로 그걸 증명해 봐.

데메트리우스 그럼 가자!

헤르미아 리산드로스, 도대체 어떻게 된 일이에요?

리산드로스 비켜, 이 깜둥이 계집 같으니!

헤르미아 가면 안 돼요. 가면 죽어요!

데메트리우스 아냐, 아냐. 이자는 괜히 이러는 거야! 얼마든지 따라오는 시늉을 해보렴. 하지만 실제로는 따라오지 못할걸. 너 같은 쓸개 없는 녀석이, 어디!

리산드로스 (헤르미아에게) 놔, 이 고양이 같은 것아. 놓으라니까. 안 놓으면 뱀처럼 내동댕이치고 말 테다.

헤르미아 왜 이렇게 난폭해졌어요? 왜 이렇게 변했나요, 나의 리산드로스?

리산드로스 나의 리산드로스라고? 저리 비켜, 깜둥이 계집 같으니! 비켜, 보기 싫은 독약 같은 것! 속이 뒤집어질 것 같다. 저리 가버리라니까!

헤르미아 그거 농담이죠?

헬레나 아무렴, 농담이지 않고. 너도 농담이고.

리산드로스 데메트리우스, 대장부의 약속을 지키겠다. 자, 가자.

데메트리우스 너의 진짜 보증이 있어야지. 그러나 보아하니 여자의 손이 널 붙들고 있구나. 난 빈말만 가지곤 믿지 못하겠다.

리산드로스 아니, 그럼 헤르미아를 쳐 죽이란 말이냐? 밉긴 하지만 그렇게까진 못하겠다.

헤르미아 아니, 밉다고요? 그보다 더한 모욕이 어디 있어요? 내가 밉다고요? 왜요? 아! 그게 무슨 말이죠? 나는 헤르미아, 당신은 리산드로스가 아닌가요? 나는 지금도 예전과 다름없이 아름답잖아요? 어제저녁만 해도 당신은 나를 사랑하셨는데 밤중에 나를 버리셨군요. 아, 정말 나를 버리셨나요? 아, 분해라!

리산드로스 아무렴, 내 목숨에 걸고 단언하지! 이제 다신 만나고 싶지 않아졌어. 그러니 희망은 버리고, 의심이나 의혹을 품지 마. 이건 정말 진실한 이야기야. 농담이 아니야. 나는 당신이 싫어졌어. 오늘 나는 헬레나를 사랑하고 있어.

헤르미아 (헬레나에게) 아, 이 사기꾼 좀 봐, 꽃벌레 같은 것 좀 보게! 아니, 넌 밤에 와서 내가 사랑하는 애인의 마음을 몰래 도둑질해 갔구나?

영화 〈한여름 밤의 꿈〉 막스 라인하르트 연출, 장난꾸러기 퍽으로 연기하는 14세의 미키 루니 출연. 1935.

헬레나 잘한다, 잘해! 넌 예의도 처녀의 부끄러움도 없고 낯을 붉힐 줄도 모르는 거니? 내 점잖은 입에서 끝내 험한 말이 나와야만 되겠니? 그러면 누가 말 못 할 줄 알고? 이 거짓말쟁이, 사기꾼, 꼭두각시 같은 것아!

헤르미아 꼭두각시라고? 어머, 기가 막혀! 음, 그걸 말하고 싶었구나. 이제 나도 알았어. 내 키와 비교해서 제 키를 자랑하고 싶었군. 후리후리한 풍채, 그리고 키를 미끼로 저이의 맘을 호렸군. 그리고 내가 땅딸막하다고 해서 저이의 칭찬에 더욱더 으쓱해졌군? 그래, 내 키가 얼마나 작단 말이냐? 알록달록 색칠한 장대 같은 계집애야? 말해 봐! 내 키가 얼마나 작은데? 내 키가 아무리 작기로서니 내 손톱이 네 눈을 못 후벼낼 정도는 아니다.

헬레나 (리산드로스와 데메트리우스에게) 나를 조롱해도 좋지만, 이 애가 내게 손을 대지 못하게 말려주세요. 난 성질이 사납지 않아요. 심한 짓은 도저히 못해요. 나는 정말 겁 많은 처녀예요. 나를 때리지 못하게 해줘요. 이 애가 나보다 좀 키가 작으니, 내가 이 아이를 당해 낼 수 있을 것으로 생각하실지 모르지만.

헤르미아 키가 작다고! 저것 봐, 또 키 타령이군.

헬레나 헤르미아, 내게 그렇게 심하게 굴지 마. 나는 늘 너를 사랑하고, 언제나 네 비밀을 지켜왔어. 한 번도 네게 잘못한 일은 없어. 다만 나는 데메트리우스를 사랑하는 나머지, 그이에게 이 숲으로 네가 몰래 달아난다는 이야기를 귀띔했을 뿐이야. 그래서 그이가 널 쫓아온 거고, 나는 연정에 못 이겨 그이를 쫓아온 거야. 하지만 그인 나에게 욕을 하며 가라고 했어. 나를 치겠다느니, 차겠다느니, 아니 심지어는 죽이겠다고까지 위협했어. 그러니 내가 조용히 떠날 수 있도록 내버려 둬. 그러면 나는 내 어리석음을 되새기면서 아테네로 돌아가고, 더는 쫓아다니지 않을 테야. 가게 놔줘, 보다시피 난 이렇게 어리석은 바보니까.

헤르미아 가고 싶으면 가! 누가 널 막을 줄 아니?

헬레나 그래도 미련이 남는구나.

헤르미아 아직도 리산드로스에게 미련이 남는다는 거니?

헬레나 아냐, 데메트리우스에 대한 미련이야.

리산드로스 헬레나, 무서워할 건 없소. 헤르미아가 당신을 해치지는 못할 테니까 말이오.

데메트리우스 그야 물론이지, 네가 헤르미아 편을 들더라도 안 될 말이지.

헬레나 아, 저 애는 화가 나면 지독하게 악착스러워져요. 학교 다닐 때 저 애는 심술쟁이였어요. 키는 작아도 사나워요.

헤르미아 또 키가 작다고? 키가 작다, 키가 낮다 소리 아니면 할 말이 없나봐. (리산드로스에게) 저 애가 나를 이렇게 모욕하는데, 당신은 가만히 보고만 있을 거예요? 그럼 나도 가겠어요.

리산드로스 가버려, 난쟁이 같으니! 꼬마 같으니, 키가 작아지는 풀을 달여 먹었나! 묵주 구슬, 도토리 같은 것.

데메트리우스 너무 까불지 마. 그래 봤자 헬레나는 도리어 너를 경멸한다. 헬레나를 가만히 놔둬. 헬레나 이름도 입에 담지 마. 헬레나의 편을 들지 마라. (칼을 뺀다) 만일 헬레나에게 조금이라도 그따위 애정 표시를 할 것 같으면 가만두진 않을 테다.

리산드로스 (칼을 뺀다) 봐라, 이제는 아무도 막을 자가 없다. 자, 용기가 있거든 따라오너라. 너와 나 둘 중에 누가 헬레나를 차지할 권리를 갖는가, 이 승부로 정하자.

데메트리우스 따라오라고? 그따위 소리 마라. 너와 나란히 갈 테다. (리산드로스와 함께 퇴장)

헤르미아 애, 이 소동은 모두 너 때문이야. 달아나지 말고 거기 있어.

헬레나 나는 너를 믿지 않겠어. 이젠 네 욕을 그만 듣고 있겠어. 싸움이라면 네 손이 더 날쌔겠지만 다리는 내가 더 기니, 냉큼 달아나겠어. (퇴장)

헤르미아 어이가 없어 말도 나오지 않네. (퇴장)

오베론 (앞으로 나오며) 이것도 네 잘못 때문이로구나. 너는 여전히 실수 아니면 고의로 장난을 저지르는구나.

퍽 아닙니다. 오베론 임금님, 이건 실수입니다. 아테네 옷으로 그 사내를 알수 있다고 말씀하시지 않았습니까? 여기까지는 제가 한 일이 실수가 아니죠. 확실히 전 아테네인의 눈에 약즙을 발랐으니까요. 그리고 이렇게 되고 보니도리어 좋잖습니까? 글쎄 저자들의 다툼이 썩 좋은 심심풀이가 된 셈이거든요.

오베론 너도 보았다시피 저자들이 결투할 장소를 찾고 있구나. 그러니 얼른 가서 밤의 장막을 둘러치고, 별들이 반짝이는 하늘을 지옥의 아케론에 내리덮여 있는 시커먼 안개로 지금 당장 덮어라. 그리고 화가 난 저 두 적수가 길을 잃게 하고, 서로 만나지 않게 해야 한다. 어떤 때는 리산드로스의 목소리로 지독하게 욕을 해서 데메트리우스를 화나게 하고, 어떤 때는 데메트리우스인 것처럼 상대를 욕해 주란 말이다. 그렇게 두 사람을 떼어놓으면 마침내는 죽음 같은 잠이 납덩이 같은 다리와 박쥐 같은 날개를 가지고 그자들 눈꺼풀 위에 살그머니 깃들게 된다. (퍽에게 다른 꽃을 준다) 그때 이 꽃의 즙을 리산드로스 눈 속에 짜 넣으란 말이다. 이 약즙은 굉장한 효험을 가지고 있으니, 바로 눈의 착각은 씻기고 정상적인 눈으로 돌아갈 것이며, 눈을 뜨고 보면 이 어리석은 소동은 모두 허무맹랑한 꿈같이 여겨질 것이다. 그리고 두 쌍의 연인은 사이좋게 아테네로 돌아갈 것이며, 그들 사이의 우정은 죽을 때까지 변하지 않을 것이다. 이 일은 네게 맡기고, 난 티타니아 여왕을 찾아가서 인도 소년을 달라고 해야겠다. 이 일이 잘되면 마술에 걸려 있는 여왕의 눈을 괴물의 세계에서 해방시켜 주고, 결국 모든 일은 원만히 끝나게 될 거야.

퍽 요정의 임금님, 이건 얼른 해야겠습니다. 밤의 여신을 실은 수레가 구름을 뚫고 저렇게 빨리 가고 있으니까요. 그리고 저기 하늘에 새벽의 여신 오로라가 번쩍이잖습니까. 저것이 얼씬대면 여기저기를 헤매어 다니는 유령들은 무덤으로 돌아가고, 네거리나 물속에 파묻힌 온갖 잡신도 구더기 끓는 잠자리로 물러갑니다. 그것들은 자기들 창피를 대낮에 드러내 놓기가 두려워서 일부러 빛을 피해, 검은 낯짝을 한 밤과 언제나 같이 있어야만 하니까요.

오베론 그러나 우리는 종류가 다른 정령들이야. 나는 이따금 아침의 연인인 새벽의 여신들과 흥겹게 지내본 일도 있고, 산지기처럼 숲속을 걸어 다닌 일도 있지. 그때 보니 온통 빨갛게 불타는 듯한 동녘 문에서 아름다운 축복의 햇살이 쏟아져 나와 바다 위에 비쳐들자 초록빛 바닷물이 황금빛으로 변하더구나. 그건 그렇고 아무튼 지금은 서둘러야겠다. 꾸물대고 있을 때가 아니다. 날이 밝기 전에 빨리 일을 끝내야 하니까. (퇴장)

퍽 (안개가 끼기 시작한다) 요리조리 내 맘대로 그자들을 끌고 다녀야지. 들에서

나 마을에서나 나라면 다들 무서워하지. 자, 그자들을 끌고 다녀야지. 한 놈이 오는구나.

리산드로스 다시 등장.

리산드로스 야, 건방진 데메트리우스, 어디 있느냐? 어서 말해.

퍽 여기 있다. 악당아! 칼을 빼들고 기다리고 있다. 너야말로 어디 있냐?

리산드로스 좋다, 곧 가마.

퍽 좋다, 따라오너라. 좀더 평지로 가자. (리산드로스, 퍽의 목소리를 따라가듯이 퇴장)

데메트리우스 다시 등장.

데메트리우스 리산드로스, 대답을 해봐! 이 비겁한 도망자야, 그래 도망쳤느냐? 말을 해봐라! 덤불 속으로 도망쳤나? 어디에 머리를 처박았느냐?

퍽 비겁한 놈 같으니, 그래 별을 보고 큰소리치고 덤불을 상대로 싸울 테냐, 내게는 감히 덤비지를 못하고? 비굴한 놈 같으니! 애송이 같으니! 너 같은 것은 회초리로 충분하고, 칼까지 쓸 것도 없다. 칼이 더러워지니 말이다.

데메트리우스 알았다, 그 자리에 꼼짝 말고 있어라.

퍽 내 말소리 나는 쪽으로 따라와. 여기선 실컷 싸울 수가 없으니까. (데메트리우스와 함께 퇴장)

리산드로스 다시 등장.

리산드로스 그 녀석은 늘 나를 앞질러 가서 도전을 하지만 소리 나는 곳으로 가보면 벌써 없어졌어. 그 악당 녀석은 나보다 훨씬 빠르고 가벼운가 보다. 나도 꽤 빨리 쫓아가는데, 그 녀석은 더 빨리 달아나거든. 그래서 결국 캄캄하고 울퉁불퉁한 곳에 오고 말았군. 아무튼 여기서 좀 쉬자꾸나. (둑 위에 눕는다) 자, 친절한 아침아, 어서 밝아라. 날이 새어 희미한 새벽빛이 비쳐준다면 나는 데메트리우스를 찾아내서 원수를 갚아줄 테다. (잠이 든다)

퍽과 데메트리우스 다시 등장.

퍽 하하! 요 겁쟁이야, 왜 따라오지 않느냐?

데메트리우스 용기가 있다면 거기 서 있어. 그래 누가 모를까 보냐? 너는 내 앞을 요리조리 피해만 달아나고 당당히 맞서볼 생각은 없구나. 지금은 어디 있냐?

퍽 이리 와. 나는 여기 있다.

데메트리우스 뭐, 나를 조롱하는 거냐? 날만 밝으면 톡톡히 대가를 치르게 하고 말겠다. 그때까지 두고 보자. 아이고 힘들어, 이젠 할 수 없군. 이 차디 찬 땅 위에 누워나 볼까. 날이 새면 붙잡아서 혼을 내줄 테니 그렇게 알아. (누워서 잠이 든다)

헬레나 다시 등장.

헬레나 오, 갑갑한 밤, 길고 지루한 밤아, 어서 지나가라! 햇살이 동쪽 하늘에 서 위안을 보내면, 나는 환한 낮에 아테네로 돌아갈 수 있을 거야. 그리고 저 무정한 사람들을 피할 수 있을 테지. 슬플 때 눈을 감겨주는 잠아, 살그머니 찾아와서 잠시 내 마음을 잊게 해주렴. (누워서 잠이 든다)

퍽 아직도 셋인가? 한 명만 더 오면, 남녀가 두 명씩 넷이 되는구나. 화가 나 서 비참한 꼴로 저기 오는구나. 큐피드는 과연 장난꾸러기거든. 약한 여자 마음을 저렇게까지 미치게 만들어 놓다니.

헤르미아 다시 등장.

헤르미아 이렇게 답답하고 이렇게 슬퍼본 적은 처음이다. 이슬에 젖고, 가시 에 찢기고, 이제 더 걸어갈 수도 없군. 다리가 말을 안 들으니 날이 샐 때까지 이곳에서 쉬었다 갈 수밖에. 기어코 결투라도 벌어지는 날이면 하느님, 리산 드로스를 보호해 주소서! (누워서 잠이 든다)

퍽 땅 위에서 곤히들 자라. 연인아, 네 눈에 약즙을 발라놓겠다. (리산드로스 눈

〈한여름 밤의 꿈〉 4막 1장　헨리 푸젤리. 1796.

〔제4막 제1장〕

숲속.

리산드로스, 데메트리우스, 헬레나, 헤르미아가 잠들어 있다. 요정들의 여왕인 티타니아와 당나귀 대가리 가면을 쓴 보텀, 그리고 티타니아의 시중을 드는 콩꽃, 거미집, 나방, 겨자씨 등의 여러 요정들이 등장. 오베론 임금은 그들 뒤에서 눈에 띄지 않게 무대 위에 등장.

티타니아　자, 이 꽃밭에 앉으세요. 당신의 사랑스러운 뺨을 만져드리고, 반들반들한 머리에 사향장미를 꽃아드릴게요. 그리고 나의 친절한 당신, 그 커다란 예쁜 귀에 키스해 줄게요.

보텀　콩꽃은 어디 있니?

콩꽃　예, 여기 있습니다.

보텀　내 머리를 좀 긁어다오. 그런데 거미집은 어디 있니?

거미집 예, 여기 있습니다.

보텀 이봐, 거미집, 자네 손에 무기를 들고 가서 엉겅퀴꽃 꼭대기에 앉아 있는 꽁무니가 빨간 꿀벌을 죽이고, 꿀주머니를 가져다주게. 서두르지 말고 꿀주머니를 깨뜨리지 않게 조심해야 되네. 자네가 꿀주머니로 떠밀려 가는 날이면 큰일 나니까. 그런데 겨자씨는 어디 있나?

겨자씨 예, 여기 있습니다.

보텀 이봐 겨자씨, 자네 손을 이리 주게. 인사는 그만두게.

겨자씨 무엇을 원하십니까?

보텀 뭐 별것 아니다. 콩꽃을 도와 내 머리를 좀 긁어주게. 이발을 하러 가봐야겠는걸. 내 얼굴 근처에 털이 굉장히 많이 나 있는 것 같군. 이래 봬도 나는 여간 민감한 나귀가 아니라서, 털 하나만 간질여도 긁지 않고는 못 배긴다니까.

티타니아 저, 음악을 좀 들으시겠어요, 네?

보텀 나는 음악을 썩 잘 이해하지. 자, 부젓가락과 뼈다귀를 연주해 주게.

티타니아 그리고 드시고 싶은 게 뭔지 말씀하세요, 네?

보텀 여물이나 많이 주시오. 썩 좋은 마른 여물을 우물우물 씹어보고 싶구려. 그리고 마른풀이 한 다발 있어야 할 것 같소. 품질 좋은 마른풀, 달짝지근한 마른풀보다 더 좋은 것은 세상에 없거든.

티타니아 제겐 아주 용감한 요정이 있는데, 그 녀석을 시켜 다람쥐 곡간을 뒤져서 햇호두를 가져오라고 할까요?

보텀 그것보다는 두어 주먹의 마른 콩이 먹고 싶군. 그건 그렇고 부탁이 있소. 아무도 얼씬대지 못하게 좀 해주오. 슬며시 잠이 오는군.

티타니아 내 팔에 안겨서 포근히 주무세요. 요정들아, 물러가서 저마다 일들봐라. (요정들 퇴장) 담쟁이덩굴은 달콤한 인동덩굴을 부드럽게 꼬아 감듯이, 여자는 담쟁이덩굴이 되어 느릅나무의 건장한 가지를 이렇게 휘감겠지. 아, 사랑스러워라! 정말 미쳐버릴 것 같네! (둘 다 잠이 든다)

퍽 등장.

연극 〈한여름 밤의 꿈〉 그네 타며 곡예 연기를 하는 아르차나 라마스와미(티타니아 역). 런던 라운드하우스. 2007.

오베론 (앞으로 나와서) 오, 로빈이냐, 마침 잘 돌아왔다. 이 멋들어진 광경 좀 봐라. 어떠냐, 사랑에 넋이 빠진 티타니아가 이젠 가엾게까지 여겨지는구나. 방금도 숲 뒤에서 만났지만, 이 밉살스러운 바보에게 줄 선물로 꽃을 찾고 있는 걸 보고 싫은 소리를 해서 사이가 틀어지고 말았다. 그땐 벌써 티타니아는 싱싱한 향기를 풍기는 화환을 저 바보 녀석의 관자놀이에 감아 놓고 있었으니 말이다. 그리고 저 이슬을 좀 봐라. 큼지막한 동양의 진주 모양으로 한때는 꽃망울 위에 오뚝 부풀어 있던 것이, 이제는 제 신세를 슬퍼하는 눈물처럼 가련한 작은 꽃들 눈 속에 서려 있잖니. 내가 실컷 욕을 해줬더니 여왕이 좋은 말로 참으라고 애걸하기에, 냉큼 인도 아이를 달라고 했지. 여왕은 그 자리에서 허락하고 요정을 시켜 요정 나라에 있는 내 정자로 그 아이를 보내왔더라. 그 아이를 얻었으니, 이제 이 보기 흉한 여왕의 망령은 풀어줘야겠다. 그리고 퍽아, 이 아테네 녀석 머리에서 귀신 같은 대가리를 벗겨줘라. 나중에 잠에서 깨면 모두 함께 아테네로 돌아갈 수 있을 테고, 오늘 밤 일이 무서운 꿈처럼 생각될 것이다. 그런데 먼저 티타니아부터 마력을 풀어줘야겠다. 이전과 같은 눈으로 보라. (약즙을 티타니아의 눈에 발라준다) 순결한 디아나의 꽃망울은 큐피드의 화살보다 훨씬 더 많은 효험과 축복을 가졌느니라. 자, 티타니아, 요정의 여왕이여, 이제 눈을 떠.

티타니아 오베론 임금님, 묘한 꿈을 꾸었어요! 글쎄, 당나귀한테 반했었나 봐요.

오베론 저기 누워 있는 것이 당신 애인이오.

티타니아 어떻게 이런 일이 다? 아, 꼴만 봐도 구역질이 나는 저 낯짝!

오베론 쉿! 로빈아, 저 머리빡을 벗겨줘라. 이봐요. 티타니아, 음악을 연주하게 일러주오. 이 다섯 남녀가 죽은 듯이 곤히 잠들도록 말이야.

티타니아 자, 음악을 시작해라, 음악을! 곤히 잠이 오게 하는 음악을! (조용한 음악 소리)

퍽 잠이 깨거든, 그 타고난 바보 눈으로 똑똑히 들여다봐. (보텀에게서 당나귀 머리빡을 벗겨준다)

오베론 어서 음악을 연주해라! 자, 티타니아, 우리 손을 맞잡고, 이 사람들이 잠든 땅을 요람처럼 흔들어 줍시다. 이제 당신과 나는 다시 화해가 됐소. 내일 밤엔 테세우스 공작 집에 가서 흥겹게 춤을 추고 공작 부부 자손들의 번영을 축복해 줍시다. 그리고 저 두 쌍의 진실한 연인도 테세우스 공작과 함께 즐거운 결혼식을 올리게 합시다.

퍽 요정의 임금님, 저것 좀 들어보세요. 아침의 종달새 노래가 들립니다.

오베론 그럼 티타니아, 우리는 엄숙히 밤의 그림자를 좇아 단숨에 지구를 빙 돌아 하늘의 달보다 더 빨리 날아갑시다.

티타니아 자, 오베론 님, 함께 가는 길에 이야기해 주세요. 간밤에 내가 이곳에서 잠이 들었을 때 인간들한테 들키고 말았는데, 어떻게 그런 일이 일어났는지를요. (오베론, 퍽과 함께 퇴장)

뿔피리 소리와 함께 테세우스, 히폴리타, 아이게우스, 그 밖의 사람들 등장.

테세우스 누가 가서 산지기를 불러오너라. 이제 오월절 제사는 끝났다. 아직 새벽녘이니 히폴리타에게 사냥개의 음악 소리를 들려줘야겠다. 서쪽 계곡에 풀어놔라. 어서 해. 자, 누가 가서 산지기를 불러오라니까. (시종이 절을 하고 나간다) 한데 히폴리타, 우리는 산봉우리에 올라가서 개들의 짖는 소리가 메아리와 뒤섞여서 울리는 멋진 음악을 들읍시다.

히폴리타 나도 헤라클레스와 카드모스[4]를 데리고 크레타섬의 숲에 가서 스파르타 사냥개를 풀어 멧돼지 사냥을 한 일이 있어요. 그렇게 용감히 짖는 소리는 처음 들어봤어요. 숲뿐 아니라 하늘과 샘도, 근처의 온갖 자연과 하나가 되어 하나의 공통된 울부짖음을 주고받는 것만 같았어요. 서로 잘 어울리지 못하는 소리가 그렇게도 음악적이고, 시끄러운 소리가 그렇게도 상쾌하게 들린 적은 생전 처음이었죠.

테세우스 내 사냥개도 스파르타종(種)이오. 입술은 축 처지고 빛깔은 갈색, 머리에 늘어진 두 귀는 아침 이슬을 쓸고 다니듯 굽고, 목주름은 테살리아종의 황소같이 풍부하오. 빠르진 않지만, 짖는 소리는 가지각색의 종소리처럼 장단이 맞소. 뿔피리에 그만큼 장단을 맞추어 효과를 낼 수 있는 개 짖는 소

---

4) 그리스 신화에 나오는 영웅. 페니키아의 왕자로, 제우스에게 납치된 누이동생 에우로페를 찾아 전국을 헤매었으나 실패했다. 알파벳을 그리스에 전했으며, 테베를 건설했다고 한다.

리는 크레타, 스파르타, 테살리아 등에서도 들을 수 없을 거요. 직접 듣고 판단해 보시오. 아니, 가만있자! 여기 웬 님프들이요?

아이게우스   공작님, 여기 잠든 사람이 제 딸아이입니다. 이쪽은 리산드로스, 여긴 데메트리우스입니다. 그리고 이쪽이 헬레나, 네다 노인의 딸입니다. 이들이 어떻게 같이 있게 되었는지는 모르겠습니다.

테세우스   아마 오월제를 보러 일찍 일어났는가 보군. 사냥이 있다는 소문을 듣고 인사를 하러 왔었나 보군. 그런데 아이게우스, 오늘은 헤르미아가 신랑을 결정하는 날이 아닌가?

아이게우스   예, 그렇습니다.

테세우스   자, 사냥꾼들에게 뿔피리를 불어서 이자들을 깨우도록 일러라. (뿔피리 소리, 아우성 소리. 네 사람이 눈을 뜨고 일어선다) 이제들 일어나나? 새들이 짝을 찾는 성(聖) 발렌타인 축제는 벌써 지났는데, 이 숲의 새들은 이제야 겨우 짝을 찾기 시작한단 말이냐?

리산드로스   공작님, 용서해 주십시오. (네 사람이 공작 앞에 무릎을 꿇는다)

테세우스   괜찮다, 다들 일어서라. 너희들 두 사람은 확실히 원수일 텐데. 대체 어떻게 화해했느냐? 서로 앙심을 품고서도 상대를 조금도 의심치 않고 나란히 잠을 자다니?

리산드로스   공작님, 지금이 꿈결인지 깨어 있는지 어리둥절해서 대답을 잘 못하겠습니다. 아무튼 어떻게 이곳에 와 있는지, 사실은 알 수가 없습니다. 그러나 제 생각에는, 진실을 말씀드리고 싶은데 지금 형편으론 이게 사실인 듯합니다마는, 저는 헤르미아와 함께 왔지요. 저희들 생각은 아테네에서 달아나 아테네 법률의 위협이 없는 곳으로 가자는 것이었습니다.

아이게우스   (테세우스에게) 이만하면 충분합니다, 공작님. 더 이상 들어볼 필요도 없습니다. 제발 이자 머리 위에 법을 내려주십시오. 저것들이 도망을 치려고 한 것입니다. 이보게 데메트리우스, 저것들이 달아나서 나와 자네를 속일 생각이었네. 자네는 아내를, 나는 아버지의 권리를, 글쎄 딸을 자네 아내로 내줄 아버지의 권리를 빼앗길 뻔했네그려.

데메트리우스   공작님, 실은 헬레나가 두 사람이 숲속으로 도망칠 계획이라는 걸 귀띔해 주었습니다. 그래서 저는 홧김에 이곳으로 뒤쫓아 왔고, 저를 사랑하는 헬레나도 이곳까지 쫓아왔습니다. 그러나 공작님, 무슨 마력 때문인지 확실히 무슨 힘에 따라서, 헤르미아에 대한 저의 사랑은 눈 녹듯이 가셔 버리고, 지금은 어린 시절에 탐을 내던 보잘것없는 장난감처럼 한낱 추억밖에 아닌 것 같습니다. 이제는 오직 헬레나만이 저의 진정한 사랑이자 마음의 힘이며 눈을 즐기는 대상입니다. 헤르미아를 만나기 전에는 헬레나와 약혼을 한 사이였으나, 병이라도 걸린 것처럼 이 음식이 싫어진 것입니다. 하지만 건강을 되찾아 입맛이 돌아왔는지 그녀가 탐이 나고, 좋고, 갖고 싶어졌습니다. 이제는 죽을 때까지 그녀에게 충실하겠습니다.

테세우스 정다운 연인들이 운 좋게 여기서 만났구나. 이야기는 나중에 또 듣기로 하자. 여보게 아이게우스, 자네 청은 들어줄 수 없네. 이 두 쌍의 남녀는 앞으로 나랑 함께 신전에서 백년가약을 맺게 하겠어. 벌써 아침도 꽤 지났나 보구나. 사냥을 멈추고, 다들 아테네로 돌아가자! 신랑 셋과 신부 셋, 엄숙한 식을 올리고 피로연을 열기로 하자. 자 갑시다, 히폴리타. (히폴리타, 아이게우스, 그 밖의 사람들과 함께 퇴장)

데메트리우스 모든 일이 흐릿해서 분명치가 않은 것만 같군. 먼 산들이 구름 속에 희미해 보이는 것처럼.

헤르미아 글쎄 말이에요. 나도 어리둥절해서 뭐가 뭔지 잘 모르겠어요. 모든 것이 이중으로 보이는 것 같아요.

헬레나 나도 그래. 데메트리우스가 손에 들어오긴 했지만, 주운 보석처럼 내 것인지, 내 것이 아닌지 모르겠어.

데메트리우스 우리가 확실히 눈을 뜨고 있는 것일까? 내 생각엔 어쩐지 아직도 잠을 자면서 꿈꾸는 것 같아. 아까 공작님이 여기 와서 같이 따라오라고 하셨지?

헤르미아 그래요, 제 아버지도 오셨어요.

헬레나 그리고 히폴리타 님도.

리산드로스 공작님은 우리에게 신전으로 오라고 말씀하셨어.

데메트리우스 아, 그럼 다 깨어 있었군. 공작님을 따라가자. 그리고 가면서 꿈 이야길 자세히 하자고. (모두 퇴장)

보텀 (눈을 뜨면서) 내가 등장할 차례가 되거든 불러주게나. 그러면 내 대사를 할 테니까. 이번엔 "절세의 미남 피라모스 씨"를 받아서 시작이렷다. 여보게들…… (하품을 하면서 주위를 두리번거린다) 피터 퀸스! 풀무 수선공 플루트! 땜장이 스나우트! 스타블링! 제기랄, 다들 달아나고 나만 남아서 자고 있었나? 한데 난 굉장한 꿈을 꾸고 있었군. 그 꿈은, 글쎄 내가 꾼 꿈은 사람의 지혜로는 도저히 알 수 없는 꿈이거든. 사람이 그런 꿈을 알려고 해봤자 당나귀처럼 어림없는 일이지. (일어나면서) 글쎄 꿈에 내가…… 그건 아무도 알지 못할 테지만…… (손을 머리에 가지고 가서 귀를 만져본다) 글쎄 꿈에 내가…… 하지만 내가 나를 가지고 뭐 어쨌다고 말할 녀석이 있을지 모르지만, 사람이란 참 어릿광대에 지나지 않아. 대체 아무도 내 꿈을 눈으로 엿듣지 않고, 혀로 상상하지도 않고, 심장으로 전달하지도 않았으니. 그럼 퀸스를 찾아가서 내 꿈 이야기를 노래로 읊어달라고 할까? 제목은 '보텀의 꿈'이 좋겠군. 참 밑바닥도 없는 꿈도 다 있군그래. 공작님 앞에서 연극이 끝난 다음 그걸 노래로 불러야지. 아니, 연극이 좀더 맛이 나도록 티스베가 죽을 때 불러야겠다. (퇴장)

〔제4막 제2장〕

아테네. 퀸스의 집.
퀸스, 플루트, 스나우트, 스타블링 등장.

퀸스   보텀네 집에 사람을 보내봤나? 이젠 집에 돌아와 있겠지?

스타블링   그자의 소식은 깜깜한걸. 틀림없이 둔갑해 있었단 말이야.

플루트   그자가 아직 돌아오지 않았다면, 연극은 글렀군. 다른 도리가 없잖나?

퀸스   절대로 못 하지. 아테네 시내를 다 뒤져도 피라모스 역할을 소화할 수 있는 사람은 그자밖엔 없어.

플루트   아무렴, 그자는 정말 아테네 직공들 중에서 누구보다도 재치 있는 사람이니까.

퀸스   맞아, 생김새 또한 으뜸이고. 더구나 그 달콤한 목소리도 맛따라지거든.

플루트   그런 땐 멋들어지게 느껴진다고 하는 거야. 제기랄! 맛따라지다는 말은 좀 그렇다.

스너그 등장.

스너그 여보게들, 공작님이 신전에서 돌아오시는 길이라네. 그 밖에도 두서 너 쌍의 귀족들이 결혼식을 올렸다네. 잘만 되면 우리도 모두 신세가 펼 것 같아.

플루트 그러나저러나 보텀은 어떻게 된 노릇일까! 이제 그자는 평생토록 하루 6펜스의 수당은 아주 놓쳐버린 셈이군. 하루 6펜스는 틀림없을 텐데. 피라모스 역할만 잘해 내면 공작님은 하루 6펜스의 수당을 내리시고말고. 안 그렇다면 내가 교수형을 당해도 좋지. 그잔 그만큼은 받을 만하거든. 피라모스 역할이 일당 6펜스라, 그건 틀림없을 텐데 말이야.

보텀 등장.

보텀 이자들이 어디 있나? 다들 어디 있나?

퀸스 보텀이다! 아이고, 만나서 얼마나 기쁜지! 아, 정말 다행이야!

보텀 여보게들, 내가 지금 이야기를 하려면 아주 우스운 이야기를 해야 하네 만, 지금은 그걸 묻지 말아주게. 내가 그걸 말하게 되면 나는 아주 거짓말쟁 이처럼 될 테니 말일세. 곧 모든 것을 털어놓을 생각이니 그렇게 알게.

퀸스 그런 소리 말고 지금 이야기해 주게나, 보텀.

보텀 난 한마디도 않겠어. 다만 내가 하고 싶은 말은 공작님이 식사를 마쳤 다는 것뿐이야. 다들 옷을 입고, 수염을 튼튼한 끈으로 매달고, 신발에는 새 리본을 달아. 그리고 될 수 있는 한 빨리 성으로 모이게. 저마다 자기 역할을 복습해 주게. 아무튼 중요한 사실은 공작님이 우리 연극을 선택하셨다는 것 일세. 어떤 일이 있어도 티스베 역할에겐 산뜻한 리넨 옷을 입혀야 하네. 그 리고 사자 역할로 나오는 사람은 손톱을 깎아서는 안 돼. 글쎄, 사자의 발톱 은 기니까 말이야. 출연자 모두에게 부탁이네만, 양파를 먹어선 안 돼. 마늘 도 먹지 마. 향긋한 입김을 내야 하니 말일세. 또 내가 장담하지만, 우리 연극은 달콤한 희극이라는 평을 꼭 듣게 될 거야. 이제 더 이상 말 않겠네. 자, 가세! 가세! (모두 퇴장)

〔제5막 제1장〕

아테네. 테세우스 공작의 저택.
테세우스, 히폴리타, 필로스트레이트, 그 밖의 귀족과 시종들 등장.

히폴리타 저 젊은 연인들의 이야기는 참 기묘하죠, 네?

테세우스 사실 같지 않을 만큼 참 기묘한 이야기요. 그런 기묘한 이야기나 동화 같은 이야기는 도저히 믿어지지 않는구려. 연인이나 광인은 뇌 속이 끓는 탓인지 터무니없는 환상을 그려내고 마침내는 냉정한 이성으로는 어림도 없는 일들을 생각해 내게 마련이오. 광인과 연인과 시인은 머릿속이 상상으로 가득 차 있소. 광대한 지옥도 좁을 만큼 많은 악마를 보는 자가 있는데, 이것이 곧 광인이오. 연인에게는 광인과 똑같이 깜둥이 계집의 얼굴이 절세미인처럼 보이게 마련이오. 시인의 눈 또한 황홀한 기운에 불타 하늘에서 땅을 내려다보고, 땅에서 하늘을 쳐다보오. 이렇게 해서 시인의 상상력이 모르던 사물에 일정한 형태를 주면, 그 펜대는 그걸 구체화하며 공허한 환상에 장소와 이름을 부여하는 것이오. 강한 상상력에는 그러한 마력이 있는 법이라, 무슨 기쁨을 느꼈다 하면 상상력은 그 기쁨을 가져다줄 존재를 생각해 내며, 또는 깊은 밤에 무서운 것을 상상하면 덤불도 쉽게 곰으로 보이는 법이오.

히폴리타 하지만 지난밤의 이야기를 상세히 들어보니, 그리고 모두들 똑같이 마음이 변했던 사실로 미루어 보니 환상 탓만도 아닌 것 같고, 무슨 커다란 필연의 힘이 작용한 것 같기도 합니다만 아무튼 기적 같은 이야기예요.

테세우스 아, 그 연인들이 기뻐하며 오는구려.

리산드로스, 헤르미아, 데메트리우스, 헬레나 등장.

테세우스 자네들, 축복하네! 언제까지나 사랑으로 싱그럽고 기쁜 나날이 이

어지기를 비네.

리산드로스 그보다도 더한 행복이 공작님의 걸음에, 식탁에, 침실에 깃들기를 축원합니다!

테세우스 그런데 무슨 가면극, 무슨 춤이 마련되어 있나? 밤참 뒤, 침실에 들 때까지 지루한 세 시간을 메우기 위해서 말이야. 연회 책임자는 어디 있나? 내용은 결정되었나? 연극은 없나? 참을 수 없이 괴로운 시간을 덜어줄 연극 말이야. 필로스트레이트는 어디 있느냐?

필로스트레이트 예, 여기 있습니다, 공작님.

테세우스 오늘 저녁을 위해서 무슨 여흥은 없느냐? 가면극은 어떻게 되었느냐? 음악은? 무슨 위안거리 없이는 지루한 시간을 메울 수 없을 것 아닌가?

필로스트레이트 모든 준비를 해둔 온갖 여흥 목록이 여기 있습니다. 무엇을 먼저 보실지 고르십시오. (목록을 내보인다)

테세우스 (읽는다)

괴물 켄타우로스족과의 전쟁. 출연 아테네의 내시. 반주 하프.

이건 집어치우게. 이건 사촌 헤라클레스의 무훈을 자랑할 때 히폴리타에게 벌써 이야기한 적이 있네. (읽는다)

술의 신 바쿠스를 제사 지낼 때 신도들의 노여움, 트라키아의 시인 오르페우스를 찢어 죽인 이야기.

착상이 낡았구먼. 이건 내가 지난번 테베에서 개선했을 때에 이미 구경했네. (읽는다)

최근 궁색하게 죽은 현인을 애도하는 9명의 뮤즈 여신.

이건 가혹한 풍자라서 결혼 축하연에는 알맞지 않구먼. (읽는다)

젊은 피라모스와 그의 연인 티스베의 지루하고도 간단한 장면, 매우 비극적인 희극.

비극적인 희극이라고? 지루하고 간단하다고? 이건 꼭 뜨거운 얼음, 불타는 눈(雪)이랄까, 이런 모순을 누가 어떻게 조화시킬 수 있다는 말인가?

필로스트레이트 공작님, 이 연극은 대사가 열 마디 정도밖에 안 됩니다. 제 견문이 좁긴 하지만 이렇게 짧은 연극은 처음 봤습니다. 그러나 그 열 마디 대사를 가지고도 너무나 길 정도입니다. 아주 지루하거든요. 처음부터 끝까지 한마디의 적절한 대사도, 한 명의 적절한 배역도 없으니 말입니다. 비극적이라고 하는 까닭은 극 중에서 피라모스가 자살을 하기 때문입니다. 저는 연습하는 것을 구경했습니다만, 정말 이 눈이 흠뻑 눈물에 젖었습니다. 그러면서도 우스워 죽을 지경이어서 그렇게까지 즐거운 눈물을 쏟아본 것은 처음이었습니다.

테세우스 대체 어떤 자들이 출연을 하나?

필로스트레이트 이곳 아테네에서 막노동을 하는 날품팔이들입니다. 여태까지 머리라고는 써본 적이 없는 직공들인데, 난생처음 기억력을 동원해 공작님 결혼을 축복할 생각으로 이 연극 대사를 외느라 진땀을 뺀 모양입니다.

테세우스 그럼 그걸 구경해 볼까?

필로스트레이트 그만두십시오, 공작님. 구경할 만한 것이 못 됩니다. 저도 한 번 봤습니다만, 이만저만 엉터리가 아닙니다. 고생고생 외운 대사를 억지로 짜내어 공작님 마음에 들도록 하는 그자들의 뜻이나 겨우 기특하다고 할까요.

테세우스 그 연극을 보겠어. 소박한 마음, 충실한 마음으로 해준다면 실수야 있겠는가…… 어서 불러들여라…… 부인들도 자리에 앉으시오. (필로스트레이트 퇴장)

히폴리타 난 그다지 내키지가 않는군요. 무리한 충성을 보이려다 결국 실수하면 가엾잖아요.

테세우스 그런 일은 없을 것이오.

히폴리타 하지만 연극 같은 것은 영 못할 사람들이라잖아요.

테세우스 엉터리라도 봐주는 것이 너그러운 마음씨 아니겠소? 남의 실수를 용서해 주는 것도 재미있는 일이오. 아랫사람이 정성껏 해서 안 되는 경우에, 윗사람은 그 뜻만을 받고 결과에 대해서는 묻지 않으면 되잖소. 언젠가 내가 어디를 갔을 때 훌륭한 학자들이 준비된 환영사를 하려고 했는데, 그들은 달달 떨며 창백해지고 문구 도중에서 막히다가 두려운 나머지 말이 끊어지고, 결국 벙어리같이 환영사를 못 하고 말았다오. 하지만 난 그 침묵 속에서 오히려 환영의 마음씨를 찾아냈소. 마구 조잘대는 건방지고 무엄한 웅변보다는 그렇게 겸손하고 황공해하는 정성스러움이 나로선 훨씬 더 좋게 느껴졌소. 그러니 경애심과 혀를 속박당한 소박한 마음씨는, 말이 없으면 없을수록 나에게는 더욱 웅변같이 들린단 말이오.

필로스트레이트 다시 등장.

필로스트레이트 오래 기다리셨습니다. 해설자가 준비됐습니다. (나팔 소리)
테세우스 시작하게 하라.

해설자 역할을 맡은 퀸스 등장.

퀸스 "만약 저희들이 여러분의 기분을 상하게 했다면 그것은 저희들의 좋은 뜻 때문입니다. 다시 말해서 저희들이 여러분의 기분을 상하게 하기 위해서 온 것이 아니며, 좋은 뜻으로 왔다고 생각하셔야 한다는 것입니다. 저희들의 단순한 기량을 보여드리는 것이 저희들이 목적하는 바의 참된 시작입니다. 그럼에도 저희들이 이곳으로 온 것을 헤아려 주시기 바랍니다. 저희들이 여러분과 논쟁하는 것을 언짢게 받아들였다면 저희들도 오지 않았을 것이며, 저희들의 참된 뜻이 그것입니다. 오롯이 여러분의 기쁨을 위하여 저희들이 여기에 온 것은 아닙니다. 다시 말해서 여러분은 여러분 자신에 대해 후회해야 한다는 것이며, 배우들은 준비를 마쳤으며, 그들의 무언극을 통해서 여러분은 여러분이 알고 싶어 하시는 모든 것을 알게 되실 것입니다."[5] (채찍으로

---

5) 퀸스는 '만약 저희들이 우연하게나마 여러분들의 기분을 상하게 하는 일이 있더라도 여러분은 저희들이 여러분의 기분을 상하게 하기 위해서라기보다는 저희들의 조그마한 기량을 여

커튼 뒤에 신호를 한다)

테세우스 저자는 구두점을 마구 틀려먹는군. 무슨 뜻딴지같은 소린지 도무지 모르겠는걸.

리산드로스 마치 사나운 망아지 꼴 같다 할까요. 띄어야 할 곳에서 띄지 않으니 저렇습니다. 공작님, 좋은 교훈을 하나 얻었습니다. 한다고 다 말은 아니고, 바르게 말하는 것이 중요하다는 걸 말입니다.

히폴리타 마치 어린애가 피리를 마구 불어대는 것처럼…… 소리는 나도 장단이 전혀 맞지 않는 것 같군요.

테세우스 엉클어진 쇠사슬처럼, 끊어져 있진 않아도 쓰지는 못하는 것 같구려. 이번엔 뭐가 등장하나?

피라모스, 티스베, 돌담, 달빛, 사자 등장.

퀸스 "여러분, 혹시나 이 무언극을 이상히 여기실지는 모르겠으나, 앞뒤가 명백해질 때까지 얼마쯤은 이상히 여기고 계셔도 좋습니다. 말씀드리겠습니다만 이 사람이 피라모스, 이쪽의 미인이 티스베입니다. 이쪽 석회와 흙투성이가 된 남자는 돌담 역인데, 이 두 연인을 가로막고 있는 자가 바로 이 더러운 돌담입니다. 가엾게도 두 연인은 겨우 담 틈으로 사랑을 속삭일 도리밖에 없습니다. 이걸 이상히 여기지는 말아주십시오. 이쪽에 개를 데리고 등불과 가시덤불을 들고 있는 자는 달빛입니다. 사연인즉 두 연인은 창피한 줄도 모르고 달빛 아래 니누스의 무덤에서 만나, 그곳에서 사랑을 속삭이도록 되어 있습니다. 이쪽의 무시무시한 짐승의 이름은 사자인데, 약속대로 밤의 어둠을 뚫고 먼저 나타난 티스베는 이 사자를 보고 놀라서 허겁지겁 달아납니다.

러분에게 보여드리고자 하는 좋은 뜻을 가지고 이곳으로 왔다는 사실을 알아주셨으면 합니다. 그리고 그것만이 저희들이 얻고자 하는 것입니다. 여러분은 저희들이 여러분에게 기쁨을 드리기 위해 이곳으로 왔다는 사실을 마음에 새겨 주시기를 바랍니다. 다시 말해서 여러분들을 기쁘게 해드리고자 하는 것이며, 여러분이 후회하도록 하기 위해서 이곳으로 온 것이 아닙니다. 배우들이 준비되어 있으며, 그들의 공연을 통해서 여러분은 여러분이 알고 싶어 하시는 모든 것을 알게 되실 것입니다'라는 뜻으로 말하고 싶었을 것이나 바로 다음 테세우스의 지적처럼 구두점을 잘못 찍었기 때문에 이상한 문장이 된 것이다.

달아나면서 망토를 떨어뜨리자, 망할 놈의 사자는 그 망토를 피 묻은 입으로 더럽혀 놓습니다. 곧바로 나타난 늠름한 대장부 피라모스는 정다운 티스베의 망토가 피에 젖은 것을 발견하고 피에 굶주린 칼을 빼들어 피끓는 자기 가슴을 푹 찌릅니다. 한편 뽕나무 그늘 아래 숨어 있던 티스베는 달려와서 남자의 단도를 빼서 자살해 버립니다. 그 나머지는 사자, 달빛, 돌담 그리고 두 연인이 무대 위에 나왔을 때에 저마다 상세한 말씀을 올리기로 되어 있습니다." (피라모스, 티스베, 사자, 달빛과 함께 퇴장)

테세우스   사자가 어떻게 말을 한다는 것인지 궁금하구먼.

데메트리우스   이상한 이야기는 아닙니다, 공작님. 한마디쯤 말하는 사자가 있을 법합니다. 요즘 세상은 말하는 당나귀도 얼마든지 있거든요.

돌담   (세 걸음 앞으로 나오며) "이 무언극에서 저, 스나우트가 돌담 역할을 맡았습니다. 그런데 미리 아뢰고자 하는 것은 돌담은 돌담이지만 금이 간 구멍, 즉 틈이 나 있는 돌담입니다. 그 구멍으로 연인 피라모스와 티스베는 자주 몰래 만나서 속삭였습죠. 이 진흙, 이 벽토, 이 돌들이 바로 제가 돌담인 증거입니다. 사실입니다. 그리고 이렇게 오른쪽과 왼쪽에 틈이 나 있는데, (손가락을 펴 보인다) 이 틈바구니 사이로 두 연인이 가슴을 조이면서 사랑을 속삭이도록 되어 있습니다."

테세우스   석회와 머리털로 되어 있는 돌담치고는 말솜씨가 제법이군그래.

데메트리우스   이렇게 똑똑한 말을 하는 돌담을 전 처음 보았습니다.

피라모스 다시 등장.

테세우스   피라모스가 돌담 옆으로 다가오는군. 다들 조용히 해!

피라모스   "오, 보기에도 무서운 밤! 오, 시커먼 밤! 오, 해가 지면 반드시 찾아오는 밤! 밤아, 오, 밤아! 아, 아, 혹시나 티스베가 약속을 잊지나 않았을까…… 돌담아! 오, 정든, 오, 그리운 돌담아! 그녀 아버지의 집과 내 집 사이에 서 있는 돌담, 오 정든, 오 그리운 돌담아! 네 구멍은 어디 있니, 이 눈으로 좀 들여다보자꾸나! (돌담이 손가락을 펴준다) 친절한 돌담아, 고맙다. 네게 유피테르 신의 보살핌이 있기를 두 손 모아 빌마. 한데 가만있자. 뭐가 보이나? 티스베는 아무래도 보이지 않는군. 이 나쁜 돌담 같으니, 내 행복의 원천은 안 보이잖느냐. 망할 놈의 돌담 같으니, 날 속여먹다니!"

테세우스   저 돌담은 살아 있는 모양이니, 반드시 대꾸를 할걸.

피라모스   그렇지 않습니다, 공작님. 대꾸는 하지 않을 겁니다. "날 속여먹다니!"는 티스베에게 나오라는 신호이니까 이제 곧 티스베가 등장할 겁니다. 그러면 저는 돌담 틈으로 들여다볼 겁니다. 두고 보십쇼. 꼭 지금 말씀드린 것처럼 될 테니까요. 마침 들어옵니다.

티스베 등장.

티스베   "오, 돌담아! 나의 멋진 피라모스와 나의 사이를 가로막고 있는 너는 나의 한탄을 무던히도 여러 차례 들었었지. 내 앵두 같은 입술은 무던히도 여러 차례 너의 돌에 키스를 했다. 석회와 머리카락을 이겨서 쌓아올린 너의 돌에."

피라모스   "말소리가 들린다. 자, 틈바구니로 가서 티스베의 얼굴이 보이는지 보기로 하자. 티스베?"

티스베   "내 사랑, 내 사랑, 틀림없이 당신이지요?"

피라모스   "틀림없는지 어떤지 모르지만 난 당신의 연인이오. 리맨더처럼 내 진정에는 변함이 없소."

티스베   "저도 헬렌처럼, 운명의 여신한테 죽는 날까지 영원히 변함없어요."

피라모스   "프로크러스를 사모한 새펄러스도 이렇게까지 진정은 아니었을 것이오."

티스베   "프로크러스를 사모한 새펄러스와 같은 진정을 당신에게."

피라모스   "아, 키스해 주오. 이 망할 놈의 돌담 구멍으로!"

티스베   "이렇게 돌담 구멍에 키스를 합니다만, 당신 입술에는 닿지 않는군요."

피라모스   "이 길로 곧 니니의 무덤에서 만나주시겠소?"

티스베   "목숨을 잃는다 해도 지금 곧 가겠어요." (피라모스와 함께 퇴장)

돌담   "이렇게 저는 돌담 역할을 다 했습니다. 할 일을 다 했으니 물러가겠습니다." (퇴장)

테세우스 두 사람 사이를 가로막고 있던 돌담도 이렇게 해서 쫓겨나게 되는군.

데메트리우스 쫓겨나도 할 수 없습니다. 천연스럽게 서서 남의 말을 엿듣는 돌담이니까요.

히폴리타 이런 엉터리 연극은 처음 보겠어요.

테세우스 아무리 잘해도 연극이란 그림자에 지나지 않소. 그러니 아무리 나쁜 연극이라도 상상으로 보충만 한다면 그렇게 나쁘지는 않은 법이오.

히폴리타 그렇더라도 그건 당신의 상상력이고, 배우들의 상상력과는 관계가 없잖아요.

테세우스 아니오. 배우 자신들만큼만 이쪽에서 상상을 해주면 다들 썩 좋은 배우로 통할 수 있을 것이오. 야, 훌륭한 짐승 둘이 등장하는군. 달과 사자가.

사자와 달빛 등장.

사자 "숙녀 여러분, 여러분께서는 마룻바닥을 살살 기는 망측한 작은 생쥐조차 무서워할 만큼 마음씨가 순하십니다. 그래서 만일 사자가 마구 으르렁대면 대단히 놀라시고 무서워 떠시리라 생각됩니다. 따라서 말씀드립니다만 저 스너그는 가구장이인데, 우연히 무서운 사자 역할로 등장했을 뿐이고, 실은 절대로 암사자도 수사자도 아니오니 그 점을 헤아려 주시기 바랍니다. 만일 제가 정말 사자가 되어 이곳에 와서 포악을 부린다고 한다면, 그건 정말 비참한 일이 될 테니 말입니다."

테세우스 매우 온순한 짐승이구면. 게다가 아주 양심적이고.

데메트리우스 이렇게 점잖은 짐승은 처음 봅니다, 공작님.

리산드로스 하지만 용기는 여우만큼 있군요.

테세우스 사실 그렇군. 그리고 분별력은 거위만큼이고.

데메트리우스 그렇지 않습니다, 공작님. 저자의 용기를 가지고서는 분별력을 잡을 수 없지만, 여우는 거위를 잡거든요.

테세우스 아냐, 저자의 분별력을 가지고는 용기를 잡을 수 없다고나 해야겠지. 거위는 여우를 잡지 못하니 말이다. 그러니 자, 아무튼 상관없어. 그건 저자의 분별력에 맡겨두고, 달의 말이나 들어보자.

달빛 "이 각등은 초승달 모양의 뾰족한 뿔입니다⋯⋯."

데메트리우스 뿔이라면 머리에 있어야 할 텐데.

테세우스 저자 머리는 아무리 봐도 초승달은 아닌데. 뿔은 둥그런 얼굴 안에 가려져 있는 모양이지.

달빛 "이 각등은 초승달 모양의 뾰족한 뿔입니다. 저는 달님 속의 사람이라고나 할까요."

테세우스 이 연극에서 저게 가장 큰 실수다. 사람이 각등 속에 들어가 있어야 하다니, 안 그렇고서야 어떻게 달님 속의 사람이 된담?

데메트리우스 촛불이 있어서 그 속에 들어가 있을 순 없을 것입니다. 저것 보세요. 지금 한창 촛불이 타고 있습니다.

히폴리타 아, 보기 싫어. 저런 달은 빨리 퇴장해 주었으면!

테세우스 분별의 빛이 저렇게 희미한 것을 보니, 머지않아 기울 것만 같소. 하지만 예의로 보나 이치로 보나 참고 시간을 기다릴 수밖에 없구려.

리산드로스 여보게, 달빛, 어서 계속해 보게.

달빛 "제가 여러분께 아뢰고 싶은 것은, 이 각등은 달님이고, 저는 달님 속의 사람입니다. 그리고 이 가시덤불은 저의 가시나무이며, 이 개는 저의 개라는 점입니다."

데메트리우스 원, 그건 다 각등 속에 들어가 있어야 할 것 아닌가. 그것들은 모두 달님 속에 들어 있는 것들이니까. 하지만 내버려 두죠! 지금 티스베가 들어옵니다!

티스베 다시 등장.

티스베 "이것이 오래된 니니의 무덤이군. 내 사랑은 어디에?"

사자 "어흥!" (으르렁대는 소리에 티스베는 망토를 벗어 던지고 허겁지겁 달아난다)

데메트리우스 멋지게 으르렁대는군요, 사자란 놈이!

테세우스 멋지게 달아나는구나, 티스베가!

히폴리타 멋지게 비춰 대네요, 달님이! 참말로 저 달님은 제법 멋지게 비치네

요. (사자가 티스베의 망토를 물어뜯는다)

테세우스 멋지게 물어뜯는구먼, 사자란 놈이!

리산드로스 결국 사자는 물러가게 되겠군요.

데메트리우스 여기에 피라모스가 등장할 모양이지요.

피라모스 등장. 사자 퇴장.

피라모스 "정다운 달아, 네 덕분에 낮과 같이 밝구나. 이렇게 밝게 비춰 주니 고맙다. 달아, 너의 친절한 황금색의 번쩍이는 빛 덕분에 나는 티스베를 만날 수 있을 것 같구나. 그런데 가만있자…… 아이고 이런, 좀 봐라, 불쌍한 기사야, 오! 이게 무슨 무서운 슬픔이냐? 눈이 보이느냐? 어떻게 이런 일이? 오 사랑하는 사람, 내 사랑이여! 당신의 아름다운 망토가 이렇게 피에 더럽혀지다니? 오라, 잔인한 복수의 신들아, 자 운명의 신들아! 어서 와서 내 목숨의 줄을 잘라 가라. 두들겨 패고, 마구 부수고, 막 치고, 때려 죽여 다오!"

테세우스 야단법석이군. 애인이 죽고 보니 저렇게 비통한 표정이 되는 것도 마땅할 테지.

히폴리타 난 저이가 너무 가엾게 느껴져요.

피라모스 "오, 조물주여! 어쩌자고 사자를 만드셨소? 망측한 사자란 놈이 내 애인의 꽃 같은 목숨을 망쳐 놓았습니다. 절세의 미인, 이 세상에서 조금 전까지도 살아서 모두에게 사랑을 받고, 우러러보였던 것을. 아, 눈물아, 마구 쏟아져라. 칼아, 칼집을 나와서 이 피라모스의 가슴을 찔러라. 옳다, 왼쪽 가슴, 심장이 뛰고 있는 왼쪽 가슴을. (가슴을 찌른다) 이렇게 죽는다. 나는 이렇게, 이렇게 죽는다. 이제 나는 죽는다. 이젠 이 세상과는 작별이다. 내 영혼은 하늘로 날아간다. 해는 빛을 잃어버려라! 달은 달아나 다오! (달빛 퇴장) 아, 죽음이 닥쳐오는구나, 죽음이 닥쳐온다!" (자기 낯을 가린다)

데메트리우스 죽네 사네 해봤자 1점밖에 줄 가치가 없어. 이따위 연극, 공짜라면 볼까, 누가 보겠는가.

리산드로스 1점의 가치도 없는걸. 이 세상을 떠났으니까 영(零)이 아닌가.

테세우스 아, 의사의 치료를 받아 당나귀로 다시 태어나 더욱더 바보짓을 할지도 모르지.

히폴리타　어째서 달빛은 들어가 버렸을까? 티스베가 돌아와서 애인의 시체를 알아봐야 할 텐데.

테세우스　그야 별빛으로 알아보겠지. 이제 여자의 등장이군. 여자의 비탄으로 막이 내리겠지.

티스베 다시 등장.

히폴리타　피라모스가 저래 가지곤, 그리 길게 비탄하지는 않을 거예요. 제발 얼른 끝내주었으면.

데메트리우스　저런 피라모스에 이런 티스베, 앉은뱅이 저울에 달면 먼지 하나 차이라고나 할까요. 저런 남자 역할이 다 어디 있나, 여자 역할도 그렇고, 피장파장이군요.

리산드로스　여자가 다정한 눈빛으로 남자를 발견했어요.

데메트리우스　그래서 여자의 비탄이 시작된다 이런 말씀이로군……

티스베　"잠들었나요, 내 사랑? 아니, 이게 웬일일까, 죽어 있다니! 오, 피라모스, 일어나서 말을 하세요. 벙어리도 아닌데 왜 말을 안 하세요? (피라모스의 얼굴을 일으킨다) 죽었나요? 죽었어요? 무덤 속에 당신의 고운 눈을 묻어야 하겠군요. 이 백합빛 입술, 앵두빛의 코, 노란 미나리아재비 같은 볼, 모두 사라져 버렸네. 온 세상의 여인들이여, 함께 슬퍼해 다오. 이이의 눈은 부추같이 파랬는데. (운다) 오, 운명의 여신들아 어서 내게로 와서, 젖빛같이 하얀 너희들의 손을 핏덩어리 속에 적시어라. 그의 비단실 목숨줄을 너희들이 끊어 놓지 않았느냐. 혀야, 이젠 말하지 마라. 칼아, 내 가슴을 찔러라. (피라모스의 칼을 찾다가 없자, 칼집으로 찔러 자살을 한다) 잘 있어라. 이렇게 티스베는 죽는다. 안녕히, 안녕히, 안녕히." (피라모스 위에 털썩 쓰러진다)

사자, 달빛, 돌담들이 등장하고 니누스의 무덤은 커튼으로 가려진다.

테세우스　달빛과 사자가 남아서 시체를 처리하게 되겠군.

오베론, 티타니아, 퍽과 요정들의 춤 윌리엄 블레이크. 1786.

데메트리우스 네, 돌담도 같이요.

사자 아니지요, 그렇지 않습니다. 양쪽 집안을 막고 서 있던 돌담은 벌써 허물어지고 없습니다. (품 안에서 종이쪽지를 꺼낸다) 그럼 이제 끝말을 보여드릴까요? 또한 저희들 가운데 누구 두 사람에게 시골 춤이나 추게 하여 보여드릴까요?

테세우스 끝말은 제발 빼주게. 자네들의 연극은 변명의 여지가 없으니까. 끝말로 변명은 제발 하지 말게. 등장인물들은 모두 죽고, 비난받을 상대가 아무도 없으니 말일세. 하긴 이 연극의 작가가 피라모스 역할로 출연해서 티스베의 양말 대님으로 목을 매 죽었더라면, 썩 멋진 비극이 되었을 텐데 그랬군. 그건 그렇고, 정말 훌륭히들 했네. 아무튼 시골 춤이나 보여주게. 끝말은 생략하기로 하지. (달빛과 돌담이 시골 춤을 추면서 퇴장하고, 사자도 퇴장) 심야의 종은 이제 막 12시를 쳤다. 자, 연인들은 신방으로 들어가도록. 이럭저럭 요정들이 나타날 시간이 됐는가 보군. 오늘 밤엔 이렇게 늦게까지 밤샘을 해서 내일 아침에는 늦잠을 잘 듯하네. 어색한 연극이기는 했으나 덕분에 지루한 밤이 가는 줄도 몰랐군. 자, 이제 자러 갑시다. 앞으로 두 주일 동안은 밤마다 이렇게 잔치를 열고 여흥도 가지각색으로 해봅시다. (히폴리타를 데리고 퇴장. 그 뒤를 따라 연인들도 서로 손을 잡고 퇴장. 이어서 모두 퇴장)

등불이 꺼지자 무대는 컴컴해지고 타다 남은 장작불만이 보인다. 이때 퍽이 빗자루를 들고 등장.

퍽 지금은 밤중, 굶주린 사자는 으르렁대고 늑대는 땅을 보고 울어댄다. 낮일에 온통 지친 농부는 곤히 코를 골고 있다. 타다 남은 장작불은 바짝바짝 타고 있고, 비참하게 누워 있는 환자는 올빼미의 불길한 울음소리에 수의를 생각한다. 이제는 밤의 세계, 무덤은 아가리를 딱 벌리고 망령들은 무덤가 오솔길을 미끄러져 나온다. 우리네 요정들은 햇빛을 피하여 꿈같이 어둠을 좇아 달님의 마차와 나란히 달려간다. 자, 우리의 세상이다. 신나게 즐겨보자. 이 거룩한 집에 생쥐 한 마리도 얼씬대지 마라. 내 임무는 빗자루를 들고 앞에 나서서 문 뒤의 먼지를 터는 일이다.

갑자기 오베론과 티타니아와 요정들이 몰려 들어온다. 모두 초가 꽂힌 모자를 썼는데, 난로 옆으로 지나가면서 초에 불을 붙인다. 무대가 활짝 밝아진다.

오베론 다 타가는 장작불에 불을 댕겨서 이 집에 반짝이는 불빛을 주자. 요정들아, 모두 춤을 추어라. 덤불에서 날아온 새들같이 경쾌하게. 내가 노래할 테니 같이들 부르고 얼씨구절씨구 춤들을 추어라.
티타니아 (오베론에게) 먼저 당신이 한마디 한마디 장단을 맞춰서 부르시면, 모두들 손에 손을 맞잡고, 곡조도 아름답게 노래 부르며 이 집을 축복하기로 하죠.
오베론 (먼저 노래를 부르고, 그 뒤에 요정들이 합창을 한다. 노래를 부르면서 손을 맞잡고 춤을 추며 무대 뒤를 돈다)

자, 요정들아, 날이 샐 때까지

이 집을 돌아다니자꾸나.
우리 둘이는 새색시 신방에 가서,
축복을 해주자꾸나.
태어날 아이에게도,
행운을 빌어주자꾸나.
세 쌍의 신랑 신부,
늘 진실하게 사랑하라.
그들의 아이들은,
흠 없이 태어나라.
사마귀, 언청이, 흉터 같은,
불길한 흠을 지고
행여 세상에 태어나서
멸시를 받게 되지 말라.
요정들아, 저마다 가서,
들의 이슬을 따다가
이 집의 방방마다 뿌리고
흐뭇하게 축복하여,
이 궁궐 주인을 영원히 축복하게 하라.
자, 뛰어들 가라, 머뭇거리지 말고.
새벽까진 돌아오라. (퍽만 남고 요정들 퇴장)

퍽 혹시 저희 요정들이 한 짓이 마음에 안 드시거든, 이렇게만 생각해 주십시오. 잠시 졸고 계시는 틈에 꿈을 꾸신 거라고요. 그래야 화도 풀리실 테니까요. 이 보잘것없고 애처로운 꿈같은 연극을 꾸짖진 마십시오. 너그럽게 용서를 해주신다면, 앞으로 저희들이 힘써 고쳐 나가겠습니다. 다행스럽게도 비난의 꾸짖음을 피하게 된다면 머지않아 좀더 나은 솜씨를 보여드리겠습니다. 모두를 대표하여 이 정직한 퍽이 약속하오니, 그렇지 않으면 저를 거짓말쟁이라 부르셔도 좋습니다. 그럼 안녕히들 주무십시오. 마음에 드신다면, 박수를 쳐주십시오. 그럼, 무대 위에서 다시 뵙겠습니다. (퇴장)

The Merchant of Venice
베니스의 상인

[등장인물]

베니스의 공작

모로코 왕자 ⎫
　　　　　⎬ 포르티아의 구혼자
아라곤 왕자 ⎭

안토니오　베니스의 상인(商人)

바사니오　안토니오의 친구, 포르티아의 구혼자

그라티아노 ⎫
　　　　　　⎪
솔라니오(또는 살라니오) ⎪
　　　　　　⎬ 안토니오와 바사니오의 친구
살레리오 ⎪
　　　　　　⎪
살라리노 ⎭

로렌조　제시카의 연인

샤일록　유대인 고리대금업자

투발　유대인, 샤일록의 친구

란슬롯 고보　어릿광대, 샤일록의 하인

고보 노인　란슬롯의 아버지

레오나르도　바사니오의 하인

발타자르 ⎫
　　　　　⎬ 포르티아의 하인
스테파노 ⎭

포르티아　벨몬트의 부잣집 딸

네리사　포시아의 시녀

제시카　샤일록의 딸

그 밖에 베니스의 고관들, 재판소 직원들, 교도관, 하인들, 시종들 등

[장소]

베니스, 그리고 벨몬트

베니스의 상인

〔제1막 제1장〕

베니스. 어느 거리.
안토니오, 살라리노, 솔라니오 등장.

안토니오　정말로 내가 왜 이렇게 슬픈지 모르겠어. 나를 지치게 만들고, 너도 지치게 만드는구나. 그런데 내가 어쩌다 그 병에 걸렸고, 그것을 알게 되었는지, 어떻게 하다가 걸린 병인지 알다가도 모르겠어. 그 병의 특성이 무엇이고, 어디에서 비롯되었는지를 꼭 알아야겠어. 나를 이렇게 우울하게 만드는 것이 무엇인지를 제대로 알아낼 수 없다면 나는 나 자신을 몰라도 너무 모르는 것이지.

살라리노　자네 마음은 드넓은 바다 위에서 흔들리는 걸세. 자네의 상선들이 당당한 돛을 달고 바다의 귀족이나 부자처럼—아니, 바다의 구경거리라고나 할까—굽실대고 황공해하는 작은 배들을 본체만체, 날개 같은 돛을 달고 쏜살같이 날아가고 있으니 말일세.

솔라니오　아무튼 나 같은 사람이 그런 모험을 한다면, 내 마음의 대부분은 바다 위에 떠 있을 거야. 풀잎을 뽑아서는 바람결을 알아보고, 항구와 부두, 정박지를 찾느라고 지도와 씨름을 하곤 할 거야. 그리고 내 배에 조금이라도 걱정될 만한 일이 생겨도 우울해지고 말이야.

살라리노　나 같은 놈은 훅훅 불어서 국을 식히는 입김만 봐도, 이게 바다에서 일어나는 큰 바람이라면 어찌 될까 하는 생각 때문에 학질에 걸리고 말 거야. 그리고 모래시계에서 모래가 흘러내리는 것만 봐도 여울이나 갯바닥을 떠올리고, 상품을 가득 실은 나의 앤드루호(號)가 모래에 박혀 돛대 꼭대기가 늑재(肋材)보다 더 낮게 쓰러져서 제 무덤에 입맞추는 장면을 상상할 거야.

또 교회에 가서 그 성스러운 석조 건물만 봐도 당장 험한 암초가 눈앞에 선할 테고. 이 암초가 옆구리에 닿기만 하면 향료는 온통 바다에 흩어질 것이고, 파도는 비단옷으로 장식될 게 아닌가. 말하자면 이제까지 있던 엄청난 재산이 순식간에 날아가 버릴 판국이니, 그런 사고를 생각하면 우울해질 수밖에 없다는 것쯤은 나도 아네. 안토니오, 자네가 무역품을 걱정해서 우울하다는 것쯤은 나도 알고 있다네.

안토니오　실은 그게 아니네. 다행히도 배 한 척에만 투자해 놓은 것도 아니고 돈을 넣어둔 곳도 한두 군데가 아니네. 그리고 내 모든 재산이 올 한 해의 운수에만 달린 것도 아니라네. 그러니 나는 장사 때문에 우울한 건 아닐세.

솔라니오　그럼 사랑에 빠진 모양이로군.

안토니오　전혀, 천만에!

솔라니오　사랑도 아니라고? 옳지, 그럼 즐겁지 않으니 우울해하는 거라고 해둘까? 말하자면 웃고 뛰면서 슬프지 않으니 즐겁다고 할 수 있는 것과 마찬가지지. 그건 그렇고, 두 얼굴의 신 야누스를 두고 맹세하지 않더라도 조물주는 참으로 묘한 인간들을 만들어 놓았지. 글쎄, 밤낮 가느다란 눈을 하고서 우습지도 않은 백파이프 부는 사람만 봐도 앵무새같이 깔깔대는 자가 있는가 하면, 늘 이맛살을 찌푸리고서 저 네스토르[1]가 우습다고 보증하는 농담에도 절대로 이를 드러내며 웃지 않는 자도 있거든.

　바사니오, 로렌조, 그라티아노 등장.

솔라니오　자네의 가장 친한 친구 바사니오가 오는군. 그라티아노와 로렌조도 같이. 마침 좋은 친구들이 왔으니까 우리는 이만 실례하겠네.

살라리노　나도 좀더 함께 있다가 자네 마음을 위로해 줄까 했지만, 마침 더 훌륭한 친구들이 왔으니 이만 가봐야겠네.

안토니오　자네들도 내게는 훌륭한 친구들이네. 볼일들이 있으니 마침 잘됐다 하고 달아날 모양이지.

---

1) 그리스 신화에서 주로 현명한 노인으로 등장하는 영웅. 필로스의 왕이자 트로이 원정에 참가한 그리스군의 최고령 장수로, 노련하고 현명한 조언자 역할을 했다.

살라리노　어서들 오게. 반갑네.

바사니오　(다가오면서) 여, 이 친구들 오랜만일세. 언제 또 한잔하지 않겠나? 언제가 좋을까? 몹시 서먹서먹들한데, 정말 그러기야?

살라리노　다음에 틈을 내서 또 만나세. (솔라니오와 함께 퇴장)

로렌조　바사니오, 이제 안토니오를 만났으니까, 우리 두 사람은 이만 가보겠네. 하지만 저녁때 보기로 한 약속은 부디 잊지 말게.

바사니오　걱정 말게. 반드시 가겠네.

그라티아노　안토니오, 얼굴빛이 좋지 않군그래. 세상일을 지나치게 생각하기 때문이지. 걱정을 너무하면 얻은 것도 잃게 되네. 사람이 이렇게 변해서야 원.

안토니오　여보게, 그라티아노, 나는 세상일을 그저 세상일로만 보네. 말하자면 이 세상은 하나의 무대이고 누구나 한 가지 역할을 맡고 있는데, 나는 우울한 남자 역할이야.

그라티아노　그렇다면 난 광대 역할이나 맡아서 즐겁게 웃고 주름살이나 잔뜩 생기게 해야겠군. 그리고 마음을 다쳐서 심장을 식히기보다는 차라리 술이라도 마셔서 간을 뜨겁게 하겠어. 따뜻한 피가 흐르는 인간이 자기 조상님 석고상처럼 가만히 앉아서 눈을 뜨고도 졸고 있고, 심술만 부려 황달병에 걸릴 필요는 없으니까 말이야. 그런데 안토니오…… 나는 자네를 좋아하네. 좋아하니까 이런 말도 하네만…… 세상에는 묘한 사람도 있다네. 물이 괸 연못같이 얼굴에 뿌옇게 막을 쓰고선 지혜롭다느니 신중하다느니 사려 깊다느니 하는 세상의 평을 받고 싶어서 일부러 침묵을 지키고, "나는 예언자다. 내가 입을 열 때는 개도 짖지 못하게 하라" 말하는 족속들 말일세. 오, 안토니오, 나는 그런 작자들을 알고 있네만, 말을 전혀 않는 걸 가지고 현명한 사람으로 대우받고 있지. 그러나 그것들이 일단 입을 열었다 하면 곁에 있는 사람은 그 바보 같은 소리에 귀를 틀어막을 수밖에 없다네. 아니, 이런 이야기는 나중에 더 상세히 하겠네. 하지만 이 우울증의 미끼를 가지고 세상의 평판이라는 멍청한 새끼 잉어를 낚지는 말게…… 여보게 로렌조, 우리는 이만 실례하세. 그리고 내 설교는 저녁 뒤에나 끝맺기로 하지.

로렌조　그럼 이따 다시 만나지. 나는 방금 말한 그 벙어리 군자나 될 수밖에.

그라티아노가 말할 기회를 안 주니 말일세.

그라티아노 앞으로 나와 2년만 더 사귀어 보게. 자네는 자신의 목소리조차 잊고 말 테니까.

안토니오 잘들 가게. 이젠 나도 좀 수다스러워져야겠는걸.

그라티아노 고맙네. 침묵이 칭찬받는 건 암소의 마른 혀나 안 팔린 노처녀밖에 없다네. (로렌조와 함께 퇴장)

안토니오 그런 걸 다 말이라고 지껄이다니!

바사니오 그라티아노는 무던히 허풍을 떠는군. 아마 그 점에선 베니스 전체에서 으뜸일 거야. 그자 이야기 가운데 도리에 맞는 말은 두 말(斗)의 겨 속에 섞여 있는 낟알 두 개 격으로, 온종일 수고해야 찾을 수 있을걸. 하긴 그렇게 찾아내 봤자 그만한 가치도 없는 것이지만.

안토니오 그건 그렇고, 자 이야기해 보게. 자네가 남몰래 찾아가 보겠다던 그 처녀 말이야. 오늘은 말하겠다고 나와 약속하지 않았나?

바사니오 여보게, 자네도 모르는 바 아니겠지만, 난 내 미약한 재력으로는 도저히 감당하지 못할 만큼 호화스러운 생활을 해놔서 재산을 거의 다 써 버렸어. 지금 그런 호화스러운 생활과 작별하고 싶지 않아서 그런 것이 아니라, 내 걱정은 어떻게 해서든지 그 큰 빚을 해결하자는 것일세. 좀 지나친 낭비 때문에 짊어진 빚 말이야. 여보게 안토니오, 돈으로 보나 우정으로 보나 나는 자네 신세를 많이 졌어. 그래서 오늘 나는 자네 우정을 믿고 내 계획과 목적을 모조리 털어놓겠네. 내가 진 빚을 벗어날 방법 말이야.

안토니오 여보게 바사니오, 부디 이야기해 보게. 체면에 대한 일만 아니라면, 자네가 그럴 리야 없으리라고 생각하네만, 아무튼 내 돈주머니고 내 몸뚱이고 내 힘으로 할 수 있는 것은 모두 자네 편의를 위해서 제공하겠네.

바사니오 학창 시절 이야기지만, 나는 화살을 하나 잃으면 그 화살을 찾기 위해 다른 화살을 같은 높이와 방향으로 쏘아서 그 화살이 날아가는 방향을 조심스럽게 지켜보곤 했네. 이렇게 둘을 다 모험한 끝에 찾은 적도 한두 번이 아니었어. 이렇게 아이 때 경험을 이야기하는 것은, 이제 내가 말하려는 것도 순전히 유치한 내용이네만⋯⋯ 자네한테 진 빚도 많은데 괘씸한 말 같지만 그 빚은 때인 셈 치게⋯⋯ 그러나 하나만 더 처음에 쏜 화살과 같은 방

영화 〈베니스의 상인〉 마이클 래드포드 감독, 제레미 아이언즈(안토니오 역) 조셉 파인즈(바사니오 역) 출연, 2004.

향으로 화살을 쏘아준다면 과녁은 내가 잘 눈여겨 둘 테니, 틀림없이 둘 다 찾게 되든가 적어도 나중 것만은 찾아와서 다행히도 처음에 진 빚만 남게 될 테니.

안토니오 자네는 나를 잘 알잖나. 그러면서 내 우정을 먼발치로 떠보는 건 시간 낭비네. 무엇보다 내가 자네를 위해서 최선을 다해 줄 것인지를 의심하다니, 이건 자네가 내 재산을 모두 써버리는 것보다 더한 모욕이네. 그러니 내 힘으로 할 수 있는 일이라면 하라고 말만 해주게. 나는 기꺼이 하겠네. 자, 말해 보게.

바사니오 벨몬트에 엄청난 유산을 물려받은 여자가 있는데, 무척 아름답기도 하지만 그보다도 인품이 뛰어나고 고결하다네. 나는 그녀의 눈에서 말 없는 정다운 메시지를 전해 받곤 했지만…… 이름은 포르티아인데, 카토의 딸로 브루투스의 아내였던 저 유명한 로마의 포르키아(Porcia)에 비해 조금도 손색이 없을뿐더러 얌전하다는 소문이 하도 세상에 널리 퍼져서 동서남북 할 것 없이 모든 바닷가에서 유명한 구혼자들이 밀려들고 있다네. 그녀의 빛나는 금발은 황금의 양털같이 이마에 늘어져 있는데, 이 때문에 그녀가 살고 있는 벨몬트에는 옛날이야기에 이아손[2]이 찾아갔다는 콜키스 해안과 마찬가지로 수많은 구혼자들이 그녀를 찾아들고 있다네. 그런데 여보게 안토니오, 그들과 경쟁할 만한 재력만 있다면, 내 예감이네만 나는 반드시 승리해 행운을 누릴 수 있을 것만 같네.

안토니오 그러나 알다시피 내 모든 재산은 바다 위에 있거든. 손안에 현금도 없고 상품도 없으니까, 돈을 빌리러 가보세. 베니스 시내에서 내 신용을 담보로 빌려보세…… 무리를 해서라도 최선을 다해 보세. 벨몬트의 아름다운 포르티아를 찾아갈 돈쯤은 어떻게 되겠지. 자, 어서 가서 돈을 얻을 만한 곳을 알아보게. 나도 알아보겠네. 내 신용으로나 친분으로나 돈푼쯤은 얻을 수 있을 거네. (모두 퇴장)

〔제1막 2장〕

벨몬트. 포르티아 집의 어느 방.
포르티아와 몸종 네리사 등장.

포르티아 네리사, 내 조그만 몸뚱이는 이 커다란 세상이 정말로 싫어졌다.
네리사 그러실 테지요, 아가씨. 아가씨의 행복만큼 불행도 그렇게 많으시다면 그럴지도 모르죠. 하지만 사람은 행복에 겨우면 가난에 쪼들릴 때와 마찬가지로 괴롭다고 해요. 그러니까 중간쯤의 처지로 사는 것이 행복이랍니다. 지나치게 풍요로우면 머리가 일찍 세지만, 적당히 누리면 오래 산다잖아요.
포르티아 옳은 이치다. 말도 잘하는군.
네리사 그 말을 잘 지키면 더욱 좋을 거예요.
포르티아 누가 아니래. 선행을 하기가 선행을 알기처럼 쉽다면야, 조그마한 예배실도 큰 교회와 같을 테고, 오두막집도 궁궐이나 다름없겠지. 자신

---

2) 그리스 신화에 나오는 영웅. 아버지 아이손이 빼앗긴 왕권을 되찾기 위해 이올코스의 왕 펠리아스의 요구에 따라 아르고호 원정대를 결성하여 잠들지 않는 용이 지키는 콜키스의 황금 양털을 가져왔다.

1막 2장, 포르티아와 네리사 프리드리히 브로크만. 1849.

의 가르침을 따르는 성직자는 훌륭한 분이야. 나만 하더라도 스무 명에게 선행을 하라고 가르치기는 쉽겠지만, 그런 가르침을 실천하기는 어려워. 머릿속에서는 아무리 감정을 억제하는 법칙을 세워도 혈기는 그런 차디찬 명령쯤은 뛰어넘어 버리거든. 청춘은 미친 토끼 같다고나 할까, 절름발이 같은 이성의 그물쯤은 뛰어넘고 마는걸. 하지만 이런 이치를 따져봤자 남편을 고를 수 있는 것도 아니고…… 아, 원수 같은 이 고른다는 말! 마음에 드는 사람을 고르지도 못하고, 싫은 사람을 물리치지도 못하는 내 신세 좀 봐. 살아 있는 딸의 뜻이 죽은 아버지의 유언에 이렇게까지 제한을 받아야 하다니…… 얘, 네리사, 선택도 거절도 자유롭게 하지 못하다니 좀 가혹하지 않니?

네리사 아버님은 참 훌륭한 분이셨어요. 성인은 운명하실 땐 영특한 생각이 떠오른다잖아요. 그러니까 아버님께서 금과 은과 납의 세 상자에 제비를 넣어놓으라고, 그 어른의 뜻을 뽑는 사람이라야 아가씨를 뽑는 것으로 계획해 놓으셨지만, 진정으로 아가씨를 사랑하는 분이라야만 그 제비를 뽑을 수 있을 거예요. 그건 그렇고 이제까지 찾아온 왕족과 귀족 청혼자들 가운데 혹시 마음에 드는 분이라도 있으신지요?

포르티아 그럼 수고스럽지만 한 분 한 분 이름을 대봐라. 이름을 대면 내가 인품을 말할 테니, 그 말로 내 마음을 짐작해도 좋아.

네리사 첫째, 나폴리 왕자가 있습니다.

포르티아 아, 그는 망아지나 다름없어. 그래서 그런지 밤낮 자기 말[馬] 이야기만 하더구나. 그리고 손수 말에 편자를 신길 수 있다는 것을 굉장히 자랑삼더구나. 그의 어머니가 대장장이와 뭐가 있었는지도 모르지.

네리사 다음에는 팔라틴 백작입니다.

포르티아 그 사람은 얼굴을 찌푸리는 것밖에 모르고, 마치 "내가 싫거든 맘대로 하라!"는 것 같아. 그리고 재미있는 이야기를 들어도 웃지를 않는데, 아마 그런 사람이 늙으면 삶을 비관하는 철학자가 되지 않을까? 글쎄, 젊은이가 그토록 무례한 슬픔에 빠져 있다니 말이야. 그런 이들과 결혼하느니 차라리 뼈다귀를 물고 있는 해골하고 결혼하겠어. 하느님, 그 둘로부터 저를 지켜주소서!

네리사 그럼 프랑스 귀족 르 봉 씨는 어떠세요?

포르티아 그도 하느님이 만드셨으니까 사람 대접은 해줘야 하겠지? 남의 흉을 보는 게 죄라는 것쯤은 나도 알고 있지만, 그는 참기 어려운 정도야. 글쎄, 말에 대해선 나폴리 왕을 뺨치고, 찌푸리는 버릇은 백작보다 한술 더 뜨는 걸…… 개성이 없는 소인배랄까…… 지빠귀가 울면 바로 껑충대고…… 제 그림자하고도 싸움을 할 거야. 그런 수다쟁이와 결혼하면 남편 스무 명을 얻는 것과 마찬가지가 되잖니…… 그가 나를 미워하더라도 나는 용서해 줄 수 있어. 미칠 듯이 사랑한대도 나는 조금도 마음이 없으니 말이다.

네리사 그럼 잉글랜드의 젊은 팰컨브리지 남작은 어떠세요?

포르티아 그 사람하고는 어디 말이 통해야지. 그쪽에선 내 말을 못 알아듣고 나는 그쪽 말을 못 알아들으니까. 그와는 라틴 말도 프랑스 말도 이탈리아 말도 통하지 않아. 나는 또 영어라고는, 네가 증인을 서도 좋지만 한마디도 모르잖니. 맵시 좋은 미남이긴 하더라만, 아! 벙어리 인형이랑 어떻게 말을 주고받겠어? 그의 옷차림은 참 볼만하더라! 아무래도 조끼는 이탈리아에서, 홀태바지는 프랑스에서, 모자는 독일에서, 그리고 예의범절은 세계 곳곳에서 따로 사들인 모양이야.

네리사 그분 이웃 나라에서 오신 스코틀랜드의 귀족은 어떻게 생각하세요?

포르티아 그 사람은 이웃 간의 인심이 대단하더군. 글쎄, 그 잉글랜드인한테 따귀를 한 대 얻어맞자 형편이 피면 반드시 갚겠다는 거야. 그런데 이 일은 저 프랑스 사람이 그의 보증을 서고 도장을 찍었나 보더라.

네리사 그럼 작센 공작의 조카라는 젊은 독일인은요?

포르티아 그는 술이 취하지 않은 아침에도 고약하지만, 저녁때 술에 취하면 정말 개망나니더라. 가장 좋을 때도 인간 이하고, 가장 나쁠 때는 짐승이나 별 차이가 없어…… 그러니 난 최악의 경우가 오더라도 그 사람 신세는 지지 않도록 해야겠다.

네리사 만약에 그분이 상자를 고르겠다고 대들어서 바른 상자를 골라내는 경우, 아가씨가 거절하시면 그건 아버님의 유언을 거스르는 일이지요.

포르티아 그러니 그런 일이 없도록 제발 엉뚱한 상자 위에 라인산(産) 포도주를 가득 따른 술잔을 갖다놔. 그렇게 해놓으면 그 상자 속에 악마가 들어 있더라도 곁에 술이라는 유혹이 있으니, 그 상자를 고르고 말겠지. 얘, 네리사, 난 무슨 짓을 해서라도 그런 술꾼과는 결혼하지 않겠어.

네리사 걱정 마세요, 아가씨. 그분들 누구와도 결혼은 하지 않게 될 테니까요…… 그분들이 제게 말하기를, 다들 고국으로 돌아가기로 하고 다시 청혼 문제로 아가씨를 괴롭히지 않겠다고 했어요. 그야 상자를 고르라는 아버님의 유언 말고 다른 방법으로 결혼할 수 있다면 이야기가 다르지만요.

포르티아 나는 시빌레[3]처럼 나이를 많이 먹는다 할지라도, 아버지 유언대로 남편감을 얻지 못한다면, 달의 여신 디아나처럼 독신으로 살다 죽을 테다. 아무튼 구혼자들이 그렇게 사리 분별할 줄 안다니 고맙구나. 떠나지 않으려는 사람이 하나도 없으니 말이다. 제발 하느님 덕분에 편히들 가시기만 바랄 뿐이다.

네리사 아가씨, 혹시 아버님 살아 계실 때 몽페라 후작과 같이 오신 베니스 사람으로, 학자이자 군인이었던 분을 기억하세요?

포르티아 그래그래, 바사니오 씨 말이지? 아마 그런 이름이었지?

네리사 네, 맞아요. 멍청한 이 눈으로 뵌 분 중에는, 아름다운 아내를 맞을 만한 분으로 가장 알맞았어요.

포르티아 나도 잘 기억하고 있어. 그리고 네 칭찬처럼 훌륭한 분인 것 같더구나.

하인 등장.

포르티아 왜? 무슨 일이냐?

하인 손님 네 분이 아가씨를 뵙고 떠나시겠답니다. 그리고 다섯 번째 손님이신 모로코 왕자 쪽에서 먼저 보낸 사신이 도착했는데, 왕자께서 오늘 밤 이곳에 도착하신답니다.

포르티아 손님 네 분을 보내는 기쁜 마음으로 다섯 번째 분을 맞을 수 있다면 오죽이나 반갑겠니. 하지만 그분의 성품이 성자 같을지라도 얼굴이 마귀 같을 바에야, 나를 아내로 얻기보다 차라리 내 고해를 받을 신부가 되시는 게 나을걸. 그럼 네리사, 너는 먼저 들어가거라. 청혼자 한 분을 보내고 나니 또 다른 분이 찾아오는구나. (모두 퇴장)

---

3) 그리스 신화에 나오는 무녀(巫女)로 '시빌', '시빌라'라고도 한다. 아폴론은 시빌레에게 구애하면서 무슨 소원이든 들어주겠다고 했는데, 시빌레는 손에 한 움큼의 모래를 쥐고 모래알의 수만큼 수명을 내려달라고 말했다. 그러나 젊음을 유지하게 해달라는 말은 하지 않은 데다가 결국 아폴론의 구애를 받아들이지 않았으므로, 성난 아폴론은 그녀에게 모래알만큼의 수명은 주었지만 그만큼 늙도록 내버려 두었다.

베니스. 광장.

바사니오와 샤일록 등장.

샤일록 3천 더컷이라⋯⋯ 음.

바사니오 예, 그것을 석 달만 좀.

샤일록 석 달이라⋯⋯ 음.

바사니오 아까도 말했지만, 보증은 안토니오가 서니까요.

샤일록 보증은 안토니오가⋯⋯ 음.

바사니오 도와줄 수 있겠소? 부탁을 들어주겠소? 대답을 해주시오.

샤일록 3천 더컷을 석 달 동안, 그리고 보증은 안토니오가 선다⋯⋯.

바사니오 그 대답을 해달라니까요.

샤일록 안토니오는 좋은 사람이오.

바사니오 반대되는 평판이라도 들었나요?

샤일록 오! 아니오, 아니오, 아니오, 천만에요⋯⋯ 내가 그를 좋은 사람이라 한 것은, 틀림이 없는 사람이라는 뜻이오. 하지만 그의 재산은 확실치가 않소⋯⋯ 그의 상선 한 척은 트리폴리스로, 다른 한 척은 인도로 가는 중이라는데. 이 밖에도 리알토의 상업 거래소에서 듣자니 세 번째 배는 멕시코로, 네 번째 배는 잉글랜드로 나가 있고, 그 사람의 다른 자본들도 세계 곳곳에 흩어져 있다더군요. 그런데 배라는 건 널빤지일 뿐이고, 선원이란 것도 보통 사람일 뿐이지요. 게다가 땅쥐에 물쥐, 땅도둑에 물도둑―해적 말입니다만⋯⋯ 이런 것들이 있는가 하면 폭풍우와 암초의 위험까지 있잖습니까? 그건 그렇더라도 그 사람 같으면 틀림이 없지요. 3천 더컷이라⋯⋯ 그의 보증을 받아도 되리라 생각하오.

바사니오 그럴 만하니 믿어요.

샤일록 그럴 만하니 믿어보기로 하죠. 그렇게 하자면 생각 좀 해봐야겠소. 안토니오와 만나서 이야기할 수 있나요?

바사니오 괜찮으시다면 같이 식사나 합시다.

샤일록 음, 돼지고기 냄새를 맡으란 말이죠. 저 나사렛의 예언자가 요술을 써
서 마귀를 돼지 배 속에 몰아넣었다는 그 마귀의 집을 먹으란 말이죠! 당신
들과 거래도 하고, 함께 산책도 하고, 같이 이야기도 하고, 이 밖에 다른 일
도 하겠소만, 식사나 술은 못하겠소…… 리알토에서 무슨 소식이라도 있던가
요? 저기 오는 사람은 누구요?

안토니오 등장.

바사니오 안토니오군. (안토니오를 한쪽으로 데리고 간다)
샤일록 (혼잣말로) 어쩌면 저렇게도 아첨하는 세리 같은 낯짝을 하고 있을까!
저놈이 그리스도교도이기 때문에 밉단 말이야. 그뿐인가, 바보 같은 자비심
을 베풀어 무이자로 돈을 빌려주고는, 베니스의 우리 대금업자 사이에 이자
를 떨어뜨리기 때문에 더욱 미워 죽겠어. 나한테 약점을 한 번만 잡혀봐라,
쌓이고 쌓인 원한을 톡톡히 갚고 말 테다…… 저 녀석은 우리네 신성한 유대
민족을 증오하고 상인들이 가득 모인 곳에서도 나를, 내 장사를 비난하거든.
그리고 정당하게 모은 내 재산을 비난하거든. 저런 놈을 내버려 두면 우리
민족이 저주를 받을 것이다!
바사니오 샤일록 씨!
샤일록 아, 지금 나는 현금을 따져보고 있는 중이지만, 아무리 기억을 더듬어
봐도 3천 더컷이란 큰돈을 당장 마련하진 못할 것 같소. 하지만 염려 마시오.
우리 동족에 투발이라는 부자가 있으니 부탁해 봅시다. 가만있자…… 몇 달
동안 쓴다고 했지요? (안토니오에게 인사를 하면서) 안녕하시오, 지금 막 당신 이
야기를 하던 참이었소.
안토니오 샤일록 씨, 나는 이자 없이 돈거래를 해왔소만, 이 친구가 급히 필요
하다니까 이번만은 깨뜨리겠소…… (바사니오에게) 얼마 필요한지 이야기했나?
샤일록 아, 예, 3천 더컷이라죠.
안토니오 그걸 석 달만.
샤일록 아차, 깜박 잊었었구려…… 석 달이죠. 그럼 당신의 보증을 받읍시다.
그런데 가만있자…… 지금 당신 말을 듣자니, 이자 있는 돈거래는 안 한다

샤일록(허버트 비어봄 트리 분) 찰스 부헬. 1914.

고요?

안토니오 그렇소.

샤일록 야곱이 자기 외삼촌 라반의 양을 치던 시절의 이야기인데, 그런데 이
　　야곱으로 말하자면 우리의 거룩한 조상 아브라함의 3대째 상속자가 됐습니

다만······ 그의 현명한 어머니 덕분에 그렇게 된 것이지요······ 아무튼 3대째 상속자가 됐지요.

안토니오 그래, 그분이 어쨌단 말이오? 이자라도 받았단 말이오?

샤일록 천만에요, 이자를 받다뇨······ 당신 말처럼 직접 이자를 받은 것이 아니죠······ 그러나 그분이 어떻게 했나 좀 들어보시오. 글쎄 외삼촌과 조카 사이에 이런 약속을 했답니다. 만약 양이 새끼를 낳으면 그중에서 줄진 놈, 점박힌 놈은 모조리 야곱이 품삯으로 차지하기로요. 그런데 그해 늦은 가을에 발정한 암양이 숫양을 찾아가서 양들 사이에 생식 활동이 행해지는 틈에, 이 영리한 목동은 나뭇가지 껍질을 벗겨서 교미가 절정에 달한 암양 눈앞에 꽉 박아 세워 놓았답니다. 그래서 암양이 새끼를 배고 해산 달이 되자 점박이만 잔뜩 낳는데, 모두 야곱 차지가 됐지요. 이것이 부자가 되는 방법입니다. 야곱, 참 복이 많으셨지요. 부자가 되는 건 축복할 일이지요. 도둑질만 하지 않는다면 말입니다.

안토니오 야곱이 한 일은, 그건 하나의 투기요······ 자기 힘으로 그렇게 된 게 아니라 순전히 하느님의 손에 의해 좌우된 것이오. 그래, 이자를 정당화하려고 성경 이야기까지 꺼낸 거요? 아니면 당신네 금은은 모두 암양 숫양들이란 말이오?

샤일록 글쎄요. 아무튼 나는 돈도 자주 새끼를 치게 합니다······ 하지만 내 말을 들어보시오.

안토니오 (바사니오에게만 들리게) 저 소리 들었나, 바사니오? 악마도 제 잇속을 위해서라면 성경을 인용한다네. 나쁜 놈이 성경을 들어서 증거를 대는 건 악당의 웃음이나 같은 걸세. 속이 썩은 사과 같은······ 아, 속은 겉보기와 다르단 말이야!

샤일록 3천 더컷이라······ 상당히 큰돈이군. 열두 달 가운데 석 달이라. 이자를 좀 쳐봐야지.

안토니오 그래, 신세 좀 져도 되겠소?

샤일록 안토니오 씨, 당신은 여러 번 리알토에서 나를 욕했지요. 내 대금과 이자에 대해서요. 그래도 나는 어깨를 움츠리고 다 참아왔소. 참을성은 우리 민족의 특성이니까요. 나를 이단자니, 살인자니, 개니 하면서 당신은 우리 유대인의 웃옷에 침을 뱉었소. 내가 내 것을 쓴다고 해서 말이오. 그런데 이제 보니 내 도움이 필요한 것 같구려. 그래서 내게 와서 하는 말이 "샤일록, 돈 좀 꾸어줄 수 없겠느냐"는 말이죠. 당신은 내 수염에 가래침을 뱉고, 도둑개를 차듯이 나를 문지방에서 차내더니, 이제 와선 돈을 청하시는구려. 글쎄 뭐라 말해야 좋을까요? "개가 어디 돈이 있나요? 들개가 과연 3천 더컷을 융통해 줄 능력이 있을까요?" 말해야 좋을까요? 아니면 내가 엎드려서 종놈 같은 말투로 숨을 죽여 가면서 중얼거려야 할까요? "나리께서는 지난 수요일에 내게 침을 뱉고⋯⋯ 그 어느 날에는 나를 발길로 차고, 언젠가는 개라고 불렀지요. 그런 친절에 대한 보답으로 그런 큰돈을 빌려드리리다" 이렇게요?

안토니오 나는 앞으로도 그렇게 욕을 하고, 침을 뱉고, 발길로 차고 하겠소. 이 돈을 빌려주더라도 행여 친구에게 빌려준 거라고는 생각하지 마오⋯⋯ 친구끼리 누가 돈을 꿔주고 이자를 받는단 말이오? 그러니 원수한테 돈을 꿔줬노라 생각하구려. 그렇게 하면 계약을 어길 경우에는 떳떳이 위약금을 청구할 수 있을 테니까요.

샤일록 아니, 왜 이렇게 야단이시오! 나는 당신하고 사귀어서 우정도 나누고 싶고, 여태껏 받은 모욕도 싹 잊고 이자는 한 푼 없이 지금 필요하다는 돈을 마련해 줄 생각이었는데, 내 말은 들으려 하지 않는구려. 이건 내 좋은 마음에서 우러난 건데요.

안토니오 사실이 그렇다면 고맙소만.

샤일록 그럼 내 친절을 보여드리리다. 자, 함께 공증인에게 가서 단독 명의로도 좋으니까 계약서에 도장을 찍어주오. 그리고 이건 장난 삼아 이야깁니다만, 만약 그 계약서에 명시된 금액을 정해진 날짜, 정해진 장소에서 갚지 못할 때에는 위약금 조로 당신의 기름진 살을 꼭 1파운드만 내 마음대로 어디서나 베어내기로 하면 어떻겠소?

안토니오 아, 좋소. 그럼 계약서에 도장을 찍으리다. 그리고 유대 사람도 매우 친절하더라고 세상에 알리겠소.

바사니오 여보게, 나 때문에 그런 계약서에 도장을 찍으면 안 되네. 내가 궁색한 것쯤은 차라리 참겠네.

안토니오 이 사람아, 걱정할 건 없어. 나는 약속을 어기지 않을 테니까. 두 달

안에, 글쎄 계약서의 기한보다 한 달이나 앞서 계약서에 씐 액수의 아홉 배나 되는 돈이 들어올 예정이니 말이야.

샤일록 오 아브라함 조상님, 이 기독교도를 좀 보십시오. 자기들 거래가 빡빡하니까 남의 속까지 의심하는 모양입니다! 자, 한마디 물어보겠소…… 날짜를 어기는 경우, 그것으로 내게 무슨 이득이 있겠소? 사람 몸에서 베어낸 살 1파운드는 양고기나 소고기나 염소고기보다도 쓸데없고 가치도 없소. 나는 호의를 사려고 이만한 우정을 베푸는 거요. 받아준다면 좋고, 싫다면 하는 수 없죠. 그러나 제발 내 마음을 오해하지는 마오.

안토니오 좋소, 그 계약서에 도장을 찍으리다.

샤일록 그러면 공증인 집에서 곧 만납시다. 이 재미있는 증서를 작성해 놓도록 지시해 주오. 나는 가서 곧 돈을 마련하리다. 그런데 되지 못한 놈한테 집을 맡겨 놓고 왔기 때문에 걱정스러우니, 집에 좀 다녀와야겠소. 그러고 나서 곧 만나러 오리다.

안토니오 친절한 유대인, 얼른 다녀오구려. (샤일록 퇴장) 저 히브리인이 그리스도교인으로 돌아설 작정일까…… 점점 친절해지네.

바사니오 입은 번지르르하지만 뱃속은 시커먼 놈이 나는 싫단 말이야.

안토니오 자, 가세…… 걱정할 건 없어. 아무튼 내 상선들은 기한보다 한 달이나 빨리 돌아올 테니까. (모두 퇴장)

〔제2막 제1장〕

벨몬트. 포르티아 집의 어느 방.

코넷이 연주되면서 하얀 옷을 입은 황갈빛 피부의 무어족 모로코 왕자와 서너 명의 시종들, 포르티아와 네리사, 하인들 등장.

모로코 왕자 내 얼굴빛을 싫어하지 마시오. 이건 찬란한 태양이 입혀준 검은 옷이라 할 수 있죠. 나는 태양의 이웃에서 자랐으니까요. 태양의 불도 고드름을 녹이지 못한다는, 북쪽에서 태어난 얼굴이 희디흰 사람들을 불러와서, 당신의 사랑을 걸고 피를 뽑아 그자와 나 둘 가운데 누구의 피가 더 붉은가

시험해 보오. 아가씨, 내 얼굴에는 용맹한 자도 겁을 내고, 사실 우리나라의 가장 아름다운 처녀들도 녹았답니다…… 이 얼굴빛을 다른 것과 바꾸고 싶진 않습니다. 나의 여왕이시여, 당신의 마음을 몰래 훔치기 위해서라면 이야기가 다릅니다만.

포르티아 선택을 해야 할 때 저는 처녀의 눈으로 얼굴색만 가지고 따지지는 않습니다. 더구나 제비뽑기로 운명이 결정될 저에게는, 마음대로 선택할 권리가 없어요. 하지만 방법을 말씀드린 바와 같이, 제비를 맞힌 남자의 아내가 되라는 아버지의 생각 때문에 제가 궁색한 제한만 받고 있지 않다면, 이름 높은 왕자님도 제 애정의 후보자로서 여태껏 뵌 분들과 다름없이 자격을 갖추셨습니다.

모로코 왕자 말씀만 들어도 감사하오. 그러면 그 상자가 있는 곳으로 안내해 주시오. 나의 운명을 시험해 보겠습니다…… 이 언월도(偃月刀)…… 터키 왕 술레이만을 세 번이나 물리쳤다는 페르시아 왕도 죽인 이 언월도를 두고 맹세하지만, 당신을 얻기 위해서라면 아무리 무서운 눈과도 맞바라보고 겨루어서 기를 죽여 놓겠소. 세상에서 가장 대담한 자와도 싸워 이기겠소. 젖을 물고 있는 새끼라도 어미 곰한테서 떼어 놓겠소. 아니, 먹이를 찾아 으르렁대는 사자라도 놀려주겠소. 그러나 아! 헤라클레스와 그의 하인 리카스가 주사위를 던져서 결말을 내기로 한다면, 운명의 조화로 약한 쪽 손에 좋은 수가 나올지 모를 일이지요. 이래서 장사도 그 하인한테 지고 마오. 그러니 나 또한 눈먼 운명한테 이끌려서 소중한 것을 하찮은 자에게 빼앗기고 비탄 속에 죽을지도 모르지요.

포르티아 모든 것을 운명에 맡기실 수밖에요…… 그리고 처음부터 고르기를 그만두시든가, 아니면 잘못 고르는 경우에는 앞으로 영영 여자에게 구혼을 하지 않겠다고 고르시기 전에 맹세를 하셔야 합니다. 그러니 잘 생각해 주시기 바랍니다.

모로코 왕자 아무렴요. 자, 운명을 결정하게 안내해 주시오.

포르티아 먼저 교회로 가시지요. 그리고 운명의 결정은 식사 뒤에 하세요.

모로코 왕자 그렇다면 행운을 빌 따름입니다. 이 세상에서 가장 행복한 인간이 될 것이냐, 저주받는 인간이 될 것이냐. (모두 퇴장)

베니스. 어느 거리.
란슬롯 고보 등장.

란슬롯　틀림없이 이 유대인 주인 집에서 달아나는 걸 양심이 도와줄 테지. 글쎄 마귀란 놈이 팔꿈치 곁에서 나를 이렇게 유혹한단 말이야. "고보, 란슬롯 고보, 착한 란슬롯 고보, 다리를 써, 다리를. 뛰어라, 뛰어서 달아나라니까." 그런데 내 양심은 이렇게 말하거든. "안 된다. 잘 생각해라, 넌 정직한 란슬롯이다. 조심해라, 고보." 아니면 아까도 말했지만 "정직한 란슬롯 고보, 달아나면 안 돼. 달아나는 건 비겁한 일이야." 타이르거든…… 그런데 가장 대담한 마귀는 나더러 짐을 싸라는 거야…… 그놈은 "뛰어라! 뛰어! 용기 좀 내서 달아나라니까"라고 속삭이거든. 그런데 양심이란 놈은 내 심장에 바싹 매달려서 아주 약게 이렇게 타이른단 말이야. "정직한 친구, 란슬롯, 너는 정직한 남자의 아들이 아니냐"…… 그런데 실은 정직한 여자의 아들이란 말이 더 맞지 않을까…… 사실 말이지, 내 아버지는 좀 입맛을 다시고, 조금 냄새를 피우고, 맛도 살짝 본 셈이니 말이야. 그건 그렇고 양심이란 놈이 "란슬롯, 꼼짝 마라" 하면, 악마란 놈은 "달아나라" 이러고, 그러면 양심이란 놈은 "꼼짝 말라니까" 이런단 말이야. 그래서 나는 이렇게 말해 주지. "양심아, 네 말도 근사하다." 그리고 이렇게도 말해 주지. "악마야, 네 충고도 그럴듯하다." 양심의 말을 듣자니 악마 같은 유대인 주인 집에 주저앉아야 하고, 이 유대인 집에서 달아나자니 악마의 말을 들어야 하고. 미안한 말이지만 이 악마란 놈은 마귀가 틀림없거든…… 그리고 사실 유대인 주인은 바로 악마의 화신이란 말이야…… 그런데 내 양심을 걸고 하는 말이지만, 그건 좀 무정한 말이지만…… 아무래도 악마의 말이 더 친절한 것 같아…… 자, 달아나겠다, 악마야. 내 발꿈치는 네 명령대로 달아나겠다.

고보 노인이 바구니를 들고 등장.

고보 노인 이보게 젊은이, 말 좀 물읍시다. 유대인 나리 집은 어디로 가면 되오?

란슬롯 (혼잣말로) 아이고, 내 진짜 아버지가 아니신가! 눈뜬장님, 반(半)소경처럼 돼서 나를 못 알아보시네. 아버지의 혼을 좀 빼놔야지.

고보 노인 여보, 젊은이, 유대인 나리 집은 어느 쪽이오?

란슬롯 요다음 모퉁이에서 오른쪽으로 도시오. 그다음 모퉁이에서 꼭 왼쪽으로 도시오. 그리고 그다음 모퉁이에서는 어느 쪽으로도 돌지 말고 꼬불꼬불 내려가면 유대인 집이오.

고보 노인 찾기가 너무 힘들겠는데. 그런데, 그 댁에 란슬롯이란 사람이 지금도 살고 있는지 아시오?

란슬롯 젊은 란슬롯 도련님 말입니까? (혼잣말로) 가만있자, 눈물 좀 쏟아지게 해줄까 보다…… 젊은 란슬롯 도련님 말입니까?

고보 노인 도련님이 아니라, 그저 가난한 사람의 자식이죠. 내가 이렇게 말하는 건 좀 뭣하지만, 그의 아버지는 찢어지게 가난해도 정직하며 하느님 덕분에 잘살고 있답니다.

란슬롯 글쎄 그의 아버지는 어떻게 됐든 간에, 젊은 란슬롯 도련님 이야기나 합시다.

고보 노인 당신 친구이자 그냥 란슬롯이죠.

란슬롯 그런데 저, 그러니까 말입니다. 젊은 란슬롯 도련님 말입니다.

고보 노인 죄송하지만, 그저 란슬롯 녀석 말입니다.

란슬롯 그러니까 란슬롯 도련님이란 말입니다…… 란슬롯 도련님 이야기는 그만둡시다. 아버지, 그 젊은 신사를 글쎄…… 운명인지 천명인지 모르지만 그 이상한 말마따나, 그리고 운명의 세 여신인지 하는 그 학문마따나…… 실은 작고했습니다. 아니, 우리네 말로 쉽게 하자면 하늘로 갔답니다.

고보 노인 아이고 맙소사! 늙은 내가 그 자식을 지팡이나 기둥같이 믿고 있었는데.

란슬롯 (혼잣말로) 내가 몽둥이나 작대기처럼 보인담? 지팡이나 기둥이라고? 그런데 아버지, 저를 몰라보시겠습니까?

고보 보인 아이고, 나는 몰라보겠소, 젊은 양반. 그런데 여보, 내 자식은……

하느님 살펴주옵소서! 도대체 그놈은 살아 있습니까?

란슬롯 아버지, 저를 몰라보시겠습니까?

고보 노인 아, 눈뜬장님이 돼놔서 당신이 누군지 몰라보겠구려.

란슬롯 아니죠, 눈이 멀쩡하더라도 저를 몰라보실 겁니다. 글쎄, 자기 자식을 알아보는 아버지는 현명한 아버지라잖습니까. (무릎을 꿇고) 그런데 어르신, 아드님 소식을 알려 드리리다. 축복해 주십쇼. 진실은 밝혀질 것이고, 살인도 오래 숨기진 못합니다. 그리고 사람의 자식도 아무리 숨어봤자 결국은 밝혀지고 말죠.

고보 노인 여보, 제발 일어서시오. 확실히 당신은 내 아들 란슬롯은 아니니까요.

란슬롯 이제 농담은 제발 그만하시고 축복해 주십시오. 저는 진짜 란슬롯입니다. 예전에 아버지의 아들이었고, 지금은 아버지의 자식이며, 앞으로는 아버지의 아이가 될 란슬롯입니다.

고보 노인 당신이 내 아들이라고는 생각하지 못하겠구려.

란슬롯 그건 어떻게 생각해야 할지 저도 모르겠네요. 하지만 저는 유대인의 하인 란슬롯이고, 어르신의 아내 마저리는 제 어머니입니다.

고보 노인 내 마누라 이름은 틀림없이 마저리지. 그런데 네가 란슬롯이라면 너는 내 피와 살을 받아서 태어난 내 자식이 분명하구나. (란슬롯의 얼굴을 만져본다. 란슬롯은 절을 하며 목덜미를 내민다) 아이고, 어쩌면 수염이 이렇게 많이 났느냐! 턱이 우리집 망아지 도빈의 꼬리보다 북실북실하구나.

란슬롯 그렇다면 도빈이란 놈의 꼬리는 거꾸로 자라난 모양이지요. 요전에 봤을 때는 확실히 고놈의 꼬리가 제 얼굴보다 더 북실북실하던데요.

고보 노인 너 아주 많이 변했구나! 그래, 주인어른과는 사이가 어떠냐? 네 주인한테 선물을 하나 가지고 왔다. 지금 주인과는 어찌 지내냐?

란슬롯 글쎄요, 글쎄요…… 그런데 저로 말하자면 달아나기로 일단 결심했으니까, 조금이라도 달아나 보지 않고서야 어디 마음이 편해야죠. 주인은 지독한 유대인이에요. 그놈한테 선물을 주다뇨! 목매달아 뒈지라고 밧줄이나 갖다주세요…… 그놈 집에서 고생살이하고 있자니 배에서 쪼르륵 소리가 납니다…… 보세요, 손가락으로 갈빗대를 이렇게 모조리 세어볼 수 있을 지경입

영화 〈베니스의 상인〉 마이클 래드포드 감독, 알파치노·제레미 아이언스 출연. 2004.

니다…… 아버지, 오셔서 참 반가워요. 가지고 오신 선물일랑 바사니오 나리
께 드리세요. 그분이 좋은 새 옷을 맞춰 주시겠다잖아요. 저는 땅끝 닿는 곳
까지 달아나서라도 꼭 그분 집에서 살랍니다…… 아이고, 잘됐습니다. 마침
그분이 오시는군요…… 아버지, 저분 말입니다. 누가 더 이상 유대 놈 집에서
산담.

바사니오가 레오나르도 및 그 밖의 사람들과 함께 등장.

바사니오　(하인에게) 그렇게 해도 좋아. 그러나 늦어도 5시까지는 식사 준비가
　　다 돼 있도록 서둘러라. 이 편지는 전달하고, 새 옷들도 맞추도록 해라. 그리
　　고 그라티아노에게 곧 내 집으로 오시도록 전해라. (하인 퇴장)
란슬롯　저분입니다, 아버지.
고보 노인　하느님의 은총이 나리께 내리시길!
바사니오　아, 고맙소. 내게 무슨 하실 말이라도?
고보 노인　이 애가 제 자식인뎁쇼, 가난한 아이입니다만.
란슬롯　가난한 아이라뇨, 부자 유대인 집 하인을 가지고. 상세한 이야기는 아
　　버지가 하실 테지만……

고보 노인 이 아이가 글쎄 나리 댁에서 무척 살고 싶어 하는뎁쇼.

란슬롯 요점을 말씀드리자면, 저는 유대인 집에서 살고 있는 하인입니다. 상세한 이야기는 아버지가 하시겠지만……

고보 노인 주인어른과 이놈이 영 사이가 좋지 않아서…….

란슬롯 요컨대 사실 그대로 말씀드리면, 그 유대인이 저를 못살게 군답니다. 그러니까 제 아버지입니다만, 노인네가 확실한 말씀을 하시겠지만……

고보 노인 여기 비둘기 요리가 있는데, 나리께 드리고자 합니다. 그리고 부탁드릴 것은…….

란슬롯 간단히 말씀드리자면, 그 부탁이라는 것은 저와는 아무런 관계도 없는데, 이 정직한 노인네가 이야기할 것입니다. 늙기는 늙었지만 가난한 제 아버지인데요.

바사니오 한 사람이 이야기하게나. 그래, 부탁이 뭔가?

란슬롯 나리 곁에서 나리를 모시며 살고 싶습니다.

고보 노인 그게 바로 결론입니다.

바사니오 자네는 내가 잘 아네. 뜻대로 하게. 실은 자네 주인 샤일록을 오늘 만났는데 자네를 추천하더군. 돈 있는 유대인 집을 나와서 나처럼 구차한 사람 집에 살러 오는 것을 뭐 추천이라고야 할 수 있겠는가만.

란슬롯 제 주인 샤일록과 나리께서는 옛 속담을 공평하게 나눠 가지셨어요. 나리께서는 '하느님의 은총'을 가지시고, 그는 재물을 '듬뿍' 가졌으니까요.

바사니오 자네는 말재주가 있군그래. 자 노인, 아들과 함께 이전 주인 집에 가서 작별 인사를 하고 내 집을 찾아오도록 하오. (하인들에게) 여봐라, 이자에게는 다른 하인들보다 술이 훨씬 더 많이 달린 옷을 입혀라, 알겠느냐?

란슬롯 아버지, 들어가세요. 저는 다른 데 일자리를 구할 수도 없고, 거기다가 어디 말주변이나 있어야죠…… 그런데 저…… (손바닥을 들여다보면서) 성경에 두고 맹세해도 좋지만, 이탈리아 전체를 찾아봐도 제 손금처럼 좋은 손금은 없습니다. 이제 좋은 복이 굴러들어오고. 자, 여기 생명선이 쭉 뻗어 있고, 이쪽 대단찮은 선은 아내들데…… 원, 여편네가 겨우 열다섯 명밖에 안 된단 말인가. 과부 색시가 열하나에 처녀 색시가 아홉이라, 한 사람의 사내 몫으로 참 쓸쓸하구먼…… 그리고 세 번 물에 빠져 죽을 뻔하게 되고, 아무튼 겨우 목숨을 건지는구나…… 그래 운명의 신이 여신이라면, 참 친절한 여자이기도 하지. 아버지, 오세요. 눈 깜짝할 새에 유대인 주인과 작별하고 올게요.

(고보 노인과 함께 퇴장)

바사니오 여보게 레오나르도, 부디 잊지 말게. 이런 물건들을 사들이거든 얼른 배에 실어 놓고서 서둘러 돌아와야 하네. 오늘 밤에 귀한 손님들을 대접하기로 돼 있으니까. 자, 얼른 가보게.

레오나르도 예, 최선을 다하겠습니다.

그라티아노 등장.

그라티아노 자네 주인은 어디 계신가?

레오나르도 저기 계십니다. (퇴장)

그라티아노 바사니오!

바사니오 오, 그라티아노!

그라티아노 부탁이 하나 있는데.

바사니오 뭐든 들어주겠네.

그라티아노 거절하면 안 되네. 다른 게 아니라 벨몬트에 나도 따라가겠네.

바사니오 아, 그야 따라가다뿐인가. 그러나 여보게, 내 말 좀 들어보게. 자네는 너무 버릇없고 거칠고 말이 지나치단 말이야…… 하기야 참 자네다운 성격이기도 하고, 또한 우리 같은 사람들 눈에는 나쁘게 보이진 않네만, 낯선 땅에 가면 좀 경박하게 보일지도 모르네. 그러니까 제발 노력을 해서 그 날뛰는 성미에 절제라는 차디찬 물을 좀 끼얹으란 말이야. 자네의 그 난폭한 행동 때문에 그곳에 가서 나까지 오해받고, 끝내는 내 희망까지 망치면 안 되니까.

그라티아노 바사니오, 내 말도 좀 들어보게…… 나는 어디까지나 진지한 태도로 말도 점잖게 하고, 욕도 그리 많이 하지 않고, 주머니 속에는 늘 기도책을 넣고 다니고, 얼굴 표정은 아주 엄숙하게 갖겠네. 그뿐 아니라 식사 시간에 기도할 때에는, 이렇게 모자로 눈을 가린 채 한숨을 내쉬면서 "아멘"도 하겠네. 그리고 예의란 예의는 모두 지키겠네. 할머니 마음에 들기 위해서 엄숙한 체 시치미 떼기에 능란한 사람처럼 말이야. 이 말이 거짓이라면 이제부터 나를 믿지 않아도 좋네.

바사니오 음, 그럼 앞으로 두고 보세.

그라티아노 하지만 오늘 밤은 예외일세. 오늘 밤 내 행동을 가지고 판단하면 안 되네.

바사니오 그야 물론이지. 오늘 밤만은 오히려 철저히 놀아주기를 청하고 싶네. 다들 놀기 좋아하는 친구들이 모이니 말이야. 자, 그러면 잘 가게. 나는 볼일이 좀 있어서.

그라티아노 나도 로렌조를 찾아봐야겠네. 저녁때 다시 만나세. (모두 퇴장)

〔제2막 제3장〕

베니스. 샤일록 집의 어느 방.
제시카와 란슬롯 등장.

제시카 이제 너가 내 아버지 곁에서 떠난다니 섭섭하구나…… 내 집은 지옥 같은데, 그래도 네가 참 재미난 녀석이라 지루한 줄도 몰랐단다. 그럼 잘 가. 너한테 1더컷 줄게. 그리고 이봐, 오늘 저녁때 로렌조 씨가 너의 새 주인 집에 초대를 받고 가실 테니까, 이 편지를 전해 줘. (란슬롯에게 편지를 건네준다) 남몰래 전해야 한다. 그럼 잘 가. 이렇게 내가 너와 이야기하고 있는 것을 아버지께 보이고 싶지 않아.

란슬롯 안녕히 계십쇼! 눈물 때문에 혓바닥도 움직일 수가 없군요. 아름다운 이교도 아가씨, 상냥한 유대인 아가씨! 머지않아 그리스도교도가 그럴듯한 말로 꾀어서 아가씨를 채어갈 것이 틀림없어요. 그건 그렇고, 안녕히 계십쇼. 미련하게 눈물이 자꾸만 쏟아져 나오니, 대장부의 마음을 그 눈물 속에 빠져 죽게 하는군요. 안녕히 계십쇼. (퇴장)

제시카 잘 가라, 란슬롯…… 이 흉악한 내 죄 좀 보게. 아버지 딸인 것을 창피스러워하다니! 그러나 피는 아버지의 딸이지만 태도는 아버지를 닮지 않았어…… 오, 로렌조! 당신만 약속을 지켜주시면, 나는 이 고민을 끝내고 그리

스도교로 개종해 당신의 사랑스러운 아내가 되겠어요. (퇴장)

〔제2막 제4장〕

베니스. 어느 거리.
그라티아노, 로렌조, 살라리노, 솔라니오 등장.

로렌조 아냐, 우리는 식사 때 살그머니 빠져나와 내 집에 가서 변장을 하고 다시 돌아가기로 하세. 한 시간이면 충분할 거야.

그라티아노 아직 제대로 준비 못했는데.

살라리노 횃불잡이 이야기도 아직 안 했잖아.

솔라니오 감쪽같이 하지 않으면 꼴이 아닐 듯하니 그만두는 게 좋을 것 같아.

로렌조 이제 겨우 4시야. 두 시간 남았으니까 준비는 충분히 할 수 있어.

란슬롯이 편지를 가지고 등장.

로렌조 란슬롯, 무슨 일이냐?

란슬롯 이 편지만 뜯어보십쇼. 상세한 이야기가 적혀 있을 겁니다.

로렌조 낯익은 글씨다. 참으로 아름다운 글씨다. 그러나 이 편지보다도 쓴 손이 더 아름답지.

그라티아노 아니, 연애편지로군.

란슬롯 저는 물러가겠습니다.

로렌조 어디로 가나?

란슬롯 예, 실은 옛 주인 유대인에게, 새 주인 그리스도교인 집에 와서 저녁을 드시라고 알리러 갑니다.

로렌조 가만있게, 이걸 받아. (돈을 준다) 그리고 제시카에게 이 말 좀 전해 줘. 틀림없이 찾아간다더라고…… 비밀스레 말해 줘. (란슬롯 퇴장) 자, 가세. 오늘 밤 가장무도회 준비는 자네들이 맡아주게. 횃불잡이는 내가 알아볼 테니까.

살라리노　그럼 됐네. 당장 시작해야지.

솔라니오　나도 시작해야지.

로렌조　그럼 한 시간쯤 있다가 그라티아노 집으로 와주게. 나도 거기 있을 테니까.

살라리노　좋아, 그렇게 하지. (솔라니오와 함께 퇴장)

그라티아노　아까 그 편지는 제시카한테서 온 게 아닌가?

로렌조　자네한테는 이야기를 하겠네만, 제시카가 이렇게 전해 왔네. 그녀의 아버지 집에서 자기를 이러이러하게 빼내라는 둥, 어떠한 금과 보석을 가지고 있다는 둥, 소년 복장도 마련해 두었다는 둥 말이야. 만일 그녀의 아버지 유대인이 천국에 간다면, 그건 저 얌전한 딸 덕분일 거야. 그녀의 앞길에는 불행 같은 건 절대로 없도록 해야지. 하느님을 믿지 않는 유대인의 딸이라는 이유 때문이라면 모르지만…… 자, 같이 가보세. 가면서 이걸 읽어보게나. 아름다운 제시카를 횃불잡이로 하세. (모두 퇴장)

〔제2막 제5장〕

베니스. 샤일록의 집 앞.
샤일록과 란슬롯 등장.

샤일록　자, 이제는 네 눈으로 판단하고 알게 될 거다. 이 샤일록과 바사니오의 차이를 말이다―제시카!―이젠 내 집에서처럼 퍼먹진 못한다―애, 제시카!―그리고 코를 골고 자지도 못하고, 옷을 함부로 입지도 못한다니까―애, 제시카, 어디 있느냐?

란슬롯　(큰 소리로) 이봐요, 제시카!

샤일록　누가 너더러 부르라고 그랬어? 너더러 부르라곤 하지 않았어.

란슬롯　하지만 나리는 늘 저한테, 시키지 않으면 아무 일도 못하는 놈이라고 야단만 치셨잖아요.

제시카 등장.

2막 5장, 샤일록과 제시카, 란슬롯 앤드류 하우. 19세기

제시카　부르셨어요? 왜 그러세요?

샤일록　제시카, 나는 식사에 초대를 받았다. 자, 이건 열쇠다…… 그런데 왜 가야 하느냔 말이다. 그들은 나를 좋게 생각해서 초대한 것이 아니라 다만 나에게 알랑방귀를 뀌기 위한 것일 뿐인데. 하지만 증오심을 가지고 가서, 저 사치스러운 그리스도교도 놈들의 밥을 배가 터지게 먹어주자꾸나. 제시카, 집 좀 잘 봐라. 정말 가기가 싫구나…… 어쩐지 무슨 나쁜 일이 생길 것만 같아. 글쎄, 간밤에 꿈에서 돈주머니를 봤거든.

란슬롯　꼭 가셔야 합니다. 제 젊은 주인님이 나리를 기다리고 계시니까요.

샤일록　나를 욕보이려고 말이지?

란슬롯　천만에요. 다들 계획을 짜놓았답니다만…… 가장무도회를 반드시 보시라는 건 아닙니다만…… 그러나 보신다면, 지난 검은 월요일 아침 6시에 재수 나쁘게 제가 코피를 흘린 것도 까닭 없는 일이 아니었다는 걸 아시게 될

거예요. 글쎄 그해 재의 수요일부터 따져보면 오늘 오후가 꼭 4년째 되는군요. [4]

샤일록 뭐, 가장무도회가 있어? 제시카, 문단속 잘해. 북소리나 목을 비틀고 끽끽 부는 저 흉악한 피리 소리가 나더라도, 창틀에 기어올라가서 그리스도교도 녀석들의 광대 낯짝을 보려고 머리를 큰길에 내밀어선 안 된다. 제발 우리집 귀를, 그러니까 창문을 모조리 틀어막고, 점잖은 집 안에 건달패들 소리가 못 들어오게 하란 말이야…… 우리네 조상 야곱의 지팡이를 두고 하는 말이지만, 정말 오늘 밤 잔치에는 나가고 싶지가 않구나. 그래도 나가봐야지…… 얘, 너는 먼저 가라…… 그리고 내가 간다고 전해라.

란슬롯 예, 먼저 가보겠습니다…… (작은 소리로) 아가씨, 어쨌든지 창밖을 꼭 좀 내다보십시오…… 유대인 아가씨의 눈에 들 만한 그리스도교도 한 사람이 지나갈 테니까요. (퇴장)

샤일록 저 팔푼이 바보 놈이 뭐라고 그러는 거냐, 응?

제시카 "아가씨 안녕히 계세요"라고 했지요.

샤일록 저 녀석은 마음씨는 좋으나 먹성이 지나치고 일이라면 달팽이같이 느리지. 한낮에도 살쾡이처럼 잠만 잔단 말이야. 수벌같이 퍼먹기만 하는 놈을 내 집에 둘 순 없지. 그러니까 저런 놈은 내보내는 거야. 그냥이 아니라 빚쟁이한테로 내보내서 빚낸 돈을 낭비시키잔 말이야…… 그런데 제시카, 그만 들어가 봐라. 금방 돌아오마. 너는 내가 이른 대로 문단속을 철저히 해라. 단단히 단속해 놓으면 돈이 모인다고 그러잖니. 이건 절약하는 정신에게는 결코 낡지 않는 속담이란다. (퇴장)

제시카 안녕히 가세요…… 이제 내 운명을 누가 막지만 않는다면, 나는 아버지를, 아버지는 딸을 영영 잃게 되겠구나. (퇴장)

---

4) '검은 월요일'은 1360년의 부활절 다음 날인 월요일에 짙은 안개가 덮이고 우박이 내려 붙여진 이름이고, '재의 수요일'은 부활절 40일 전부터 시작되는 사순절의 첫날로 참회의 상징으로 머리에 재를 뿌린다.

뮤지컬 〈베니스의 상인〉 조너선 먼비 연출, 조너선 프라이스(샤일록 역)·피비 프라이스(제시카 역) 출연. 셰익스피어 글로브 극장. 2015.

〔제2막 제6장〕

같은 장소.
그라티아노와 살라리노, 가장무도회 의상을 입고 등장.

그라티아노　로렌조가 이 처마 아래서 기다리라고 그랬지.

살라리노　약속 시간이 지났는데.

그라티아노　그가 시간에 늦는다는 건 이상하군. 연인들은 반드시 시간보다 앞질러 오는 법인데.

살라리노　사랑의 여신 베누스의 수레를 끄는 비둘기는 새로 맺은 사랑의 약속을 굳은 것으로 만들기 위해서라면 보통보다 열 배나 빨리 날아간다고 하는데. 어차피 굳어진 사랑의 맹세를 지키게 하기 위해서는 평상시나 같다고 하지만.

그라티아노　그야 그렇지. 잔칫상 앞에 앉을 때와 같이 왕성한 식욕을 가지고 자리에서 일어나는 사람이 어디 있겠나? 말을 길들일 때, 처음 뛰어갈 때처럼 돌아올 때도 그 지루한 걸음을 왕성한 의욕으로 밟는 말이 어디 있겠는가? 세상일이란 좇는 재미지, 일단 손에 넣고 보면 별것 아니란 말이야. 만국기를 달고 고향의 항구를 떠나는 배를 보더라도, 어쩌면 그렇게 젊은 한량처럼 창녀 같은 바람에 안기고 부둥키고 하는지 원! 그러나 돌아올 때 보면 뱃전은 비바람에 시달려 있고, 돛은 찢어지고, 어쩌면 그렇게도 난봉꾼 같은지. 창녀 같은 바람에 시달려서 거지같이 뼈대만 남아서 말이야!

로렌조 등장.

살라리노 마침 로렌조가 오는군…… 이 이야기는 다음에 또 하기로 하세.
로렌조 늦어서 미안하네. 실은 내가 아니라 내 일이 그만 자네들을 이렇게 기다리게 하고 말았네. 뒷날 자네들이 아내 도둑질을 하는 처지에 놓이면, 나 또한 오늘 자네들만큼은 기다려 주겠네…… 이리들 나오게. 이게 내 장인 유대인 집이네…… 여! 안에 누구 있소?

소년 복장을 한 제시카가 2층 무대에 등장.

제시카 누구세요? 말씀해 보세요. 좀더 확인해 두고 싶어서 그래요. 목소리로 짐작은 갑니다만.
로렌조 로렌조, 당신의 연인이오.
제시카 로렌조 씨가 맞네요. 아, 내 사랑, 제가 이토록 사랑하는 분은 당신뿐이에요. 제가 당신의 것임을 아는 사람도 당신뿐이에요.
로렌조 그건 하느님과 당신의 애정이 증인이오.
제시카 자, 이 상자 좀 받으세요. 무겁지만 수고할 만한 가치는 있으니까요. (상자를 던진다) 밤이어서 다행이군요. 이렇게 변장한 것이 부끄러운데, 당신이 보지 못하니 말이에요. 사랑은 눈이 멀어서, 연인들은 자기들이 저지른 가장 어리석은 짓도 알아보지 못한다잖아요. 그걸 알아보는 날에는, 이렇게 소년처럼 차려입은 걸 보고 큐피드조차 낯을 붉힐 테니까요.
로렌조 당신을 횃불잡이로 써야겠으니 내려와요.
제시카 아니, 이 창피한 꼴이 더욱 잘 보이게 횃불을 들어요? 안 그래도 너무

제시카 2층 창문에 나타난 눈부신 모습의 제시카. 사무엘 루크 필즈. 1888.

나 환히 드러나 보이는걸요. 횃불잡이는 뭐든지 환하게 비쳐내는 것이 임무가 아닌가요? 남의 눈을 피해 있어야 할 제가 횃불을 들다니요.

로렌조 이봐요, 그래서 그렇게 아름다운 소년으로 변장을 하고 있는 것 아니오. 자, 얼른 내려와요. 캄캄한 밤은 달음질치고, 바사니오네 잔치에서는 우리를 기다리고 있으니까.

제시카 문단속 좀 하겠어요. 그리고 돈도 좀 가지고 금방 내려갈게요. (문을 닫는다)

그라티아노 내 두건에 맹세코, 이젠 유대인이 아니라 이방인이야.

로렌조 정말이지 나는 저 여자를 진심으로 사랑하네. 내 판단으로는 지혜로운 여자야. 그리고 내 눈이 틀림없다면 예뻐. 또한 그녀 자신이 벌써 증명했듯이 진실해. 그러니 나는 지혜롭고 예쁘고 진실한 그녀의 천성 그대로를 변치 않는 내 영혼 속에 품어두겠어……

제시카 등장.

로렌조 벌써 왔소? 자, 가보세…… 지금쯤은 가장을 한 친구들이 기다리고 있을 거네. (제시카, 살라리노와 함께 퇴장)

안토니오 등장.

안토니오 누구요?

그라티아노 안토니오?

안토니오 아, 그라티아노! 그래, 다른 친구들은 어디 있나? 9시네…… 다들 자네들을 기다리고 있어. 오늘 밤 가장무도회는 그만두었다네. 순풍이 불기 시작해서 바사니오는 곧 떠나기로 됐는데, 내가 자네를 찾느라고 사람을 스무 명이나 풀어놨다네. (모두 퇴장)

벨몬트. 포르티아 집의 어느 방.

포르티아, 모로코 왕자, 시종들 등장.

포르티아　자, 커튼을 열고 세 개의 상자를 왕자님께 보여드려라······ (하인이 커튼을 연다. 탁자 위에 상자가 세 개 놓여 있다) 그럼 골라보세요.

모로코 왕자　첫째는 금 상자이고, 이런 글이 새겨 있구나. '나를 고르는 자는 모든 이가 바라는 것을 얻으리라.' 둘째는 은 상자로, 이런 약속이 쓰여 있군. '나를 고르는 자는 신분에 어울리는 것을 얻으리라.' 셋째 상자는 둔탁한 납, 경고문까지도 무뚝뚝하군. '나를 고르는 자는 그가 가진 모든 것을 내놓는 위험을 무릅써야 하리라.' 그런데 내가 상자를 제대로 골랐는지를 어떻게 알아봅니까?

포르티아　이 세 개의 상자 가운데 어느 한 상자 안에 제 초상이 들어 있어요. 그것을 고르시면 저는 그 초상과 함께 왕자님의 것이 됩니다.

모로코 왕자　(혼잣말로) 신이여, 나의 판단을 이끌어 주소서! 그런데 가만있자, 글귀를 다시 한 번 읽어보자. 납 상자는 뭐라고 했더라? '나를 고르는 자는 그가 가진 모든 것을 내놓는 위험을 무릅써야 하리라.' 무릅써야 한다—무엇을 위해서? 납을 위해서? 납을 위해서 위험을? 협박조로군. 사람이 모든 것을 내놓는 위험을 무릅쓸 때에는, 무슨 좋은 이익이 보이니까 그러는 것 아닌가. 황금 같은 마음은 납 부스러기 따위에 굴복하진 않는다. 그러니 나는 납을 위해서 내놓을 생각도, 위험을 무릅쓸 생각도 없다. 그럼 빛이 처녀같이 순결한 은 상자는 뭐라고 하는가? '나를 고르는 자는 신분에 어울리는 것을 얻으리라.' 신분에 어울리는 것! 가만있자, 모로코 왕자여, 공평한 손으로 네 가치를 달아봐라. 세상의 평가대로라면 네 가치는 충분하지만····· 이 아가씨를 얻을 수 있을 만큼 충분한가? 그렇다고 내 가치를 의심하는 것은 스스로를 과소평가하는 것밖에 안 되지. 신분에 어울리는 것! 그건 물론 이 아가씨다. 집안이나 재산, 또 인품이나 교양, 어떤 관점에서 보더라도 나야말로 이 여자를 얻을 만하지. 그러나 무엇보다도 사랑이라는 관점에서도 나라는 사람은 얻을 만하지. 이제는 그만 망설이고 이 상자를 고르면 어떨까? 하지만 금 상자에 새겨 있는 문구를 다시 한 번 보자…… '나를 고르는 자는 모든 이가 바라는 것을 얻으리라.' 아! 이게 아가씨다…… 온 세상이 이 아가씨를 열망하고 있지 않은가! 세상 곳곳에서 사람들이 이 신전, 아니 이 살아 있는 성자에게 입을 맞추려고 모여들잖는가. 그래서 저 사막도, 황량한 아라비아의 드넓은 벌판도, 이제는 아름다운 포르티아를 찾아오는 귀인들로 큰길이 돼버렸다. 그리고 패기만만한 파도가 하늘을 찌르는 바다의 왕국들도 외국에서 오는 모험자들을 막아내진 못하니, 사람들은 개울처럼 손쉽게 넘어서 아름다운 포르티아를 만나러 오고 있지 않은가. 이 셋 가운데 하나의 상자에 그녀의 천사 같은 초상이 들어 있다는데, 과연 납 상자에 들어 있을 수 있을까? 지옥이라도 떨어지려거든 그런 야비한 상상을 하라고…… 납 상자는 캄캄한 무덤 속에 그녀의 수의를 담아서 넣어두기에조차도 너무나 볼품없는 물건 아닌가. 그럼 은 상자에 들어 있다고 생각할 수 있을까? 세련된 금보다는 십분의 일 가치밖에 없는 은 상자에? 상상만 해도 무서운 일이다! 저렇게도 값진 보석이 금보다 못한 상자에 들어 있던 일도 있었단 말인가. 잉글랜드에는 천사 모양을 박아 놓은 금화가 있다지만, 그건 표면에 새겨 있을 뿐인데, 여기 천사님은 황금의 침대에 누워 있지 않겠는가!—(결심하고는 포르티아에게) 자, 열쇠를 이리 주시오. 이것을 고르겠소. 운을 하늘에다 맡기고!

포르티아　(열쇠를 건네주며) 자, 열쇠는 여기 있어요. 그곳에 제 초상이 들어 있다면 저는 당신의 것입니다.

모로코 왕자　(금 상자를 열고서) 에잇, 망할 것! 이게 뭐냐? 더러운 해골바가지로구나. 움푹 꺼진 눈 속에는 두루마리가 있네. 무언가 적혀 있군. 어디 읽어보자.

　　반짝인다고 다 금은 아니다.
　　그 말 자주 들었으리라.
　　나의 겉모습에 마음을 빼앗겨,
　　목숨을 판 사람도 많다.
　　황금 무덤에 구더기 구물거린다.

그렇게 대담하듯이 지혜롭고,
팔다리가 젊고 판단력이 영글었더라면,
이런 두루마리의 답은 안 받았을 것을—
잘 가오, 그대의 소원은 차디차오.

참 차디차구나, 허탕만 쳤구나. 그럼 정열이여, 안녕. 그리고 서리야, 내려라…… 포르티아, 안녕히 계시오! 너무나 가슴이 아파서 작별 인사를 길게 할 수도 없습니다. 이것이 패자의 작별입니다. (시종들을 거느리고 퇴장)

포르티아　쉽게 쫓아버렸네. (하인들에게) 커튼을 치고 들어가자. 그와 같은 얼굴색을 한 사람은 다들 그렇게 골라줬으면. (모두 퇴장)

〔제2막 제8장〕

베니스. 어느 거리.
살라리노와 솔라니오 등장.

살라리노　여보게, 바사니오가 배에 오른 걸 보았네. 그라티아노도 함께 떠났네. 그러나 로렌조는 확실히 그 배에 타지 않았어.

솔라니오　그 망할 유대인이 아우성을 쳐서 마침내 공작님까지 깨워 놓았어. 그래서 공작님도 그놈과 함께 바사니오의 배를 찾으러 가셨다네.

살라리노　너무 늦게 도착해서 배는 벌써 떠나고 없었어. 하지만 공작님께 마침 이런 보고가 들어왔지. 로렌조와 연인 제시카가 곤돌라를 타고 있더라는 거야. 게다가 이들이 바사니오의 배에 있지 않다는 것을 안토니오도 증언했다네.

솔라니오　그 개 같은 유대인이 큰길에서 온통 정신을 잃고 기괴망측하게 악을 쓰며 펄펄 뛰는데, 그런 광경을 나는 처음 봤어. "내 딸! 오, 내 돈! 오, 내 딸! 그리스도교인과 달아났구나! 오, 그리스도교인이 가져간 내 돈! 재판이다! 법률이다! 내 돈, 내 딸! 꽉 매둔 돈주머니를, 두 개의 돈주머니를, 큼지막한 금화들이 들어 있는데, 내 딸아이가 훔쳐 갔어! 그리고 보석도 두 개나,

값지고 귀한 보석인데, 내 딸아이가 훔쳐 갔어! 재판이다! 그 계집을 찾아내라! 그년이 가지고 있다, 보석도 돈도!" 이렇게 말이야.

살라리노 음, 베니스의 애들이란 애들은 모두 그놈의 뒤를 졸졸 쫓아다니면서, "내 보석, 내 딸, 내 돈"이라고 소리를 지르고 있네.

솔라니오 안토니오도 조심해서 약속 기일만은 꼭 지키도록 하는 게 좋을 거야. 그러지 않았다간 큰코다치게 되네.

살라리노 음, 그리고 보니 생각나는군. 어제 어떤 프랑스 사람이 들려준 이야기인데, 프랑스와 잉글랜드 사이의 좁은 해협에서 화물을 잔뜩 실은 우리나라 배 한 척이 난파했다네. 그 이야기를 듣고서 안토니오가 떠올라서, 그의 배가 아니기만 속으로 바랐다네.

솔라니오 안토니오에게 이야기하는 게 좋지 않을까…… 하지만 이야기를 불쑥 꺼내지는 말게. 괜히 걱정을 끼치면 안 되니까.

살라리노 이 세상에 그렇게 착한 친구는 둘도 없네. 바사니오와 안토니오가 헤어지는 광경을 보았지만, 바사니오가 되도록 빨리 돌아오겠다고 하니까 안토니오가 이렇게 대답하더군. "서두르진 말게. 여보게, 나 때문에 일을 소홀히 하지는 말고, 때가 될 때까지 기다리게. 그리고 내가 유대인에게 써준 계약서는 마음에 두지 말게. 사랑에 가득 찬 자네가 아닌가. 유쾌한 마음으로 자네의 모든 중요한 생각들을 구혼에 쏟으란 말이야. 그곳에서 가장 알맞다고 생각되는 사랑의 표현을 하도록 마음을 쓰라고." 그러면서 두 눈에 눈물이 가득 고여서 얼굴을 돌리고는 손을 뒤로 내밀어 무한한 우정에 넘치는 듯 바사니오의 손을 꽉 쥐더군. 그리고 헤어졌지.

솔라니오 아마 그 친구는 오직 바사니오 덕분에 세상 사는 보람을 느끼고 있을 거네. 여보게, 우리 같이 가서 그를 찾아내 위안의 말이라도 해주자고. 그 친구의 울적한 기분을 풀어주도록 해보세.

살라리노 그렇게 하세. (모두 퇴장)

〔제2막 제9장〕

벨몬트. 포르티아 집의 어느 방.

네리사와 하인 등장.

네리사 어서, 자 어서, 얼른 커튼을 열어요. 아라곤 왕자께서 서약이 끝났으니, 상자를 고르러 곧 오실 거예요. (커튼이 열린다)

포르티아, 아라곤 왕자, 시종들 등장.

포르티아 보세요 왕자님, 저기 상자들이 있습니다. 제 초상이 들어 있는 상자를 골라내시면, 우리 결혼식은 즉시 치러질 거예요. 하지만 실패하시면, 아무 말씀 말고 곧 이곳을 떠나셔야 합니다.

아라곤 왕자 나는 세 가지 조건을 지키겠다고 맹세했소! 첫째 내가 고른 상자를 아무에게도 말하지 않을 것, 둘째 내가 상자를 제대로 고르지 못한 경우에는 앞으로 일평생 처녀에게 구혼하지 않을 것, 끝으로 불행히도 선택에 실패한 경우에는 작별하고 이곳을 떠날 것.

포르티아 그것은 보잘것없는 저를 위해서 운명을 걸어오는 분은 누구나 다 맹세해야 하는 조건들입니다.

아라곤 왕자 물론 나도 그렇게 각오하고 있소. 이 마음의 희망에 행운이 오기를! (상자를 낱낱이 조사해 본다) 금과 은과 천한 납. '나를 고르는 자는 그가 가진 모든 것을 내놓는 위험을 무릅써야 하리라.' 모양이 좀더 아름답지 않고서야 이런 것에 누가 자신이 가진 모든 것을 내놓는 위험을 무릅쓴단 말이냐…… '나를 고르는 자는 모든 이가 바라는 것을 얻으리라.' 모든 이가 바라는 것이라고…… 모든이라는 것은 아마 어리석은 대중을 뜻하는 것이겠지. 대중이란 겉모습만으로 선택을 하고, 바보 같은 눈이 가리키는 것밖에는 알지 못하며, 내부를 들여다보질 않거든. 흰털발제비가 비바람 들이치는 외벽에, 더구나 재앙의 길 한복판에 일부러 집을 짓는 것처럼. 그러나 나는 모든 이가 바라는 것을 고르지 않겠다. 어중이떠중이들과 함께 날뛰고 싶지도 않고, 아는 것이 없고 어리석은 군중과 어깨를 나란히 하고 싶지도 않으니 말이다. 그럼 자, 은의 보물 창고여, 네 위에 씌어진 문구를 한번 보자꾸나. '나를 고르는 자는 신분에 어울리는 것을 얻으리라.' 좋은 문구다. 이렇다 할 실력도 없는 주제에 요행을 노리고 영예를 얻으려고 해봤자 그게 될 일이냔 말이다. 분수에 넘치는 지위를 탐내서는 안 될 말이지. 신분이니 계급이니 관직은 떳떳하지 못한 수단을 통해서 얻어서는 안 되며, 영예는 당사자의 실력을 통해서만 얻을 수 있어야 한다. 그렇게만 되면 맨머리로 있는 사람이 얼마나 많이 모자를 쓰게 되고, 남을 지배하고 있는 사람이 얼마나 많이 지배를 받게 될 것인가. 고귀한 가문 태생 중에서도 골라내 보면 천한 농사꾼 같은 자들이 얼마나 많이 있을까! 반대로 지금 세상의 껍질과 쓰레기 중에서도, 얼마나 많은 영예로운 사람들이 나타나서 새롭게 빛낼 영예를 찾으랴! 자, 이제는 내 것을 고르자…… '나를 고르는 자는 신분에 어울리는 것을 얻으리라.' 그럼, 내 신분에 어울리는 것을 받기로 하자. (은 상자를 잡는다) 자, 열쇠를 이리 주시오. 당장 내 운명을 열어보겠소. (은 상자를 연다)

포르티아 (혼잣말로) 그렇게 시간을 들인다고 별것이 들어 있을 줄 알아요?

아라곤 왕자 이게 뭐야? 아니, 바보가 눈을 껌벅이면서 글발을 내밀고 있는 그림이 아닌가! 어디 읽어보자. 하지만 어쩌면 이렇게도 포르티아와는 딴 판이냐! 어쩌면 이렇게도 나의 희망과 가치와는 거리가 먼 것이냐! '나를 고르는 자는 신분에 어울리는 것을 얻으리라.' 그렇다면 내 가치가 이 바보의 얼굴만도 못하단 말인가? 이게 내가 받을 상이라고? 내 가치가 겨우 요것밖에 안 된단 말인가?

포르티아 재판을 받는 것과 재판을 하는 것은 역할이 다릅니다. 아니, 완전히 반대되는 성질의 것이에요.

아라곤 왕자 (종이를 펴본다) 어디 보자. (읽는다)

이 상자는 불에 일곱 번 달구었다.
판단 또한 일곱 번 단련되어야만
잘못된 선택을 하지 않았으리라는 것을.
세상에는 그림자에 입을 맞추고
그림자 같은 행복만을 얻는 자도 있더라.
세상에는 은으로 겉치레한 바보도 있더라.
이것도 그 하나였다.

그대는 어떤 아내를 침실로 데려가더라도
내가 영원히 그대의 어리석은 머리가 되리라.
그러니 떠나라, 그대의 일은 끝났느니라.

이곳에서 망설이면 망설일수록 나는 더욱더 바보같이 보일 테지. 구혼하러 올 때는 바보 머리가 하나였는데 떠날 때는 두 개가 되었군. 그럼 안녕히 계시오! 맹세를 지켜 분한 마음은 꾹 참겠소. (시종들을 데리고 퇴장)

포르티아 나방이 촛불에 뛰어드는 격이지. 오, 짓궂은 바보들 같으니! 너무나 꾀를 내어 고르다가, 도리어 실패하고 마는 꼴이라니.

네리사 옛 속담에도 사형과 결혼은 운명이라잖아요. 그 말이 맞지요.

포르티아 자, 네리사, 커튼을 쳐라.

하인 등장.

하인 아가씨는 어디 계십니까?

포르티아 여기 있다…… 무슨 일이냐?

하인 아가씨, 지금 막 어떤 베니스 젊은이가 문 앞에 도착했는데, 그분은 자기 주인이 오시는 것을 미리 알리러 왔다고 합니다. 자기 주인의 정중한 안부 말씀 말고도, 눈에 보이는 인사, 글쎄 값진 선물들을 가져왔더라고요…… 사랑의 사신치고 그처럼 어울리는 분은 처음 봤습니다. 화창한 여름철이 쉬 찾아올 것을 미리 알리는 4월의 날씨가 제아무리 상쾌하다 할지라도 자기 주인보다 먼저 온 이분보다는 어림도 없죠.

포르티아 제발 그만해 둬. 지혜를 모조리 짜내 그분을 칭찬하는 걸 보니, 조금 있으면 그분이 네 친척이라는 말까지 네 입에서 나올까 봐 무섭구나. 얘, 네리사, 나가보아라. 그렇게도 점잖게 이곳을 찾아온 큐피드의 사신이라면 나도 얼른 만나보고 싶구나.

네리사 사랑의 신이여, 제발 바사니오이기를! (모두 퇴장)

베니스. 어느 거리.
솔라니오와 살라리노 등장.

솔라니오 그런데 리알토에서 무슨 소식이라도?

살라리노 음, 화물을 가득 실은 안토니오의 배가 해협에서 난파했다는 소문
이 아직도 나돌고 있어. 그 지역을 굿윈 사주(砂洲 : 모래톱)라 부른다던데……
어찌나 험한 모래톱인지, 큰 배들의 잔해가 무척 많이 파묻혀 있다더군. 소
문이라는 수다쟁이 노파 말이 정직하다면 그렇다는군.

솔라니오 그게 제발 거짓말쟁이 노파였으면 좋겠네만. 수다쟁이 노파가 생강
을 씹었다고 말해도, 또는 세 번째 영감이 죽어서 울었다고 말해도 이웃들
이 믿도록 만들었던 것처럼 말이야. 그러나 사실 긴 이야기며, 쓸데없는 이야
기는 모두 빼고 말이지만, 저 친절한 안토니오가, 저 정직한 안토니오가……
원, 뭐라고 불러야 그 사람 이름에 꼭 맞을까!

살라리노 이보게, 그만하고 어서 이야기 끝을 맺게.

솔라니오 뭐, 어째? 글쎄 결말을 말하면 그 친구는 배 한 척을 잃었다네.

살라리노 제발 그 친구의 손실이 그것으로 끝났으면 좋겠네.

솔라니오 나도 어서 "아멘" 해두겠네. 악마한테 기도를 방해받기 전에 말이
야. 저기 유대인의 탈을 쓴 악마가 오네그려……

샤일록 등장.

솔라니오 어떻소, 샤일록 씨? 상인들 사이에서 무슨 말들이 오가죠?

샤일록 당신들이 그 누구보다도 잘 알지 않소? 내 딸년이 달아난 것 말이오.

살라리노 물론이오. 나도 당신 딸이 입고 날아간 날개를 맞춰 준 재단사를
아니까요.

솔라니오 그런데 샤일록 씨도, 그 새가 날 수 있게 되었다는 것쯤은 알았을
거 아니오. 새는 어미 새를 떠나는 것이 자연스러운 일이거든요.

3막 1장, 샤일록과 솔라니오, 살라리노 헨리 코트니 셀루스. 1830.

샤일록 망할 년 같으니.

살라리노 악마 눈으로 판단한다면 그렇죠.

샤일록 내 살과 피가 나를 배반하다니!

솔라니오 아니 원, 그 나이에도 살과 피가 반항을 하오?

샤일록 아니, 딸년이 내 살과 피란 뜻이오.

살라리노 하지만 당신의 살과 딸의 살은 흑옥과 상아보다 더 많은 차이가 나
오. 당신의 피와 딸의 피는 적포도주와 백포도주 이상의 차이요. 그건 그렇
고 안토니오의 배가 난파했다는 소문을 못 들었소?

샤일록 그것도 나로서는 큰 손해요. 파산자, 낭비자 같으니, 이젠 리알토에 감
히 얼굴도 못 내밀 테죠. 거지 같은 자식이 요전까지도 제법 멋을 내고 시장

에 드나들었지만, 그 계약서나 잊지 말라고 하시오! 그 자식이 날 보면 고리 대금업자라고 불렀겠다. 흥, 그 자식이 그리스도교인들의 친절이라며 돈을 그저 꿔주곤 했지만, 그 계약서나 잊지 말라고 하시오!

살라리노 그런데 그가 계약을 어기더라도, 그 사람의 살을 벌금으로 받거나 하진 않을 테지요? 그 살로 무엇을 하겠소?

샤일록 미끼로 쓰죠! 아무 쓸데가 없더라도, 내 복수심은 충족되겠죠. 그 자식은 나를 모욕하고, 50만 더컷이나 못 벌게끔 방해했소. 그리고 내가 손해를 보면 웃었고, 이익을 보면 비웃었소. 우리 민족을 멸시하고, 내 거래를 훼방하고, 친구는 떼놓고, 원수는 충동질했소…… 도대체 무슨 까닭에? 내가 유대인이기 때문이죠…… 아니, 뭐 유대인은 눈이 없소? 유대인은 손이, 오장육부가, 팔다리가, 감각이, 감정이, 정열이 없단 말이오? 같은 음식을 먹고, 같은 무기에 다치고, 같은 병에 걸리고, 같은 약에 낫고, 겨울에는 추위를 느끼고, 여름에는 더위를 느끼오. 어디가 그리스도교인들과 다르단 말이오? 찔려도 피가 안 난단 말이오? 간지럽혀도 웃지 않는단 말이오? 나머지 것들도 모두 당신들과 마찬가지라면, 이 일의 경우에도 뭐가 다르겠소? 유대인이 그리스도교도를 모욕했다고 합시다. 그리스도교도의 관용은 뭐겠소? 복수요. 그렇다면 그리스도교도가 유대인을 모욕한 경우, 그리스도교를 본뜬다면 유대인은 어떤 인내를 해야 옳겠소? 물론 복수요. 당신네들이 가르쳐 준 나쁜 짓거리를 나도 실행하겠소. 모든 고난을 무릅쓰고라도 교훈보다 더 철저히 실행하겠소이다.

안토니오의 하인 등장.

하인 신사분들, 저의 주인 안토니오 님께서 돌아오셨는데, 두 분을 뵙겠답니다.

살라리노 우리도 이곳저곳을 무던히 찾고 다녔다네.

투발 등장.

솔라니오 그의 종족이 또 하나 오는군…… 그런데 저놈을 당해 낼 만한 유대인은 이 세상에 없네. 악마가 직접 유대인의 탈이라도 쓰고 나타난다면 몰라도. (살라리노, 하인과 함께 퇴장)

샤일록 여보게, 투발, 제노바에서 무슨 소식이 있나? 내 딸은 찾아냈나?

투발 소문이 난 곳마다 다 가봤지만 어디 찾을 수가 있어야지.

샤일록 아니, 저런, 저런, 저런, 저런. 다이아몬드가 없어졌어. 프랑크푸르트에서 2천 더컷이나 주고 산 다이아몬드가 우리 민족에게 이렇게 천벌을 내릴 줄이야, 여태껏 난 몰랐네그려…… 다이아몬드만 해도 2천 더컷이나 되고, 이 밖에도 온갖 귀한 보석들이. 제기, 그년이 내 발밑에서 뒈져버려도 좋으니까, 보석들이나 귀에 달고 있었으면! 내 발밑에서 그년이 입관돼도 좋으니까, 돈이나 관 속에 들어 있으면! 아무 소식도 없어? 원, 제기…… 찾느라고 얼마나 돈이 들었는지 나도 모르겠어. 손해는 엎친 데 덮쳤다네. 도둑년 찾느라고 손해, 마음대로 일도 안 되고 분풀이도 못하고, 불행이란 불행은 모두 내 어깨 위에 내려와 앉고, 한숨이란 한숨은 모두 내가 쉬고, 눈물이란 눈물은 모두 내 눈에서 쏟아져 나와.

투발 아냐, 불행한 사람은 자네 말고 또 있네. 제노바에서 들은 이야기인데, 안토니오가…….

샤일록 뭐, 아니 뭐? 불행이 있었다고? 불행이?

투발 트리폴리스에서 오는 길에 상선이 한 척 난파했다네.

샤일록 아이고 고마워라, 고마워…… 그게 참말인가? 정말인가?

투발 그 난파선에서 살아 나왔다는 선원들 몇 명을 만나서 이야기해 봤네.

샤일록 고맙네, 투발. 참 고소한 소식이야, 고소한 소식. 하하, 그래 어디서 들었나? 제노바에서 들었나?

투발 자네 딸이 제노바에서, 글쎄 하룻밤에 80더컷을 썼다는군.

샤일록 자네는 내 가슴을 칼로 찌르네그려. 그 돈은 영영 그만이군. 80더컷을 앉은자리에서! 80더컷이나!

투발 베니스로 오는 길에 안토니오의 채권자 몇 사람과 동행했는데, 다들 이번에 그가 파산을 면치 못할 것이라고 하더군.

샤일록 그거 반갑군. 그놈, 욕을 좀 보여주고 혼을 내줘야지. 아무튼 기뻐.

투발   그런데 그 채권자 한 사람이 내게 반지를 보여주더군. 원숭이 한 마리를 주고 자네 딸한테서 얻었다던데.

샤일록   망할 년 같으니! 여보게 투발, 나를 그만 못살게 굴게…… 그건 내 터키 보석 반지네…… 그건 총각 시절에 레아한테서 선물받은 건데, 나로서는 몇 천만 마리의 원숭이를 준다고 해도 바꿀 수 없는 물건이네.

투발   그러나 안토니오가 망한 것만은 확실한 모양이야.

샤일록   그렇고말고, 그건 사실이야. 투발, 자네 가서 돈으로 관리 한 명을 매수해 놓게. 2주일 전부터 부탁해 두는 거야. 그놈이 계약만 어겨봐라. 그놈의 심장을 도려내 줄 테니. 그놈만 베니스에서 없어지면 나는 무슨 장사라도 마음대로 할 수 있게 될 거야. 자, 가보게 투발. 그리고 나중에 우리 회당에서 만나세…… 어서 가보게, 투발…… 회당에서, 알겠나? (모두 퇴장)

〔제3막 제2장〕

벨몬트. 포르티아 집의 어느 방.
바사니오, 포르티아, 그라티아노, 네리사, 하인들 등장.

포르티아   위험을 무릅쓸 때 쓰더라도 그 전에 하루나 이틀 시간을 끌어 보세요. 잘못 고르시는 날엔 당신과 헤어져야 하니까요. 그러니 잠시만 참으세요. 저에게 하실 말은 있으시잖아요. 그것이 사랑은 아닐지라도, 저로서는 당신을 잃어 버리고 싶지는 않아요. 당신도 아시다시피, 미움은 그런 좋은 도움말을 해주지는 않지요. 그러나 당신이 제 마음을 이해하지 못하시지나 않을까 하여…… 그래도 처녀의 마음은 생각뿐이지 표현을 못해서…… 그러니 저를 위해서도 운명을 시험하기 전에 한두 달 이곳에 머무르시게 하고 싶어요. 어떤 상자를 고르시라고 가르쳐 드릴 수도 있지만, 그러면 제가 맹세를 깨뜨리게 되니 그럴 수는 없어요. 하지만 내버려 두면 잘못 고르실지도 몰라요. 그렇게 되면 저는 맹세를 깨뜨렸으면 좋았을 것을 하고, 죄 많은 생각을 하게 되는지도 몰라요. 당신의 그 두 눈이 원망스러워요. 그 눈에 사로잡혀서 제 마음은 두 조각이 났어요. 한 조각은 당신의 것, 다른 한 조각도 당

3막 2장, 포르티아의 집 홀에서 바사니오

신의 것…… 아니, 제 것이긴 하면서도 제 것은 또한 당신의 것, 그러니 결국
은 모두 당신의 것이에요…… 아, 이 무례한 세상 좀 보게, 소유주의 정당한
권리를 가로막다니…… 그러기에 당신의 것도 당신의 것이 되지 못하고 있지
요. 그렇게 되면 제가 아니라 운명이 지옥에 떨어져야 해요. 제 말이 너무 길
었어요. 그러나 이것도 추를 달아 시간을 늘이고 질질 끌어서 상자 고르시는
걸 늦추고 싶은 마음에서예요.

바사니오　어서 고르게 해주시오. 지금 같아선 고문대에 걸려 있는 셈이니
까요.

포르티아　고문대라고요, 바사니오? 그렇다면 어서 자백하세요. 당신의 사랑
에 어떤 거짓이 섞여 있는지 말이에요.

바사니오　거짓이라뇨? 다만 당신의 사랑을 놓치지나 않을까 하는 추악한 의
혹밖에는 없습니다. 내 사랑에 거짓이 있다면 눈(雪)이나 불(火)과도 사이좋
게 지낼 수 있을 것입니다.

포르티아　그렇지만 그 말씀, 고문대 위에서 하시는 거잖아요…… 고문대에 서

면 무슨 말이나 다 하니까요.

바사니오　살려주겠다고만 약속해 주시오. 그러면 진실을 고백하리다.

포르티아　자, 그럼 고백을 하세요. 살려드리겠으니.

바사니오　고백합니다. 그리고 사랑합니다. 이것이 내가 고백하고 싶은 전부입니다. 구원될 방법을 고문하는 사람이 가르쳐 주다니, 이 얼마나 행복한 고문인지요! 자, 이제 운명의 상자를 고르게 해주시오.

포르티아　그럼 가세요…… 저기 어떤 상자에 제가 들어 있어요…… 진정으로 사랑하신다면 찾아내실 거예요. 네리사, 그리고 다른 사람들도 저만큼 물러서 있거라. 그리고 이분께서 상자를 고르시는 동안 음악을 울리도록 해…… 그래야 실패하시면 백조의 최후처럼 음악 속에 사라지실 게 아니겠느냐. 좀 더 절실한 비유를 하면, 이 눈이 강물이 되어 이분에게 물속 죽음의 자리가 될 것 아니냐. 성공하신다면, 그때는 음악이 무슨 역할을 할까? 그렇지, 그때 음악은 충성된 백성들이 새로운 국왕을 보고 절할 때 울리는 우렁찬 나팔 소리와도 같을 게 아니겠는가. 아니면 결혼식 날 새벽, 꿈꾸는 신랑의 귓속에 살며시 찾아와서, 식장으로 불러내는 달콤한 음악과도 같은 것이겠지…… 이제 고르러 나가시네. 아우성치는 트로이 왕이 바다의 괴물에게 제물로 바친 처녀를 찾으러 간 젊은 헤라클레스에 못지않게 용감하게 그리고 그보다도 더한 애정을 가지고서. 나는 그 제물, 그리고 저기 저 여자들은 눈물에 젖은 얼굴로 이 위업의 결과를 보러 나온 트로이의 부인들이고. 가세요, 헤라클레스! 당신이 살아야만 저도 살아요. 승부를 하고 계시는 당신보다, 지켜보는 제 마음이 훨씬 더 괴로워요. (음악, 그동안 바사니오는 상자를 보고 혼자 궁리한다)

하인　(노래한다)

　　사랑이 자라는 곳 그 어디냐?
　　가슴속 깊은 덴가, 머릿속인가?
　　어떻게 낳고 뭘 먹고 자라나?
　　대답을 해라, 대답을 해.
　　사랑이 자라는 곳은 사람의 눈 속,
　　눈 속에서 자라지만 금방 사그라지네

누워 있는 요람 속에서,
함께 치세, 사랑의 종을,
내가 먼저 치겠네.
딩, 동, 댕.

모두 딩, 동, 댕.

바사니오 그러니 겉과 속이 전혀 다를 수도 있지…… 세상은 늘 겉모습에 속고만 있거든. 재판에서는 내용이 아무리 썩고 곪은 소송이라도, 교묘한 말로 그럴듯하게 꾸미면 나쁜 짓거리의 추악한 모습이 가려지거든. 종교를 보더라도, 무서운 이단설도 엄숙한 얼굴로 축복을 하고 경전(經典)을 인용하여 증명을 하면, 어떠한 모독도 아름다운 장식으로 은폐되지 않는가. 아무리 하찮은 악덕이라도 겉모습만은 그럴듯한 미덕의 표지로 꾸미는 것처럼, 모래로 쌓아 올린 계단처럼 담력이 약한 세상의 겁쟁이들도 턱에는 헤라클레스나, 눈살 찌푸린 마르스 같은 수염을 달고 있지만, 속을 들여다보면 간(肝)은 우유같이 희기만 한 주제에, 이것들은 무섭게 보이려고 용맹한 척 겉치레를 한 것에 지나지 않아. 미인을 보더라도, 그건 무게에 따라 살 수가 있지. 여기서는 있는 그대로 기적이 행해지는 만큼, 가장 무거운 화장을 하는 여자일수록 가장 가벼운 여자란 말이야. 그렇지, 이름난 미인의 머리에서 바람과 음탕하게 희롱하는 저 뱀 같은 금빛 곱슬머리도 알고 보면 죽은 사람 머리의 유물이고, 그 금발의 주인공은 해골이 되어 무덤에 누워 있는 수도 흔히 있지 않은가. 그러니 겉모습이라는 건 사람을 악마의 바다로 꾀는 가짜 해안이요, 인도 미인의 얼굴을 가리는 아름다운 면사포이기도 하지. 요컨대 겉모습이라는 건, 이 교활한 시대가 몸에 지니고 있는 현자(賢者)를 꾀어 잡는 겉보기만의 진실이 아닌가. 찬란한 황금, 욕심쟁이 미다스왕을 현혹케 한 황금, 너는 내게 소용이 없다…… 그리고 너, 창백한 얼굴을 하고서 사람과 사람 사이에 천한 역할을 하고 다니는 은도 그렇고. 그러나 보잘것없는 납아, 희망을 약속해 준다기보다는 사람을 위협하고 있는 것 같아도, 네 솔직함이 웅변보다 더욱 내 마음을 움직이는구나. 이것으로 고르자! 부디 기쁜 결과가 오기를! (하인, 열쇠를 내준다)

포르티아 (혼잣말로) 갖가지 의심과 경솔하게 품은 절망, 벌벌 떨리는 공포와 눈이 파래지는 질투 등등 모든 감정이란 감정이 어쩌면 다 이렇게 공중으로 흩날려 버릴까. 아, 사랑아, 진정하고 흥분하지 말아라. 기쁨의 비도 적당히 내려다오. 너무 지나치면 행복감을 이겨내지 못할 것만 같구나. 조금 줄여줘, 행복에 질려버리면 안 되니까!

바사니오 (납 상자를 열고) 이건 뭐지? 오, 포르티아의 초상이구나…… 신의 경지에 이르지 않고서야 어떻게 이렇게까지 창조해 낼까? 눈은 움직이나 보다! 아니, 내 눈동자에 비쳐서 움직이는 듯이 보이는 것이냐? 반쯤 벌린 입술, 달콤한 입김에 벌어져 있구나…… 이렇게도 다정한 두 입술은 이처럼 향기로운 입김이라야 떼어 놓을 수 있겠지. 이 머리카락은 화가가 거미가 되어 황금의 그물을 쳐놓았나 보다. 거미줄에 걸려드는 모기보다 더 꽉 남자의 마음을 잡아 놓고서…… 그러나 이 눈! 이것을 그린 화가의 눈이 대체 끝까지 멀쩡할 수 있었을까? 한 눈을 그린 뒤에 화가는 두 눈 다 시력을 빼앗기고, 그림에는 더 이상 손을 대지 못하고 만 것 아닐까? 하지만 내 아무리 칭찬해 봐도, 칭찬의 말을 가지고는 오히려 이 그림에게는 모욕이 되다시피, 이 초상 또한 실물과는 하늘과 땅 차이가 난다…… 여기에 두루마리가 있구나, 내 운명에 대한 요약된 내용이 담긴. (두루마리를 펴서 읽는다)

> 눈으로만 고르지 않은 사람은
> 늘 행복하고 옳게 고른다.
> 이 행복 그대의 것이 되었으니
> 만족하고, 새것을 찾지 마라.
> 이제 이를 기뻐하고,
> 이 행복을 하늘의 축복으로 여긴다면
> 그대 여인에게로 가서,
> 사랑의 키스를 하고 구혼하라.

친절한 글이다. 아가씨, 실례지만 이 글귀대로 드릴 것을 드리고 받을 것은 받겠습니다. 상대와 상을 놓고 겨루는 사람이 관중 앞에서 잘 싸웠다고 생각하면서도, 박수갈채와 아우성 소리에 정신이 아찔하여, 과연 폭풍 같은 칭찬이 자기를 위한 것인지 한참 동안 어리둥절한 기분으로 아가씨, 지금 내가 바로 그렇습니다. 아가씨의 확인과 서명과 조인이 있기 전에는 눈앞의 것이 모두 얼떨떨하고, 정신이 먹먹할 뿐입니다.

포르티아 바사니오 님, 저는 보시는 바와 같은 사람이에요. 저 혼자만을 위한다면 이보다 더 훌륭하기를 바라진 않겠어요. 그러나 당신을 위해서는 오늘보다 스무 배의 세 곱이나 더 훌륭한 사람이, 천 배나 더 예쁜 여자가, 만 배나 더 부자가 됐으면 싶어요. 오직 당신의 높은 평가를 받고 싶어서 미덕이나 아름다움이나 재산이나 친구라는 관점에서 보았을 때 훨씬 더 훌륭한 사람이 됐으면 해요. 하지만 지금의 저로서는 모두 해봐야 별것이 아니에요······ 한마디로 교양도 학문도 경험도 없는 처녀예요. 다행스러운 것은 배우지 못할 만큼 나이를 먹진 않았다는 것이에요. 이보다 더 다행스러운 것은 천성이 배우지 못할 정도로 둔한 여자는 아니라는 것이에요. 그리고 무엇보다도 다행스러운 것은 성질이 온순한 만큼 모든 것을 내맡기고 당신을 저의 주인, 지배자, 임금으로 섬기고, 당신의 가르침을 받을 수 있다는 것이에요. 제 자신과 재산은 이제 모두 당신 것이 됐어요. 이때까지는 제가 이 집의 주인이며 하인의 주인이고, 제 자신의 여왕이었지만 지금부터는, 오늘 이 순간부터는 이 집과 하인들과 제 자신 모두 저의 주인인 당신 것이에요! 이 반지도 함께 드리겠어요. (반지를 바사니오에게 건넨다) 만약 이걸 손에서 빼놓거나 잃어버리거나 남에게 주거나 하시는 경우엔 당신의 사랑이 깨진 증거로 알겠어요. 그러니 그때는 저도 가만히 있진 않겠어요.

바사니오 포르티아, 나로선 이제 더는 할 말이 없소. 다만 내 혈관 속의 피만이 내 생각을 당신에게 전하고 있소. 내 모든 기능은 온통 혼란에 빠져 있소. 국민에게 존경받는 국왕이 멋진 연설을 마치고 났을 때, 기뻐서 어쩔 줄 모르는 군중 사이에서 볼 수 있는 그런 혼란이랄까요. 낱낱으론 의미 있는 말들이지만 온통 뒤범벅이 되어, 표현은 있었으나 잘 들리지는 않는 기쁨의 소리일 뿐인, 아무런 의미가 없는 잡음이 되어버리는 그런 혼란 말이오. 그러나 이 반지가 내 손가락에서 떠나는 날은 내 가슴에서 내 생명이 떠나는 날이오. 아, 그때는 서슴지 말고 이 바사니오는 죽었다 말하시오.

네리사 주인님, 그리고 아가씨, 여태까지 곁에 서서 소원이 이루어지는 모습을 지켜보고만 있었는데, 저희들도 이제는 축하의 말을 올려야겠어요. 축하드립니다. 주인님, 그리고 아가씨!

그라티아노 바사니오, 그리고 상냥한 아가씨, 나 같은 사람이 어디 축하할 말이 있겠소만, 두 사람이 마음껏 기쁨을 누리시오. 그리고 백년해로의 가약을 맺을 때는 나도 결혼을 하게 해주오.

바사니오 좋다뿐인가, 상대만 골라났다면.

그라티아노 고맙네. 덕분에 한 사람 골라났다네. 날째기로는 내 눈도 자네 눈에 지지는 않지. 자네는 아가씨를 보고 있고, 나는 시녀를 보고 있었지. 자네가 사랑에 넋이 빠진 동안에 나 또한 그러했지. 자네처럼 나도 성미가 급해서 말이야. 자네 운명이 저기 저 상자들에 달려 있었던 것처럼, 사실은 내 운명 또한 그랬거든. 진땀을 빼며 구애를 해 입천장이 마를 정도로 사랑의 맹세를 해서, 겨우 사랑의 약속을…… 이 약속이 오래갈는지 모르겠지만…… 이 아름다운 여인한테서 얻어낸 것이라네. 자네가 아가씨를 차지했을 경우라는 조건부로 말일세.

포르티아 그게 정말이니, 네리사?

네리사 예, 아가씨께서 허락해 주신다면요.

바사니오 그라티아노도 진정이겠지?

그라티아노 진정이다뿐이겠나.

바사니오 우리의 축하 잔치는 자네들의 결혼으로 더욱더 빛나게 되겠군.

그라티아노 (네리사에게) 우리 1천 더컷을 걸고 누가 먼저 첫아들을 낳는가 내기해 볼까?

네리사 어머, 정말 돈을 거실 거예요?

그라티아노 아니, 이 내기에 이길 것 같지 않구려.

로렌조, 제시카, 살레리오 등장.

그라티아노 아니 이게 누구야? 로렌조와 유대인 아가씨 아냐? 그리고 베니스의 친구 살레리오잖아?

바사니오 로렌조, 그리고 살레리오, 어서 오게. 이제 막 이 집의 주인이 된 내가 환영할 자격이 있는지 모르지만, 환영하네. (포르티아에게) 포르티아, 나의 고향 친구들이오. 환영해 줍시다.

포르티아 예, 저도 환영하겠어요. 참 잘 오셨어요.

로렌조 고맙습니다. 실은 자네를 만날 계획은 아니었는데, 공교롭게도 도중에 살레리오를 만나 꼭 함께 가자고 해서 이렇게 같이 오게 됐네.

살레리오 그렇다네. 하지만 여기에는 까닭이 있네. 그리고 안토니오가 이걸 전해 달라더군. (편지를 바사니오에게 내준다)

바사니오 내가 이 편지를 뜯어보기 전에 어서 이야기해 주게. 그 친구는 어떻게 지내고 있나?

살레리오 그 친구는 병이 난 것은 아니지만 마음이 편치 않으니까 아무 일 없다고는 할 수 없겠지. 아무튼 이 편지를 보면 요사이 형편을 알게 될걸세. (바사니오, 편지를 뜯는다)

그라티아노 네리사, 저기 저 여자 손님 좀 부탁해…… (네리사가 제시카를 맞는다) 자, 악수나 하세, 살레리오. 베니스의 형편은 어떤가? 그리고 무역왕 안토니오는 어떻게 지내고 있나? 그 친구가 우리의 성공을 듣는다면 기뻐할 거야. 우리는 지금 그리스의 이아손처럼 황금 양털을 얻고야 말았으니까.

살레리오 글쎄, 그것이 안토니오가 잃은 황금의 양털이라면 좋겠네만.

포르티아 저 편지는 무슨 불길한 내용인가 보다. 저이의 얼굴빛이 저렇게 파리해지는 것을 보니. 친한 벗이라도 죽은 걸까? 그렇지 않고서야 멀쩡한 대장부가 저토록 무섭게 얼굴빛이 달라질 수 있을라고. 아니, 점점 더 나빠지네! 이보세요, 예…… 저는 당신의 반려자예요. 그러니 그 편지 내용을 절반은 마땅히 저도 알아야겠어요.

바사니오 아, 포르티아, 여기 이 몇 마디 말, 이렇게 불쾌한 말이 종이에 적힌 적은 한 번도 없었을 것이오. 포르티아, 처음 사랑을 고백했을 때 나는 솔직히 말했지만, 내 혈관 속에 흐르는 피가 내 모든 재산이오…… 신사라는 것—다만 그것뿐이었소. 그건 정말이었소. 그러나 포르티아, 무일푼이라고 했지만 실은 터무니없는 거짓말이었소. 재산이 무일푼이라고 했을 때, 무일푼도 되지 않는다라고 말했어야 했을 것이오. 사실은 비용을 마련하느라고

한 친구한테서 빚을 냈지요. 그런데 그 돈은 그 친구가 한 하늘 아래 함께 살 수 없을 정도의 원수한테서 빌린 돈이었소. 자, 이 편지를 보시오. 이 종이는 내 친구의 몸이랄까, 한마디 한마디가 입을 벌린 상처처럼 생명의 피를 토하고 있구려. 그런데 사실인가, 살레리오? 그 친구의 사업이 모조리 실패란 말인가? 정말 하나도 성공하지 못했단 말인가? 트리폴리스에서, 멕시코와 잉글랜드에서, 리스본, 바버리, 인도에서 아무 소식도 없단 말인가? 저 무서운 암초를 한 척도 피해 내지 못했단 말인가?

살레리오 그렇다네, 단 한 척도. 어디 그뿐인가. 지금 현금을 가지고 갚는다 해도, 그 유대 놈은 받지 않을 모양이야. 사람 탈을 쓴 놈 치고 그렇게 욕심 사납게 남을 망치려고 드는 놈은 처음 봤네. 글쎄 아침저녁으로 공작님을 성가시게 졸라대고, 정당히 재판을 안 해주면 베니스의 자유를 문제 삼겠다나. 상인 스무 명과 공작님, 여러 명사들이 아무리 달래봐도 재산을 몰수하라느니, 법대로, 또 그의 계약대로 재판을 해달라느니 버티면서 그 잔인한 소청을 굽히지 않는다고 하더군.

제시카 제가 집에 있었을 적 이야기지만, 아버지가 동족인 투발 씨와 추스 씨에게 이렇게 맹세하는 것을 들었어요. 빌려준 돈의 스무 배를 가져와도 받지 않고, 반드시 안토니오의 살을 베어 갖겠다고 말이에요. 그러니 법률이나 세력이나 권력으로 막아내지 않으면 가엾게도 안토니오는 화를 입고 말 거예요.

포르티아 그렇게 궁지에 빠진 분이 당신의 친한 친구이신가요?

바사니오 가장 친한 친구요. 마음씨가 착하고 인품이 고결하며, 무엇보다 남을 위한 일이라면 지칠 줄 모르는 사람이오. 그 친구이야말로 온 이탈리아에서 누구보다도 고대 로마 정신을 많이 보여주는 사람이오.

포르티아 유대인으로부터 빌린 돈은 얼마나 되죠?

바사니오 나를 위해 빌린 3천 더컷이오.

포르티아 겨우 그것뿐인가요? 6천 더컷을 주고 계약서를 없애버리세요. 아니, 그 두 배, 세 배를 내서라도, 당신 실수 때문에 그런 친구분의 머리칼 하나라도 잃게 해선 안 돼요. 무엇보다도 먼저 교회로 가서 저를 아내라 불러주세요. 그리고 나서 당장 친구분을 찾아 베니스로 떠나세요…… 불안한 마음으로 이 포르티아 곁에 누우시면 안 되니까요. 그까짓 빚쯤 스무 배라도 갚을 만한 돈을 드릴게요. 깨끗이 해결되면 그 친구분과 함께 오세요. 그동안 저와 네리사는 처녀나 과부처럼 지내겠어요. 자, 가세요! 결혼식이 끝나면 곧 떠나셔야 하니까요. 자, 친구분들을 즐거운 얼굴로 대접하세요. 비싼 값을 치르고 겨우 제 것이 된 당신이니 더욱 사랑하며 소중히 여겨 드려야죠. 하지만 친구분한테서 온 편지를 먼저 읽어주세요.

바사니오 (읽는다)

친애하는 바사니오, 나의 배들은 모두 난파되고, 채권자들은 갈수록 더 잔혹해지고, 내 상황은 매우 악화되고 있네. 그리고 유대인에게 내준 그 계약서 또한 기한을 넘겼네. 이 빚을 갚고자 한다면 나는 도저히 살아날 길이 없을 테니, 죽기 전에 한 번 자네를 만나볼 수 있다면 자네와 나 사이의 채무 관계는 완전히 해결되겠네. 그렇기는 하지만 자네 뜻대로 하게…… 만약에 자네 우정이 오기를 허락지 않는다면, 이 편지는 더 이상 신경 쓰지 말기 바라네.

포르티아   아, 어서 일을 마치시고 곧 떠나세요.

바사니오   허락을 얻었으니 빨리 떠나겠소. 그러나 다녀올 때까지는 그 어떤 침실에도 절대로 머무르진 않겠소. 어떤 휴식으로도 당신과 나의 만남을 늦추지 못하게 하겠소. (모두 퇴장)

〔제3막 제3장〕

베니스. 어느 거리.
샤일록, 살라리노, 안토니오, 교도관 등장.

샤일록   교도관, 이 작자를 조심해요. 동정 따위는 내게 말하지 마시오…… 그는 이자 없이도 돈을 마구 빌려주는 바보요. 교도관도 조심하구려.

안토니오   여보시오, 샤일록 씨, 그러지 말고 내 말 좀 들어보시오.

3막 3장, 샤일록의 집 앞 거리에서 안토니오와 샤일록   H.C. 셀루스. 1830.

샤일록　계약서대로 할 테니, 계약서 내용과 어긋나는 말은 하지 마시오. 나는 계약서대로 하기로 맹세를 했소. 이유도 없이 당신은 나를 개라고 불렀소. 그러니 내가 개라면 내 이빨을 조심하란 말이오. 공작님은 공정하게 판결을 내리실 거요. 제기, 망할 놈의 교도관 녀석이, 어쩌자고 이자의 청을 들어주어 멍청하게 이렇게 큰길에 데리고 나왔담.

안토니오　제발 내 말 좀 들어보시오.

샤일록　나는 계약서대로 할 거고, 당신 말은 듣고 싶지 않소. 계약서대로 할 테니까 더는 아무 말도 하지 마시오. 내가 그리스도교 녀석들의 중재에 넘어가서 머리를 끄덕이고, 마음이 풀리고, 한숨을 짓고 하는 멍청이 바보인 줄 아오? 따라오지 말아요. 이야기하고 싶지 않소. 계약서대로 할 거요. (퇴장)

살라리노 사람들이랑 같이 사는 개들 중에 가장 악독한 개새끼야.

안토니오 내버려 두게. 아무리 애원해도 소용없으니까 이제 그만 쫓아다녀. 그자는 내 목숨이 목적인데, 그 이유를 내가 모르는 것도 아니네. 그자한테 사정하는 채무자들을 여러 번 도와준 일이 있었네. 그래서 그자는 나를 미워하는 거야.

살라리노 설마 공작님께서 이 계약 위반으로 유효 판결을 내리시겠나?

안토니오 아냐, 공작님도 법의 정당성을 부인하실 순 없지. 외국인들이 이 베니스에서 갖고 있는 특권이 거부된다면 이 나라 법은 크게 비난당할 게 아닌가. 더구나 이 베니스의 무역과 이권은 여러 민족들로 이루어져 있으니 말일세…… 그러니 이만 가세. 슬픔과 손해로 얼마나 말랐는지, 내일 그 잔인한 채권자에게 주어야 할 1파운드의 살조차 붙어 있는 것 같지가 않아…… 자, 갑시다, 교도관. 내가 빚 갚는 것을 보러 그저 바사니오가 와준다면 내가 뭘 더 바라겠나! (모두 퇴장)

〔제3막 제4장〕

벨몬트. 포르티아 집의 어느 방.
포르티아, 네리사, 로렌조, 제시카, 포르티아의 하인 발타자르 등장.

로렌조 부인, 이렇게 직접 말씀드리긴 쑥스럽습니다만, 고귀한 우정에 대한 부인의 생각은 참으로 훌륭하십니다. 남편이 안 계시는 동안 부인의 태도를 보면 잘 알 수 있습니다. 그러나 이 호의가 누구를 위한 것이며, 이 구원을 받는 상대가 얼마나 훌륭한 신사이고, 그분이 남편과 얼마나 가까운 친구인지를 알게 된다면 부인도 세상의 관례적인 우정보다 한결 더 자랑스러우실 겁니다.

포르티아 저는 좋은 일을 하고 후회한 적은 없어요. 이번에도 마찬가지예요. 평소에 친하게 지내는 친구란, 영혼이 같은 사랑의 멍에로 맺어져 있다고나 할까, 생김새나 태도나 정신이라는 면에서 반드시 공통점이 있는 법이에요. 이런 사실로 봐도, 안토니오라는 분은 남편의 둘도 없는 친구이니까 틀림없이 남편과 비슷한 분일 거예요. 만일 그렇다면 제 영혼인 남편과 비슷한 분을 지옥 같은 불행에서 구해 드리기 위해서, 그까짓 비용쯤 무슨 문제가 되겠어요? 그러고 보니 너무 제 자랑만 한 것 같네요. 이제 그만하겠어요. 그런데 다른 이야기가 있어요, 로렌조 씨. 남편이 돌아오실 때까지 이 집의 관리를 맡아주세요. 사실은 하느님께 남몰래 맹세를 했어요. 제 남편과 네리사의 남편이 돌아올 때까지, 저는 네리사만 데리고 가서 조용히 기도와 묵상의 날을 보내기로 말이에요. 이곳에서 2마일 밖에 있는 수도원에 가서 지낼까 해요. 이 부탁은 제발 거절하지 마세요. 제 사랑은 물론이고 긴박한 사정이 있어서 부탁드리는 것이니까요.

로렌조 그러다뿐입니까, 부인. 분부시라면 뭐든지 하겠습니다.

포르티아 제가 데리고 있는 사람들은 벌써 제 결심을 알고 있어요. 그러니 제 남편과 저 대신 당신과 제시카를 주인같이 섬길 거예요. 그럼 다시 뵐 때까지 안녕히 계세요.

로렌조 부디 맑은 생각과 행복한 시간이 함께하시길!

제시카 마음 가득 즐겁게 보내세요.

포르티아 고마워요, 당신들도 만족스럽게 지내길 빌어요. 그럼 제시카, 잘 있어요. (제시카와 로렌조 퇴장) 그런데 발타자르, 여태껏 너는 충실하게 일을 보아왔는데, 앞으로도 그렇게 부탁한다. (발타자르에게 편지를 건네준다) 자, 이 편지를 가지고 있는 힘을 다해 빨리 파도바로 가서 사촌 오라버님 벨라리오 박사에게 틀림없이 전해라. 그리고 박사님이 서류와 옷을 주시거든 받아서 곧 그 나루터, 베니스로 건너가는 나루터로 뛰어오너라…… 여러 말 할 것 없이 어서 떠나라…… 나는 한 발 앞서 가 있겠다.

발타자르 예, 아씨, 되도록 빨리 다녀오겠습니다. (퇴장)

포르티아 네리사, 이리 와봐. 너에게는 아직 이야기 안 했지만 묘안이 있어. 우리 한번 남편들을 만나보자꾸나. 물론 두 사람은 눈치채지 못하게 말이야!

네리사 우리를 몰라볼까요?

포르티아 물론이지, 네리사. 변장을 해야 돼. 우리가 남자처럼 변장을 하면 그이들이 속아 넘어갈 거야. 내기를 해도 좋지만, 우리가 젊은 남자처럼 차려입으면, 내가 더 미남으로 보일걸. 칼을 차도 내가 더 맵시 있고 산뜻할 거야.

그리고 사춘기 변성기가 된 것처럼 갈대 피리 같은 목소리로 말을 하고, 걸을 때는 사내처럼 큼직한 걸음으로 걷는 거지. 또 떠벌리는 젊은이처럼 싸움 이야기도 하고, 교묘하게 거짓말도 꾸며내는 거야. "실은 양갓집 부인네들이 사랑을 고백해 왔지만 나는 거절했지. 그랬더니 병이 나서 그만 죽고 말았어. 나로선 어쩔 수 없는 일이었어. 그렇긴 해도 죽지 않게 해줄 것을 내가 잘못한 것 같아." 이런 시시한 거짓말을 잔뜩 늘어놓는단 말이야. 그러면 듣는 사람들은 내가 학교를 나온 지 1년은 넘었을 거라고 단정할 것 아니냐……이런 거짓말쟁이의 실없는 장난 같으면, 나도 얼마든지 알고 있어. 그걸 한번 써먹어 보자는 거야.

네리사 그럼, 우리가 남자 노릇을 하나요?

포르티아 그런 질문이 어디 있니? 곁에서 누가 이상하게 받아들이면 어쩌려고! 아무튼 가자. 상세한 계획은 마차에서 말해 줄게. 대문 앞에 마차가 기다리고 있다. 그러니 얼른 준비해. 오늘 안으로 20마일을 가야 하니까. (모두 퇴장)

〔제3막 제5장〕

포르티아 집의 정원.
란슬롯과 제시카 등장.

란슬롯 정말 그렇습니다, 아버지의 죄는 자식이 물려받게 마련이니까요. 그러니 정말이지만, 아가씨는 위험하십니다. 저는 언제나 아가씨께 솔직했고, 오늘도 이 문제를 곰곰이 생각해서 말씀드린 것입니다. 자, 그러니까 기운을 내세요. 아가씨는 틀림없이 지옥으로 가실 것 같으니까요. 그런데 지옥으로 가시는 것을 피할 길이 하나 있습니다. 그것도 떳떳하게 내세울 희망은 못됩니다만.

제시카 제발, 그게 어떤 희망인데?

란슬롯 말하자면 아가씨는 아버지가 만든 자식이 아니라는, 그러니까 유대인의 딸이 아니라는 희망 말입니다.

제시카 분명히 떳떳지 못한 희망이구나. 그렇게 되면 내 어머니의 죄 또한 내가 물려받아야 하지 않겠니?

란슬롯　사실 그래서 걱정이죠. 아버지 쪽으로나 어머니 쪽으로나 어차피 지옥에 떨어지게 마련이니까요. 앞문의 늑대를 피하고 나면, 뒷문의 호랑이가 기다리고 있는 셈입니다. 그러니 아가씨는 엎어치나 매치나 마찬가지입니다.

제시카　하지만 내 남편이 구원해 줄 거야. 그이는 나를 그리스도교도로 만들었으니까.

란슬롯　이거, 한술 더 뜨는 고약한 양반인데요. 안 그래도 그리스도교인들은 지나치게 많아요. 함께 살아갈 수 없을 만큼 수가 많아요. 거기다 또 그리스도교인을 만들어 놓으면 돼지고기 값만 오르게요. 너도 나도 돼지고기를 먹게 돼봐요. 돈을 암만 줘도 베이컨 한쪽 못 얻어먹게 될 테니까요.

　　　로렌조 등장.

제시카　란슬롯, 네가 한 말 내 남편에게 이야기할 테야. 저기 그이가 오시잖아.

로렌조　란슬롯, 그렇게 남의 아내를 구석에 몰아넣고 있으면, 얼마 안 가 나도 질투하게 될 거다.

제시카　아니에요. 그런 염려는 하실 필요가 없어요. 란슬롯과 지금 싸우고 있었어요. 저것이 저한테 함부로 뇌까리잖아요. 유대인의 딸이니까 천국은 막혀 있다는 둥, 그리고 당신은 유대인을 그리스도교도로 만들어서 돼지고기 값만 올라가게 해놓았으니 고얀 시민이라는 둥 말이에요.

로렌조　그것쯤이야 저 녀석이 검둥이 계집의 배를 불려 놓은 데 비하면, 간단히 변명이 되지. 란슬롯, 그 검둥이 계집이 네 아이를 뱄다면서?

란슬롯　그 검둥이 계집의 배가 보통이 아니라면 그것 보통 일이 아닌데요. 그 검둥이 계집이 그따위 수상한 짓을 했다면 거 뱃속까지 검은 년인뎁쇼.

로렌조　바보는 모두 입심도 좋구나. 이러다간 슬기로운 사람은 모두 입을 다물어서 말 잘한다고 칭찬받는 건 앵무새뿐이겠구나. 자, 들어가서 밥 먹을 준비하라고 일러라.

란슬롯　먹을 준비는 다 돼 있습니다. 다들 허기져 있으니까요.

3막 5장, 로렌조와 제시카, 란슬롯 H.C. 셀루스. 1830.

로렌조 아니, 너는 입씨름꾼이란 말이냐? 그럼 음식을 준비하라고 좀 일러라.

란슬롯 그것도 준비되어 있습니다. 그냥 식탁보를 씌우라고 말씀하시면 됩니다.

로렌조 그럼, 씌워 주겠느냐?

란슬롯 그럴 순 없죠. 천만의 말씀입니다. 제 분수쯤은 알고 있으니까요.[5]

로렌조 요것 보게, 꼬박꼬박 말대답이군. 아니, 넌 있는 재치를 한꺼번에 털어 놓을 셈이냐? 제발 솔직한 사람의 말을 솔직한 귀로 들어다오. 부엌으로 가서, 식탁에 보자기를 깔고 음식을 차려 놓으라고 일러라. 곧 식사하러 들어

---

5) 식탁보를 씌우라는 이야기를 가지고 하인이 주인 앞에서 머리에다 씌우는 것, 곧 모자를 쓸 수 없는 행동에 빗대어 한 우스갯말이다.

갈 테니까.

란슬롯 음식을 차려 놓고, 식탁보를 덮어 놓게 하겠습니다. 두 분께서 식사하러 들어오시는 건 마음 내시키는 대로 하십시오. (퇴장)

로렌조 기가 막혀, 어쩌면 저렇게도 입심이 좋을까. 바보 놈이 묘한 말을 머릿속에 산더미같이 집어넣고 있나 보네. 그런데 세상에는 저자보다 나으면서도 저자와 똑같은 머리를 갖고 있어 말의 겉멋만 내느라고 내용은 무시하는, 그런 바보도 얼마든지 있거든. 그런데 어때요, 제시카? 바사니오의 아내가 마음에 드오?

제시카 드니, 안 드니 정도가 아니에요. 바사니오 님은 정말 바른 생활을 하셔야 옳아요. 그렇게 훌륭한 부인을 만난 것은 이 세상에서 천국의 기쁨을 발견한 거나 마찬가지니까요. 그만한 생활을 하지 않으시면 마땅히 천국에 가지 못하실 거예요. 이를테면 두 신(神)이 하늘에서 무슨 승부를 하신다고 쳐요. 그리고 그 내기에는 이 땅의 여자를 건다고 쳐요. 그런데 그들 가운데 하나가 포르티아라면, 다른 여자한테는 무엇을 더해야 할 거예요. 빈약하고 볼품없는 이 세상에 포르티아에 견줄 만한 여자는 없으니 말이에요.

로렌조 아내로서는 말이지. 남편감으로는 바로 당신 남편이 그렇소.

제시카 뭐라고요? 그것 또한 제 의견을 들어보셔야죠.

로렌조 그건 곧 물어보기로 하고, 먼저 들어가서 식사나 합시다.

제시카 싫어요, 당신 칭찬을 하게 그냥 두세요. 그쪽에 입맛이 당기니 말이에요.

로렌조 아니, 그런 입맛은 식사를 들면서 부탁하오. 그렇게 하면 당신이 무슨 이야기를 하든 다른 음식들과 함께 소화될 테니.

제시카 좋아요, 그럼 푸짐하게 칭찬해 드릴게요. (모두 퇴장)

〔제4막 제1장〕

베니스. 법정.
공작, 고관들, 안토니오, 바사니오, 그라티아노, 살레리오, 그 밖의 사람들 등장.

공작 안토니오는 왔는가?

안토니오 예, 여기 대령하고 있습니다.

공작 참 안되었네. 자네 상대라는 자는 돌처럼 비인간적이고 인정이라고는 털 끝만큼도 없으니 말일세.

안토니오 공작님께서 그 사람의 가혹함을 누그러뜨리려고 애를 많이 쓰셨다는 이야기는 저도 들었습니다. 그 사람이 본디 완고할 뿐 아니라 합법적으로는 도저히 그자의 마수에서 벗어날 길이 없으니, 이제는 상대의 발악에는 인내심으로 대하고, 그저 조용한 마음으로 그자의 포악과 발광을 두말없이 받아들이기로 각오하고 있습니다.

공작 누가 가서 그 유대인을 불러들여라.

살레리오 그자는 문 앞에 대기하고 있습니다. 아, 이제 들어오는군요.

샤일록 등장.

공작 좀 비켜줘라. 내 앞에 세워라. 샤일록, 자네가 나쁜 마음으로 가득 찬 태도를 고집한 것은 최후의 시간까지만이고, 그때가 되면 지금의 이 괴이한 잔인성과는 딴판으로 뜻밖의 자비와 연민을 보여줄 것으로 세상은 생각하고 있다. 나 또한 그렇게 믿고 있네. 오늘은 이 불쌍한 상인의 살 1파운드를 벌금으로 강요하고 있지만, 결국은 그 벌금을 면제해 줄 뿐 아니라 인간적인 우정과 애정에 감동하여 원금의 일부까지도 덜어줄 것이라고 세상은 믿고 있네. 저 상인이 최근에 입은 어마어마한 손해를 동정의 눈으로 본다면 말일세. 무역왕이라고 할 만한 사람조차도 짓눌리고 마는 손해이니, 제아무리 냉혹한 마음을 가진 사람들조차도, 친절 같은 것은 전혀 배우지 못한 인정 없는 터키 사람과 타타르 사람들도 그의 지금 사정을 동정하지 아니할 수 없을 것이네. 여보게, 샤일록, 우리는 모두 자네의 친절한 대답이 나오기를 기다리고 있네.

샤일록 제 생각은 이미 공작님께 말씀드린 대로입니다. 그리고 계약서대로 벌금을 받겠다는 것도 저희 안식일에 두고 맹세한 사실입니다. 그래도 거절하신다면, 공작님의 특권과 이 도시의 자유가 위태로워지지 않겠습니까! 아마

의아하실 테죠. 왜 제가 3천 더컷을 마다하고 일부러 더러운 살 1파운드를 요구하는지를. 오늘 그 답변은 하지 않겠습니다! 하지만 그건 제 기분이라고 해두겠습니다. 이것으로 답변이 되었을까요? 이를테면 저희집에 쥐 한 마리가 나와서 귀찮게 할 경우, 제가 1만 더컷을 써서 그걸 독살시키게 한다고 합시다. 어떻습니까? 이만하면 이해가 되십니까? 세상에는 통째 구워진 것으로, 입이 딱 벌려진 돼지를 좋아하지 않는 사람도 있고, 고양이를 보면 미치는 사람도 있으며, 콧소리 같은 백파이프 소리만 들으면 오줌을 참지 못하는 사람도 있습니다. 감정의 주인공인 사람의 성미가 저마다의 기호를 결정하니 그런 것입니다. 그런데 아까 그 답변 말입니다만, 입이 벌려진 돼지를 왜 좋아하지 않을까요? 또 무해하고 유익한 고양이를 왜 싫어할까요? 천으로 싼 백파이프 소리만 들으면 왜 견디지 못할까요? 여기에 대한 대답으로 이렇다 할 이유를 들 수는 없지요. 다만 자기도 화가 나고 남까지 화가 나게 할, 그리고 끝내는 창피를 피하기 때문이라고나 할까요. 제가 안토니오를 상대로 이렇게 밑지는 소송을 일으킨 것도 따지고 보면 오래 묵은 원한과 증오감 때문이지, 이 밖에는 말할 수도 없고, 그러고 싶지도 않습니다. 이만하면 이해되십니까?

바사니오 인정머리 없는 사람 같으니, 그런 대답이 어디 있어? 그걸로 네 잔인한 행동에 대한 변명이 될 줄 아느냐!

샤일록 나는 네 마음에 들 답변을 할 의무는 없다.

바사니오 자기가 싫다고 사람을 죽여도 좋단 말이냐?

샤일록 미우면 죽이고 싶은 것이 사람의 마음 아니냐!

바사니오 마음에 안 든다고 처음부터 미울 것은 없잖아!

샤일록 아니, 그래 너는 독사한테 두 번씩이나 물려도 좋단 말이냐?

안토니오 (바사니오에게) 여보게, 생각해 보게. 저런 유대인과 시비를 하느니보다는 차라리 바닷가에라도 가서 만조의 밀물에게 여느 때 높이로 있어달라고 하는 게 낫지. 그리고 늑대를 보고 어째서 새끼 양을 잡아먹고 어미 양을 울렸느냐고 따지는 것이 낫지. 또 거센 바람에 흔들리는 산 위의 나뭇가지에게 흔들리지 마라, 소리를 내지 마라고 하는 것이 낫지. 저 유대인의 마음을 부드럽게 하려고 애를 쓰느니보다는—그렇게도 지독한 상대는 둘도 없으니

연극 〈베니스의 상인〉 피터 홀 연출, 더스틴 호프먼(샤일록 역) 출연. 1989.

말이네. 그러니 자네에게 부탁인데, 이제 더는 무슨 제안도, 무슨 수단도 쓸 것 없이 아주 간단하고 편리하게 판결을 보게 해주고, 이 유대인에게 목적을 이루게 해주기만 바라겠네!

바사니오 자, 네 3천 더컷 대신에 6천 더컷이 여기 있다.

샤일록 그 6천 더컷의 1더컷 1더컷이 여섯 조각이 나서 그 조각조각이 1더컷씩 된다 해도 돈을 받지는 않겠어. 나는 계약서대로만 하겠다.

공작 다른 사람을 그렇게 동정하지 않으면서 어떻게 신의 자비를 바라는가?

샤일록 저에게 잘못이 없는 이상, 무슨 판결이든지 두렵지 않습니다. 당신들 집에서는 노예를 많이 사서, 나귀나 개나 노새처럼 천한 일에 혹사시키고 있습니다. 왜 그렇지요? 돈을 주고 샀으니까 그렇겠죠. 어떻습니까, 제가 당신들에게 노예를 해방시켜 당신 외동딸과 결혼시키시오, 왜 무거운 짐을 지워 진땀을 빼게 하는 건가요, 그자들의 잠자리도 당신들처럼 푹신하게 해주시오, 음식도 당신들이 먹는 것과 똑같이 입에 맞게 주시오, 이렇게 말한다면 뭐라고 대답하실 겁니까? "노예는 우리 것이니까" 하고 대답하실 테죠. 그래서 제가 당신에게 대답합니다. 제가 요구하는 살 1파운드는 아주 높은 대가를 치른 것이니 그건 제 것입니다. 그걸 갖겠다는 것입니다. 그걸 거절하신다면 이 나라 법률은 휴지나 다름없고, 베니스의 법령은 허수아비와 마찬가지지요. 저는 판결을 요구합니다. 대답해 주십시오. 판결해 주시겠습니까?

공작 나는 내 권한으로 이 법정을 해산할 수 있지만, 이 사건의 판결을 위해 초청한 석학 벨라리오 박사가 오늘 도착하기로 되어 있소.

살레리오 각하, 파도바에서 박사의 편지를 가지고 이제 막 도착한 사람이 문 밖에서 기다리고 있습니다.

공작 그 편지를 이리 가져오고, 그 사람도 들어오라고 하시오.

바사니오 여보게, 안토니오! 기운을 내게, 이 사람아. 차라리 내 살과 피와 뼈와 그 모든 것을 저 유대 놈에게 주고 말지, 자네가 나 때문에 피 한 방울이라도 흘려서야 되겠나.

안토니오 양으로 치면 난 양떼 중에 병든 양이랄까, 죽어야 마땅하지. 과일 중에서도 가장 약한 놈이 가장 먼저 떨어지지 않는가. 그러니 나를 가만 놔두게. 바사니오, 자네는 할 일이 있어. 더 살아남아서 내 무덤에 비문이나 써주게.

네리사가 변호사의 서기 복장을 하고 등장.

공작 그대는 파도바의 벨라리오 박사가 보낸 사람인가?

재판관으로 변장한 포르티아가 출정한 두칼레 궁전 법원(오른쪽)

네리사   예, 각하. 벨라리오 박사님이 안부 전하라 하셨습니다. (편지를 내준다)

바사니오   왜 칼을 그렇게 열심히 가는 거냐?

샤일록   저기 저 파산자한테서 벌금을 베어내려고 그런다.

그라티아노   이 지독한 유대 놈아, 네 신바닥에 가느니보다 돌 같은 네 마음에 대고 가는 게 나을 거다. 하지만 어떠한 연장도, 아니 사형집행인의 도끼도 너의 그 무섭고 그악스러운 생각에 비하면 반만큼도 날카롭지 못할 거다. 아무리 애원해도 네놈의 가슴에는 소용없단 말이냐?

샤일록   물론이지, 네놈의 재주에서 짜내는 애원은 소용없다.

그라티아노   기가 막혀서. 이 잔인한 개자식! 너 같은 놈을 살려두면 법이 욕을 본다! 네놈을 보고 있으니 내 신앙까지 흔들린다. 피타고라스 말마따나 짐승의 혼이 사람 몸속에 들어온다는 생각까지 하게 되는군. 네놈의 그 개 같은 근성은 본디 늑대 속에 들어 있던 것이, 사람을 잡아먹은 죄로 교수형을 당할 때 그놈의 흉악한 영혼이 교수대에서 도망쳐 나온 길로 네 몸속에 들어간 거지 뭐냐. 네가 더러운 네 어미 배 속에 있을 때 말이다. 그래서 네 욕심이 살에 굶주린 늑대처럼 잔인한 거다.

샤일록 그렇게 욕을 한다고 계약서의 도장이 지워질 줄 아느냐? 괜히 소리만 질러서 네 허파만 아프겠다. 젊은이가 그럴 것 없이 머리나 좀 잘 굴려보지. 이젠 아주 못 쓰게 망가질라. 나는 재판을 해달란 거야.

공작 이 편지를 보면 벨라리오 박사는 젊고 유능한 박사 한 사람을 이 법정에 추천하고 있는데, 그는 어디 있는가?

네리사 가까운 곳에서, 이 법정에 들어오게 허락하실지, 공작님의 지시를 기다리고 있습니다.

공작 들어오게 하다뿐인가. 자, 몇 사람이 가서 공손히 모셔오너라. 그동안 여러분은 벨라리오 박사의 편지를 들어보게. (편지를 읽는다)

각하께 이 편지를 올립니다. 각하의 편지를 받았을 때 저는 병을 앓고 있었으며, 각하의 전령이 도착했을 때 마침 로마의 청년 박사 발타자르 씨가 문병차 저를 방문 중에 있었습니다. 저는 유대인과 상인 안토니오 사이의 소송 내용을 이 박사에게 설명한 뒤 둘이서 함께 많은 참고 서적을 조사하고, 제 의견을 박사에게 충분히 이야기해 주었습니다. 박사의 학식은 저의 추천 여부를 기다릴 필요조차 없이 뛰어나니, 제가 아무리 말씀을 드려도 부족합니다. 다행스럽게도 그는 제 요청에 따라서 저를 대신해 그곳을 방문하게 되었습니다. 그는 아직 어리지만 두뇌는 제법 노련하므로, 나이가 어리다고 낮게 평가하시지는 않기를 바랍니다. 끝으로 박사를 환대해 주시기 바라며, 제가 추천한 근거는 결과를 보시면 밝혀지리라 확신하고 이 글을 마칩니다.

석학 벨라리오 박사의 편지 내용은 지금 여러분이 들은 것과 같네.

법학 박사 복장을 한 포르티아 등장.

공작 저 사람이 그 대리 박사인가 보군. 악수합시다. 벨라리오 박사가 보낸 사람이죠?

포르티아 예, 그렇습니다.

포르티아 헨리 우즈. 1888.

공작　잘 왔소. 앉으시오. 그런데 이 법정에서 현재 심의 중인 사건 내용은 알고 있겠지요?

포르티아　상세한 이야기를 들었습니다. 그런데 어느 쪽이 상인이며, 어느 쪽이 유대인입니까?

공작　안토니오, 그리고 샤일록, 두 사람 다 앞으로 나와 서게.

포르티아　당신 이름이 샤일록입니까?

샤일록　예, 샤일록입니다.

포르티아　당신이 요구하는 소송은 그 내용이 참 괴이하기는 하나 위법성은 없으니, 베니스의 법률로도 당신의 소송 진행을 비난할 수는 없군요. 그런데 안토니오, 당신의 운명은 저 사람 손에 달려 있단 말이지요?

안토니오　그런가 봅니다.

포르티아　계약서의 정당성을 인정합니까?

안토니오　예, 인정합니다.

포르티아　그렇다면 유대인 쪽에서 자비심을 발휘하셔야 되겠소.

샤일록　어떤 의무에서 말입니까? 어디 좀 들어봅시다.

포르티아　자비라는 것은 강요될 성질이 아니며, 하늘에서 이 땅에 내리는 자비로운 비와도 같은 것이오. 자비는 이중의 혜택을 가지고 있소. 자비를 베푸는 사람은 물론이고, 자비를 받는 사람에게도 그 혜택이 있소. 자비야말로 최고 권력자의 가장 위대한 미덕이라 할 것이며, 군왕을 더욱 군왕답게 하는 것은 왕관보다 이 자비심이오. 군왕이 가진 홀(笏)은 지상 권력의 상징이자 위엄의 표지로, 불안과 공포를 뜻할 뿐이오. 그러나 자비는 권력의 지배를 뛰어넘어 군왕의 가슴속 옥좌에 앉아 있소. 말하자면 바로 하느님의 덕이라 하겠소. 따라서 자비를 가지고 정의를 완화할 때 지상의 권력은 신의 권력에 가장 가까워지는 것이오. 그러니 유대인, 당신의 주장이 정의에 알맞기는 하나 생각해 보시오. 누구나 정의만 좇는다면 인간은 한 명도 구원되지 못할 것이오. 우리는 하느님께 자비를 기원하지만, 이 기원은 곧 우리들 서로 간에 자비를 베풀도록 가르치고 있는 것이오. 내가 이렇게까지 말을 하는 것은 정의에 대한 당신의 주장을 누그러뜨려 보자는 것이지만, 굽히지 않겠다면 베니스의 엄격한 법정은 여기 이 상인에게 불리한 판결을 내릴 수밖에 없지요.

〈베니스의 상인〉 "그것이 법률입니까?"라고 되묻는 샤일록 동판화, 로버트 더들리. 1597.

샤일록 제 행동의 결과는 제가 감수할 테니, 어서 재판이나 해주시죠. 계약서
　　대로 벌금을 받겠습니다.

포르티아 상인은 빚을 갚을 능력이 없소?

바사니오 아닙니다. 지금 제가 대신 갚겠다는 것입니다. 두 배를, 아니 그것으
　　로 부족하다면 열 배를, 제 손과 머리와 심장을 담보해도 좋습니다. 그래도
　　모자라다면 이건 틀림없이 저자에게 나쁜 마음이 있어 그런 거라고밖에 볼
　　수 없습니다. 아, 법관님, 직권으로 한 번만 법을 굽혀주십시오. 큰 정의를 위
　　해 작은 부정을 저질러서 이 악마 같은 놈의 요구를 막아주십시오.

포르티아 그건 안 될 말이오. 베니스의 어떠한 권력을 가지고도 이미 정해진
　　법령을 바꿀 수는 없소. 그런 일을 하면 전례가 되어, 그 전례로 말미암아 수
　　많은 착오가 일어나 나라에 범죄가 넘쳐날 것이오. 그러니 그것은 도저히 안
　　될 말이오.

샤일록 과연 명판관이십니다. 다니엘 같은 명판관이십니다! 젊은 분이 참 현
　　명하고 훌륭한 판관이십니다!

포르티아 그럼, 어디 그 계약서를 좀 봅시다.

샤일록 이것입니다, 훌륭하신 박사님. 자, 읽어보십시오.

포르티아 샤일록, 이 금액의 세 배를 지급하겠다는데.

샤일록 맹세, 맹세, 저는 하늘에 맹세했습니다. 제 영혼에 거짓 맹세를 할 수야 있나요? 베니스를 모두 줘도 싫습니다.

포르티아 틀림없이 이 계약서는 기한이 지났구려. 그러니 유대인은 이 계약서에 명시된 바에 따라 마땅히 살 1파운드를 이 상인의 심장 가까운 곳에서 베어낼 권리를 요구할 수 있소. 그러나 자비심을 발휘하여 대신 세 배의 돈을 받고, 이 계약서는 찢어버립시다.

샤일록 찢는 것은 계약서 내용대로 빚을 갚은 다음에 하시지요. 보아하니 당신은 참 훌륭한 재판관 같습니다. 법률에도 밝으시고, 해석도 매우 온당하십니다. 당신은 법의 훌륭한 기둥이십니다. 법에 따라 어서 판결을 내려주시길 부탁합니다. 이 영혼에 두고 맹세하지만 어느 누구의 말도 제 마음을 돌리지는 못합니다. 어서 계약서대로 해주시기 바랍니다.

안토니오 저도 간절히 바랍니다. 어서 판결을 내려주십시오.

포르티아 정 그렇다면 자, 당신은 저 사람의 칼을 가슴에 받을 각오를 하시오.

샤일록 과연 명판관이시다! 젊은 분이 어쩌면 이렇게 훌륭하실까!

포르티아 이 계약서에 명시된 벌금은 법의 취지와 목적으로 보아 충분히 정당하기 때문이오.

샤일록 과연 그렇습니다. 어쩌면 이토록 현명하고 공정하실까! 보기와는 달리 어쩌면 이렇게 성숙하실까!

포르티아 그러니 상인은 가슴을 내놓으시오.

샤일록 예, 가슴입니다. 계약서에 그렇게 씌어 있습니다. 안 그렇습니까, 재판관님? '심장에 가장 가까운 곳'. 그렇게 적혀 있습니다.

포르티아 그렇소. 그러면 살을 달 저울은 준비돼 있소?

샤일록 예, 여기 있습니다. (외투 밑에서 저울을 꺼낸다)

포르티아 그럼 샤일록, 당신 돈으로 의사를 불러오시오. 출혈이 심해 죽으면 안 되니까 상처를 치료하기 위해서요.

샤일록 계약서에 그렇게 명시되어 있습니까?

포르티아 명시된 것은 아니지만 그렇게 하는 것이 어떻겠소? 그만한 자비쯤

4막 1장, 포르티아 "자, 당신 눈으로 조문을 보시오……."

은 베풀어도 좋을 것 아니오.

샤일록 그런 말은 보이지 않습니다. 계약서에 없습니다.

포르티아 상인, 무슨 할 말은 없소?

안토니오 그다지 없습니다. 여보게 바사니오, 악수하세. 잘 있게! 자네 때문에 내가 이렇게 됐다고 해서 슬퍼하지는 말게. 이래 봬도 운명의 신은 보통 때보다 친절한 셈이야. 보통 같으면 거지꼴이 된 사람을 그대로 살려 놓고 푹 꺼진 눈과 주름진 낯으로 늘그막의 고생을 맛보게 할 텐데, 내 경우는 그렇게 오래오래 고생하는 벌은 면케 했단 말일세. (바사니오와 껴안는다) 자네 아내에게 안부 전해 주게. 이 안토니오의 마지막 과정을 전해 주게. 죽은 뒤에 나를 좋게 전해 주게. 그리고 그 이야기가 끝나거든 부인한테 물어보게. 바사니오 자네에게도 진실한 벗이 있었는지 없었는지를. 자네가 친구를 잃은 것을 슬퍼만 해준다면, 나는 자네 때문에 빚 갚는 것을 조금도 슬퍼하지 않겠네. 저 유대인이 칼을 찔러넣어만 주면, 나는 당장 내 심장을 모조리 바쳐서 빚을 갚을 결심이니 말일세.

바사니오 여보게 안토니오, 내 아내는 내게 목숨처럼 소중한 사람이네. 그러나 그 목숨도, 내 아내도, 아니 이 세상도 내게는 자네의 그 생명보다 소중하지 않네. 온갖 것을 잃어도 좋으니, 아니 이 모든 것을 악마에게 바쳐도 좋으니 자네 목숨만은 구하고 싶네.

포르티아　당신 아내가 곁에서 그 말을 듣는다면 그리 고마워하진 않겠군요.

그라티아노　저도 아내를 얻었지요. 그야 물론 사랑합니다만, 아내가 죽어서 천국에 가 신에게 저 들개 같은 유대 놈의 심보를 바꿀 수 있도록 빌어주었으면 합니다.

네리사　그런 말은 부인이 없는 데서나 하셔야지, 괜히 가정불화를 일으키겠소.

샤일록　(혼잣말로) 예수쟁이 남편 놈들은 다 저렇다니까! 나도 딸자식을 가졌지만…… 예수쟁이보다는 차라리 바라바[6] 같은 놈의 핏줄이 그 아이의 남편이 됐으면 좋았을걸. (큰 소리로) 이건 괜한 시간 낭비요. 얼른 판결이나 내려주십시오.

포르티아　저 상인의 살 1파운드는 당신의 것이오. 이는 법정이 승인하고, 국법이 인정하는 바요.

샤일록　과연 공명정대한 판관이시다.

포르티아　그러니 당신은 상인의 가슴에서 살 1파운드를 베어내야 하오. 국법이 이를 허용하고, 본 법정이 이를 승인하오.

샤일록　과연 유식한 판관이시네! 판결이 났다! 자, 각오해라. (칼을 빼들고 앞으로 나온다)

포르티아　좀 기다려요! 더 할 말이 있소. 이 계약서에는 한 방울의 피도 당신에게 준다고 하지 않았소. 여기 쓰인 말은 분명히 '살 1파운드'요. 자, 계약서대로 살 1파운드를 떼어 가지시오. 그러나 베어낼 때 그리스도교도의 피 한 방울이라도 흘리는 날이면, 당신의 땅과 재산은 베니스 국법에 따라 이 베니스에 몰수당하오.

그라티아노　참 공평한 판관이시다! 들었나, 이 유대 놈아! 참 유식한 판관이시다!

샤일록　그것이 법률입니까?

---

6) 신약 성경에 나오는 인물. 빌라도가 예수를 재판할 때, 예수 대신 석방된 살인강도이다.

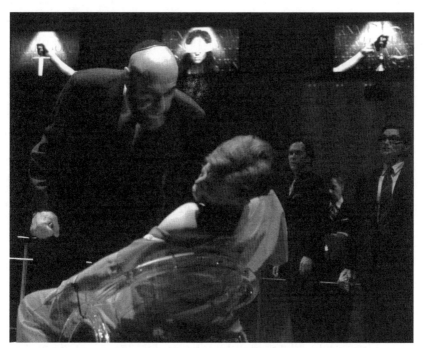

연극 〈베니스의 상인〉 다르코 트레스냑 연출, F. 머리 에이브러햄(샤일록 역) 출연. 2007.

포르티아 (법률서를 펴 보이며) 자, 당신 눈으로 조문을 보시오. 당신은 정의를 주장하니 당신이 요구하는 이상의 정의를 이루어 주겠소.

그라티아노 과연 박식한 판관이시다! 들었나, 유대 놈아! 박식한 판관이시다!

샤일록 그럼, 아까 그 말대로 하겠으니 계약서의 3배를 지급해 주고, 저 그리스도교도는 풀어주십시오.

바사니오 자, 돈 여기 있다.

포르티아 가만있으시오! 유대인에게는 오직 정의대로 해주겠소. 가만있으시오. 그는 계약서대로 담보물 말고는 아무것도 가질 수 없소.

그라티아노 봐라, 이 유대 놈아. 참 공정하고 박식한 판관이 아니시냐!

포르티아 그러니까 살을 베어낼 준비를 하오. 피는 한 방울도 흘려서는 안 되오. 살도 꼭 1파운드를 베어내야지, 많아도 적어도 안 되오. 1파운드보다 가볍든 무겁든, 설령 그게 1파운드의 20분의 1만큼 적거나 많다 해도, 아무튼 저울대가 머리카락 한 올만큼이라도 기울어진다면 당신은 사형이며 모든 재산을 몰수당할 거요.

그라티아노 과연 제2의 다니엘이시다. 다니엘 같은 명판관이시다. 야, 이 유대놈아! 불신자야. 맛이 어떠냐!

포르티아 왜 유대인은 망설이고 있소? 벌금을 받지 않고.

샤일록 원금만 돌려받고, 가게 해주십시오.

바사니오 여기 있다, 자 받아라.

포르티아 저 사람은 이 공개 법정에서 그것을 거절했소. 그러니 정의와 계약서대로만 해주면 그만이오.

그라티아노 정말 다니엘 같은 분이시다. 제2의 다니엘이시다! 유대인, 고맙다. 좋은 말을 가르쳐 줘서.

샤일록 원금만이라도 받을 수 없을까요?

포르티아 담보물 말고는 절대로 안 되오. 그것도 당신 목숨을 걸고 말이오.

샤일록 에잇, 제기랄! 더 이상 엉터리 심문에 응하지 않겠소.

포르티아 기다리시오, 유대인. 또 한 가지 법의 적용을 받을 일이 있소. (법률책을 펼친다) 베니스 법률에 따르면, 만약 외국인이 간접 또는 직접적인 수단으로써 베니스 시민의 생명을 위협한 범죄 사실이 명백히 인정되면 범인의 재산 반은 피해자가 될 뻔한 피고의 소유가 되고, 나머지 반은 국고에 몰수되오. 아울러 범인의 목숨은 오직 공작의 처분에 따르고 어느 누구도 간섭하지 못하오. (책을 덮는다) 아시겠소? 원고는 지금 그런 형편에 놓여 있소. 원고는 직접적으로나 간접적으로나 피고인의 생명 자체를 위협한 것이 분명하니, 내가 앞서 말한 바와 같은 위험에 놓여 있는 것이오. 그러니 원고는 마땅히 무릎을 꿇고 공작님의 자비를 바라야 하오.

그라티아노 네 손으로 목매달아 죽게 해달라고 청이나 해보시지그래. 하지만 재산을 국가에 몰수당하면 목을 맬 줄인들 살 돈이나 있겠느냐. 그러니 아무래도 나랏돈으로 목매달릴 수밖에 없겠구나.

공작 우리의 정신이 얼마나 다른가를 보여주기 위해서 원고의 생명은 청도 있기 전에 용서해 주겠다. 다만 재산의 반은 안토니오 것이 되며, 다른 반은 마땅히 국고 수입으로 될 것이나, 뉘우친다면 벌금형으로 낮춰 줄 수도 있다.

포르티아 예, 국고 수입분에 한해서는 그럴 수 있습니다. 단, 안토니오의 몫은 문제가 다릅니다.

샤일록 아닙니다, 제 생명이고 뭐고 다 가져가십시오. 감형은 필요 없습니다. 집을 받드는 기둥을 빼버리면 집 전체를 뺀 것과 마찬가지입니다. 생계를 유지하는 재산을 빼앗아가 버리면 생명을 빼앗아간 것과 한가지니까요.

포르티아 안토니오, 당신은 어떤 자비를 베풀 수 있겠소?

그라티아노 목매어 죽을 끈이나 하나 거저 주고, 그 밖에는 저 유대인에게 아무것도 주지 말게.

안토니오 공작 각하, 그리고 법정에 계신 여러분, 재산의 반에 대한 벌금은 면제해 주셨으면 좋겠습니다. 그리고 나머지 반의 재산은 제가 관리하고 있다가, 얼마 전 저 사람의 딸을 훔쳐 낸 신사에게 저 사람이 죽은 뒤에 넘겨주도록 하겠습니다. 다른 두 가지 조건도 있습니다. 첫째는 이러한 은혜에 대한 보답으로, 저 사람이 즉시 그리스도교로 개종할 것, 둘째는 자기 유산 모두를 딸과 사위 로렌조에게 양도한다는 서약서를 이 법정에서 작성할 것, 이 두 가지 조건을 요구하겠습니다.

공작 그렇게 시키겠네. 듣지 않으면 앞서 내가 한 말은 모두 취소하겠네.

포르티아 유대인은 만족하오? 어떻소?

샤일록 만족합니다.

포르티아 (네리사에게) 그럼 서기, 양도 서약서를 작성하오.

샤일록 그만 물러가게 해주십시오. 몸이 좀 불편해서요. 서약서는 나중에 보내주시면 서명하겠습니다.

공작 그럼, 가보게. 그러나 서명은 반드시 해야 하네.

그라티아노 세례를 받으려면 대부(代父)가 둘 있어야 하는데…… 내가 재판관이라면 열 명을 더 불러서 배심원 삼아, 너 같은 놈을 세례대로 데려가지 않고 교수대로 데려가겠다. (샤일록 퇴장)

공작 (포르티아에게) 내 집에 가서 식사나 함께합시다.

포르티아 죄송합니다만 용서해 주십시오. 오늘 밤으로 파도바에 돌아가야 하기 때문에 지금 곧 떠나야 합니다.

공작 그렇게 시간이 없으시다니 섭섭하구려. 안토니오는 이분에게 충분히 답례를 하게. 아무튼 큰 신세를 졌으니까. (고관들을 이끌고 퇴장)

바사니오　참으로 고맙습니다. 오늘 박사님 덕분에 저와 제 친구는 무서운 형벌을 면하게 되었습니다. 그 은혜에 보답하는 뜻으로 이 3천 더컷을 드리겠습니다. 유대인에게 지급하기로 되어 있던 것입니다만, 박사님의 수고에 대한 성의이니 받아주십시오.

안토니오　물론 이 이상으로 정성을 다해 영원히 은혜에 보답해야 될 줄로 생각합니다.

포르티아　넉넉히 만족스러우면 그것으로 보답된 것이오. 나는 당신을 구원할 수 있어서 만족합니다. 그러니 이것으로 충분히 보답받았다고 생각합니다. 처음부터 그 이상의 보수를 바라지 않았습니다. 나중에 다시 만났을 때 나를 몰라보지나 마시오. 그럼 안녕히, 이만 실례하겠습니다.

바사니오　실례를 무릅쓰고 억지떼를 쓰겠습니다만, 보수라고 생각지 마시고 그저 성의 표시로, 기념품으로 생각하시고 받아주십시오. 거절하지 마시고, 실례를 용서해 주십시오.

포르티아　그렇게까지 말하시니 고맙게 받겠습니다. (안토니오를 보고) 그럼 장갑을 주세요. 기념으로 쓰겠습니다. (바사니오를 보고) 그리고 당신의 우정 표시로는 그 반지를 받겠소. 그렇게 손을 뒤로 빼진 마시오. 그 이상은 받지 않겠습니다. 우정의 표시니만큼 거절은 안 하실 테죠?

바사니오　이 반지를 말입니까? 이것은 변변치 못한 것이 되어서요. 창피하게 이런 걸 드리고 싶지는 않습니다.

포르티아　그것이 아니면 받지 않겠습니다. 어쩐지 그 반지가 마음에 드는군요.

바사니오　이 반지는 가격이 문제가 아니라 좀더 깊은 사정이 있습니다. 베니스에서 가장 비싼 반지를 드리겠습니다. 광고를 해서 찾아낼 테니 이 반지만은 제발 용서해 주십시오.

포르티아　당신은 말씀으로만 넉넉하시군요. 처음에는 나한테 청하도록 해놓으셨소. 그런데 이제 생각해 보니, 청하는 사람이 어떤 꼴을 당하는가를 보여주시는 것 같습니다.

바사니오　사실 이 반지는 아내한테서 받은 건데, 손에 이걸 끼워 주면서 저에게 이런 다짐을 하도록 했습니다. 절대로 팔거나 누구에게 주거나, 잃어버리지 않는다는 맹세를요.

포르티아 주기가 아까울 때는 누구나 그런 핑계를 대는 법이죠. 그러나 당신 아내가 미친 여자가 아니라면, 그리고 내가 이 반지를 받을 만하다는 걸 인정한다면 내가 이것을 갖는다고 해서 계속 원망진 않을 것 같은데요. 그럼 안녕히들 계시오! *(네리사와 함께 퇴장)*

안토니오 여보게, 바사니오, 그 반지를 드리게나. 자네 아내의 부탁도 부탁이지만, 저분의 공로와 내 우정도 좀 생각해 주게.

바사니오 그라티아노, 얼른 뒤쫓아가서 이 반지를 전해 드리게. 그리고 될 수 있으면 그분을 안토니오 집으로 모시고 오게. 자, 빨리 가보게. *(그라티아노 퇴장)* 자, 우리도 가보세. 그리고 내일 아침 일찍 벨몬트로 떠나세. 자 가세, 안토니오. *(모두 퇴장)*

〔제4막 제2장〕

베니스. 어느 거리.
포르티아와 네리사 등장.

포르티아 유대인 집을 찾아가서 이 서약서를 주고 서명을 받아와. 우리는 오늘 밤 떠나서 남편들보다 하루 앞서 집에 가 있어야 돼. 이 서약서를 보면 로렌조가 얼마나 기뻐할까.

그라티아노 등장.

그라티아노 박사님, 마침 잘 만났습니다. 실은 바사니오 씨도 이리저리 생각한 끝에 이 반지를 보내면서 저녁을 함께 드시자고 하는데요.

포르티아 저녁은 안 되겠으나 반지는 매우 감사히 받는다고 전해 주오. 그리고 수고스럽지만 저 젊은이를 샤일록 노인 집에 안내 좀 해주시오.

그라티아노 예, 그리하겠습니다.

네리사 저, 잠깐 여쭐 말이 있습니다. *(포르티아에게만 들리게)* 저도 저이의 반지를 빼앗아 보겠어요. 죽을 때까지 가지고 있으라고 맹세를 시킨 반지지만요.

포르티아 (네리사에게만 들리게) 뺏어낼 수 있을 거야, 틀림없이. 반지는 친구한
테 주었다고 맹세를 하겠지만, 나중에 그이들을 면목 없이 해주고 실토를 시
키자꾸나. (큰 소리로) 자, 어서 가봐. 내가 기다리는 곳은 알지?

네리사 자, 그럼 그 집을 안내해 주세요. (모두 퇴장)

〔제5막 제1장〕

벨몬트. 포르티아 집의 앞길.
로렌조와 제시카 등장.

로렌조 달이 참 밝구나. 이런 밤, 상쾌한 바람이 소리도 없이 나무들에 고요
히 입맞추던 이런 밤이 아니었을까? 트로일로스가 트로이의 성벽을 올라가
서, 그날 밤 미녀 크레시다가 자고 있는 그리스의 천막을 보고 영혼의 탄식
을 지은 것은?

제시카 이런 밤이었을 거예요. 티스베가 무서워하며 이슬을 밟고 가서, 연인
을 보기 전에 사자의 그림자에 겁을 먹고 달아난 것은.

로렌조 이런 밤이었지. 여왕 디도가 버들가지를 들고 거친 바닷가 기슭에 서
서, 연인 아이네이아스에게 다시 한 번 카르타고로 돌아오라고 손짓을 한
것은.

제시카 이런 밤에 메데이아는 불로초를 캐서 늙은 아이손을 다시 젊게 한 것
이에요.

로렌조 이런 밤에 제시카는 돈 많은 아버지 집을 몰래 빠져나와 건달 같은
애인하고 베니스를 버리고 멀고 먼 벨몬트까지 왔던 것이오.

제시카 이런 밤에 로렌조라는 젊은이는 깊이깊이 애인을 사랑한다고 철석 같
은 맹세로 여자의 마음을 빼앗아 갔으나, 알고 보니 모두 거짓말이었어요.

로렌조 이런 밤에 저 귀염둥이 제시카는 말괄량이처럼 마구 애인을 욕했으
나, 남자는 다 용서했소.

제시카 '이런 밤'을 들먹이는 경쟁이라면 저도 얼마든지 해볼 수 있어요. 그러

나 누가 와요. 보세요, 사람 발소리가 들려요.

스테파노 등장.

로렌조 조용한 밤에 그렇게 빨리 달려오는 분은 누구요?

스테파노 집안사람입니다.

로렌조 집안사람? 누구네 집안? 이름을 말하시오.

스테파노 이름은 스테파노입니다. 소식을 가져왔는데요. 아씨께서 먼동이 트기 전에 벨몬트에 도착하신답니다. 아씨는 이곳저곳의 성 십자가 앞을 지나오시면서, 무릎을 꿇고 행복한 결혼 생활을 빌고 계십니다.

로렌조 누구랑 함께 오시는가?

스테파노 신부님 한 분과 시녀밖에는 아무도 없습니다. 그런데 주인어른은 아직 안 돌아오셨나요?

로렌조 아직 안 돌아오셨다. 그리고 아무 소식도 없으시다. 그런데 제시카, 우리는 안으로 들어가서 부인을 맞이할 준비를 성대하게 합시다.

란슬롯 등장.

란슬롯 솔라, 솔라! 오, 하, 호, 솔라, 솔라!

로렌조 누구냐?

란슬롯 솔라! 로렌조 씨 못 봤어요? 로렌조 씨요? 솔라! 솔라!

로렌조 소리 좀 그만 질러! 여기 있어!

란슬롯 솔라! 어딥니까? 어디?

로렌조 여기라니까!

란슬롯 로렌조 씨께 좀 전해 주십쇼. 주인어른한테서 사람이 왔습니다. 기쁜 소식을 뿔나팔 속에 잔뜩 담아 가지고요. 주인어른이 아침까지는 돌아오신답니다. (퇴장)

로렌조 자, 제시카, 우리는 들어가서 주인 부부가 오는 것을 기다립시다. 아냐, 그럴 건 없지…… 들어가면 무얼 하겠소? 스테파노, 안에 들어가서 아씨께서 금방 돌아오신다고 전해 주게. 그리고 악대도 좀 밖으로 내보내 주고. (스테파노, 안으로 들어간다) 달빛이 이 둑에서 참 상쾌하게 잠을 자고 있구나! 자, 우리는 여기 앉아서 흘러나오는 음악 소리나 들어봅시다! 부드러운 고요함과 달콤한 가락이 서로 잘 어울리겠소. 앉아요. 그리고 저것 보오. 넓은 하늘은 황금 접시를 온통 깔아 놓은 것만 같소. 저기 보이는 가장 작은 별들도 모두 궤도를 돌며 천사같이 노래를 하오. 눈이 맑은 아기 천사들에게 소리를 맞추어서 말이오. 불멸하는 영혼 속에는 다 저런 화음이 있소. 그러나 그 영혼은 썩어 없어질 이 진흙 같은 살 속에 들어 있어서, 그런 화음이 우리 귀에는 들리지 않는 것이오.

악대 등장.

로렌조 자 그럼, 찬미의 음악으로 달의 여신 디아나를 깨우게! 그 멋있고 오묘한 음악의 가락을 아씨 귀에 보내어, 그 소리에 끌려 집으로 오시도록 해보게. (음악 소리)

제시카 저는 왠지 즐거운 음악만 들으면 슬퍼져요.

로렌조 그건 당신이 정신을 너무 긴장시키기 때문이오. 사납게 뛰노는 가축 떼나, 길 안 든 망아지들은 미친 듯이 뛰고 고래고래 울어대고 하잖소. 그것은 피가 끓기 때문이오. 그러나 나팔 소리를 듣거나 무슨 음악 소리가 귀에 들리기만 하면 그것들은 한꺼번에 멈춰 서고, 그 사나운 눈까지도 온순한 눈초리로 변하고 마오. 이것이 상쾌한 음악의 힘이오. 그러기에 하프의 명수 오르페우스는 나무와 돌은 물론 강물까지 움직였다고 옛 시인이 전하고 있소. 아무리 목석같이 고집스럽고 광포한 사람이라도 음악에는 잠깐이나마 감동하지 않을 수 없으니 말이오. 마음속에 음악이 없는 사람, 달콤한 음악의 어울림에 감동하지 않는 사람은 배신, 음모, 강도밖에 못할 사람이오. 그리고 정신은 밤과 같이 둔하고, 감정은 어둠의 신 에레보스처럼 컴컴한 사람이오. 그런 사람은 믿을 수 없소…… 자, 음악을.

포르티아와 네리사 등장.

5막 1장, 로렌조와 제시카 H.C. 셀루스. 1830.

포르티아 우리집 홀의 불빛이구나. 저렇게 작은 촛불이 어쩌면 이렇게 멀리까
　　　지 비쳐올까! 험악한 세상에서는 착한 행동도 꼭 저렇게 빛날 거야.
네리사 달이 밝았을 때는 저 촛불도 보이지 않았는데요.
포르티아 큰 영광이 작은 영광을 희미하게 하는 것은 마찬가지야. 왕이 없을
　　　때는 대리자도 왕처럼 빛나 보이지만, 왕이 나타나면 대리자의 위엄은 사라
　　　지게 마련이야. 육지의 개울도 바다에 삼켜지고 말잖니. 들어봐! 음악이야!
네리사 아씨, 저건 집에서 들려오는 아씨의 음악이에요.
포르티아 뭐든지 환경이 좋아야 좋게 보이는구나. 음악은 낮보다 훨씬 더 아
　　　름답게 들리는 것 같아.
네리사 조용해서 그런 것이 아닐까요, 아씨?

포르티아 곁에 아무도 없다면 까마귀 울음소리도 종달새 노래같이 아름답지 뭐냐. 그리고 소쩍새라도, 대낮에 거위 떼가 떠드는 속에서 노래하면 굴뚝새보다 나을 게 없지. 모든 것은 때와 장소가 들어맞아야만 제대로 칭찬받고, 충분히 인정되게 마련이야. 쉿, 조용히! 달님은 아름다운 연인 엔디미온을 품고 자는지, 깨워 봐도 일어날 것 같지가 않구나. (음악이 그친다)

로렌조 저건 틀림없이 포르티아의 목소리야. 내가 잘못 들었는지는 모르겠지만.

포르티아 내 목소리가 흉해서 로렌조는 나를 알아보는군. 장님이 뻐꾹새를 알아보듯이.

로렌조 부인, 어서 오세요.

포르티아 저희는 남편들이 무사하길 빌고 왔지만, 제발 기도의 효험이 나타나 줬으면 좋겠는데. 돌아오셨나요?

로렌조 아직 안 왔습니다. 그러나 아까 사람이 와서 곧 도착한다고 했습니다.

포르티아 네리사, 안으로 들어가서 하인들에게 좀 일러라. 우리가 집을 비운 사실을 조금도 내색하지 말아 달라고. 그리고 로렌조도 그렇게 해주세요. 제시카도 물론이고요. (나팔 소리)

로렌조 주인이 돌아옵니다. 나팔 소리가 났어요. 우리가 입을 놀리진 않을 테니 걱정 마세요.

포르티아 오늘 밤은 병든 낮만 같구나. 어째 좀 파리하구나. 해님이 숨은 낮 같은 기분이 들어.

바사니오, 안토니오, 그라티아노, 그리고 그 뒤를 따르는 이들 등장.

바사니오 해가 없어도 당신만 이렇게 있어 준다면, 지구 저편의 낮같이 밝은 밤이오.

포르티아 밝게 하는 역할은 좋지만, 그렇게 가벼운 여자가 되진 않겠어요.[7] 아내가 경솔하면 남편은 침울해진다고 하니까요. 저는 바사니오를 그렇게 만

---

7) 영어 'light'는 '빛'이란 뜻과 '가볍다'는 뜻을 함께 갖고 있는 동음이의어이다.

들고 싶지 않아요. 하지만 다 하느님의 뜻에 달렸어요. 아무튼 무사히 잘 다녀오셨어요.

바사니오 고맙소, 부인. 내 친구를 좀 환영해 주시오. 이 사람이 바로 안토니오요. 내가 무한히 신세를 지고 있는.

포르티아 어느 모로 봐서나 신세를 지셨고말고요. 듣자니, 이분은 당신 때문에 목숨을 거셨다고 하니까요.

안토니오 아닙니다. 목숨을 걸었다지만 이렇게 살아서 돌아왔으니까요.

포르티아 참 잘 와주셨어요. 그러나 환영은 말보다 다른 방법으로 표현해야 되니까 말로 하는 인사는 그만둬야겠어요.

그라티아노 (네리사에게) 저기 저 달에 맹세하지만, 당신은 내게 너무하오. 참말이지 그 반지는 재판장의 서기에게 주었다니까. 그걸 그렇게까지 당신이 언짢아한다면, 그걸 받은 사람이 고자라면 좋겠네.

포르티아 아니, 벌써 부부 싸움이군요! 무슨 일로 그러지요?

그라티아노 글쎄, 하찮은 금반지 하나 때문인데, 저 사람이 내게 준 것이랍니다. 그런데 그 반지에 새긴 글귀가 칼장수가 칼에 새겨 놓음직한 '날 사랑하고, 버리지 마세요'랍니다.

네리사 글귀니 값은 왜 꺼내는 거예요? 그걸 받으실 적에 당신은 맹세하셨잖아요. 죽을 때까지 지니고 계시겠다고. 그리고 죽으면 무덤에도 함께 묻히게 될 거라고요. 저를 위해서가 아니라 당신의 그 열렬한 맹세를 위해서라도 소중히 끼고 있어야 하실 것 아녜요. 재판관의 서기에게 주셨다고요! 거짓말 마세요. 하느님도 아시겠지만 그따위 서기는 얼굴에 수염 하나 나지 않을 사람이겠죠.

그라티아노 아냐, 이제 어른이 되면 수염은 날 거야.

네리사 그럴 테죠. 여자가 나이를 먹어서 사내로 변한다면요.

그라티아노 아냐, 이 손에 두고 맹세하지만, 젊은이에게 줬어. 아직 앳되고 키 작은 소년이야. 그 재판관의 서기는 당신보다 키가 크지 않을 거야. 그 애가 어찌나 재잘대면서 사례로 반지를 달라는지 그만…… 차마 거절할 수가 있어야지.

포르티아 그건 당신이 나빠요. 솔직히 말해 아내의 첫 선물을 그렇게 손쉽게 주시다니요. 더구나 맹세를 하고 손가락에 끼면서, 약속의 증거로 당신 살속에 못 박아 둔 거라고요. 저도 남편에게 반지를 하나 주면서, 절대로 내놓지 않겠다는 맹세를 받아냈어요. 여기 남편이 계시지만, 세상의 보배를 다 준대도 반지를 내놓거나 손가락에서 빼지는 않으실 거예요. 정말이지 그라티아노 씨, 부인한테 너무하셨어요. 저 같으면 미쳐버릴 거예요.

바사니오 (혼잣말로) 이 왼손을 잘라버릴 것을 그랬어. 그랬더라면 반지를 지키려다가 손이 잘렸다고 말할 수 있었을 텐데.

그라티아노 바사니오도 재판관에게 반지를 주었는걸요. 꼭 그것을 갖고 싶다지 뭡니까. 재판관은 반지를 받을 만했습니다. 그러자 서기라는 소년도 내 것을 달라고 졸라댔어요. 그야 그 아이는 기록을 하느라고 애는 썼지요. 그는 다른 것은 아무것도 갖고 싶지 않다고 했지요.

포르티아 여보, 무슨 반지를 주셨어요? 설마 제가 드린 그 반지는 아니겠지요?

바사니오 실수에 거짓말을 덧붙여도 괜찮다면 아니라고 부정을 해보겠소만…… 보시오, 손가락에서 반지가 없어졌소. 그 반지를 주었소.

포르티아 거짓에 찬 당신 마음에는 그와 같이 진실도 비어 있을 거예요. 하늘에 맹세하지만 그 반지를 다시 보기 전에는 당신하고는 함께 자지 않을 테예요.

네리사 저도 반지를 도로 찾기 전에는 그렇게 하겠어요.

바사니오 다정한 포르티아, 그 반지를 누구에게 줬는지 당신이 알면, 또 누구를 위해 줬는지 당신이 알면, 그리고 무엇 때문에 줬는지, 또 얼마나 마지못해 줬는지, 그 반지 말고는 다 싫다고 한 그런 사정을 당신이 이해하면 그렇게까지 분하게 생각하지는 않을 것이오.

포르티아 그 반지의 가치를, 그 반지를 준 여자의 가치 절반쯤을, 그리고 당신의 명예를 위해서라도 그 반지를 끼고 있어야 한다는 것을 알고 계셨더라면, 그 반지를 그토록 쉽게 빼진 않으셨을 거예요. 당신이 조금만 더 열의를 갖고 막아내셨다면, 염치도 없게 남의 기념품을 달라고 억지로 졸라대는 그런 사람이 세상에 어디 있겠어요? 네리사 말이 옳아요. 정말이지 그 반지를 여자에게 주신 거죠?

바사니오　천만에. 내 명예를 걸고, 그리고 내 영혼을 두고 맹세하지만 그건 여자가 아니라 법학 박사로, 3천 더컷을 줘도 그는 거절하고 반지만을 요구했소. 한 번은 거절했더니 아주 괘씸해하는 눈치였소. 그는 바로 내 친구의 목숨을 살려준 사람이오. 그러니 여보, 내가 뭐라고 말했어야 좋았겠소? 할 수 없이 사람을 시켜서 반지를 보냈어요. 창피하고 미안해서 혼이 났소. 명예로 봐서도 배은망덕하다는 오명을 입고 싶지는 않았으니까요. 그러니 용서해 주오. 이 밤의 저 거룩한 촛불을 두고 맹세하지만 당신이 그 자리에 있었다면, 당신이 먼저 내 반지를 달라고 해서 그 훌륭한 박사에게 주었을 것이오.

포르티아　그렇다면 그 박사님을 우리집 근처에는 절대로 얼씬도 못하게 하세요. 제가 아끼고 아낀 반지를, 그리고 당신도 저를 위해서 언제까지나 끼고 있겠다고 맹세한 반지를 지금 그분이 가지고 있으니, 저도 당신같이 싹싹한 마음이 되어 제 것이라면 뭐든지, 이 몸과 당신의 침실까지도 그분에겐 거절하지 않을 테니까요. 그분과는 어쩐지 마음이 꼭 맞을 것만 같아요. 그러니까 하룻밤도 집을 비우지 마시고, 눈이 백 개 달린 장사 아르고스처럼 저를 잘 감시하셔야 돼요. 그렇지 않고 저를 혼자 내버려 두시면 아직은 깨끗한 제 정조를 두고 말이지만, 저는 그 박사와 같이 자겠어요.

네리사　저도 그 서기와 같이 잘 테예요. 그러니 당신도 저를 혼자 내버려 두지 않도록 조심하시는 게 좋을 거예요.

그라티아노　잘 테면 자라고. 그 대신 그 젊은 서기 녀석 잡혀만 봐라. 붓대를 꺾어 놓고 말 테니까.

안토니오　불행히도 내가 이 싸움의 원인입니다.

포르티아　아니에요, 그런 걱정은 마세요. 아무튼 당신은 잘 오셨어요.

바사니오　포르티아, 내가 잘못했소. 할 수 없이 그렇게 된 거니까 용서해 주오. 이렇게 친구들 듣는 데서 맹세하지만, 아니 나를 비쳐주는 당신의 아름다운 눈을 두고 맹세해도 좋소.

포르티아　저런 소릴! 제 눈은 두 개니까 눈 속에 비치는 당신도 둘이 아니겠어요…… 한 눈에 하나씩, 그러니 두 갈래의 마음에 두고 맹세하세요. 그래야 믿을 만한 맹세가 되지 않겠어요?

바사니오 그러지 말고 내 말 좀 들어봐요. 이번만 용서해 주면 나도 이 영혼에 걸고 다시는 맹세를 깨뜨리지 않을 테니까.

안토니오 나는 이 사람의 행복을 위해서 내 몸을 걸었습니다. 그런데 부인의 남편인, 이 사람의 반지를 가져간 박사의 힘이 없었더라면 내 몸은 파멸되고 말았을 것입니다. 그러니 한 번 더 걸겠습니다. 내 영혼을 담보로 맹세하겠습니다만, 당신 남편은 다시는 고의로 맹세를 깨뜨리진 않을 겁니다.

포르티아 그렇다면 당신이 보증을 서세요. (자기 손가락에서 반지를 빼서) 이걸 저 사람에게 주세요. 그리고 지난번보다 좀더 잘 간수하라고 일러주세요.

안토니오 (바사니오에게 포르티아의 반지를 주면서) 바사니오, 이 반지를 잘 간수하겠다고 맹세하게.

바사니오 이건 분명히 내가 박사에게 주었던 바로 그 반지로군!

포르티아 박사한테서 얻었어요. 미안해요, 바사니오. 이 반지를 두고 말하지만 저는 그 박사하고 함께 잤어요.

네리사 (손가락에서 반지를 빼면서) 그라티아노, 미안해요. 저도 간밤에 박사의 서기라는 그 꼬마아이와 같이 잤어요. 이 반지를 얻은 답례로 말이에요.

그라티아노 아니, 이래서는 한여름 신작로를 보수하는 격이 아니겠는가, 멀쩡한 신작로를.

포르티아 그렇게 상스러운 말은 하지 마세요. 다들 놀라셨을 거예요. (편지를 꺼낸다) 자, 이 편지를 틈 나거든 읽어보세요. 파도바의 벨라리오 님이 보낸 편지예요. 편지를 보면 아시겠지만 이 포르티아가 박사였고, 저 네리사가 서기였어요. 로렌조도 증인이지만, 저는 곧 뒤따라 이곳을 떠났다가 이제 막 돌아온 길이에요. 아직 안에도 못 들어가 봤어요. 안토니오, 잘 오셨어요. 당신이 상상도 못하실 만큼 좋은 소식을 제가 가지고 있어요. 자, 이 편지를 곧 뜯어보세요. 뜻밖에도 당신의 상선이 3척이나 상품을 가득 실은 채 입항한다고 해요. 이 편지가 어떻게 제 손에 들어왔는가는 묻지 말아주세요.

안토니오 말문이 딱 막힙니다.

바사니오 아니 그래, 당신이 박사였는데 내가 몰라봤소?

그라티아노 당신의 새 서방인 서기가 바로 당신이었나?

네리사 그래요, 하지만 그 서기가 그런 짓은 절대로 하지 않을 테니 안심하세요. 자라서 아주 사내가 돼버린다면 모르지만요.

바사니오 여보 박사, 이젠 나와 같이 잡시다. 그러나 내가 없을 때는 내 아내와 같이 자도 좋소.

안토니오 부인, 부인 덕택에 나는 생명과 재산을 다시 찾았습니다. 이 편지를 보니 확실히 내 배들은 무사히 입항을 한 것 같습니다.

포르티아 그런데 로렌조 씨, 저 서기가 당신한테도 좋은 소식을 가지고 왔어요. (로렌조에게 문서를 건넨다)

네리사 그래요, 그리고 이번엔 사례 없이 거저 드리겠어요. 자, 이것 받으세요. 당신과 제시카에게 부자 유대인이 죽은 뒤에 모든 재산을 넘겨준다는 특별 서약서예요.

로렌조 부인, 이건 굶주린 사람에게 하늘에서 먹을 것을 내려주신 거나 다름없습니다.

포르티아 벌써 아침이 다 됐나 봐요. 하지만 여러분은 이번 일에 대해 충분히 듣고 싶으실 거예요. 이젠 안으로 들어가시죠. 그리고 심문을 하세요. 뭐든지 정직하게 답변해 드릴게요.

그라티아노 그렇게 합시다. 그러면 내가 먼저 네리사에게 맹세를 시키고 심문해 보겠는데, 어차피 내일 밤까지 참을 것인지 아니면 그냥 자러 갈 것인지? 아직도 두어 시간 있어야 날이 밝을 것 같은데. 그러나 그냥 자러 간다면 날이 새더라도 컴컴한 채로 있었으면 하고 나는 바랄 거야. 박사의 서기와 함께 그대로 자고 싶어서 말이지. 그건 그렇고 앞으로 일생 동안 다른 염려는 없겠으나, 다만 네리사의 반지를 잘 간수할 수 있는지, 이것만이 걱정스럽군. (모두 퇴장)

Taming of the Shrew

말괄량이 길들이기

[등장인물]

〈서막〉

영주(領主)

슬라이   술 취한 땜장이

주막 안주인

그 밖에 시동, 사냥꾼들, 하인들, 배우들

〈본극〉

밥티스타   파도바의 갑부

빈센티오   피사의 노신사

루센티오   빈센티오의 아들, 비앙카를 사랑하는 청년

페트루키오   베로나의 신사, 카타리나의 구혼자

그레미오
호르텐시오   } 비앙카의 구혼자

트라니오
비온델로   } 루센티오의 하인

그루미오
커티스
나다니엘
필립   } 페트루키오의 하인
요셉
니콜라스
피터

카타리나 (말괄량이)
비앙카   } 밥티스타의 딸
과부

그 밖에 재봉사, 양품점 주인, 하인들

[장소]

파도바 및 페트루키오의 시골 별장

말괄량이 길들이기

〔서막 제1장〕

벌판의 한 술집 앞.
문이 열리며 거지꼴을 한 슬라이가 주막 안주인에게 내쫓겨 휘청거리며 걸어 나온다.

슬라이　두들겨 패줄까 보다, 제기랄.

안주인　차꼬나 차라, 이 악당아.

슬라이　이 떠버리 할망구야! 슬라이 집안에 악당은 없다. 역사책을 뒤져봐. 우리는 정복왕 리처드와 함께 이곳으로 왔어. 그러니 아가리 닥치라고. 세상이야 될 대로 되라지. 꺼져!

안주인　유리잔을 깨놓고 물어내지 않을 작정이야?

슬라이　그래, 한 푼도 못 내겠어. 줄행랑치는 것이 현명하겠다. 차디찬 침대로 가서 몸이나 녹여야지. (비틀비틀 걸어 나가다가 덤불 옆에 쓰러진다)

안주인　내게도 해결책이 있지. 가서 경찰을 불러올 테야. (퇴장)

슬라이　셋째 놈이건 넷째 놈이건 다섯째 놈이건 다 불러오라지. 법으로 할 테니까. 한 치도 물러나지 않겠다. 불러올 테면 불러와, 친절하게 상대해 주마. (잠이 들어 코를 골기 시작한다)

뿔피리 소리. 영주와 그의 부하들이 사냥을 나갔다가 벌판을 가로질러 돌아오고 있다.

영주　여봐라 사냥꾼들, 내 사냥개들을 잘 돌봐라. 메리먼이란 암캐는 좀 풀어주는 게 좋겠다. 입에서 거품을 내고 있구나. 클라우더는 짖는 소리가 좋은 암놈과 같이 놔두어라. 그런데 실버란 놈이 하는 행동을 보았나? 글쎄 아까 울타리 모퉁이에서 금세 냄새를 맡아 찾아냈다. 그 개는 20파운드를 준다고 해도 바꿀 수 없지.

사냥꾼 1 벨먼도 그에 못지않습니다. 완전히 놓친 사냥감을 그놈이 찾아내고 짖어댔습니다. 오늘도 거의 다 놓칠 뻔한 것을 두 번이나 그놈이 냄새를 맡았습니다. 정말, 제가 보기엔 그놈이 더 낫습니다.

영주 바보 소리 말아. 에코란 놈만 해도 좀더 잘만 뛴다면, 벨먼의 열두 배쯤은 가치가 있어. 아무튼 밥 잘 주고, 잘 좀 돌봐줘. 내일 또 사냥을 나갈 테니까.

사냥꾼 1 예, 잘 알겠습니다.

영주 (슬라이를 발견하고) 이건 뭐냐? 죽었나, 취했나? 어디, 숨은 붙어 있느냐?

사냥꾼 2 숨은 쉽니다. 술기운이 아니고선, 차디찬 맨바닥에서 이렇게 곤히 잠이 들순 없을 겁니다.

영주 허, 짐승 같은 것! 돼지처럼 나자빠져 있는 꼴 좀 보게! 무서운 죽음도 이렇게 놓고 보니 그저 더럽고 지긋지긋한 것으로밖에 보이지 않는군. 한데, 이 주정뱅이에게 장난 좀 쳐봐야겠다. 자네들은 어찌 생각하나? 이 녀석을 침실로 떠메다가 좋은 옷으로 갈아입히고, 반지도 끼워 주고, 머리맡엔 진수성찬을 차려놓고, 그럴듯한 시종들도 대기시켜 놓으면, 잠이 깨서 이 거지가 자기 신분을 감쪽같이 착각하지 않을까?

사냥꾼 1 정말 그렇게 생각할 수밖에 없을 것입니다.

사냥꾼 2 잠이 깨면 아마 어리둥절해하겠지요.

영주 달콤한 꿈을 꾸고 있을 때나 헛된 망상에 잠겨 있을 때와 같을 테지. 그럼 이자를 옮기고 잘해 봐. 가장 좋은 내 방에 가만히 데려다 놓으란 말이야. 그리고 방 안에는 온통 음탕한 그림들을 걸어놓고, 이 더러운 머리에는 따뜻한 향수를 뿌려주고, 향나무를 태워서 방 안을 향기롭게 해둬. 그리고 음악을 준비해 두었다가 눈을 뜨거든 감미롭고 상쾌한 음악을 들려주어라. 그리고 혹 무슨 말을 하거든 빨리 대답하고 공손하게 낮은 목소리로 "무슨 분부 하실 것이라도?" 하고 물으란 말이야. 그리고 누구 한 사람은 가득 담은 장미수에 꽃을 띄운 은쟁반을, 다른 사람은 물병을, 또 한 사람은 물수건을 들고 섰다가 "손을 시원하게 씻지 않으시렵니까?" 물어라. 누구는 값진 옷을 준비하고 있다가 어떤 것을 입으시겠는가 물어보고, 또 누구는 사냥개와 말 이

《말괄량이 길들이기》 속표지　헨리 코트니 셀루스. 1830.

야기를 해주고, 또 부인께서는 나리의 병환을 슬퍼하고 계신다고 말하는 거야. 이렇게 자기를 실성한 사람으로 믿게 만들란 말이야. 그리고 그자가 자신이 누구인지 말하거든 당장에 이렇게 말해 주도록 해. "그건 꿈을 꾸신 것이고 사실은 훌륭하신 영주님이 틀림없습니다"라고. 조심해서 잘해 보게. 적당히 잘 진행된다면 굉장한 놀이가 아니겠느냐 말이다.

사냥꾼 1 예, 저희들은 저마다 맡은 역할에 최선을 다해서 이자가, 저희가 말하는 바대로 믿게끔 하겠습니다.

영주 살며시 옮겨다 재우고, 눈을 뜨거든 내가 시킨 대로 하라. (사냥꾼들이 슬라이를 들고 퇴장. 나팔 소리) 아니, 저 나팔 소리는? 가서 무슨 일인지 알아봐라. (하인 한 사람 퇴장) 혹시 어떤 귀족이 여행을 하다가 이 근처에서 좀 쉬려는 건지도 모른다.

나갔던 하인이 다시 들어온다.

영주 그래 누구더냐?

하인 배우들입니다. 영주님 앞에서 공연을 해보이겠답니다.

영주 이리 불러들여라.

배우들 등장.

영주 아, 다들 잘 왔네.

배우들 감사하옵니다.

영주 오늘 밤 내 집에 머물러 주겠나?

배우 1 예, 영주님께서 허락해 주신다면요.

영주 기꺼이 그러지. 이 사람은 기억나네. 언젠가 농부의 맏아들 역할을 맡았었지…… 귀부인에게 그럴듯하게 구애하는 장면이었어. 누구 역할인지 이름은 잊었으나 그 역에 꼭 알맞았고, 분장도 자연스러웠네.

배우 1 아마 소토 역할을 말씀하시나 봅니다.

영주 옳아, 그래. 그건 참 잘했더랬어. 한데 자네들 참 잘 와주었네. 실은 심심풀로 놀이를 계획하는 중인데, 자네들의 멋진 솜씨로 도움만 받는다면 한결 흥겨워질 수 있을 거야. 오늘 밤 어떤 영주님께 자네들의 연극을 보여드릴 생각인데, 다만 내가 염려하는 건, 그분이 여태껏 연극을 본 적이 없는지라 영주님의 기묘한 행동을 보고 자네들이 우스워서 못견디는 바람에 그분의 기분을 상하게 하지 않을까 하는 점이야. 자네들이 웃으면 그분은 화가 날 테니까.

배우 1 염려 마십시오. 저희들이 꼭 행동을 조심하겠습니다. 비록 그분이 세상에 둘도 없는 어릿광대라도 말입니다.

영주 음, 여봐라, 이 사람들을 식당으로 안내해서, 한 사람 한 사람 극진히 대접해라. 내 집에서 할 수 있는 거라면 뭐 하나 모자람이 없도록 하라. (하인이 배우들을 안내하여 퇴장) 여봐라, 너는 시동 바돌로매한테 가서 그 애를 귀부인 차림으로 갈아입힌 다음, 아까 그 주정뱅이 방으로 데리고 가서 그 아이에게 마님, 마님, 하며 굽실대거라. 그리고 시동에게는 시키는 대로 하면 그만한 보수는 있을 테니까, 귀부인이 남편에게 하는 것처럼 품위 있게 주정뱅이를 대하고 말도 고분고분하게 하고 허리도 나지막이 굽히면서 "무슨 분부든지 말씀하세요. 당신의 부인으로 모자란 아내지만, 정성과 애정을 보여드리기 위해서 곁에 있습니다"라고 말하라고 일러라. 그리고 가엾게도 일곱 해나 비참한 거지꼴이 된 줄로만 착각하고 있던 남편이 이제 건강이 회복되어 정말 기쁘다고 말하고는, 정답게 안고서 키스를 하고 머리를 상대 가슴에 파묻고 눈물을 짜내라고 일러라. 그 애가 소낙비 같은 눈물을 쏟는 여자의 재주가 없거든 묘안이 있다. 양파를 헝겊에 싸서 눈에 비비면, 눈물은 하염없이 쏟아질 것 아니냐. 되도록 빨리 처리하라. 다음 지시는 곧 내리겠다. (하인 퇴장) 시동이 품위나 목소리나 태도나 몸가짐 등으로 봐서 넉넉히 귀부인을 흉내낼 거야. 어서 들어가서, 그 아이가 주정뱅이를 남편이라 부르는 것을 보고 싶구나. 그리고 내 부하들이 우스운 것을 참고서 그 바보 같은 농군에게 굽실거리는 꼴은 참으로 볼만하겠어. 안에 들어가서 주의를 시켜야겠어. 내가 참석하면 너무들 흥겨워하다가 일을 그르치지는 않을 테니까. (모두 퇴장)

영주 저택의 한 침실.

호화스러운 잠옷을 입은 슬라이가 들어온다. 그 주위에 시종들이 옷, 대야와 물병, 그 밖의 물건들을 들고 서 있다. 뒤이어 영주 등장.

슬라이 (잠이 덜 깬 얼굴로) 제발 에일(ale) 맥주나 한 잔 주시오.

하인 1 나리, 백포도주로 하시면 어떨까요?

하인 2 설탕에 절인 과일을 들지 않으시겠습니까?

하인 3 오늘은 어떤 옷을 입으시겠습니까?

슬라이 난 크리스토퍼 슬라이야. 나더러 나리, 나리, 하지 말라니까. 백포도주 따윈 마셔본 적도 없다. 무슨 절임을 주려거든, 소고기조림이나 줘. 무슨 옷을 입겠느냐고는 묻지도 마. 이 등이 내 저고리고, 두 다리가 양말이고, 신은 발이고, 아니 발이 신이라니까. 그래, 글쎄 이렇게 발가락이 쑥 삐져 나와 있잖아.

영주 아이고, 우리 나리의 이 까닭 모를 병환을 속히 낫게 해주십시오! 그렇게도 훌륭한 혈통과 그렇게도 많은 재산에다, 그렇게도 귀하신 분께 이토록 흉악한 악령이 들리다니!

슬라이 아니 당신들, 나를 미치게 할 작정인가? 내가 크리스토퍼 슬라이가 아니란 말인가, 버튼 히스에 사는 슬라이 영감의 자식인? 본디는 떠돌이 장사꾼이었는데 교육을 받으면서 빗 만드는 공장에서 일하다가 곰치기로 전직하고, 이제는 땜장이 노릇을 하고 있는 슬라이가 아니란 말인가? 원콧 주막의 저 뚱뚱한 안주인 마리안 하켓에게 가서 날 아느냐고 물어보구려. 외상 술값이 14펜스 있지만, 그런 일이 없다고 그 안주인이 잡아뗀다면, 나야말로 그리스도교도의 나라에서 으뜸가는 거짓말쟁이지.

하인이 맥주를 가지고 등장.

슬라이 내가 미치다니, 천만에. 그 증거로⋯⋯. (하인이 내민 맥주잔을 받아서 마신다)

슬라이와 영주　윌리엄 퀄러 오차드슨 삽화, 찰스 윌리엄 샤프 판화. 1876.

하인 3　아, 이러시기 때문에 마님께서 슬퍼하고 계십니다.

하인 2　이러시기 때문에 하인들도 근심하고 있습니다.

영주　이러시기 때문에 일가 친척들도 영주님의 기이한 정신병을 두려워하여 영주님 댁에 발을 끊은 것입니다. 영주님, 가문을 생각하셔서 쫓아낸 옛 마음을 다시 불러들이시고, 이 비참한 악몽일랑 몰아내 버리십시오. 보십시오, 이렇게 하인들이 곁에서 영주님의 분부를 기다리고 서 있지 않습니까? 음악은 어떻겠습니까? 아폴론 신이 연주하는 음악을 들어보십시오. (음악이 연주된다) 밤꾀꼬리들도 스무 마리나 새장에서 노래하고 있습니다. 아니, 졸리십니까? 자리를 준비해 드릴까요? 저 아시리아의 세미라미스 여왕을 위하여 마련했다는 침상보다 더 푹신하고 달콤한 침상입니다. 산책하시겠다면 땅바닥에 꽃을 뿌려놓겠습니다. 아니면 말을 타시겠습니까? 황금과 진주로 꾸민 마구(馬具)를 채워서 말들을 대기해 놓겠습니다. 매사냥은 어떠십니까? 아침의 종달새보다도 높이 날 매들이 준비돼 있습니다. 그것도 아니면 사냥은 어떠십니까? 씩씩하게 짖어대는 사냥개들의 소리에는 하늘도 메아리치고 드넓은 대지도 날카로운 메아리를 울려 보낼 것입니다.

하인 1 달리라고 하시면, 사냥개들은 수사슴처럼 숨도 안 쉬고 쏜살같이 달릴 것입니다. 날쌔기로는 암사슴도 어림없습니다.

하인 2 그림은 어떻겠습니까? 지금 당장이라도 내오겠습니다. 졸졸 흐르는 개울가엔 미소년 아도니스가 서 있고, 향부자 덤불 속에는 아름다운 여신 키테레이아가 누워 있으며, 그 입김에 요염하게 움직이는 향부자들은 마치 바람에 산들거리는 듯 보이는 그림 말입니다.

영주 또 다른 그림도 보여드리겠습니다. 숫처녀 이오가 제우스 신한테 속아 습격당하는 광경이 생생하게 그려진 그림 말입니다.

하인 3 아니면 여신 다프네가 아폴론 신에게 쫓기어 찔레밭을 헤매다가 다리를 긁히고 피가 날 지경이어서 그 광경에 아폴론마저 슬퍼하고, 눈물이 날 정도로 잘 그려진 그림은 어떠십니까?

영주 영주님, 영주님은 정말로 저희들의 영주님이십니다. 영주님껜 이 말세에 다시없이 아름다운 부인이 계십니다.

하인 1 영주님 때문에 그 아름다운 얼굴에 밉살스러운 폭포수 같은 눈물이 흘러내리기 전에는 이 세상에서 찾아보기 힘든 최고 미인이셨습니다…… 아니, 지금도 누구 못지않으십니다.

슬라이 내가 영주고, 내게 그런 부인이 있던가? 꿈결이 아닐까? 아니, 여태까지 꿈을 꾸고 있었을까? 확실히 잠결은 아니야. 음, 내 눈에 보이고, 내 귀에 들리고, 내가 말을 하고 있구먼. 좋은 냄새도 나고, 만져보니 보드라워. 내가 정말 영주로구나. 땜장이도 아니고 크리스토퍼 슬라이도 아니야. 그럼 부인을 어서 모셔오너라. 맥주도 한 잔 더 가져오고.

하인 2 (대야를 내밀며) 영주님, 손을 씻으십시오. (슬라이가 손을 씻는다) 영주님께서 정신을 되찾으시고 다시 신분을 알아보시니 참으로 기쁩니다. 지난 열다섯 해를 꿈속에 계시다가 잠에서 깨어나시듯 이제 눈을 뜨셨습니다.

슬라이 열다섯 해나! 많이도 잤네. 하지만 그동안 아무 말도 하지 않던가?

하인 1 웬걸요, 영주님, 말씀은 하셨지만 헛소리뿐이었습니다. 이렇게 훌륭한 방에 누워 계시면서도 밖으로 쫓겨났다고 말씀하시고, 술집 안주인을 야단치셨습니다. 그리고 마개를 따지 않은 술병을 가져오라는데 돌솥을 가져왔다며 고소를 하시겠다는 둥, 이따금 시슬리 하켓이란 이름을 입에 담으셨습니다.

슬라이 음, 주막집에서 일하는 아가씨야.

하인 3 아닙니다. 영주님께선 그런 술집이나 그런 아가씨를 아실 리가 없으십니다. 그리고 스티븐 슬라이, 그리스의 존 냅스 영감, 피터 터프, 헨리 핌퍼넬, 이 밖에 스무 명도 넘는 이름을 입에 담으셨지만, 그런 사람들은 이 근처에 살고 있지도 않고 만나보신 적도 없습니다.

슬라이 그렇다면 모두 하느님의 덕분이군. 하느님, 참으로 감사하나이다!

모두 아멘!

슬라이 다들 고맙군. 여러분의 기원이 헛되지 않게 하겠네.

부인으로 변장한 시동이 시녀들을 거느리고 등장. 그 가운데 한 시녀가 슬라이에게 맥주를 권한다.

시동 나리, 좀 어떠세요?

슬라이 아 좋소, 좋아. 여간 기운이 나지 않는구려. 한데 내 아내는 어디 있지? (맥주를 마신다)

시동 여기 있어요, 나리. 무슨 분부라도?

슬라이 당신이 내 아내요? 그럼 왜 남편을 여보라고 부르지 않소? 내 부하들은 나리, 나리 해도 좋지만, 난 당신의 남편이 아니오?

시동 저의 남편이며 주인어른이에요. 주인어른, 서방님, 전 당신의 아내로서 뭐든지 당신 뜻대로 하겠어요.

슬라이 잘 알았소. 그럼 나는 당신을 어떻게 부를까?

영주 부인이라고 부르십시오.

슬라이 앨리스 부인이요, 조안 부인이요?

영주 부인이라고만 부르십시오. 영주들은 자기 부인을 모두 그렇게 부른답니다.

슬라이 여보, 부인, 듣자니 난 열다섯 해 넘게 잠을 자며 꿈을 꾸고 있었다는데, 그게 정말이오?

시동　네, 그것이 저에게는 서른 해나 되는 것만 같아요. 그동안 저는 혼자 외로이 빈방을 지켜왔어요.

슬라이　그거 참 안됐었구먼…… 여봐라, 하인들은 물러가고 우리 두 사람만 있게 해다오…… (하인들이 물러간다) 부인, 자 옷을 벗어요. 그리고 잠자리로 들어갑시다.

시동　귀하고도 귀하신 영주님, 부탁입니다. 제발 한두 밤만 참아주세요. 그것조차 안 되시겠다면 해가 질 때까지만이라도. 의사들이, 당신 병이 재발할 위험이 있으니 동침은 삼가라고 말했어요. 이만하면 제 말을 이해해 주실 테죠.

슬라이　음, 온통 뭣해서 한시도 참을 수가 없는데. 하지만 또다시 그런 악몽 속에 떨어지는 것도 싫으니 참기로 하지. 피가 끓고 살이 뛰더라도.

하인 한 사람 들어온다.

하인 1　영주님의 전속 배우단이 영주님께서 쾌차하셨다는 소식을 듣고서 희극을 공연하려고 와 있습니다. 의사들도 때마침 잘된 일이라 반가워합니다. 심한 슬픔이 피를 굳게 했고 우울증이 실성의 보금자리이니만큼, 연극을 보시고 흥겨운 일에 마음을 돌리시면 수많은 해악도 미리 막을 수 있고, 수명도 늘릴 수 있다고 합니다.

슬라이　음, 그럼 곧 시작하게나. 한데 그 희극인가 뭔가는 크리스마스 춤인가, 아니면 곡예사의 재주인가?

시동　아녜요, 영주님, 그건 훨씬 더 재미있는 것이에요.

슬라이　그럼 집에서 슬금슬금 하는 것인가?

시동　그건 옛날이야기 같은 것이에요.

슬라이　음, 아무튼 구경해 봐야지. 자 부인, 내 곁에 와서 앉구려. 우리가 두 번 다시 이처럼 젊어질 수야 있겠나. (시동이 곁에 앉는다)

나팔 소리. 《말괄량이 길들이기》 극이 시작된다.

파도바의 시뇨리 광장

〔제1막 제1장〕

파도바. 광장.

밥티스타와 호르텐시오의 집과 다른 집들이 광장에 맞닿아 있다. 광장에 나무들이 서 있고 긴 의자가 놓여 있다. 루센티오와 그의 하인 트라니오 등장.

루센티오 트라니오, 문화의 요람인 이 아름다운 파도바를 꼭 한번 구경하고 싶었는데, 이탈리아의 낙원이라 할 이 기름진 롬바르디아 평야에 이제야 이 르렀구나. 더구나 아버지의 호의와 승낙 아래 너처럼 믿음직한 시종과 함께 하니 모든 일은 다 잘만 돼가는구나. 자, 여기서 좀 쉬자꾸나. 그러고 나서 천 천히 학문과 문화의 길을 찾기로 하자. 점잖은 시민들로 이름난 피사에서 태 어나, 세상을 주름잡는 대상인이며 벤티볼리오 가문 출신인 빈센티오를 아버지로 두고, 피렌체에서 교육을 받은 내가 아니냐. 그러니 세상의 기대에 어긋나지 않기 위해서는 그만한 행운을 그만한 인격으로 장식해야 한다. 그러니 이봐, 지금 내가 배우고 싶은 것은 덕인데, 이 학문을 몸에 지니고 나면 덕으로 말미암아 행복에 이를 길도 자연스레 알게 될 것이 아니냐 말이다. 그래 네 생각은 어떠냐? 내가 피사를 버리고 파도바에 온 것은 바로 얕은 물웅덩이를 떠나 깊은 못에 몸을 담그고 흐뭇하게 갈증을 없애고 싶은 마음에서다.

트라니오   예, 도련님. 전 뭐든지 도련님과 같은 마음이니 다디단 학문의 단물을 빨아 잡수시겠다 결심하셔서 참으로 기쁩니다. 한데 도련님, 덕이나 수양을 존중하는 것은 좋지만, 제발 저 금욕주의자인지 통나무인지는 되지 말아 주십시오. 엄격한 아리스토텔레스의 말만 듣고 계시다가 달콤한 오비디우스의 부드러운 시를 내던지게 되시면 안 되니까요. 친구 사이의 대화는 논리학 공부로 삼으시고 보통 대화도 수사학의 연습으로 삼으세요. 그리고 기분을 되살리기 위해선 음악이나 시가 좋고, 수학이니 형이상학 같은 것도 입맛이 당기실 적에는 해보십시오. 흥미가 없는 곳엔 소득도 없는 법이니까요. 요컨대 도련님이 가장 하고 싶은 공부를 하십시오.

루센티오   고맙다, 트라니오. 네 말이 옳고말고. 비온델로가 도착해 있다면, 우린 당장 숙소를 정하고 지금 파도바에서 만날 수 있는 친구들은 모두 초청하여 대접할 수 있을 텐데. 가만있자, 저 사람들은 뭐지?

트라니오   도련님, 저분들은 우리를 마중 나온 행렬 같습니다.

문이 열리고 밥티스타가 두 딸 카타리나와 비앙카를 데리고 등장. 나이 든 그레미오, 호르텐시오가 그 뒤에 등장. 두 사람은 비앙카의 구혼자다. 루센티오와 트라니오는 나무 그늘에 숨는다.

밥티스타   이제 제발 그만 조르시오. 내가 단단히 결심한 것을 당신들도 알고 있잖소. 글쎄 큰딸의 신랑을 정하기 전에는 작은딸을 시집보낼 수 없습니다. 만약 두 분 가운데 카타리나를 사랑하시는 분이 있다면, 내가 잘 알고 또 나의 호의를 받고 계신 두 분이니 사양 마시고 제발 그 애와 직접 담판해 보시구려.

그레미오 담판이 아니라 재판을 해야 할 판입니다. 큰따님은 제 힘에는 벅차서요…… 그런데 저기 호르텐시오 씨, 당신이야 어떤 아내든 상관하지 않을 테지요?

카타리나 아버지, 그래 절 이런 짝패들 앞에서 웃음거리로 만드시려는 거예요?

호르텐시오 짝패들이라뇨! 무슨 뜻으로 하는 소리요? 좀더 얌전하고 점잖게 굴지 않으면 당신 짝은 없어요, 없어.

카타리나 당신은 걱정도 팔자군요. 난 결혼할 생각은 조금도 없어요. 하지만 결혼을 하는 날엔 정말이지, 세 발 의자를 빗 삼아 당신의 머리털을 빗겨 주고 얼굴에는 색칠을 해서 바보처럼 대접하겠어요.

호르텐시오 아이고 하느님, 제발 이런 악마 같은 여자한테서 저를 구해 주시옵소서!

그레미오 하느님, 제발 저도.

트라니오 (혼잣말로) 쉬, 도련님! 이거, 굉장한 구경거리입니다. 저 말괄량이는 완전히 미쳤거나 안 그렇다면 굉장한 고집쟁이 같습니다.

루센티오 한데 말 없는 다른 쪽은 아주 처녀답게 얌전하고 온순하구나.

트라니오 참, 말씀대로 얌전하군요. 아무 말씀 마시고 실컷 바라보십시오.

밥티스타 내가 지금 한 말에 거짓이 없다는 걸 두 분에게 분명히 하기 위해서…… 비앙카, 너는 안으로 들어가라. 그러나 언짢게 생각해서는 안 된다. 내가 널 사랑하는 마음에는 변함이 없으니까. (비앙카의 머리를 쓰다듬는다)

카타리나 흥, 귀염둥이 아가씨. 그 까닭을 알면 손가락을 눈에 대고 울고 말걸.

비앙카 언니는 내가 잘못되면 속이 시원할 거야. 아버지, 전 아버지 뜻에 따르겠어요. 책과 악기를 동무 삼아 혼자 읽고 연습하겠어요.

루센티오 (혼잣말로) 잘 들어봐, 트라니오, 미네르바의 여신이 말하는 것이 들리느냐!

호르텐시오 밥티스타 씨, 그건 너무하지 않습니까? 저희들의 호의가 도리어 비앙카에게는 슬픔의 씨가 되다니 참으로 섭섭합니다.

그레미오　밥티스타 씨, 그래 이런 지옥의 마녀 때문에 작은따님을 가둬 놓고, 그 독설의 벌을 동생에게 받게 할 작정이십니까?

밥티스타　아무튼 두 분 다 이해해 주시오. 난 이미 결심했소. 안으로 들어가라, 비앙카. (비앙카 퇴장) 글쎄, 그 애는 무엇보다도 음악과 악기와 시(詩)를 좋아합니다. 미숙한 그 애를 가르쳐 줄 가정교사를 둘 생각입니다. 그러니 호르텐시오 씨나 그레미오 씨, 누구 적당한 사람을 알거든 좀 소개해 주시오. 재주 있는 분 같으면 잘 대접해 드리고 자식들의 교육엔 돈 같은 건 아끼지 않을 생각이오. 그럼 또 봅시다…… 카타리나, 넌 여기 더 있어도 좋다. 난 비앙카한테 가봐야겠다. (퇴장)

카타리나　어머나, 나도 들어가 볼 테야, 왜 못 들어가 본담? 내가 그렇게 일일이 지시받아서 행동해야 해? 내가 맘대로 오가는 것조차 모르는 사람이람? 흥! (휙 돌아선다)

그레미오　악마 어미에게로나 가보려무나. 인품이 그렇게 알뜰해서야 누가 붙잡을라고…… (카타리나는 안으로 달려들어가서 문을 탁 닫는다) 호르텐시오 씨, 저래서야 아버지와 딸 사이도 별로 좋지 않을 것 같소. 하나 우리는 손끝이나 혹혹 불면서 진득하니 참아봅시다. 지금 형편으론 밥은 설익었소. 그럼 안녕히 계시오. 하지만 사랑스러운 비앙카를 생각하니 안됐군요. 그녀가 좋아하도록 어떻게 해서든지 적당한 가정교사를 찾아내서 그녀 아버지께 추천해 주고 싶소.

호르텐시오　나도 그렇게 할 생각이오. 그레미오 씨, 한마디 상의해야겠소. 우린 서로 경쟁하는 처지라 오늘까지 의논이라곤 하지 않았지만, 이렇게 되고 보니 생각을 좀 달리 해봐야겠습니다. 우리가 다시 그 아가씨한테 접근해서, 서로 사랑을 다투는 행복한 경쟁자가 되려면 한 가지 특별한 일을 마련해야 할 것만 같습니다.

그레미오　대체 뭐 말이오?

호르텐시오　방법은 딱 한 가지, 언니에게 신랑을 구해 주는 것이오.

그레미오　신랑이라뇨? 악마 말인가요?

호르텐시오　신랑 말이오.

그레미오　악마겠죠. 글쎄, 생각 좀 해봐요. 아버지가 아무리 부자라고 해도

성난 얼굴의 카타리나 윌리엄 조셉 에드워즈

지옥으로 장가를 들 바보가 어디 있겠느냔 말이오?

호르텐시오 쯧쯧, 그레미오 씨도! 당신이나 나는 그 말괄량이 말을 순순히
받아넘기지 못하지만, 세상에는 좋은 사람도 있으니 그런 사람을 만나면, 아
무리 흠집이 많다 할지라도 지참금이 있으니 그 말괄량이는 짝을 찾게 될

것입니다.

그레미오　글쎄요. 그러나 나 같으면 혼수를 받느니보다는 차라리 매일 아침 네거리에서 매를 맞는 편이 낫겠소.

호르텐시오　당신 말마따나 썩은 사과를 고를 사람은 그다지 없을 것입니다. 하지만 자, 이렇게 같은 운명에 놓이고 보니 서로 친구가 될 수밖에요. 그러니 당분간 서로 협력하여 밥티스타네 큰딸에게 신랑을 구해 주고 작은딸도 자유로이 결혼할 수 있게 해줍시다. 그리고 나서 다시 경쟁을 하기로 합시다. 아름다운 비앙카여! 그대를 얻는 남자는 행복해! 가장 빨리 뛰는 자가 반지를 차지하는 법이지. 자, 어떻습니까, 그레미오 씨?

그레미오　찬성이오. 누구든지 그 말괄량이한테 구애하기 시작해서 완전히 설득하고 결혼해서 침실로 데리고만 가주면, 그렇게 친정집에서 몰아내만 주면, 난 그에게 파도바에서 으뜸가는 말(馬)을 줄 거요. 자, 가봅시다. (호르텐시오와 함께 퇴장)

트라니오　아이고 도련님, 말씀 좀 해보세요. 그렇게 갑자기 사랑에 붙들려 버릴 수 있는 건가요?

루센티오　아 트라니오, 이제까지만 해도 설마 이런 일은 절대로 있을 것 같지 않았다. 그런데 부질없이 바라보고 서 있는 동안에 그만 멍하니 사랑에 빠지고 말았구나. 이렇게 되고 보니 네게 솔직히 고백하겠다. 카르타고의 여왕 디도는 동생 안나에게 비밀을 고백했다지만, 너와 나는 그보다도 더한 사이가 아니냐. 그러니 트라니오, 내가 그 얌전한 처녀를 얻지 못하는 날엔 내 가슴은 타고 메말라서 끝내는 죽고 말 거야…… 트라니오, 어떻게 하면 좋겠느냐? 너 같으면 좋은 지혜가 있을 거다. 날 좀 도와다오. 너 같으면 그만한 일은 할 수 있을 거야.

트라니오　도련님, 이젠 도련님을 나무랄 단계가 아닌 것 같습니다. 애정이란 건 비난받아 봐야 가슴에서 떠나지 않으니까요. 한번 애정에 붙들리면 별수 없습니다. 라틴어 속담에도 있잖습니까, '가장 적은 값으로 속박에서 벗어나라.'

루센티오　고맙다. 자, 어서 본론을 말해 다오. 지금 그 충고는 그럴듯하니까, 다음 말도 위안이 될 것 같구나.

비앙카 프레더릭 레이턴. 1862.

트라니오 도련님은 그 아가씨한테만 넋이 빠져 있었으니 아마 문제의 핵심은 미처 못 보셨을 거예요.

루센티오 아, 그 아름다운 얼굴은 아게노르의 딸 에우로페 얼굴 그대로였다. 제우스 신이 둔갑하여 크레타 해안에 이르렀을 때, 공손히 무릎을 꿇고 그녀의 손에 키스를 청했다는 그 에우로페 말이다.

트라니오 그 밖에 다른 것은 못 보셨습니까? 그녀의 언니가 떠들고 고래고래 소리를 지르며, 도저히 사람 귀론 듣지 못할 소동을 일으킨 건 못 보셨습니까?

루센티오 트라니오, 봤어. 그녀의 산호 같은 입술이 달싹이고, 그 입김으로 주위에 향기를 뿌리곤 했지. 그녀 속에 보인 것은 모조리 거룩하고 감미로웠어.

트라니오 이거, 꿈결에서 좀 깨워 드려야겠는걸…… 도련님, 정신을 차리세요. 그렇게도 그 아가씨를 사랑하신다면, 지혜를 짜내서 손에 넣을 궁리를 하셔야죠. 사태는 이렇습니다. 그 아가씨의 언니는 이만저만한 말괄량이가 아니라서 아버지로선 큰딸의 짝을 찾아주기 전에는 도련님이 사랑하시는 아가씨를 처녀로 집에만 붙들어 둘 생각입니다. 아버지가 딸을 가두어 놓는 겁니다. 그래야 구혼자가 귀찮게 굴지 못하니까요.

루센티오 아, 트라니오, 참 지독한 아버지도 다 있구나! 그러나 딸을 교육하기 위해서 좋은 가정교사를 찾고 있다는 말을 너는 듣지 못했느냐?

트라니오 저도 들었어요. 마침 좋은 계획이 있습니다.

루센티오 나도 있어, 트라니오.

트라니오 그렇다면 틀림없이 우리 두 사람의 계획은 같을 것입니다.

루센티오 그럼, 네 계획부터 먼저 들어보자.

트라니오 도련님이 가정교사가 되셔서 그 아가씨의 교육을 맡는 것입니다. 그게 도련님의 계획이죠?

루센티오 맞아. 그런데 잘될까?

트라니오 좀 어려울 것 같은데요. 그렇게 되면 도련님 역할, 그러니까 빈센티오 님 아들로서 파도바에 묵으면서 셋집을 지키고, 책을 읽고, 친구들을 대접하고, 고향 사람들을 방문하고 그들에게 잔치를 베푸는 등의 역할을 누가 합니까?

루센티오 염려할 것 없다. 마침 좋은 생각이 났어. 우리는 아직 누구의 집에도 들어가 보지 않았으니, 하인과 주인 얼굴을 분간할 사람은 없다. 그러니 이렇게 하자꾸나. 트라니오, 네가 내 주인이 되어 나 대신 집을 얻어 주인 행세도 하고, 하인도 거느리란 말이다. 난 딴 곳에서 온 사람, 그러니까 피렌체 사람이나 나폴리 사람이나 미천한 피사 사람처럼 행동할 테니 말이다. 이제 계획은 섰으니 실행에 옮기자. 자 트라니오, 얼른 옷을 벗고 이 화려한 모자와 외투를 입어라. 비온델로가 도착하면 네 하인 역을 하게 하겠다. 그러나 그전에 먼저 그 녀석을 속여서 입을 막아 놔야지.

트라니오 그럼, 할 수 없군요. (루센티오와 옷을 바꾸어 입는다) 아무튼 도련님이 그러신다면, 전 복종할 수밖에요…… 떠날 때 아버님께서도 신신부탁하시며 "내 아들에게 잘해라" 하셨으니까요. 물론 이런 의미에서는 아니셨을 테지만 아무튼 제가 기꺼이 루센티오가 돼드리겠습니다. 도련님을 정말 사랑하니까요.

루센티오 트라니오, 그렇게 해다오. 이제 이 루센티오도 사랑에 눈을 떴으니, 그 처녀를 얻기 위해서라면 난 노예가 되어도 좋다. 한 번 보자 느닷없이 눈이 멀어 사로잡히다니.

비온델로 등장.

루센티오 저 녀석이 오는구나…… 얘, 너 어디에 가 있었어?

비온델로 어디에 가 있었냐고요? 아니 원, 그럼 도련님은 어디 계셨어요? 아니 이거, 트라니오 녀석이 도련님 옷을 훔쳐 입었나요? 아니면 도련님이 트라니오 녀석의 옷을 훔쳐 입으셨나요? 아니면 서로서로 훔쳐 입었나요? 대체 이게 무슨 일입니까?

루센티오 이보게, 이리 와봐. 농담하고 있을 때가 아니다. 그러니까 이 분위기에 좀 맞춰 달란 말이야. 네 동료 트라니오는 지금 내 목숨을 구하기 위해서 내 옷차림으로 내 행세를 하고, 난 트라니오 옷을 입고 달아나는 거다. 글쎄, 난 이곳에 도착하자마자 싸움에 말려들어 사람을 죽였는데 아마 발각될 것 같다. 그러니 네가 트라니오의 하인이 되어서, 내가 안전하게 달아날 수 있게 하란 말이다. 어때, 이제 알겠니?

비온델로 뭐가 뭔지 하나도 모르겠는데요.

루센티오 절대로 트라니오라고 불러선 안 돼. 이젠 트라니오는 루센티오로 바뀌었으니까.

비온델로 루센티오가 참 부럽군요. 저도 그렇게 되어봤으면 좋겠네요!

트라니오 어떻게 하든 루센티오 님이 되어야 할 텐데. 그래서 그다음 소원, 그러니까 밥티스타네 작은딸을 얻고자 하시는 도련님 소원이 이루어졌으면. 근데 이봐, 이건 나 때문이 아니라 도련님을 위해 하는 일이니 어떤 자리에서도 들키지 않도록 조심하란 말이야. 나 혼자 있을 땐, 그야 물론 트라니오지. 하지만 그 밖의 경우엔 네 주인 루센티오 님이야.

루센티오 트라니오, 이제 가보자. 부탁이 하나 더 있어. 네가 그 구혼자들의 한 사람으로 행세를 해야 한다. 그 까닭은 묻지 말고 정당하고 중대한 까닭이 있다고만 알아두게. (모두 퇴장)

서막의 관람자들이 무대 높은 곳에서 이야기를 한다.

하인 1 영주님은 졸고 계시는데, 연극이 마음에 안 드시는 모양이군요.

슬라이 (잠을 깨며) 아냐, 천만에. 여간 걸작이 아닌걸. 다음에 또 무엇이 있나?

시동 아이고 서방님도, 이제 겨우 시작인걸요.

슬라이 여보, 마누라, 이거 참 대단한 걸작이구려. 얼른 끝났으면 좋겠네. (모두 자리에 앉고, 다시 연극이 시작된다)

〔제1막 제2장〕

파도바. 호르텐시오의 집 앞.
페트루키오와 그의 하인 그루미오 등장.

페트루키오 베로나를 잠시 떠나서 이렇게 파도바의 친구들을 찾아왔는데 그중에서도 가장 친한 친구, 호르텐시오를 만나봐야지. 이게 그 집이다, 틀림없어. 그루미오, 자, 두들겨 봐라.

그루미오　두들기다뇨? 누굴 두들깁니까? 누가 주인님께 실례라도 했습니까?

페트루키오　이놈아, 내 몸의 여길 세게 두들기란 말이다.

그루미오　주인님 몸의 여길 두들겨요? 그래, 제가 주인님 몸의 여길 두들겨서야 뭐가 되게요?

페트루키오　이놈 보게, 이 문 앞에서 나를 두들기란 말이야. 쿵쿵 두들기라니까. 머뭇머뭇하면 네놈의 골통을 두들겨 줄 테니까.

그루미오　주인님은 걸핏하면 싸우려 드신다니까. 하지만 제가 먼저 주인님을 두들긴다고 치면, 제가 무슨 변을 당할지는 뻔한 일이 아닙니까?

페트루키오　그래도 못하겠느냐? 그러면 인마, 내가 널 두들겨서 소릴 내게 해주겠다. 어디 "도레미파" 소리 좀 내봐라. (그루미오의 귀를 비튼다)

그루미오　아이고, 사람 살려요. 주인이 미쳤어요.

페트루키오　인마, 어서 명령대로 두들겨!

호르텐시오가 문을 열고 나온다.

호르텐시오　이거 웬일들인가? 나의 불알친구 그루미오, 그리고 나의 좋은 친구 페트루키오! 그래, 베로나에 사는 지인들은 모두 잘 지내는가?

페트루키오　호르텐시오, 자넨 싸움을 말리러 나왔나? 그럼 난 "콘 투토 일 쿠오레 벤 트로바토(참 잘 만났소)" 이렇게나 말할까?

호르텐시오　그럼 난 "알라 노스트라 카사 벤 베누토, 몰토 호노라토 시뇨르 미오 페트루키오(진심으로 환영하오, 존경하는 페트루키오 님)"라고 해두지. 그루미오, 일어서게, 어서. 이 싸움은 화해하기로 하지.

그루미오　그렇게 어려운 라틴어를 쓰셔도 전 상관없어요. 이래도 제가 하인 노릇을 그만둘 정당한 이유가 안 된단 말이십니까…… 호르텐시오 나리, 주인님은 저한테 실컷 쿵쿵 마구 두들기라고 하시는데, 하인이 어떻게 주인에게 그런 짓을 할 수 있겠습니까? 노름판이 틀려먹은 걸 뻔히 알고 있는데 말이죠. 제기, 차라리 제가 먼저 실컷 두들겨 줬더라면, 이 그루미오가 이런 지독한 꼴을 당하지는 않았을 텐데요.

페트루키오 요 멍청이 같으니! 여보게 호르텐시오, 내가 이 녀석에게 자네 집 문을 좀 두들기라고 했는데, 이 녀석이 어디 그걸 알아먹어야 말이지.

그루미오 문을 두들기라 하셨다고요? 아이고 세상에나, 주인님은 똑똑히 이렇게 말씀하셨잖아요. "이놈아, 여길 두들겨, 여길 두들기라니까, 쿵쿵 두들기란 말이다." 문을 두들기란 말씀은 이제야 하시면서요?

페트루키오 이놈, 꺼져라. 그게 싫거든 잠자코 대꾸나 말든지.

호르텐시오 페트루키오, 좀 참게나. 내가 그루미오의 보증인이 돼줄 테니. 원이거 주인과 하인 사이에 굉장한 싸움이구먼. 쾌활한 충복 그루미오를 가지고. 그나저나 여보게, 무슨 행복한 바람이 불어서 고향 베로나를 버리고 이렇게 파도바를 찾아왔나?

페트루키오 젊은이들을 부추겨 세계 곳곳에서 행운을 찾게 하는 바람에 불려서 왔지. 그곳은 너무 좁아 경험할 게 없어. 그런데 호르텐시오, 실은…… 내 아버지 안토니오는 돌아가셨네. 그래서 난 운명에 몸을 내던지고, 운 좋으면 아내도 얻고 돈도 벌어보자는 속셈일세. 지갑에는 돈을, 고향에는 재산을. 이래서 세상 구경을 하려고 이렇게 나온 것이네.

호르텐시오 여보게 페트루키오, 그렇다면 솔직히 할 이야기가 있네. 심술 사나운 말괄량이를 아내로 맞아보지 않겠나? 이런 이야기가 그리 달갑지 않을는지 모르지만, 그녀가 부자라는 사실만은 말해 두겠네. 이만저만한 부자가 아니라네. 그야 물론 소중한 친구인 자네에게 그런 여자를 권하고 싶지는 않지만.

페트루키오 여보게 호르텐시오, 우리 친구 사이에 빈말은 그만두세. 아무튼 이 페트루키오의 아내로서 부족하지 않을 만한 재산이 있다면—재산은 청혼의 반주(伴奏)가 될 테니까—그녀가 저 플로렌티우스의 애인처럼 더럽게 생겼건, 시빌레 무당 같은 할망구건, 아니 소크라테스의 아내 크산티페만큼 심술궂고 악다구니를 부리는 사람이건 상관없네. 그녀가 저 아드리아 바다의 파도같이 사납게 굴더라도 난 꼼짝 않을 테고, 내 감정도 움직이지 않을 것이네. 돈 많은 아내를 얻으려고 파도바를 찾아온 나일세. 돈만 생긴다면야, 이 파도바는 천국이지 뭔가.

연극 〈말괄량이 길들이기〉 글로브 극장 공연. 2013.

그루미오　호르텐시오 나리, 주인님의 지금 말씀은 정말 본심입니다. 돈만 생
　　긴다면 상대가 꼭두각시건, 난쟁이건, 또는 말(馬) 쉰두 필 몫의 병을 혼자 짊
　　어진 합죽이 할망구이건 주인님은 장가를 드실 겁니다. 뭐 나쁠 게 있나요,
　　돈만 생긴다면.

호르텐시오　페트루키오, 여기까지 이야기가 나왔으니 처음에는 농담으로 말
　　을 꺼냈지만 이야기를 계속해야겠네. 자네 중매를 서고 싶은데, 돈은 많은
　　데다 젊고 미인이야. 어디다 내놔도 부끄럽지 않을 만한 교육도 받았어. 그러
　　나 한 가지 흠은, 굉장한 흠이긴 하지만…… 지독하게 심술궂은 데다 사납고,
　　말괄량이고, 두 손 두 발 다 들었을 정도야. 나 같으면 아무리 형편이 안 좋
　　아지더라도, 또 황금 노다지를 준대도 그런 여자와 결혼할 생각은 없어.

페트루키오　가만있게 호르텐시오, 자넨 황금의 위력을 모르는군. 그녀의 아
　　버지 이름은 뭔가? 그것만 알면 돼. 당장에 찾아가 봐야지. 그 여자가 가을
　　철의 천둥 벼락처럼 고래고래 악을 쓰더라도 상관없어.

호르텐시오　아버지는 밥티스타 미놀라로, 아주 사람 좋고 점잖은 신사야. 딸

이름은 카타리나 미놀라인데, 그 지독한 말투 때문에 파도바에서 유명하지.

페트루키오　딸하고는 모르는 사이지만, 그녀 아버지는 알고 있네. 그분은 돌아가신 내 아버지와 잘 아는 사이였지. 여보게 호르텐시오, 이제 그녀를 만날 때까지는 잠을 자지 않겠네. 자네한테 좀 무례한 것 같네만, 날 좀 그곳으로 안내해 주겠나. 싫다면 이렇게 자네와 만나자마자 작별할 수밖에.

그루미오　제발 주인님이 변덕을 부리기 전에 얼른 안내 좀 해드리세요. 정말이지, 그 아가씨가 저만큼 주인님을 알 수 있다면, 아무리 욕을 퍼부어 봤자 소용없다는 걸 깨닫게 될 것입니다. 아마 악당이니 뭐니 하고 욕을 퍼부어 대겠지만 다 쓸데없지요. 주인님이 한번 시작했다 하면, 지독한 술책을 쓰실 겁니다. 그 아가씨가 대꾸라도 하는 날엔 주인님은 그 아가씨 얼굴에 온갖 비유를 내던져 얼굴을 묵사발을 만들어서 눈까지 없어져 고양이만큼도 보지 못할 테죠. 호르텐시오 나리는 주인님을 잘 모르시네요.

호르텐시오　기다리게 페트루키오, 내가 함께 가겠네. 밥티스타네 집에는 내 보물이 맡겨져 있거든. 정말 목숨보다 소중한 보물, 바로 작은딸, 아름다운 비앙카가 있단 말이야. 그런데 그녀의 아버지는 날 접근도 하지 못하게 해. 아냐, 나만 아니라 내 경쟁자인 다른 구혼자들도 얼씬대지 못하게 하고 있지. 내가 말한 그 결점 때문에 큰딸 카타리나를 데려갈 사람이 없을 거라고 생각한 모양이야. 그래서 그 심술 사나운 카타리나의 짝을 찾아주기 전에는 아무도 비앙카에게 접근할 수 없게 돼 있어.

그루미오　저주받은 카타리나! 처녀의 별명치고 정말 가혹한 별명이지요.

호르텐시오　그런데 페트루키오, 날 좀 도와주게나. 좀 점잖은 옷으로 변장한 나를, 비앙카를 가르칠 음악에 능숙한 가정교사로 밥티스타 영감에게 추천해 주게. 그렇게만 해주면 난 마음대로 비앙카에게 접근해 태연하게 사랑을 고백할 수도 있고, 직접 담판을 지을 수도 있을 테니 말이네.

그루미오　이건 음모도 뭣도 아무것도 아니야. 그저 늙은이를 속이려고 젊은 이들이 같이 머리를 맞대고 지혜를 짜내는 것뿐이니까.

그레미오, 그리고 캠비오로 변장한 루센티오가 들어온다.

그루미오 주인님, 주인님, 저기 누가 옵니다.

호르텐시오 쉬, 그루미오! 저건 내 연적이야. 페트루키오, 이리 좀 물러서게.

그루미오 잘생긴 젊은이구먼. 게다가 멋쟁이고. (두 사람은 한쪽으로 비켜선다)

그레미오 아 좋소. 목록은 한번 훑어보았으니 잘 제본해 주시오. 그 연애책 말이오. 잘해야 하오. 한데 여보시게, 그녀에게 다른 강의는 하지 마시오. 아시겠소? 밥티스타 님한테서보다 훨씬 많은 사례를 내가 해드리리다. (목록을 돌려주면서) 자, 이 목록은 도로 넣어두시오. 그리고 책에는 향수를 잔뜩 뿌려놓으시오. 그 책을 받을 여자는 이보다 좋은 향기를 풍기는 사람이니까요. 그래 무엇을 읽어주기로 했소?

루센티오 내가 그녀에게 무엇을 읽어주든지 내 후원자인 당신을 대신해서 답변해 드릴 테니 안심하십시오. 당신이 그 자리에 있는 것처럼, 아니 당신이 학자는 아니니까 그 이상으로 교묘하게 전하지요.

그레미오 오 학문이란, 참으로 놀랍군.

그루미오 오 시골뜨기란, 참으로 바보스럽군.

페트루키오 쉿! 입 닥쳐!

호르텐시오 그루미오, 조용히 해! (앞으로 나오면서) 안녕하십니까, 그레미오 씨!

그레미오 아 잘 만났소, 호르텐시오 씨. 지금 내가 어디를 가는 중인 줄 아시오? 물론 밥티스타 미놀라 댁에 가는 길이지요. 아름다운 비앙카의 가정교사를 찾아주겠다고 약속을 해놨는데, 마침 이 청년을 만나게 됐지요. 학식이나 품행으로서는 그 처녀와 딱 어울리는 분입니다. 시는 물론 그 밖의 좋은 책들을 많이 읽은 분이고요.

호르텐시오 그거참 잘됐군요. 나도 한 신사를 만났는데, 그 처녀에게 음악을 가르칠 훌륭한 가정교사를 추천해 주겠다더군요. 그러니까 내가 사랑하는 아름다운 비앙카를 위해서는 나도 소홀히 하지는 않을 생각입니다.

그레미오 사랑하는 비앙카란 그 말은 행동으로 증명합시다.

그루미오 (혼잣말로) 그건 돈지갑이 증명할 문제지.

호르텐시오 그레미오 씨, 지금 우리가 사랑을 다투고 있을 때는 아닌 것 같소. 자, 내 말 좀 들어보시오. 당신이 솔직히 말씀해 주신다면, 나도 서로에게 해롭지 않을 이야기가 있소. 여기 이분을 내가 우연히 만났는데, 우리가 이

분 요구에만 응해 주면 그 말괄량이 카타리나한테 구혼하시겠답니다. 그리고 지참금 액수에 따라서는 결혼까지도 하시겠답니다.

그레미오　그리 말씀하셨습니까? 그리고 그렇게 하시겠답니까? 좋습니다. 한데 호르텐시오 씨, 그 여자의 결점은 다 말씀드렸습니까?

페트루키오　잘 알고 있습니다. 아주 진절머리가 나는 말괄량이라고요. 그까짓 것이라면 조금도 상관없습니다.

그레미오　아, 그러십니까? 대체 고향은 어디십니까?

페트루키오　베로나입니다. 아버지 성함은 안토니오인데 돌아가셨습니다. 유산은 있으니, 평생 즐겁게 오래오래 살고 싶습니다.

그레미오　그런 신분에 그런 아내, 참 기묘한 짝이 되겠습니다. 그래도 입맛이 당긴다면 어쩔 수 없는 노릇이죠. 내가 성의껏 도와드리죠. 그런데 정말 그 살쾡이한테 청혼하시겠습니까?

페트루키오　내가 잘 할 수 있을까요?

그루미오　그가 그녀에게 청혼할까요? 아, 하지 않는다면 내가 그녀의 목을 매달 것입니다.

페트루키오　그럴 생각이 없다면, 무엇하러 여기까지 왔겠소? 사소한 소리에 내 귀가 겁낼 줄 아시오? 나는 사자의 으르렁대는 소리도 들어본 사람이오. 땀으로 범벅이 된 데다 상처를 입고 미쳐 날뛰는 야생돼지같이 바람에 뒤끓는 파도 소리도 들어본 사람이오. 벌판을 뒤흔드는 대포 소리, 하늘에 울려대는 천둥소리는 안 들어본 줄 아십니까? 어지럽게 싸우는 전쟁터에서 요란한 종소리와 군마의 울음소리, 그리고 나팔 소리도 들어본 사람이오. 그런 내 귀가 여자의 혓바닥쯤에 까딱하겠습니까? 그까짓 것은 농부네 화로에서 군밤 껍질 터지는 소리의 절반만큼도 못합니다. 쯧쯧, 아이들이나 도깨비를 무서워하지요.

그루미오　주인님은 본디 무서운 것이 없으시답니다.

그레미오　호르텐시오 씨, 이분을 참 잘 모시고 오셨습니다. 이분은 자신을 위해서뿐 아니라 우리 둘을 위해서 잘 오셨지요.

호르텐시오　그래서 이렇게 약속했습니다. 이분의 구혼에 필요한 비용은 얼마가 들든 모두 우리가 부담하기로요.

그레미오   좋소, 그 여자를 꼭 넘어뜨려 주기만 한다면야.

그루미오   그럼 잔치도 확실히 벌어지게 되겠군요.

주인 루센티오로 변장하고 좋은 옷을 입은 트라니오가 하인 비온델로를 데리고 등장.

트라니오   여러분, 안녕하십니까. 실례지만, 밥티스타 미놀라 댁에 가려면 어느 길이 가장 빠른지 이야기해 주시겠습니까?

비온델로   예쁜 두 딸을 두신 분 말입니다. 그렇죠, 나리?

트라니오   그렇다, 비온델로.

그레미오   그래, 댁도 그 여자를 목적으로······.

트라니오   그렇소. 아버지와 딸, 양쪽에 다 볼일이 있습니다. 그런데 당신도 무슨 관계가?

페트루키오   제발 그 말괄량이 쪽은 아니기를 바라오.

트라니오   난 본디 말괄량이는 싫은 사람이오. 비온델로, 가보자.

루센티오   (혼잣말로) 제법인데, 트라니오.

호르텐시오   여보시오, 가시기 전에 한마디만 묻겠소. 그 처녀한테 청혼하실 생각이십니까? 그렇다, 아니다를 말씀해 주시오.

트라니오   그렇다고 대답하면, 무슨 실례라도?

그레미오   천만에요, 더 이상 아무 말씀 없이 물러가 주신다면.

트라니오   아니, 이보시오, 여기 거리는 당신들과 다르게 내게는 자유롭지 않단 말이오?

그레미오   아무튼 그 처녀에 관한 한은 안 되오.

트라니오   청하건대, 그 까닭 좀 들어봅시다.

그레미오   정 그러시다면 말씀해 드리죠. 그 여자는 나 그레미오가 선택한 사랑이니까요.

호르텐시오   호르텐시오가 선택한 사랑이오.

트라니오   조용히들 하십시오. 당신들도 신사라면 내 말 좀 들어보시오. 밥티스타 님은 점잖은 신사이시고 내 아버지와도 친분이 있으시지요. 그런데 그분 따님이 그렇게 아름답다면 구혼자는 얼마든지 나서도 상관없을 것이며,

나도 그중 한 사람이 될 수 있소. 레다의 딸 헬레네에게는 천 명의 구혼자가 있었다고 하지 않습니까. 그렇다면 아름다운 비앙카에게 한 명쯤 구혼자가 더 있다고 해도 상관없는 일이지요. 사실 그렇게 될 것입니다. 이 루센티오가 그 한 사람이 되어줄 테니까요. 만일 파리스가 이 자리에 나타나서 저 혼자 차지하려 들더라도 말입니다.

그레미오 거참, 이분은 입심도 좋구먼!

루센티오 가만 내버려 두시죠. 머잖아 지칠 테니까요.

페트루키오 호르텐시오, 무엇 때문에 그렇게 떠드는 거요?

호르텐시오 실례의 말이지만, 밥티스타 댁 따님을 만나보셨소?

트라니오 아니, 아직이요. 그런데 듣자니 자매가 있다는데, 한쪽은 사납기로 유명하고 다들 한쪽은 아주 미인이고 얌전하다던데요?

페트루키오 그렇소, 말괄량이는 내 것이니까 내버려 두시오.

그레미오 좋소, 그 일은 위대한 헤라클레스한테 맡겨두겠소. 아마 헤라클레스의 열두 가지 과업보다 더 힘들 것이오.

페트루키오 이것만은 알아두시오. 당신이 소원하는 그 작은딸 말인데, 아버지가 구혼자들을 조금도 얼씬대지 못하게 하고, 큰딸의 짝을 찾을 때까지는 누구에게도 주지 않겠다는 거요. 큰딸이 먼저 결혼한 뒤에는 작은딸도 자유롭게 되겠지만, 지금 형편으로는 도저히 안 될 것이오.

트라니오 그렇다면 당신은 우리에게, 아니 특히 내게 중요한 분이군요. 먼저 돌파구를 찾아내 언니 쪽을 손에 넣은 다음, 동생을 자유롭게 풀어주시면 우리들 가운데 누구와 인연이 닿든지 간에 당신의 은혜를 저버릴 사람은 없을 겁니다.

호르텐시오 좋은 말씀이고 좋은 생각입니다. 당신도 구혼자로 나선 이상 그러셔야죠. 우리처럼 이분에게 보답을 드려야죠. 다 같이 저분의 혜택을 입게 되니까요.

트라니오 물론 은혜를 잊을 내가 아닙니다. 그 증거로 우리 오늘 오후에 모여서 애인의 건강을 축복하는 의미에서 술 한잔 시원하게 들이켭시다. 싸울 때는 당당하게 싸우더라도, 지금은 친구로서 먹고 마시기로 합시다.

그루미오, 비온델로 오, 멋진 생각입니다. 함께 갑시다.

연극 〈말괄량이 길들이기〉 2막 1장, 카타리나·비앙카·밥티스타　유타 셰익스피어 페스티벌 공연. 2008.

호르텐시오　이거 참 굉장한 제안이요. 이제 그만 가봅시다. 페트루키오, 자네 일은 모두 내게 맡겨두게. (모두 퇴장)

〔제2막 제1장〕

파도바. 밥티스타 집의 어느 방.
　매를 든 카타리나, 비앙카에게 달려든다. 비앙카는 두 손이 묶인 채 벽 쪽에 웅크리고 있다.

비앙카　언니, 제발 날 이렇게 모욕하지 마. 이러면 언닌 자신을 모욕하는 셈이야. 노예처럼 이렇게 날 묶어놓다니, 정말 너무해. 내 손만 풀어주면 지니고 있는 싸구려 물건들은 내가 내 손으로 모두 떼어버릴게. 아니, 입고 있는 옷도, 속치마까지, 언니가 하라는 대로 할게. 나도 손윗사람에게 지켜야 할 의무쯤은 잘 알고 있으니까.

카타리나　그럼 말해 봐. 네 구혼자들 가운데 누굴 가장 좋아하니? 시치미 떼면 알지?

비앙카　언니, 정말로 모든 남자들 중에서 내가 반한 남자는 아직 한 사람도 없어.

카타리나　요 계집애가, 거짓말하지 마. 호르텐시오를 좋아하지?

비앙카　언니가 그분께 마음이 있다면, 지금 맹세하지만 언닐 위해서 주선해 줄 테니 그분과 결혼해.

카타리나　아, 그럼 넌 부자가 더 마음에 있는가 보구나. 그렇다면 그레미오에게 시집가서 호화판으로 살아볼 속셈이구나.

비앙카　그럼 그분 때문에 이렇게 날 미워하는 거야? 아냐, 언닌 장난일 거야. 이제 나도 알았지만 언닌 아까부터 쭉 날 놀리고 있는 거야. 언니, 제발 내 손 좀 풀어줘.

카타리나　(비앙카를 때리면서) 그럼 이렇게 때리는 것도 장난이게?

아버지 밥티스타 등장.

밥티스타　이게 웬일이야, 별일을 다 보겠구나. 비앙카, 이리 오너라. 가엾게 울고 있구나…… (비앙카의 손을 풀어주면서) 들어가서 바느질이나 하렴. 네 언니는 상대하지 마라. (큰딸에게) 염치도 없냐, 못된 것아. 가만있는 애를 왜 그렇게 못살게 굴어! 그래 그 애가 네게 무슨 나쁜 말이라도 했느냐?

카타리나　아무 말도 안 하니까 더 부아가 나요. 널 가만둘 줄 알아? (비앙카에게 달려든다)

밥티스타　(큰딸을 붙들면서) 아니, 내 앞에서까지? 비앙카, 안으로 들어가거라.

카타리나　아버지까지 저 애를 두둔하세요? 좋아요, 알았어요. 저 애는 아버지의 귀염둥이니까, 좋은 신랑을 얻어주겠다는 거군요. 저 애 결혼식날에 난 노처녀답게 맨발로 춤이나 춰야지. 아버지가 저 애만 귀여워하시니까, 난 노처녀답게 원숭이들이나 끌고 지옥으로 가겠어요. 이젠 말도 하기 싫어요. 분이 풀릴 때까지 혼자 가서 울고 있을 거예요. (방을 뛰쳐나간다)

밥티스타　의젓한 신분에 이 무슨 꼴이냐? 아니, 누가 오나?

2막 1장, 다투는 비앙카와 카타리나를 겨우 떼어놓는 아버지 밥티스타 H.C. 셀루스

그레미오, 누더기 옷을 입은 루센티오, 페트루키오, 음악 선생으로 변장한 호르텐시오, 루센티오로 변장한 트라니오, 류트와 책을 짊어진 사동(使童) 비온델로 등장.

그레미오 안녕하십니까, 밥티스타 씨.

밥티스타 아, 안녕하십니까, 그레미오 씨…… (인사를 한다) 여러분, 잘 오셨습니다.

페트루키오 아, 안녕하십니까. 예쁘고 얌전한 카타리나라는 따님이 있으시다죠?

밥티스타 예, 카타리나라는 딸이 있지요.

그레미오 너무 퉁명스럽잖소. 좀더 점잖게 이야기해요.

페트루키오 그레미오 씨, 참견하지 말고 날 가만 놔두시오…… 저는 베로나에서 온 신사입니다만, 듣자니 아름답고 총명한 따님이 있으시다죠. 게다가 상냥하고 수줍고 얌전한 데다 (밥티스타, 당황한다) 경탄할 만한 마음씨며, 온순한 몸가짐을 두루 갖추었다는 그 소문이 사실인지 이 눈으로 확인하고 싶어서 이렇게 실례를 무릅쓰고 댁을 찾아왔습니다. 그리고 처음 뵙는 인사치레로 이분을 소개하겠습니다. (호르텐시오를 소개한다) 음악과 수학에 능숙한 분인데, 따님도 소질이 있으시다니 충분히 가르칠 수 있을 줄 압니다. 저를 무시하지 않으신다면, 이분을 써 주십시오. 이름은 리치오라 하고, 만토바 출신이랍니다.

밥티스타 아, 잘 오셨소. 그리고 당신의 호의라면 이분도 잘 오셨소. 하지만 딸애 카타리나로 말하자면, 사실은 당신도 당해 내지 못하실 거요. 그게 이 아비의 슬픔이죠.

페트루키오 그럼 따님을 아무에게도 주시지 않겠단 말씀입니까? 아니면 제가 마음에 안 드셔서 그러시는 것입니까?

밥티스타 오해는 마시오. 나는 사실대로 말한 것이오. 그런데 어디서 오셨소? 이름은?

페트루키오 이름은 페트루키오, 안토니오의 아들입니다. 제 아버지는 이탈리아에서 모르는 사람이 없습니다.

밥티스타 나도 그분을 아오. 그분을 위해서 당신을 환영하겠소.

그레미오 페트루키오 씨, 당신은 그만 지껄이고 이 가엾은 청원자들에게도 말할 기회를 좀 주오. 그만두시오! 당신은 정말 스스럼이 없군요.

페트루키오 그레미오 씨, 미안하오. 시간 끌 일이 아니다 싶어서 그랬던 거요.

그레미오 그야 그럴 테지요. 그러나 지금의 청혼을 나중에 후회하게 될 거요. (밥티스타에게) 밥티스타 씨, 저분의 추천은 틀림없이 매우 고마운 선물이 될 것 같습니다. 그런데 저는 평소에 댁의 신세를 누구보다 많이 지고 있는 처지니, 같은 성의를 충심으로 보여드리겠습니다. (루센티오를 내세우면서) 이 젊은 선생은 프랑스에서 오랫동안 공부하신 분인데, 저분이 음악과 수학에 능통하듯이 이분은 그리스어, 라틴어, 그 밖의 외국어에 능통하십니다. 이름은 캠비오라고 하는데, 부디 이분을 써 주십시오.

밥티스타 뭐라고 감사해야 좋을지 모르겠군요, 그레미오 씨. 잘 오셨습니다, 캠비오 씨. (트라니오에게) 그런데 당신은 처음 뵙는 듯한데, 실례지만 무슨 일로 오셨습니까?

트라니오 인사가 늦어서 미안합니다. 이 도시에는 처음입니다만, 댁의 아름답고 얌전한 따님 비앙카에게 구혼을 하러 온 사람입니다. 큰따님의 인연을 먼저 찾겠다는 굳은 결심을 모르는 바는 아닙니다. 제가 청하고 싶은 것은, 제가 태어난 집안에 대하여 제대로 파악하신 다음 구혼자들 가운데 한 사람으로 대우하여 자연스럽게 접근하고 호의를 베풀 수 있도록 허락해 주십사 하는 것입니다. 그래서 따님의 교육을 위해 이렇게 하찮은 악기를 가지고 왔습니다. 또 그리스어와 라틴어 책도 몇 권 가지고 왔습니다. 받아주신다면 그 물건의 가치가 빛날 것입니다. (비온델로가 앞으로 나와서 류트와 책을 내민다)

밥티스타 루센티오가 당신의 이름이오? 고향은 어디시오?

트라니오 피사입니다. 빈센티오의 아들입니다.

밥티스타 피사의 굉장한 집안이군요. 소문으로 잘 알고 있습니다. 참 잘 오셨소. (호르텐시오를 보고) 그럼 당신은 류트를 들고, (루센티오를 보고) 당신은 책을 들고, 자 딸애들한테 가보시오. 여봐라, 안에 누구 없느냐?

하인 등장.

밥티스타 이 두 분을 아가씨들 있는 곳으로 안내해 드려라. 가정교사들이니 실례가 없도록 하라고 전해라. (류트를 든 호르텐시오와 책을 짊어진 루센티오가 하인의 안내를 받으면서 퇴장) 정원이나 좀 거닐고 나서 식사를 합시다. 다들 잘 오셨습니다. 그리고 제발 너무 서두르지는 마십시오.

페트루키오 밥티스타 씨, 저는 바쁜 몸이라 날마다 청혼하러 올 수는 없습니다. 제 아버지를 잘 아신다니, 저의 사람 됨됨이도 짐작이 가실 것입니다. 토지와 재산을 모두 상속받았는데, 제 대에 와서 오히려 형편이 나아졌습니다. 그런데 댁의 말씀을 좀 들어봐야겠는데…… 제가 따님의 사랑을 얻게 되면 지참금은 얼마쯤 주실 생각이십니까?

밥티스타 내가 죽으면 토지는 반을, 그리고 재산은 2만 크라운을 나눠 줄 생각이오.

페트루키오 그만한 지참금이라면 따님이 홀몸이 되면, 그러니까 제가 먼저 죽으면 제 토지와 임대권을 모두 따님에게 주겠다는 뜻을 확실하게 말씀드립니다. 자, 그럼 구체적인 조항들을 작성해 서로 약속을 지킬 수 있게 특수 계약을 맺읍시다.

밥티스타 좋소. 다만 그 특수라는 것은 당사자의 사랑을 얻는 일이고, 그것이 본질이오.

페트루키오 그까짓 것 문제없습니다. 따님이 아무리 고집이 세더라도 제 성미는 못 당해 냅니다. 격렬한 두 불길이 만나면 순식간에 다 타올라 재만 남는 법입니다. 그리고 작은 불은 작은 바람에 점점 더 번지지만, 엄청나고 거센 바람에는 꺼져버립니다. 제가 그 거센 바람이라면 따님은 작은 불입니다. 저한테는 어림도 없죠. 전 매우 거칠어서 어린아이 같은 구애는 하지 않습니다.

밥티스타 잘 설득해서 부디 성공하시오! 그러나 각오는 단단히 해두시오. 혹시 악담을 해댈지도 모르니까요.

페트루키오 아, 산에서 불어오는 바람처럼 끊임없이 불어오더라도 흔들리지 않을 각오는 되어 있습니다.

머리에 상처를 입은 호르텐시오가 되돌아온다.

밥티스타 아니 웬일이오, 그렇게 창백한 얼굴로?

호르텐시오 제가 장담하지만 제 얼굴이 창백하다면, 그건 공포 때문입니다.

밥티스타 그건 그렇고, 딸애는 음악 쪽으로 소질이 있는 것 같습니까?

호르텐시오 차라리 군인 쪽으로 소질이 있을 것 같은데요. 쇠붙이라면 따님 손에 알맞을지 몰라도, 류트는 절대 아닙니다.

밥티스타 그럼 그 애 마음을 류트로 휘어잡지 못하겠다는 말씀이오?

호르텐시오 휘어잡기는커녕 오히려 따님이 제 머리를 류트로 휘갈겼는 걸요. 글쎄 손가락을 잘못 짚기에 손목을 붙들고 가르쳐 주려 했는데, 그 순간 악마같이 화를 내며 "손가락을 누르는 법이라고? 그건 내가 가르쳐 주지" 하고는 대뜸 악기로 제 머리를 딱 때렸는데, 그 때문에 잠시 동안 멍하니 서 있었

호르텐시오의 머리를 류트로 내리치는 카타리나　루이 리드 펜화. 1918.

습니다. 류트를 목에 찬 꼴은 칼을 쓴 죄수 꼴이었지요. 그동안 따님은 미리 연구라도 해둔 것처럼 날 엉터리 악사니 놈팡이니 하며 갖은 욕설을 냅다 퍼부었답니다.

페트루키오　정말 씩씩한 아가씨로군요. 갈수록 더 좋아집니다. 아, 어서 좀 만나봤으면!

밥티스타　(호르텐시오를 보고) 자, 나와 같이 들어가 봅시다. 그렇게 비관하지 마시오. 이제 작은딸을 좀 부탁합니다. 그 앤 공부할 뜻도 있을뿐더러 수고에 대해서는 보답할 줄도 압니다. 페트루키오 씨, 당신도 함께 들어가 보실까요? 아니면 큰딸을 이리 보내드릴까요?

페트루키오　이리 보내주십시오. 여기서 기다리겠습니다. (페트루키오만 남고 모두 퇴장) 들어오면 맹렬하게 설득해야지. 욕을 해오면 꾀꼬리처럼 곱게 노래한다고 태연하게 말해 줄 테야. 낯을 찌푸리면 이슬에 젖은 아침 장미 같은 맑은 얼굴이라고 말해 줘야지. 입을 다물고 한마디도 없거든, 그 웅변 참 심금을 울린다고 말해 줄 테다. 냉큼 돌아가라고 하면, 오히려 더 머무르라고 한 것처럼 고맙다고 해줘야지. 결혼을 거절하면 교회에 결혼 예고는 언제 하겠는지, 결혼식은 언제 올리겠는지 물어봐야지. 이리로 오는구나. 페트루키오, 당장 말을 걸어봐.

카타리나 등장.

페트루키오 안녕, 케이트 양. 그런 이름이라고 들었소.

카타리나 잘도 들으셨네요. 하지만 당신은 좀 귀머거린가 보죠? 온전한 사람이라면 다들 카타리나라고 불러요.

페트루키오 사실 그건 새빨간 거짓말이오. 사람들은 모두 솔직한 케이트라고 부르더군요. 어떨 땐 예쁘장한 케이트, 어떨 땐 저주받은 케이트라고 부르더군요. 그렇지만 케이트 양, 그리스도교 세상에서 가장 예쁜 케이트 양, 엘리자베스 여왕님이 방문하신 케이트 홀의 케이트 양, 아주 얌전한 케이트 양, 내 말 좀 들어봐요. 내 마음의 위안이 되는 케이트 양…… 당신은 상냥하다고 곳곳마다 칭찬이 자자하고, 얌전하며 예쁘다는 소문이 세상에 퍼져 있소. 그러나 그 소문도 실물에 비하면 아무것도 아닐 정도라나요. 그 말을 듣고 나는 당신을 아내로 맞으려고 이렇게 발걸음을 옮겨 찾아왔지요.

카타리나 옮겨서라고요! 흥! 그렇다면 그렇게 옮겨온 발을 도로 옮겨서 돌아가 주실까요. 난 첫눈에 알았어요. 당신이 옮기기 쉬운 가구 같은 사람이라는 것을요.

페트루키오 아니, 옮기기 쉬운 가구가 뭔가요?

카타리나 접었다 폈다 할 수 있는 의자 말이에요.

페트루키오 그 말 참 잘했소. 그럼 이리 와서 걸터앉으시오.

카타리나 당나귀에나 걸터앉는 법이에요. 당신이 바로 당나귀군요.

페트루키오 여자에게나 걸터앉는 법이지요. 당신이 바로 여자군요.

카타리나 그렇더라도 난 당신같이 금방 지치지는 않아요.

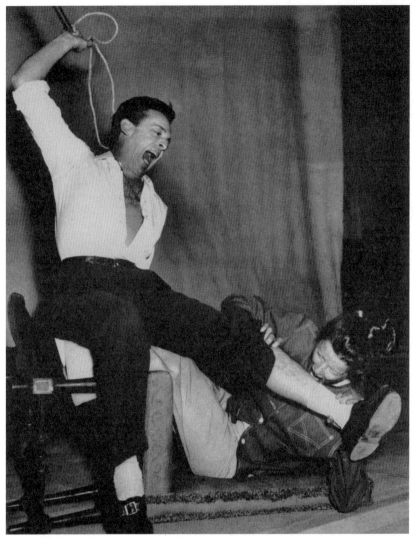

연극 〈말괄량이 길들이기〉 캐서린 헵번과 로버트 헬프만이 연기한, 문자 그대로 남녀 사이의 싸움. 연극 공연 홍보물 사진(1955).

페트루키오 아, 착한 케이트 양! 나도 당신을 그렇게 지독하게는 걸터타지 않을 거요. 당신은 어리고 가벼우니까……

카타리나 하긴 당신 같은 시골뜨기가 걸터타기엔 너무나 가볍고말고요. 하지만 이래 봬도 뼈대 있는 가문이라 한 사람뻘 무게는 나간다고요.

페트루키오　벌이라! 벌이라면 윙윙 물어야지!

카타리나　그럼 잡아봐요, 윙윙거리는 벌레 같으니.

페트루키오　아이고, 멧비둘기여, 독수리한테나 잡아먹히지 마시오.

카타리나　맞아요, 멧비둘기가 벌레를 잡아먹는 것처럼요.

페트루키오　아이고, 말벌같이 지독하게 화가 났군요.

카타리나　말벌이라면 침이 있으니 좀 조심해요.

페트루키오　그 침을 뽑는 방법으로 치료하면 되지요.

카타리나　흥, 그 침이 어디 있는 줄도 모르는 멍청이가.

페트루키오　그걸 모르는 사람이 어디 있소? 꽁무니에 있지.

카타리나　혀에 있어요.

페트루키오　누구 혀에?

카타리나　당신 혀에 있지 어디에 있어요. 아까부터 남의 말꼬리만 물고 늘어지면서. 안녕히 가세요.

페트루키오　아니! 내 혀를 당신 꽁무니에? 안 될 말. 이리 와요. 걱정 말고 케이트, 난 신사니까.

카타리나　맛을 보여주지. (페트루키오의 뺨을 친다)

페트루키오　한 대 더 때려주시오, 다음엔 내가 때려줄 테니.

카타리나　그래 팔이 들먹들먹하는가 보죠. 나만 때려봐요, 당신은 신사가 아닐 테니. 신사가 아니라면 명예도 있을 턱이 없죠.

페트루키오　문장(紋章)을 두고 하는 말인가요, 케이트? 아, 그럼 내 문장도 당신 장부에 기입해 주시오.

카타리나　볏이 달린 광대모자?

페트루키오　당신은 볏 없는 닭, 내 암탉이 될 것이오.

카타리나　당신은 나의 수탉이 될 수 없어요. 겁쟁이 수탉같이 빽빽 소리만 지르면서.

페트루키오　케이트, 정말 그렇게 시큼한 얼굴을 하지 말아요.

카타리나　시큼한 과일을 보면 난 언제나 이래요.

페트루키오　아니, 시큼한 과일이 어디 있소? 그러니 그런 시큼한 얼굴은 하지 말아요.

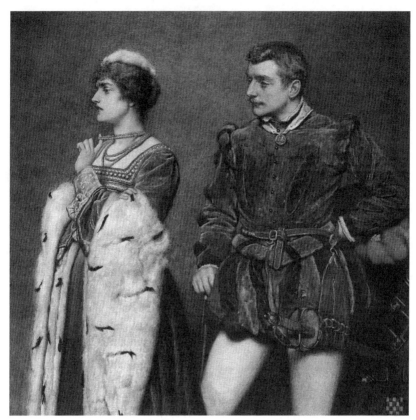

카타리나와 페트루키오 제임스 드롬골 린튼 경. 1890.

카타리나 있어요, 있어.

페트루키오 그럼 어디 좀 봅시다.

카타리나 거울만 있으면 보여드리죠.

페트루키오 아니, 그럼 내 얼굴이 그렇단 말이오?

카타리나 잘 맞히는군요, 젊으시니까.

페트루키오 그야 정말이지, 나는 당신에 비하면 지나치게 젊지. (카타리나에게 달려든다)

카타리나 금방 시들고 말 것이. (손으로 페트루키오의 이마를 민다)

페트루키오 (카타리나의 손에 키스하면서) 이제 됐소.

카타리나 (겨우 빠져나와서) 뭐가 됐단 말이에요?

페트루키오 이봐, 케이트…… 정말 그렇게 달아나지 말아요. (카타리나를 다시 붙든다)

카타리나 이러시면 가만 안 있을 거예요! 썩 나요. (빠져나오려고 페트루키오 손을 물고 할퀸다)

페트루키오 아니, 못 놓겠소. 이제 보니 당신은 참 상냥하군요. 소문엔 억척스럽고 쌀쌀맞고 무뚝뚝하다던데, 그건 새빨간 거짓말이었소. 알고 보니 쾌활하고 명랑하며 예의도 바르고, 게다가 말은 느리지만 봄철의 꽃과 같이 예쁘잖아요. 불쾌한 얼굴을 할 줄 모르고, 곁눈으로 남을 멸시하지 않고, 화난 계집애처럼 입술을 깨물지도 않고, 남의 이야길 가로막고 쾌감을 느끼는 그런 여자도 아니란 말이오. 당신은 도리어 상냥한 태도와 보드랍고 얌전한 말씨로 구혼자들을 대접하잖아요. (카타리나를 놓아주면서) 세상 사람들은 케이트를 왜 절름발이라고 말할까? 남의 욕이나 하기 좋아하는 세상 좀 보게! 케이트는 개암나무 가지같이 쪽 곧고, 날씬하잖은가. 그리고 살결은 개암나무 열매처럼 윤이 잘잘 흐르고, 맛도 그 알맹이같이 싱싱하잖은가…… 어디 좀 걸어보시오. 걷다가 멈추어서는 안 되오.

카타리나 바보같이 그러지 말고, 명령을 하고 싶으면 당신 집에 가서 해요.

페트루키오 아, 당신의 여왕 같은 걸음걸이로 방 안이 환합니다. 달의 신 디아나도 숲을 이렇게까지 빛나게 하지는 못했을 것이오. 오, 당신이 디아나가 되고, 디아나에겐 케이트가 되라죠. 그리고 케이트는 순결한 여자가 되고, 디아나더러 놀아나라죠.

카타리나 그런 능청을 어디서 그렇게 배워 왔어요?

페트루키오 즉흥이오. 어머니에게서 물려받은 재주지요.

카타리나 재치 있는 어머니가 재치 없는 아들을 낳으셨네요.

페트루키오 내가 현명하지 못하다고 생각하오?

카타리나 그래요, 그러니 몸이나 따뜻하게 잘 간수해요.

페트루키오 그러니까 내가 당신 침대에서 몸을 녹이겠다는 거요. 허튼소리는 집어치우고 솔직히 이야기하겠소. 당신 아버지도 승낙했지만 당신은 내 아내가 되어야 하오. 지참금 액수도 합의를 봤소. 당신이 싫건 좋건 난 당신과 결혼하겠소. 자, 케이트, 난 이제 당신 남편이오. 햇살 아래 드러난 당신의 아름다움, 그 아름다움이 날 녹이고 있소만, 아무튼 그 햇살에 맹세코 당신은 나 말고 다른 남자와 결혼해서는 안 되오. 다시 말해서 난 당신을 길들이기 위해서 태어난 사람이오. 들고양이 케이트를 집고양이처럼 온순한 케이트로 길들이는 게 내 임무요.

밥티스타, 그레미오, 트라니오가 되돌아온다.

페트루키오 마침 아버지께서 오시는구려. 싫다고는 마시오. 난 카타리나를 기어이 아내로 맞아야만 하겠으니까.

밥티스타 페트루키오 씨, 그래 딸애와는 어느 정도 이야기가 되었소?

페트루키오 어느 정도요? 그거야 뻔한 일 아니겠습니까? 제가 실패할 리가 없으니까요.

밥티스타 아니, 왜 그러느냐? 카타리나, 네가 왜 이렇게 풀이 죽어 있느냐?

카타리나 절 딸이라고 생각하세요? 그럼 말하지만, 참 아버지다운 애틋한 관심을 보이셨군요. 이런 반미치광이와 부부의 연을 맺어주려고 하시다니요. 무지한 깡패, 욕이면 단 줄 아는 그런 사내인 줄도 모르시고.

페트루키오 장인어른, 실은 이렇습니다. 장인어른이나 온 세상은 카타리나에 대해 전혀 엉뚱한 소문을 퍼뜨려 놓으셨더군요. 만일 따님이 고집쟁이라 치더라도 그건 하나의 계략일 뿐입니다. 고집쟁이기는커녕 비둘기처럼 온순하고, 성미가 급하기는커녕 아침같이 차분합니다. 게다가 참을성 많기론 데카메론에 나오는 저 유명한 어진 아내 그리셀다에 못지않으며, 정조 관념은 로마의 열녀 루크레티아보다 못하지 않을 것입니다. 결국 우리 두 사람은 일요일에 결혼식을 올리기로 합의를 봤습니다.

카타리나 그 일요일에 먼저 당신이 교수대에서 처형당하는 꼴을 보고 말겠어요.

그레미오 들었소, 페트루키오? 먼저 당신 목이 매달리는 꼴을 보고 말겠다잖소.

트라니오 이게 당신의 성공이란 말이오? 이래서야 우리가 할당금을 어찌 내겠소!

페트루키오 여러분, 서둘지 마시오. 나는 나 자신을 위해서 그녀를 선택했소. 그녀와 내가 만족한다면 여러분은 이러니저러니 떠들 것 없잖소? 지금 우리 둘 사이에 이런 약속을 했소. 남들 앞에서는 여전히 말괄량이인 체하기로요. 사실 케이트가 날 무척 사랑하고 있다 말하면 거짓말 같을 것입니다. 오, 상냥한 케이트! 그녀는 내 목에 매달려서 키스에 키스를 퍼부으며 점점 굳은 맹세를 연발하고, 마침내 날 녹여놓고 말았답니다. 아, 당신들은 아직 풋내기라 세상을 모르오. 남녀가 둘만 있을 때엔 아무리 머저리 같은 사내도 지독한 고집쟁이 아내를 손쉽게 녹이는 법이오. (느닷없이 카타리나의 손목을 잡으면서) 자 케이트, 우리 악수해요. 그럼 난 베네치아로 가서 결혼식에서 입을 옷을 사오겠소…… 장인어른은 피로연 준비를 해주십시오. 그리고 손님들도 초대해 주십시오. 장담하지만 케이트는 멋진 신부가 될 것입니다.

밥티스타 글쎄 뭐라고 말해야 좋을지 모르겠지만 아무튼 손을 이리 주오. 신의 축복이 내리기를! 이건 약혼 축하 인사요.

그레미오, 트라니오 아멘, 우리도 신의 축복을 빕니다. 그리고 우리가 증인이 됩시다.

페트루키오 장인어른, 내 아내, 그리고 여러분들, 안녕히 계십시오. 베네치아에 가봐야겠소. 일요일이 눈앞에 닥쳐오고 있잖습니까. 가서 반지와 예복, 필요한 물건들을 마련해야겠습니다. 이봐 케이트, 입맞춤해 주겠소? 우리, 일요일에 결혼합시다. (카타리나를 안고 입을 맞춘다. 떼밀어 내고 달아나는 그녀 뒤를 따라서 퇴장)

그레미오 이렇게 갑작스러운 약혼도 있을까요?

밥티스타 여러분, 솔직히 말해서 난 지금 무역상이 된 거요. 이제 성공이냐 실패냐 운명에 걸어보겠습니다.

트라니오 하긴 계속 간수해 보았자 썩고 말 물건이라면, 팔아서 덕을 보거나 아니면 바닷속에 빠지기밖에 더하겠습니까?

밥티스타 나로서는 아무런 일도 일어나지 않았으면 하는 것이 소원이오.

그레미오 그자가 아주 꽉 낚아챈 것만은 틀림없습니다. 그런데 밥티스타 씨, 작은따님 말입니다만, 이제 우리가 기다리던 날이 온 셈입니다. 저로 말하면 이웃인 데다가 첫 청혼자입니다.

트라니오 저로 말하면 말로는 표현할 수 없을 정도로, 아니 도저히 상상도 못할 만큼 비앙카를 사랑하고 있습니다.

그레미오 당신 같은 젊은이의 사랑은 도저히 나와는 비할 바가 못되오.

트라니오 당신 같은 노인의 애정은 얼음이지 뭐요.

그레미오 당신 같은 애정은 잔챙이의 애정이오. 깡충대지 말고 물러가 있으시게. 그 나이로 어떻게 여자를 먹여 살릴 수 있단 말이오?

트라니오 하지만 당신 같은 나이여서야, 여자들이 먹을 생각도 않을 겁니다.

밥티스타 여러분, 조용히들 하시오. 이 자리는 내가 맡겠소. 어쨌든 승부를 지어야 할 것 아니오. 그러니 두 분 가운데 내 딸에게 더 많은 유산을 남겨 주겠다고 약속하는 사람이 비앙카의 사랑을 얻게 될 거요. 그럼 그레미오 씨, 당신은 내 딸에게 무엇을 줄 수 있습니까?

그레미오 첫째, 당신도 아시다시피 시내에 있는 저의 집에는 접시와 금으로 된 패물, 따님이 그 예쁘장한 손을 씻을 대야와 물병 등이 가득 쌓여 있지요. 벽걸이는 모두 티레에서 만든 태피스트리 직물이고, 상아로 만든 궤짝에는 금화가 가득 들어 있습니다. 그리고 삼나무 옷장에는 아름다운 그림 무늬를 서로 엇갈려서 짠 아라스 직물로 누빈 이불과 값진 옷, 장막, 휘장, 고급 리넨, 진주를 박은 터키 방석, 금실로 수놓은 베네치아산의 장식용 천이 가득 차 있고, 양은그릇과 놋그릇 등 살림붙이들이 모두 갖추어져 있습니다. 그리고 농장에는 젖소 백 마리가 여기저기에서 놀고 있고, 우리 안에는 살진 황소가 백이십 마리나 있습니다. 이 밖에도 무엇이든 충분히 갖추어져 있습니다. 사실 저는 늙었습니다. 그러니 내일이라도 제가 죽으면 저의 재산은 모두 따님 것이 됩니다. 물론 제가 살아 있는 동안에 따님이 오직 저만의 것이 된다면 말입니다.

트라니오 그 '오직'이란 말 좋습니다. 자, 그럼 제 말도 들어보십시오. 저는 외아들이고 상속자입니다. 만일 따님을 제게 아내로 주신다면 저 화려한 도시 피사의 성안에 있는 좋은 집 네댓 채를 따님에게 주겠습니다. 물론 그 한 채 한 채가 다 파도바의 그레미오 씨 집보다는 훌륭합니다. 게다가 기름진 농토에서 해마다 나오는 2천 더컷도 따님에게 주겠습니다. 어떻소, 그레미오 씨, 내 상대가 되겠소?

그레미오 (혼잣말로) 토지에서 나오는 수입이 한 해에 2천 더컷이라? 내 토지는 모두 합쳐도 그 액수엔 어림없지만…… (소리를 높이며) 아무튼 모두 따님에게 주겠습니다. 게다가 지금 큰 상선 한 척이 마르세유 항구로 가고 있습니다. (트라니오에게) 어때요, 내가 가진 상선에 대해서는 당신도 할 말이 없죠?

트라니오 그레미오 씨, 다들 아는 일이지만 내 아버지의 큰 상선은 세 척이 넘소. 그 밖에도 갈레아스선 두 척과 멋들어진 갤리선 열두 척이 있소. 이것들도 물론 그녀의 것이 되오. 다음에 당신이 무엇을 내놓을지 모르나, 나는 그 두 배를 약속하겠소.

그레미오 이제 모두 털어놨으니까 더 할 말은 없습니다. 저의 능력 이상을 줄 수는 없으니까요. 그러나 좋으시다면 저의 재산과 더불어 제 자신까지 따님에게 주겠습니다.

트라니오 그렇다면 따님은 이제 틀림없이 제 사람입니다. 그렇게 약속하셨으니까요! 그레미오 씨는 경쟁에 진 셈입니다.

밥티스타 당신의 조건이 가장 낮다는 점을 인정합니다. 그런데 내 딸아이를 아들의 아내로 받아들인다는 당신 아버지의 확실한 약속을 받아야 하오. 그렇지 않다면, 이런 말을 하기는 좀 그렇지만, 만약 당신이 아버지보다 먼저 죽는다면 내 딸아이의 유산은 어떻게 되는 건가요?

트라니오 그건 잘 모르시는 말씀입니다. 아버지는 이미 늙고 저는 이렇게 젊습니다.

그레미오 아니, 젊다고 반드시 늦게 죽는다는 법이 어디 있소?

밥티스타 자 그럼 두 분, 이렇게 합시다. 오는 일요일에는 큰딸 카타리나가 결혼을 하니, 그다음 일요일에 비앙카를 당신에게 드리겠소. 그러나 아까 그 승인을 얻는다는 조건으로 말이오. 그것이 안 된다면, 그레미오 씨에게 드리겠습니다. 그럼 이만 실례하오. 두 분 모두 감사합니다. (퇴장)

그레미오 안녕히 가시오. 알고 보니 좋은 사람이군요. 한데 젊은 사기꾼, 그래 당신 아버지가 바보같이 아들에게 전 재산을 주고 늙어서 뒷방살이나 할 사람인 줄 아오? 쳇, 장난도 아니고! 이탈리아의 늙은 여우가 그렇게 만만할 리가 있겠소? (퇴장)

트라니오 흥, 그 교활한 늙은 낯짝의 가죽을 벗겨줘야지. 내가 값을 올리는

3막 1장, 루센티오와 비앙카 H.C. 셀루스

바람에 무안해지고 말았지! 이것도 오직 도련님을 위해서지. 하지만 이제 가짜 루센티오가 아무래도 아버지를, 가짜 아버지 빈센티오를 구해야 되겠는 걸. 참 기묘한 이야기로군. 보통 같으면 아버지가 자식을 구하는 법인데, 이 경우엔 여자를 넘어뜨리기 위해서 자식이 아버지를 구하게 되는구나. 물론 내 계획이 실패하지 않는다면 말씀이야. (퇴장)

〔제3막 제1장〕

파도바. 밥티스타의 집.

리치오로 변장하고 류트를 든 호르텐시오가 비앙카와 마주앉아 있고, 좀 떨어진 곳에

캠비오로 변장한 루센티오가 자기 차례를 기다리고 있다. 호르텐시오는 류트를 가르치는 것을 핑계 삼아 비앙카의 손목을 잡는다.

루센티오　(안절부절못하면서) 악사 양반, 좀 삼가시오. 너무 앞서 나가잖소! 이분의 언니 카타리나한테 그만큼 혼이 났다면서 벌써 잊었단 말이오?

호르텐시오　하지만 말 많은 현학자, 이분은 절묘한 음악의 애호자요. 그러니 내게 우선권을 주시오. 한 시간 동안 음악 공부를 할 테니, 그 뒤에 당신도 그만큼 강의를 하시오.

루센티오　그런 터무니없는 소리 마시오. 음악이 생긴 이유도 모를 만큼 공부도 안 한 자! 음악은 사람이 공부를 하거나 일을 한 뒤에 다시 생기를 얻기 위해서 있는 것 아니겠소? 그러니 내게 양보하오, 철학 강의를 할 테니까. 내가 쉬거든, 그때 당신의 그 음악을 하구려.

호르텐시오　(일어서면서) 여봐, 그렇게 버릇 없이 굴면 가만히 안 있겠소.

비앙카　(두 사람 사이에 가로막고 서서) 아, 두 분 선생님, 이러시면 절 이중으로 모욕하시는 셈이에요. 뭘 택하든 저의 자유예요. 학교 아이들같이 교사의 매는 필요하지 않아요. 시간표에 얽매어서 꼬박꼬박 시간을 지키는 건 싫어요. 제 마음대로 배울 거예요. 그러니 싸움을 멈추시고 이리들 와서 앉으세요. 선생님은 그동안 악기를 가져가서 연주하고 계시면 조율이 다 될 무렵엔 이분 강의도 끝날 거예요.

호르텐시오　그럼, 조율이 다 되면 강의는 그쳐주겠소?

루센티오　조율이 그리 쉽소? 아무튼 조율해 놓으시오.

비앙카　지난번에 어디까지 했죠?

루센티오　네, 여기까지 했습니다.

> Hic ibat Simois, hic est Sigeia tellus
> Hic steterat Priami regia celsa senis.
> (이곳에는 시모에이스강이 흐르고 있다. 이곳은 시게이아의 땅, 고대 프라이모스왕의 왕국이 여기에 있었느니라)

비앙카 번역해 주세요.

루센티오 Hic ibat, 전에 말한 바와 같이 Simois, 내 이름은 루센티오요. hic est, 피사에 사는 빈센티오의 아들이죠. Sigeia tellus, 당신의 사랑을 얻기 위해 이렇게 변장하고 Hic steterat, 나중에 정식으로 청혼하러 올 루센티오는 Priami, 내 하인 트라니오인데 regia, 내 행세를 하고 있소. celsa senis, 실은 저 영감의 눈을 속이기 위해서요.

호르텐시오 자, 이제 조율이 다 됐습니다.

비앙카 그럼 들려주세요. (호르텐시오, 연주를 해본다) 어머나, 아 시끄러워!

루센티오 잘 맞춰서, 다시 조율해 보시오. (호르텐시오 물러선다)

비앙카 이번엔 제가 번역해 보겠으니 맞는가 보세요. Hic ibat Simois, 전 당신을 몰라요. hic est Sigeia tellus, 전 당신을 믿을 수가 없어요. Hic steterat Priami, 저분께 들키지 않도록 조심하세요. regia, 우쭐대면 안 돼요. celsa senis, 실망하진 마세요.

호르텐시오 (돌아보면서) 이제 조율이 다 됐습니다.

루센티오 아직 저음부가 좀 안 맞소.

호르텐시오 저음부는 괜찮소. 시끄럽게 떠드는 자는 저능아죠. (혼잣말로) 저 현학자 녀석이 구애를 하고 있는가 보지. 야, 이 샌님아, 내가 감시를 안 할 줄 아냐? (두 사람 뒤로 살금살금 다가온다)

비앙카 나중엔 믿게 될지 모르지만 아직은 못 믿겠어요.

루센티오 의심하지 말아요. (호르텐시오가 있는 것을 눈치채고 큰 소리로) 그 까닭인즉 확실히 아이아키데스는 할아버지의 이름을 따서 아약스라고 불렸습니다.

비앙카 (일어서면서) 그럼 선생님의 말씀을 믿을 수밖에요. 안 믿는다면 아마 언제까지나 의심하고 기묘한 논쟁이나 하고 있어야 할 판이니까요…… 그건 그렇고 리치오 선생님 (호르텐시오를 한쪽으로 데리고 가서) 선생님, 기분 나빠하진 마세요. 이렇게 제가 두 선생님께 유쾌하게 대한다고 해서 말이에요.

호르텐시오 (뒤돌아보면서) 당신은 잠깐만 나가주었으면 좋겠소. 내 수업은 삼부 합주로는 장단이 맞지 않으니까요.

루센티오 그렇게 까다롭단 말이오? 좋소, 기다리겠소. (혼잣말로) 그러나 잘 감시해야지. 내가 속아 넘어갈까 보냐. 저 멋쟁이 악사 녀석이 어쩌려고 저렇게

여자를 밝히는지. (좀 뒤로 물러선다. 호르텐시오와 비앙카가 앉는다)

호르텐시오 자, 그럼 악기를 만지기 전에 손가락 쓰는 법을 가르쳐 드리겠습니다. 첫걸음부터 시작해야 되는데, 다른 어떤 음악 선생보다도 간단한 방법, 바로 즐겁고 간결하며 효과적인 방법으로 음계를 가르쳐 드리겠습니다. 자, 여기 이렇게 아름답게 쓰여 있습니다.

비앙카 어머나, 음계는 벌써 다 떼었는걸요.

호르텐시오 하지만 나의 음계는 좀 색다르니 읽어보세요.

비앙카 (읽는다)

음계는 모든 화음의 기초,
레, 호르텐시오의 열정에 답하는 것이다.
미, 비앙카여, 그를 남편으로 받아들이시오.
파, 마음을 다해 그대를 사랑합니다.
솔, 음자리표는 하나일지라도 음은 두 개.
라, 가엾게 여기지 않으면 나는 죽습니다.

이게 음계예요? 기가 막혀서! 이런 건 싫어요. 전 옛날 것이 더 좋아요. 저는 기묘한 창작물 때문에 참된 규칙을 바꿀 만큼 성미가 까다롭지는 않아요.

하인 등장.

하인 아가씨, 아버님 분부십니다. 오늘은 공부를 그만하고, 큰아가씨 방을 함께 꾸미라고 하십니다. 결혼식이 내일이잖습니까.

비앙카 그럼 두 분 선생님, 안녕히 계세요. 전 이만 가봐야겠어요. (하인과 함께 퇴장)

루센티오 알았습니다, 아가씨. 더 있을 까닭이 없으니 이만 총총. (퇴장)

호르텐시오 하지만 난 더 머물러 있다가 저 현학자 녀석의 동정을 살펴봐야겠는걸. 아무래도 그 녀석 눈치가 수상한 것 같아. 반한 모양이야. 비앙카, 당신이 엉터리 사기꾼한테 일일이 눈이 팔릴 만큼 마음이 싸구려려면 좋소, 생

연극 〈말괄량이 길들이기〉 케빈 블랙(페트루키오 역)·에밀리 조단(카타리나 역) 출연. 카르멜 셰익스피어 축제, 포레스트 극장 공연. 2003.

각대로 하구려! 그렇게 들뜬 여자란 것을 알게 되면, 이 호르텐시오는 당신과는 손을 끊고 다른 여자를 찾겠으니. (퇴장)

〔제3막 제2장〕

파도바. 밥티스타의 집 앞.

밥티스타, 그레미오, 트라니오, 루센티오, 혼례복을 입은 카타리나, 비앙카, 하인들, 그 밖의 사람들 등장.

밥티스타 (트라니오에게) 루센티오 씨, 오늘은 카타리나와 페트루키오의 혼삿날인데, 사위 될 사람이 아직 아무 소식이 없군요. 뭐라고 해야 하죠? 신부님이 오셔서 식을 올릴 참인데 신랑이 나타나지 않는다면 무슨 웃음거리겠소? 루센티오 씨, 이거 우리 집안의 무슨 수치겠소?

카타리나　창피를 당하는 건 저뿐이에요. 마음에도 없는 억지 결혼을 강요당했단 말이에요. 그런 반미치광이 녀석, 앙갚음을 하고 싶어서 기분대로 청혼해 놓고 결혼식을 올리려고 하니까 꽁무니를 빼는 녀석한테요. 그러기에 제가 말씀드렸잖아요. 그 녀석은 겉으로는 쾌활한 체 꾸미고 있지만, 그 천연덕스러운 태도 속엔 독설을 감추고 있는 또라이 같은 녀석이라고요. 가는 곳마다 구혼해서 결혼식 날을 받아놓고, 약혼 피로연을 열고, 손님들을 초대하고, 성당에 결혼 예고도 해놓고 하지만, 정말 결혼할 생각은 눈곱만큼도 없는 녀석이란 말이에요. 두고 보세요. 이제 세상은 이 카타리나를 손가락질하면서 이렇게 말할 거예요. "저봐, 미친 페트루키오의 마누라다. 그 녀석이 기꺼이 돌아와서 결혼해 준다면."

트라니오　진정하시오, 카타리나 양. 그리고 밥티스타 씨, 페트루키오 씨가 어떤 일로 약속을 못 지키고 있는지는 모르지만, 나쁜 뜻이 없는 것만은 제가 보증하겠습니다. 무뚝뚝해 보이나 사실은 참 총명한 사람입니다. 쾌활하면서도 아주 착실한 사람입니다.

카타리나　카타리나가 그 작자를 만나지 않았더라면 좋았을 것을. (울면서 안으로 들어간다. 비앙카와 신부의 들러리들도 쫓아 들어간다)

밥티스타　할 말이 없구나. 네가 그렇게 우는 것도 마땅하다. 이런 모욕을 받고서야 성인인들 어디 가만히 있겠느냐? 버릇없이 자란 아이라서 더욱 참지 못할 게야.

비온델로가 달려 들어온다.

비온델로　주인님, 주인님, 소식이 있습니다. 아주 낡은 새 소식입니다!

밥티스타　소식은 소식인데 낡은 새 소식이라니? 어떻게 그런 일이 다?

비온델로　지금 페트루키오 님이 오고 있습니다. 굉장한 소식이 아닙니까?

밥티스타　그럼 다 왔단 말이냐?

비온델로　아니, 아직 멀었습니다.

밥티스타　그럼?

비온델로　지금 오는 중입니다.

밥티스타 그럼 언제 여기에 도착하지?

비온델로 그건 제가 이렇게 서서 나리님을 보고 있는 바로 이곳에 그분이 나타나는 시각이 되겠지요.

트라니오 한데 낡은 새 소식이란 건 뭐냐?

비온델로 지금 오고 있는 페트루키오 님의 차림새입니다—새 모자에 낡은 가죽조끼를 입고, 바지는 세 번이나 뒤집어 지은 것이고, 촛대를 담아두었던 낡은 장화는 한쪽은 죔쇠가 달려 있고 다른 한쪽은 끈으로 묶여 있습니다. 그리고 읍내 무기고에서 뒤져 내온 듯한 낡고 녹슨 칼을 차고 있는데 칼자루는 부러지고, 칼집 끝의 쇠덮개는 없으며 칼끝은 두 갈래로 갈라져 있고, 엉덩이가 주저앉은 말에 걸터앉은 건 좋으나, 낡은 안장은 좀이 먹고, 등자(鐙子)는 생김새도 종류도 알아볼 길이 없고, 그 말로 말하자면 전염병에 걸려 등뼈까지 곪은 데다 위턱은 헐고, 온몸은 퉁퉁 부어 있으며 발뒤꿈치에는 종기가 나고, 관절병으로 절룩거리며, 황달병으로 귀밑까지 부어 있습니다. 게다가 현기증으로 벌렁 넘어지는가 하면 기생충이 우글우글하고, 등은 휘청휘청하며, 어깻죽지는 금이 가고, 뒷다리는 딱 붙어 있으며, 재갈은 다 끊어져 가고, 양가죽 고삐는 휘청거릴 때마다 잡아당기는 성화에 몇 번이나 끊어져 다시 이은 것이며, 배띠는 여섯 군데나 기운 것이고, 낡은 벨벳으로 만든 껑거리끈에는 본디 주인인 여자 이름의 머리글자가 두 자 장식용 단추같이 뚜렷합니다. 그것도 새끼로 몇 군데 이어 댄 것입니다.

밥티스타 누구와 같이 오던가?

비온델로 아 예, 마부와 함께 오고 있습니다만, 그 마부란 자도 그 말과 같은 꼬락서니입니다. 글쎄 한쪽 다리엔 아마포로 짠 양말을 신고, 다른 쪽 다리에는 거친 모직 바지를 입고, 빨강과 파랑 대님을 매고 있습니다. 낡은 모자에는 깃털 대신에 묘한 장식이 마흔 가지나 달려 있습니다. 괴물, 글쎄 옷 입은 괴물이랄까요. 도저히 그리스도교 나라의 하인이나 신사의 마부 꼴은 아닙니다.

트라니오 어떤 기묘한 기분에 그런 차림을 한 것이겠죠. 하기야 그분은 가끔 그런 초라한 차림을 하고 나타나기도 합니다만.

밥티스타 차림새는 어떻든 간에 와주니 고맙군요.

비온델로 아닙니다, 아직 오지 않았습니다.

밥티스타 네가 왔다고 말하지 않았느냐?

비온델로 누구 말씀입니까? 페트루키오 님 말씀입니까?

밥티스타 그야 당연하지.

비온델로 아닙니다. 전 그분의 말이 주인을 등에 태우고 온다고 말했을 뿐입니다.

밥티스타 결국 마찬가지 아니냐?

비온델로 그건 그렇지가 않습니다. 1페니 걸고 내기를 해도 좋습니다만, 말과 사람은 하나가 아니지만 많지는 않습죠.

페트루키오와 그루미오가 꼴사나운 차림을 하고 떠들면서 등장.

페트루키오 여, 멋진 분들은 어디 계십니까? 집에 아무도 없습니까?

밥티스타 (차갑게) 아, 잘 왔소.

페트루키오 잘 왔을라고요.

밥티스타 아무튼 어서 오시게.

트라니오 하지만 내 생각 같아선 좀더 좋은 차림으로 와주었으면 싶었는데.

페트루키오 아니 이렇게 차린 것이 더 좋지 않습니까? 그런데 케이트는? 내 귀여운 신부는 어디 있소? 장인어른, 어쩐 일이십니까? 훌륭한 분들이 왜 이렇게 노려보고 계실까요? 마치 굉장한 기념비나 무슨 혜성이나 비범한 사건이 눈앞에 나타난 것처럼요.

밥티스타 아니 여보게, 오늘은 혼삿날이 아니오? 처음에는 자네가 안 나타나지나 않을까 걱정을 했지만, 지금은 그렇게 준비도 없이 와서 더 걱정일세. 여보게 자, 그 옷은 얼른 벗어버리시게. 자네 신분에 창피하고, 이 엄숙한 결혼식에 꼴사나우니까.

트라니오 좀 말해 보시오. 무슨 까닭에 신부를 이렇게까지 기다리게 해놓고, 끝내는 당신답지 않은 차림을 하고 오셨소?

페트루키오 지루한 이야기는 그만둡시다. 들어도 소용없을 테니까요. 아무튼 약속대로 왔으니 불평은 없겠지요? 잠깐 어디를 좀 들렀다 오느라고 이렇게 됐습니다만, 나중에 틈이 나면 충분히 이해할 수 있도록 이야기해 드리죠. 그건 그렇고 케이트는 어디 있소? 너무 늦지 않았습니까? 아침나절도 다 지나가고 있습니다. 지금쯤은 성당에 가 있어야 할 시간입니다.

트라니오 그렇게 꼴사나운 차림으로 신부를 만나실 거요? 자, 내 방으로 가서 옷을 갈아입으시오. 내 옷을 빌려드리겠습니다.

페트루키오 천만에요, 이대로 만나겠소.

밥티스타 하지만 그런 꼴로 식을 올리자는 것은 아니겠죠?

페트루키오 천만에요, 이대로 하겠습니다. 그러니 더 이상 말은 그만둡시다. 신부는 저와 결혼하는 것이지, 제 옷과 결혼하는 게 아니니까요. 이 옷을 갈아입는 일은 어렵지 않지만, 그보다는 신부 마음의 옷을 갈아입혀 주고 싶습니다. 그렇게 한다면 케이트를 위해서도 좋고, 저를 위해서도 더욱 좋을 것입니다. 오늘은 바보같이 당신들과 쓸데없는 이야기를 하고 있을 때가 아닙니다. 어서 신부한테 가서 아침 인사를 하고, 그다음 사랑의 키스로 남편의 권리를 확보해 놓아야 하겠습니다. (뒤에 서 있는 그루미오를 데리고 서둘러 퇴장)

트라니오 저 미치광이 같은 옷차림에는 무슨 사정이 있는지 모르지만, 아무튼 성당에 가기 전에 바꾸어 입으라고 권해 봅시다.

밥티스타 일단은 뒤쫓아가서 좀 살펴봅시다. (트라니오와 루센티오만 남고 모두 퇴장)

트라니오 그런데 도련님, 당사자의 승낙 말고도 아버님의 승낙이 필요합니다. 그 승낙을 얻기 위해서는 요전에 말씀드린 대로 사람을 하나 구해야겠습니다. 누구라도 상관없으니 그리 어려운 일도 아닙니다. 다만 우리 목적에 맞게만 하면 되니까요. 그 사람을 피사의 빈센티오 님으로 꾸며서 여기에 나타나게 해서, 제가 약속한 액수보다 더 많은 재산을 물려준다는 의사 표시만 하면 됩니다. 그렇게만 해두면 도련님은 손쉽게 바람을 이루시고, 아름다운 비앙카와 결혼할 수 있게 되십니다.

루센티오 그런데 내 동료 가정교사 놈이 비앙카의 행동 하나하나를 감시하고 있어서 탈이거든. 그렇지만 않다면 차라리 둘이서 남몰래 결혼해 버리면 좋겠어. 일단 신(神) 앞에서 맹세만 해놓는다면 온 세계가 아니라고 외치더라도 난 절대로 내 것을 놓지는 않을 테니까.

트라니오 그 점도 연구해서 우리 계획이 잘되도록 해야지요. 어쨌든 저는 그 반백 머리 그레미오와 빈틈없는 아버지 미뇰라, 그리고 교활하고 여자를 밝히는 음악 교사 리치오, 이 세 사람을 감쪽같이 속여야 하겠습니다. 이것도 모두 도련님을 위해서 하는 일입니다.

그레미오가 되돌아온다.

트라니오 아니, 그레미오 씨, 성당에서 돌아오십니까?

그레미오 예, 학교에서 돌아오는 아이같이 즐겁게.

트라니오 신랑 신부도 돌아옵니까?

그레미오 신랑이라고요? 신랑은커녕 마부죠. 그 녀석이 어찌나 큰 소리로 으르렁대던지, 그 아가씨도 이제는 꼼짝달싹하지 못할 거요.

트라니오 그럼 그 여자보다 한술 더 뜬단 말이오? 그럴 리가요.

그레미오 아니, 그 녀석은 악마요, 악마. 정말 마귀요.

트라니오 아니, 그 여자야말로 악마요, 악마. 악마의 어미요.

그레미오 쳇! 그 남자 앞에서는 새끼 양, 비둘기, 바보요. 글쎄 루센티오 씨, 식장에서 신부님이 카타리나를 아내로 맞이하겠느냐고 묻자마자 그 작자가 기차화통을 삶아먹은 듯한 소리로 "그야 물론입니다" 하고 대답하는 바람에 신부님이 깜짝 놀라서 성경을 떨어뜨렸어요. 한데 신부님이 성경을 주워 들려고 허리를 구부리니, 그 미치광이 같은 신랑이 느닷없이 신부님을 때려 갈겼어요. 그러자 신부님과 성경이 나가떨어졌지요. 그러고는 그 작자가 "야, 어느 놈이든지 덤빌 놈은 덤벼봐" 이렇게 소리를 지르더란 말이오.

트라니오 그럼, 신부님이 다시 일어섰을 때 그 말괄량이는 뭐라고 하던가요?

그레미오 그저 발발 떨고 있었소. 신부님이 실수를 한 것처럼 페트루키오 씨가 발을 구르고 악을 쓰는 바람에 말이오. 그러나 식이 끝나자 그 작자는 술을 내오라고 하더니 "위하여!"라고 소리를 질렀는데, 마치 태풍을 겪은 뒤에 동료들과 무사함을 배 위에서 축하라도 하는 것 같다고나 할까요. 글쎄 술을 꿀꺽꿀꺽 마시고는 찌꺼기를 성당지기 얼굴에 내던졌는데, 무슨 이유가 있어서가 아니라 성당지기 수염이 성글고 굶주린 것 같은 데다가 이쪽이 마시는 술찌꺼기만이라도 먹고 싶어 하는 눈치였기 때문이란 것이오. 그런 뒤에

페트루키오의 결혼 카를 게르츠. 1885.

그는 신부의 목을 붙들고 요란스럽게 키스를 했는데, 입술이 떨어질 때 성당 안이 울릴 지경이었소. 난 여기까지 보고 하도 창피해서 그냥 나와버렸습니다. 좀 있으면 일행이 돌아올 거요. 그런 미치광이 같은 결혼은 처음 봤소. 악대 소리가 들리는군요.

악대를 선두로 결혼식 행렬이 들어온다. 페트루키오와 카타리나, 그다음에 비앙카, 밥티스타, 호르텐시오, 그루미오 등장.

페트루키오 여러분, 수고하셨습니다. 여러분은 아마 오늘 저와 피로연을 하실 생각으로 여러 음식을 마련해 놓으신 모양입니다만, 저는 좀 급한 볼일이 있어서 미안하지만 지금 곧 떠나야겠습니다.

밥티스타 아니, 오늘 밤에 떠나겠다고?

페트루키오 지금 떠나야겠습니다. 밤까지 기다릴 수는 없습니다. 이상하게 생각하실 건 없습니다. 장인어른도 일의 내용만 아신다면, 오히려 어서 가보라고 권하실 거예요. 정직한 여러분, 여러분에게 감사드립니다. 여러분 덕택에, 세상에 둘도 없이 참을성 있고 상냥하고 정숙한 여자를 아내로 맞게 되었으니까요. 그럼 피로연은 장인어른과 함께하시고, 저의 건강을 축복해 주십시오. 이제 그만 가봐야겠습니다. 그럼 다들 안녕히 계십시오.

트라니오 아니, 제발 잔치나 끝나거든 가시오.

페트루키오 그럴 수가 없어요.

그레미오 제발 부탁하오.

페트루키오 안 됩니다.

카타리나 제발 부탁이에요.

페트루키오 아, 고맙소.

카타리나 그럼 머무르시겠어요?

페트루키오 당신의 청은 고맙소. 하지만 당신이 아무리 부탁을 해도 그냥 머물러 있을 수는 없소.

카타리나 나를 사랑하신다면 가지 마세요.

페트루키오 그루미오, 말을 준비해라.

그루미오 예, 주인님, 말은 다 준비해 두었습니다. 귀리가 말을 먹을 판이니까요.

카타리나 흥, 그럼 당신 마음대로 해요, 나는 오늘 함께 가지 않을 테니. 아니 내일도 안 갈 거예요, 내 마음이 내키기 전에는. 문은 열려 있으니, 자 가세요. 그 장화가 헐어빠질 때까지 아무 데나 터벅터벅 돌아다녀요. 처음부터 이래서야 앞으로 얼마나 뻔뻔스럽고 심술궂은 본성을 드러낼지 누가 알겠어요.

페트루키오 이봐 케이트, 안심해요. 그리고 그렇게 화내지 말아요.

카타리나 이래도 화를 내지 말라고요…… 아버지, 아버진 좀 가만히 계세요. 제 기분이 풀릴 때까지 그가 기다릴 테니까요.

그레미오 아이고, 이제 드디어 시작하는구먼.

카타리나 여러분, 피로연 장소로 들어가세요. 이제 보니 여자란 마음이 여간 굳지 않아선 바보 취급을 당하고 말겠어요.

페트루키오 이봐 케이트, 그야 누구 명령이라고, 다들 연회장으로 안 들어갈 수 있나. 들러리분들도 명령에 복종하시오! 자, 연회장으로 들어들 가서 실컷 마시고 재미를 보시오. 그리고 신부의 처녀성이나 실컷 축복해 주시오. 즐겁

영화 〈말괄량이 길들이기〉 프랑코 제피렐리 감독, 리처드 버튼(페트루키오 역)·엘리자베스 테일러(카타리나 역) 출연. 1967.

게 떠들건 미치건 가서 목을 매건 맘대로 하시오. 그러나 귀여운 내 케이트만은 내가 데리고 가야겠소. (카타리나에게) 이봐, 그렇게 두 발을 동동거리고 위협조로 나오지 마. 당신이 아무리 노려보고 안달을 해도, 내 소유물에 대해서는 내가 주인이니까. 이 여자는 내 소유물이요, 동산이요, 집이요, 살림도구요, 창고요, 말이요, 소요, 당나귀요, 아무튼 내 것이란 말이오. 지금 저렇게 서 있지만, 누구든지 감히 손만 대봐요! 파도바의 거만한 자라도 내 길목을 막으면 가만있을 내가 아니니까…… 야, 그루미오, 칼을 빼라. 우린 도둑들한테 포위당해 있구나. 너도 사내대장부라면 아씨를 구해 내야 할 거 아니냐…… 이봐, 케이트, 아무 걱정 마. 당신에겐 아무도 손을 대지 못하게 할 테야. 누가 나와도 당신만은 꼭 방어해 낼 테니까! (카타리나를 안고 퇴장. 그루미오는 호위하는 태세로 그 뒤를 따라 퇴장)

밥티스타 아 여러분, 내버려 둡시다. 저렇게 사이가 좋은 부부잖소.

그레미오 하마터면 너무 우스워 죽을 뻔했는데 얼른 떠나줘서 다행입니다.

트라니오 나 원 참! 별 미치광이 같은 결혼을 다 봤구려.

루센티오　아가씨, 그래 언니를 어떻게 생각하십니까?

비앙카　평소에 언니가 미치광이 같으니까, 저렇게 미치광이 같은 결혼을 한 거겠지요.

그레미오　페트루키오와 케이트는 틀림없이 천생연분입니다.

밥티스타　여러분, 신랑 신부의 자리는 비어 있어도, 음식만은 많이 차려져 있습니다. 자 루센티오, 당신은 신랑 자리에 앉아주시오. 그리고 비앙카는 언니 자리에 앉거라.

트라니오　비앙카에게 신부 연습을 시키시려는 것입니까? (비앙카의 손을 잡는다)

밥티스타　그렇다고 해둡시다, 루센티오. 그럼, 여러분 들어갑시다. (모두 퇴장)

〔제4막 제1장〕

페트루키오의 시골 집.

2층 복도로 통하는 계단. 커다란 난로, 탁자, 긴 의자, 의자. 입구가 세 곳이며, 하나는 현관으로 이어진다. 그루미오가 바깥에서 들어온다. 어깨에는 눈이 묻어 있고, 다리에는 진흙이 튀어 있다.

그루미오　(긴 의자에 털썩 앉으면서) 제기, 이 무슨 팔자냐! 늙어빠진 말에 주인 부부는 미쳐 날뛰고, 길도 진창이고, 세상에 이렇게 지독한 꼴을 당한 사람도 있었을까? 이렇게 혼이 나고 이렇게 욕을 본 사람도 있었을까? 나보고는 먼저 가서 불을 피워 놓으라 하고 자기들은 나중에 와서 몸을 녹이겠다는 배짱이지. 난 작은 항아리 같아 금방 더워져서 다행이지만, 안 그렇다면 당장 내 입술은 이에, 혀는 입천장에, 심장은 가슴통 속에서 얼어붙고 말았을 것 아닌가. 불을 지펴서 몸을 녹일 겨를도 없이 말이야. 어쨌든 불이나 지펴서 몸 좀 녹여야겠다. 이런 날씨엔 나보다 키가 큰 사람 같으면 감기에 걸리기 십상일 거야. 여보게, 커티스!

커티스 등장.

신부를 질질 끌고 가는 페트루키오 루이 리드. 1918.

커티스 누구요, 그렇게 쌀쌀맞은 목소리를 내는 사람이?

그루미오 얼음 조각일세. 내 말을 못 믿겠거든 내 어깨를 좀 짚어보게. 손이 금방 발꿈치까지 미끄러져 내려가고, 머리와 모가지 정도의 거리밖에 안 느껴질 테니…… 여보게 커티스, 불 좀 지펴줘.

커티스 주인과 마님은 오시는 중인가, 그루미오?

그루미오 응 그렇다네, 커티스. 그러니까 불을 피워, 불을. 어서 불을. 물은 끼 얹지 말고.

커티스 그래 아씨는 소문대로 지독한 말괄량이던가?

그루미오 틀림없는 사실이었어. 오늘 아침 서리가 내리기 전까지는. 하지만 자 네도 알다시피 겨울이 오면, 남자고 여자고 짐승이고 죄다 풀이 죽어 오그라 들고 말잖던가. 글쎄, 우리 주인님과 아씨도 그렇고, 나 자신도, 내 짝인 자네 도 그렇단 말이야.

커티스 자네 짝이라니, 요 세 치밖에 안 되는 땅딸보 같으니! 내가 자네 같은
    짐승인 줄 아나?

그루미오 아니, 내가 세 치밖에 안 된다고? 그럼 자네의 그 질투 많은 뿔은
    한 자는 된단 말인가? 그렇다면 내 뿔도 적어도 한 자는 될걸. 그건 그렇고,
    불 좀 지피지 않겠나? 싫다면 아씨께 고자질 좀 해줄까? 고자질만 해놓으면
    아씨 손에, 아씨는 지금 눈앞에 다가오고 계시네만 한 대 철썩 얻어맞고, 불
    을 안 피워 놓은 죄로 자네 눈에서 불이 날 걸세.

커티스 (난로에 불을 지피려고 하면서) 여보게 그루미오, 세상 돌아가는 이야기나
    좀 해주겠나?

그루미오 여보게, 어딜 가보나 자네가 맡은 일 말고는 다 차디찬 세상이네그
    려. 그러니 어서 불이나 지피게. 자기 할 일을 다하면 복이 들어온다고 하잖
    던가. 바깥주인도 안주인도 지금 얼어죽게 됐어.

커티스 (일어서면서) 자, 불은 피웠어. 한데 여보게, 무슨 재미있는 소식은
    없나?

그루미오 없긴 왜 없어. 자네가 싫증날 정도로 얼마든지 있어.

커티스 하긴 못된 장난은 얼마든지 알고 있는 자네니까.

그루미오 (손을 불에 쬐면서) 그러니까 몸을 좀 녹여야지. 난 꽁꽁 얼어 있으니
    까 말이야. 그런데 요리사는 어디 갔어? 저녁은 준비됐어? 집 안은 치웠어?
    돗자리도 깔아놓고, 거미줄도 털어놨나? 심부름하는 아이들은 새 옷으로
    갈아입었겠지? 흰 양말로 갈아 신겼나? 하인들은 다들 예복으로 갈아입었
    나? 남자들은 밖을 깨끗이 하고 여자들은 안을 깨끗이 한다고들 하잖나. 식
    탁보는 깔아놨겠지? 모든 준비가 다 끝났어?

커티스 다 돼 있어. 그러니 제발 재미있는 소식이나 이야기해 달라니까.

그루미오 첫째 소식은 말은 지친 데다가 주인 부부는 말에서 떨어졌다네.

커티스 어떻게?

그루미오 글쎄, 안장에서 진창으로 굴러떨어졌다네. 거기에는 까닭이 있지.

커티스 그 이야기 좀 들려주게나.

그루미오 그럼 귀를 좀 가까이.

커티스 자.

그루미오 이거야. (커티스의 귀를 친다)

커티스 이건 얘기를 듣는 게 아니라 느끼는 건데.

그루미오 그래서 이런 걸 감각적인 이야기라고 하는 거야. 이렇게 귀를 갈겨 놓으면 귀가 정신을 차릴 게 아닌가. 자, 그럼 이야기를 시작하겠네. 맨 처음에 우리 일행은 진창 산길을 내려오고 있었지. 주인님은 아씨 뒤에 걸터타고서 말야…….

커티스 두 분이 같은 말에 탔단 말인가?

그루미오 그게 어쨌단 말인가?

커티스 그야 말은 한 필이니까.

그루미오 그럼 자네가 이야기해 보게나. 자네가 내 말을 가로막지만 않았더라면 말이 어떻게 넘어졌는지, 아씨가 어떻게 말 밑에 깔리고 말았는지, 내가 이야기해 줬을 게 아닌가. 그리고 그곳이 얼마나 지독한 진창인지, 아씨가 얼마나 진창 속에 빠졌는지, 주인님은 아씨를 말에 깔린 채 내버려 두고 말을 넘어뜨리게 했다고 얼마나 날 때렸는지, 아씨는 날 못 때리게 막으려고 진창에서 어떻게 기어나오셨는지, 그걸 이야기해 줬을 것 아닌가. 주인님은 욕을 하고, 아씨는 여태껏 해본 적 없는 기도를 드리고, 난 울고, 말은 달아나고, 말고삐는 끊어지고, 껑거리끈은 떨어져 나가고, 아니 이 밖의 소중한 이야기들도 모두 망각 속에 파묻혀 버릴 테고, 그래서 결국 자네는 그런 이야기를 듣지도 못한 채 무덤 속으로 들어가 버렸을 것을, 모두 자세하게 들려줬을 게 아닌가.

커티스 지금 이야기로 봐선 주인님이 아씨보다 한술 더 뜨시는가 본데.

그루미오 그야 물론이지. 주인님이 돌아오시면, 자네나 이 집의 아무리 거만한 하인이라도 당장 알게 될 거네. 그러나 지금은 이런 이야기를 하고 있을 때가 아냐. 자, 이리 모두 불러들이게. 나다니엘, 요셉, 니콜라스, 필립, 월터, 슈가숍, 그리고 이 밖에도 모두 불러들이게. 머리는 반질반질하게 빗질하고, 파란 외투를 솔질해서 입고, 대님은 아주 잘 매야 하고, 인사는 왼쪽 다리를 앞으로 내고 하고, 손에 키스하기 전에는 주인님이 탄 말의 꼬리털조차 손을 대서는 안 되네…… 그럼 준비는 다 됐나?

커티스 다 됐고말고.

그루미오　그럼 다 이리 불러오게.

커티스　(부른다) 여보게들 들리나? 어서 이리 와서 주인님을 맞이하고 새아씨의 얼굴을 세워 드리도록 하게나.

그루미오　뭐라고? 아씨는 본디 얼굴이 똑바로 서 있어.

커티스　누가 모르나?

그루미오　자네가 금방 하인들에게 아씨 얼굴을 세워 드리라고 하지 않았는가?

커티스　그거야 새아씨에 대한 하인들의 마음가짐이지.

그루미오　그러나 아씨가 여기 오셔서 하인들에게 아무것도 요구하지 않으실 것만은 확실하네.

하인들 네댓 명이 등장하여 그루미오를 둘러싼다.

나다니엘　잘 돌아왔네, 그루미오.

필립　그래 어떤가, 그루미오?

요셉　야, 그루미오.

니콜라스　오랜만일세, 그루미오.

나다니엘　그래 어떻던가, 여보게?

그루미오　아이고, 자네들도 잘 있었나…… 재미가 어떤가, 자네는?…… 인사는 이만하고…… 한데 여보게들. 준비는 다 돼 있나? 모든 준비가 다 되었는가 말일세.

나다니엘　준비가 다 돼 있고말고. 그런데 주인님은 곧 오시나?

그루미오　지금 곧 오시네. 방금 말에서 내리시는 중이네. 그러니까 알았나…… 제발 입들 다물라고. 저기 들어오시는 소리가 들리네.

이때 난폭하게 문이 열리더니 페트루키오와 카타리나가 들어온다. 둘 다 머리부터 발끝까지 진흙투성이다. 페트루키오가 방 한가운데로 걸어 들어온다. 카타리나는 거의 까무러칠 것 같으면서도 아무렇지도 않은 체하고 벽에 기대고 서 있다.

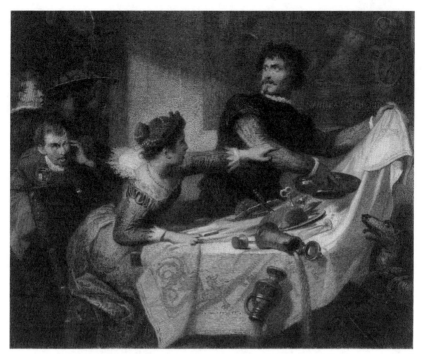

4막 1장, 결혼 피로연 만찬을 거부하는 페트루키오 프리드리히 슈뵈러 삽화, 게오르크 골트베르크 판화. 1850.

페트루키오 이 자식들이 다 어디 있지? 그래 문간에 마중 나와서 등자를 붙들고, 말을 잡아주는 놈이 하나도 없단 말이냐? 나다니엘은 어디 있냐? 그레고리와 필립은?

하인들 (달려와서) 여기들 있습니다! 주인님, 여기 있습니다! 나리, 여기 있습니다!

페트루키오 "여기 있습니다, 주인님! 여기요, 나리! 예, 주인님! 예, 나리!"에잇…… 이 멍텅구리 바보들아! 아니 마중도 안 나오고, 경의도 표하지 않고, 할 일도 안 하고, 그래도 좋단 말이냐? 그래 내가 먼저 보낸 그 바보 녀석은 어디 있느냐?

그루미오 예, 여기 있습니다, 여전히 미련한 놈이긴 합니다만.

페트루키오 이 시골뜨기 같으니! 천박하고 아둔하며 정신 빠진 놈! 공원까지 마중을 나오라고 내가 이르지 않았느냐, 이 망할 자식들을 모두 데리고서!

그루미오 글쎄 주인님, 나다니엘의 외투는 미처 마감되지가 않았고, 가브리엘의 구두는 뒤축이 덜 돼 있고, 피터의 모자를 검게 그을리자니 장작이 없고, 월터의 단도는 녹이 슬어 칼집에서 빠지지 않고, 게다가 아담과 랄프와 그레고리 말고는 모두가 헌 누더기에 거지꼴이라서요. 그래도 어쨌든 이렇게 다들 주인님을 맞으러 나오긴 나왔습니다.

페트루키오 듣기 싫다, 망할 녀석들아. 어서 가서 저녁상을 가져오너라! (하인들 서둘러 퇴장. 노래조로) "어제까지의 생활은 어디로 갔나?" 이 자식들이 다 어디 갔나…… (문 앞에 서 있는 카타리나를 보고) 자 케이트, 앉아요. 잘 와줬어. (난롯불 곁으로 카타리나를 데리고 간다) 식사 가져와. 식사, 식사, 식사!

하인들이 저녁상을 가지고 들어온다.

페트루키오 아니, 뭘 여태까지 꾸물거리고 있었냐? 이봐 케이트, 기운을 내요…… (카타리나 곁에 앉으면서) 이 녀석들아, 내 신이나 벗겨라! 이놈들아, 뭘 꾸물거리고 있어? (하인 한 사람이 신을 벗기려고 무릎을 꿇는다. 다시 노래조로) "그 어떤 수도원의 신부가, 길을 걸어갈 때……" 인마, 내 발을 뽑아낼 작정이냐? (그 하인의 머리를 때린다) 맛이 어떠냐. 알았거든 이쪽은 잘 벗기란 말이야…… (양쪽 신을 다 벗긴다) 이봐 케이트, 기운을 내요…… 누가 물 좀 가져오너라! 여기다!

하인이 물을 가지고 들어온다.

페트루키오 (못 본 체하고) 내 사냥개 트로일로스는 어디 있느냐? 넌 어서 가서 내 사촌 페르디난트를 이리 모시고 오너라. (하인 한 사람이 나간다) 이봐 케이트, 그분한테 꼭 키스를 해드리고, 친하게 지내줘야겠어…… 내 슬리퍼는 어디 있느냐? 물은 언제 가져오는 거냐? (하인이 물 대야를 내민다) 케이트, 이리 와서 손을 씻어요. 참 잘 와주었어. (이렇게 말하면서 하인과 부딪혀서 물을 쏟아지게 하면서) 이 망할 자식 좀 보게. 네가 물을 엎어버릴 작정이냐? (하인을 때린다)

카타리나 제발 용서해 주세요. 일부러 그런 건 아니잖아요.

페트루키오 이 빌어먹을 얼간이, 딱정벌레 대가리에 늘어진 개 귀를 한 녀석

하인들이 차린 음식상을 거부하는 **페트루키오**   루이 리드. 1918.

좀 보게. 자 케이트, 앉아요. 배가 고프겠소. (카타리나가 식탁에 앉는다) 감사의 기도를 올려주겠소, 케이트? 아니, 내가 올리리까?…… 뭐야 이건. 양고긴가?

하인 1 예.

페트루키오 누가 가져왔나?

피터 예, 제가 가져왔습니다.

페트루키오 탔구나. 음식이 모두 그 꼴이구나. 이 개 같은 자식들 좀 보게. 요리사 녀석은 어디 있느냐? 그래 너희 놈들도 너희 놈들이지. 내가 싫어하는 줄 뻔히 알면서 이걸 일부러 가져와서 억지로 먹일 심보냐? 썩 가지고 나가, 접시고 컵이고 뭐고 죄다. (하인 머리에 음식을 내던진다) 이 조심성 없는 미련퉁이들 같으니, 버릇없는 쌍놈들 같으니! 그래, 불평이 있어? 썩 말해 봐라. (일어서서 하인들을 내쫓는다. 커티스만 남는다)

카타리나 제발, 그렇게 화내지 마세요, 네. 그 고긴 멀쩡하잖아요. 당신만 좋으시다면.

페트루키오 아냐 케이트, 그건 다 타서 바삭바삭하잖소. 그런 건 입에 넣지 말라고 의사가 나한테 말했소. 글쎄, 그런 걸 먹으면 답답증이 생기고 화증이 생긴다나. 우리는 둘 다 굶는 편이 좋을 거요. 안 그래도 우리는 본디 화를 잘 내는 성미잖소. 그러니 그렇게 너무 탄 고기는 먹지 않는 게 좋을 거요. 참읍시다. 내일이면 어떻게 되겠지요. 오늘 밤은 둘이서 단식을 합시다. 그럼 침실로 갑시다. (카타리나, 커티스와 함께 퇴장)

하인들이 저마다 조심스럽게 나타난다.

나다니엘 피터, 이런 일을 전에도 봤나?

피터 독을 독으로 다스리는 셈이지.

커티스가 계단을 내려온다.

그루미오 주인님은?

커티스 아씨 방에 계시네. 절제에 대해서 설교하시는 중인데, 고래고래 악을 쓰고 욕을 하고 야단치는 바람에 가엾게도 아씨는 어디 서 있어야 좋을지, 어느 쪽을 봐야 좋을지, 무슨 말을 해야 좋을지 갈피를 못 잡고 마치 꿈에서 갓 깨어난 사람처럼 멍하니 앉아 계실 뿐이라네…… 얼른 숨어. 주인님이 내려오시네. (모두 나가 버린다)

페트루키오 계단 머리에 나타난다.

페트루키오 이렇게 교묘하게 지배권을 잡아놓으면 어쨌든 성공할 거야. 내 매는 지금 지독하게 굶주려 있지. 밥에 달려들 때까지는 배부르게 먹이지 말아야지. 배가 부르면 마음대로 길들일 수 없으니 말이야. 또 한 가지, 아무리 사나운 매라도 길들여서 주인의 부름대로 오게 하는 방법이 있는데, 바로 잠을 못 자게 하는 거지. 솔개 중에서 사납게 날개만 푸드덕거리고 말을 듣지 않는 놈도 그 수를 쓴다지 않는가. 아내는 오늘 아무것도 안 먹었지. 물론 앞으로도 못 먹게 할 테야. 그리고 어젯밤은 한잠도 자지 못했지. 물론 오늘 밤도 못 자게 해야지. 아까 그 고기와 마찬가지로, 잠자리에 대해서 생트집을 잡아 베개는 저리, 이불은 이리, 요는 저리, 모두 내던져 버려야지. 하지만 이런 소동을 하는 것도 끔찍하게 아내를 생각해서 그러는 것처럼 보이게 해야 돼. 요컨대 긴 밤을 눈도 못 붙이게 하고, 조는 기세만 보이면 마구 떠들고 악을 써서 도무지 잠을 자지 못하게 해야지. 이건 눈물을 가지고 사람을 잡는 법이랄까. 이렇게라도 해서 저 미치광이 같은 고집을 바로잡아야 하니 말이야. 말괄량이를 휘어잡는 더 좋은 방법이 있거든 누구 좀 나서서 가르쳐 주구려. 착한 일을 하는 것이 될 테니까요. (획 돌아서서 침실로 돌아간다)

〔제4막 제2장〕

파도바. 밥티스타의 집 앞.
루센티오로 분장한 트라니오, 리치오로 분장한 호르텐시오 등장.

트라니오 리치오 씨, 비앙카 양이 루센티오 말고 다른 남자를 사랑한다는 게 있을 수 있는 일이요? 그녀는 내게 호의를 보이고 있는데 말이오.

호르텐시오   내 말을 정 믿지 못하시겠다면, 이 근처에 숨어서 그자가 가르치는 태도를 좀 살펴보시오. (트라니오와 한쪽으로 비켜선다)

캄비오로 분장한 루센티오와 비앙카 등장.

루센티오   그럼 아가씨, 지금 읽으신 것을 이제 아시겠습니까?

비앙카   선생님, 무엇을 읽어 주셨지요? 먼저 그것부터 대답해 주세요.

루센티오   그건 내 전문 과목인 '연애의 기술'입니다.

비앙카   그걸 증명해 주실 수 있다면!

루센티오   어렵지 않은 일입니다. 만일 진지하게 배우고자 하는 마음만 있으시다면, 이 불타는 방법을 말입니다. (비앙카와 키스한다)

호르텐시오   진도가 참으로 빠르군. 정말 가관이야! 자, 이래도 비앙카에게는 루센티오 말고 애인이 없다고 감히 말할 수 있겠소?

트라니오   오, 더럽소, 연애란! 믿지 못할 건 여자로구먼! 리치오 씨, 정말 어안이 벙벙하군요.

호르텐시오   이제 가면은 벗겠소. 난 리치오가 아니오. 음악가도 아니오. 그건 가면이었소. 그러니 나 같은 신사를 버리고, 저런 천한 녀석을 신처럼 생각하는 계집애를 위해서 더 이상 이런 가면을 쓰고 있을 수는 없소. 나는 사실 호르텐시오라는 사람이오.

트라니오   호르텐시오 씨, 당신이 비앙카를 무척 사랑한다는 이야기는 자주 들어서 알고 있소. 그런데 내 눈으로 저 여자의 경박함을 본 이상, 당신이 정 그러시다면 나도 당신과 같이 비앙카와 그녀의 사랑을 영원히 포기하겠습니다.

호르텐시오   저것 좀 봐요. 저렇게 키스를 하며 사랑을 주거니 받거니 하고들 있잖소. 루센티오 씨, 자, 우리 악수합시다. 굳게 맹세하지만, 앞으로 저 여자에게는 절대로 구애하지 않고 완전히 포기하겠소. 그만한 가치가 없는 여자인 줄도 모르고 오늘까지 괜히 애만 태웠군요.

트라니오   그렇다면 나도 거짓 없이 맹세하겠습니다. 저 여자와는 절대로 결혼하지 않겠습니다. 비록 저쪽에서 청혼을 하더라도 말이오. 쳇, 더러운 계집 같으니, 아양 떠는 저 꼬라지 좀 보시오!

호르텐시오 저 작자 말고는 온 세상 사람이 저 여자를 거들떠보지도 말았으면! 나는 맹세를 지키기 위해 사흘 안에 돈 많은 과부와 결혼을 하겠소. 그 과부는 오래전부터 나를 사랑해 왔죠. 내가 저 거만하고 사람을 업신여기는 계집을 사랑해 왔듯이 말이오. 그럼 안녕히 계시오, 루센티오 씨. 여자는 아름다운 얼굴보다 마음씨가 중요합니다. 이만 가보겠습니다. (퇴장)

트라니오 (두 사람 곁으로 가면서) 비앙카 양, 축복합니다. 행복한 여인이란 당신을 두고 한 말인가 봅니다. 두 분의 정다운 모습을 보고, 저와 호르텐시오는 이제 단념했습니다.

비앙카 트라니오, 농담은 그만둬요. 하지만 정말 두 사람이 다 나를 포기했나요?

트라니오 예, 그렇습니다.

루센티오 그럼 리치오를 치운 셈이군.

트라니오 예, 그분은 어떤 정력이 왕성한 과부를 찾아가서, 당장에 구혼을 하고 그날로 결혼식을 올린다고 했습니다.

비앙카 제발 잘되기만 빌어요.

트라니오 하긴 그분은 여자를 잘 길들일 것입니다.

비앙카 글쎄, 그렇다나 보죠.

트라니오 그렇습니다, 순육(馴育) 학교에 들렀다 간다고 해요.

비앙카 순육 학교? 그런 곳이 다 있나요?

트라니오 있고말고요. 페트루키오 씨가 그곳 선생님이랍니다. 그분은 비결을 얼마든지 가르쳐 주지요. 말괄량이를 길들여서 독설로 꼼짝달싹 못하게 해버리는 비결 말입니다.

비온델로 등장.

비온델로 아이고 주인님, 주인님, 전 어찌나 오래 지키고 서 있었던지 고단해 죽을 지경입니다만, 마침내 찾아냈습니다. 글쎄, 천사 같은 한 늙은이가 산길을 내려오고 있는 중입니다. 이제 됐습니다.

트라니오 뭐 하는 사람으로 보이던가, 비온델로?

비온델로 주인님, 상인인지 교사인지 정확하게는 모르겠습니다만 옷차림은 단정하고, 걸음걸이와 인상이 꼭 아버님과 닮았습니다.

루센티오 그런데 트라니오, 그분을 어쩔 셈인가?

트라니오 그분이 쉽사리 제 말을 곧이 들어준다면, 그분을 빈센티오 님으로 꾸며서, 밥티스타 미놀라 님에게 보증을 하는 아버지 역할을 하게 하겠습니다. 자, 아가씨를 모시고 먼저 들어가십시오. (루센티오와 비앙카는 밥티스타의 집으로 들어간다)

교사 등장.

교사 잘 지내셨는지요?

트라니오 아, 잘 지냈습니다. 잘 오셨습니다. 어디까지 가시는 길입니까? 아니면 여기가 목적지입니까?

교사 일단 이곳에 머물렀다가, 한두 주일 뒤에는 다시 길을 떠날 생각이오. 멀리 로마까지요. 그리고 죽지만 않는다면, 트리폴리도 가볼 생각이죠.

트라니오 고향은 어디십니까?

교사 만토바요.

트라니오 뭐 만토바에서 일부러 파도바에요? 안 될 말씀! 목숨이 아깝지 않습니까?

교사 목숨? 왜요? 고된 게 목숨이죠.

트라니오 만토바 사람이 파도바로 오는 것은 죽음터로 뛰어드는 거나 마찬가집니다. 그 까닭을 모르십니까? 만토바의 배들은 지금 베네치아에 묶여 있습니다. 당신네 공작과 이곳 공작 사이에 무슨 다툼이 있어 그런 모양인데, 아무튼 공공연하게 그런 포고를 내렸답니다. 하기야 이제 막 오셨으니 무리는 아닙니다만, 그 포고를 전혀 듣지 못하셨다는 건 참 이상하군요.

교사 아이고, 이거 큰일이군요. 저는 더욱 곤란합니다. 피렌체에서 환어음을 가지고 왔는데, 이곳에서 누구에게 전해 줘야 하거든요.

트라니오 그렇군요. 좀 어렵겠다는 생각이 듭니다만 제가 기꺼이 도와드리겠다는 것과 아울러 몇 마디 제 생각도 말씀드리겠습니다. 먼저, 당신은 피사에 가보신 적이 있습니까?

교사 예, 피사엔 때때로 가봤지요. 피사는 사람들이 모두 다 성실하다는 소문이더군요.

트라니오 그중에 빈센티오라는 분을 아십니까?

교사 모릅니다만, 소문은 들었지요. 굉장한 상인이라고요.

트라니오 실은 그분이 제 아버지입니다. 솔직히 말해서 아버지 얼굴이 어딘가 좀 당신 얼굴과 비슷합니다.

비온델로 (혼잣말로) 사과와 굴이 비슷하다면 비슷하달까. 아무튼 상관없는 일이지.

트라니오 이 위험한 상황에서 당신을 위해 이렇게 해드리죠. 당신이 제 아버지와 닮은 것은 참 다행한 일입니다. 그러니 제 아버지의 이름과 신용을 이용해 제 집에서 거리낌 없이 묵으시고, 꼭 제 아버지처럼 행동하십시오. 아시겠습니까? 이곳에서 일을 다 보실 때까지 그렇게 머무르셔도 좋습니다. 호의로 생각하신다면 부디 그대로 받아들여 주십시오.

교사 예, 받아들이고말고요. 그리고 평생 생명의 은인으로 알고 이 은혜는 잊지 않겠소이다.

트라니오 그럼 함께 가셔서, 일을 처리합시다. 이건 미리 알아두셔야 하는데, 다들 아버지가 오시길 기다리는 중이랍니다. 저는 밥티스타라는 분의 따님과 결혼하기로 돼 있습니다. 그리고 아버지가 그 결혼에 재산 보증을 하러 오시기로 되어 있습니다. 그간의 사정은 차츰 말씀드리겠습니다. 아무튼 같이 가셔서, 옷부터 제 아버지답게 갈아입으십시오. (모두 퇴장)

〔제4막 제3장〕

페트루키오 집의 어느 방.
카타리나와 그루미오 등장.

그루미오 안 됩니다. 제가 감히 어떻게 그런 일을 하겠습니까?

카타리나 내가 궁지에 빠질수록 그인 더 심해지는 것 같아요. 아니, 그인 나를 굶겨 죽이기 위해 나와 결혼했을까요? 친정집에선 문간에 나타난 거지들도 애걸하면 뭘 얻어 가요. 못 얻어 가더라도 다른 곳에 가면 자비를 얻죠. 그런데 한 번도 애걸이라곤 해보지 않은 내가, 아니 애걸할 필요조차 느껴보지 못한 내가 배가 고파 죽을 지경이에요. 게다가 한잠도 자지 못해 머리는 빙빙 도는데, 그인 줄곧 소리만 질러서 눈도 붙이지 못하게 해요. 무엇보다 가장 싫은 것은 그이 태도예요. 그게 모두 애정 때문이라나, 글쎄 내가 먹거나 자는 날엔 죽을병에 걸리든가 당장에 목숨을 잃을 것처럼 말하죠. 제발 먹을 것 좀 갖다줘요. 뭐든 상관없으니까, 독만 들어 있지 않다면.

그루미오 소 족발은 어떻겠습니까?

카타리나 좋아요, 그걸 갖고 와요.

그루미오 너무 자극적인 음식이 아닐까요. 소 내장 구이는 어떻습니까?

카타리나 그것도 좋아요. 그루미오, 그걸 가져와요.

그루미오 글쎄요, 그것도 좀 자극적이지 싶은데요. 불고기에 겨자를 바른 것은 어떻습니까?

카타리나 그건 내가 좋아하는 요리예요.

그루미오 하지만 겨자는 좀 맵습니다.

카타리나 그럼 불고기만 가져오고, 겨자는 빼면 되잖아요.

그루미오 안 될 말입니다. 이 그루미오가 겨자만 가져올지언정 소고기만 가져올 수는 없습니다.

카타리나 그럼 둘 다 가져오든가, 하나만 가져오든가 아무래도 좋으니 가져올 수 있는 대로 가져와요.

그루미오 그럼 소고긴 빼고 겨자만 가져오겠습니다.

카타리나 가버려, 이 사기꾼 종놈아. (그루미오를 때린다) 음식 이름이나 먹일 셈이냐? 가만 안 둘 테다. 모두 덤벼들어서 날 못살게 굴 작정이군. 썩 꺼지라니까.

페트루키오와 호르텐시오가 고기 접시를 들고 등장.

페트루키오   케이트, 왜 그리 기운이 없소?

호르텐시오   부인, 안녕하십니까?

카타리나   아, 이렇게 욕을 보다니.

페트루키오   기운을 내고 즐거운 얼굴을 해요. 봐요, 이렇게 내가 애를 써서 손수 요리를 만들어 가지고 왔잖소. (접시를 내려놓는다. 카타리나가 고기를 집는다) 여보, 이만하면 칭찬은 받아도 좋을 것 같은데. (카타리나가 요리를 입에 넣는다) 아니, 한마디도 없나? 그럼 맛이 없는가 보구먼. 괜히 헛수고만 했네. (요리 접시를 뺏으며) 여봐라, 이 요리 도로 가져가라.

카타리나   제발 거기 놔두세요.

페트루키오   아무리 맛없는 것일지라도 고맙다는 말쯤은 하는 법이오. 내 요리만 하더라도 손을 대기 전에 고맙단 말쯤은 있어야 할 것 아니오.

카타리나   고마워요. (페트루키오, 접시를 다시 내려놓는다)

호르텐시오   여보게 페트루키오, 자네가 너무하잖나. 부인, 제가 상대해 드리 겠습니다.

페트루키오   (호르텐시오에게만 들리게) 여보게 호르텐시오, 날 생각해 준다면 제 발 다 먹어주게. 자네의 그 친절한 마음씨가 효력을 내주기만 바라네…… (큰 소리로) 케이트, 어서 먹어요. 그러고 나서 당신 친정에 가봅시다. 가장 좋은 옷을 멋지게 차려입고 한번 흥청거려 봅시다. 비단 외투에 비단 모자와 금반 지, 주름 잡힌 깃에 소매장식, 치마 등등, 그리고 목도리와 부채, 갈아입을 옷 두 벌에 호박(琥珀) 팔찌, 장식용 구슬 등등, 진짜 가짜 뒤섞어 가지고…… (카 타리나가 얼굴을 든 틈에 페트루키오가 눈짓을 하자, 그루미오가 얼른 요리 접시를 치운다) 벌써 다 먹었소? 재봉사가 기다리고 있소. 당신 몸매를 멋있게 꾸미기 위해 서 말이오.

재봉사 등장.

페트루키오   어디 좀 구경합시다. 그 옷을 좀 보여주게.

재봉사가 탁자 위에 그것을 펴 보일 때 양품점 주인이 상자를 들고 등장.

양품점 주인　(상자를 열며) 나리께서 주문하신 모자를 가져왔습니다.

페트루키오　(모자를 잡아채면서) 아니, 이건 죽사발을 본뜬 건가! 벨벳 접시야! 쯧쯧, 이따위 상스럽고 더러운 물건이 어디 있어! 새조개나 호두 껍데기 같잖아. 아니 이건 납작빵, 노리개, 장난감이다. 아기 모자다. (그것을 방구석에 내던진다) 집어치워! 좀더 큰 걸 가지고 와.

카타리나　더 큰 건 싫어요. 그것이 지금 유행이에요. 얌전한 부인들은 다 그런 모자를 써요.

페트루키오　당신도 얌전해지면 씌워 주리다. 그때까진 안 돼.

호르텐시오　(혼잣말로) 서둘 건 없겠구먼.

카타리나　뭐라고요? 이제 나도 가만히 못 있겠어요. 할 말은 해야겠어요. 나도 어린애, 갓난애는 아니에요. 당신보다 더 훌륭한 분들도 내가 하고 싶은 말을 가로막지는 않았어요. 듣기 싫으면 귀를 막으면 되잖아요. 이 혀는 가슴속 울화를 터뜨려야 해요. 억지로 참고 있으면 가슴이 터질 거예요. 그보다는 속시원하게 말할 거예요. 속시원하게 실컷 말이나 해버릴 테에요.

페트루키오　그렇소, 당신 말마따나 이건 보잘것없는 모자요. 커스터드푸딩 같다고나 할까, 장난감 같다 할까, 부드러운 파이 같다 할까. 당신이 이걸 싫어하니, 난 더욱 당신이 사랑스럽구려.

카타리나　사랑스럽고 뭐고, 나는 이 모자가 좋아요. 그러니 이 모자로 하겠어요. 다른 건 싫어요.

페트루키오　그럼 옷은? 재봉사, 좀 구경합시다. (탁자 쪽으로 간다. 그루미오가 양품점 주인을 돌려보낸다) 이걸 가장무도회에 입고 나가란 말이냐? 이게 뭐냐? 소맨가? 대포의 총구 같잖아. 허허! 위나 아래나 똑같은 꼴이 꼭 사과 파이 같잖아. 여기를 싹둑, 저기를 썩둑, 온통 여기저기를 이렇게 잘라서, 이건 마치 이발소의 주전자 꼬락서니가 아닌가. 여보게 재봉사, 도대체 이건 뭐라는 물건이지?

호르텐시오　(혼잣말로) 이래서는 모자고 옷이고 부인 손에 들어가질 못하겠는걸.

재봉사　주문하실 때 유행에 맞춰서 잘 만들라고 하셨는데요.

페트루키오　물론 그렇게 말했지. 하나 생각 좀 해보게. 나는 유행에 맞춰서 물

4막 3장, 페트루키오가 재봉사를 나무라는 장면 찰스 로버트 레슬리 삽화, 윌리엄 루손 토머스
판화. 1886.

건을 못 쓰게 만들라고 하지는 않았어. 썩 물러가서 빈민굴이나 찾아다니라
고. 이제 내 집엔 드나들지 마. 그따위 물건은 필요없으니까. 어서 싸서 돌아가.

카타리나 나는 이렇게 좋은 물건은 처음이에요. 모양도 좋고, 유행에도 맞고,
어디로 보나 마음에 들어요. 당신은 나를 꼭두각시 대접할 참이세요?

페트루키오 글쎄 말이오, 재봉사가 당신을 꼭두각시 대접을 하고 있구려.

재봉사 아닙니다. 나리께서 부인을 꼭두각시 대접하신다고, 부인이 말씀하셨
습니다.

페트루키오 이런 건방진 자식, 거짓말 마라! 이 실오라기 같은 자식, 골무 같
은 자식, 석 자, 두 자, 한 자 정도, 두 치 아니, 고작 서 푼밖에 안 되는 누더
기 헝겊 조각 같은 자식, 겨울철 귀뚜라미 같은 자식아, 그래 내 집에 와서 실
타래를 휘두를 참이냐? 썩 나가, 넝마 같은 자식, 눈곱만한 실오라기 같은
자식아, 어물어물하고 있으면 네 자로 갈겨줄 테다! 죽는 날까지 그렇게 서서
조잘댈 참이냐? 아씨의 옷을 이렇게 못 쓰게 만들어 놓는 법이 어디 있어.

재봉사   나리께서 무슨 착각을 하시고 계시나 봅니다. 이 옷은 나리께서 주문하신 그대로 만들었습니다. 그루미오가 그렇게 만들라는 주문을 전달해 왔습죠.

그루미오   나리, 저는 아무 주문도 전달하지 않았으며, 다만 옷감을 갖다줬을 뿐입니다.

재봉사   하지만 어떻게 만들라고 말하지 않았소?

그루미오   그야 말했죠, 바늘과 실을 가지고 하라고요.

재봉사   재단하라고 요구하지 않았단 말이오?

그루미오   참 무던히 많이도 붙여댔군요.

재봉사   그렇소.

그루미오   나에게 붙이진 말아요. 당신은 이제까지 여러 사람들을 얕봐왔지만 날 얕보진 마시오. 난 만만하게 문책을 당하거나 얕잡히거나 할 사람은 아냐. 잘 들으시오, 나는 당신네 주인에게 옷을 조각내 달라고는 부탁하지 않았소. 그러니까 당신은 거짓말쟁이란 말이오.

재봉사   그럼 여기 증거가 있소. 어떤 양식으로 만들라는 쪽지 말이오.

페트루키오   어디 읽어봐라.

그루미오   제가 그런 말을 했다고 적혀 있다면 그의 쪽지는 새빨간 거짓말입니다.

재봉사   (읽는다)

첫째, 품이 넉넉한 부인복을 만들 것.

그루미오   주인님, 제가 품이 넉넉한 부인복을 주문했다면, 절 그 치마 속에 꿰매 놓고, 갈색 실이 감긴 실패로 저를 때리셔도 좋습니다. 전 그냥 부인복이라고만 했습니다.

페트루키오   다음을 읽어봐.

재봉사   (읽는다)

반원형의 작은 망토를 달 것.

그루미오 망토라고는 확실히 말했습니다.

재봉사 (읽는다)

　　소매는 넓게 지을 것.

그루미오 소매를 두 개 만들라고는 확실히 말했습니다.

재봉사 (읽는다)

　　소매는 멋지게 재단할 것.

페트루키오 거기다. 거기가 돼먹지 않았단 말이야.

그루미오 이 쪽진 엉터립니다. 주인님, 이 쪽진 엉터립니다. 재봉사, 내가 이렇게 일렀잖소. 소매는 재단해서 다시 꿰매라고. 당신은 그 작은 손가락을 골무로 무장하고 있지만, 일은 일대로 좀 따져봐야겠군요.

재봉사 내가 한 말은 사실이오. 적절한 장소에 나가만 보면 당신도 알게 될 거요.

그루미오 그럼 자, 나가보자고. 칼 대신 그 쪽지를 갖고. 자는 이리 줘. 자, 덤벼.

호르텐시오 아이고 그루미오! 그래서야 재봉사가 불리하잖나.

페트루키오 어쨌든 좋아. 간단히 말해서 그 옷은 내 취향에 맞지 않아.

그루미오 옳은 말씀입니다. 그건 아씨 것이니까요.

페트루키오 다시 가지고 가서 자네 주인 마음대로 처분하라고 해.

그루미오 제길, 그건 절대로 안 돼. 우리 아씨 옷을 당신네 주인 맘대로 될 줄 알아!

페트루키오 아니, 그건 또 무슨 뜻이냐?

그루미오 아, 거기엔 좀 까닭이 있습니다. 글쎄 아씨 옷을 저 작자 주인이 함부로 써서야 되겠습니까! 다, 당치도 않은 일이지.

페트루키오 (작은 소리로) 여보게 호르텐시오, 옷값 이야기는 재봉사와 좀 해주게. (큰 소리로 재봉사에게) 자, 가지고 가게, 어서. 이제 말도 하기 싫으니까.

호르텐시오 (작은 소리로) 재봉사, 옷값은 내일 치러주겠소. 저분의 성미 급한 말을 오해는 마시오. 이제 가보시오. 그리고 당신 주인한테 잘 말하시오. (재봉사 퇴장)

페트루키오 그럼 케이트, 장인 댁에 가봅시다. 이 옷을 그냥 입고 갑시다. 이만하면 됐소. 지갑은 두둑하고 옷만 빈약할 뿐이오. 육체를 풍요롭게 하는 것은 마음이오. 태양이 먹구름을 헤치고 얼굴을 내밀듯이 미덕은 초라한 옷을 뚫고 나와 눈부시게 빛을 낸다오. 어치가 종달새보다 소중한가? 깃털이 곱다는 이유만으로? 또는 독사가 뱀장어보다 나은가? 빛깔이 눈에 고우니까? 이봐요 케이트, 그것과 마찬가지로 장신구가 보잘것없고 옷차림이 허름하다고 해서 당신을 얕볼 사람은 없소. 그런 것이 다 창피하다면, 모두 내 책임으로 돌리구려. 자, 그럼 기운을 내고, 곧장 친정으로 돌아가서 흥청대며 잔치를 열어봅시다. 누구 가서 하인들을 불러오너라. 우리 어서 떠납시다. 말은 롱 레인 길모퉁이에 매둬라. 거기서부터 타고 가겠다. 자, 그곳까진 걸어서 갑시다. 그런데 지금 7시쯤 된 것 같은데, 아마 저녁 식사 때까진 도착할 거요.

카타리나 아니, 2시예요. 하지만 저녁 식사 전에는 도착하지 못할 거예요.

페트루키오 말 있는 곳까지 가면 7시가 될 거요. 당신은 내 말과 생각을 일일이 트집 잡는구려. 여봐라, 그만두자. 오늘은 가지 않겠다. 내가 말한 대로의 시간이 아니면 나는 떠나는 건 그만두겠다.

호르텐시오 (혼잣말로) 아니, 이 호걸은 태양에게조차 명령을 하겠다는 거로군.

(모두 퇴장)

〔제4막 제4장〕

파도바. 밥티스타의 집 앞.
트라니오, 빈센티오로 가장한 교사 등장. 교사는 이 지방에 갓 도착한 것처럼 장화를 신고 있다. 두 사람이 밥티스타의 집으로 다가간다.

트라니오 이 집이 그 댁입니다…… 좀 들렀다 가도 괜찮겠습니까?

교사 그러기 위해서 이렇게 온 것이 아닌가? 아마도 밥티스타 씨는 나를 기억하고 있을 거야. 한 20년 전 제노바에서의 일이지만 페가수스라는 여관에 같이 든 일이 있었지.

트라니오 됐습니다. 어떤 경우라도 그런 식으로 해주시고, 아버지같이 위엄을 보여주십시오.

교사 걱정 마라.

비온델로 등장.

교사 아, 저기 네 하인이 오는구나. 저자한테도 이야기해 두는 게 좋을 것 같은데.

트라니오 염려 마십시오…… 여봐, 비온델로 부탁하네. 알았나, 이분을 진짜 빈센티오 나리같이 생각하란 말이야.

비온델로 예, 염려하지 마십시오.

트라니오 한데 밥티스타 댁에 내 말은 전했나?

비온델로 예, 전했습니다. 아버님께서 베네치아에 와 계신데 오늘 파도바로 오시게 될 거라고요.

트라니오 아, 그래야지. 자, 이것을 가지고 가서 술이나 마셔. (돈을 준다)

문이 열리고 밥티스타가 나타난다. 그 뒤에 루센티오가 뒤따르고 있다.

트라니오 밥티스타 씨가 오는군요. 자, 아버지인 체하십시오. 밥티스타 님, 마침 잘 만났습니다. (교사에게) 아버지, 제가 말씀드린 분입니다. 자, 아버지로서 인사말과 제가 물려받을 유산을 말씀해 주시고, 비앙카 양과 결혼하게 해주십시오.

교사 넌 좀 가만있거라. 첫 만남에 미안한 말씀입니다만, 이번에 빌려준 돈을 좀 받을 것이 있어 파도바까지 오게 됐는데, 루센티오의 말을 듣자니 아들 녀석과 댁의 따님 사이에 사랑이라는 중대사가 벌어졌다나 보죠. 댁의 성함은 평소부터 듣고 있고, 아들 녀석은 댁의 따님을 사랑하고 있고, 그리고 따님도 제 아들을 사랑한다고 하니까, 자식을 너무 애태우는 것도 뭣하니, 애비로서 결혼시켜 주는 것이 좋을 듯싶습니다. 댁에서도 별달리 반대하시는 뜻이 없으시다면, 확실한 약속 아래 따님에게 줄 유산에 대한 내용은 기꺼이 동의하겠습니다. 명성이 자자하신 밥티스타 씨이니, 제가 댁에 대해서 알아볼 필요는 없을 것 같습니다.

밥티스타 실례지만 저도 한마디 하겠습니다. 댁의 솔직하고 간명한 인사 말씀 참 기쁩니다. 사실 댁의 아드님 루센티오는 제 딸아이를 사랑하고 있고, 제 딸도 댁의 아드님을 사랑하는 것 같습니다. 그리고 둘 다 겉으로만 사랑하는 건 아닌 것 같습니다. 그러니 이 말씀만 해주시면 되겠습니다. 아버지로서 아드님과 합의하셔서 제 딸에게 충분한 유산을 주시겠다는 말씀만 해주시면, 이 혼사는 이루어진 거나 마찬가지이고 모든 일이 이루어진 것입니다. 딸애를 아드님에게 기꺼이 드리겠습니다.

트라니오 감사합니다. 그럼 약혼식은 어디서 하는 게 좋겠습니까? 그리고 서로가 맺은 합의에 대해서도 확실한 약속을 받아야 하는데, 어디서 하면 좋겠습니까?

밥티스타 저희 집은 좀 난처합니다. 아시다시피 물 주전자에도 귀가 있다는 말마따나 집에는 하인들이 많고, 게다가 그레미오 영감이 늘 엿듣고 있어서, 방해받을 우려가 없지도 않으니까요.

트라니오 그러시다면 제 숙소가 어떻겠습니까? 아버지도 함께 묵고 계십니다. 그럼 오늘 밤 그곳에서 남몰래 일을 치러버립시다. 여기 있는 하인을 보내 따님을 오라고 하시고요. (루센티오에게 눈짓을 한다) 대서인은 제 하인을 시켜서 곧 불러오게 하겠습니다. 다만, 일이 무척 갑작스러워 그다지 대접도 해드리지 못할 것 같아 죄송합니다.

밥티스타 염려 마시오. (비온델로에게) 이봐요, 비온델로, 얼른 집에 가서 비앙카에게 곧 나올 준비를 하라고 전해 주오. 그리고 그동안의 사정도 좀 알려 주오. 루센티오의 아버님이 파도바에 도착하셨고 그 애는 루센티오의 아내가 될 것 같다는 사정 말이오.

비온델로 아이고 하느님, 제발 그렇게만 되게 해주십시오!

트라니오 하느님과 놀고만 있지 말고, 어서 좀 갔다 오라니까……(비온델로 퇴장)

밥티스타 저를 따라 오시지요. (루센티오만 남고 모두 퇴장)

비오델로 다시 등장.

비온델로 캠비오!

루센티오 왜 그래, 비온델로?

비온델로 제 주인이 나리께 눈짓을 하며 웃는 것 보셨죠?

루센티오 그래, 그게 어쨌단 말이냐?

비온델로 아무것도 아닙니다. 하지만 제 주인은 그 눈짓과 신호의 교훈과 뜻을 저에게 여기 있다가 나리께 설명해 드리라고 하던데요.

루센티오 그럼 그걸 좀 풀어다오.

비온델로 그건 이렇습니다. 밥티스타는 가짜 아들에 대해서 가짜 아버지와 회담 중입니다.

루센티오 그래서 그분이 어쨌단 말이지?

비온델로 그분의 따님을 나리께서 식사 자리에 데리고 오라고 하십니다.

루센티오 그래서?

비온델로 성 루가 성당의 늙은 신부님이 기다리고 있는 중입니다. 언제든지 일을 봐드리려고요.

루센티오 그래서 어떻게 되는 거지?

비온델로 모르겠습니다, 저는 이것밖에 모릅니다. 글쎄 지금 다들 모여서 가짜 계약서 작성에 바쁘십니다. 나리도 어서 아가씨와 계약하십쇼. 그래서 '판권 독점'을 해버리십쇼. 어서 성당으로 신부님과 서기, 그리고 몇몇 정직한 증인을 데리고 가십시오. 이게 나리께서 바랐던 일이 아니시라면 이제 저는 아무 말도 드리지 않겠으니, 비앙카 아가씨에게 가서 영원히 작별 인사나 하세요. (나가려고 한다)

루센티오 이봐, 비온델로?

비온델로 저는 어물거릴 순 없습니다. 이런 이야기가 있습니다. 토끼에게 먹이려고 양미나리를 마당으로 뜯으러 간 새색시가, 그날 저녁때는 벌써 시집을 갔다나요. 나리도 그렇게 하시면 좋잖아요. 그럼 안녕히 계십쇼, 전 주인 명령으로 성 루가 성당으로 가봐야겠습니다. 가서 신부님께 나리가 하인들을 거느리고 오시기 전에, 나오실 준비를 해놓으라고 전해야겠습니다. (퇴장)

루센티오 나도 그렇게 돼주길 바라고말고, 그녀만 그렇게 해줄 생각이라면. 그녀는 좋아할 거야. 그렇다면 내가 걱정할 필요는 없지. 이런 일이 어떻게 되든 간에 나는 가서 그녀에게 솔직히 이야기를 해야겠어. 이제 이 캠비오는 그녀 없이는 도저히 살아갈 수 없으니까. (퇴장)

〔제4막 제5장〕

파도바로 통하는 넓은 산길.
페트루키오, 카타리나, 호르텐시오, 하인들 등장.

페트루키오 자, 갑시다. 이제 당신 친정집도 그리 멀지 않소. 그런데, 거참 밝고 맑은 달이구먼!

카타리나 달이라고요? 해예요. 지금 달빛 이야기가 왜 나와요!

페트루키오 나는 달이 그만큼 밝게 빛난다는 말이야.

카타리나 나는 해가 그만큼 밝게 빛난다는 말이에요.

페트루키오 아, 내 어머니의 아들, 바로 나 자신에게 걸고 단언하지만 저건 달이오, 별이오. 아니, 내가 바라는 전부요. 적어도 당신 친정집에 도착할 때까지는. (하인에게) 여봐라, 말(馬) 머리를 돌려라…… 일일이 내게 반대하는구먼, 반대할 줄밖에 몰라!

호르텐시오 (작은 목소리로 카타리나에게) 그렇다고 해두세요. 안 그러면 어느 세월에 도착할지 모르니까요.

카타리나 그럼, 제발 갑시다. 어차피 여기까지 왔으니까요. 달이건 해건, 뭐건 좋아요. 뭣하면 촛불이라고 하셔도 좋아요.

페트루키오 글쎄, 달이라니까.

카타리나 네, 달이에요.

페트루키오 아니야, 당신은 거짓말쟁이야. 분명히 저건 해란 말이에요.

카타리나 아, 그러시다면 확실히 저건 해예요. 하지만 당신이 해가 아니라고 말씀하시면, 물론 해가 아니고말고요. 달은 변하니까요, 당신 마음같이. 당신이 이것이라고 이름 지으시면, 그것이 돼요. 그리고 나도 그렇게 부를 거예요.

호르텐시오 (낮은 목소리로) 페트루키오, 이제 가세, 자네가 이겼네.

페트루키오 그럼, 가보자꾸나, 앞으로! 그야 물은 높은 데서 낮은 데로 흘러 내려가는 법. (카타리나의 팔을 잡는다) 순순히 자연을 따라야지…… 한데 가만 있자, 이게 누구야?

빈센티오가 반대쪽 산길에서 등장.

페트루키오 안녕하세요, 아가씨, 어딜 가세요? 여보 케이트, 참말이지 이렇게 싱싱한 귀부인을 본 적이 있소? 저 볼 좀 봐요. 흰빛과 붉은빛이 다투고 있는 것 같잖소! 천사 같은 얼굴에 저렇게도 어울리는 두 눈, 그 어떤 별도 저토록 아름답게 밤하늘을 비추진 못할 것 아니오? 아름다운 아가씨, 다시 한 번 인사드립니다. 여보 케이트, 저렇게도 아름다운 분을 좀 포옹해 드리구려.

호르텐시오 (혼잣말로) 노인을 여자 대접을 하다니, 저 사람을 미치게 할 작정인가?

카타리나 봄날의 꽃망울같이 젊은 아가씨, 예쁘고 싱싱하고, 아름다운 아가씨, 어딜 가세요? 집은 어디세요? 이렇게 예쁜 따님을 두신 부모님은 행복하실 거야. 그리고 이 세상에 태어나서 아가씨를 침실 동무로 삼을 수 있는 남자는 얼마나 행복할까!

페트루키오 아니 여보 케이트, 당신 미쳤소? 이분은 남자요, 노인이란 말이오. 늙어서 쭈글쭈글한 노인 말이오. 아가씨라고? 당치도 않은 소리요.

카타리나 할아버지, 용서해 주세요. 어찌나 햇빛이 눈부신지 모두 초록으로만 보이는 바람에 그만 제가 잘못 봤어요. 이제 자세히 보니 연세 많으신 할아버지시군요. 용서해 주세요. 제가 그만 큰 실수를 했습니다.

페트루키오 영감님, 용서해 드리세요. 그런데 어디까지 가시는 길인지 가르쳐 주십시오. 같은 방향이라면 기꺼이 길동무가 되어 드리겠습니다.

빈센티오 아, 두 분은 참 재미있구려. 하도 인사가 묘한 바람에 난 깜짝 놀랐소이다. 난 (머리를 숙인다) 빈센티오라고 하는데, 피사에 살고 있습니다. 지금 파도바로 가는 중이죠. 한참 동안 만나지 못한 자식놈을 찾아가는 길이오.

페트루키오 아드님 이름은?

빈센티오 루센티오입니다.

페트루키오 잘 만났습니다. 더구나 아드님을 위해서. 그런데 법적으로 봐서나 영감님의 연세로 봐서나, 저는 영감님을 정다운 아버님이라고 불러야겠습니다. 즉 여기 제 아내의 여동생과 영감님의 아드님은 지금쯤은 결혼을 했을 겁니다. 놀라진 마십시오. 슬퍼하지도 마십시오. 참 훌륭한 여성이랍니다. 지참금도 많고 집안도 좋습니다. 더욱이 어떤 신사의 아내로서도 모자라지 않을 만한 자격을 갖추고 있는 여성이랍니다. 자, 빈센티오 영감님, 우리 포옹을 합시다. (빈센티오와 포옹을 한다) 그럼 아드님을 만나러 갑시다. 아버지가 가시면 아드님은 무척 기뻐할 것입니다.

빈센티오 그게 정말이오? 장난은 아니오? 유쾌한 여행가들이 아무나 만나면 장난을 거는 그런 수작은 아닌가요?

호르텐시오 어르신, 제가 보증하겠습니다. 장난은 아닙니다.

페트루키오 아무튼 가보십시다. 가보시면 다 밝혀질 테니까요. 만나자마자 장난을 해놔서 믿지 못하시는 모양입니다. (호르텐시오만 남고 모두 퇴장)

호르텐시오 페트루키오, 이제 나도 용기를 얻었어! 그 방법을 과부한테 써봐야지. 상대가 고집 센 여자라면 이쪽은 자네한테 배운 대로 억세게 나가야지. (퇴장)

〔제5막 제1장〕

파도바. 루센티오의 집 앞.

그레미오가 나무 그늘에 앉아서 졸고 있다. 비온델로, 가장을 벗은 루센티오와 몸을 감싼 비앙카 등장.

비온델로 (낮은 소리로) 가만히 얼른 오십쇼. 신부님도 기다리고 계십니다.

루센티오 내 발은 지금 허공을 날고 있어, 비온델로. 넌 집으로 돌아가라. 누가 널 찾을는지도 모르니까. (비앙카와 둘이서 황급히 퇴장)

비온델로 아니지, 성당으로 안전하게 들어가시는 거나 보고 나서 얼른 돌아와야지. (뒤쫓아 퇴장)

그레미오 (일어서면서) 웬일까? 캠비오가 아직까지 돌아오지 않으니.

이때 페트루키오, 카타리나, 빈센티오, 그루미오, 하인들 등장.

페트루키오 여기가 현관입니다. 루센티오의 숙소입니다. 저희 장인어른 댁은 시장 쪽으로 좀더 가야 합니다. 저는 그리로 가봐야겠습니다. 그럼 저는 이만 가보겠습니다.

빈센티오 아니, 한 잔 드시고 가시오. 좀 대접해 드리게 하겠소이다. 아마 그만한 것은 준비되어 있을 것이오. (문을 두드린다)

그레미오 (다가와서) 안에서 바쁜 모양입니다. 좀더 세게 두드리셔야 될 것 같습니다. (페트루키오가 세게 두드린다)

교사 (창으로 내려다보면서) 누구요, 문을 두드리는 분이? 문을 부술 작정이오?

빈센티오 루센티오는 안에 있소?

교사 있긴 있소만, 아무도 만나지 못합니다.

빈센티오 즐겁게 살도록 1백 파운드나 2백 파운드의 돈을 가지고 왔는데도?

교사 그럼 돈일랑 잘 간수해 두시구려. 내가 살아 있는 동안은 그 애는 그런 것이 필요 없으니까.

페트루키오 자 보세요. 아드님은 파도바에서 인기가 대단하잖습니까…… (교사를 보고) 여보…… 그런 경솔한 수작은 그만두고, 루센티오에게 좀 전해 주오. 피사에서 아버지가 오셔서 지금 문 앞에서 기다리신다고 말이오.

교사 쓸데없는 소리 말아요. 그 애 아버지는 벌써 파도바에 도착해서, 이렇게 지금 창밖을 내다보고 있소.

빈센티오 그럼 당신이 그 애 아버지란 말이오?

교사 그렇소, 그 애 어머니가 그렇다더군요. 거짓말인지 참말인진 몰라도요.

페트루키오 (빈센티오에게) 대체 어찌 된 일이오? 이건 너무 악질이오. 남의 이름을 사칭하다니.

교사 그 악당을 좀 잡아주시오. 그놈이 아마 내 이름을 사칭해서 이 도시에서 누굴 사기 치려는 배짱인 것 같소.

비온델로 등장.

비온델로 (혼잣말로) 두 분은 무사히 성당으로 들어가셨어. 제발 하느님의 복을 받으십쇼. 아니 저분은? 큰 주인 빈센티오 나리가 아니신가! 아이고 이제 글렀다, 글렀어.

빈센티오 (비온델로를 보고) 이놈, 이리 와, 이 죽일 놈 같으니!

비온델로 (그 옆을 지나가면서) 가고 안 가고는 제 마음입니다.

빈센티오 (비온델로를 붙잡는다) 악당 같으니, 이리 못 와? 그래, 네가 날 잊었단 말이냐?

비온델로 잊었느냐고요? 천만에요, 잊을 리가 있겠습니까? 생전 보지도 못한 분을.

빈센티오 아니, 이런 악질 좀 보게. 네 주인 아버지인 나를 생전 보지도 못한 분이라고?

비온델로 제 주인 아버님 말씀입니까? 예, 그야 잘 알고 있습죠. 저기 창문으로 내다보고 계시는 바로 저분입니다.

빈센티오 정말 이럴 테야? (비온델로를 때린다)

비온델로 사람 살려요, 사람 살려! 미치광이가 사람 죽인다네. (달아나 버린다)

교사 얘야. 좀 도와줘라. 밥티스타 씨, 좀 도와주시오. (창문을 닫아버린다)

페트루키오 여보 케이트, 우린 비켜서서 어떻게 되어가는가 좀 보기로 합시다. (나무 밑에 앉는다)

교사가 하인들을 데리고 나온다. 그 뒤에 밥티스타와 트라니오가 몽둥이를 들고 나온다.

트라니오 도대체 누군데 내 하인을 때리려고 하는 거야?

빈센티오 누구냐고! 아니, 넌 누구냐? 허, 기가 막혀, 요 망할 녀석 좀 보게! 비단 저고리에 벨벳 바지, 새빨간 외투에 높은 모자까지! 아이고 내 신세 좀 보게, 내 신세 좀 봐! 집에서 아비가 열심히 아끼는 동안에 자식놈과 하인놈은 유학한답시고 돈을 펑펑 쓰고 있다니.

트라니오 대체 뭐가 문제요?

밥티스타 아니, 미친 사람인가요?

트라니오 여보시오, 옷차림으로 봐서는 점잖은 노인 같은데 하는 말로 봐서는 미치광이로밖에 안 보이는군요. 한데 내가 진주와 금을 달고 있건 말건 무슨 상관이오? 이것도 내 아버지 덕택인데, 이러고저러고 할 건 없잖소.

빈센티오 아버지 덕택이라고! 이 녀석아, 네 아비는 베르가모에서 돛을 만들고 있잖아.

밥티스타 사람을 잘못 봤군요. 사람을 잘못 보았소! 대체 이 사람이 누군 줄 아시오?

빈센티오 누군 줄 아냐고요? 내가 저 녀석을 모를 줄 아오? 난 저 녀석을 세 살 때부터 길러왔소. 저 녀석 이름은 트라니오요.

교사 가시오, 가. 미친 작자! 이 사람 이름은 루센티오이고, 이 빈센티오의 외아들이며 상속자요.

빈센티오 루센티오? 그럼 이 녀석이 주인을 죽여버린 게로군! 자, 공작님의 이름으로 널 체포하겠다. 아이고 내 아들, 내 아들아! 이 녀석아 말해 봐라. 내 아들 루센티오는 어디 있느냐?

트라니오 경찰 좀 불러와요.

경찰 등장.

트라니오 이 미치광이를 감옥에 좀 넣어주시오…… 장인어른, 이 작자를 감옥으로 보내도록 해주십시오.

빈센티오 날 감옥으로 보낸다고?

그레미오 경관, 잠깐만. 감옥으로 데리고 갈 것까진 없을 것 같소.

밥티스타 그레미오 씨는 잠자코 있으시오. 내 이 작자를 기어이 감옥으로 보내야겠으니까.

그레미오 밥티스타 님, 괜히 속지 마시고 조심하시오. 제가 보기엔 이분이 진짜 빈센티오 같으니까.

교사 그렇게 생각한다면 어디 맹세를 해보구려.

그레미오 아니오, 맹세까진 할 수 없소.

트라니오 그렇다면 내가 루센티오가 아니라는 말씀인가요?

그레미오 아니오, 당신은 틀림없이 루센티오요.

밥티스타 이 주책없는 영감도 저 늙은이와 함께 감옥으로 보내야 하는데!

빈센티오 낯선 고장에 가면 흔히 이렇게 욕을 보는 법이지…… 에이, 지독한 악당 같으니!

비온델로가 루센티오와 비앙카를 데리고 등장.

비온델로 아이고 이제 뒤죽박죽입니다. 저기 보십쇼, 아버님! 모르는 체하시고 남이라 잡아떼십쇼. 안 그러면 죄다 깨지고 맙니다.

루센티오 (무릎을 꿇고) 용서해 주십시오, 아버지.

빈센티오 내 아들아, 살아 있었니?

비앙카 (무릎을 꿇고) 용서해 주세요, 아버님. (비온델로, 트라니오, 교사 등이 허겁지겁 루센티오의 집 안으로 퇴장)

밥티스타 아니, 네가 무슨 잘못을 했단 말이야? 루센티오는 어디 있는가?

루센티오 예, 여기 있습니다. 지금 따님과 결혼식을 마치고 왔습니다. 가짜들이 장인어른의 눈을 속이고 있는 틈에요.

그레미오 이런 음모가 어디 있어. 우린 모두 감쪽같이 속아 넘어갔구나!

빈센티오 어디 갔냐, 그 망할 자식 트라니오, 뻔뻔스럽게 나한테 대들던 그 트라니오 녀석은?

밥티스타 대체 어떻게 된 일이지? 이 사람은 캠비오가 아닌가?

비앙카 캠비오가 루센티오로 변신했어요.

루센티오 사랑이 이런 기적들을 가져온 것입니다. 비앙카에 대한 사랑이 제 신분을 트라니오와 바꾸게 하고, 그동안 트라니오는 이곳에서 저인 것처럼 처신했던 것입니다. 덕분에 저는 마침내 행복의 항구에 도착했습니다. 트라니오가 한 말이나 행동은 모두 제가 시킨 것입니다. 그러니 아버지, 절 용서해 주십시오.

빈센티오 그 자식의 코를 찢어놓을 테다. 감히 날 감옥에 보내겠다고.

밥티스타 그런데 가만있자, 그렇다면 자네는 내 승낙도 없이 내 딸과 결혼을 했단 말인가?

빈센티오 염려 마십시오, 밥티스타 씨. 만족하실 수 있게 해드리리다. 그럼 안에 들어가서 그 악당 녀석을 혼 좀 내줘야지. (퇴장)

밥티스타 나도 가만있을 순 없지. 이 음모의 밑바닥을 캐봐야지. (퇴장)

루센티오 이봐 비앙카, 그렇게 새파랗게 질릴 것 없소. 당신 아버지는 화를 내시진 않으실 거야. (비앙카와 함께 퇴장)

그레미오 내 과자만 덜 구워졌구나. 하지만 나도 같이 들어가 보자. 희망은 없어졌어도 음식이라도 좀 얻어먹자꾸나. (뒤따라 퇴장)

카타리나 (페트루키오와 함께 일어선다) 여보, 우리도 들어가 봐요. 이 소동이 어떻게 되는가를 좀 구경하게요.

페트루키오 키스부터 하고 나서 가봅시다.

카타리나 아니, 길 한가운데에서요?

페트루키오 상대가 나여서 창피하다는 거요?

카타리나 아녜요, 천만에요. 키스하기가 부끄러워서요.

페트루키오 좋소, 그럼 다시 집으로 돌아갑시다. (그루미오에게) 여봐라, 돌아가자.

카타리나 아녜요, 그럼 키스해 드릴게요. 제발 돌아가진 말아주세요. (페트루키오와 키스)

페트루키오 이거 좋잖아? 자, 가요, 케이트. 무엇이든 부딪쳐 보는 거지. 망설이면 못쓴단 말씀이야. (팔에 매달린 카타리나와 함께 퇴장)

〔제5막 제2장〕

파도바. 루센티오 집.

하인이 방문을 연다. 밥티스타, 빈센티오, 그레미오, 교사, 루센티오, 비앙카, 페트루키오, 카타리나, 호르텐시오, 과부 차례로 등장. 끝으로 트라니오, 비온델로, 그루미오, 술상을 든 하인들 등장.

루센티오 꽤 오래 끌어왔지만, 마침내 불협화음도 장단이 들어맞고 힘들었던 싸움도 끝났으니, 웃으면서 구사일생한 위험한 이야기를 돌이켜 볼 때가 되었습니다. 아름다운 비앙카, 아버지를 잘 환영해 주시오. 나도 당신 아버지를 잘 대접하리다. 동서 페트루키오와 처형 카타리나, 그리고 호르텐시오와 함께 오신 다정한 과부댁도 마음껏 드십시오. 모두 잘 오셨습니다. 이 술상은 아까 그 큰 법석 뒤의 밥통을 좀 채우기 위해서입니다. 자 여러분, 앉으십시오. 이제 앉아서 먹으면서 이야기나 합시다. (모두 자리에 앉는다. 하인들이 술을 따르고, 과일 등을 차려놓는다)

페트루키오 이거 앉아서 먹자판이군요.

밥티스타 여보게 사위 페트루키오, 이 좋은 마음 씀씀이는 파도바가 베푸는 것일세.

페트루키오 하긴 파도바가 베풀 수 있는 것은 좋은 마음 씀씀이밖에 없으니까요.

호르텐시오 저희 부부를 위해서도 그 말씀이 진실이기만 바랍니다.

페트루키오 아니, 호르텐시오, 자네가 과부댁한테 겁을 먹은 모양이군.

과부 천만에요, 제가 겁을 내다뇨!

페트루키오 댁은 생각이 깊으신 분인 줄 알았는데 제 말을 잘못 들으셨군요. 제 말은 호르텐시오가 댁을 무서워한다는 뜻입니다.

과부 현기증이 나는 사람은 세상이 돌고 있는 줄 알죠.

페트루키오 솔직한 대답이군요.

카타리나 잠깐만, 그 말씀 무슨 뜻이에요?

과부 글쎄, 페트루키오 씨를 보니 품게 돼서요.

페트루키오 날 보니 품게 돼서라고요! 그런 말씀, 호르텐시오 앞에서 하셔도 괜찮습니까?

호르텐시오 아냐, 이 사람 말은 자네를 보니 그런 말이 생각났다는 뜻이야.

페트루키오 됐소. 그럼 과부댁이 키스해 드리시오.

카타리나 "현기증이 나는 사람은 세상이 돌고 있는 줄 알죠"…… 이 말의 뜻을 좀 이야기해 보세요, 네?

과부 글쎄, 댁의 남편은 말괄량이한테 욕을 보고 계시잖아요. 그래서 자기의 비참한 심정으로 남의 남편 사정도 그러려니 하고 생각한다는 뜻이에요. 이제 아시겠어요?

카타리나　참 시시하군요.

과부　그야 당신이 그렇잖은가요?

카타리나　그야 저는 그렇고 그렇죠, 당신의 시시함에 비하면.

페트루키오　케이트, 이겨라!

호르텐시오　우리편 이겨라!

페트루키오　1백 마르크 걸겠어. 케이트는 과부댁을 쓰러뜨리고 말걸.

호르텐시오　쓰러뜨리는 건 내가 할 일이야.

페트루키오　자네가 할 일이라고. 참 말 잘했어! (호르텐시오에게 같이 마실 것을 제안한다)

밥티스타　어떻게 생각하오, 그레미오 씨, 재담을 속사포같이 쏘아대는 저 사람들을?

그레미오　정말이지, 멋진 박치기 같군요.

비앙카　박치기라고요? 하지만 재치가 날쌘 분 같으면 박치기한다고 하지 않고 뿔로 들이받는다고 할 거예요.

빈센티오　허허 아가, 너까지 재담에 눈을 떴니?

비앙카　네, 하지만 놀라서 눈을 뜬 건 아녜요. 그러니까 금방 또 잠잠해질 거예요.

페트루키오　그렇게는 안 될걸요. 처제가 먼저 시작하지 않았소? 그러니 한두 개 좀더 짭짤한 재담을 쏘아야지?

비앙카　그럼, 제가 형부의 새(鳥)가 되는가요? 그렇다면 덤불로 옮겨가겠어요. 자, 활을 들고 쫓아오세요. 여러분, 다 잘 오셨어요. (일어나서 모두에게 인사를 하고 방을 나간다. 카타리나와 과부가 그 뒤를 따라 퇴장)

페트루키오　미리 방패막이를 하는군. 트라니오, 저건 자네가 노린 새였지. 하기야 자네는 맞히지 못했지만…… 자, 그러니 맞힌 사람이나 못 맞힌 사람 모두를 위해서 다들 같이 한잔합시다.

트라니오　아, 그거야 루센티오 주인님이 절 풀어놨기 때문에 이쪽은 앞에 뛰어가서 주인님을 위해 사냥을 해왔을 뿐이었지요.

페트루키오   멋진 비유 솜씨군. 하지만 좀 치사해.

트라니오   하긴 페트루키오 님은 손수 사냥을 하셨지만 사냥해 오신 그 사슴한테 물리고 계신 모양이던데요.

밥티스타   페트루키오, 트라니오한테 한 대 얻어맞았네그려.

루센티오   고맙다, 트라니오. 멋있게 복수를 해줘서.

호르텐시오   이제 손 들게, 손 들어. 정통으로 얻어맞았잖나.

페트루키오   조금 스쳤다고나 해둘까. 그런데 나를 겨냥한 그 화살이 빗나가서 자네들 두 사람을 푹 찔렀을 텐데, 그걸 자네들은 모르고 있군그래.

밥티스타   이봐 페트루키오, 섭섭한 이야기지만 자네는 세상에 둘도 없이 지독한 말괄량이를 얻어갔네.

페트루키오   절대로 안 그렇습니다. 그 증거로 저마다 자기 아내를 불러보기로 합시다. 불러서 맨 먼저 오는 아내가 가장 말을 잘 듣는 아내이니 그 남편이 우리가 거는 돈을 다 갖기로 합시다.

호르텐시오   좋아. 얼마씩 걸까?

루센티오   20크라운씩.

페트루키오   20크라운? 매나 사냥개한테도 그만한 돈은 다 건다네. 아내라면 그 스무 배는 걸어야지.

루센티오   그럼 1백 크라운으로 합시다.

호르텐시오   좋아!

페트루키오   좋아. 그렇게 하지.

호르텐시오   누가 먼저 하겠나?

루센티오   내가 먼저 하겠소. 비온델로, 가서 아씨보고 내가 좀 나오시란다고 전해라.

비온델로   예. (퇴장)

밥티스타   여보게 사위, 건 돈의 절반은 내가 책임져 줌세. 비앙카는 금방 나올 테니까.

루센티오   반몫은 싫습니다. 제가 모두 책임지겠습니다.

비온델로가 돌아온다.

5막 2장, 남편의 말에 고분고분 복종하는 유일한 아내 카타리나   아서 래컴. 1890.

루센티오   오 돌아왔구나, 뭐라고 하시든?

비온델로   예, 아씨 말씀이 지금 바빠서 나갈 수 없으시답니다.

페트루키오   아! 바쁘다고, 그래서 나올 수 없다고! 그게 대답인가?

그레미오 여간 친절한 대답이 아니구먼. 제발 당신 부인한테서는 그보다 더 나쁜 대답이나 받지 않도록 하느님께 기도나 드리구려.

페트루키오 내 차례가 기다려지는데요.

호르텐시오 비온델로, 가서 내 아내한테 곧 좀 와달란다고 전해 다오. (비온델로 퇴장)

페트루키오 아이고, 와달란다고! 그렇게 청해야 나오실까?

호르텐시오 좀 뭣한 말이지만, 자네 아내는 청을 해도 나오지 않겠지.

비온델로가 돌아온다.

호르텐시오 여봐, 내 아내는 어떻게 됐지?

비온델로 무슨 장난을 꾸미고 계신 것 같으니 안 나오시겠다는데요. 도리어 나리더러 들어오시랍니다.

페트루키오 갈수록 태산이로군. 그러니까 안 나오시겠단 말이지! 이거 어디 참을 수 있겠나! 여봐 그루미오, 너 가서 아씨보고 내 명령이니 좀 나오라고 그래라. (그루미오 퇴장)

호르텐시오 대답은 뻔하지.

페트루키오 뭐?

호르텐시오 절대로 안 나오네.

페트루키오 그렇게 되는 날엔 볼장 다 본 거지.

이때 카타리나가 문에 나타난다.

밥티스타 아니, 이거 카타리나가 나오잖나?

카타리나 무슨 일로 부르셨어요?

페트루키오 비앙카는 지금 어디 있소? 그리고 호르텐시오의 부인은?

카타리나 난로 곁에서 수다를 떨고 있는 중이에요.

페트루키오 가서 좀 불러와 주오. 거절하거든 때려서라도 남편들 앞으로 끌고 와요. 자, 얼른 가서 데리고 와요. (카타리나 퇴장)

루센티오 기적이 있다면 이거야말로 기적인데.

호르텐시오 정말 그렇군. 이게 무슨 징조일까?

페트루키오 그거야 평화의 징조, 사랑의 징조, 평온한 생활의 징조지. 위엄 있는 지배, 올바른 지배권의 징조지. 요컨대 바로 사랑과 행복이지 뭐겠나.

밥티스타 아, 여보게 페트루키오, 행복을 고이 안게나! 내기는 자네가 이겼네. 나도 2천 크라운을 더 보태줌세. 새로 태어난 딸에게 주는 새 지참금일세. 그 애가 전혀 딴사람이 되었으니.

페트루키오 아니, 저는 승리에 덧붙여서 제 아내의 순종과 새로 지니게 된 정숙함을 보여드리겠습니다.

카타리나가 비앙카와 과부를 데리고 등장.

페트루키오 저것 보게. 고집쟁이 아내들을 여자답게 설득해서 포로로 만들어 데리고 오지 않는가…… 카타리나, 당신 모자는 어울리지 않는군. 그 장난감 같은 걸 벗어서 발로 짓밟아 버리구려. (카타리나가 그렇게 한다)

과부 어머나, 이런 엉터리 수작을 보여주려고 일부러 불러냈어요? 여태껏 이런 바보짓은 처음 봤어요.

비앙카 흥! 바보처럼 이렇게 불러내서 어쩌자는 셈이에요?

루센티오 당신이 좀 바보 같았으면 좋았을 것을. 당신이 섣불리 약게 생각한 덕분에 난 1백 크라운이나 손해를 봤어. 저녁 식사 뒤에.

비앙카 당신도 참 바보 같군요. 날 미끼로 내기를 거시다니.

페트루키오 이봐, 카타리나, 이 완고한 부인들에게 이야기 좀 해드리시오. 아내 된 자는 남편에게 어떻게 해야 하는지를.

과부 아니, 사람을 조롱하시는 건가요? 그런 이야긴 듣고 싶지 않아요.

페트루키오 자, 이야기해 드리라니까. 먼저 이 부인부터.

과부 누가 들어준대요?

페트루키오 글쎄 이야기해 드리라니까…… 이 부인부터 먼저.

카타리나 저런, 저런! 그 험상궂은 이맛살은 좀 펴고 그렇게 멸시의 눈초리를 하지 마세요. 그건 자기 남편에게 상처 주는 짓이에요. 왕이며 지배자인 자기 남편을. 그뿐 아니라 자기 자신의 아름다움을 망치는 짓이에요, 서리가 목장을 망치듯이. 그리고 자기 이름을 더럽히는 짓이에요, 회오리바람이 아름다운 봉오리를 뒤흔들어 놓듯이. 어느 모로 보나 좋지 않고 애교 있는 짓이 아니잖아요. 성난 여자는 흐린 샘물 같다고 할까, 진흙탕이고, 보기 흉하고, 탁하고, 아름다움도 사라지고. 그러니 아무리 목이 마른 남자라도 감히 마실 생각이나 손댈 생각은 안 날 것 아녜요. 남편은 그대의 주인이며 생명이고, 수호자이며, 머리, 군주예요. 아내를 걱정하고, 아내를 편히 해주려는 생각으로 바다에서나 육지에서나 뼈아프게 일을 하시잖아요. 태풍 부는 밤이나 추위에도 안 주무시잖아요. 그 덕에 여러분들이 안심하고 아늑하게 누워 있을 수 있는 거예요. 그러나 남편은 아내한테서 다른 대가는 바라지 않아요. 다만 사랑과 고운 얼굴과 진실한 순종밖에는…… 그렇게도 큰 빚에 비하면 참으로 하찮은 지출이죠. 신하가 군주에게 진 의무, 그것이 곧 아내 된 자의 남편에 대한 의무랄까요. 그렇다면 아내가 고집을 부리고, 짜증을 내고, 시무룩해하고, 불쾌한 얼굴을 하고, 그리고 남편의 착한 생각에 반항하는 것은 바로 인자한 군주에게 반역을 꾀하는 무리가 아니고 뭘까요? 평화를 위해 무릎을 꿇어야 할 때에 감히 선전 포고를 하거나, 사랑과 순종하는 마음으로 봉사해야 할 때에 지배나 권력을 요구하는 것은 여자로서 어리석고 창피한 노릇이에요. 왜 여자의 살결이 부드럽고, 약하고, 매끄럽고, 세상의 고된 일에는 알맞지 않을까요? 우리의 기분과 마음이 부드러워서 그렇게 육체적 조건과 일치한 것 아닐까요? 자, 자, 이 무력한 고집쟁이들! 저도 처음에는 당신들처럼 교만하고, 고집 세고, 말(語)에는 말로, 고집에는 고집으로 대하곤 했지요. 하지만 마침내 깨닫고 보니 여자의 창(槍)이란 지푸라기와 마찬가지로 약해요. 비교도 되지 않을 만큼 약해요. 아무리 강한 척해도 사실은 약해요. 그러니 어서 모자를 벗어요. 그런 용기는 쓸데없으니까요. 그리고 남편 발목 밑에 손을 갖다놔요. 남편이 바란다면 저는 순종의 증거로 언제든지 남편 앞에 엎드릴 생각이에요.

페트루키오 암 그래야지! 자, 키스해 주오, 케이트.

루센티오 실컷 재미보시오. 승리는 형님 것이니.

빈센티오 자라는 아이들한테 들려주고 싶은 참 좋은 이야기야.

루센티오 하지만 귀에 거슬릴 겁니다. 고집 센 여자한테는.

페트루키오 자 케이트, 우린 자러 갑시다. 우리 세 사람이 결혼했지만, 자네 두 사람은 낙제네. (루센티오를 보고) 자네도 쏘아 맞히긴 했지만, 우승자는 나네. 자, 그럼 안녕히들 주무시오!

호르텐시오 그럼 가시게. 어쨌든 지독한 말괄량이를 길들인 자네 솜씨가 훌륭하군그래.

루센티오 꼭 기적 같군. 실례의 말이지만 저렇게 순한 여자로 길들이다니. (모두 퇴장)

Antony and Cleopatra

안토니우스와 클레오파트라

[등장인물]

안토니우스
옥타비우스 카이사르 } 세 집정관
레피두스

섹스투스 폼페이우스

도미티우스 아헤노바르부스
벤티디우스, 에로스
스카루스, 데크레타스 } 안토니우스의 지지자들
데메트리우스, 필론

마이케나스, 아그리파
돌라벨라, 프로쿨레이우스 } 카이사르의 지지자들
티디아스, 갈루스

메나스, 메네크라테스, 바리우스 폼페이우스의 지지자들

타우루스 카이사르의 부관

카니디우스 안토니우스의 부관

실리우스 벤티디우스군의 장교

가정교사 안토니우스의 대사

알렉사스, 마르디안(내시)
셀레우쿠스, 디오메데스 } 클레오파트라의 시종들

예언자

광대

클레오파트라 이집트 여왕

옥타비아 카이사르의 누이, 뒤에 안토니우스의 아내

카르미안
이라스 } 클레오파트라의 시녀

그 밖에 부대장들, 병사들, 전령들, 시종들, 하인들

[장소]
로마 제국

안토니우스와 클레오파트라

〔제1막 제1장〕

알렉산드리아. 클레오파트라의 궁전의 어느 방.
데메트리우스와 필론 등장.

필론   원, 아무리 빠져도 분수가 있지, 우리 장군님의 이번 사랑 행각은 너무
도가 지나치시오. 이전에는 전투에 임한 군대를 호령했던 그분의 멋진 두 눈
은 갑옷으로 단장한 군신 마르스처럼 빛나더니, 이제는 본디 임무를 잊어버
린 채 까만 얼굴 하나만을 정성스레 바라보고 계시는구려. 치열한 격전 중
에 가슴의 조임쇠를 끊곤 하던 그분의 장군다운 심장도 이제는 자제심을 잃
고, 집시 여인의 정욕을 식혀주는 풀무와 부채가 되고 말았소.

나팔 소리. 안토니우스, 클레오파트라, 시녀들, 수행원들 등장. 내시들이 클레오파트라에
게 부채질을 해주고 있다.

필론   아, 저기들 오시는군. 잘 보시오, 세계의 세 기둥 가운데 하나인 장군이
이제는 창부의 어릿광대로 전락해 있소. 좀 보시오.
클레오파트라   진정 사랑하신다면 말씀해 보세요. 얼마만큼이나 사랑하시는
지요.
안토니우스   헤아릴 수 있는 사랑이란 빈약한 거요.
클레오파트라   얼마나 사랑받고 있는지 그 한계를 알고 싶어요.
안토니우스   그렇다면 먼저 새로운 하늘과 땅을 찾아내야 할 거요.

시종 등장.

시종 장군님, 로마에서 소식이 왔습니다.

안토니우스 귀찮다! 요점만 말해라.

클레오파트라 그러지 말고 들어보세요, 안토니우스. 풀비아가 화나 있을지도 몰라요. 아니면 채 수염도 덜 난 카이사르가 당신한테 엄명을 보내왔는지 누가 알아요? "이렇게 할 것, 저렇게 할 것. 그 왕국은 점령할 것, 저 왕국은 해방할 것. 이대로 이행하지 않으면 엄벌에 처함" 등등의 엄명을 말이에요.

안토니우스 갑자기 그게 무슨 소리요?

클레오파트라 글쎄요! 아마 그럴 거예요. 더 이상 이곳에 머물러서는 안 돼요. 카이사르로부터 소환장이 와 있잖아요. 그러니 안토니우스, 전령을 불러요. 그리고 풀비아의 소환장은 어디 있지요? 카이사르의 소환장은? 아니 이 모든 소환장은? 전령의 말을 들으세요. 나는 이집트의 여왕이지만, 안토니우스, 당신은 얼굴을 붉히시는군요. 그건 당신 피가 카이사르에게 예속된 탓이죠. 아니면 저 시끄러운 풀비아의 꾸지람에 당신 볼이 겁을 낸 건 아닐까요? 어서 전령을 만나보세요.

안토니우스 로마는 테베레 강물에 녹고, 질서 정연한 대제국의 광대한 아치도 무너져 버려라! 이곳이 나의 우주다. 왕국은 한낱 흙덩이에 지나지 않소. 이 더러운 대지는 인간이나 짐승이나 구별 없이 먹이를 주오. 인간의 존귀함이란 이렇게 하는 것이오. (클레오파트라를 껴안는다) 한 쌍의 연인, 이 같은 남녀가 껴안을 수 있다면 그것으로 충분하오. 나는 온 세상 사람들에게 장담하겠소. 우리야말로 세상에서 가장 행복한 사람이라고.

클레오파트라 참 거짓말을 잘도 하시는군요! 그렇다면 왜 풀비아와 결혼하셨지요? 사랑하지도 않으면서? 난 바보처럼 모른 척해 두기로 하지요. 언젠가는 안토니우스도 자기 자신으로 돌아갈 테니까요.

안토니우스 클레오파트라 때문에 내 마음을 뺏기지 않는다면 말이지. 그보다는 자, 사랑의 여신과 보드라운 사랑의 시간에 두고 맹세하지만, 귀에 거슬리는 말다툼으로 시간을 낭비하지는 맙시다. 새로운 즐거움 없이 인생을 1분이라도 보낼 순 없는 일이오. 오늘 밤은 무슨 놀이를 할까?

클레오파트라 먼저 전령들을 만나보세요.

안토니우스 또 그 소리요? 고집도 어지간히 센 여왕이로군! 하지만 당신에게

〈안토니우스와 클레오파트라〉연극 속의 화려한 이집트 왕국 모습　프란체스코 트레비사니.
1702.

는 뭐나 알맞소. 야단쳐도, 웃어도, 울어도 말이오. 당신의 감정은 뭐든 아름
답고 훌륭하게만 보이는구려! 만나지 않겠소, 당신의 전령이 아니면. 오늘 밤
은 단둘이서 시내를 돌아다니면서 민정(民情)이나 살핍시다. 자 여왕, 어젯밤
에 당신이 그걸 원했지요. (시종에게) 아무 말도 듣기 싫다. (안토니우스와 클레오
파트라, 수행원들을 거느리고 퇴장)

데메트리우스　우리 장군님이 카이사르를 저렇게 무시할 수 있을까요?

필론 예, 이따금 장군님이 본성을 잃으실 때는 저렇소이다. 장군님은 언제나 지니고 계셔야 할 위대한 본성을 가끔 잃곤 하십니다.

데메트리우스 참으로 유감입니다. 로마에 돌고 있는 풍문이 어째 사실이 될 것만 같구려. 그러나 내일은 좀 나아지셨으면 좋겠소. 그럼 안녕히 계시오!

（모두 퇴장）

〔제1막 제2장〕

같은 장소. 다른 방.

하인들이 요리 접시를 건넛방으로 들고 갔다, 들고 나왔다 한다. 그 방에서 술잔치를 벌이는 소리가 난다. 이윽고 그 방에서 아헤노바르부스와 다른 세 로마인이 예언자와 이야기를 하면서 나온다. 좀 떨어져서 클레오파트라의 시녀 카르미안과 이라스, 내시 마르디안, 시종 알렉사스 등장.

카르미안 알렉사스, 상냥하신 알렉사스, 무엇이든 최고인 알렉사스, 더할 나위 없이 훌륭하신 알렉사스, 당신이 여왕님께 그렇게까지 칭찬하신 예언자는 어디 있어요? 내 남편 될 분을 알고 싶어서 그래요. 머리에 뿔나면 그 뿔을 화관으로 바꾸어야 한다는 그 사람 말이에요.

알렉사스 여보, 예언자!

예언자 예, 무슨 일이신지요?

카르미안 이분인가요? 댁이 미래를 점치는 분인가요?

예언자 자연의 한없는 비밀을 담은 책을 좀 읽을 수 있죠.

알렉사스 손을 좀 내보여 봐요. （카르미안이 손을 내보인다）

아헤노바르부스 （하인에게）어서 술상을 가져오게. 술은 넉넉히, 클레오파트라 여왕님께 건배를 드려야 하니까. （하인이 탁자 위에 과일, 술 등을 차려놓는다）

카르미안 부탁해요, 내게 좋은 운명을 내려주세요.

예언자 내려드릴 순 없고, 난 그저 예언할 뿐입니다.

카르미안 예, 그럼 예언해 주세요.

예언자 지금보다 훨씬 더 두드러지게 되시겠습니다.

카르미안　살결 말인가요?

이라스　아냐, 나이를 먹으면 화장을 더 짙게 한다는 거야.

카르미안　주름살은 싫어요.

알렉사스　예언자를 방해하지 말고 잘 들어봐요.

카르미안　쉬!

예언자　당신은 사랑을 받는 편보다 사랑을 주는 편이겠소.

카르미안　그보다는 술을 마셔서 간(肝)이나 뜨겁게 하고 싶은걸요.

알렉사스　원, 좀 잠자코 들어봐요.

카르미안　자, 좋은 운명을 들려주세요! 아침나절에 세 왕과 결혼하게 되지만 셋 다 사별하고 과부가 되거나, 나이 오십에 유다의 헤롯 왕조차 찾아와서 신하의 예를 취할 아이를 하나 낳게 되거나, 아니면 옥타비우스 카이사르와 결혼해 우리 여왕님과 동등하게 되거나 할 운을 찾아주세요.

예언자　주인 여왕님보단 오래 살겠소.

카르미안　어머나 좋아라! 난 무화과보다도 오래 사는 걸 좋아해요.

예언자　미래보다는 지난날의 팔자가 훨씬 좋은 셈이오.

카르미안　그렇다면 애비 없는 자식을 낳게 되는 팔자게요? 사내아이나 계집아이는 몇이나 두게 되겠어요, 예?

예언자　잉태하고 싶을 적마다 잉태하고 그때마다 생산한다면 백만 명쯤 되겠소이다.

카르미안　흥, 기가 막혀서! 그래도 점쟁이라고.

알렉사스　이부자리만이 음탕한 비밀을 알 줄 아나 보오.

카르미안　그럼 이번에는 이라스의 운명을 맞춰 보세요.

알렉사스　누구나 다 자기 운명을 알고 싶어들 하지요.

아헤노바르부스　그야 오늘 밤의 내 운명이나 우리들 운명은…… 취해서 자는 거겠지. (술을 잔에 붓는다)

이라스　(손을 내보이면서) 다른 건 몰라도 이건 순결을 나타내는 손금이에요.

카르미안　나일강의 범람이 흉년을 예언하다시피 말이지.

이라스　애도, 못하는 소리가 없구나. 그 꼴에 무슨 예언을 한다고그래.

카르미안　아냐, 기름진 손이 자식이 많다는 것쯤을 몰라서야 내가 내 귀를 끍지도 못하게. 제발 저 애한텐 평범한 운명이나 점쳐주세요.

예언자 두 분 다 피장파장의 운명이구려.

이라스 하지만 어떻게 피장파장이요? 자세히 이야기 좀 해보세요.

예언자 아까 말씀드리잖았습니까?

이라스 내 운명이 저 애보다 한 치라도 더 낫지 않단 말이에요?

카르미안 그래, 네 운명이 나보다 한 치만 낫다고 치면…… 그 한 치는 어디서 생긴 걸까?

이라스 내 남편의 코가 높은 건 아니지.

카르미안 어머나 그런 나쁜 생각을 다! 알렉사스…… 자, 당신 운명을 좀 알아봅시다! 오, 이 나라의 수호신 이시스여! 제발 이분은 석녀(石女)와 결혼하게 해주세요! 그 아내는 죽고, 더 못한 아내를 얻게 해주세요! 그리고 점점 못난 아내를 얻고 마침내 가장 못난 아내가 쉰 번이나 서방질을 한 끝에 저분이 무덤으로 가는 길을 웃으면서 뒤따르게 하는 운명을 내려주소서! 착하신 이시스 여신이여, 부디 이 기도만은 들어주소서. 더 중요한 기도는 거절하시더라도. 착하신 이시스 여신이여, 간청합니다!

이라스 아멘, 사랑하는 여신님, 우리 인류의 기도를 들어주소서! 잘생긴 남자가 행실 나쁜 아내와 사는 꼴은 보기에도 가슴 아픈 일이지만, 지지리도 못난 사람이 서방질을 당하지 않는 것도 정말로 슬픈 일이니까요. 그러니 사랑하는 이시스 여신이여, 직책을 지키시고 저분에겐 신분에 알맞은 운명을 내려주소서!

카르미안 아멘.

알렉사스 어이없는 노릇이군. 날 바람난 여자의 남편으로 만들기 위해서라면, 스스로가 창부가 되는 것도 마다하지 않을 기세구먼!

아헤노바르부스 쉬! 장군님이 오시오.

카르미안 아니에요, 여왕님이세요.

클레오파트라 등장.

클레오파트라 장군님을 뵈었소?

아헤노바르부스　못 뵈었습니다, 여왕님.

클레오파트라　이곳에 안 오셨던가?

카르미안　예, 안 오셨습니다.

클레오파트라　마음이 들떠 계셨는데, 문득 로마 생각이 나셨나 보지. 여봐요, 아헤노바르부스!

아헤노바르부스　예?

클레오파트라　장군님을 찾아 이리 모셔와요. (아헤노바르부스 퇴장) 알렉사스, 어디 있니?

알렉사스　예, 여기 대령하고 있습니다. 마침 장군님이 오십니다.

클레오파트라　난 만나고 싶지 않다. 자, 모두 들어가자. (일행과 함께 퇴장)

안토니우스가 전령과 시종 몇몇을 거느리고 등장.

전령　풀비아 부인께서 먼저 전쟁을 일으키셨습니다.

안토니우스　내 동생 루키우스에게 말인가?

전령　예. 그러나 전쟁은 곧 끝이 났고 정세상 두 분은 화해한 뒤 힘을 모아 카이사르에게 맞섰습니다. 하지만 승기를 잡은 카이사르는 첫 접전에서 두 분을 이탈리아 밖으로 몰아냈습니다.

안토니우스　그래, 가장 나쁜 소식은 무엇인가?

전령　나쁜 소식은 본디 전달자가 미움을 받게 마련입니다.

안토니우스　그건 상대가 바보나 겁쟁이인 경우다. 난 그렇지 않다. 자, 말을 계속해라! 과거는 이미 지난 일 아니냐. 난 그렇게 생각한다. 내게 진실을 말하는 자, 만일 그 말 속에 죽음이 있더라도 나는 칭찬처럼 달게 받겠다.

전령　라비에누스가—난처한 소식입니다만—페르시아 군대를 거느리고 유프라테스로부터 아시아를 점령하고, 그 승리의 깃발은 시리아에서 리디아와 이오니아까지 휘날리고 있습니다. 그런데…….

안토니우스　안토니우스는—그렇게 말하고 싶은 거지?

전령　아닙니다, 각하!

안토니우스　솔직히 말해라. 세간의 풍문을 손질해서 이야기하지 말고. 로마에서는 클레오파트라를 뭐라고 부르더냐? 풀비아 말대로 욕설을 해봐라. 그리고 나의 과실을 진실과 악의가 토할 수 있는 최대 특권을 가지고 비웃어 봐라. 인간의 마음이란 활동이 멈추어 버리면 잡초가 나게 마련인데, 그럴 때엔 악담을 듣는 것이 땅을 일구어 잡초를 없애는 셈이 되지. 좀 있다가 보자.

전령 예, 그렇게 하겠습니다. (퇴장)

안토니우스 여봐라, 시키온에서 온 사람은? 이리 불러들여라!

시종 1 (문을 열고 부른다) 시키온에서 온 전령, 그런 분이 있소?

시종 2 (황급히 들어오면서) 대령하고 있습니다.

안토니우스 이리 불러들여라. 이집트의 강력한 족쇄를 이제는 끊어야겠어. 못 끊으면 난 눈먼 사랑 속에 나 자신을 망치고 말 것만 같다.

다른 전령이 편지를 들고 등장.

안토니우스 네 소식은 뭐냐?

전령 풀비아 님께서 운명하셨습니다.

안토니우스 어디서 운명하셨느냐?

전령 시키온입니다. 병환의 기간과 각하께서 알아두셔야 할 중요한 일들은 여기 다 적혀 있습니다. (편지를 바친다)

안토니우스 좀 물러가 있거라. (전령과 시종들 퇴장) 위대한 정신은 갔구나. 이렇게 되기를 나는 바라고 있었다. 하지만 우리는 비웃으며 내던진 물건을 되찾고 싶어 하거든. 오늘의 쾌락도 운명이 바뀌면 정반대가 될 것 아닌가. 가고 보니 좋은 아내였어. 밀어내던 이 손이 다시 아내를 찾고 싶구나. 난 이 요부 같은 여왕과 손을 끊어야만 해. 내 게으름이 헤아릴 수 없이 수많은 죄악을 낳을 것이다. 여보게! 아헤노바르부스!

아헤노바르부스 다시 등장.

아헤노바르부스 무슨 일이십니까, 각하?

안토니우스　나는 서둘러 이곳을 떠나야겠소.

아헤노바르부스　아니, 그러시면 부인들을 모두 죽이는 셈이 됩니다. 가혹한 대우는 그녀들에게 치명적이거든요. 그냥 버려두고 떠나시면 오직 죽음이 있을 뿐입니다.

안토니우스　그래도 떠나야겠소.

아헤노바르부스　어쩔 수 없을 때에는 여자들을 죽게 버려둘 수도 있습니다. 그렇지만 별일 아닌데 내던져 버리긴 가엾잖습니까? 그야 중대한 까닭이 있다면 부인들쯤 문제가 아니긴 합니다만. 클레오파트라는 이런 소문만 들어도 바로 기절해 죽을 겁니다. 이보다 훨씬 못한 이유 때문에도 죽어 넘어질 뻔한 적을 저는 스무 번이나 보았습니다. 아마 죽는 데 무슨 소질이 있는지, 그것이 여왕님께 정답게 구는 모양입니다. 여왕님은 죽는 데 아주 능숙합니다.

안토니우스　그 여인의 사람 홀리는 재주는 우리가 상상도 못할 만큼 뛰어난 데가 있소.

아헤노바르부스　아, 그렇지 않습니다. 여왕님의 열정은 오직 순정의 극치랄까요. 그분의 한숨과 눈물을 바람이나 비라고 할 순 없습니다. 그건 달력에서도 볼 수 없는 대폭풍이니까요. 이건 그분의 사람 홀리는 재주가 아닙니다. 그것이 사람 홀리는 재주라면 그분은 우레의 신 유피테르같이 비도 내릴 수 있을 겁니다.

안토니우스　처음부터 만나지 않았으면 좋았을 것을!

아헤노바르부스　아, 그러셨다면 각하께서는 이 세상의 놀라운 걸작 하나를 보지 못하셨을 겁니다. 그런 복을 받지 못하고서야 어디 여행인들 하셨다고 할 수 있겠습니까?

안토니우스　풀비아가 죽었소.

아헤노바르부스　예?

안토니우스　풀비아가 죽었단 말이오.

아헤노바르부스　부인께서!

안토니우스　죽었소.

아헤노바르부스　아, 그럼 신들에게 감사의 제물을 올리십시오. 신들이 한 남자에게서 아내를 데려가시는 건, 말하자면 그가 이 세상에서 재봉사 역을 맡고 있음을 보여주시는 겁니다. 헌 옷이 낡으면 새 옷감은 얼마든지 있다고 위로해 주십니다. 풀비아밖에 여자가 없다면야 큰 타격이 아닐 수 없고 슬퍼할 사건이지만, 이 슬픔에는 위안이 머리에 씌어 있잖습니까. 낡은 속옷 대신에 새 속치마가 생긴 셈이거든요. 사실 이만한 슬픔에 흘릴 눈물은 양파 하나면 충분합니다.

안토니우스 아내가 본국에서 저질러 놓은 일이 있어서 그러오. 내가 돌아가지 않으면 일이 해결되지 않소.

아헤노바르부스 각하께서 이곳에서 시작하신 일 또한 각하께서 이곳에 계시지 않으면 해결이 되지 않습니다. 특히 클레오파트라와의 일은 오직 각하께서 계셔야만 합니다.

안토니우스 농담은 그만하오. 장병들에게 나의 뜻을 알리시오. 나는 출발하는 이유를 여왕에게 알리고 양해를 구해야겠소. 풀비아의 죽음이 긴급한 요건과 더불어 내게 호소할 뿐 아니라 로마에서 일을 도모하고 있는 친구들의 편지 또한 나의 귀국을 재촉하고 있소. 섹스투스 폼페이우스는 카이사르에게 맞서서 해상권을 장악하고 있소. 야속한 대중은 공로가 다 지난 일이 될 때까지는 공로 있는 사람을 사랑하지 않는 법인데, 이제야 대폼페이우스의 온갖 칭호를 그의 아들에게 던져주려 하고 있소. 그는 명성과 권력이 있고 무엇보다도 용기와 기력이 뛰어나 스스로를 세상의 명장인 양 자부하고 있소. 그가 이대로 나간다면 로마 제국을 위험에 빠뜨리게 될지도 모르오. 소동은 곳곳에서 볼 수 있으나, 물속에 담그면 뱀으로 변한다는 말총처럼 겨우 생명을 얻었을 뿐 아직 뱀의 독을 갖고 있지는 않소. 자, 그러니 오늘 나의 처지로는 이곳을 곧 떠날 수밖에 없다고 부하들에게 전해 주오.

아헤노바르부스 예, 그리 전하겠습니다. (모두 퇴장)

〔제1막 제3장〕

같은 장소. 또 다른 방.
클레오파트라, 카르미안, 이라스, 알렉사스 등장.

연극 〈안토니우스와 클레오파트라〉 톰 매니언·알리 시치룽고·조셋 부셸밍고·사라 폴 출연. 맨체스터 런던 거래소. 2005.

클레오파트라　장군님은 어디 계시느냐?

카르미안　아까부터 뵙지 못했습니다.

클레오파트라　어디서 누구와 무얼 하고 계시는지 가서 좀 알아봐라. 하지만 절대로 내가 널 보낸 건 아니다. 침울해하시거든 내가 춤을 추고 있다 전하고, 명랑하시거든 내가 갑자기 병이 났다고 전해라. 어서 다녀오너라. (알렉사스 퇴장)

카르미안　전하, 그분을 진정 사랑하신다면서도 그분에게서 똑같은 사랑을 얻어내는 방법은 쓰시지 않네요.

클레오파트라　그럼 어떡하란 말이냐?

카르미안　무슨 일이든 그분에게 양보하시고, 거스르지 않도록 하세요.

클레오파트라　바보 같은 소릴 다 하는구나. 그따위 짓을 하면 그분을 잃고 말아.

카르미안　너무 자극하지 마시고 부디 참으세요. 지나치게 짓궂게 대하시면 미움을 받게 마련이니까요.

안토니우스 등장.

카르미안 마침 장군님이 오십니다.

클레오파트라 아, 아파서 기분이 언짢아요.

안토니우스 실은 전할 말이 있어서 왔소.

클레오파트라 카르미안, 날 좀 안으로 데려다 다오. 쓰러질 것 같구나. 이젠
더 못 참겠어. 내 몸이 도저히 버티지 못할 것 같아.

안토니우스 자, 사랑하는 여왕……

클레오파트라 제발 저만큼 물러가 있으세요.

안토니우스 무슨 일이오?

클레오파트라 당신의 눈을 보니 좋은 소식이 있는 것 같네요. 왜요, 당신 아
내가 당신더러 오시라고 하나요? 처음부터 그녀가 당신을 이곳에 못 가게 했
으면 좋았을 텐데! 내가 당신을 이곳에 잡아두고 있다고 그녀한테 오해받고
싶지는 않아요. 난 당신껜 아무 힘도 없는 여자예요. 당신은 그녀 거잖아요.

안토니우스 신에게 맹세해도 좋소……

클레오파트라 여왕치고 이토록 심하게 기만당한 예도 있었을까! 배신당하리
라는 건 처음부터 알고 있었어요.

안토니우스 이봐요, 클레오파트라.

클레오파트라 맹세를 하고 신의 옥좌를 뒤흔들더라도 당신을 나의 충실한
분이라고 생각할 순 없어요. 아내에게조차 불성실한 당신이 아닌가요? 내가
미쳤지, 맹세한 그 입으로 금방 깨뜨리는 맹세를 다 믿다니!

안토니우스 아, 상냥한 여왕……

클레오파트라 제발 떠나는 핑계를 찾지 말고, 그냥 작별 인사나 하고 가세요.
머물겠다고 청하셨을 적엔 이야기할 시간만 있었고, 작별에 대한 말은 없었
어요. 그리고 우리의 입술과 눈에는 영겁이, 활 모양의 눈썹에는 더없는 행
복이 깃들어 있었어요. 우리 몸의 어느 부분도 하늘의 깨끗함을 갖추지 않
은 곳이라곤 없었어요. 지금도 다르지 않아요. 다름이 있다면 이 땅의 가장
위대한 군인인 당신이 세계에서 으뜸가는 거짓말쟁이로 변했다는 사실뿐이
에요.

안토니우스　왜 그런 소릴 하오, 여왕!

클레오파트라　나도 당신 키만큼만 커봤으면! 이 이집트 여왕한테도 용기가 있음을 보여드릴 수 있게 말이죠.

안토니우스　여왕, 긴박한 시국이 잠시 나의 봉사를 요청하오. 그러나 나의 모든 마음은 당신에게 맡겨두겠소. 본국 이탈리아에서는 내란의 칼이 번뜩이고, 섹스투스 폼페이우스는 로마 항구까지 접근해 왔소. 국내의 두 세력이 비슷할 때는 기회주의자가 생기고, 멸시받던 자도 세력이 강해지면 다시 사랑을 얻게 마련이오. 그래서 저 추방당한 폼페이우스는 자기 아버지의 명성을 분수 넘치게 스스로 칭하고, 현 정부의 불우한 자들 마음속을 파고들어서 무시 못할 세력이 되었소. 더구나 태평에 싫증이 나면 과격한 변화의 수술이 필요하오. 그리고 나의 개인적인 일인즉, 나의 출발을 당신이 안심해도 좋을 것은 풀비아가 죽었다는 사실이오.

클레오파트라　이 나이에도 어리석긴 하지만 어린아이 같지는 않아요. 풀비아가 죽다뇨?

안토니우스　정말 죽었소. 여왕, 자, 이것은 아내가 일으킨 소동의 경위요. 틈을 타서 읽어보시오. 맨 끝에 가장 중요한 소식이 있으니 그녀가 언제 어디서 죽었는지를 보시오.

클레오파트라　어머, 이런 거짓 사랑도 다 있을까! 슬픈 눈물을 담아야 할 신성한 눈물 단지는 어디에 두셨어요? 아, 이제 알겠어요. 풀비아의 죽음은 남의 일이 아니군요. 내가 죽었을 때 어떤 대우를 받을지 뻔하네요.

안토니우스　말다툼은 그만하고, 내 가슴속의 계획을 좀 들어보시오. 그 계획을 실행할지 안 할지는 당신의 충고 여하에 달려 있소. 나일강의 진흙을 기름진 땅으로 만드는 태양을 두고 맹세하지만, 나는 당신의 용사이자 부하로서 출전하여 당신의 의향에 따라서 화해도 하고, 전쟁도 할 것이오.

클레오파트라　이 끈 좀 풀어다오, 카르미안. 아니, 그냥 둬. 난 기분이 금방 나빠졌다 좋아졌다 하는구나. 마치 안토니우스의 마음같이 말이다.

안토니우스　나의 소중한 여왕, 그러지 말고 대장부의 사랑을 진정 믿어주시오. 그리고 진실한 사랑인지 아닌지를 시험해 보시오.

클레오파트라　풀비아의 경우가 좋은 가르침이에요. 제발 비켜서서 아내를 위하여 눈물을 쏟고, 내게 작별 인사를 하세요. 그리고 이 눈물은 이집트 여왕한테 바친 눈물이라고 하세요. 그럴싸하게 연극 좀 해보세요. 완전히 진실을 꾸민 연극 말이에요.

안토니우스　자꾸 그러면 내가 화를 내게 되리다. 이젠 그만하시오.

클레오파트라　이만해도 상당한 솜씨지만 더 잘하실 수 있잖아요.

안토니우스　좋소, 나의 이 칼에 두고 맹세하리다…….

클레오파트라　그리고 방패에 두고. 점점 더 잘하시는군요. 하지만 아직 절정이 남아 있어요. 애, 좀 봐라, 카르미안. 헤라클레스의 후손인 이 로마인은 화를 내는 모양도 참 그럴싸하잖니.

안토니우스　(머리를 숙이면서) 그럼 이만 작별하겠소.

클레오파트라　정중하신 장군님, 한마디만 더요. 당신과 나는 헤어져야 합니다. 그러나 그 말을 하자는 건 아니에요. 당신과 나는 사랑해 왔습니다. 이 말을 하자는 것도 아니에요. 그건 당신이 잘 알고 계세요. 내가 무슨 말을 하려고 했더라…… 내 정신 좀 봐. 왜 이렇게 건망증이 심할까? 꼭 안토니우스를 닮았다니까. 싹 다 잊어버리고 말았어요.

안토니우스　그와 같은 농담, 신하를 부리듯이 한 것이겠지만, 그렇지만 않다면 난 여왕을 경솔하다고 볼 수밖에 없을 거요.

클레오파트라　이렇게 경솔하게 굴기에는 이 클레오파트라도 진땀이 나는걸요. 하지만 날 용서하세요. 나의 미덕도 당신 눈에 들지 않으면 나로서는 치명적이니까요. 당신의 명예가 귀국을 요청하고 있습니다. 그러니 소녀의 가엾고 어리석은 푸념에는 귀를 틀어막으시고 기분 좋게 떠나세요! 승리의 월계관이 당신 칼 위에 올라앉고 당신의 발 앞에 순조로운 성공이 뿌려지기를 빕니다.

안토니우스　그럼, 가보겠소. 우리의 이별은 머무름이자 떠남이요. 당신은 여기 머물러도 마음은 나와 함께 가고, 나는 떠나도 마음은 이곳에 당신과 함께 있으니까요. 자, 가자! (모두 퇴장)

로마. 카이사르의 집.

옥타비우스 카이사르가 편지를 읽으면서 등장. 레피두스, 시종들 등장.

카이사르　잘 아시시라 믿소만 레피두스, 아니, 앞으로도 꼭 알아두시길 바라오만 이 카이사르는 동료를 증오하는 그런 악인은 아니오. 이것이 알렉산드리아에서 들어온 보고요. 그 사람은 낚시질하고 술을 마시며 밤새도록 흥청거리느라 등잔불을 낭비하고 있다 하오. 클레오파트라만큼도 대장부답지 못하고, 오히려 프톨레마이오스 왕비 클레오파트라보다 더 여자 같다고 할까요. 그 사람은 전령도 만나주지 않을 정도요. 아니, 정권 분담자인 사실도 잊고 있는 정도요. 그래 가지고서는 인간이 저지르는 온갖 과실의 본보기라 할 수밖에 없을 것 아니겠소.

레피두스　과실이 많다 해도 그분의 장점이 모두 어둡게 되었다고 볼 수는 없지요. 그분의 결점은 컴컴한 밤하늘의 별 같은 것이어서 유난히 뚜렷이 비치는 것이 아닐까요? 스스로 즐겨 몸에 익힌 것이라기보다 유전이라서 어찌 할 도리가 없는 것입니다.

카이사르　그대는 너무 관대하시오. 그래, 왕실의 침실에 굴러드는 일을 잘못이 아니라고 칩시다. 한 번의 환락과 왕국을 바꾸고, 노예와 한 술상 앞에 앉아서 술잔을 나누고, 한낮에 큰길을 허청거리고, 땀내 나는 악당들과 싸움을 하는 것도 다 잘못이 아니라고 칩시다. 아니, 그런 것이 그에게 어울린다고 칩시다―그만한 짓에도 손상을 입지 않는 사람이 있다면, 그건 희귀한 인격자이겠지만―그러나 안토니우스는 그 오점을 변명할 길이 없소. 그 사람의 경솔함 때문에 우리가 큰 부담을 지게 되니 말이오. 한가한 시간을 주색으로 채운다 하면, 후환은 심한 소화 불량이나 골수병 정도로 그칠 것이오. 하지만 북소리가 그 사람을 환락으로부터 깨우고, 그가 책임진 우리 국가가 그의 궐기를 부르짖고 있는 이 마당에 그는 허송세월을 하고 있소…… 이건 소년을 꾸짖듯이 꾸짖어 줘야 하오. 성숙한 지식을 가지고서도 그 경험을 일시적 쾌락과 바꾸고, 스스로의 이성에 저항하는 소년을 꾸짖듯이 말이오.

전령 등장.

레피두스　보고가 또 왔습니다.

전령　각하의 명령대로 수배를 끝냈습니다. 그리고 카이사르 각하, 해외의 사정은 시시각각 보고가 들어오게 돼 있습니다. 폼페이우스의 해상 세력은 강대하며, 카이사르를 두려워만 하던 무리들도 이제 그자를 따르는 것 같습니다. 이곳저곳의 항구로 불평불만을 품은 무리들이 모여들고, 그자는 부당하게 학대당한 듯이 소문을 퍼뜨리고 있습니다.

카이사르　그만한 일은 나도 알고 있었어야 했지. 처음부터 그랬거니와 세도가는 일단 권력을 잡으면 인기를 잃고, 운명이 기운 자는 그 가치가 사라질 때까지는 누구한테도 사랑받지 못하다가도 아주 몰락해 버린 뒤에서야 애석하게 여겨지는 법이지. 대중이란 건, 개울에 떠 있는 갈대가 물결에 이리저리 밀려다니다가 마침내는 저절로 썩고 마는 것과 같거든.

전령　카이사르 각하, 이 보고를 들어보십시오. 유명한 해적 메네크라테스와 메나스는 해상을 지배하고 온갖 종류의 선박을 가지고 끝없이 날뛰며, 이탈리아를 자주 무섭게 침략하고 있습니다. 그래서 해안 주민들은 공포에 싸여 핏기를 잃고, 혈기 왕성한 청년들은 모반에 가담하고 있으며, 배는 출항하기가 무섭게 붙잡히는 형편입니다. 폼페이우스의 이름은 실력 이상으로 민심을 위협하고 있습니다.

카이사르　안토니우스여, 그 음란한 술잔치를 걷어치워 다오. 예전에 그대가 두 집정관 히루티우스와 판사의 목을 벤 일이 있었지. 그건 모데나에서 패전했을 때의 일로, 그때 길목에는 기근이 따라붙었는데, 그대는 귀한 몸으로 야만인보다 더한 인내심을 발휘하여 그 굶주림을 극복했었다. 말 오줌을 마시고 짐승들조차 토할 누런 흙탕물까지 마셨다. 더러운 울타리에 열린 껄껄한 딸기도 맛있게 먹었었다. 아니, 눈 쌓인 목장의 수사슴같이 나무껍질까지도 먹었었다. 그리고 알프스 산중에서는 괴상한 살코기를 먹었다고 하지 않았는가. 그걸 보기만 하고 죽은 사람도 있었다는 그 살코기를. 이처럼 온갖 고난을—오늘 이 말을 하는 것은 그대의 명예 손상이 되겠지만은—용사답게 잘 참아내어 얼굴조차 여위지 않았었다.

레피두스　참으로 안타까운 일입니다.

카이사르　어서 자기 잘못을 깨우치고 로마로 돌아오게 합시다. 우리 두 사람
은 지금 마땅히 출전해 있어야 하오. 곧 회의를 열도록 합시다. 우리가 손 놓
고 있는 틈에 폼페이우스만 유리해지오.

레피두스　그럼 카이사르, 이 시국에 대응하기 위하여 육해군 병력을 얼마나
동원할 수 있을지, 내일 정확히 보고드리겠습니다.

카이사르　그때까지 나 또한 대책을 마련하겠소. 그럼 안녕히 가시오.

레피두스　그럼 다시 뵙겠습니다. 나라 밖 정세에 대해서 그간의 정보를 손에
넣으시거든 나에게도 꼭 알려주시오.

카이사르　염려 마시오. 그건 내 의무인 줄 알고 있으니까요. (모두 퇴장)

〔제1막 제5장〕

알렉산드리아. 클레오파트라의 궁전.
클레오파트라, 카르미안, 이라스, 마르디안 등장.

클레오파트라　카르미안!

카르미안　예, 여왕 전하?

클레오파트라　(하품을 하면서) 아! 맨드레이크 좀 갖다줘! 마셔야겠다.

카르미안　아니, 왜 그러세요, 전하?

클레오파트라　나의 안토니우스가 안 계시는 이 시간의 공백을 잠으로 메꾸
었으면 싶구나.

카르미안　전하께선 그분을 너무 생각하고 계세요.

클레오파트라　아, 그런 소리는 반역자의 말투다!

카르미안　전하, 그렇지 않습니다.

클레오파트라　여봐라, 내시 마르디안!

마르디안　예, 무슨 일이십니까?

클레오파트라　오늘은 네 노래를 듣지 않겠다. 내시가 하는 일 가운데 내 맘
에 드는 것은 하나도 없구나. 너는 거세돼 있어서, 이집트에서 달아날 방자한

생각은 안 가졌을 테니 좋겠구나. 네게도 열정은 있니?

마르디안 예, 자비로우신 여왕 전하. 있사옵니다.

클레오파트라 사실이냐?

마르디안 물론 행동으론 못합니다. 정숙한 일 말고는 아주 무능하니까요. 하지만 맹렬한 열정은 지니고 있어서 베누스와 마르스 사이의 사건을 상상한답니다.

클레오파트라 오 카르미안, 그분은 오늘 어디 계실 것 같니? 서 계실 것 같니, 앉아 계실 것 같니, 걸어다니실 것 같니, 아니면 말을 타고 계실 것 같니? 오, 행복한 말(馬) 좀 보게, 안토니우스를 등에 싣고 있다니! 잘해라, 말아! 네가 싣고 있는 그분이 누구신 줄이나 아느냐? 세상의 반을 등에 짊어지신 영웅이요, 인류의 칼이자 투구이신 용사시란다. 지금 무슨 말씀을 하고 계실 거야. 아니면 "나의 나일강 뱀은 어디 있는가?" 이렇게 중얼대고 계실 거야. 그분은 날 그렇게 부르곤 하시니까. 지금 나는 다디단 독을 먹고 있나 보다. 그인 태양에게 너무나 귀염받아 살결이 까맣게 타고, 나이 먹어 주름살까지 깊어진 나를 생각하고 계실까? 이마가 수려한 카이사르가 살아 있을 때에는 나는 그 제왕의 식탁을 장식하는 산해의 진미였지. 그리고 대폼페이우스는 눈을 내 얼굴에서 떼지 않은 채, 거기에 닻을 내린 듯이 눈초리를 못질하고 서서 나를 자기의 생명인 양 바라보곤 했지.

알렉사스 등장.

알렉사스 이집트 여왕 전하, 인사드리옵니다!

클레오파트라 너는 왜 그리도 마르쿠스 안토니우스와 딴판이냐! 하지만 그분한테서 왔으니, 그분의 빛으로 조금은 빛나 보이는구나. 그래, 나의 용감한 마르쿠스 안토니우스는 어떠하시냐?

알렉사스 여왕 전하, 마지막으로 그분은 키스를 하셨습니다! 마지막으로 여러 차례 키스를 하셨습니다…… 이 진주에요. 그리고 그분의 분부는 이 가슴에 못 박혀 있습니다.

클레오파트라 그것을 뽑아다 내 귀에 넣어야겠다.

연극 〈안토니우스와 클레오파트라〉 허버트 비어봄 트리 연출·출연(안토니우스 역), 콘스탄스 클리어(클레오파트라 역)·앨리스 크로포드(카르미안 역) 출연. 런던 공연. 1906.

알렉사스 그분은 이렇게 말씀하셨습니다. "여봐라, 가서 이렇게 전해라. 굴속에서 나온 이 보물은 진실한 로마인이 위대한 이집트 여왕님께 보내는 선물이라고. 그리고 이 하찮은 선물의 보충으로 여왕님의 부유한 옥좌에 여러 왕국을 보태드리겠노라고. 동방 모두를 앞으로 여왕님의 영토로 해드린다고." 그러고는 머리를 끄덕끄덕하신 뒤에 군마 등에 위풍당당하게 올라타시었습니다. 그런데 그 군마란 놈이 어찌나 세게 울어대던지, 제가 하고 싶은 이야기는 빌어먹을 그 말놈 때문에 침묵당하고 말았습니다.

클레오파트라 그런데 그분이 우울하시더냐 명랑하시더냐?

알렉사스 일 년 중 굉장한 더위와 추위의 중간쯤 되는 계절같이 우울하시지도 명랑하시지도 않았습니다.

클레오파트라 오, 참으로 균형이 잘 잡힌 천품이시구나! 봐라, 카르미안, 그게 바로 그분이시다. 글쎄 보란 말이다. 그분이 우울하지 않으신 까닭은, 대장의 낯빛을 닮는 부하들에게 위엄을 보이자는 것이다. 그리고 명랑하지도 않으셨다는데, 그건 추억이 기쁨과 더불어 이집트에 남아 있음을 부하들에게 알리고 싶어서일 게다. 양극단의 중간이라고? 오, 세상에선 볼 수 없는 천품이시구나! 우울하든 명랑하든 어느 극단이든 그분한테는 다 어울린다. 다른 사람은 도저히 흉내 내지 못한다. 그래 내 전령들을 만났느냐?

알렉사스 예, 여왕 전하. 스무 명은 넘게 만났습니다. 도대체 왜 그렇게 잇달아서 전령들을 보내십니까?

클레오파트라 내가 그분에게 전령을 보내기를 잊은 날에 태어난 자는 거지같이 죽으리라. 잉크와 종이를 좀 가져오너라, 카르미안. 수고했다, 알렉사스. 그런데 카르미안, 나는 카이사르도 이토록은 사랑하지 않았지?

카르미안 오, 그 훌륭하신 카이사르!

클레오파트라 한 번만 더 그렇게 입을 놀려봐라. 숨구멍을 틀어막고 말 테니! 훌륭하신 안토니우스라 말하지 못하고!

카르미안 용감하신 카이사르!

클레오파트라 나의 소중한 남자 중의 남자를 한 번만 더 카이사르와 비교했단 봐라. 이 나라의 수호신 이시스에 두고 맹세하지만 네 이를 부러뜨려 놓겠다.

카르미안 용서하세요. 저는 오직 전하의 말씀을 흉내 낸 것뿐입니다.

클레오파트라 그때 그런 말을 한 것은 철부지였던 탓으로, 사물을 보는 안목도 없고 열정도 없던 시절이다. 자, 어서 잉크와 종이를 가져오너라. 날마다 몇 차례씩 전령을 보내겠다. 이 나라 백성이 하나도 남지 않을 때까지라도.

(모두 퇴장)

〔제2막 제1장〕

메시나. 폼페이우스의 집.
폼페이우스, 메네크라테스, 메나스, 무장을 하고 등장.

폼페이우스 만일 위대한 신들이 공정하시다면 가장 정당한 사람들의 행동을 도와주실 것이오.

메나스 아닙니다, 폼페이우스. 지금 당장 하늘의 도움이 없다고 해서 저버림을 당한 것은 아닙니다.

폼페이우스 하지만 기원을 드리고 있는 사이에 우리의 목적물은 썩고 맙니다.

메나스 인간은 본디 어리석기 때문에 흔히 자기에게 해가 될 일을 스스로 청하기도 하지만, 지혜로운 신들은 우리를 위해 거절하십니다. 그래서 결국 우리의 기도가 이루어지지 않는 것이 도리어 이익이 되게 마련입니다.

폼페이우스 나는 잘될 것이오. 민중은 나를 사랑하고 바다는 내 것이오. 병력은 늘고 있으며, 내 운명은 마침내 보름달처럼 될 것 같소. 마르쿠스 안토니우스는 이집트에서 흥청대는 중이고, 밖에 나와 싸우지는 않을 것이오. 카이사르는 백성을 착취하여 민심을 잃고 있소. 레피두스는 둘에게 아첨하고, 그 둘도 그자에게 아첨하고 있소. 그러나 서로 사랑하거나 존중하는 사이는 아니오.

메나스 카이사르와 레피두스가 벌써 출진하여 대군을 거느리고 있다 합니다.

폼페이우스 어디서 들었소? 그건 뜬소문이오.

메나스 실비우스한테 들었습니다.

폼페이우스 그건 몽상이오. 내가 알기로는 두 사람은 지금 로마에서 안토니우스가 돌아오기를 기대하고 있소. 하지만 음탕한 클레오파트라여, 사랑의 온갖 마력으로 그 시든 입술을 부드럽게 하고, 매력과 미모와 색정의 힘으로 그 방탕아를 술자리에 매어두어, 취기로 그자의 머리를 몽롱하게 해다오. 그리고 솜씨 좋은 요리사들이여, 먹었는지 모르게 할 양념으로 그자의 식욕을 돋구어 다오. 그러면 잠과 포식으로 염치는 물러가고 마침내는 망각의 둔한 강물 속에 빠지고 말 것 아닌가······.

바리우스 등장.

폼페이우스 오, 어쩐 일이오, 바리우스!

바리우스 가장 믿을 만한 보고입니다. 지금 로마에서 이제나저제나 마르쿠스 안토니우스를 기다리고들 있는 중이랍니다. 이집트를 떠나서 벌써 도착할 날짜가 지났답니다.

폼페이우스 이렇게 심각한 보고가 아니었던들 좀더 귀가 솔깃했을 것이오. 메나스, 그 호색의 방탕자가 이런 대단찮은 전쟁에 투구를 쓸 줄은 몰랐군요. 무인으로서 그의 역량은 다른 두 사람의 곱절이나 되오. 그러나 이건 우리 쪽의 더 큰 자랑으로 생각합시다. 우리 반란으로 그만한 호색의 안토니우스도 이집트 과부의 무릎을 뿌리치고 나오니 말이오.

메나스 카이사르와 안토니우스가 사이좋게 만날 것 같지는 않습니다. 안토니우스의 죽은 아내는 카이사르에게 반역했고, 그의 아우 또한 카이사르에게 도전했습니다. 물론 안토니우스가 시킨 일은 아닌 것 같습니다만.

폼페이우스 그런데 메나스, 작은 원한은 큰 적 앞에서는 길을 양보할지도 모르오. 우리가 들고일어나지 않았던들 그들은 틀림없이 자기네끼리 맞싸웠을 것이오. 서로가 칼을 뽑을 충분한 이유를 품고 있으니까요. 그러나 우리에 대한 공포로 그들의 분열이 얼마만큼 결합될 것인지, 사소한 내분이 얼마만큼 그들을 다시 뭉치게 만들지는 알 수 없는 일이오. 그건 하느님의 뜻에 맡깁시다! 우리로선 최선을 다하는 것뿐이오. 자, 메나스. (모두 퇴장)

로마. 레피두스의 집.
아헤노바르부스와 레피두스 등장.

레피두스 아헤노바르부스, 당신 장군에게 부드럽고 점잖은 말을 하시라고 권하시오. 이건 훌륭한 행동이고 당신에게도 알맞은 일이오.

아헤노바르부스 예, 그분답게 대답하시라고 권해 보겠습니다. 만일 카이사르가 하는 말이 마음에 거슬린다면 그분은 군신같이 큰 소리로 카이사르에게 호통치실 겁니다. 유피테르 신께 맹세하지만, 제가 안토니우스 장군이라면 수염도 깎지 않고 만나러 가겠습니다.

레피두스 지금은 개인적인 감정을 따질 때가 아니오.

아헤노바르부스 감정이 일어나는데 어떻게 때를 가리겠습니까?

레피두스 작은 일은 큰일을 위해 양보해야 하오.

아헤노바르부스 하지만 작은 일이 먼저 일어나면 그렇게는 안 됩니다.

레피두스 당신 말은 홧김에나 하는 이야기요. 그러나 다 꺼진 불을 다시 일으켜서는 안 되오. 아, 마침 안토니우스 장군이 오시는군요.

안토니우스가 벤티디우스와 이야기하면서 등장.

아헤노바르부스 아, 저기 카이사르도 옵니다.

카이사르, 마이케나스, 아그리파, 다른 쪽 문으로 등장.

안토니우스 합의가 되면 우리는 파르티아로 떠나게 되오. 여보게, 벤티디우스.

카이사르 나는 잘 모르겠소, 마이케나스. 아그리파한테 물어보오.

레피두스 동료 두 분에게 말씀드리겠소. 우리를 결속시킨 사태는 눈앞의 중대사인즉, 소소한 일로 우리가 분열해서는 안 되오. 서로 불평이 있다면 점잖게 논의합시다. 우리가 사소한 의견 차이로 크게 다투고 있으면 상처를 치료하려다가 도리어 살인을 저지르게 되오. 그러니 두 분에게 내 간절히 바라오니, 언짢은 점은 부드러운 말로 논하시고 악의에 찬 말로 문제를 키워서는 안 됩니다.

안토니우스 좋은 말씀이오. 우리가 진두에 서서 서로 싸워야 할 경우라도 나는 이렇게 할 것이오. (카이사르의 손을 쥔다)

카이사르 잘 돌아오셨소.

안토니우스 감사하오.

카이사르 앉으시오.

안토니우스 예, 앉으시오.

카이사르 그럼 앉겠소.

안토니우스 듣자니 별것 아닌 일을 가지고 당신은 나쁘게 해석하고 계신 것 같소. 아니 그렇다손치더라도 당신과 무관한 일을 비난하고 계시오.

카이사르 나는 비웃음을 받아야 옳을 것이오. 만일 사소한 일이나 나와 무관한 일에 다른 분도 아닌 당신에게 내가 화를 냈다면 말이오. 더구나 아무 이해관계도 없는 경우에 당신을 비난한다면 더욱더 비웃음을 받아야 옳을 것이오.

안토니우스 카이사르, 내가 이집트에 있는 것이 당신과 무슨 관계가 있단 말씀이오?

카이사르 내가 이곳 로마에 있는 것이 당신에게 상관없는 일인 것처럼 당신의 이집트 체류는 나에게 아무 관계 없는 일이오. 그러나 당신이 그곳에서 음모를 계획했다면, 당신의 이집트 체류가 나에게는 문제 될 수 있소.

안토니우스 음모라니, 대체 무슨 뜻이오?

카이사르 이곳에서 내게 일어난 사건으로 미루어 내 뜻을 추측할 수 있으실 것이오. 귀하의 부인과 동생이 내게 맞서서 군사를 일으켰으며, 그 궐기의 핑계는 당신이었고, 당신이 전쟁의 표어였소.

안토니우스 사태를 오해하고 계시오. 내 아우는 이 형을 전쟁의 명분으로 내세우지는 않았소. 나는 벌써 조사하여 당신 진영의 신빙성 있는 한 보고자로부터 사실을 듣고 있소. 내 아우는 당신의 위신뿐 아니라 나의 위신도 해친 것이오. 그뿐 아니라 당신과는 이해관계가 같은 이상, 그 전쟁은 내 뜻에도

영화 〈안토니우스와 클레오파트라〉 코넬 카파 감독, 로렌스 올리비에(안토니우스 역)·비비안 리 (클레오파트라 역) 출연. 1951.

반대되는 것이 아니겠소? 이에 대해서는 편지로 이미 해명되었을 거요. 당신은 그 전쟁의 진실을 밝히지 못한 채 그 동기를 꾸미려 하지만, 그건 부당한 말씀이오.

카이사르 당신은 이쪽의 무분별을 비난하며 자화자찬하고 있지만, 당신이야 말로 변명을 꾸미고 있소.

안토니우스 아니오, 그렇지 않소. 당신에게 이만한 판단이 없을 리는 없소. 당신의 동료로서 당신과 동맹하여 싸운 내가, 자기 평화를 위협하는 그 전쟁을 호의적인 눈으로 볼 리는 없는 일이오. 내 아내로 말하자면, 그런 여걸을 아내로 맞아보면 알겠지만, 세상의 3분의 1은 간단한 재갈로 쉽게 제어할 수 있을지 몰라도 그런 여자는 어쩔 수가 없소이다.

아헤노바르부스 (혼잣말로) 다들 그런 아내를 가졌다면 부부가 동반해서 전쟁에 나갈 수 있을 것 아닌가!

안토니우스 카이사르, 그렇게도 다루기 힘든 여자요. 그녀의 소동은 작은 일에도 바르르 화를 내는 본성 때문에 생긴 일이며 더욱이 심술궂은 민첩한 계략조차 없지 않아서 당신의 심려가 무척이나 컸을 것입니다. 유감스럽지만 나로서도 도저히 어찌할 수 없는 일이었소.

카이사르 편지를 보냈더니, 당신은 알렉산드리아에서 연회를 벌이고 있던 모양으로, 그 편지를 품속에 집어넣은 채 사신을 모욕하고 만나주지도 않았소.

안토니우스 아니오, 그때 그자는 나의 허락도 없이 함부로 들어왔소. 마침 세 사람의 왕을 대접하고 난 뒤라 좀 취해서, 아침나절의 나와는 아주 달랐었지요. 그러나 이튿날 직접 그자에게 사정을 설명했으니, 그건 용서를 구한 거나 다름없지요. 우리 문제에 그자를 끌어들이지 맙시다. 그자는 문제 밖으로 합시다.

카이사르 당신은 맹세한 조문을 깨뜨렸소. 그 책임을 설마 내게 떠넘기진 않을 테죠.

레피두스 좀 진정하시오, 카이사르!

안토니우스 아니오, 레피두스. 말하게 가만 놔두시오. 나더러 신의가 없다고 하시는 모양이나, 신의란 성스러운 것이오. 어서 계속하시오, 카이사르. 내가 서약한 조문이 뭡니까?

카이사르 요청이 있을 때 무력 원조를 한다는 조문이오. 그것을 당신은 거부했소.

안토니우스 그런 게 아니라 소홀했던 탓이오. 환락에 마비되어 나 자신을 잃고 있던 때였소. 솔직히 사과하겠소. 그러나 나의 솔직함이 내 위신을 손상하지도 않을 것이며, 나의 위신 또한 그와 같은 솔직함 없이는 존재할 수 없습니다. 사실 풀비아는 나를 이집트에서 끌어낼 생각으로 이곳에서 반란을 일으킨 것입니다. 나로서는 알지 못한 일이었으나, 내가 그 원인이었으니 내 명예를 걸고 구할 수 있는 최대한의 용서를 구하겠습니다.

레피두스 그것 참 훌륭한 말씀입니다.

마이케나스 죄송한 말씀이나, 이쯤에서 그만 다툼을 그쳐주시기 바랍니다. 서로의 불평을 완전히 잊어버리시고, 지금 긴급한 일이 두 분의 화해를 요청하고 있음을 기억하시기 바랍니다.

레피두스 그것 좋은 말이오, 마이케나스.

아헤노바르부스　아니면 당분간만이라도 화해하시기로 하고, 폼페이우스에 대한 소문이 가신 뒤에 다시 시작할 수도 있으실 테니까요. 다른 하실 일들이 없어지면 싸우실 시간도 생길 것입니다.

안토니우스　그대는 한낱 무인에 지나지 않소. 참견하지 마시오.

아헤노바르부스　진실을 말해서는 안 된다는 걸 깜빡 잊고 있었습니다.

안토니우스　그대 말은 이 자리에 해로우니 아무 말도 하지 마오.

아헤노바르부스　그러면 앞으로 돌부처가 되겠습니다.

카이사르　저자의 말투는 마음에 들지 않지만, 말의 내용은 일리가 있군요. 두 사람의 성격이 이렇게 달라서야 우정을 오래 지속할 수 있겠소? 우리 두 사람을 결합할 무슨 테 같은 것이 있다면 이 세상 끝까지라도 찾아가서 그걸 구해 보겠소.

아그리파　죄송합니다만, 카이사르 각하.

카이사르　어서 말해 보오, 아그리파.

아그리파　각하께는 누님이 계십니다. 정숙하기로 유명하며 칭찬이 자자한 옥타비아 말입니다. 그런데 마르쿠스 안토니우스 각하는 지금 홀몸이십니다.

카이사르　함부로 그런 말을 하지 마오, 아그리파. 클레오파트라가 그 말을 들으면 그런 경솔함은 비난받을 거요.

안토니우스　카이사르, 나는 아내가 없소. 아그리파의 이야기를 좀더 들어봅시다.

아그리파　두 분의 영원한 친목을 도모하고, 형제가 되어 두 분의 마음을 풀리지 않을 매듭으로 묶어놓기 위해서, 안토니우스께서 옥타비아를 아내로 맞으십시오. 그녀의 미모로 말하자면, 마땅히 가장 뛰어난 대장부를 남편으로 삼을 만하며 다른 여인들로서는 감히 자랑하지 못할 만한 아름다운 덕행과 여러 미덕을 지니고 계십니다. 지금은 크게만 보이는 온갖 공포들도 이 결혼으로 모두 사라질 것입니다. 그렇게 되면 사실도 뜬소문이 되고 말 것입니다. 지금 형편으론 반(半)거짓말도 진실인 양 믿어지고 있습니다만, 두 분에 대한 그녀의 애정 덕분에 두 분 사이의 유대는 강해질 테고, 그 뒤에는 대중 또한 두 분을 사랑하게 될 것입니다. 주제넘게 의견을 말씀드려 죄송합니다만, 이건 즉흥으로 떠오른 생각이 아니라 의무감으로 신중히 곱씹어 오던 것입니다.

안토니우스 카이사르의 의견은 어떻소?

카이사르 지금의 제안에 대해서 안토니우스의 생각을 먼저 들어봅시다.

안토니우스 그럼 내가 "아그리파, 부탁하오" 한다면, 아그리파는 이 일을 그대로 주선할 수 있단 말인가요?

카이사르 카이사르의 전권을 위임하겠소. 그리고 옥타비아에 대한 카이사르의 전권도.

안토니우스 이런 훌륭한 제안에 방해가 있을 리 없습니다. 자, 손을 이리 주시오. 이 화해를 추진합시다. 이제부터는 형제애를 가지고 우리의 큰 계획을 실행합시다.

카이사르 자, 악수합시다. 어떤 형제도 그토록 사랑하지는 않았을 누님을 당신에게 드리겠소. 그녀는 우리 두 사람의 영토와 마음을 이어줄 것이니 다시는 서로 애정을 상하지 않게 합시다!

레피두스 경사스러운 일입니다!

안토니우스 내가 폼페이우스에게 맞서 칼을 뺀다는 것은 뜻밖의 일이오. 그는 얼마 전에 나에게 대단한 친절을 베풀었소. 그러니 후세의 비난을 피하려면 나는 마땅히 답례를 한 뒤에 도전을 해야 할 것 같습니다.

레피두스 시기가 절박하오. 이쪽에서 당장 폼페이우스를 찾아야 합니다. 지체하면 우리가 공격당하오.

안토니우스 그자는 대체 어디에 박혀 있소?

카이사르 미세눔 산중 부근입니다.

안토니우스 그쪽의 육군 병력은 어떻소?

카이사르 막강한 데다가 증강 중이오. 해상은 그쪽에서 완전히 장악하고 있소.

안토니우스 의기충천한가 보군요. 우리가 좀더 빨리 화해를 했어야 하는 건데 그랬소! 서두릅시다. 하지만 무장을 하기 전에 아까 그 이야기를 결말 지읍시다.

카이사르 대찬성이오. 곧 안내하여 누님을 만나게 해드리겠소.

안토니우스 레피두스, 당신도 반드시 참석해 주시오.

레피두스　안토니우스, 내가 아프더라도 참석하겠습니다. (나팔 소리. 카이사르, 안토니우스와 함께 퇴장)

마이케나스　이집트에서 잘 오셨습니다.

아헤노바르부스　카이사르의 심복 마이케나스! 그리고 고결한 친우 아그리파!

아그리파　오, 아헤노바르부스! 일이 잘 처리되어 참 기쁩니다. 그런데 당신은 이집트에서 재미를 많이 보셨다죠.

아헤노바르부스　예, 낮은 잠으로 보내고, 밤은 술을 마시며 새웠지요.

마이케나스　아침상에는 멧돼지 여덟 마리를 통째로 구워 놓고 열두 분이 식사를 하셨다는데, 사실입니까?

아헤노바르부스　그 정도는 독수리 앞에 파리 한 마리 격입니다. 훨씬 더 굉장한 술자리도 있었지요. 참 장관이었습니다.

마이케나스　소문이 사실이라면 여왕은 굉장한 여자인 모양입니다.

아헤노바르부스　키드누스강에서 처음 마르쿠스 안토니우스를 만나자마자 여왕은 장군님의 마음을 자기 가슴속에 담고 말았지요.

아그리파　굉장했던 모양이죠? 내가 들은 소문이 거짓말이 아니라면.

아헤노바르부스　그 이야기를 해드리죠. 여왕이 탄 배는 닦아놓은 옥좌같이 물 위에 찬란했소. 고물에 황금이 깔리고, 돛은 자주색 비단인데 어찌나 향기로운 냄새를 풍기는지 바람들조차 이 돛에 홀딱 반할 지경이었소. 그뿐인가, 피리 소리에 맞추어 은으로 만든 노를 젓자 노에 저어지는 물결은 금방 뒤쫓아 왔죠. 젓는 노에 홀린 것처럼요. 더구나 여왕 자신은, 말로는 도저히 표현하기 어려웠소. 금실로 짠 비단 휘장 아래 기대 누워, 인간의 상상력이 자연의 조화를 압도하는 저 베누스 여신을 무색케 했소. 양옆에는 보조개를 지은 미소년들이 지켜 서서, 보시시 웃는 큐피드인 양 오색 부채를 부치고 있으니, 부채 바람으로 일단 식은 우아한 볼은 다시 달아올라 황홀하게 빛났습니다.

아그리파　오, 안토니우스께서는 얼마나 감격하셨을까!

아헤노바르부스　시녀들은 물의 요정들같이, 인어 떼같이 여왕 앞에 지켜 서서 시중을 드니, 이 또한 아름답게만 보였소. 고물에는 인어처럼 분장한 여자가 키를 잡고 있고, 비단실 밧줄들은 꽃같이 보드라운 손들이 당기는 대로 팽팽해지는데, 그것 또한 교묘한 솜씨였지요. 배에서는 눈에도 안 보이는 절묘한 향기가 풍겨 근처 언덕 위 사람의 감각을 찌르고요. 온 거리 사람들은 그리로 몰려오고, 안토니우스는 광장에 홀로 앉아서 바람을 상대로 휘파람을 불고 계셨지요. 그런데 공기가 진공이 될 우려만 없었던들, 그 휘파람조차 클레오파트라를 구경하러 갈 판이니, 그렇게 되면 자연 속에 빈틈이 생겼을 것이오.

아그리파 굉장한 이집트 여왕이군요!

아헤노바르부스 여왕이 배에서 내리자, 안토니우스 각하는 사신을 보내어 만찬에 초대하셨지요. 여왕은 도리어 자기가 초대하겠다는 답변을 보내왔소. 여왕의 청이고 보니 예절 바른 장군님은 여성에겐 거절할 줄 모르는 성품이라, 열 번이나 면도질을 하시고 연회에 나가셨는데, 단지 눈요기밖에 안 되는 향연의 대가로 장군님은 마음을 내주시고 마셨소.

아그리파 굉장한 여인이군요! 저 위대한 카이사르조차 침상에 대검을 풀어던지고 밤 농사를 짓게 한 여자란 말이오. 그리고 그 수확까지 있었소.

아헤노바르부스 나도 한 번 봤는데, 여왕은 거리를 마흔 발쯤 뛰어가서 숨을 헐떡거리며 말을 했지요. 그런데 그것이 오히려 더 근사해 보이질 않겠소. 숨 가쁜 중에 더 싱싱한 매력을 드러내더군요.

마이케나스 하지만 이제 안토니우스 각하는 여왕을 영영 버릴 수밖에 없지요.

아헤노바르부스 천만에, 버릴 리는 없소. 나이도 여왕을 시들게 하지 못하고, 언제 봐도 싱싱하오. 끝없는 변화성을 가지고 있으니까요. 딴 여자들은 남자에게 만족을 주고 나면 물리고 말지만, 여왕은 가장 흡족해할 만한 만족을 주는 그 자리에서 도리어 굶주림을 느끼게 해주오. 아주 야비한 짓도 여왕이 하면 좋게만 보이오. 그래서 신성한 성직자들도 여왕의 난봉에는 축복을 할 지경입니다.

마이케나스 미모와 지혜와 정숙하고 단아한 덕행이 안토니우스 각하의 마음을 붙잡아 놓을 수 있다면, 그분에게는 옥타비아가 참으로 축복받을 아내죠.

아그리파 그럼 가봅시다. 아헤노바르부스, 이곳에 머무시는 동안에 나의 손님이 돼주시기 바랍니다.

아헤노바르부스　예, 감사합니다. (모두 퇴장)

〔제2막 제3장〕

로마. 카이사르의 집.
안토니우스와 카이사르 등장. 두 사람 사이에 옥타비아가 앉아 있다.

안토니우스　위급에 대처해야 할 나의 직책이 때때로 이 몸을 당신 품으로부터 떼어놓을지도 모르오.

옥타비아　그런 때는 언제나 신 앞에 무릎을 꿇고 당신을 위해 기도드리겠어요.

안토니우스　편히 주무시오, 카이사르. 그리고 옥타비아, 나의 흠을 세상의 소문대로 읽지 마시오. 이제껏 행실이 단정치 못했으나 앞으로는 모든 일에 규율을 지키겠소. 자 옥타비아, 당신도 가서 쉬어요.

옥타비아　편히 쉬십시오.

카이사르　편히 쉬시오. (옥타비아와 함께 퇴장)

예언자 등장.

안토니우스　여보게, 자넨 이집트로 돌아가고 싶은가?

예언자　제가 이곳에 오지 않았거나, 아니면 장군님께서 그곳에서 오시지 않았다면 좋았으리라 생각합니다.

안토니우스　그건 또 왜 그렇지?

예언자　전 마음속으로 알지만, 입 밖으로 표현하지는 못합니다. 하지만 어서 다시 이집트로 가보십시오.

안토니우스　어디 말해 보게. 어느 쪽 운수가 셀 것 같은가? 카이사르와 나 말이네.

예언자　카이사르의 운수입니다. 그러니 안토니우스 각하, 카이사르 곁을 피하십시오. 각하의 수호신, 각하를 수호하는 정령은 카이사르만 없으면 고귀하고 용감하여 아무도 대항할 수 없습니다. 그러나 카이사르가 곁에만 있으면 각하의 수호신은 겁을 내고 압도당해 버립니다. 그러니 그분과는 멀리 떨어져 계셔야 합니다.

안토니우스 더는 그런 소리 말게.

예언자 각하 이외의 다른 분에게는 말하지 않겠습니다. 다른 분에게는 절대로. 그분과는 어떤 승부를 하셔도 반드시 각하께서 지십니다. 타고난 운수가 좋아서 그분은 불리한 처지에서도 각하를 넘어뜨립니다. 그분이 곁에서 빛나고 있으면 각하의 빛은 흐려지고 맙니다. 각하의 정령은 그분이 곁에 있으면 온통 겁을 내어 각하를 돕지 못하기 때문에 그렇습니다. 그분만 곁에 없으면 다시 훌륭해집니다.

안토니우스 물러가게. 벤티디우스에게 내가 좀 보잔다고 전해 주게. 그를 파르티아에 보내야겠어. (예언자 퇴장) 우연인지 몰라도 예언자 말이 맞아. 주사위조차 카이사르 뜻대로 나오고 두 사람이 시합을 하면 내 솜씨가 나을 때도 그의 좋은 운 때문에 나는 맥을 못 쓰거든. 둘이서 제비를 뽑아도 그가 이기고, 닭싸움을 붙여봐도 그 사람 닭이 이기지 않는가. 전혀 비교도 안 되는 경우조차도. 그리고 메추리를 새장에 넣어서 싸움을 붙여보면 형편없는 경우도 그 사람 것이 내 걸 때려눕히거든. 나는 이집트로 가야겠어. 화목을 위해서 나는 이번 결혼을 하기로 했지만, 나의 쾌락은 동방에 있잖은가.

벤티디우스 등장.

안토니우스 오, 벤티디우스, 그대는 파르티아로 가봐야겠소. 그대 임명장은 나와 있으니, 이리 따라와서 받아주오. (모두 퇴장)

〔제2막 제4장〕

같은 장소. 어느 거리.
레피두스, 마이케나스, 아그리파 등장.

영화 〈안토니우스와 클레오파트라〉 리차드 버튼·엘리자베스 테일러 출연. 1963.

레피두스 이젠 염려들 그만하고, 어서 장군님 뒤를 쫓아가 보시오.

아그리파 예, 마르쿠스 안토니우스께서 옥타비아 님께 작별 키스만 마치시면, 저희들은 따라가게 됩니다.

레피두스 다음에 만날 때는 갑옷 입은 모습이 두 사람에게 잘 어울릴 거요. 그럼 그때 또 만납시다.

마이케나스 그런데 지세로 보아 저희들이 레피두스 님보다 먼저 그 산에 도착할 것 같습니다.

레피두스 그대들 길은 지름길이오. 나는 볼일 때문에 어쩔 수 없이 돌아서 가야 하오. 그대들은 나보다 이틀은 먼저 도착할 것이오.

마이케나스, 아그리파 그럼, 성공을 빌겠습니다!

레피두스 그럼 잘들 가시오. (모두 퇴장)

〔제2막 제5장〕

알렉산드리아. 클레오파트라의 궁전.

내시 마르디안 등장.

클레오파트라, 카르미안, 이라스, 알렉사스 등장.

클레오파트라 음악을 좀 들려다오. 음악은 연애하는 사람에게는 수심에 찬
마음의 양식이니까.
모두 음악을 울려라!

내시 마르디안 등장.

클레오파트라 음악은 그만두고 당구를 치자꾸나, 카르미안.
카르미안 전 팔이 아파요. 마르디안과 치시는 게 좋을 거예요.
클레오파트라 여자와 치는 거나 내시와 치는 거나 마찬가지일 테지. 나와 쳐
보겠느냐!
마르디안 최선을 다해 쳐보겠습니다, 전하.
클레오파트라 정성만 있으면 부족한 점이 있더라도 어릿광대의 변명은 서는
법이다. 하지만 당구는 그만두겠다. 낚싯대를 가져오너라. 강으로 나가봐야겠
다. 멀리서 음악을 연주시켜 놓고 지느러미가 누런 물고기들을 꾀여 낚아야
겠다. 구부러진 낚시바늘에 그놈들의 미끄러운 아가미가 걸릴 것 아니냐. 그
리고 나는 잡아챌 때마다 그놈들 하나하나를 안토니우스로 생각하고 이렇
게 말하겠다. "아하! 당신은 잡혔다."
카르미안 그땐 재미있었지요. 두 분이 내기를 걸고 낚시질을 하셨을 때 말이
에요. 그때 잠수부가 그분 낚시에 물고기를 걸어놓은 것을 그분은 신이 나서
끌어올리셨지요.
클레오파트라 그때…… 아, 그때! 나는 너무 웃어서 그분의 기분을 망치고 말
았지만, 그날 밤에는 또 그 웃음으로 그분의 기분을 고쳐드렸어. 그리고 다
음 날 아침 9시도 되기 전에 술을 먹여서 잠들게 했지. 그리고 나의 머리 장
식이며 망토를 그분에게 씌워 드리고, 그분이 필리피 전장에서 휘둘렀던 명
검을 내가 차봤지.

전령 등장.

클레오파트라　오, 이탈리아로부터? 그 생생한 소식을 내 귀에 부어넣어 다오. 이 귀는 오랫동안 메말라 있었으니까.

전령　여왕 전하, 여왕 전하.

클레오파트라　안토니우스께서 돌아가셨구나! 그렇다고 말만 해봐라, 이 망할 것 같으니. 넌 네 여왕을 죽이는 것이 된다. 그러나 별일 없으시고 자유의 몸이라고 말한다면 네게 황금을 주고, 이 손의 파란 정맥에 키스하도록 해주겠다. 여러 국왕들이 입술을 갖다 대고 몸을 부르르 떨며 키스하던 이 손이다.

전령　전하, 먼저 그분은 안녕하십니다.

클레오파트라　아, 그럼 황금을 더 보태주겠다. 그렇지만 여봐라, 우린 죽은 사람보고도 안녕하다고 하는 수가 있는데, 그런 의미라면 네게 주겠다던 그 황금을 녹여 못된 말을 지껄인 네 목구멍에 부어넣겠다.

전령　전하, 제 말을 들어보십시오.

클레오파트라　그럼 말해 봐라. 들어보자. 하지만 네 낯빛이 수상하구나. 안토니우스께서 아무 탈 없이 건강하시다면…… 그렇게 좋은 소식을 그처럼 시큼한 낯짝으로 알리지는 않을 것 아니냐? 그러나 그처럼 건강하시지 않다면, 넌 뱀을 머리칼로 이고 있는 복수의 여신 꼴을 하고 와야 마땅할 것이고, 멀쩡하게 인간의 탈을 하고 오지는 않았을 텐데.

전령　황공하오나 제 말부터 들어보십시오.

클레오파트라　네 이야길 듣기 전에 널 때려주고 싶어서 마음이 들먹들먹한다. 하지만 안토니우스께서 살아 계시고, 무사하시고, 카이사르와는 사이가 좋으시고, 그분의 포로는 아니라고 네가 말하면, 내 황금의 소낙비를 쏟아주고 진주알의 우박을 뿌려주겠다.

전령　전하, 그분은 무사하십니다.

클레오파트라　좋은 소식이다.

전령　그리고 카이사르와 사이가 좋으십니다.

클레오파트라　넌 참 정직한 사람이구나.

전령　카이사르와는 어느 때보다도 훨씬 사이가 좋으십니다.

클레오파트라　널 톡톡히 출세 좀 시켜줘야겠구나.

전령　하오나 전하…….

클레오파트라　"하오나" 그 말은 듣기 싫다. 이 말로 아까 그 좋은 소식을 망치고 마는구나. 에잇, "하오나"가 다 뭐냐! "하오나"는 무슨 흉악한 죄인을 끌어내리려고 오는 교도관 같구나. 여봐라, 좋은 소식 나쁜 소식 통틀어서 내 귀에 부어넣어 다오. 그분은 카이사르와 사이가 좋으시고 건강하시다고 너는 말했지. 그리고 자유의 몸이시라고 말했지.

전령　자유의 몸이시라뇨? 천만에요, 전하! 그런 보고를 드린 기억은 없습니다. 지금 옥타비아와의 관계가 있으니까요.

클레오파트라　관계라니?

전령　이불 속에서의 근사한 관계 말입니다.

클레오파트라　카르미안, 정신이 아찔해지는 것 같구나.

전령　전하, 그분은 옥타비아와 결혼하셨습니다.

클레오파트라　에이, 무서운 전염병에나 걸릴 놈아! (전령을 때려 쓰러뜨린다)

전령　전하, 진정하십시오.

클레오파트라　뭐라고? (전령을 또 때린다) 썩 물러가라, 고얀 놈 같으니! 물러가지 않으면 네 눈깔을 공같이 차 내던져 버리고 네 머리칼을 쥐어뜯어 놓겠다. (전령을 쥐어박는다) 이놈을 철사로 후려갈겨 줄까 보다. 그리고 소금물에 절이고 식초에 담가서 생지옥의 고통을 맛보게 해줄 테다.

전령　전하, 저는 소식을 가져왔을 뿐 결혼을 주선한 건 아닙니다.

클레오파트라　아까 한 말을 취소하면 네게 영토를 주고, 당당한 신분으로 출세시켜 주겠다. 그리고 네가 얻어맞은 대신 나를 화나게 한 것을 용서해 주겠다. 게다가 엉뚱한 청만 아니면 무엇이든 네 소원대로 들어주겠다.

전령　그분은 결혼하셨습니다, 전하.

클레오파트라　망할 자식 같으니. 살려두지 않겠다. (칼을 빼다)

전령　당치 않으십니다. 전 이만 물러가겠습니다. 전하, 왜 이러십니까? 저는 잘못한 기억이 없습니다. (퇴장)

카르미안　진정하세요. 저자는 죄가 없습니다.

클레오파트라　죄 없는 사람도 더러는 벼락을 면치 못하는 법이다. 이집트는 나일강에 빠져버려라! 온순한 동물들은 모두 뱀이 돼버려라! 그 녀석을 다시

영화 〈안토니우스와 클레오파트라〉 클레오파트라를 연기한 엘리자베스 테일러. 1963.

불러들여라. 나는 미친다 해도 그 녀석을 물어뜯지는 않을 테니까. 어서 불러들여라!

카르미안 무서워서 오지 않을 것입니다.

클레오파트라 그 녀석을 해치지는 않겠다. (카르미안 퇴장) 이 손은 버릇도 없지. 나보다도 못한 자를 때리다니! 이건 처음부터 내가 직접 씨를 뿌려놓은 인연이 아닌가.

카르미안이 전령을 데리고 돌아온다.

클레오파트라 자, 이리 오너라. 정직하긴 하다만 나쁜 소식을 알려오는 건 좋지 못하다. 좋은 소식 같으면 수없이 혀를 동원시켜도 관계없지만, 흉한 소식은 저절로 알려지게 놔둬야 한다.

전령 저는 맡은 바 임무를 다했을 뿐입니다.

클레오파트라 그분이 결혼하셨느냐? 나는 더 이상 너를 미워할 까닭이 없다. 네가 또다시 "예" 하더라도 말이다.

전령 예, 결혼하셨습니다.

클레오파트라 이 저주받을 녀석 같으니! 네 말만 고집 피울 테냐?

전령 그럼 저한테 거짓말을 하란 말씀이십니까, 전하?

클레오파트라 오, 거짓말이라도 해줬으면 좋을 것 아니냐. 이집트의 절반이 물에 잠겨 비늘 달린 뱀이 사는 늪이 돼도 상관없으니까! 그만 물러가라. 네가 나르키소스 같은 미소년이라도 내게는 밉게만 보일 거다. 정말 그분이 결혼하셨느냐?

전령 전하, 용서해 주십시오.

클레오파트라 결혼하셨느냐 말이다.

전령 화내지 마시옵소서. 저는 전하의 역정을 사고자 말씀드린 건 아니니까요. 저에게 말을 하라 시켜놓으시고서 벌을 주시는 건 너무나 부당하옵니다. 그분은 옥타비아와 결혼하셨습니다.

클레오파트라 오, 그분의 잘못 때문에 전혀 무고한 너마저 악당이 되었구나! 물러가라. 네가 로마에서 가져온 그 물건은 너무도 비싸서 나는 살 수가 없구나. 두고두고 팔리지 않다가 끝내는 네 파멸거리나 돼라!

카르미안 전하, 진정하세요.

클레오파트라 나는 안토니우스를 칭찬하는 나머지 카이사르를 험담하곤 했었지.

카르미안 예, 여러 번 그런 일이 있었습니다.

클레오파트라 이젠 그 보복을 받는구나. 날 좀 부축해서 안으로 안내해라. 기절할 것만 같구나. 오, 이라스, 카르미안. 아, 이제 괜찮다. 여봐라 알렉사스, 아까 그자한테 가서 옥타비아의 생김새를 좀 알아보고 오너라. 나이와 성격도 들어보고, 머리칼 빛깔도 잊지 말고 물어봐라. 그리고 서둘러 내게 보고해라. (알렉사스 퇴장) 이젠 그분을 영영 잊어야겠어. 아니, 그럴 수는 없지…… 카르미안, 그분은 어떤 때는 괴물같이 보이다가도 어떤 때는 군신처럼 보이더구나. (마르디안에게) 너는 가서 알렉사스에게 그 여자의 키도 물어보고 오라고 해라. 내가 가엾지, 카르미안. 하지만 아무 말도 하지 마라. 날 방으로 좀 데려다 다오. (모두 퇴장)

〔제2막 제6장〕

미세눔. 바닷가.

나팔 소리. 나팔이 울리는 가운데 한쪽에서 폼페이우스와 메나스가 북 치는 사람과 함께 등장. 다른 쪽에서는 카이사르, 안토니우스, 레피두스, 아헤노바르부스, 마이케나스, 아그리파, 그리고 병사들이 등장.

폼페이우스 나는 그쪽의 볼모를 잡고 있고, 그쪽 또한 이쪽의 볼모를 잡고 있소. 그러니 우리 개전에 앞서 담판을 합시다.

카이사르 먼저 담판을 하는 것이 가장 좋을 듯하오. 그래서 우리는 앞서 우리의 생각을 적어 보냈던 거고, 그걸 잘 검토하셨다면 당신은 불만의 칼을 칼집에 넣고 수많은 용사들을 시칠리아로 이끌고 돌아갈 것으로 아오. 그렇지 않으면 그 용사들은 이곳에서 몰살당하는 수밖에 없소.

폼페이우스 세 분 각하, 신을 대신하여 이 넓은 땅을 장악하고 통치하시는 세 분께 말씀드리지만, 자식과 친구들이 있는데 내 아버지의 원한을 씻지 못해서야 되겠습니까? 필리피에서는 유령으로 나타나서 저 브루투스를 위협한 율리우스 카이사르를 위해서 당신들은 전쟁을 하시지 않았습니까! 대체 저 창백한 카시우스가 음모를 꾸민 것은 무엇 때문이었고, 어찌하여 존경받는 고결한 로마인 브루투스가 자유를 꿈꾸며 무장한 사람들과 함께 의사당을 피로 물들였는지 아십니까? 이는 오직 한 인간을 인간으로 대우받게 하기 위한 게 아니었습니까? 내가 이번 해군을 진격시킨 것도 그와 같은 이유에서입니다. 나는 이 함대를 가지고 내 고귀하신 아버지를 모욕한 로마 시민의 배신을 벌할 참이오.

카이사르 충분히 더 말씀하시오.

안토니우스 당신의 함대로 우리를 위협하지는 못하오. 바다에서도 상대해 드리죠. 그러나 당신도 알다시피 땅에서는 우리 군이 압도적이오.

폼페이우스 땅에서, 과연 당신은 내 아버지의 집을 빼앗고 나를 골탕먹였소. 그러나 뻐꾹새는 자신의 집을 짓지 않는다니, 당신도 영원히 그 집을 차지할 수는 없을 것이오.

레피두스 아니, 그 이야기보다 ─ 그 이야기는 지금 관계없는 문제니까 ─ 우리가 보낸 조건을 어떻게 생각하는지 말씀해 보시오.

카이사르 그것이 요점이오.

안토니우스 이쪽에서 굳이 간청하지는 않겠으나, 수락하면 당신에게 어떤 이득이 있는지 따져보시오.

카이사르 그리고 그 이상의 이득을 요구하면 어떤 결과가 될 것인지도 고려해 보시오.

폼페이우스 당신들은 시칠리아와 사르디니아를 제공해 왔소. 그 대신 나는 해상 해적들을 소탕하고, 또한 로마에 일정한 밀을 조공으로 바칠 의무를 갖게 되오. 이것이 합의되면 서로 칼날을 겨누거나 방패를 상할 것 없이 작별하게 된다는 것이었죠?

카이사르, 안토니우스, 레피두스 그런 조건이었소.

폼페이우스 사실 나는 이 조건을 수락할 생각으로 여기 나온 것이오. 그러나 마르쿠스 안토니우스가 그만 내 화를 돋워 놓는구려. 이런 말을 내 입으로 하긴 뭣하지만 그렇다고 말하지 아니할 수 없게 되었소. 안토니우스, 카이사르와 당신의 동생이 싸우고 있을 때 당신 어머니는 시칠리아로 피신해 와서 나의 환대를 받았소.

안토니우스 그 이야기는 나도 벌써 들었고, 당신께 진 빚은 충분히 갚을 생각이었소.

폼페이우스 그럼, 우리 악수를 합시다. 여기서 당신을 만나리라고는 생각지 못했소.

안토니우스 동방의 침상은 포근하거든요. 아무튼 감사하오. 당신 덕분에 이곳에 일찍 오게 되었으니까요.

카이사르 요전에 만났을 때와는 달라지셨군요.

폼페이우스 글쎄 가혹한 운명이 내 얼굴에 무엇을 적어놨는진 몰라도, 그것이 이 가슴속에 들어와서 마음까지 노예로 만들지는 않았습니다.

레피두스 참 잘 만났습니다.

폼페이우스 나 또한 같은 마음이오, 레피두스. 그럼 합의를 보았으니까 문서로 만들어 서명하기로 합시다.

카이사르 그렇게 합시다.

폼페이우스 그리고 헤어지기 전에 두루두루 술자리를 베풀기로 합시다. 순서는 제비뽑기로 결정합시다.

안토니우스 내가 먼저 대접하죠, 폼페이우스.

폼페이우스 아니오, 안토니우스, 제비뽑기로 정합시다. 처음이든 끝이든 당신의 유명한 이집트식 요리를 맛보게 되겠지요? 소문에 율리우스 카이사르도 그곳에서 잔치로 살이 쪘다죠.

안토니우스 많은 소문을 들으셨군요.

폼페이우스 나쁜 뜻은 아닙니다.

안토니우스 말투도 좋습니다.

폼페이우스 하긴 참으로 많은 소문을 들었지요. 또 듣자니 아폴로도로스란 자가 어떤 여왕을…….

아헤노바르부스 그 이야긴 하지 마십시오. 사실인즉 그랬습니다.

폼페이우스 아니, 무슨 이야기 말이오?

아헤노바르부스 저, 어떤 여왕을 이불에 싸서 카이사르한테 짊어지고 간 이야기 말입니다.

폼페이우스 아, 이제 그대를 알아보겠소. 잘 있었소, 용사?

아헤노바르부스 예, 그런데 이 입 또한 호강 좀 하게 될 것 같습니다. 앞으로 네 차례나 술잔치가 벌어질 모양이니까요.

폼페이우스 자, 우리 악수를 하세. 나는 그대를 한 번도 미워한 적이 없소. 나는 그대가 싸우는 모습을 내심 부러워해 왔다오.

아헤노바르부스 예, 저는 각하를 사랑해 본 적은 없습니다만, 그래도 제가 생각한 것보다 열 배나 더 훌륭한 일을 하셨을 때는 장군님을 칭찬하곤 했습니다.

폼페이우스 솔직해서 좋소. 그게 그대에게 잘 어울리거든요. 그럼 내 배로 모두를 초대하겠습니다. 자, 앞에 가보실까요?

카이사르, 안토니우스, 레피두스 그럼, 안내해 주시오.

폼페이우스 이리들 오시오. (메나스와 아헤노바르부스만 남고 퇴장)

메나스 (혼잣말로) 폼페이우스, 당신 아버지 같으면 그따위 조약을 체결하지는 않았을 것이오. (아헤노바르부스를 보고) 당신과 나는 만난 기억이 있는데요.

아헤노바르부스 아마 바다에서 만났지요.

메나스 예, 그런가 보오.

아헤노바르부스 당신은 바다에서 잘 싸우셨소.

메나스 당신은 뭍에서.

아헤노바르부스 누구든지 나를 칭찬해 주는 분께는 나도 칭찬해 드리지요. 하긴 내가 뭍에서 세운 공은 사실입니다.

메나스 내가 바다에서 세운 공 또한 사실입니다.

아헤노바르부스 하지만 당신의 안전을 위해서는 좀더 겸손하게 행동하시는 게 좋을 것 같군요. 당신은 바다의 큰 도둑이었으니까요.

메나스 당신은 뭍의 도둑이고요.

아헤노바르부스 뭍에서 내가 그런 공을 세운 기억은 없소. 여보시오, 우리 악수합시다. 그런데 우리의 눈이 경관이라면, 도둑이 둘이서 악수하고 있는 것을 보고 당장에 체포할 게 아니겠소.

메나스   누구나 다 얼굴만은 멀쩡한 법이죠. 손목이 무슨 짓을 하든 말이오.

아헤노바르부스   그러나 미녀 얼굴치고 가짜가 아닌 것은 없소.

메나스   그만한 욕도 싸지요. 미녀 얼굴은 남자의 마음을 도둑질하니까요.

아헤노바르부스   우리가 여기 온 것은 당신들과 싸우기 위해서였는데요.

메나스   나로서도 일이 술잔치로 변하게 된 것이 유감입니다. 폼페이우스는 오늘 자신의 운명을 웃음으로 내던져 버리시려는 모양입니다.

아헤노바르부스   그렇다면 울음으로 되찾을 수도 없는 일이죠.

메나스   옳은 말씀이오. 그런데 우린 마르쿠스 안토니우스를 여기서 뵐 줄은 몰랐군요. 그분은 클레오파트라와 결혼하셨습니까?

아헤노바르부스   카이사르의 누님으로 옥타비아라는 분이 있지요.

메나스   그래요. 그분은 카이우스 마르켈루스의 부인이었지요.

아헤노바르부스   그렇지만 지금은 마르쿠스 안토니우스의 아내입니다.

메나스   그게 사실인가요?

아헤노바르부스   사실입니다.

메나스   그렇다면 카이사르와 그분은 영구히 결합된 셈이군요.

아헤노바르부스   내가 이 결합에 대해 예언해야 한다면, 그렇게 예언하진 않았을 거요.

메나스   이번 결혼은 서로의 우정보다는 정략에 목적이 있는가 보군요.

아헤노바르부스   나 또한 그렇게 생각하오. 하지만 우정을 동여매는 듯이 보이는 줄이 도리어 두 분의 화목을 졸라매 죽이는 줄이 될는지도 모르오. 그나저나 옥타비아는 정숙하고 침착하며 말수가 적은 성격이오.

메나스   그런 아내를 누가 마다하겠소!

아헤노바르부스   그런 걸 좋아하지 않는 남자는 안 그렇습니다. 마르쿠스 안토니우스가 그런 분입니다. 그분은 아마 자신의 이집트 요리로 돌아 가실 것이오. 그러면 옥타비아의 한숨이 카이사르의 불길을 일으켜 놓을 테니, 아까 말한 바와 같이 친목의 원동력이 도리어 불화의 직접적인 원인이 될 테죠. 안토니우스는 정이 가는 곳밖에 애정을 쏟지 않는 분이오. 이번 결혼은 그분으로선 사태를 해결하고자 편의상 한 것뿐이죠.

메나스   아마 그런가 보군요. 자, 배로 안 가보시겠소? 건배를 하시지요.

아헤노바르부스 받지요. 목은 이집트에서 단련시켜 놨습니다.

메나스 자, 가보십시다. (모두 퇴장)

〔제2막 제7장〕

미세눔 해안. 폼페이우스 배의 갑판.

음악. 하인 두세 명이 술상을 들고 등장.

하인 1 이제들 나오실 거네. 몇 분은 벌써 다리가 휘청거린단 말이야. 바람이 조금만 불어도 쓰러질걸.

하인 2 레피두스 장군은 홍당무가 됐군.

하인 1 다들 그 장군에게만 권했거든.

하인 2 저마다 자기네 고집대로 굴고 있는데, 그 장군은 "그만들 두시오!" 소리를 질러서 겨우 화해시켜 놓고선, 자신이 남의 잔까지 들이켰단 말씀이야.

하인 1 덕분에 그 장군 머릿속에서는 더 큰 전쟁이 일어나 있겠군.

하인 2 누가 아니래. 실력 없이 큰 분들 틈에 끼면 그러게 마련이야. 나 같으면 감당하지 못하는 창보다는 실속 없기론 마찬가지니까 갈대나 들겠어.

하인 1 거대한 천체 속에 끌려들어 가서도 그 궤도에서 빛을 내지 못한다면, 눈알이 없는 눈구멍같이 꼴불견 아니겠느냐 말이야.

나팔 소리. 카이사르, 안토니우스, 레피두스, 폼페이우스, 아그리파, 마이케나스, 아헤노바르부스, 메나스 그 밖의 부대장들 갑판 위에 등장.

안토니우스 (카이사르에게) 그쪽 사람들은 이렇게 합니다. 나일강의 물 높이를 피라미드에 표해 놓은 척도로 재지요. 그리고 높은가, 중간인가, 낮은가에 따라서 흉년이 올 것인지, 풍년이 올 것인지를 압니다. 강물이 흘러넘칠수록 풍년이 올 가능성이 많습니다. 물이 빠진 뒤에 씨 뿌리는 사람이 질퍽질퍽한 개흙 위에 씨를 뿌려놓으면, 얼마 되지 않아 수확기가 되니까요.

레피두스 그곳에는 괴상한 뱀이 있죠?

오페라 〈안토니우스와 클레오파트라〉 사뮤얼 바버 연출, 저스티노 디아츠(안토니우스 역)·레온 틴 프라이스(클레오파트라 역) 출연, 메트로폴리탄 오페라 뉴욕 공연. 1966.

안토니우스 예, 그렇습니다.

레피두스 이집트의 뱀은 태양의 힘을 받으며 진흙에서 자란다죠. 악어도 그렇고요.

안토니우스 그렇습니다.

폼페이우스 앉으시오. 술 좀 더 합시다. 자, 레피두스, 건배요!

레피두스 기력이 평소 같지는 않습니다만, 잔을 마다할 이 사람은 아닙니다.

아헤노바르부스 이제 곧 곤드레만드레 취할 정도이면서, 장군님은 술독에 빠질 작정이신가 봅니다.

레피두스 그렇소. 나도 들었지만 프톨레마이오스 왕실의 피라미드는 굉장한 물건이라더군요. 그 이야기엔 이 사람도 이의가 없소.

메나스 (폼페이우스에게만 들리게) 폼페이우스 각하, 한마디만.

폼페이우스 (메나스에게만 들리게) 내 귀에 대고 말하오. 뭐요?

메나스 (폼페이우스의 귀에 대고 속삭인다) 잠깐 이 자리를 뜨셔서 제 이야기를 좀 들어보십시오.

폼페이우스 (메나스에게만 들리게) 잠깐만 기다리오. (큰 소리로) 자, 잔 받으시오, 레피두스!

레피두스 악어란 건 어떻게 생긴 것입니까?

안토니우스 그건 악어 꼴같이 생기고, 폭은 악어 폭만 하며, 키는 악어 키만 하고, 그리고 제 팔다리로 움직입니다. 그리고 온갖 자양분을 먹고 살며, 일단 원소가 빠져나가면 다른 생물로 환생하지요.

레피두스 빛깔은요?

안토니우스 악어 빛을 하고 있지요.

레피두스 참 신기하군요.

안토니우스 그렇소. 그리고 그놈의 눈물은 축축합니다.

카이사르 그런 설명으로 저 사람이 만족할까요?

안토니우스 폼페이우스의 건배까지 있었는데, 그래도 만족이 안 된다면 그건 욕심이 너무 많은 사람이오.

폼페이우스 (메나스의 귀띔을 듣고 작은 소리로) 제기랄! 그따위 소리가 어디 있소! 감히 내게 그런 소릴 하다니! 저리 가시오! 저리 가라니까. (큰 소리로) 내가 가져오라는 잔은 어디 있나?

메나스 (폼페이우스에게만 들리게) 지난날 공로를 보아서라도 제 이야기를 좀 들어보십시오. 자리에서 일어서 주십시오.

폼페이우스 (메나스에게만 들리게) 제정신이 아닌가 보군. 대체 무슨 이야기요?

(일어서서 메나스와 함께 구석으로 걸어간다)

메나스   저는 여태껏 장군께 충성을 다해 왔습니다.

폼페이우스   그대가 충성을 다해 온 건 나도 알고 있소. 그 밖에 할 말이 뭐요? (큰 소리로) 여러분, 즐겁게 노시오.

안토니우스   레피두스, 이 술은 모래사태요. 피하지 않으면 침몰당하시겠소.

메나스   각하는 세상의 주인이 되고 싶지 않으십니까?

폼페이우스   무슨 이야기요?

메나스   온 세상의 주인이 되고 싶지 않으시냔 말입니다. 이제 두 번째 이야기 했습니다.

폼페이우스   어떻게 하면 될 수 있소?

메나스   그럴 뜻만 있으시면 됩니다. 장군께서는 저를 하찮게 보시지만, 저는 온 세상을 장군께 드릴 수 있는 사람입니다.

폼페이우스   어지간히 취했나 보오.

메나스   아닙니다, 잔엔 손도 대지 않았습니다. 생각만 있으시면 장군께서는 이 땅의 유피테르 신이 되실 수 있습니다. 태양이 둘러싸고 하늘이 덮은 이 세상은 무엇이든지 다 장군님의 것이 될 수 있습니다. 가지실 의향만 있으시면 말입니다.

폼페이우스   그 방법을 말해 보오.

메나스   세계의 세 공동 소유자, 장군님의 경쟁자들은 지금 장군님의 배 안에 있습니다. 제가 닻줄을 끊어놓겠습니다. 그리고 바깥 바다로 나가서 그들의 목을 자릅시다. 그러면 모두 장군님의 차지가 됩니다.

폼페이우스   아, 그건 그대가 입 밖에 내지 말고 실행했어야 할 일이었소! 그 대가 하면 충성이 됐을 테지만 나로선 비겁한 일이오. 실속을 차리는 것이 내 명예는 되지 못하니까. 명예가 있은 뒤에 실속이 아니겠소. 계획을 입 밖에 낸 것을 후회하시게. 나 몰래 했으면 나중에 칭찬을 받았을 게 아니오. 그러나 이제는 안 되니 포기하고 술이나 드시오.

메나스   (혼잣말로) 그럼 이제 나는 당신의 시들어 가는 운명을 그만 따르겠어. 탐내면서도, 주겠다는데 받지 못하는 위인이 무엇을 차지하겠느냐 말이야.

폼페이우스   자, 이 잔은 레피두스의 건강을 위해 건배요.

안토니우스   레피두스를 뭍으로 데려다주시오. 그 잔은 내가 대신 받겠소, 폼페이우스.

아헤노바르부스   이건 당신께 건배요, 메나스.

메나스   자, 얼마든지, 아헤노바르부스!

폼페이우스   잔이 철철 넘치도록 따라요.

아헤노바르부스   (레피두스를 업고 가는 시종을 손가락질하면서) 메나스, 참 굉장한 장사가 있군요.

메나스   왜요?

아헤노바르부스   세상의 3분의 1을 업고 가는 걸 좀 보시오. 안 그렇소?

메나스   그렇다면 세계의 3분의 1이 취해 있는 거군요. 나머지 3분의 2마저 취하게 되면 세상은 잘 돌아가겠습니다그려!

아헤노바르부스   자, 술 드시오. 마음껏 취하도록 말이오.

메나스   자, 잔을 주시오.

폼페이우스   이 정도로는 아직 알렉산드리아식 잔치엔 못 미치겠지요.

안토니우스   차츰 가까워 갑니다. 여봐라 술통을 더 따라! 자, 카이사르께 건배요!

카이사르   나는 더 이상 들지 않겠소. 술로 뇌를 씻고 도리어 더 더러워진다면 그건 당치 않은 수고니까요.

안토니우스   그러지 마시고 분위기를 따르시오.

카이사르   차라리 분위기가 나를 따라주었으면 좋겠소. 한꺼번에 이렇게 많이 마시느니 오히려 나흘간 마시지 않는 편이 낫겠소.

아헤노바르부스   (안토니우스에게) 자, 용감한 황제님! 우리 이젠 이집트식 춤을 추고, 이 술자리를 축하해 볼까요?

폼페이우스   그럽시다, 용사.

안토니우스   자, 손을 맞잡고, 돌기 시작한 술기운이 우리 감각을 부드럽고도 감미로운 망각의 강물에 빠뜨려 넣을 때까지 춤을 춥시다.

아헤노바르부스   다들 손을 맞잡읍시다. 그리고 요란스러운 음악으로 우리 귀를 집중 포격합시다. 그동안 저는 여러분의 자리를 정해 드리고, 소년에겐 노래를 부르게 하겠습니다. 다들 옆구리가 터질 만큼 후렴을 크게 부르십시오.

(음악이 연주되자 사람들 손을 맞잡아서 저마다 위치에 세운다)

소년 (노래한다)

그대는 포도의 대왕
눈깜짝이 뚱뚱보 바쿠스여, 오라!
그대의 술통 속에 세상 걱정 파묻고,
머리에 포도의 관 쓰자꾸나.

모두 (후렴을 부르면서 돛대를 돈다)

마셔라, 세계가 돌 때까지,
마셔라, 세계가 돌 때까지!

카이사르 더 하시겠소? 폼페이우스, 나는 이만 물러가겠소. (안토니우스를 보고) 안토니우스, 그만 돌아갑시다. 그렇게 경솔히 굴면 중대한 임무를 띤 우리의 체면이 서지 않습니다. 여러분, 그만 헤어집시다. 우리의 볼은 이미 달아올랐소. 호걸 아헤노바르부스도 술한텐 못 당해 내는가 보군요. 내 혀도 잘 돌지가 않는구려. 이 추태로 다들 어릿광대 꼴이 되다시피했소. 더 할 말은 없잖소? 안녕히들 주무시오. 안토니우스, 자 손을.

폼페이우스 그럼 다음에 뭍에서 상대해 봅시다.

안토니우스 그렇게 하시오. 자, 악수합시다.

폼페이우스 오 안토니우스, 당신은 내 아버지의 집을 차지하고 있소. 하지만 그게 다 뭐란 말이오? 우리는 친구가 아닙니까. 자, 보트를 타십시오. (이들이 보트에 내려 탄다)

아헤노바르부스 (그들을 바라보면서) 물에 떨어지지 않도록 조심들 하십시오. (메나스와 둘만 남는다) 메나스, 나는 뭍에 오르지 않겠소.

메나스 아 그럼, 내 선실로 갑시다. (잠잠한 악사들을 바라보며) 모두 무엇들을 하고 있는 건가? 북을 울리고 나팔과 피리로 저 호걸들과 우리의 작별을 소리 높여 바다의 왕께 알려드리잖고! 어서 음악을 울려라, 음악을! (악사들이 나팔

과 북을 울려댄다)

아헤노바르부스 (큰 소리로) 자, 내 모자다. (모자를 공중에 내던진다)

메나스 여! 훌륭한 용사, 이리 오시오. (두 사람 퇴장)

〔제3막 제1장〕

시리아 벌판.

벤티디우스가 개선한 모습으로 병사들에게 파르티아 왕자 파코루스의 시체를 메게 하고 등장. 부대장 실리우스, 다른 로마인, 장교, 병사들 등장.

벤티디우스 화살 던지기로 이름난 파르티아인들이여, 너희들은 이미 패배당했다. 이제 행운의 여신 덕택으로 나는 마르쿠스 크라수스의 죽음에 복수했다. 왕자의 시체를 군진 맨 앞에 세워라. 파르티아 왕 오로데스여, 왕자 파코루스의 죽음은 마르쿠스 크라수스의 죽음에 대한 대가이다.

실리우스 고귀한 벤티디우스, 당신의 칼이 파르티아인들의 피로 아직 뜨거울 때 달아나는 파르티아 놈들을 추격하십시오. 메디아와 메소포타미아, 달아난 자들이 도피하는 곳엔 어디고 진격하십시오. 그러면 총대장 안토니우스 장군님은 당신을 개선하는 마차에 태우고 당신 머리에 화환을 씌워 주실 테니까요.

벤티디우스 오 실리우스, 실리우스, 나는 이것으로 충분하오. 아랫사람은 흔히 지나치게 공을 내세우기 쉽다는 걸 알아두시오. 상관이 없을 때에는 너무 명성이 높아지기보다 차라리 공을 세우지 않는 게 낫소. 카이사르나 안토니우스는 언제나 자기 힘보다는 부하의 힘으로 얻은 것이 더 많으니. 안토니우스의 부하 소시우스는 시리아에서 오늘 나와 같은 처지였는데, 시시각각 잇따라 쌓아올린 공으로 오히려 주인의 총애를 잃고 말았소. 전시에 자기 대장보다 더 공을 세울 수 있는 자는 그야말로 대장 중의 대장이 아니겠소. 그런데 군인의 특징인 공명심은 자기 명성을 어둡게 할 승리보다는 도리어 패배를 택하는 법이오. 나 또한 안토니우스를 위해 더 이상 공을 세우면 그분의 노여움을 사게 될 거요. 그분의 노여움을 사게 되면 내 공로는 무너지고 말

것 아니오.

실리우스 벤티디우스 부관은 지혜가 있습니다. 지혜 없는 무인은 한낱 칼과 다를 바 없습니다. 그런데 안토니우스께 보고서를 내시겠습니까?

벤티디우스 겸손하게 보고할 생각이오. 전쟁의 부적 같은 그분의 이름 아래 우리가 승리를 이룩했다는 것, 그리고 그분의 군기와 충분히 보수를 받은 군졸의 힘으로, 패배를 모르는 파르티아 기병을 마침내 무찔렀다고 보고할 생각이오.

실리우스 그분은 지금 어디 계십니까?

벤티디우스 아테네로 진군 중이오. 우리도 무거운 짐이 있긴 하지만 서둘러 먼저 그곳에 도착해야겠소. 자, 출발합시다. 진군! (모두 퇴장)

〔제3막 제2장〕

로마. 카이사르 집의 응접실.
한쪽 문으로 아그리파, 다른 쪽 문으로 아헤노바르부스 등장.

아그리파 아니, 장군들은 벌써 헤어지셨소?

아헤노바르부스 폼페이우스와의 담판이 끝나고, 폼페이우스는 돌아갔소. 나머지 세 분은 지금 약정을 맺고 계시오. 옥타비아 님은 로마를 떠나기 싫다면서 울고 계시죠. 카이사르께서는 우울증에 걸려 계시고, 메나스 말에 따르면 레피두스께서는 폼페이우스의 술잔치 뒤로 빈혈증으로 고생하고 계시다나 보오.

아그리파 아주 고귀한 레피두스 님이지 뭐요.

아헤노바르부스 참 훌륭한 분이고말고요! 아, 그분은 카이사르 각하를 참으로 사랑하고 계시지요!

아그리파 아니오. 마르쿠스 안토니우스 각하를 깊이깊이 숭배하고 계시오.

아헤노바르부스 카이사르? 아, 그분은 이 세상의 유피테르 신이시지 뭐요.

아그리파 그럼 안토니우스는? 그러면 그분은 유피테르 신의 신이시죠.

아헤노바르부스 카이사르 말씀입니까? 아! 그분은 둘도 없는 인물이시오!

아그리파   오 안토니우스! 그분은 아라비아의 불사조이시죠.

아헤노바르부스   카이사르를 칭찬하려거든, '카이사르'라고만 하고 더는 말하지 마오.

아그리파   사실 레피두스는 최고의 찬사를 두 분에게 잘 퍼부으신다오.

아헤노바르부스   하지만 그분은 카이사르를 가장 사랑하고 계시오. 그분은 안토니우스도 사랑하시지요. 허! 마음도, 혀도, 숫자도, 붓도, 노래도, 시도 안토니우스에 대한 사랑을 말하는데 생각하거나, 말하거나, 헤아리거나, 쓰거나, 노래하거나, 시로 옮기거나 하지 못하시오…… 허! 그러나 카이사르에 대해서는 그분은 무릎을 꿇고 또 꿇고 하여 경탄해 마지않으실 뿐이오.

아그리파   그분은 두 분 다 사랑하시오.

아헤노바르부스   딱정벌레에 비한다면 두 분은 날갯죽지이고, 그분은 몸뚱아리요. (안에서 나팔 소리) 아! 말에 오르라는 신호요. 그럼 잘 계시오, 아그리파.

아그리파   행운을 빕니다. 그럼 안녕히…….

카이사르, 안토니우스, 레피두스, 옥타비아 등장.

안토니우스   그만 들어가시오.

카이사르   장군은 나의 귀중한 것을 뺏어갑니다. 나를 보아 소중히 돌보아 주시오. 누님, 내가 생각하는 바와 같은, 그리고 내가 어디까지나 보증할 수 있는 그런 아내가 되기를 바랍니다. 안토니우스, 우리의 우정을 굳게 하는 중개자로써 두 사람 사이에 놓인 이 숙녀를 우정의 성곽을 쳐부수는 망치로 삼는 일이 없도록 하시오. 만약에 우리 두 사람이 다 이를 소중히 하지 않을 바에야 차라리 이 방법을 쓰지 않는 것이 서로 우정을 나누는 데 더 나을 것이오.

안토니우스   괜한 의심으로 나를 화나게 하지 마시오.

카이사르   더 할 말은 없소.

안토니우스   몹시 염려되시는 모양이나, 그건 괜한 걱정에 지나지 않소. 그럼 신의 가호를 받으시오. 그리고 로마인들의 마음이 당신의 뜻에 봉사하게 되길 바라오. 이만 작별합시다.

연극 〈안토니우스와 클레오파트라〉 마크 라일런스(클레오파트라 역)·폴 셸리(안토니우스 역) 출연. 런던 글로브 극장. 1999.

카이사르　잘 가시오. 누님, 안녕히 가시오. 순풍에 즐거운 여행을 하기 바랍니다! 안녕히 가시오.

옥타비아　아, 나의 귀한 동생!

안토니우스　아내 눈에 4월의 소낙비가 깃들어 있군. 이건 사랑의 샘, 사랑을 가져오는 소낙비랄까. 여보, 기운을 내요.

옥타비아　부디 내 남편의 집 좀 잘 봐다오, 그리고…….

카이사르　뭐 말씀이지요, 누님?

옥타비아　귀를 이리 좀.

안토니우스　혀는 감정을 순순히 토로하지 못하고, 감정 또한 혀에게 말을 전달하지 못하는군…… 밀물에 떠 있는 백조의 깃털이 어느 쪽으로도 기울지 않는 것처럼.

아헤노바르부스　(아그리파에게만 들리게) 카이사르가 눈물을 쏟으실까요?

아그리파　(아헤노바르부스에게만 들리게) 글쎄, 얼굴에 구름이 잔뜩 껴 있네요.

아헤노바르부스　(아그리파에게만 들리게) 말(馬)이라면 더욱 흉할 텐데 인간이라서 저 정도이군요.

아그리파 (아헤노바르부스에게만 들리게) 아니 여보게, 안토니우스는 율리우스 카이사르의 시체를 봤을 때 대성통곡하시다시피 하셨고, 필리피에서 브루투스를 죽였을 때도 통곡하셨소.

아헤노바르부스 (아그리파에게만 들리게) 그해, 사실 장군님이 울음병에 걸려 있었지요. 자기 손으로 죽여놓고서 애통해하셨지요. 정말이지 나까지 함께 울었답니다.

카이사르 아니오. 누님, 늘 소식 올리리다. 누님을 한시라도 잊지 않겠습니다.

안토니우스 자, 자, 당신과 씨름이라도 하여 내 애정을 보여줄 수 있소. 자, 이렇게 안아보고, (카이사르를 포용한다) 그리고 놔드리겠소. 그럼 당신을 신들께 맡기겠습니다.

카이사르 안녕히 가시오! 행복을 비오!

레피두스 모든 별들이 두 분의 길목을 비추어 주시기를!

카이사르 안녕히, 안녕히! (옥타비아와 키스를 한다)

안토니우스 안녕히 계시오! (나팔 소리. 모두 퇴장)

〔제3막 제3장〕

알렉산드리아. 클레오파트라의 궁전.
클레오파트라, 카르미안, 이라스, 알렉사스 등장.

클레오파트라 그자가 어디 있느냐?

알렉사스 두려워서 나타나지 못하는 눈치입니다.

클레오파트라 그따위 소리는 듣기 싫다.

전령 등장.

클레오파트라 이리로 오너라.

알렉사스 여왕 전하, 전하께서 기분이 좋으실 때가 아니고서는 유대의 폭군 헤롯 왕일지라도 전하를 쳐다보지 못할 것입니다.

클레오파트라 바로 그 헤롯의 모가지를 갖겠다는 거다. 그러나 안토니우스가 안 계셔서 어떻게 해야 그걸 갖는담? 그분의 힘을 빌려야 내 위력이 통하니 말이다. 여봐라, 이만큼 다가오너라.

전령 여왕 전하…….

클레오파트라 그래, 옥타비아를 보았느냐?

전령 예, 전하.

클레오파트라 어디서?

전령 로마에서 얼굴을 봤습니다. 자기 동생과 마르쿠스 안토니우스가 양옆에서 데리고 가더군요.

클레오파트라 키는 나보다 크더냐?

전령 그리 크지는 않습니다, 전하.

클레오파트라 말소리를 들어봤느냐? 목소리가 높더냐, 낮더냐?

전령 예, 말소리를 들어봤습니다. 낮은 목소리였습니다.

클레오파트라 그건 과히 나쁘지 않은 소식이구나. 그분이 그런 여인을 오래 좋아하실 리는 없지.

카르미안 좋아하시다뇨! 그럴 리가 없습니다.

클레오파트라 나도 그렇게 생각한다, 카르미안. 둔한 목소리에 난쟁이 같아서야. 걸음걸이에 위엄은 있더냐? 네가 위엄이란 것을 본 적이 있다면 알 것 아니냐.

전령 기어간다고나 할까요. 움직여도 가만히 있는 것 같았습니다. 생명 없는 물체나 숨결 없는 조각상 같았습니다.

클레오파트라 그게 정말이냐?

전령 그렇지 않다면 저는 관찰력이 없는 사람입니다.

카르미안 이만한 관찰력을 가진 자는 이집트에 세 사람도 없습니다.

클레오파트라 꽤 영리한 자로구나. 나도 알겠다. 그 부인은 별것 아닌 듯싶구나. 이자는 여간한 관찰력을 가진 사람이 아닌가 보다.

카르미안 예, 여간 똑똑한 자가 아닙니다.

클레오파트라 그래, 그 부인이 몇 살쯤 먹어 보이더냐?

전령 예, 그녀는 과부이온데…….

클레오파트라 과부라고! 카르미안, 너 들었느냐?

전령 서른 살쯤 되어 보였습니다.

클레오파트라 생김새를 기억하느냐? 갸름한 얼굴이더냐, 둥근 얼굴이더냐?

전령 흉할 정도로 둥근 얼굴입니다.

클레오파트라 주로 그런 얼굴을 한 사람들이란 미련하게 마련이지. 그럼, 머리칼은 무슨 빛깔이더냐?

전령 예, 갈색입니다. 그리고 이마는 말할 수 없이 좁았습니다.

클레오파트라 상으로 돈을 주겠다. 앞서는 내가 지나쳤으나 언짢게 생각하지 마라. 너를 또 전령으로 보내야겠다. 이 일에는 네가 가장 적당한 인물 같다. 어서 준비를 해라. 편지는 당장에라도 쓸 수 있으니까. (전령 퇴장)

카르미안 참으로 훌륭한 사람입니다.

클레오파트라 사실 그렇구나. 아까는 너무 심히 대해서 안됐어. 보고를 들어 보니 그 부인은 별것 아닌 것 같다.

카르미안 그렇고말고요, 전하.

클레오파트라 아까 그자는 위엄이라는 것을 조금은 보았다니까, 알 거야.

카르미안 위엄을 본 적이 있다고요? 그야 안 보았을 리가 있겠습니까? 그토록 오랫동안 전하를 모셔왔는데요!

클레오파트라 한 가지 더 물어볼 것이 있었는데. 그러나 괜찮다. 내가 편지를 쓰는 곳으로 그자를 데리고 오너라. 모든 일이 순조롭게 될 것 같다.

카르미안 그야 물론이지요, 전하. (모두 퇴장)

〔제3막 제4장〕

아테네. 안토니우스 집의 어느 방.
안토니우스와 옥타비아 등장.

안토니우스 아니, 옥타비아, 단지 그것만이 아니오. 그 정도 같으면 변명도 있을 수 있소. 그와 비슷한 온갖 일들이 더 있지만, 그것들도 변명이 될 수 있소. 하지만 폼페이우스와 전쟁을 일으키고 유언장을 만들어 민중의 귀에 읽어주면서도, 나에 대해서는 거의 언급이 없었다는 거요. 그리고 부득이 내게 경의를 표해야 할 경우에도 마지못해 냉담하게 말하며, 사람을 무시하다시피 하고, 칭찬할 좋은 기회가 와도 일부러 피하면서 겨우 입에 발린 소리로만 칭찬했다는 거요.

옥타비아 여보, 그런 건 곧이듣지 마세요. 곧이듣더라도 일일이 화를 내진 마세요. 저보다도 불행한 여자는 없을 거예요. 만일 이 일로 불화가 생기고 만다면, 저는 중간에서 두 사람을 위해 기도를 드려야 하니 말이에요. 신들께서 저를 비웃으시지 않겠어요? 글쎄, 제가 "오, 내 낭군, 내 남편에게 복을 주옵소서!" 기도를 드려놓고서 "오, 동생에게 복을 주시옵소서!" 하고 앞서의 기도를 취소한다면 말이에요. 남편이 이기게 해주세요, 동생이 이기게 해주세요 기도하는 건 스스로 기도를 무너뜨리는 셈이지요. 이 양극단 사이에는 중간 길이란 절대로 없어요.

안토니우스 이봐요, 옥타비아, 진실로 당신의 애정을 아껴주는 사람에게 소중한 애정을 바쳐야 하오. 내가 명예를 잃는다면 나는 나 자신을 잃는 것이나 마찬가지요. 명예를 잃고 당신과 사는 것은 함께 안 사는 것만 못하오. 그러나 정 바란다면 당신이 중재자로 나서도 좋소. 그동안 나는 당신 동생을 무찌르기 위해 전쟁 준비를 하겠소. 어서 바삐 떠나요. 당신 소원대로 해보시오.

옥타비아 고마워요. 강력한 유피테르 신이시여, 이 약하디 약한 저로 하여금 두 사람의 중재자 역할을 하게 해주시옵소서! 둘 사이에 전쟁이 벌어지면 이 세상이 갈라져, 그 갈라진 틈은 전사자들로 메워지게 될 것입니다.

안토니우스 불화의 발단이 밝혀지거든 그쪽에 대고 화를 내구려. 당신이 두 사람을 똑같이 사랑할 수 있을 만큼 둘의 잘못이 같을 순 없는 일이니까. 떠날 준비를 하오. 동행은 뜻대로 택하고 비용도 얼마든지 청구하시오. (모두 퇴장)

〔제3막 제5장〕

같은 장소. 다른 방.

에로스와 아헤노바르부스가 양쪽에서 등장.

아헤노바르부스 이거, 에로스 아니오!

에로스 묘한 소문이 돌고 있소.

아헤노바르부스 아니, 뭐요?

에로스 카이사르와 레피두스가 폼페이우스와 전쟁을 시작했다는 거요.

아헤노바르부스 그건 오래된 소식이오. 그 결과가 어떻게 됐소?

에로스 카이사르는 폼페이우스와의 전쟁에서 레피두스를 이용해 먹고 나선, 바로 정권 분담자의 자격을 거부했소. 승리의 영광을 같이 나누지 않을 뿐더러 그것으로 만족하지 않고 전에 레피두스가 폼페이우스에게 보낸 편지를 트집 잡아 카이사르가 직접 레피두스를 고발해 체포했소. 이제 불쌍하게도 세상의 3분의 1인 분은 갇혀 있는 신세가 됐소. 죽어서 자유가 될 때까지는 말이오.

아헤노바르부스 그럼, 세계는 위아래 두 턱밖에 안 남게 된 셈이구려. 이 세계의 온갖 음식을 그 속에 던져넣으면 위아래 턱이 맷돌질을 할 테죠. 안토니우스는 어디 계시오?

에로스 지금 뜰을 산책 중이신데…… 발 앞의 것들을 이렇게 마구 차면서, "바보 같은 레피두스!"라고 소리를 지르시며, 폼페이우스를 죽인 자기 부하의 목을 자르시겠다고 으름장을 놓고 계시오.

아헤노바르부스 우리 대함대는 준비를 갖추었소.

에로스 이탈리아에 가서 카이사르와 싸우는 것이오. 아직 할 이야기가 더 있소만 지금 우리 장군께서 당신을 좀 만나자고 하시오. 내 이야기는 뒤로 미룹시다.

아헤노바르부스 특별한 일은 아니실 게요. 어쨌든 가보리다. 그곳으로 안내해 주시오.

에로스 자, 이리 오시오. (모두 퇴장)

로마. 카이사르의 집.

카이사르, 아그리파, 마이케나스 등장.

카이사르 　그 사람은 로마를 모독하고, 알렉산드리아에서 별의별 짓들을 다 했소. 그건 이렇소. 광장 중앙에 은을 입힌 단상을 꾸며놓고 클레오파트라와 자기는 민중 앞 황금 의자에 앉아서, 그 발밑에는 내 아버지의 씨라고들 하는 카이사리온과 자기들의 음욕 사이에 태어난 불륜의 씨들을 모두 앉혀놓았소. 그리고 그 사람은 클레오파트라를 이집트 여왕으로서 확정해 주고, 또한 시리아 남쪽 지방과 키프로스와 리디아의 여왕까지 겸하게 했소.

마이케나스 　그걸 민중 앞에서 했단 말입니까?

카이사르 　평소 경기 등이 행해지는 공설 운동장에서의 일이오. 그리고 그곳에서 자기 아들들을 왕 중의 왕으로서 선포했소. 대(大)메디아와 파르티아와 아르메니아는 알렉산드로스에게 주고, 시리아와 킬리키아와 페니키아는 프톨레마이오스에게 주었소. 클레오파트라는 그날 이시스 여신으로 분장하고 나타났는데, 전에도 이따금 그런 분장으로 백성들을 만났다는 거요.

마이케나스 　로마 시민에게 그대로 알립시다.

아그리파 　그 사람 오만에는 이미 싫증이 나 있으니까, 이제 로마 시민들은 그를 좋게 보진 않을 것입니다.

카이사르 　시민들은 알고 있소. 그리고 그 사람이 보내온 고발장까지 받았소.

아그리파 　누구를 고발했습니까?

카이사르 　이 카이사르요. 고발 내용인즉, 우리가 시칠리아의 섹스투스 폼페이우스의 영토를 점령하고도 그 섬의 자기 몫을 주지 않았다는 점, 그리고 전에 빌려준 배들을 내가 돌려주지 않는다는 점, 끝으로 삼두정치(三頭政治)에서 레피두스를 제거하고 내가 그의 수입을 몰수했다는 점 등이오.

아그리파 　그것에 대해서는 해명서를 보내셔야 합니다.

카이사르 　해명서는 이미 전령이 들고 떠났소. 레피두스는 요사이 너무 잔학해지고 대권을 남용함에 이르렀으니, 그만한 변화는 마땅히 받아야 한다고 해명해 보냈소. 그리고 내가 정복한 영토는 일부 분배하겠다고 했소. 단 그 사람이 정복한 아르메니아 및 그 밖의 왕국에 대해서도 같은 조건을 요구해 보냈소.

마이케나스　그 요구엔 결코 응해 오지 않을 것 같습니다.

카이사르　그렇다면 이쪽에서도 양보하지 않겠소.

　　　옥타비아, 시종들과 함께 등장.

옥타비아　잘 있었느냐, 카이사르! 여러분도 안녕하세요. 반갑구나, 카이사르!

카이사르　버림받고 돌아온 건 아니시겠지요!

옥타비아　날 그렇게 생각하진 마라. 그런 염려는 필요없으니.

카이사르　그럼 왜 이렇게 은밀히 돌아오셨나요? 카이사르의 누님답게 오시질 않고서. 안토니우스의 아내라면 군대가 앞을 안내하고, 도착하기 훨씬 전에 벌써 말 울음소리가 소식을 알려올 것 아닙니까. 그리고 길가의 나무에는 사람들이 올라앉아 기다리다 지쳐서 졸도할 정도가 되는 것이 마땅할 게 아닙니까. 아니, 수많은 시종들이 일으키는 먼지가 하늘 꼭대기까지 오른다 해도 하나도 이상하지 않을 겁니다. 그런데 누님은 시골 처녀처럼 로마에 돌아오시고, 내게 애정의 표시도 하지 못하게 해놨어요. 애정이란 표시하지 않으면 흔히 잊는 법입니다. 바다와 육지에 사람을 보내 맞게 하고, 곳곳마다 인원을 더하여 환영해 드렸을 텐데 말입니다.

옥타비아　고맙다 카이사르. 내가 이렇게 온 것은 강요가 아니라 내 자유 의사란다. 내 남편 마르쿠스 안토니우스는 네가 전쟁 준비를 한다는 소식을 듣고, 그 이야기를 나에게 해주셨어. 그래서 걱정이 되어 나는 남편의 승낙을 얻어 이렇게 돌아왔단다.

카이사르　그래서 떠나도록 대뜸 승낙을 했군요. 그게 자기 음욕을 채우는 지름길이니까요.

옥타비아　왜 그런 소릴 하니, 카이사르.

카이사르　나는 다 알고 있습니다. 그 사람의 행동은 바람을 타고 전해 오거든요. 대체 지금 그 사람은 어디 있습니까?

옥타비아　아테네에 있어.

카이사르　그렇지 않아요. 누님은 모욕을 당하고 계십니다. 클레오파트라가 그 사람에게 오라고 손짓했어요. 그는 자기 제국을 창녀 같은 계집에게 주어버렸다고요. 두 사람은 전쟁 준비를 하여 지금 세상의 여러 국왕들을 불러 모으고 있어요. 이미 리비아의 왕 보쿠스, 카파도키아의 왕 아르켈라우스, 파플라고니아의 왕 필라델포스, 트라키아의 왕 아달라스, 아라비아의 왕 만쿠스, 폰투스 국왕, 유대국의 헤롯 왕, 콤마게네의 왕 미트리다테스, 그리고 메디아의 왕 폴레몬과 리카오니아의 왕 아민타스 등등, 이 밖에도 수많은 국왕들이 모여 있습니다.

옥타비아　아, 슬픈 일이로다. 서로 다투는 두 사람 사이에서 내 마음은 둘로 갈라지고 말았구나.

카이사르　잘 오셨습니다. 실은 누님 편지를 보고서 분을 참고, 누님이 얼마나 모욕을 당하고 있는가, 그리고 가만히 있다가는 내가 얼마나 위험한가를 따지던 참이었습니다. 자, 기운을 내십시오. 이런 어쩔 수 없는 조치에 마음이 어지러워지는 시국을 괴로워하지 마십시오. 비탄하지 마시고 모든 것을 숙명에 맡기십시오. 로마로 잘 돌아오셨습니다. 내게는 가장 소중한 누님입니다. 누님은 생각할 수 없을 만큼 모욕을 당하고 있습니다. 그래서 하늘의 신들이 누님을 위해 누님을 사랑하는 나와 내 부하들을 시켜 정의를 실현하게 하신 것입니다. 부디 진정하십시오. 참 잘 오셨습니다.

아그리파　잘 돌아오셨습니다.

마이케나스　잘 돌아오셨습니다. 로마 사람들은 모두 부인을 사랑하고 가슴 아파합니다. 호색가요, 지독한 방탕자인 저 안토니우스만이 부인을 소홀히 하고 있습니다. 그 사람은 음탕한 계집에게 권력을 내주어, 우리와 분란을 일으키고 있는 것입니다.

옥타비아　그게 정말인가, 카이사르?

카이사르　그렇습니다, 누님. 잘 돌아오셨습니다. 부디 꾹 참아주십시오, 누님.

(모두 퇴장)

악티움. 안토니우스의 진영.
클레오파트라와 아헤노바르부스 등장.

클레오파트라 정말, 그대를 가만히 두지 않을 테요.

아헤노바르부스 아니, 그건 또 무슨 까닭이십니까?

클레오파트라 그대는 나의 출진을 반대하고, 못마땅하게 말하니 말이오.

아헤노바르부스 아, 그렇습니까. 그런가요?

클레오파트라 내게 선전 포고된 전쟁이 아니오? 그런 전쟁이 아니라 하더라도 내가 직접 출진하면 왜 안 된단 말이오?

아헤노바르부스 (혼잣말로) 그 말에 대답이야 할 수 있지. 수말과 암말을 데리고 전장에 나가면 수말이 완전히 넋을 잃거든. 암말이 군졸과 수말을 같이 업어댈 테니 말이야.

클레오파트라 아니, 뭘 중얼대고 있는 거요?

아헤노바르부스 여왕 전하와 함께 출진하시면 안토니우스 장군님은 반드시 혼란에 빠지실 것입니다. 낭비해서는 안 될 때에 용기와 지력, 시간을 빼앗기시고 말 것입니다. 그렇잖아도 그분은 경박하다는 비난을 받는 처지입니다. 그리고 이번 전쟁은 내시 포티누스와 시녀들이 지휘한다는 소문까지 로마에 돌고 있답니다.

클레오파트라 로마는 가라앉고, 내게 그런 욕을 하는 혀는 썩어버려라! 나도 군비를 부담하고 있소. 한 나라의 주권자로서 남자 못지않게 출진하겠소. 반대하지 마오. 나는 뒤에 머물러 있지 않을 테니까.

아헤노바르부스 예, 이젠 반대하지 않겠습니다. 황제께서 오십니다.

안토니우스와 카니디우스 등장.

안토니우스 여보게 카니디우스, 참으로 이상한 일이 아니오. 타렌툼과 브룬디시움으로부터 출항한 사람이 그렇게 빨리 이오니아해(海)를 건너 토리네를 점령했다는 것은? 여왕도 그런 이야기를 들으셨소?

클레오파트라 태만한 자나 남의 신속함을 탄복해하는 법입니다.

안토니우스 태만을 조롱하는 것은 좋은 비난이오. 성인 입에서 나와도 알맞은 것이오. 여보게 카니디우스, 나는 바다 위에서 적을 맞아야겠소.

클레오파트라 바다! 그 밖에 다른 도리가 있겠어요!

카니디우스 왜 바다에서 맞으려고 하십니까?

안토니우스 바다에서 도전해 오니 말일세.

아헤노바르부스 하지만 장군께서는 단둘이서 맞싸우자고 청하지 않으셨습니까?

카니디우스 그렇습니다. 카이사르가 폼페이우스와 싸운 저 파르살리아에서 이번 전투를 하자고 요청했습니다. 그러나 저쪽에선 자기에게 불리한 제안을 거절했으니 장군님도 그렇게 하셔야 합니다.

아헤노바르부스 우리 배들은 장비가 충분하지 못합니다. 선원은 마부와 농부 등, 급히 징발된 자들입니다. 그런데 카이사르의 함대는 폼페이우스와 해전을 치른 경험이 있습니다. 적의 배는 민첩하고 우리 배는 둔합니다. 해전을 거절하셔도 치욕적인 일은 아닙니다. 장군님은 지상전을 준비하고 계시니까요.

안토니우스 해전이오, 해전.

아헤노바르부스 장군님, 그건 지상전에서 세워 놓으신 완전한 능력을 포기하시는 셈입니다. 그리고 주로 노련한 보병들로 구성된 병력을 뿔뿔이 흩어버리고, 장군님의 이름난 전략도 실천하지 않는 것이며, 약속된 승리의 방법을 내던지고, 순전히 우연과 모험에 자신을 맡겨버리시는 일입니다.

안토니우스 그래도 해전을 택하겠소.

클레오파트라 나에게는 60척의 배가 있어요. 카이사르도 이보다는 많지 않아요.

안토니우스 여분의 배는 불사릅시다. 그리고 나머지 배들만 완전히 장비를 갖추고 카이사르를 악티움곶(串)에서 물리칩시다. 만일 진다면 그때는 땅에서 싸울 수도 있소.

전령 등장.

안토니우스 무슨 일이냐?

전령 정보는 틀림없습니다. 카이사르가 나타났습니다. 그리고 토리네를 점령했습니다.

안토니우스 카이사르가 직접 나타나다니? 그럴 리가 없다. 그곳에 적군이 벌써 나타나다니 기묘한 일이다. 여보게 카니디우스, 자네는 뭍에서 9개 군단과 1만 2천 기병을 지휘해 주오. 나는 군함으로 가겠소. 그럼, 가봅시다. 바다의 여신 테티스여!

한 병사 등장.

안토니우스 아니, 무슨 일이냐?

병사 오 황제 전하, 해전을 하지 마십시오. 썩은 널판일랑 믿지 마십시오. 이 칼과 이 상처 자국을 의심하십니까? 이집트인과 페니키아인들은 오리 시늉을 해도 상관없지만, 우리는 땅에 서서 맞붙어 싸워 승리해 왔으니까요.

안토니우스 알았다, 알았어. 물러가라! (클레오파트라와 함께 급히 퇴장. 아헤노바르부스, 따라 들어간다)

병사 헤라클레스 신께 두고 맹세하지만, 제 의견이 옳은 것 같습니다.

카니디우스 여보게 병사, 사실 그러네. 그러나 장군님 작전은 조금도 병력에 근거하지 않으시고 여인네한테 지휘당하고 있어. 그러니 우리는 여인네의 부하들이지.

병사 장군님은 군단과 기병대 모두를 육지에서 지휘하신다죠?

카니디우스 마르쿠스 옥타비우스와 마르쿠스 유스테이우스, 그리고 푸블리콜라와 카일리우스 등은 바다로 가고, 우리는 모두 육지를 지키기로 돼 있다. 카이사르가 이처럼 빨리 나타날 줄은 몰랐구나.

병사 그가 로마에 있을 때 여러 분대로 나누어 보내 첩보대가 그만 속고 만 것입니다.

카니디우스 그쪽 부사령관은 누구라더냐?

병사 타우루스라는 자라 합니다.

카니디우스 그자라면 나도 알고 있지.

또 다른 전령 등장.

전령 황제께서 부르십니다.

카니디우스 시간이 새 소식을 만들어 내느라고 시시각각 진통하는구나. (모두 퇴장)

〔제3막 제8장〕

악티움 부근의 평원.
카이사르와 타우루스, 군대를 이끌고 등장.

카이사르 여보게, 타우루스!

타우루스 예, 무슨 일이신지요?

카이사르 지상전은 하지 말고, 병력을 집결시키오. 해전이 끝나기 전에는 전투를 하지 마오. 이 지령서를 어기면 안 되오. (타우루스에게 두루마리를 건넨다) 우리 운명은 이 일전에 달려 있으니까. (모두 퇴장)

〔제3막 제9장〕

같은 평원의 다른 곳.
안토니우스와 아헤노바르부스 등장.

안토니우스 저 언덕 너머에 진을 치고, 카이사르의 진영이 보이도록 하오. 그곳에서는 함대의 수효도 보일 것이니, 정세에 맞추어 나아갈 수 있소. (모두 퇴장)

같은 평원의 다른 곳.

한쪽에서 카니디우스가 군대를 이끌고 나와 무대를 가로질러 지나간다. 다른 쪽에서는 카이사르의 부관 타우루스가 마찬가지로 진군한다. 양군이 지나간 뒤에 해전의 소리가 들린다. 아헤노바르부스 등장.

아헤노바르부스 글렀어, 글렀어, 다 글렀어! 이거 차마 볼 수가 있어야지. 이집트 함대의 기함 안토니우스호는 60척을 모조리 이끌고 키를 돌려 달아나고 있어. 그 꼴을 보고 나는 눈이 멀 지경이야.

스카루스 등장.

스카루스 신이여, 여신이여, 하늘의 모든 신들이여!

아헤노바르부스 왜 그렇게 흥분하오?

스카루스 세계의 절반 이상을 어처구니없는 바보짓으로 잃었소. 여자와 입맞추는 사이에 여러 왕국과 여러 영토는 날아가고 말았소.

아헤노바르부스 전황은?

스카루스 우리 쪽은 악성 전염병에 걸린 꼴이오. 죽음은 확실하오. 이집트의 저 늙은 년 같으니—나병이나 걸리면 시원하겠어!—전투가 한창이고, 쌍둥이같이 세력이 비슷할 때에, 아니 오히려 이쪽이 더 유리한데…… 글쎄 유월 들판에서 쇠파리에 쏘인 암소처럼 돛을 올리고 달아납니다그려.

아헤노바르부스 그건 나도 봤소. 그 꼴에 이 눈이 아찔해지고, 차마 더는 볼 수 없었소.

스카루스 여왕이 바람맞이로 뱃머리를 돌려놓자, 여왕한테 반해 얼이 빠진 안토니우스는 당당하게 돛을 편 채, 암컷한테 반한 수오리처럼 전투가 한창인데도 포기하고 여왕을 쫓아 달아나는구려. 이렇게 치욕적인 행동은 처음 봤소. 경험과 기백과 명예를 함부로 버리고 말다니.

아헤노바르부스 아이고 맙소사, 이럴 수가!

카니디우스 등장.

카니디우스 바다에서 우리 운명은 이제 숨이 끊어지고 슬프게 가라앉는구려. 장군님만 여전하셨던들 이렇지는 않았을 텐데. 아, 장군님이 달아나 부하들에게 확실한 본보기가 되셨소.

아헤노바르부스 아, 당신도 그리 생각하오? 그렇다면 이젠 마지막입니다.

카니디우스 다들 펠로폰네소스로 달아납니다.

스카루스 그곳으로 피하기는 쉽습니다. 나도 그곳으로 피해 사태를 지켜보겠습니다.

카니디우스 나는 군단과 기병을 카이사르께 넘기겠소. 벌써 여섯 왕들이 항복하는 방법을 내게 보여주었소.

아헤노바르부스 그래도 나는 몰락한 안토니우스 장군의 운명을 따르겠소. 그야 내 이성과는 반대 방향이긴 하지만. (모두 퇴장)

〔제3막 제11장〕

알렉산드리아. 클레오파트라의 궁전.
안토니우스, 시종들과 함께 등장.

안토니우스 들어라, 이제 땅도 나보고는 딛지 말라는구나. 나를 받들어 주는 것을 창피하게 생각하는구나. 여봐라, 이리들 오너라. 나는 이 세상에서 뒤처지고 영원히 길을 잃고 말았다. (시종들에게) 황금을 가득 실은 배가 한 척 있으니 그걸 나누어 갖고 달아나서 카이사르와 화해를 해라.

모두 도망을 가라고요! 그러지 않겠습니다.

안토니우스 내가 도망을 쳐서, 적에게 등을 돌리고 달아나는 모습을 겁쟁이들에게 보여주고 말았다. 다들 물러가라. 나는 이미 내 갈 길을 결심했으니 너희들은 필요치 않다. 물러가라. 항구에 있는 내 재물을 나누어 가져라. 아, 이제는 보기도 창피스러운 것의 뒤를 내가 쫓아오고 말았다. 내 머리칼들조차 서로 싸우는구나. 흰 머리칼은 갈색 머리칼더러 무모하다 비난하는가 하면, 갈색은 흰 놈보고 겁쟁이니 얼빠진 자니 하고 비난하거든. 여봐라, 물러들 가라. 편지를 써줄 테니 갖고 가봐라. 너희들을 위해 길을 열어줄 거다. 제발 슬픈 표정은 하지 말고, 마다하지도 마라. 절망이 주는 기회를 놓치지 않게 해다오. 스스로를 버리는 자를 이대로 내버려 다오. 곧장 바닷가로 가봐라. 그 배에 실려 있는 재물을 너희들에게 주겠다. 제발 좀 물러가 다오. 제발 부탁이다. 사실 나는 명령할 자격을 잃고 말았으니, 이제는 애원한다. 곧 다시 보자. (의자에 앉는다)

클레오파트라가 카르미안과 이라스의 부축을 받으며 등장. 에로스가 뒤따라 등장.

에로스 여왕님, 장군님을 위로해 드리십시오.

이라스 그렇게 하세요, 전하.

카르미안 그렇게 하세요! 부디 그렇게 하세요, 네?

클레오파트라 좀 앉아야겠다. 오, 유노 여신이여!

안토니우스 아니다, 아냐, 아냐, 아냐, 아냐.

에로스 장군님, 여기 여왕님이 계시잖습니까?

안토니우스 오, 제기랄, 제기랄, 제기랄!

카르미안 여왕 전하!

이라스 아, 여왕 전하!

에로스 장군님, 장군님!

안토니우스 응, 그렇지, 응. 그 작자는 필리피에서는 춤꾼처럼 칼을 그저 차고 나 있었지. 그때 내가 저 말라깽이 카시우스를 죽였어. 저 미친 브루투스를 죽인 것도 바로 나였어. 그자는 부하들만 보냈을 뿐, 실제 전쟁에는 참가하지 않았어. 하지만 이제는 다 지난 일이지.

클레오파트라 아! 좀 부축해 다오.

에로스 여왕이십니다. 장군님, 여왕이십니다.

이라스 전하, 다가가셔서 위로해 드리세요. 장군님은 치욕에 넋을 잃으신 것 같습니다.

클레오파트라 그럼, 날 좀 부축해 다오. 오!

에로스 장군님, 일어서십시오. 여왕님이 다가오십니다. 머리를 수그린 채 당장에라도 숨이 넘어갈 듯한 모습이십니다. 장군님의 위로만이 구해 드릴 수 있습니다.

안토니우스 나는 명예를 해치고 말았어. 더할 나위 없이 창피스러운 실책이지.

에로스 장군님, 여왕이십니다.

안토니우스 오, 이집트 여왕, 대체 날 어디로 끌고 왔소! 수치스럽게도 허물어져 버린 나의 지난날을 돌이켜 보면서 내 이 치욕을 당신 눈에 보이지 않으려 했건만.

클레오파트라 아, 겁을 먹고 달아난 것을 부디 용서해 주세요. 당신이 쫓아오시리라곤 생각도 못했어요.

안토니우스 이집트 여왕, 내 마음은 당신의 키에 끈으로 묶여 있어서 내가 끌려가리라는 것은 당신도 잘 알고 있소. 그리고 내 정신은 온통 당신의 지배를 받고 있으니, 당신의 부름이면 신의 명령을 거역하고라도 갈 수밖에 없다는 걸 당신은 잘 알고 있소.

클레오파트라 아, 용서하세요!

안토니우스 이제는 그 젊은이들에게 비굴하게 강화를 청하고 몰락한 사람으로서 말을 얼버무리며 속임수라도 써봐야겠소. 세상의 반을 마음대로 주무르고, 왕국들을 세우고 없애고 하던 내가 말이오. 당신은 잘 알고 있소. 당신이 얼마나 날 정복하고 있는지를, 그리고 애정 때문에 약해진 이 칼은 오직 애정에 순종할 수밖에 없다는 것을.

클레오파트라 용서하세요, 용서하세요!

안토니우스 제발 눈물을 쏟지 마오. 그 눈물 한 방울 한 방울은 내가 얻고 잃은 모두와 같으니까. 자, 키스합시다. 이것만이 내게는 보상이 되오. 가정교사를 대사로 보냈는데 돌아왔는가? 내 머릿속엔 납이 가득 차 있는 것만 같소. 안에 누가 없느냐? 술과 안주를 좀 내오너라! 운명이 가장 큰 타격을 받을 때에 우리는 도리어 운명을 가장 무시하거든. (모두 퇴장)

이집트. 카이사르의 진영.

카이사르, 돌라벨라, 티디아스 등 등장.

카이사르 안토니우스가 보낸 자를 들어오게 하오. 그대는 그 사람을 아는가?

돌라벨라 예, 그 사람은 안토니우스가 부리는 가정교사입니다…… 이렇게 하찮은 사람을 대사로 보내온 것은, 날개가 다 뽑혔다는 증거입니다. 몇 달 전만 해도 얼마든지 국왕들을 대사로 보내고도 남았었지요.

가정교사 유프로니오스 등장.

카이사르 가까이 와서 말해 보오.

가정교사 저는 안토니우스 장군의 대사입니다. 최근까지 그분을 모셨습니다만 그분이 드넓은 바다라면 저는 떨기나무 잎에 깃드는 아침 이슬처럼 보잘 것없는 신분입니다.

카이사르 그건 그렇고, 그대 사명을 말해 보오.

가정교사 그분은 각하를 운명의 주인이라 존대하시고 이집트에서 살게 해주십사 청하십니다. 이 청이 허락되지 않을 땐, 청을 더 적게 하여 아테네의 한 시민으로 하늘과 땅 사이에서 숨 쉬게 해주시길 바라십니다. 그분에 대해서는 이상과 같습니다. 그렇게 말하고 나서 클레오파트라는 각하의 위대하심을 인정하시어 그 힘 앞에 복종하시겠답니다. 그리고 이제 각하의 손안에 놓여 있는 프톨레마이오스 왕가의 왕관을 자기 자손에게 물려주도록 허락해 주시기를 애원하십니다.

카이사르 나에게는 안토니우스의 청을 들어줄 귀가 없소. 여왕의 접견이나 희망을 거절하지는 않겠소. 도무지 명예스럽지 못한 그 친구를 이집트에서 추방하든지, 아니면 목을 베든지만 해준다면 말이오. 이 일만 수행해 주면 여왕의 청은 들어주겠소. 두 사람에게 그리 전하오.

가정교사 그럼 각하의 행운을 빌겠습니다.

카이사르 진중을 통과시켜 보내라. (가정교사 퇴장. 티디아스에게) 여보게, 이제 자네 웅변을 시험할 때가 왔네. 어서 가서 안토니우스에게서 여왕을 빼앗아 내게. 내 이름으로 여왕의 요청을 허락하게. 아니 자네 생각에 따라 더 좋은 조건을 제공해도 좋네. 여자란 행운의 절정에서도 강하진 못한 법이니, 곤경에 빠지면 순결한 처녀라도 맹세를 깨뜨리거든. 자네 계략을 시험해 보게. 수고에 대한 보수는 자네 손으로 정하게. 그대로 치러줄 테니까.

티디아스 각하, 그럼 다녀오겠습니다.

카이사르 안토니우스가 이 어려움을 어떻게 대하고 있는지, 그리고 그 사람의 모든 행동이 무엇을 뜻하는지 잘 관찰하게.

티디아스 그렇게 하겠습니다. (모두 퇴장)

〔제3막 제13장〕

　　알렉산드리아. 클레오파트라의 궁전.
　　클레오파트라, 아헤노바르부스, 카르미안, 이라스 등장.

클레오파트라 아헤노바르부스, 어떻게 해야 좋겠어요?

아헤노바르부스 번민하다 죽는 겁니다.

클레오파트라 이번 일은 안토니우스와 나, 어느 쪽 잘못인가요?

아헤노바르부스 안토니우스 각하의 잘못입니다. 그분은 이성을 욕정의 노예로 삼으셨으니까요. 양군 함대가 서로 상대를 위협하는 대해전을 하고 있을 때, 여왕님이 달아나시기로서니 그분마저 달아나시다뇨? 세상의 절반과 절반이 다투는 판국에 욕정 때문에 지휘관의 임무를 포기하시다니 말이 안 됩니다. 총책임자이시면서 자기 함대를 어처구니없게 버려두고, 도주하는 여성의 깃발을 따라가시다니요. 그건 그분께는 패전일 뿐만 아니라 치욕입니다.

클레오파트라 제발, 그만해요.

　　안토니우스가 가정교사와 함께 등장.

안토니우스 그것이 그 사람의 대답이오?

가정교사 예, 장군님.

안토니우스 나를 넘겨주면 여왕을 우대하겠다는 거지.

가정교사 예, 그런 요지였다고 할 수 있습니다.

안토니우스 여왕께 그렇게 알려야지. 자, 희끗희끗한 이 머리를 애송이 같은 카이사르에게 보내구려. 그렇게 하면 그 사람은 영토를 당신 욕심대로 실컷 줄 테니까.

클레오파트라 당신 머리를요?

안토니우스 다시 가서 이렇게 전하오. 그자는 지금 인생의 젊은 꽃이니, 세상 은 그자한테서 무슨 비범한 공훈을 보고자 할 것이오. 그자의 화폐나 함대, 군단 등은 겁쟁이라도 쓸 수 있소. 그자가 이끄는 장군들은, 그자의 지휘가 아니라 어린애의 지휘 아래서도 승리를 거둘 수 있었을 것이오. 그러니 그 화려한 장식들은 집어치우고, 몰락한 나와 단둘이서 맞서보자고 전하오. 편 지를 써주겠으니 이리 따라오시오. (가정교사를 데리고 퇴장)

아헤노바르부스 (혼잣말로) 음, 아무렴, 천군만마를 거느린 카이사르가 행복한 신분을 버리고 검투사와 맞서서 구경거리가 돼주고말고! 사람의 분별력은 저마다의 운명과 밀접한 관련이 있나 보군. 그리고 외부 조건은 내부 것마저 강요하여 다 같이 못 쓰게 되나 보지. 원, 상황을 다 알고 있는 안토니우스가, 잔뜩 가진 카이사르가 텅 빈 자기와 맞서주리라고 몽상을 하다니! 카이사르 여, 당신은 그의 분별력까지 정복했구려.

시종 등장.

시종 카이사르의 전령이 왔습니다.

클레오파트라 아니, 그 이상의 예절은 갖추지 못하느냐? 저것 좀 봐라. 시녀 들아, 봉오리 앞에서는 무릎을 꿇던 무리들이 피어버린 장미 앞에서는 코를 틀어막는구나. 전령을 들어오게 하라. (시종 퇴장)

아헤노바르부스 (혼잣말로) 내 명예심이 나와 싸우기 시작하는구나. 바보한테 충성을 지키면 그 충성이 바보짓처럼 보일 뿐이지. 하지만 몰락한 주인을 충실히 따르는 자는 그 주인을 정복한 사람을 정복한 셈이 되고, 역사에 이름을 남기게 되지.

티디아스 등장.

클레오파트라 카이사르의 의향은?

티디아스 단둘이 있는 자리에서 말씀드리겠습니다.

클레오파트라 심복들뿐이니 염려하지 말고 말해 보오.

티디아스 그렇다면 저들은 안토니우스에게도 심복들일 텐데요.

아헤노바르부스 그야 안토니우스께서도 카이사르만큼 심복들이 필요합니다. 아주 필요없게 되지 않는 한은. 그런데 카이사르만 좋으시다면 우리 주인은 기꺼이 항복하실 겁니다. 그리고 우리는 물론 주인이 섬기는 분의 부하가 되지요. 즉 카이사르의 부하가 되지요.

티디아스 글쎄요. 근데 고명하신 여왕 전하, 카이사르께서는 당신이 어떠한 처지에 있든 카이사르의 관대함을 잊지 마시길 바라십니다.

클레오파트라 어서 계속하오. 왕다운 말씀이오.

티디아스 카이사르께서는 잘 알고 계십니다. 여왕님이 사랑보다 두려움 때문에 안토니우스를 받아들였다는 사실을요.

클레오파트라 오!

티디아스 그러니 이번 명예 손상은 마땅히 받으실 만한 것이 아니라 강요당한 치욕이라는 점을 카이사르께서는 동정하고 계십니다.

클레오파트라 카이사르는 신과도 같으신 분, 과연 진실을 잘 알고 계시는군요. 내 명예는 내 손으로 바친 것이 아니라 순전히 폭력으로 정복당한 것이었소.

아헤노바르부스 (혼잣말로) 그게 사실인지 안토니우스에게 물어봐야지. 물이 저렇게 새어들더니 그는 침몰할 수밖에 없구나. 가장 사랑하는 여인조차 곁을 떠나니 말이야. (퇴장)

티디아스 여왕님의 요구를 카이사르께 전할까요? 요구가 있으시기를 카이사르께서는 바라고 계실 정도입니다. 여왕님이 카이사르의 행운에 의지하신다면, 카이사르께서는 무척 만족하실 겁니다. 그리고 안토니우스를 버리고 세상의 주인이신 카이사르의 보호를 받으신다는 뜻을 전해 들으시면 매우 기뻐하실 겁니다.

클레오파트라 당신 이름은?

티디아스 티디아스입니다.

클레오파트라 수고스럽지만 위대하신 카이사르께 나를 대신하여 이렇게 좀 전해 주오. 이 클레오파트라는 정복자 카이사르의 손에 입을 맞춥니다. 그리고 또 이렇게 전해 주오. 왕관을 발밑에 바치고 무릎을 꿇겠습니다. 그리고 또 이렇게 전해 주오. 세상을 지배하시는 그분 입에서 이집트 여왕의 운명을 듣겠습니다.

티디아스 가장 현명한 생각이십니다. 지혜와 운명이 싸우더라도 지혜가 모든 힘을 다해 싸우면, 운명도 지혜를 이기지 못합니다. 손에 경의를 표하게 해주십시오.

클레오파트라 카이사르의 아버님도 여러 왕국의 공략을 계획하실 무렵, 이 하찮은 손에 자주 소낙비같이 키스를 쏟곤 하셨지요. (손을 내준다)

안토니우스와 아헤노바르부스 다시 등장.

안토니우스 키스의 은총까지도 베푸는군! 대체 넌 누구냐?

티디아스 가장 원만하고 가장 훌륭하며 세상의 군림자이신 분의 명령을 집행하는 사람입니다.

아헤노바르부스 (혼잣말로) 매를 맞게 되겠군.

안토니우스 (큰 소리로) 거기 누구 없느냐! (클레오파트라에게) 창녀 같은 것! (잠시 뒤에) 아, 제기랄! 이제 내 위엄은 녹고 없구나. 얼마 전까지만 해도 내가 "여!" 하고 소리를 지르면 여러 나라 왕들이 호두를 줍는 아이들처럼 앞을 다투어 뛰어와서, "무슨 일이십니까?" 묻곤 했는데.

시종들 급히 등장.

안토니우스   귀가 먹었느냐? 나는 아직도 안토니우스다. 이 녀석을 끌고 나가서 혼을 내줘라.

아헤노바르부스   (혼잣말로) 여왕도 다 죽어가는 이 늙은 사자보다는 새끼 사자와 노는 것이 낫겠는걸.

안토니우스   고얀 놈! 저 녀석을 매질해라! 카이사르한테 조공을 바치는 스무 개 대국의 국왕이라 해도 불손하게 이 여자 손을 누가 감히 만진단 말이냐…… 이 여자 이름이 뭐지? 전에는 클레오파트라였는데, 여봐라, 이 녀석을 때려라. 아이처럼 울상을 짓고 큰 소리로 용서를 청할 때까지. 이 녀석을 끌고 나가라.

티디아스   마르쿠스 안토니우스!

안토니우스   끌어내 때려주고, 다시 끌고 들어오너라. 카이사르의 이 종놈한테 내 답장을 들고 가게 하겠다. (시종들이 티디아스를 데리고 나간다) 내가 만나기 전에 벌써 당신은 절반쯤 시든 여자였소. 허! 그래 내가 보석 같은 여인을 로마의 독수공방에다 적자(嫡子)도 낳지 못하게 버려두고, 놈팽이 따위들에게 호의를 베풀어 주는 계집에게 속다니!

클레오파트라   여보…….

안토니우스   당신은 처음부터 바람둥이 계집이었소. 하지만 인간은 차츰 악덕에 굳어지게 되면…… 아, 슬픈 일이로다! 현명하신 신들은 우리 눈을 가리고, 명철한 분별력을 우리 자신의 오물 속에 밀어넣고 자신의 과실을 숭상케 하거든. 그리고 파멸을 향해 뽐내며 가고 있는 우리를 비웃으시지.

클레오파트라   아, 그렇게까지?

안토니우스   처음 만났을 때 당신은 죽은 카이사르가 접시 위에 먹다 남긴 식은 찌꺼기였소. 아니, 그나이우스 폼페이우스가 먹다 남긴 부스러기였소. 또한 세상의 악평에 오르지는 않았어도 음란한 시간들을 치정 속에 얼마나 많이 보냈는지 헤아릴 수 없을 정도요. 사실이지 당신은 정조가 뭔지 짐작은 가겠지만, 실제 어떠한 것인지 알지를 못하오.

클레오파트라   왜 그런 말씀을?

안토니우스   상을 받고자 "당신께 신의 은총이 내리소서"라고 말한 녀석 따위에게 나의 놀이 벗긴 그 손을 함부로 내주다니. 여러 왕들로부터 심복의 맹세를 받은 그 훌륭한 손을! 오, 차라리 나는 바산 언덕에 올라가서 뿔 돋친 짐승들처럼 큰 소리를 질러나 봤으면! 미칠 것 같다. 그러니 날더러 점잖게 말하라는 건, 사형수보고 집행관에게 멋지게 교수형을 내려준 데 대해 치사를 하라는 거나 같지.

시종들이 티디아스를 데리고 다시 등장.

안토니우스 매를 때려줬느냐?

시종 1 예, 힘껏 때려줬습니다.

안토니우스 울더냐? 그리고 용서를 빌더냐?

시종 1 예, 은혜를 간청했습니다.

안토니우스 네 아비가 아직 살아 있거든, 너를 딸로 낳지 못한 것을 후회하라고 해라. 그리고 너는 개선한 카이사르를 따르게 된 걸 후회해라. 그 사람을 따른 탓으로 매를 맞은 것이니까. 이제부턴 여자의 흰 손만 보면 열병에 걸린 듯 부들부들 떨려무나. 카이사르한테 돌아가서 네가 받은 대우를 보고해라. 내가 그 사람에게 화를 내더라고 잊지 말고 전해라. 그는 예전의 나를 잘 알면서 무시해 버리고, 지금의 내 처지만을 생각하여 오만불손한 것 같구나. 그가 나를 화나게 하는구나. 하긴 그렇게 하기에는 지금이 가장 좋을 테지. 전에는 나를 지켜 이끌어 주던 행운의 별들도 궤도를 비워 두고 떠나서, 그 빛을 지옥의 심연 속에 몰아넣고 말았으니까. 만일 내 말과 행동에 불만이 있거든, 내가 풀어준 노예 히파르코스가 그쪽에 가 있으니, 그놈을 때리든지 목을 조르든지 고문을 하든지 마음대로 해서 보복을 하라고 전해라. 채찍 자국을 지닌 채 어서 돌아가라! (티디아스 퇴장)

클레오파트라 이제 다 끝나셨어요?

안토니우스 아, 내 땅 위의 달님도 이제 기울고 말았어. 이건 바로 안토니우스 멸망의 징조다.

클레오파트라 흥분이 가라앉으실 때까지 나는 참고 기다릴 수밖에 없겠군요.

안토니우스 카이사르에게 아첨하기 위해 카이사르의 속옷 끈을 매는 종놈에게 추파를 보내다니!

클레오파트라 아직도 내 마음을 모르십니까?

안토니우스 냉정한 마음 말이오?

클레오파트라 아, 만약 그렇다면 하늘이여, 그 냉정한 마음에 우박이 생기게 하여 해롭게 만들고, 첫 덩어리를 제 목덜미에 내려주시옵소서. 그리고 그것이 녹자마자 제 목숨도 녹게 해주시옵소서! 제 자식들을 늠름한 이집트 국민 전체와 함께 우박들이 녹음과 동시에 무덤도 없이 쓰러뜨려, 마침내는 나일강의 파리나 각다귀의 밥이 되어 그 배 속에 파묻히게 하시옵소서!

안토니우스 그만하면 됐소. 카이사르는 알렉산드리아에 진을 치고 있소. 나는 그곳에서 결판을 내겠소. 우리 육군은 건재하고, 패해서 흩어진 해군 또한 다시 집결하여 위세가 당당하게 바다에 떠 있소. 어디에 가 있는가, 내 용기는? 여보, 내 말 듣고 있소? 전장에서 살아 돌아와서 그 입술에 입 맞출 때는 나는 적의 피로 젖어 있을 것이오. 이 칼을 가지고 역사에 이름을 날리리다. 아직 희망은 있소.

클레오파트라 아, 훌륭한 말씀이십니다.

안토니우스 평소보다 세 배나 더한 체력과 심장과 호흡을 가지고 잔인하게 싸우겠소. 내 운명이 행복했던 시절에는 재담만 잘한 놈도 목숨을 구해 주었소. 하지만 이제는 단단히 결심하고, 나를 방해하는 놈은 모조리 암흑으로 보내겠소. 자, 한 번 더 찬란한 밤을 가집시다. 우울한 부대장들을 불러들이오. 다시 한 번 술잔을 채우고, 어둠의 종을 조롱해 줍시다.

클레오파트라 오늘이 내 생일이에요. 간소하게 지낼 생각이었으나, 당신께서 본디의 안토니우스로 되돌아오셨으니, 나도 다시 클레오파트라가 되겠습니다.

안토니우스 잘해 봅시다.

클레오파트라 (시종에게) 부대장들을 모두 불러들여 다오.

안토니우스 그렇게 해라. 그들에게 할 말이 있으니까. 오늘 밤은 그들의 상처에서 술이 새어나올 때까지 마시게 하겠다. 자, 여왕, 아직도 희망은 남아 있소. 다음에 싸울 때는 죽음의 신이 내게 반하게 만들겠소. 그자가 휘두르는 죽음의 낫과 난 맞싸워 볼 테요. (아헤노바르부스만 남고 모두 퇴장)

아헤노바르부스 저 눈초리에는 번갯불도 쩔쩔매겠군. 절망에 미치면 너무도 겁이 나서 오히려 공포를 알지 못하거든. 저런 기분이면 비둘기도 타조를 쪼겠어. 장군은 지능이 줄어들더니 그만큼 심장이 부푼 모양이군. 그런데 용기가 분별을 잡아먹기 시작하면 마침내 용기는 싸우는 연장인 칼마저 삼키고 말거든. 이젠 그를 떠날 길을 찾아봐야겠다.

〔제4막 제1장〕

알렉산드리아 부근. 카이사르의 진영.
카이사르, 아그리파, 마이케나스, 군대를 거느리고 등장. 카이사르가 편지를 읽는다.

카이사르 그 사람은 나를 애송이라 부르고, 이집트에서 나를 격퇴할 힘이라도 가진 듯이 야단치고 있구려. 게다가 내 전령을 마구 매질했소. 그리고 나와 단둘이 맞서 싸우자고 도전했소. 안토니우스가 이 카이사르와! 나는 그런 방법이 아니라도 죽는 방법이 있노라고 그 늙은 악당에게 알려줘야겠소. 그동안 우린 그 사람의 도전을 비웃어 줄 수밖에.

마이케나스 잘 생각하셔야 합니다. 그렇게 큰 인물이 화를 내기 시작하면, 쓰러질 때까지 쫓기는 법이니까요. 숨 쉴 여유조차 주지 말고 그의 발광을 이용하십시오. 성난 자는 자기 자신을 지켜내지 못합니다.

카이사르 병사들에게 알리오. 내일 마지막 승패를 결판지을 생각이라고. 우리 군졸 안에는 최근까지 마르쿠스 안토니우스에게 충성하던 자들이 많이 있소. 그 수효만 가지고도 그자를 충분히 사로잡을 수 있을 거요. 그렇게 명령을 전달하고, 전군에게 술자리를 베푸시오. 물자는 넉넉하니, 그들은 큰 대접을 받을 만하오. 불쌍한 안토니우스 같으니! (모두 퇴장)

〔제4막 제2장〕

알렉산드리아. 클레오파트라 궁전.
안토니우스, 클레오파트라, 아헤노바르부스, 카르미안, 이라스, 알렉사스, 그 밖의 사람들 등장.

안토니우스 여보게, 아헤노바르부스, 그자는 나와 맞설 생각은 없을 거요. 안 그러오?

아헤노바르부스 맞서지 않을 겁니다.

안토니우스 왜 맞서지 않을까?

아헤노바르부스 그 사람은 자기 운이 스무 배나 좋으니, 자기가 스무 배나 힘이 강하다고 생각하는 겁니다.

안토니우스 내일은 해륙 양면 작전을 실시할 계획이오. 나는 살아남든가 아니면 명예롭게 전사하여 피의 세례를 받고 후세에 이름을 남기겠소. 그대도 분투해 주겠소?

아헤노바르부스 마땅히 그러겠습니다. "이판사판이다. 덤벼라!" 하고 소리쳐 주겠습니다.

안토니우스 좋은 말이오. 자, 내 하인들을 불러주오. 오늘 밤은 실컷 먹게 해 줘야겠소.

하인 서너 명 등장.

안토니우스 이봐, 손을 주게. 그대는 충성을 다해 주었어. 그대도 그랬고, 그대도, 그리고 그대와 그대도. 그대들은 모두 잘 시중들어 주었어. 그리고 여러 국왕들이 그대들의 동료였었지.

클레오파트라 (아헤노바르부스에게만 들리게) 무슨 뜻일까요?

아헤노바르부스 (클레오파트라에게만 들리게) 저건 슬픈 마음에서 튀어나오는 하나의 괴상한 변덕입니다.

안토니우스 그리고 그대도 충실했어. 내가 그대들 수효만큼 여러 개로 나누어지고, 그대들은 하나로 뭉쳐서 이 안토니우스가 돼줬으면 좋겠어. 시중들어 준 것만큼 내가 보답할 수 있도록 말이야.

모두 당치 않은 말씀이십니다.

안토니우스 음, 여보게들, 오늘 밤 내 시중 좀 들어주게. 잔이 넘치도록 실컷 술을 따라주게. 내 제국이 그대들같이 내 명령대로 되던 때처럼 내가 내 마음대로 할 수 있게 해주게.

클레오파트라 (아헤노바르부스에게만 들리게) 어쩌자는 걸까요?

아헤노바르부스 (클레오파트라에게만 들리게) 하인들을 울려보자는 것입니다.

안토니우스 오늘 밤 내 시중 좀 들어주게. 이것이 그대들 충성의 마지막이 될 거네. 아마 앞으론 나를 만나지 못할 거야. 만나게 되더라도 만신창이 된 시체나 보게 될 거야. 아마 그대들은 내일부터는 다른 주인을 섬기게 될 거네. 나는 이걸 마지막 작별로 알고 있네. 여보게들, 성실한 그대들을 내가 쫓아내지는 않겠네. 아니, 나는 그대들의 충성과 부부의 연을 맺은 주인같이 죽는 날까지 함께 있겠네. 오늘 밤 두어 시간만 시중들어 주게. 그 이상은 바라지 않을 테니. 그 보답은 신께서 내려주시옵소서!

아헤노바르부스 장군님, 왜 이렇게 사람들을 불안 속에 몰아넣으십니까? 보십시오, 모두 울고 있습니다. 저 또한 바보처럼 눈물이 나옵니다. 창피스럽습니다. 제발 저희를 여자같이 만들지 마십시오.

안토니우스 허, 허, 허! 난 추호도 그런 생각은 없었소! 그대들 눈물이 떨어지는 곳에 신의 은총이 자라나게 하시기를! 여보게들, 그대들은 내 말을 너무 슬픈 의미로 받아들이는군. 난 그대들을 위로하고자 그런 말을 한 거네. 그리고 오늘 밤은 밤새도록 횃불을 켜주기를 바란 것뿐이네. 내일은 염려 없을 거네. 죽어서의 명예보다는 살아서 승리의 길로 가보도록 하세. 자, 만찬회를 열고, 근심과 걱정은 술 속에 처넣어 버리세. (모두 퇴장)

〔제4막 제3장〕

같은 장소. 궁전 앞.

병사들 등장.

병사 1 여보게, 내일이 드디어 결전의 날이군.

병사 2 어쨌든 결판은 날 거네. 잘해 보세. 그런데 시내에서 이상한 소문을 듣지 않았나?

병사 1 전혀 못 들었는걸. 도대체 무슨 소문인데?

병사 2 괜한 뜬소문이겠지. 잘 있게나.

영화 〈안토니우스와 클레오파트라〉(1972) 찰톤 헤스톤이 안토니우스 역할을 맡았다.

병사 1 아, 잘 가게.

다른 병사들 등장.

병사 2 여보게, 착실히 경계를 하게.
병사 3 자네도 잘하게. 그럼 이따 보세. (무대 네 구석으로 뿔뿔이 흩어져 선다)
병사 2 난 여기 있겠네. 내일 해군만 잘되면 육군은 모두 무사할 거네.
병사 1 용감무쌍한 육군이지. 게다가 결사의 각오들이야. (무대 밑에서 기묘한 음악 소리)
병사 2 쉬! 저 소리는?
병사 1 들어보세, 들어봐!
병사 2 조용히들!
병사 1 하늘에서 들려오는군.

병사 3　아냐, 땅 밑에서네.

병사 4　좋은 징조가 아닐까?

병사 3　웬걸.

병사 1　제발 조용히! 도대체 무슨 징조일까?

병사 2　이건 우리 장군님이 사랑하시는 헤라클레스 신이 장군님한테서 떠나는 징조인가 본데.

병사 1　저리 가서 물어보세. 다른 파수병들도 같은 소리를 들었는지를.

병사 2　여, 여보게들!

모두　여! 여! 자네들에게도 저 소리가 들리나?

병사 1　참 이상하지?

병사 3　여보게들, 들리는가? 자네들에게 들리는가?

병사 1　이 망대 끝까지 저 소리를 쫓아가서, 저 소리가 어떻게 그치는지 알아보세.

모두　그렇게 하세. 참 이상도 하지. (모두 퇴장)

〔제4막 제4장〕

클레오파트라 궁전의 한 방.
안토니우스, 클레오파트라, 카르미안, 그 밖에 시종들 등장.

안토니우스　에로스! 내 갑옷을 가져오게, 에로스!

클레오파트라　좀 주무세요.

안토니우스　염려 마오. 여보게 에로스, 내 갑옷을 가져오라니까. 에로스!

에로스, 갑옷을 들고 등장.

안토니우스　여보게, 그 갑옷을 좀 입혀주게. 만일 오늘 행운이 비치지 않는다면, 그건 우리가 행운에 도전하기 때문이겠지. 자!

클레토파트라　나도 같이 거들어 드리겠어요. 이건 어떻게 하는 거죠?

안토니우스 아, 그만두오, 그만두오! 당신은 내 마음에 갑옷을 입혀주면 되는 거요. 아냐, 아냐, 이쪽이야, 이쪽.

클레오파트라 아, 내가 거들어 드리죠. 이건 이렇게 하는 게 아녜요.

안토니우스 음, 음. 이번엔 우리가 승리할 거야. 여보게, 이제 알겠나? 자네도 가서 갑옷을 입고 오게.

에로스 예, 곧 입고 나오겠습니다.

클레오파트라 조임쇠는 이렇게 매는 편이 좋지 않은가요?

안토니우스 훌륭하오, 훌륭해. 쉬기 위해 내 손으로 이걸 풀기 전에 이 조임쇠에 손대는 놈은 호통을 쳐주리다. 에로스, 자넨 솜씨가 서툴구먼. 자네보다는 우리 여왕님이 훨씬 더 솜씨 있게 시중들잖나. 어서 하게. 여왕, 나의 오늘 분투를 당신께 보여주고 싶구려! 오늘이야말로 진짜 용사다운 솜씨를 당신께 알게 해주고 싶구려!

　　무장을 한 병사 등장.

안토니우스 아침 일찍 잘 왔다. 넌 충실한 병사 같구나. 마음 내키는 일에는 일찍 일어나서, 즐겁게 뛰어나가게 마련이니까.

병사 장군님, 아직 이른 아침이지만 천 명의 군사가 완전무장을 하고 성문에서 대기하고 있습니다. (함성과 나팔 소리)

　　부대장들과 병사들 등장.

부대장 좋은 날씨입니다. 안녕히 주무셨습니까, 장군님?

모두 안녕하십니까, 장군님?

안토니우스 음, 참 화창한 날씨군. 아침부터 날씨가 활기 있군. 공명을 세우려고 결심한 젊은이의 마음처럼 말이다. (에로스에게) 음, 음, 그걸 좀 다오, 이리 다오…… 아 그래야지! 여왕, 잘 있어요. 앞으로는 어찌 되든, 자, 용사의 키스요. (클레오파트라에게 키스한다) 속된 인사에 이 이상 지체하고 있으면 마땅히 비난과 창피스러운 비방만 살 뿐이오. 이만 작별하겠소. 강철 같은 대장부답게. 그럼 싸울 결심을 가진 용사들은 날 바싹 따르라. 전쟁터로 나가자. 이제 출발이다. (클레오파트라와 카르미안을 남겨두고 모두 퇴장)

카르미안 전하, 안으로 들어가시는 게 어떨지요?

클레오파트라 안내해라. 용감하게 출전하시는구나. 그분과 카이사르가 단둘이 맞서서 결전을 해줬으면 오죽이나 좋을까! 그때는 안토니우스가, 하지만…… 아니다, 앞장서라. (두 사람 퇴장)

〔제4막 제5장〕

알렉산드리아. 안토니우스의 진영.
나팔 소리. 안토니우스와 에로스 등장. 병사 한 명이 등장하여 두 사람과 마주친다.

병사 신들이시여, 오늘을 안토니우스 장군님께 행운의 날이 되게 해주시옵소서!

안토니우스 그대와 그 상처 자국이 가르쳐 준 대로 땅에서 싸울 것을 그랬어!

병사 그러셨다면 반역한 여러 국왕들과 오늘 아침 달아난 그 군인도 여전히 장군님 뒤를 따르고 있었을 것입니다.

안토니우스 오늘 아침에 달아나다니, 누가?

병사 누구냐고요? 언제나 장군님 곁에 있던 사람이지 누굽니까! 아헤노바르부스를 불러보십시오. 대답이 없을 것입니다. 아니, 카이사르의 진영에서 "이제 난 당신의 부하가 아니오"라고 대답해 올 것입니다.

안토니우스 그게 정말이냐?

병사 예, 그는 카이사르에게 갔습니다.

에로스 금품과 소지품은 놔두고 갔습니다.

안토니우스 정말 가버렸단 말이냐?

병사 정말 가버렸습니다.

안토니우스 여보게 에로스, 그자의 소지품을 보내주게, 어서. 하나도 남기지 말고. 부디 모두 보내주게. 그리고 편지를 써 보내게—내 서명을 하겠어—

가서 잘 지내라고 하게. 다시는 주인을 바꾸는 일이 없기를 내가 바란다고 하게. 아, 내 비운이 정직한 사람들까지 타락시키는구나! 어서 하게! 가여워라, 아헤노바르부스! (모두 퇴장)

〔제4막 제6장〕

알렉산드리아. 카이사르의 진영.
나팔 소리. 카이사르, 아그리파, 아헤노바르부스, 그 밖의 사람들 등장.

카이사르　아그리파, 진군하여 전투를 시작하오. 내 목표는 안토니우스를 생포하는 것일세. 그렇게 병사들에게 주지시키오.

아그리파　각하, 잘 알겠습니다. (퇴장)

카이사르　세계 평화의 시간은 다가왔다. 오늘이 승리의 날이 된다면 온 세계에 올리브 잎이 무성해지리라.

전령 등장.

전령　안토니우스가 이미 출진했답니다.

카이사르　가서 아그리파에게 전해라. 적의 귀순병들을 최전선에 배치하라고. 그렇게 하면 안토니우스는 스스로 자기를 치는 셈이 아니겠느냐. (아헤노바르부스만 남고 퇴장)

아헤노바르부스　알렉사스도 배반을 했다. 안토니우스의 명령으로 유대에 가서는 헤롯 대왕을 설득해 카이사르께 마음을 기울이게 하고 주인인 안토니우스를 버리게 했어. 그런데 카이사르는 그 공로에 대하여 그자를 교수형에 처했겠다. 그리고 투항한 카니디우스 일당은 직책은 얻었으나, 명예스러운 신임을 얻지 못하고 있잖은가. 내가 실수를 저질렀어. 너무나 가책이 심해 이젠 기쁜 날은 영원히 없을 것 같구나.

카이사르의 한 병사 등장.

병사 아헤노바르부스, 안토니우스께서 당신의 소지품을 몽땅 보내오셨습니다. 선물까지 함께 말입니다. 전령이 제 초소에 찾아왔습니다. 지금 당신 막사에서 나귀 짐을 내리고 있는 중입니다.

아헤노바르부스 그건 그대가 가지시오.

병사 농담 마십시오, 아헤노바르부스. 제 말은 참말입니다. 심부름 온 자를 진중 밖에까지 전송해 주는 것이 좋을 듯싶습니다. 볼일만 없다면 제가 직접 그렇게 하면 좋겠습니다만. 어쨌든 당신의 황제는 과연 훌륭한 분이십니다. (퇴장)

아헤노바르부스 나야말로 세상에서 가장 나쁜 놈이구나. 이제 그것이 뼈저리게 느껴지는구나. 오 안토니우스, 한없이 너그러우신 분, 내가 좀더 충성을 바쳤다면 어떤 보수를 받았을는지, 내 배신조차 이렇게 황금의 영광을 받는 것을! 가슴이 터질 것만 같구나. 후회로 가슴이 터지지 않는다면 더 빠른 방법으로 당장 이 가슴을 때려 부숴야. 하지만 절망에 가슴이 터지고 말 거야. 내가 그분과 맞싸우다니! 안 될 말이지. 자, 어디 수렁이나 찾아가서 빠져 죽자. 내 인생 마지막은 가장 더러운 곳이 가장 알맞다. (퇴장)

〔제4막 제7장〕

두 진영 사이의 전쟁터.
경종 소리. 북과 나팔 소리. 아그리파가 병사들과 등장.

아그리파 후퇴! 너무 많이 밀고 나왔어. 카이사르께서도 고전 중이시다. 적의 공격이 예상 밖에 강하구나. (모두 퇴장)

경종 소리. 안토니우스와 부상당한 스카루스 등장.

스카루스 오, 용감하신 황제 전하, 참 훌륭한 전투였습니다. 처음부터 이렇게 싸웠더라면 적들은 이마에 붕대를 두른 채 줄행랑을 쳤을 텐데 말입니다.

안토니우스 출혈이 심하군.

스카루스   아까만 해도 상처는 티(T)자 같았지만 이제는 에이치(H)자가 돼버렸습니다. (후퇴 나팔 소리)

안토니우스   적이 퇴각하는구나.

스카루스   놈들을 똥통 속에 밀어넣읍시다. 제 몸은 아직도 여섯 군데쯤 상처받을 곳이 남아 있습니다.

에로스 등장.

에로스   적이 달아납니다. 이 기회를 잘 이용하면 승리는 우리 것입니다.

스카루스   자, 놈들 등을 찔러서 토끼를 잡듯이 등 뒤에서 때려잡읍시다. 뛰어 달아나는 자를 때려잡는 일은 재밌거든요.

안토니우스   자네의 격려와 용감한 공로에 대해서는 나중에 충분히 보답하겠네. 자, 가보세.

스카루스   발은 절지만 뒤따라 가겠습니다. (모두 퇴장)

〔제4막 제8장〕

알렉산드리아의 성벽 아래.

경종 소리. 안토니우스, 군대를 거느리고 등장. 뒤이어 스카루스와 그 밖의 사람들 등장.

안토니우스   드디어 적을 그들의 진영까지 밀어냈구나. 누가 먼저 달려가서 여왕께 우리의 전과를 알려라. 내일은 해가 뜨기 전에, 오늘 달아난 놈들의 피를 흘려놓겠다. 자, 모두 수고들 했소. 다 용맹했소. 모두 충성을 위해서라기보다 저마다 자신을 위해서 잘 싸워줬소. 모두 저 트로이의 용사 헥토르 같았소. 시내로 들어가서 아내와 친구들을 얼싸안고서 오늘의 공훈을 이야기해 주오. 아마 그대들 상처에 얼룩진 피를 기쁨의 눈물로 씻어줄 거요. 명예스러운 상처를 입맞춤으로 낫게 해줄 거요.

클레오파트라, 시종을 거느리고 등장.

안토니우스 (스카루스에게) 여보게, 자네 손을 이리 주게. 자네 공훈을 이 요정의 여왕에게 이야기해 주겠네. (클레오파트라에게) 오, 이 세상의 빛이여, 자, 무장을 한 내 목에 매달려 봐요. 그 모습 그대로 이 갑옷을 뚫고 내 심장에 뛰어 들어와서, 고동치는 그 심장 위에 당당하게 걸터앉아 봐요!

클레오파트라 군주 중의 군주! 오, 용감하고 위대한 용사, 당신은 이 세상에서 가장 큰 덫에도 잡히지 않으시고 웃으며 돌아오셨구려?

안토니우스 나의 나이팅게일이여! 우린 적을 무덤으로 밀어냈소. 이걸 보오, 이렇게 머리가 희끗희끗해지긴 했어도, 아직은 근력을 기르고 젊은이와 다툴 만한 두뇌는 가지고 있소. 저 사람을 좀 보시오. 호의를 베풀어 당신 손에 저 사람의 입술을 갖다 대게 해주구려. 여보게 용사, 여왕 손에 입을 맞추게. 그의 오늘 분투는 마치 신이 인류를 증오하는 나머지 사람 탈을 쓰고 나와 마구 파괴하는 것만 같았소.

클레오파트라 그대에게 순금 갑옷을 내리겠어요. 그건 전에 어떤 국왕의 소유였지요.

안토니우스 저 사람은 그걸 받을 만하오. 거룩한 태양신의 수레처럼 홍옥이 박힌 물건이더라도 말이오. 여보게, 손을 이리 주게. 알렉산드리아의 거리를 즐겁게 행진하며 만신창이가 된 방패들을 그 소유자답게 메고 나가도록 하세. 궁전에 이 군대가 다 들어갈 자리만 있다면, 함께 잔치를 열고 왕들의 흥망을 판가름할 내일의 운명에 대하여 축배를 들고 싶구려. 나팔수들아, 드높은 소리로 시내 사람들의 귀들을 찢고, 요란한 북소리와 합세하여 하늘과 땅을 뒤흔들어라. 그러면 하늘과 땅도 메아리치며 우리의 개선을 찬양하리라.

(모두 퇴장)

〔제4막 제9장〕

카이사르의 진영.
보초대장과 보초병들 등장.

보초대장 이 시간 안에 교대를 해주지 않아도, 보초막으로 돌아가야 해. 오늘 밤은 밝군. 새벽 2시까지는 전투 준비를 끝내야 한다네.

보초 1 어제는 우리 쪽이 혼이 났죠.

아헤노바르부스 등장.

아헤노바르부스 오, 증인이 돼다오, 밤이여…….

보초 2 저 사람은 누굴까?

보초 1 숨어서 엿들어 보자.

아헤노바르부스 성스러운 달님이여, 저의 증인이 돼주소서. 반역자는 그 가증스러운 이름을 기록에 남기게 되겠지만, 이 불쌍한 아헤노바르부스는 그대 앞에서 후회를 하더라도 증언해 주소서!

보초대장 아헤노바르부스?

보초 2 쉬! 좀더 엿들어 봅시다.

아헤노바르부스 오, 우울의 여왕, 달의 여신이여, 밤의 유독한 습기를 내리셔서 제 본심에 반역한 이 목숨을 더 부지하지 못하게 해주소서. 이 심장을 돌같이 단단한 제 잘못에 내던져, 슬픔에 말라 있는 심장을 부수어 가루를 만들고 더러운 생각일랑 뿌리를 뽑아주소서. 오, 안토니우스, 비열한 저의 반역 행위와는 달리 고결하신 분이여, 당신만은 저를 용서해 주소서. 세상이 저에게 배반자, 탈주자의 낙인을 찍는 건 상관없습니다. 오, 안토니우스! 오, 안토니우스! (죽는다)

보초 2 말을 걸어봅시다.

보초대장 좀더 들어보자. 카이사르와 관계 있는 말을 할지 모르니까.

보초 2 그러죠. 하지만 잠이 들었나 본데요.

보초대장 아냐, 실신했나 본데. 잠자기 전의 기도치고는 좀 이상했거든.

보초 1 옆으로 가봐요.

보초 2 일어나시오. 여보시오. 일어나시오! 어디 말 좀 해보시오.

보초 1 여보시오, 우리 말이 안 들리오?

보초대장 죽음의 손이 벌써 닿았군. (멀리서 북소리) 저봐! 엄숙한 북소리가 잠자는 사람들을 깨우고 있잖나. 이분을 보초막으로 옮기세. 지위 있는 분이네.

우리 근무 시간은 끝났어.

보초 2 자 그럼, 그렇게 합시다. 되살아날지도 모르니까요. (모두, 시체를 운반해 나간다)

〔제4막 제10장〕

두 진영의 중간 지점.
안토니우스와 스카루스, 군사를 거느리고 등장.

안토니우스 오늘은 적이 해전을 준비하는군. 지상전을 하면 아마 좋아하지 않겠지.

스카루스 수륙 양전 태세로 나가십시다.

안토니우스 차라리 불 속에서나 공중에서 공격해 줬으면 좋겠군. 어디서나 상대해 줄 테다. 그건 그렇고 정세는 이러하네. 우리 보병은 시가지에 인접한 저 언덕 위에 진을 치고 날 기다리기로 했어. 해군에도 명령을 내려놓았지. 벌써 출항을 했네. 적의 장비를 충분히 볼 수 있는 저 언덕으로 가서 적의 작전을 살피세. (모두 퇴장)

〔제4막 제11장〕

같은 장소의 또 다른 곳.
카이사르, 군사를 거느리고 등장.

카이사르 적이 공격할 때까지 우린 땅에서 꼼짝 말고 있어야 한다. 하지만 아마 공격은 없을 거다. 적의 정예부대는 함선에 올라 있으니까. 계곡으로 진군해서 가장 유리한 곳에 진을 치도록 하라. (안토니우스와 반대 방향으로 퇴장)

같은 장소의 또 다른 곳.
안토니우스와 스카루스 등장.

안토니우스 아직 접전해 오지 않는구나. 저기 저 소나무가 서 있는 곳에 가면 환히 보일 테지. 전황을 알리러 곧 돌아오겠다. (퇴장)

스카루스 제비들이 클레오파트라의 돛에 집을 지어놓았는데 점쟁이들도 모른다고, 알 수 없다고만 하는군. 우울한 표정을 하고, 알면서도 감히 입 밖에 내지 않고 있어. 안토니우스 장군은 용맹한 태도를 보이시다가도 허탈해하셔. 그리고 행운과 불운이 엇갈릴 때마다 자신감을 갖다가도 곧 두려움에 휩싸이곤 하시지. (멀리서 해전의 경종 소리)

안토니우스 다시 등장.

안토니우스 다 틀렸다! 저 빌어먹을 이집트 계집이 날 배신했어. 우리 함대는 적에게 항복했어. 그리고 모자를 높이 던지면서 오랜만에 만난 친구들처럼 함께 축배를 들고 있어. 삼중으로 굴러먹는 창녀 같으니! 그래 풋내기한테 날 팔아먹는단 말인가. 내 마음은 오직 이년하고만 싸우는군. 다들 달아나라지! 내 저 요녀한테 복수만 하면 소원은 없어. 다들 달아나라지, 다! (스카루스 퇴장) 오, 태양이여, 이제 나는 네가 뜨는 것도 영영 보지 못하겠구나. 운명아, 안토니우스는 여기서 작별하는구나. 바로 여기서 작별의 악수를 하는구나! 이 꼴이 되고 마는구나! 내 발꿈치에 아첨하던 무리들에게 나는 그들의 소원대로 해줬건만, 이제 그들은 녹기 시작하여 행운이 한창인 카이사르한테 달콤하게 녹아드는구나. 그것들 위에 높이 솟은 푸른 소나무는 껍질을 벗기고 마는구나. 난 속았어. 아, 저 비열한 이집트년 같으니! 저 지독한 요녀 같으니! 그녀의 눈이 전군을 내보내고 불러들이곤 했는데. 그녀의 가슴은 나의 왕관이요, 나의 주요 목표였는데. 한데 그것이 이제 진짜 집시처럼 술책을 써서 날 카이사르에게로 몰아넣고 말았군. 여봐라, 에로스, 에로스!

클레오파트라 등장.

안토니우스   오, 마녀 같으니! 꺼져!

클레오파트라   아니 왜 내게 화를 내세요?

안토니우스   꺼져버려. 망설이고 있으면 그만한 처분을 내려서 카이사르의 개선 행진을 꼴보기 싫게 해놓을 테다. 카이사르보고 데려가 달라 하고, 아우성치는 평민들에게 들어올려 달래라. 여성 전체의 치욕을 대표하여 그 작자의 개선 마차를 따라가지그래. 천하에 둘도 없는 괴물인 양 한 푼이나 두 푼짜리 구경거리가 되고, 참을성 있는 옥타비아의 손톱에 낯짝이나 할퀴어라. (클레오파트라 퇴장) 살아 있고 싶으면 그렇게 물러가야지. 하지만 내 분노에 쓰러지는 편이 더 나을걸. 한 번 죽으면 두 번 죽지는 않을 테니까. 여봐라, 에로스! 독이 든 네소스[1]의 옷이 내게 입혀진 거다. 나의 조상 헤라클레스여, 당신의 분노를 좀 가르쳐 주소서. 내가 당신의 시종 리카스를 내던져서, 초승달 뿔에 걸어놓게 해주소서. 그리고 세상에서 가장 무거운 몽둥이를 쥔 당신의 그 손으로, 훌륭한 혈통을 받은 이 사람을 때려죽여 주소서…… 그 마녀 같은 년을 죽여버려야지. 그년이 날 로마의 풋내기 녀석한테 팔아먹었지. 그래서 난 그 음모 아래 쓰러지고 마는구나. 그 보복으로 그년은 죽어야 해. 여봐라, 에로스! (화를 내며 퇴장)

〔제4막 제13장〕

알렉산드리아. 클레오파트라의 궁전.
클레오파트라, 카르미안, 이라스, 마르디안 등장.

클레오파트라   여봐라, 날 좀 도와줘! 아, 저분은 방패를 탐해 미쳤다는 텔

---

1) 그리스 신화에 나오는 반인반마(半人半馬). 네소스는 헤라클레스의 아내 데이아네이라를 겁탈하려다가 헤라클레스가 쏜 독화살에 맞는데, 죽기 진전 그녀에게 남편의 애정이 식었을 때 자신의 피를 묻힌 옷을 입히면 사랑을 되찾을 수 있을 거라 말했다. 나중에 이 옷을 입게 된 헤라클레스는 고통스럽게 죽는다.

라몬보다 더 날뛰고 계셔. 테살리아의 멧돼지도 그렇게는 설쳐대지 않았을 거다.

카르미안 종묘(宗廟)로 가세요! 그리고 문을 잠근 뒤에 그분께 사람을 보내 여왕님이 죽었다는 소식을 전하세요. 위대한 분이 힘과 작별하실 때가 영혼이 육체에서 떠날 때보다 더 무서운 법이랍니다.

클레오파트라 종묘로 가자! 마르디안은 그분께 가서 내가 자결했다고 전해라. 그리고 마지막에 "안토니우스" 하고 불렀다고 말해라. 그 말을 애달프게 해라. 그럼 가봐라, 마르디안. 그분이 내 죽음을 어떻게 보는지 알아오너라. 종묘로 가자! (모두 퇴장)

〔제4막 제14장〕

같은 장소. 다른 방.
안토니우스와 에로스 등장.

안토니우스 에로스, 그대에겐 아직도 내가 나같이 보이는가?

에로스 예, 장군님.

안토니우스 어느 때는 구름이 용 모양처럼 보이고, 어느 때는 곰이나 사자, 우뚝 솟은 성, 불쑥 튀어나온 암석, 갈라진 산 또는 나무들이 푸른 곳같이 변하여, 그것이 이 땅을 내려다보며 공중에서 우리의 눈을 속인다. 그대도 그런 형상을 보았겠지. 모두 다 저녁놀이 만들어 내는 광경일세.

에로스 예, 장군님.

안토니우스 방금 말같이 보이던 것이 어느새 구름이 흩어지고 희미해지거든. 물이 물속에 사라지듯이.

에로스 예, 그렇습니다, 장군님.

안토니우스 이보게, 에로스, 지금 그대의 대장이 바로 그렇네. 오늘은 내가 안토니우스지만, 이제는 이 형태를 유지할 수가 없네. 이번 전쟁은 이집트 여왕을 위해서 했지. 그런데 여왕은—여왕의 마음은 내 것인 줄만 알았어. 내 마음은 여왕의 것이 되었으니 말이야. 이제는 잃고 없으나 내 마음이 내 것이던 시절엔 수백만 명의 마음을 모아보기도 했지—카이사르에게 좋은 패를 던져주고, 꾀를 부려서 내 명예를 적의 개선 행진에 팔아먹었어. 아냐, 울지 말게, 에로스. 우리를 끝낼 방법은 아직 우리에게 남아 있네.

마르디안 등장.

안토니우스 오, 네 비열한 여주인이 내 칼을 빼앗았다.

마르디안 아닙니다, 안토니우스 장군님. 여왕 전하는 장군님을 사랑하셨습니다. 장군님과는 일심동체이셨습니다.

안토니우스 썩 물러가라. 무례한 내시 놈, 입 닥쳐! 여왕은 나를 배반했어. 사형에 처해야 마땅해.

마르디안 사람의 목숨은 한 번뿐입니다. 그런데 여왕님은 이미 죽음을 치러 버리셨습니다. 장군님께서 소망하신 대로 끝나고 말았습니다. 여왕님은 마지막에 "안토니우스! 훌륭하신 안토니우스!" 하고 말씀하셨습니다. 그런데 찢는 듯한 신음에 안토니우스의 이름은 입 밖에 채 나오지도 못하고, 가슴과 입 사이에서 끊어졌습니다. 장군님의 이름을 가슴속에 묻은 채 숨을 거두셨습니다.

안토니우스 그럼, 죽었단 말이냐?

마르디안 예, 승하하셨습니다

안토니우스 에로스, 갑옷 좀 벗겨다오. 긴 하루의 일이 끝났으니 이제 잠이나 자야겠다. (마르디안에게) 무사히 돌려보내 주는 것만으로도 과분한 수고값으로 알아라. 어서 가라. (마르디안 퇴장) 벗겨주게. 자, 어서 벗겨주게. 텔라몬의 일곱 겹 방패도 터질 듯한 이 심장을 억누르지는 못할 거다. 오, 터져라, 이 옆구리야! 심장아, 오늘만은 가슴보다도 강해져서 너의 그 약한 집을 박살내다오! 어서 해, 에로스! (갑옷 벗기는 일이 끝난다) 이젠 용사가 아니로구나. 만신창이 방패야, 잘 있어라. 여태껏 훌륭한 역할을 해왔었지. 잠시 저리로 가 있게. (에로스 퇴장) 여왕, 먼저 가 있어주오. 클레오파트라, 나도 곧 따라가서 눈물로 용서를 빌라. 그것밖에 달리 도리가 없지. 지금은 사는 것도 고통이니까. 횃불이 다 탔으니 누워 자자. 더 헤맬 것도 없고, 이젠 허덕인들 모두 헛수고지. 아무리 허덕여 봐도 제 힘에 올가미를 씌울 뿐이니까. 자, 도장을 찍고 모든 일을 끝맺자꾸나. 여보게 에로스!—나도 가리다, 여왕—여보게 에로스!—여왕, 날 좀 기다리오. 넓들이 꽃밭에 누워 있는 저승에서 같이 손을 맞잡고 흥겹게 놀며 유령들을 놀라게 해줍시다. 디도와 아이네이아스를 시중들던 이들 유령의 무리들을 모두 우리 종으로 삼읍시다—여보게 에로스, 에로스!

에로스 다시 등장.

에로스 무슨 일이십니까?

안토니우스 클레오파트라는 죽었는데, 내가 이런 치욕 속에 목숨을 이어가고 있다니 신들도 나의 비열함을 증오하실 걸세. 이 칼을 가지고 세계를 네 조각 내고, 푸른 넵투누스의 등에 함대를 가지고 도시를 만들던 나는 한 여인의 용기만큼도 가지지 못했단 말인가…… 죽음으로 "나는 나 자신의 정복자"라며 카이사르에게 외친 한 여인보다도 나는 비열하단 말인가. 에로스, 자네는 맹세를 했어. 사태가 위급할 때, 지금이 바로 그러하네만, 치욕과 공포에 휩싸여 스스로 아무것도 하지 못할 때 자네가 내 명을 받아 날 죽여준다고. 그렇게 해주게. 그때가 왔네. 그건 날 찌르는 게 아니라 카이사르를 찌르는 거라네. 자, 용기를 내게.

에로스 신들이여, 막아주소서! 파르티아 놈들이 던지는 창조차 빗나가고 맞히지 못했는데 제가 어찌 감히 손을 대겠습니까?

안토니우스 에로스, 자네는 위대한 로마 거리의 창가에 서서, 자네 주인이 팔이 묶여 굴복하여 고개를 수그리고 뼈저린 치욕에 낯을 들지 못하는 꼴을 보겠단 말인가. 행운아인 카이사르의 전차 뒤를 창피의 낙인이 찍혀 끌려가는 꼴을 보겠단 말인가?

에로스 천만의 말씀입니다.

안토니우스 그럼 자, 나는 상처를 입어야만 마음이 낫다. 그 정직한 칼을 빼라. 나라를 위하여 그렇게도 유용하게 차고 다니던 그 칼을.

에로스 아, 그것만은 용서해 주십시오!

안토니우스　내가 자네를 자유인으로 해방시켰을 때 자네는 맹세하지 않았는가. 내가 명하면 그렇게 하겠다고. 어서 해. 하지 않으면 이제까지의 자네 충성은 모두 의미 없는 헛것이지 뭔가. 어서 빼라, 자.

에로스　그럼 얼굴을 돌려주십시오. 온 세계의 존경을 모으고 계시던 그 얼굴을.

안토니우스　(얼굴을 돌린다) 이러면 됐느냐!

에로스　칼을 뺐습니다.

안토니우스　그럼 그 목적을 당장 실행하게.

에로스　주인님, 저의 장군님, 저의 황제님, 제가 무참한 짓을 하기 전에 작별 인사나 하게 해주십시오.

안토니우스　참 그렇구나. 그럼 잘 있거라.

에로스　안녕히 가십시오, 장군님. 그럼 실행할까요?

안토니우스　그래라, 에로스.

에로스　그럼 자, 이렇게……(자신을 찌른다) 이렇게 해서 안토니우스의 죽음을 보는 슬픔을 피해야지. (죽는다)

안토니우스　나보다는 몇 배나 고결한 위인이로구나! 아, 용감한 에로스! 너는 내게 가르쳐 주는구나. 내가 해야 할 일과 네가 날 대신해서 할 수 없는 일을. 여왕과 에로스는 그 용감한 교훈으로 나를 뛰어넘는 아름다운 이름을 기록에 남겨놓았구나. 이제 나도 죽음의 신랑이 되어 연인의 신방에 달려가듯이 죽음으로 달려가야지. 자, 그럼 에로스, 너의 주인은 네가 보여준 가르침을 따라 죽겠다. 자, 이건 (그의 칼 위에 쓰러지면서) 너한테 배웠지. 아니! 아직 죽지 않았단 말인가! 아직도 죽지 않았다니! 거기 호위병이 없느냐! 아, 어서 좀 나를 죽여다오!

데크레타스와 호위병들 등장.

호위병 1　무슨 소릴까?

안토니우스　여봐라, 난 서툰 짓을 해놓았다. 자, 어서 끝을 맺어다오.

호위병 2　별이 떨어지고 말았구나.

호위병 1 그리고 세상도 종말이 왔어.

모두 아, 이럴 수가!

안토니우스 날 사랑한다면 누가 좀 죽여다오.

호위병 1 난 못 해.

호위병 2 나도 못 해.

호위병 3 아무도 못 해. (모두 달아난다)

데크레타스 그런 죽음에 그런 운명이니까 부하들이 도망치는 것도 마땅하지. 이 소식과 함께 저 칼을 카이사르 장군에게 가져가면 그분은 기꺼이 날 받아들여 주겠지.

데크레타스 퇴장하려고 돌아서자, 디오메데스 등장.

디오메데스 안토니우스는 어디 계십니까?

데크레타스 (안토니우스의 칼을 자기 외투 밑에 감추면서) 저기 계시오, 저기.

디오메데스 그분은 살아 계십니까? 데크레타스, 왜 대답하지 않죠? (데크레타스 살그머니 퇴장)

안토니우스 디오메데스, 거기 있었느냐? 네 칼로 힘껏 나를 쳐서 죽게 해다오.

디오메데스 각하, 저는 클레오파트라 여왕님의 명을 받고 왔습니다.

안토니우스 명을 받고 오다니, 언제?

디오메데스 바로 지금입니다.

안토니우스 여왕은 어디 계시냐?

디오메데스 종묘 안에 문을 걸어 잠그고 계십니다. 이런 일이 있지나 않을까 하고, 여왕님은 걱정하시던 참이셨습니다. 여왕님은 카이사르와 결탁했다는 의심을 받고—사실 근거 없는 이야기입니다만—노여움을 씻어드릴 길이 막막하자 자살하셨다는 소식을 이리로 보내셨던 것입니다. 그러나 만일을 우려하신 끝에 저를 보내 이렇게 사실을 알리도록 하셨습니다. 그런데 제가 너무 늦게 왔나 봅니다.

안토니우스 너무 늦었어, 디오메데스. 내 호위병들을 좀 불러주게.

디오메데스 호위병! 호위병, 각하께서 부르신다.

안토니우스의 호위병 네댓 명 등장.

안토니우스 너희들, 클레오파트라 여왕이 있는 곳으로 날 데려가라. 이건 내가 너희들에게 내리는 마지막 명령이다.

호위병 1 아, 이럴 수가. 충성스러운 부하들을 버려두고 먼저 가시다니.

모두 이렇게 슬픈 일이 또 있을까!

안토니우스 아니다, 여봐라, 그렇게 슬퍼들 하면 심술궂은 운명이 좋아할 뿐이다. 우리를 벌주려고 찾아오는 운명을 환영하고 가볍게 넘기는 것이, 도리어 우리가 운명을 벌주는 셈이 된다. 날 좀 들어올려라. 이제까지 내가 너희들을 이끌고 다녔으나, 이번엔 너희들이 나를 이끌어 그녀에게 데려가 준다면 고맙겠구나. (모두 안토니우스를 방패에 싣고 퇴장)

〔제4막 제15장〕

알렉산드리아. 클레오파트라의 종묘.
종묘는 네모의 석조 평지붕. 외곽 담 중앙에 있는 문은 엄중하게 빗장이 걸려 있다. 클레오파트라, 카르미안, 시녀들, 안에서 밖으로 통하는 계단으로 지붕 위로 등장.

클레오파트라 카르미안, 나는 이곳에서 한 발짝도 나가지 않겠다.

카르미안 기운을 내십시오, 전하.

클레오파트라 아니다, 절대로 밖에는 나가지 않겠다. 제아무리 기괴하고 무서운 일이 일어날지라도 기꺼이 환영하겠다. 그러나 위안은 필요없다. 원인이 큰 만큼 나의 슬픔도 그만큼 커야 할 것 아니겠느냐.

디오메데스가 아래에서 등장.

클레오파트라 어떻더냐? 장군님은 돌아가셨더냐?

4막 15장, 치명상을 입은 안토니우스가 클레오파트라가 있는 종묘 위로 끌어올려지고 있는 장면

디오메데스 위독하십니다만 아직 살아 계십니다. 종묘 저쪽을 좀 보십시오. (손가락으로 가리킨다) 호위병들이 지금 저렇게 모셔오는 중입니다.

안토니우스, 호위병들에게 운반되어서 아래에서 등장.

클레오파트라 오, 태양아, 네가 돌고 있는 그 거대한 궤도를 태워버려라! 온 세계가 어둠에 휩싸여 버려라! 오, 안토니우스, 안토니우스! 도와드려라, 카르미안, 도와드려라. 이라스, 도와드려라. 아래 있는 사람들도 함께 도와서 장군님을 이리 끌어올려라.

안토니우스 조용히 하오! 카이사르의 용맹이 이 안토니우스를 쓰러뜨린 것이 아니오. 안토니우스의 용기가 스스로를 이긴 것이오.

클레오파트라 그렇고말고요. 안토니우스를 정복할 사람은 안토니우스 자신 밖에는 없으니까요. 하지만 슬픈 일이에요.

안토니우스 이집트 여왕이여, 나는 곧 죽게 되오. 그러나 잠시 동안의 목숨이 아쉽구려. 수천 번 키스를 해왔으나 이번엔 서럽게도 마지막 입맞춤을 당신 입술에 남겨놓고 싶으니 말이오.

클레오파트라 용서해 주세요. 무서워서 문을 열어드릴 수가 없어요. 붙잡힐까 봐 겁이 나요. 저 행운아 카이사르의 개선 장식물이 되진 않겠어요. 칼이든 독약이든 독사이든, 매서운 칼날이나 효력이나 침을 가지고 있는 한은 말입니다. 나는 안전합니다. 얌전한 눈매와 무언의 관찰력을 가진 당신의 아내 옥타비아가 고소하게 날 바라보는 기쁨을 갖게 하지는 않겠어요. 하지만 자, 안토니우스—얘들아, 좀 도와다오—이리 올려 모셔야겠다. 자 다들 도와다오. *(줄을 늘어뜨리자 병사들이 안토니우스가 타고 있는 방패에 맨다)*

안토니우스 아, 어서 해, 나는 죽어가고 있다. *(위에서 끌어올리기 시작한다)*

클레오파트라 이건 꼭 고기를 낚고 있는 것 같구나! 이이는 참 무겁기도 하네! 우리의 힘은 죄와 슬픔 속에 빠지고 없어. 그래서 이렇게 더욱 무거운 거야. 내가 유노 신의 힘만 가졌다면 날개가 힘센 저 메르쿠리우스 신을 시켜 당신을 받들어 올려 유피테르 신 옆에 모시게 하겠건만. 아무튼 좀더 가까이 오세요. 마음속으로만 바라는 자는 바보지. 아, 자, 자, 오세요. *(시녀들이 안토니우스를 클레오파트라 곁으로 끌어 올린다)* 참 잘 오셨어요! 당신이 살던 내 가슴 속에서 운명하세요. 어서 키스해 주세요. 내 입술에 그런 힘이 있다면 이 입술이 다 닳도록 이렇게 입맞추겠어요. *(안토니우스와 키스를 한다)*

시녀들 아, 참혹한 광경이다.

안토니우스 여보, 이집트 여왕, 나는 이제 곧 죽소, 죽어. 술을 좀 주시오. 그리고 나 할 말이 있소.

클레오파트라 안 됩니다, 말은 내가 하지요. 저 말괄량이 같은 하찮은 운명의 여신이 내 악담에 분개하여 자기 수레바퀴를 제 손으로 부술 만큼 지독하게 욕설을 해주고 싶어요.

안토니우스 한마디만, 여왕. 카이사르한테 당신의 명예와 안전을 요청하구려…… 아!

클레오파트라 그 두 가지는 함께할 수 없어요.

안토니우스 들으시오, 여왕. 카이사르 측근들 가운데에서 믿을 수 있는 자는 프로쿨레이우스뿐이오.

클레오파트라 나는 내 결심과 두 손만을 믿겠어요. 카이사르 측근도 다 소용없어요.

안토니우스 나의 비참한 마지막 모습을 비탄하지 말아주오. 오히려 세상에서 가장 위대하고 가장 고귀한 군주였던 내 지난날의 행운을 떠올리며 기뻐해주오. 천한 죽음은 맞지 않겠소. 비겁하게 투구를 같은 나라 사람 손에 강제로 벗지는 않겠소…… 로마인이 로마인과 용감하게 싸워 쓰러지고 만 거요. 지금 내 영혼은 떠나오. 이젠 됐소.

클레오파트라 이 세상에 더없이 숭고하신 분, 이것이 마지막인가요? 나를 내버려 둘 작정이신가요? 당신이 없으면 돼지우리만도 못한 이 지루한 세상에나 혼자 남아 있으란 말씀입니까? (안토니우스 죽는다) 아, 시녀들아…… 세상의 왕관이 녹는구나. 안토니우스! 아, 전쟁의 화환은 시들고 무인의 기둥은 쓰러지고 말았어. 이제는 어린 소년 소녀가 어른과 어울리게 되어 차이라는 것이 없어져 버렸어. 그리고 이 세상을 내려다보는 달님 아래에는 뛰어난 것이라곤 없어졌구나.

카르미안 진정하세요, 전하! (클레오파트라 실신한다)

이라스 드디어 우리 여왕님까지.

카르미안 여왕 전하!

이라스 전하!

카르미안 오 여왕 전하, 전하, 전하!

이라스 이집트 여왕 전하! 전하! (클레오파트라 다시 깨어난다)

카르미안　조용히 해, 이라스!

클레오파트라　이제 나는 한낱 여인밖에 안 된다. 비천한 감정을 가진 것으로 보아 소젖을 짜는 천덕꾸러기 계집과 다를 바 없구나. 내 홀(笏)을 저 심술쟁이 신들에게 팽개치고, 내 보석을 도둑맞기까지는 이 세계도 너희들 신의 세계와 다름없었노라고 쏘아주고 싶구나. 이제 모든 것이 덧없다. 인내는 바보짓, 조바심은 미친 개수작. 그러니 죽음이 밀어닥치기 전에 그 비밀의 집에 달려든다고 죄가 된단 말인가? 왜 그러니, 얘들아? 아, 아, 기운을 내라! 아니 왜 그래, 카르미안? 훌륭한 시녀들아! 아, 얘들아, 내 등불은 다 타고 꺼지지 않았느냐! 얘들아, 용기를 내라. 먼저 장례를 치러드려야지. 그러고 나서 용감하게, 훌륭하게 로마의 고상한 격식에 따라 죽음의 신이 자랑스럽게 나를 잡아가도록 해야지. 자, 저리들 가자. 저 거대한 영혼의 집이 이젠 차디차구나. 아, 얘들아, 얘들아! 자, 이제는 굳은 결심과 짧은 최후만이 벗이로구나.

(모두 안토니우스의 시체를 운반해 나간다)

〔제5막 제1장〕

알렉산드리아. 카이사르의 진영.
카이사르, 아그리파, 돌라벨라, 마이케나스, 프로쿨레이우스, 그 밖의 사람들 등장.

카이사르　여봐라, 돌라벨라, 그 사람한테 가서 항복을 권해라. 그토록 패배당한 채 망설이는 건 가소로운 일이라고 전해라.

돌라벨라　예, 그리하겠습니다. (퇴장)

데크레타스가 안토니우스의 칼을 들고 등장.

카이사르　무슨 일이냐? 그대는 누구이기에 감히 우리 앞에 나타났느냐?

데크레타스　데크레타스라고 합니다. 마르쿠스 안토니우스를 모시던 사람입니다. 안토니우스는 충성을 받기에 아주 알맞은 분이셨습니다. 그분이 살아 계신 동안 저는 그분을 주인으로 섬기고, 이 목숨을 바쳐 그분의 적과 싸워왔습니다. 각하께서 저를 받아주신다면, 그분께 봉사했듯이 카이사르께 충성을 바치겠습니다. 만일 싫으시다면 이 목숨을 내놓겠습니다.

카이사르 그게 무슨 뜻이냐?

데크레타스 예, 각하, 안토니우스는 운명하셨습니다.

카이사르 그토록 위대한 자의 파멸에는 엄청난 진동이 들려왔어야 한다. 이 둥근 세계가 흔들려 사자 떼들은 평온한 거리에 몰려오고, 시민들은 그것들을 굴속으로 몰아넣으려 소동이 벌어졌어야 한다. 안토니우스의 죽음은 한낱 개인의 죽음이 아니다. 그의 이름에는 세계의 반이 걸려 있으니까.

데크레타스 카이사르 각하, 그분은 돌아가셨습니다. 정의라는 이름의 공적 집행에 의해서나 암살자의 칼에 걸려서가 아니라, 그 용감한 이름을 후세에 남기도록 자기 손으로 심장이 주는 용기를 가지고 바로 그 심장을 찌르셨습니다. 이것이 그분의 칼인데, 그분의 심장에서 뽑은 것입니다. 보십시오, 그분의 비할 바 없이 고귀한 피가 이렇게 묻어 있습니다.

카이사르 여보게, 그대들은 슬픈가 보군. 그럴 테지, 이 비통한 소식을 들으면 틀림없이 여러 왕들도 눈시울이 뜨거워질 거요.

아그리파 참 이상합니다. 저희들이 가장 바라던 일이 마침내 이루어졌는데 슬퍼하지 않을 수 없으니 말입니다.

마이케나스 그분은 결점과 미덕을 반반씩 지닌 사람이었습니다.

아그리파 지도자로서 예사롭지 않은 인물이었지요. 그러나 신은 우리에게 무언가 결점을 주어 우리를 인간에 그치게 하시는군요. 카이사르께서도 감동하고 계시는군요.

마이케나스 그토록 훌륭한 거울이 눈앞에 놓이면 자신을 비쳐 보지 않을 수 없는 일이죠.

카이사르 오, 안토니우스! 내 그대를 뒤쫓아서 여기까지 이르게 했구려. 그러나 인간은 병을 고치기 위해 제 몸을 도려내기도 하는 법이오. 나의 마지막을 그대에게 보이든가, 그대의 마지막을 내가 보든가 할 수밖에 없는 운명이었지. 넓은 세상이지만 함께 살 수는 없는 일이었소. 심장의 피와 같이 소중한 눈물을 흘리며 슬퍼하게 해주오. 그대 나의 형제여, 온갖 정책에서 나의 경쟁자여, 제국에서의 나의 짝이여, 전선에서는 나의 친구이자 동료여, 내 몸의 팔이여, 나의 마음에 불을 붙이는 심장이던 그대여, 화해할 수 없는 동등한 우리 두 사람의 별이 어깨를 나란히 하지 못하고 이 지경이 되고 말다니. 아, 여보게들…….

이집트인 등장.

카이사르 아냐, 내 이야긴 좀더 좋은 틈을 타서 해주겠소. 저자가 내게 무슨 볼일이 있나 보구나. 저자의 사연을 들어보기로 하자. 그래, 어디서 왔느냐?

이집트인 한낱 가여운 이집트인이지만 저의 주인이신 여왕께서는 자기 소유인 마지막 남은 종묘 안에 몸을 가두시고 각하의 뜻을 듣기만을 기다리고 계십니다. 여왕님은 어떠한 명령이라도 따를 각오십니다.

카이사르 안심하시라고 전해라. 곧 사람을 보내어 명예롭고 친절히 대우해 드리겠다고 알릴 생각이다. 이 카이사르는 난폭한 행동은 하지 못하는 사람이다.

이집트인 그럼, 신의 축복을 받으소서! (절을 하고 퇴장)

카이사르 여봐라, 프로쿨레이우스, 가서 전해라. 난 여왕께 치욕을 주지는 않는다고. 그리고 여왕의 슬픔이 요구하는 위안은 무엇이든 제공해라. 정신이 위대한 여자이니만큼 어떤 치명적인 손을 써서 이쪽 계획을 좌절시킬 우려가 있으니까. 여왕을 로마로 사로잡아 가는 것은 우리 개선에 영광이 될 테니 말이다. 어서 가서 여왕이 처한 상황을 살펴보고 그녀의 대답을 받아오너라.

프로쿨레이우스 예, 카이사르 각하. (퇴장)

카이사르 갈루스, 그대도 함께 가봐라. (갈루스 퇴장) 돌라벨라는 어디 있느냐? 프로쿨레이우스를 도와야 할 텐데.

모두 돌라벨라!

카이사르 내버려 두오. 이제 생각났소. 그 사람은 다른 일을 떠맡고 있는데, 그 일은 한참 걸릴 거요. 자, 내 막사로 들어와서 보시오. 내 얼마나 마지못해 이번 전쟁에 휘말려 들었는지, 그리고 내가 얼마나 온건한 편지로 늘 해결해 왔었는가를. 자, 같이들 와서 증거를 보시오. (모두 퇴장)

알렉산드리아. 종묘의 한 방.

클레오파트라, 카르미안, 이라스가 종묘 문살 사이로 보인다.

클레오파트라 이 비참한 처지야말로 행복의 시작이다. 황제가 되면 무엇하나. 황제는 운명의 신이 아니라 그저 운명의 종이요, 운명의 뜻을 대신하는 자리밖에 되지 못하는 것을. 위대함이란 다른 온갖 행위를 끝내는 일을 두고 말하는 것. 이래서 우연에 족쇄를 채워주고, 변화에도 빗장을 질러주지. 그 뒤는 영원한 잠, 이제는 저 추한 땅의 산물을 더 이상 맛볼 것도 없지. 거지도 황제도 다 같이 길러주는 저 산물을.

프로쿨레이우스가 등장하여 문살 사이로 클레오파트라에게 말을 한다. 갈루스와 병사들이 안에서 보이지 않게 사다리를 타고 종묘 지붕을 통해 종묘 안으로 내려간다.

프로쿨레이우스 카이사르께서 이집트 여왕께 보내신 인사 말씀을 전합니다. 그리고 정당한 요구라면 숙고하시어 요청하시라는 분부십니다.

클레오파트라 당신 이름은?

프로쿨레이우스 프로쿨레이우스입니다.

클레오파트라 안토니우스가 당신 이름을 말하시며 믿을 만한 인물이라고 하셨지요. 그러나 속는 것을 그리 대수롭게 생각지 않는 지금의 나로서는 기만당하더라도 크게 걱정하지 않아요. 당신 주인께서 한 왕국의 여왕에게 구걸하라고 하셨다면 가서 이렇게 전하시오. 여왕은 위엄을 지켜야 하므로 한 왕국이 아니면 구걸하지는 않는다더라고. 그리고 점령한 이집트를 내 아들을 위하여 하사하신다면, 나는 무릎을 꿇고 감사하며 나의 것을 다시 받겠다 하더라고.

프로쿨레이우스 안심하십시오. 여왕께선 왕다운 분의 손안에 있으시니, 아무것도 두려워하실 필요가 없습니다. 사양치 마시고 그 소망을 저의 주군께 청하십시오. 그분께서는 본디 후덕하셔서 원하는 자에게는 은혜를 내려주십니다. 기꺼이 의지하시겠다는 여왕님의 뜻을 가서 보고하겠습니다. 주군께서는 무릎을 꿇고 은혜를 구하는 자에게는 자비를 베풀게 해달라 기도하시는 그런 정복자이십니다.

클레오파트라 가서 이렇게 전하시오. 나는 행운이 깃든 그분의 신하이며, 그분에게 정복당한 대권을 바치겠습니다. 그리고 한시바삐 복종하는 방법을 배워 기꺼이 배알하러 가겠습니다.

프로쿨레이우스 그렇게 보고 올리겠습니다, 여왕님. 안심하십시오. 카이사르께서는 이와 같은 처지를 만들어 낸 당사자이시긴 하지만 여왕님을 동정하고 계시니까요.

갑자기 문이 활짝 열리고 화려하게 꾸며진 방이 드러난다. 갈루스와 병사들이 클레오파트라와 시녀들 뒤에 나타난다.

갈루스 이렇게 손쉽게 여왕을 포로로 삼을 수 있다니. 카이사르께서 오실 때까지 잘 보호하시오. (퇴장)

이라스 여왕님!

카르미안 아, 클레오파트라 전하! 포로가 되셨어요!

클레오파트라 아, 어서 이 손으로! (단도를 빼다)

프로쿨레이우스 고정하십시오 여왕님, 자. (단도를 빼앗아 버린다) 그런 옳지 않은 수단은 쓰지 마십시오. 이번 일은 도와드리자는 것이지 배신하자는 것은 아니니까요.

클레오파트라 아, 죽지도 못하는가. 개들조차 죽어서 고통에서 벗어나는 것을!

프로쿨레이우스 자살로 제 주인님의 은혜를 욕보여선 안 되십니다. 그분의 높으신 덕이 널리 드러나도록 세상에 알리셔야 합니다. 여왕께서 죽어버리신다면 그분의 덕도 세상 사람들 눈에 드러나지 못하니까요.

클레오파트라 너 어디 있느냐, 죽음아! 이리 오너라, 어서! 어서 와서 여왕을 잡아가거라. 아기들과 거지들을 수없이 잡아가는 것과 맞먹을 가치가 있을 테니!

프로쿨레이우스　아, 진정하십시오, 여왕님!

클레오파트라　이젠 나는 먹지도 마시지도 않겠소. 그리고 한마디 더 쓸데없는 소리를 해야겠는데 잠도 결코 자지 않을 것이오. 카이사르가 어떻게 하든 간에 어차피 한 번은 죽을 이 몸을 내 손으로 부수겠소. 나는 당신 주인네 마당에 끌려가서 날개를 잘리고, 저 멍청한 옥타비아의 멸시 아래 순종하고만 있지는 않을 것이오. 그래, 나를 들어올려, 입 사납게 아우성치는 저 로마의 군중에게 구경시킬 생각인가요? 내 무덤으로는 이집트의 도랑이 차라리 훌륭하지…… 차라리 나일강 진흙에 벌거숭이로 내던져 구더기를 끓게 하여 보기 흉하게 썩게 하라지! 차라리 이 나라의 높은 피라미드를 교수대 삼아 나를 쇠사슬에 달아매라!

프로쿨레이우스　여왕님은 카이사르께서는 상상도 하지 않으시는 일들을 지나치게 두려워하고 계십니다.

돌라벨라 등장.

돌라벨라　프로쿨레이우스, 당신이 한 일은 모두 카이사르 각하께 보고되어 들으셨소. 곧 돌아오라는 분부시오. 여왕은 내가 호위하겠소.

프로쿨레이우스　그렇게 하시오, 돌라벨라. 그것이 가장 좋을 것 같소. 여왕께 친절히 하시오. (클레오파트라에게) 제게 명하시면 무엇이든 카이사르께 전하겠습니다.

클레오파트라　나는 죽고 싶소. 그리 전하시오. (프로쿨레이우스 퇴장)

돌라벨라　여왕 전하, 저에 대한 소문을 들으셨는지요?

클레오파트라　글쎄요.

돌라벨라　확실히 저를 알고 계실 것입니다.

클레오파트라　알고 있건 모르고 있건 나는 상관없소. 아이들이나 아낙들이 꿈 이야기를 하면 당신들은 비웃었지만, 그것이 당신들 수작이 아니오?

돌라벨라　무슨 뜻인지 잘 모르겠습니다.

클레오파트라　나는 안토니우스 황제라는 분이 계셨던 꿈을 꾸었소. 한 번 더 그런 잠을 청하여 그와 같은 분을 한 번만 더 만나보았으면!

돌라벨라　죄송하오나…….

클레오파트라　그분 얼굴은 마치 하늘 같았소. 해와 달도 그 궤도를 돌며, 아, 그 조그만 몸으로 세계를 비치고 계셨소.

돌라벨라　여왕님께 아뢰오…….

클레오파트라　두 다리는 바다에 걸쳐 딛고, 번쩍 든 팔은 이 세계의 장식이었소. 그 목소리는 천체의 음악 같았소. 친구들을 대하실 때는 말이오. 그러나 세계를 요란하게 뒤흔들어 놓으려 하시자, 마치 천둥이 우르릉거리는 것만 같았소. 그 은혜로 말하자면 겨울이라는 계절은 없고, 거두어들일수록 결실이 풍부해지는 가을철만 같았소. 바다에서 살면서 기쁨을 느낄 때면 언제나 물 위로 등을 드러내는 돌고래 같았소. 크고 작은 왕관을 쓴 왕후(王侯)들이 그분의 종복들로, 영토와 섬들은 그분의 주머니에서 은전이 뿌려지듯 뿌려졌소.

돌라벨라　클레오파트라 여왕…….

클레오파트라　그대는 내가 꿈에 본 그런 분이 실제로 있었다고 생각하오? 아니면 존재할 수 있다고 생각하오?

돌라벨라　저는 그렇게 생각하지 않습니다.

클레오파트라　그 거짓말이 신들의 귀에까지 들리겠죠? 그러나 만일 그런 분이 실제로 존재한다 하더라도, 또는 존재했다고 하더라도 꿈속에서마저도 상상 못할 분이오. 자연은 재료가 부족해서 기묘한 형태를 만드는 데는 상상과 견주지 못한다지만, 그래도 안토니우스 같은 분은 자연의 걸작이죠. 그분은 그림자 같은 상상의 산물 따위는 완전히 압도해 버리오.

돌라벨라　제발 들어보십시오, 여왕 전하. 전하의 상심은 신분이 위대하신 만큼 크시고, 그 반응 또한 무거우십니다. 전하의 비탄이 제게 튀어 돌아와서 제 마음속을 찌르는 것을 느끼지 못한다면, 저는 이제까지 추구해 온 성공을 놓쳐버리는 편이 나을 것입니다.

클레오파트라　고마워요. 그래, 카이사르가 나를 어떻게 할 작정인지 당신은 아나요?

돌라벨라　알려드리고는 싶으나, 말씀드리기 거북합니다.

클레오파트라　아니, 어서 말해 봐요.

돌라벨라 카이사르께서는 명예를 존중하시는 분이긴 합니다만……

클레오파트라 날 개선 행진에 끌고 갈 생각이겠죠?

돌라벨라 그러신 것 같습니다, 분명히. (나팔 소리)

안에서 "길을 비켜라! 카이사르 각하시다" 하는 함성 소리. 카이사르, 갈루스, 프로쿨레이우스, 마이케나스, 셀레우쿠스, 그 밖의 시종들 등장.

카이사르 이집트 여왕은?

돌라벨라 황제 전하십니다. (클레오파트라 무릎을 꿇는다)

카이사르 무릎을 꿇지 말고 일어서시오. 자, 일어서시오. 이집트 여왕, 일어서시오.

클레오파트라 아닙니다. 이렇게 하는 것은 신들의 명령입니다. 저의 주인이며 군주이신 분께 복종해야 하니까요.

카이사르 과히 나쁘게 생각하지는 마오. 여왕이 내게 준 손해는 내 살 속에 새겨져 있으나, 그저 우연히 일어난 일로만 알고 있겠소.

클레오파트라 세상의 유일하신 군주님, 저는 대의명분이 설 만큼 충분한 변명을 할 수는 없지만 솔직히 말씀드리겠습니다. 우리 여성을 치욕에 몰아넣곤 하던 저 약점으로 해서 저는 과오를 저질렀나이다.

카이사르 이보시오, 클레오파트라. 나는 엄정하게 따지기보다 모든 사정을 헤아려 처리할 생각이오. 여왕이 내 계획에 따른다면, 사실 여왕에게는 가장 너그러울 수 있는 계획인데, 이번 일이 전화위복이 되리다. 만일 안토니우스 같은 행동을 취하여 내게 잔악한 자라는 누명을 씌운다면 내 호의를 스스로 잃을 뿐 아니라, 그대가 바란다면 나에게 보호받게 될 자녀들까지 파멸로 이끄는 결과가 될 것이오. 그럼 이만 실례하겠소.

클레오파트라 황공하옵니다. 온 세상은 각하의 것이며 저희들은 각하의 정복의 표시이자 방패이니 어디에 걸어놓으셔도 좋습니다. 이걸 좀 받아보십시오. (쪽지를 내민다)

카이사르 클레오파트라에 대한 일이라면 무엇이든 다 들어주겠소.

클레오파트라 이건 제가 가지고 있는 금화, 은그릇, 보석 등의 목록입니다. 정확한 가치도 적혀 있습니다. 다만 하찮은 물건들은 **빼놓았습니다**. 셀레우쿠스는 어디 있느냐?

셀레우쿠스 예, 여기 대령했습니다.

클레오파트라 이 사람이 저의 재무관입니다. 저 사람에게 물어보시고 거짓이 있으면 엄벌을 내리십시오. 저는 무엇 하나 지니고 있지 않습니다. 셀레우쿠스, 사실대로 말씀드려야 한다.

셀레우쿠스 여왕 전하, 저는 거짓을 말하여 엄벌을 받느니보다는 차라리 입을 다물겠습니다.

클레오파트라 아니, 내가 뭘 감춰 놓았단 말인가?

셀레우쿠스 예, 밝히신 물건들을 다 새로 살 수 있을 만큼요.

카이사르 아니오, 낯을 붉히지 마오. 클레오파트라, 그건 현명한 행위임을 내가 인정하오.

클레오파트라 보십시오, 카이사르 각하! 오, 보십시오, 권력에 아부하는 무리를! 저의 신하가 지금은 각하의 신하가 되고자 하는군요. 그러나 두 사람의 위치가 바뀌면, 각하의 신하가 저의 신하가 되기를 원하지 않겠습니까. 이 셀레우쿠스의 배신이 절 미치게 하는군요. 노예 같은 것. (셀레우쿠스를 위협하면서) 돈으로 산 창녀보다 믿지 못할 녀석 같으니! 아니 달아날 테냐? 오냐. 달아날 테지. 네 눈을 놓치지 않으리라, 날개가 돋친 눈이더라도. 노예 같은 것, 얼빠진 녀석, 개 같은 놈! 온 세상에서 가장 비열한 것 같으니! (셀레우쿠스를 때린다)

카이사르 이보시오, 여왕, 그러지 마오.

클레오파트라 오, 카이사르 각하, 이 무슨 지독한 창피인가요. 주군이신 각하께서 초라한 저를 찾아오셔서 명예를 내려주시는 이 마당에, 저의 신하가 저의 치욕에 그의 악의를 한 술 더 보태놓다니! 카이사르 각하, 하찮은 장난감 같은, 그저 친구들에게 줄 그런 보잘것없는 물건들을 제가 남겨놓은 것을, 그리고 리비아나 옥타비아에게 중재를 부탁하려고 좀더 고상한 물건들을 따로 챙겨놓은 것쯤을 곁에 데리고 있던 신하가 폭로하다니요? 아! 이건 제가 지금 당하고 있는 고난보다 더 지독합니다. (셀레우쿠스에게) 썩 물러가라. 망설이고 있다간 타다 남은 내 영혼이 운명의 잿더미를 뚫고라도 나타나는 꼴을 보고 말리라. 대장부라면 너는 나를 동정해야 할 것 아니냐.

카이사르 물러가라, 셀레우쿠스. (셀레우쿠스 퇴장)

클레오파트라 보십시오, 우리처럼 지휘가 높은 사람들은 남이 한 일로 오해를 받고, 몰락할 때는 남의 죄를 짊어지니 가련한 일이 아닙니까.

카이사르 클레오파트라, 당신이 간직해 둔 물건이나 내놓은 물건들을 나는 전리품 목록에 넣지 않겠소. 그냥 가지고서 마음대로 쓰시오. 카이사르는 본디 장사치들이 판 물건들을 가지고 여왕과 흥정하지는 않소. 그러니 안심하오. 자기 상상으로 스스로 감옥을 짓지는 마시오. 안심하오, 여왕. 나는 여왕의 소원대로 여왕을 대우할 생각이니까요. 마음껏 먹고 주무시오. 나는 어디까지나 여왕의 친구로서 배려와 동정을 아끼지 않을 것이오. 그럼 이만 실례하겠소.

클레오파트라 나의 주군! (무릎을 꿇는다)

카이사르 (클레오파트라를 일으키면서) 아니오, 그럼 안녕히. (나팔 소리. 일행과 함께 퇴장)

클레오파트라 카이사르는 말로 나를 기만하는구나. 얘들아, 그는 내가 고상한 행동을 하지 못하게 하려는 거다. 그러나 들어봐라, 카르미안. (카르미안의 귀에 대고 소곤댄다)

이라스 끝내세요, 여왕 전하. 밝은 날은 지나가고 밤의 어둠이 다가옵니다.

클레오파트라 어서 한 번 더 가봐라. 내 이미 말해 뒀으니 준비해 놨을 거다. 가서 재촉을 해다오.

카르미안 예, 그렇게 하겠습니다.

돌라벨라 다시 등장.

돌라벨라 여왕은 어디 계시오?

카르미안 (나가면서) 저기 계세요.

클레오파트라 돌라벨라.

돌라벨라 여왕 전하, 전하의 명령에 따라 맹세한지라, 저는 복종을 신성한 의무로 생각하고 아룁니다. 카이사르께서는 시리아를 거쳐 개선하실 계획이며,

사흘 안으로 여왕님과 자녀들을 먼저 떠나보낼 예정이십니다. 부디 최선의
방법을 취하십시오. 이제 저는 바라시는 대로 약속을 마쳤습니다.

클레오파트라 돌라벨라, 호의는 오래오래 잊지 않겠소.

돌라벨라 저는 여왕 전하의 종입니다. 안녕히 계십시오, 전하. 이제 카이사르
님께 가봐야 하겠습니다.

클레오파트라 잘 가오, 고맙소. (돌라벨라 퇴장) 이라스, 넌 어떻게 생각하느냐?
너도 이집트의 꼭두각시라고, 나와 마찬가지로 로마에서 구경거리가 될 거
다. 기름 묻은 앞치마를 두르고 잣대나 망치를 든 직공 녀석들이 우릴 들어
올려 구경거리로 삼을 거란 말이다. 냄새 고약한 천한 음식을 먹는 입에서
뿜어져 나오는 독한 입김에 싸여 우린 그 독기를 들이킬 수밖에 없겠구나.

이라스 오, 절대로 그런 일이 없기를!

클레오파트라 아니, 이라스, 반드시 그렇게 된다. 교만한 로마 관리들이 창녀
다루듯이 우리를 체포하고, 비렁뱅이 시인들은 우리를 조롱하여 장단도 맞
지 않는 노래를 지을 테지. 그리고 재치 있는 희극배우는 우리 신세를 즉흥
극으로 엮어서 알렉산드리아의 향연 장면을 보여줄 것이다. 그러면 안토니우
스는 주정뱅이로 등장하게 되고, 목소리가 가는 어떤 소년 배우는 이 클레
오파트라의 위엄을 창녀처럼 보이게 할 테지.

이라스 설마 그럴 리가요!

클레오파트라 아니, 반드시 그렇게 된다.

이라스 저는 절대로 그 꼴을 보지는 않겠어요! 제 손톱은 저의 눈보다 힘이
세니까요.

클레오파트라 하긴 그것도 한 가지 방법이겠구나. 그들의 계획을 비웃어 주
고 그들의 어리석은 뜻을 좌절시킬 수 있는.

카르미안 다시 등장.

클레오파트라 아, 카르미안! 얘들아, 날 여왕답게 꾸며다오. 가서 가장 좋은
옷을 가져오너라. 저승의 키드누스강으로 돌아가서 마르쿠스 안토니우스를
만나야겠으니. 어서 해라, 이라스. 자, 카르미안, 어서 끝을 맺어야겠다. 이 일

을 좀 도와라. 끝이 나면 최후의 심판날까지 쉬게 해주마. 자, 내 왕관과 대
례복을 가져와라. (이라스 퇴장. 사람들 소리) 저건 웬 소리냐?

호위병 등장.

호위병   어떤 시골뜨기가 찾아와서 기어이 만나 뵙겠답니다. 무화과를 가지고
왔다고 합니다.

클레오파트라   이리 안내해라. (호위병 퇴장) 하찮은 도구로 훌륭한 일을 할 수
있지 뭐냐! 그자는 내게 자유를 가져온 거야. 이미 결심은 굳었고, 여자처럼
연약한 감정은 조금도 없다. 이젠 머리에서 발끝까지 대리석처럼 견고하다. 그
리고 이제는 저 줏대 없는 달이 내 운명의 별은 아니다. (황금 의자 위에 앉는다)

호위병이 바구니를 든 시골뜨기와 등장.

호위병   이 사람입니다.

클레오파트라   그자를 여기 두고 넌 물러가거라. (호위병 퇴장) 그래, 나일강의
귀여운 뱀은 가지고 왔느냐, 사람을 물어 죽여도 고통을 주지 않는다는 그
뱀을?

시골뜨기   예, 가지고 왔습니다. 하지만 여왕님께서 그놈에게 손대시는 것을
저는 바라지 않습니다. 물리면 죽으니까요. 죽으면 좀처럼, 아니 다시는 살아
나지 못합니다.

클레오파트라   물려 죽은 사람을 알고 있느냐?

시골뜨기   예, 아주 많이 알고 있습니다. 남자들뿐만 아니라 아낙네들도요. 그
중 어떤 아낙네 이야길 바로 어제 들었는뎁쇼─아주 정직한 아낙넨데, 실은
좀 거짓말도 많이 했지요. 아낙네란 정직한 체하며 거짓말을 하거든요. 글쎄
그놈한테 물려서 자기가 어떻게 죽었는가, 얼마나 아팠는가를 이야기하던데
요. 정말 그 뱀 이야길 근사하게 하더군요. 하지만 그 이야기들을 모두 믿다
간, 아니 그 반만이라도 믿다간 영영 구원받지 못하지요. 어쨌든 이건 참말
로 기묘한 뱀입니다.

클레오파트라 이제 그만 물러가거라.

시골뜨기 그럼 뱀과 실컷 즐기십쇼. (바구니를 의자 옆에 내려놓는다)

클레오파트라 그만 됐다.

시골뜨기 부디 조심하십시오. 뱀은 본성대로 하는 놈이니까요.

클레오파트라 알았다. 그만 물러가거라.

시골뜨기 아셨지요. 뱀은 반드시 뱀을 잘 아는 사람에게 맡기셔야 합니다. 사실 뱀이란 사람을 눈곱만큼도 따르지 않으니까요.

클레오파트라 염려 마라, 주의하겠으니.

시골뜨기 잘 알았습니다. 그런데 제발 이놈한테 아무것도 주지 마십시오. 기를 만한 가치는 없는 놈이니까요.

클레오파트라 이놈이 나를 잡아 먹을까?

시골뜨기 절 바보로 생각하시면 안 됩니다. 악마도 아낙네를 잡아 먹진 않는다잖습니까. 하긴 신들은 악마가 요리하지만 않았으면 아낙네를 잡수신다나요. 하지만 사실 저 망할 악마들은 아낙네들 일로 하느님까지 욕을 보게 합니다. 아낙네 열 가운데 다섯 명은 악마들이 망쳐놓거든요.

클레오파트라 이제 그만 물러가라, 어서.

시골뜨기 예, 그렇게 하겠습니다. 실컷 뱀을 즐기시기 바랍니다.

이라스가 여왕의 대례복과 왕관을 가지고 다시 등장.

클레오파트라 그 옷을 다오. 그리고 왕관을 씌워 다오. 어서 영원한 그곳으로 들어가고 싶구나. 이제는 이집트 포도즙에 입술을 축이지 못하겠지. 어서 해라, 어서. 이라스, 어서 해다오. 안토니우스 장군께서 부르시는 소리가 들리는 것 같다. 그분이 나의 훌륭한 행동을 칭찬하려고 일어서는 모습이 보이는구나. 카이사르의 행운을 비웃는 소리가 들리는구나. 행운이란 신들이 뒤에 벌을 내리실 변명거리지 뭐냐. 안토니우스, 당신께 갑니다. 자, 내 용기야, 날 그분의 아내답게 죽게 해다오! 이제 나는 불과 공기가 되어, 물과 흙 같은 나머지 원소는 이 천한 현세에 남겨둬야지. 음, 이젠 끝났니? 그럼 이리들 와서 내 입술의 마지막 온기를 받아 가거라. 잘 있어라. 친절한 카르미안, 그리고

클레오파트라의 죽음   한스 마카르트

이라스. 너희들과는 작별이다. (시녀들에게 키스를 한다. 이라스가 쓰러져 죽는다) 내
입술에 독사의 독이 있나? 쓰러지다니! 내 생명이 이렇게 고요히 떠날 수 있
다면 죽음의 벼락은 연인의 꼬집음처럼 아프긴 해도 즐겁구나. 그래, 그렇게
조용히 누워 있느냐? 네가 그렇게 사라져 버린다면 작별 인사조차도 필요
없음을 너는 세상에 가르쳐 주는 셈이구나.

카르미안   녹아라, 짙은 구름아. 비야, 쏟아져라. 그러면 신들조차 울어주신다
고 내가 말할 수 있을 것 아니냐!

클레오파트라   나는 비열한 인간이 되고 말았군. 이라스가 곱슬머리의 안토니
우스를 먼저 만나면, 그이는 저 애에게 나에 대한 일을 물어보고 키스를 해
주실 게 아닌가. 내게는 천국 같은 그 입맞춤을. 자, 이 무서운 독사야, (독사를
가슴에 갖다대며) 네 날카로운 이빨로 이 착잡한 생명의 매듭을 단번에 잘라다
오. 이 바보 같은 하찮은 독사야, 성을 내어 빨리 해치워 다오. 아, 네가 말을
할 수 있다면, 감쪽같이 속아넘어간 저 카이사르를 어리석은 바보라고 말했

을 것을!

카르미안 오, 동녘 하늘의 샛별, 클레오파트라 여왕님!

클레오파트라 쉿, 조용히 해라! 이것이 안 보이느냐? 내 아기가 젖을 빨며 유모를 잠재우려 하고 있는 것이?

카르미안 아, 터져라! 이 가슴아, 터져버려라!

클레오파트라 향유처럼 달콤하고, 공기같이 보드랍고, 정답기로는—오 안토니우스!—자, 이놈도 갖다대 줘야지. (다른 독사 한 마리를 팔에 갖다 댄다) 내 무엇 때문에 지체하랴……

카르미안 이 천한 세상에 말이죠? 아, 안녕히 가세요! 그럼 죽음의 신아, 자랑 삼으려무나, 비할 데 없이 훌륭한 여인이 네 손안에 들어갔으니. 보드라운 눈아, (클레오파트라의 눈을 감겨주면서) 창문을 닫아라. 이제는 황금의 태양도 이만큼 훌륭한 눈을 다시는 보지 못하리라! 전하의 왕관이 비뚤어져 있어요. 제가 바로 고쳐드리겠습니다. 그런 뒤에 죽겠나이다……

호위병들이 부산하게 등장.

호위병 1 여왕은 어디 계시오?

카르미안 조용히 하세요. 여왕님을 깨우지 말아요.

호위병 1 카이사르께서 사람을 보내셨소……

카르미안 너무 늦었어요. (독사를 자기 몸에 갖다 대며) 아, 어서 해치워 다오. 이제 느껴지는구나.

호위병 1 이리들 와! 일이 심상치 않아. 카이사르께서 속으셨어.

호위병 2 카이사르께서 보내신 돌라벨라가 와 있을 테니, 부르시오.

호위병 1 이게 대체 무슨 일인가! 카르미안, 이게 잘한 짓이라고 생각하는가!

카르미안 잘한 일이에요. 여러 대를 내려온 왕족의 피를 받은 공주로서 알맞은 일이에요. 아, 병사! (죽는다)

돌라벨라 등장.

돌라벨라 어찌 된 일이오?

호위병 2 모두 죽었습니다.

돌라벨라 카이사르여, 각하의 예측이 이렇게 들어맞았군요. 몸소 오셔서 이 무서운 결말을 기어이 보시게 되셨습니다. 막아보려고 그렇게도 애쓰시던 결말을.

"비켜라, 카이사르 각하께서 오신다!" 외치는 소리와 함께 카이사르가 시종들을 거느리고 등장.

돌라벨라 아, 각하께서는 너무나도 정확한 예언자이십니다. 염려하셨던 그대로입니다.

카이사르 훌륭한 최후로다. 내 계획을 알아차리고 여왕답게 자살의 길을 택했구나. 어떻게 죽었는가? 피는 보이지 않는데.

돌라벨라 마지막에 찾아온 사람은 누구였나?

호위병 1 어떤 미천한 시골뜨기가 무화과를 가지고 왔었습니다. 이것이 그 바구니입니다.

카이사르 그럼 음독자살이구나.

호위병 1 아, 카이사르 각하, 저기 카르미안은 조금 전만 해도 살아 있었습니다. 그리고 서서 말도 했습니다. 제가 왔을 때는 죽은 여왕의 왕관을 바로 고치고 있었습니다. 그런데 서서 바르르 떨더니 갑자기 쓰러져 버렸습니다.

카이사르 아, 고결한 여인들이로다! 음독했다면 살이 붓게 될 텐데. 하지만 여왕은 잠을 자고 있는 것만 같구나. 마치 그 미모의 덫으로 또 다른 안토니우스를 사로잡기라도 하려는 듯이.

돌라벨라 여기 여왕 가슴에 핏자국이 있습니다. 조금 부어 있습니다. 팔에도 같은 자국이 있습니다.

호위병 1 이건 독사가 기어간 자국입니다. 그리고 이 무화과 잎에는 점액이 묻어 있습니다. 독사는 나일강 동굴에도 이와 같은 자국을 냅니다.

카이사르 틀림없이 독사에게 물려 죽었나 보구나. 의사 말에 따르면 여왕은 쉽게 죽는 방법을 무수히 찾아왔다고 하니까. 여왕의 침대를 들어올려라. 그리고 시녀들을 종묘 밖으로 내가거라. 여왕은 안토니우스와 나란히 묻어 줘야겠다. 지구상의 어떠한 무덤에도 이처럼 유명한 한 쌍은 묻히지 못할 거다. 이러한 큰 사건은 그 사건을 일으킨 자를 감동시킬 수밖에. 그리고 이들의 이야기는 이런 비극을 자초한 당사자들에게 영광일 뿐만 아니라, 세상의 동정을 불러일으키게 마련이다. 나의 군대는 엄숙히 이 장례에 참석한 다음 로마로 개선하겠다. 그럼 돌라벨라, 그대는 이 장례식을 정중하고 질서 있게 거행하라. (모두 퇴장. 병사들 시체를 들고 나간다)

Julius Caesar

율리우스 카이사르

[등장인물]

율리우스 카이사르
옥타비우스 카이사르(옥타비아누스) } 율리우스 카이사르 사후의 세 집정관
마르쿠스 안토니우스

아이밀리우스 레피두스
키케로, 푸블리우스 } 원로원 의원
포필리우스 레나

마르쿠스 브루투스, 카시우스, 카스카
트레보니우스, 카이우스 리가리우스 } 율리우스 카이사르 암살의 공모자
데키우스 브루투스, 메텔루스 킴버, 루키우스 킨나

플라비우스, 마룰루스 호민관
아르테미도루스 수사학 교사
점쟁이
가이우스 킨나 시인(루키우스 킨나와는 혈연관계가 없음)
시인
바로, 클리투스, 클라우디우스
스트라토, 루키우스, 다르다니우스, } 브루투스의 하인 또는 부하 장교
라베오, 플라비우스
핀다루스 카시우스의 하인
루킬리우스, 티티니우스
메살라, 젊은 카토, 볼룸니우스 } 브루투스와 카시우스의 친구
칼푸르니아 카이사르의 아내
포르티아 브루투스의 아내

그 밖에 원로원 의원들, 시민들, 병사들, 하인들, 전령

[장소]
로마, 사르디스 부근 및 필리피(빌립보) 부근

율리우스 카이사르

로마. 어느 거리.

플라비우스, 마룰루스와 시민 몇 사람 등장.

플라비우스 냉큼 돌아가, 이 게으름뱅이들아, 어서 집에 돌아가라고. 오늘이 무슨 잔칫날이냐? 아니, 직공이면 직공답게 평일에는 작업복을 입고 다녀야 된다는 걸 모르느냐? 말해 봐, 너는 무슨 일을 하지?

시민 1 예, 나리, 목공입지요.

마룰루스 그래, 가죽 앞치마와 줄자는 어디 두었지? 나들이옷을 입고 무얼 하겠다는 거야? 당신은 직업이 뭐지?

시민 2 사실은 나리, 훌륭한 일을 하는 자에 비하면 저는 꿰매고 고치는 일을 하고 있지요.

마룰루스 그러니까 직업이 뭐냐고? 딴전 부리지 말고 똑바로 대답해.

시민 2 네, 나리, 직업은 양심을 가지고 하는 일입니다. 까놓고 말하자면 망가진 바닥을 고치는 거죠.

마룰루스 아니, 직업이 뭐냐는데? 이 엉뚱한 놈아, 어서 직업을 대라고.

시민 2 원, 나리도 성질이 급하시기는. 제가 나리를 고쳐드리죠.

마룰루스 뭣이 어쩌고 어째? 날 고친다고, 이 흉물스러운 놈!

시민 2 아니 나리의 구두 말입죠.

플라비우스 구두수선공이란 말이지?

시민 2 그렇습죠, 저는 송곳 하나로 빌어먹는 놈입니다. 그저 제 일에만 매달릴 뿐, 남의 장사나 여자일에 한눈파는 일은 없습죠. 말하자면 헌 구두를 고치는 외과 의사이옵니다. 구두가 중태에 빠지면 숨을 돌려놓죠. 훌륭하신 분이 신고 있는 쇠가죽 신 치고 제 손을 안 거친 신은 없습니다.

플라비우스 그렇다면 오늘은 왜 일손을 놨느냐? 왜 이 사람들을 거리로 몰고 다니냐 말이다.

시민 2 솔직히 나리, 저들의 신발을 닳게 해서 제 일감을 좀더 얻어내 볼까 하는 거죠. 그렇지만 사실은 나리, 카이사르의 개선을 축하하려고 가게 문을 닫아버렸습니다.

마룰루스 축하라니 왜? 그가 전리품이라도 가져온다더냐? 사로잡은 포로들을 전차 바퀴에 장식품으로 매달아 로마에 데려온다더냐? 이 멍청이들아, 돌대가리들, 이 몰상식한 것들아! 야멸차고 인정머리 없는 로마의 상것들아, 너희들은 폼페이우스 대왕을 잊었느냐? 너희들은 툭하면 성벽과 포대, 탑과 창문, 심지어는 굴뚝 꼭대기에까지 올라가서 자식 새끼들을 팔에 안은 채 하루 온종일 앉아 있었지. 목을 길게 빼고서 폼페이우스 대왕의 로마 거리 진군 모습을 보려고 말이야. 대왕의 전차가 나타나기가 무섭게 일제히 환호성을 올렸겠다. 그 고함 소리가 푹 파인 강둑에 메아리쳐 테베레강도 둑 밑에서 떨리지 않았는가? 그래 너희들은 이번에도 외출복 차림이야? 이번에도 일손을 놓고 쉰다고? 폼페이우스 대왕의 두 아들을 무찌르고 돌아오는 자의 길목에 꽃을 뿌리려고 해? 꺼져버려! 집에 돌아가서 다들 무릎 꿇고 신에게 기도나 드려. 이런 배은망덕에 천벌을 면하게 해주십사 하고.

플라비우스 자, 다들 어서 가라. 그리고 속죄하는 뜻에서 너희들처럼 가난한 사람들을 모아서 테베레 강둑으로 끌고 가라. 거기 가서 강물에다 눈물을 잔뜩 뿌리는 거다. 저 강의 밑바닥 물이 강둑 꼭대기로 넘실거릴 때까지. (시민들 모두 퇴장) 상것들이지만 가슴이 찡하나 보군. 죄책감에 꿀 먹은 벙어리가 되어 가버렸구먼. 자넨 저 길로 의사당 쪽으로 가게. 나는 이쪽 길로 가겠네. 혹 카이사르 조각상에 장식을 한 것이 눈에 띄거든 당장 벗겨버리게.

마룰루스 그래도 괜찮을까? 알다시피 루페르쿠스 축제인데.

플라비우스 그게 무슨 상관인가? 어쨌든 조각상이건 뭐건 카이사르를 위한 장식은 일체 금물이야. 난 돌아다니며 거리에서 시민들을 쫓아버려야겠네. 그들이 몰려 있거든 자네도 쫓아버리게. 카이사르의 날개에서 자라나는 깃털을 뽑아버리면 그도 용뺄 재간은 없지. 그대로 뒀다가는 용 그림에 구름을

갖다 바치는 거나 진배없지. 우리 모두 매에 쫓기는 꿩 신세가 될걸세. (모두 퇴장)

〔제1막 제2장〕

광장.

음악. 경주복 차림을 한 카이사르, 안토니우스 등장. 칼푸르니아, 포르티아, 데키우스, 키케로, 브루투스, 카시우스, 카스카, 그리고 점쟁이를 비롯한 수많은 사람들이 열을 지어 등장.

카이사르　칼푸르니아! (행렬이 멎는다)

카스카　조용하라! 카이사르 각하의 말씀이시다.

카이사르　칼푸르니아!

칼푸르니아　(앞으로 나와서) 예, 여기 있어요.

카이사르　부인, 안토니우스가 달리는 길목에 서 있으시오. 성전의 경주를 할 때 말이오. 안토니우스!

안토니우스　무슨 말씀이십니까, 각하?

카이사르　잊지 말도록, 안토니우스. 달릴 때 부디 잊지 말고 안토니우스, 칼푸르니아를 스쳐주게. 노인들 말씀에 애 못 낳는 여자도 경주 도중에 스쳐주면 불임(不姙)의 저주에서 벗어날 수가 있다니까.

안토니우스　명심하겠습니다. 각하의 말씀 한마디로 이미 이루어진 거나 다름없습니다.

카이사르　시작하오. 의식의 절차를 하나도 빠뜨리지 말고. (다시 음악)

점쟁이　카이사르!

카이사르　누가 날 부르오?

카스카　다들 소리 내지 마라. 모두 조용히 하래도!

카이사르　군중 속에서 날 부르는 사람이 누구요? "카이사르!" 하고 부르는 소리가 어떤 악기 소리보다도 날카롭게 들리던데. 말하라. 카이사르가 그대 말을 듣겠다.

점쟁이 3월 15일을 조심하십시오.

카이사르 저 사람은 뭐 하는 사람이요?

브루투스 점쟁이인데, 각하께 3월 15일을 조심하시라 합니다.

카이사르 그 사람을 데려오시오. 얼굴을 좀 보리다.

카시우스 이봐라! 어서 나와라. 각하께 얼굴을 내보여라.

카이사르 방금 나에게 무어라 했는가? 다시 말해 보라.

점쟁이 3월 15일을 조심하십시오.

카이사르 그는 몽상가이다. 내버려 두고 갑시다. (화려한 나팔 소리. 브루투스와 카시우스만 남고 모두 퇴장)

카시우스 자, 경주 구경하러 안 가겠소?

브루투스 안 가겠소.

카시우스 함께 가봅시다.

브루투스 나는 경주 따윈 딱 질색이오. 내겐 안토니우스와 같은 날렵한 기질이 없으니. 그러나 당신을 방해하지는 않겠소. 그럼 먼저 실례하오.

카시우스 브루투스, 요즘 당신에게서 예전의 친절과 애정을 도무지 찾아보기가 어렵군요. 당신은 당신을 따르는 친구들에게 너무 무뚝뚝하고 차가운 것 같소이다.

브루투스 카시우스, 오해하지 말아요. 내 표정이 차가워 보였다면 그건 내가 근심에 싸여 있기 때문이오. 나는 요즘 극심한 심적 갈등으로 고민이 크오. 개인적인 문제이긴 하지만, 그 때문에 내 행동에 어두운 그림자를 던졌을 거요. 그렇다고 해서 친구들에게까지―카시우스도 그 가운데 한 사람이지만―걱정을 끼칠 수야 있겠소. 그리고 내가 차갑게 보이는 걸 달리 생각지 마오. 불쌍한 이 브루투스는 자신의 번민 때문에 남들에게 우정의 표시도 하길 잊었다고 이해해서 봐주오.

카시우스 브루투스, 내가 당신의 마음을 오해했나 보군요. 그 때문에 의논할 중요한 생각과 말해야 할 중요한 일들을 가슴속에만 묻어두고 있었소. 어때요? 브루투스, 자기 얼굴을 볼 수 있소?

브루투스 물론 볼 수 없지요. 제 눈으로 자신을 볼 수야 없지 않겠소. 다른 물건에 비춰 보지 않고서는 말이오.

점술가에게 조심하라는 말을 듣는 카이사르

카시우스 옳은 말씀이오. 그리고 사람들이 무척이나 안타깝게 여기는 것도 바로 그 때문이오. 브루투스도 그런 거울이 없기 때문에 자신의 눈 속에 숨겨진 가치, 즉 당신의 참모습을 비춰 볼 수 없는 거요. 내가 듣건대 로마의 내로라하는 지도층 인사들이—신과 같은 카이사르는 제외하고 말이오—당신의 이야기를 하면서 현재의 독재를 한탄하며 고결한 브루투스가 자기를 보는 눈이 있으면 하고 간절히 소망하고 있소!

브루투스 카시우스, 당신은 내게 있지도 않은 것을 날더러 찾아보라는 것 같소. 당신은 나를 위험에 끌어들이려는 것이오?

카시우스 브루투스, 어쨌든 내 말을 들어보시오. 당신은 거울에 비춰 보지 않으면 자신을 볼 수 없다고 했잖소. 내가 거울이 되어주겠소. 그래서 당신이 아직 모르고 있는 참모습을 보름달 보듯 환하게 비춰 주리다. 그렇다고 이 카시우스를 의심하지는 마오. 나를 우스갯소리나 지껄이고 또 자기에게 곰살궂게 구는 이들만 보면 누구에게나 헤프게 우정을 맹세하는 사람으로 본다면, 그리고 아첨을 떨면서 껴안고 하다가 뒷전에서 험담이나 하는 졸장부로 여긴다면, 또는 연회 자리에서 누구에게나 우정을 마구 쏟는 그런 사람으로 생각한다면 나를 위험인물로 단정해도 좋소. (화려한 나팔 소리. 함성)

브루투스 시민들의 저 함성은 무엇을 뜻하는 것이오? 혹시 그들이 카이사르를 제왕으로 추대하는 것이 아니오?

카시우스 왜 마음에 걸리오? 아마도 그걸 원치 않는 모양이구려.

브루투스 원치 않고말고, 카시우스. 카이사르를 꽤 흠모하기는 하지만…… 그런데 당신은 언제까지 날 붙잡아 둘 거요? 내게 하고 싶은 말이 도대체 뭐요? 만일 이 나라를 위하는 일이라면 한쪽 눈에는 명예를, 다른 한쪽 눈에는 죽음을 준다 해도 좋소. 공평하게 대할 거요. 하늘은 내가 죽음을 두려워하기보다는 영예로운 이름을 존중하는 인간임을 알 테니까 말이오.

카시우스 브루투스, 난 당신이 가슴속에 품고 있는 정의감을 잘 알고 있소. 당신의 얼굴을 잘 알고 있듯이. 사실 내가 하고 싶은 말은 바로 명예에 관한 거요…… 당신이나 다른 사람들이 현재의 생활을 어떻게 생각하는지는 모르지만 나는 나 자신과 다름없는 인간을 두려워하며 사느니 차라리 죽어버리는 편이 낫겠소. 나도 카이사르처럼 자유인으로 태어났잖소. 당신도 그렇

뮤지컬 〈율리우스 카이사르〉 오손 웰즈 감독 연출. 머큐리 극장 상연. 1937.

고. 우리도 그와 똑같은 음식을 먹고, 카이사르 못지않게 겨울 추위를 견딜 수도 있소. 언젠가 몹시 춥고 바람 부는 날이었는데, 테베레강의 거센 물결이 강둑을 후려치고 있었소. 그때 카이사르가 내게 "이보게 카시우스, 나와 함께 이 거센 강물에 뛰어들어 저기 저 둑까지 헤엄칠 용기가 있소?" 묻기에, 나는 그의 말이 떨어지자마자 옷 입은 채 뛰어들어 날 따라오라고 했소. 그도 물에 뛰어듭디다. 물살은 사나웠소. 우린 이에 굴하지 않고 물살을 헤치고 숨을 헉헉 몰아쉬면서 헤엄쳐 나갔지요. 그러나 그 지정된 강둑이 코앞에 닿기 전에 카이사르가 절규합디다. "살려주시오, 카시우스. 나 빠져 죽겠소!" 로마의 위대한 선조 아이네이아스가 트로이성의 불길 속에서 늙은 안키세스를 어깨에 메고 구했듯이, 나도 테베레강의 거센 물결 속에서 축 늘어진 카이사르를 구해 냈다오. 그런데 이 카이사르는 현재 신과 같이 되었고, 카시우스는 볼품없는 인간이 되어, 카이사르가 무심히 끄덕이기만 해도 허리를 굽실거려야 하는 신세가 됐소. 그가 스페인에 있었을 때 열병을 앓았었죠. 카이사르는 발작이 일어날 때마다 몸을 무섭게 떨었소. 정말이오, 이 신

(神)은 덜덜 떨었다고요. 비겁한 입술은 핏기 없이 싸늘하게 창백해지고, 한 번 눈썹만 꿈틀해도 세상을 벌벌 떨게 하는 그 눈도 빛을 잃었지 뭐요. 그의 신음 소리도 들었어요. 아니, 입만 뻥긋해도 온 로마인이 그에게 주목하고 그의 말로 어록을 만드느라 야단인 바로 그 혓바닥이 "마실 것을 좀 주시오, 티티니우스" 하면서 병든 계집애처럼 말을 했소…… 아! 참으로 놀랄 일이 아니오? 그처럼 나약하고 겁 많은 위인이 이제 와서는 이 장엄한 세계에서 승리의 영광을 먼저 독차지하다니. (함성. 화려한 나팔 소리)

브루투스 또 함성이 터지는군! 저 갈채 소리는 영락없이 새로운 영예를 카이사르의 머리 위에 씌워 주기 위한 것일 거요.

카시우스 카이사르는 거대한 조각상처럼 이 세상이 좁다는 듯이 딱 버티고 서 있고, 우리 보잘것없는 인간은 그의 커다란 가랑이 밑에서 불명예스러운 무덤이나 찾고 있으니 꼴불견이지 뭐요. 인간은 때로는 자기 운명을 지배할 수 있지요. 브루투스, 우리가 열등하다는 건 우리 운명이 나쁜 게 아니라 우리들 자신에게 죄가 있는 거요. '브루투스'와 '카이사르'. '카이사르'라는 이름 속에 뭐가 있단 말이오? 왜 그의 이름이 당신 이름보다 더 많이 입에 오르내리는 거, 가지런히 두 이름을 써보면 당신 이름도 훌륭하오. 함께 불러도 듣기에 전혀 어색하지 않고, 저울에 달아보아도 기울지 않을 거요. 주문을 외워도 브루투스 또한 카이사르 못지않게 그 넋을 순식간에 불러낼 수 있을 거요. 아, 모든 신들이여, 카이사르는 도대체 뭘 먹고 자랐기에 그렇게 위대해졌단 말이오? 치욕의 시대로다! 로마여, 그대는 고결한 기질의 핏줄을 잃었는가! 데우칼리온의 대홍수[1] 이래 한 사람만이 명예를 독점한 시대가 어디 한 번이라도 있었는가? 로마 역시 그렇다. 지금까지 그 광대한 성벽이 오직 한 사람만을 포용한 시대가 언제 있었던가? 아, 대로마여, 진정 로마는 넓구나. 그런데 한 인간만이 활개를 치고 있다니! 오, 당신이나 내가 아버님들 하시는 말씀을 들었지 않소. 옛날에 브루투스라는 사람이 있었고, 그는 로마에 왕을 허용할 바엔 차라리 지옥의 악마가 다스리게 하는 편이 낫다고

---

1) 데우칼리온은 그리스 신화에 나오는 프로메테우스의 아들. 제우스가 노하여 인류를 없애고자 보낸 대홍수에, 네모난 배를 만들어 그의 아내 피르하와 단둘이 살아남아 인류의 조상이 되었다.

연극 〈율리우스 카이사르〉 허버트 비어봄 트리 연출. 찰스 풀턴 출연. 런던 마제스티 극장. 1898.

확신하고 있었다지 뭐요.

브루투스　나는 당신의 우정을 티끌만큼도 의심치 않소. 날더러 무슨 일을 하라는 건지 짐작이 가긴 하지만 그 일과 세상 형편에 대한 내 생각을 다음번에는 반드시 말하리다. 오늘은 이 정도로 하고, 진심으로 부탁드리건대 그 이상의 이야기는 하지 맙시다. 당신이 들려준 말을 깊이 생각해 보고, 그리고 못다 한 말도 꼭 다음에 듣도록 힘써 보리다. 그리고 언제고 시간 내서 흉금을 털어놓고 이 거사를 의논합시다. 그때까지 나의 친구여, 이걸 새겨두오. 브루투스는 현 체제가 우격다짐으로 짓누르는 가혹한 생활을 감수하며 로마의 시민임을 자랑하느니보다 차라리 한낱 촌민이 되겠다는 것을.

카시우스　내 변변치 못한 말이 그처럼 브루투스의 심정에 불을 지르게 되었다니 기쁘오.

카이사르와 일행 다시 등장.

브루투스　경주가 끝났나 보군요, 카이사르가 돌아오는 걸 보니.

카시우스　일행이 지나갈 때 카스카의 옷소매를 슬쩍 당겨보시오. 그럼 그는 오늘 어떤 중대한 일이 일어났는지를 그 가시 돋친 말투로 이야기해 줄 거요.

브루투스　그렇게 하리다. 저걸 보구려, 카시우스. 그런데 카이사르의 이마에는 노기가 어려 있는 것 같소. 다른 사람들은 꾸중을 들은 것 같군요. 칼푸르니아의 뺨은 창백하고 키케로의 눈은 흰족제비의 눈알처럼 핏발이 서 있소. 의사당 회의석상에서 몇몇 원로원 의원들에게 몰렸을 때 나타나는 그런 눈초리처럼.

카시우스　카스카가 무슨 일이 있었는지 말해 줄 거요.

카이사르　안토니우스!

안토니우스　네, 각하.

카이사르　내 주변엔 뚱뚱한 사람들만 있게 하면 좋겠는데. 머리 손질도 잘하고, 밤에는 잠도 잘 자는 사람들만! 저기 카시우스는 바싹 여위고 굶주린 우거지상이군. 생각을 너무 많이 해. 저자는 위험천만한 인물이오.

안토니우스　심려 마십시오, 각하. 그렇지 않습니다. 고결한 로마인으로서 선량합니다.

카이사르　살이 조금 더 쪘으면! 그렇다고 그를 두려워하진 않아. 하지만 눈엣가시처럼 꺼려야 하고 멀리할 인물이 있다면, 저 여윈 카시우스를 제외하곤 없을 거야. 그는 책을 많이 읽지. 관찰력도 예민한 편이라 사람들의 행동을 꿰뚫어 보는 안목도 있고. 연극을 좋아하지 않을뿐더러 음악도 싫어하고 별로 웃지도 않아. 어쩌다 웃어 보일 때도 마치 자신을 비웃는 듯하지. 말하자면 웃게 된 자신의 마음을 경멸하는 그런 웃음을 흘날리는 사람이야. 그와 같은 인간들은 자기들보다 더 위대한 인물을 대하면 속을 끓인단 말이지. 그러니까 그런 인간들은 위험천만해. 내 말은 그가 경계할 인물이란 거지 두려워할 인물이라는 뜻은 아니야. 나는 언제나 카이사르니까. 이쪽 오른쪽으로 와. 이 귀는 잘 안 들리니까. 그래 저 사람을 어떻게 생각하나? (화려한 나팔 소리. 일행과 함께 퇴장. 카스카만 남는다)

카스카 옷소매를 당기시니, 내게 무슨 하실 말씀이라도?

브루투스 그렇소, 카스카. 오늘 무슨 일이 있었는지 말해 주시오. 카이사르가 심각해 보이던데요.

카스카 아니, 함께 계시지 않았나요?

브루투스 그렇다면 카스카한테 물어볼 리가 있겠소?

카스카 실은 왕관을 바친 사람이 있었지요. 그런데 왕관이 바쳐지자 카이사르는 손등으로 물리쳤답니다. 그래서 군중이 함성을 질렀죠.

브루투스 두 번째 함성은 무엇이었소?

카스카 그것도 같은 것이었습니다.

브루투스 함성이 세 번 울렸는데, 마지막 함성은 뭣 때문이요?

카스카 그것도 같은 일 때문이었습니다.

브루투스 왕관을 세 번이나 바쳤단 건가요?

카스카 분명 그랬습니다. 그는 세 번이나 물리쳤습니다. 그때마다 퍽 아쉬워하는 눈치였지요. 순박한 군중은 그때마다 함성을 올렸고요.

카시우스 왕관은 누가 바쳤소?

카스카 그야 안토니우스지요.

브루투스 그 광경을 말해 보시오, 카스카.

카스카 그걸 말하느니 내 숨통을 조이는 게 낫겠소. 눈여겨보진 않았지만 어처구니없는 짓이었어요. 마르쿠스 안토니우스가 왕관을 바치는 것을 보았어요. 그러나 그건 왕관이 아니라 흔해빠진 관이었습니다. 방금도 말했지만 카이사르는 왕관을 물리쳤죠. 그런데 말이죠, 물리치긴 했지만 내가 보기엔 여간 갖고 싶어 하는 기색이 아니었어요. 이윽고 안토니우스가 그걸 다시 바쳤죠. 카이사르는 다시 물리쳤고요. 하지만 내 생각엔 카이사르는 왕관을 놓치기가 꽤나 아쉬운 듯 보였습니다. 안토니우스가 세 번째로 왕관을 바치니까 카이사르는 세 번째 물리쳤습니다. 거절할 때마다 어중이떠중이들이 소리를 지르고 거친 손으로 박수를 치는가 하면 땀이 밴 모자를 허공에 던지며 카이사르가 왕관을 거절한다고 지독하게 냄새나는 입으로 어찌나 떠들어대는지, 카이사르는 숨이 막혀서 거의 질식한 듯 기절하여 그 자리에 쓰러졌지 뭡니까. 그렇지만 나는 웃을 수도 없었습니다. 입을 벌리기만 하면 더러운 공기를 마셔야 했으니까요.

카시우스 아니 잠깐, 카이사르가 정신을 잃었다고요?

카스카 광장 바닥에 쓰러져 입에 거품을 가득 물고 말도 못 하더군요.

브루투스 그럴 만도 하군요. 카이사르는 뇌전증을 앓고 있으니까.

카시우스 천만에, 카이사르에게 그런 병은 없소. 병이 있기론 오히려 브루투스와 이 사람, 그리고 카스카지.

카스카 무슨 말씀인지 모르겠습니다만, 카이사르가 넘어진 건 틀림없는 사실이에요. 본디 어중이떠중이 대중이란 극장에서 배우한테 하듯이 배우가 자기들 마음에 들면 갈채를 보내고, 그렇지 않으면 야유를 내뱉고 하지 않습니까? 난 절대 거짓말은 안 합니다.

브루투스 카이사르가 정신이 들자 뭐라고 하던가요?

카스카 글쎄, 카이사르는 자기가 쓰러지기 전에 왕관을 사양한 것에 군중이 기뻐하는 것을 보고서 자기 웃옷을 풀어 헤쳐 보이며 자기 목을 베라는 시늉을 하잖겠어요. 내가 보통 직공이기만 했어도 그의 말대로 했으련만. 아니면 멀쩡한 악당들과 함께 지옥으로 떨어지든가. 어쨌든 그는 쓰러지고 말았습니다. 그는 제정신이 들자 혹시 자기가 잘못이나 말실수를 하지 않았는지 묻지 않겠어요? 그를 숭배하는 사람들이 병 탓이라 생각해 주기를 바랐던 거지요. 내 곁에 서 있던 젊은 여인 서넛이 "아이고, 가엾어라!" 외치며 진심으로 그를 용서해 줍디다. 그렇기는 하지만 그것들에게 신경 쓸 건 없습니다. 그것들은 카이사르가 제 어미를 죽여도 같은 소릴 지껄였을 테니까 말이오.

브루투스 그런 일이 있어서 저렇게 심각한 얼굴을 하고 이리로 온 거군요?

카스카 예.

카시우스 키케로는 뭐라고 말합디까?

카스카   그리스어로 뭐라고 하던데요.

카시우스   무슨 말을 했소?

카스카   글쎄, 내가 그걸 어찌 말할 수 있겠어요? 창피해서, 거짓말이라도 하지 않고선. 하지만 그 말을 알아듣는 사람들은 서로 쳐다보고 웃어대며 고개를 흔듭디다. 그러나 나야 그리스 말이라 무슨 소린지 종잡을 수가 있어야죠. 또 한 가지 소식이 있는데, 마룰루스와 플라비우스는 카이사르 조각상에서 스카프 장식을 떼냈다고 해서 근신 처분을 받았지요. 카시우스, 안녕히 계시오. 한심스러운 일이 또 있었지만 기억할 거리나 되야 말이죠.

카시우스   오늘 저녁 식사나 같이할까요. 카스카?

카스카   감사하지만 선약이 있어서요.

카시우스   그럼 내일은 어떻습니까?

카스카   예, 만일 내가 살아 있고 당신의 마음이 바뀌지 않았으며, 음식이 먹음직하다면요.

카시우스   그럼 기다리지요.

카스카   그럽시다. 두 분 다 안녕히 계시오. (퇴장)

브루투스   저 친구 퉁명스러운 사람이 되고 말았군요! 그도 학창 시절엔 민첩하고 총기가 있었는데.

카시우스   비록 겉보기에 굼뜨고 우둔한 것 같지만 지금도 어떤 대담하고 훌륭한 일을 해내는 데는 남다르다오. 무뚝뚝한 맛이 그의 지혜에 양념이 되어 사람들이 그의 말을 절실히 음미하게 만들거든요.

브루투스   당신 말이 옳소. 오늘은 이만 실례하리다. 그러나 할말이 있으면 내일이라도 집으로 찾아가지요. 혹시 내 집으로 오시겠다면 기다리겠소.

카시우스   내가 찾아뵈리다. 그때까지 나랏일을 잘 생각해 두시오. (브루투스 퇴장) 그래, 브루투스, 당신은 고결한 사람이야. 하지만 그 훌륭한 기질도 다루기에 따라 탈바꿈될 수도 있지. 그래서 고결한 정신을 가진 사람은 같은 사람끼리 사귀어야 해. 유혹을 물리칠 수 있는 강한 사람이 과연 있을까? 카이사르는 날 눈엣가시처럼 여기지만 브루투스는 좋아해. 만일 내가 브루투스고, 그가 나라고 해도 그는 날 호락호락 움직이진 못하지. 오늘 밤에는 여러 사람 필체로 편지를 써서, 그의 창문에다 집어넣어야겠다. 많은 시민들이 보

낸 것처럼, 그 편지에는 로마인들이 모두 브루투스의 이름을 존경한다고 써
야지. 카이사르가 은근히 야심을 품고 있다는 시민들의 여론도 밝히고 말이
야. 카이사르, 어디 편히 있나 보자. 우리가 흔들어서 카이사르를 넘어뜨리지
못하면, 고통의 나날을 지낼 수밖에 없겠지. (퇴장)

〔제1막 제3장〕

로마. 어느 거리.
천둥과 번개. 한쪽에서는 칼을 뽑아든 카스카, 다른 쪽에서는 키케로가 등장.

키케로 안녕하시오, 카스카. 카이사르 각하를 모셔다 드렸소? 왜 숨을 헐떡거
리오? 왜 그렇게 노려보는 거요?
카스카 아무렇지도 않단 말입니까? 대지가 현기증이 나도록 온통 뒤흔들리
는데도? 오, 키케로, 나도 폭풍은 경험했었죠. 성난 바람이 그 억센 참나무
가지를 꺾는 것도, 그리고 거센 파도가 성내어 물거품이 일면서 먹구름에게
까지 치솟는 걸 본 적도 있었습니다. 그렇지만 오늘 밤처럼 불을 토해 내는
태풍은 지금껏 한 번도 본 적이 없답니다. 어쩌면 하늘에 내란이라도 일어났
는지, 아니면 인간들의 오만불손에 신들이 진노하여 이 세상에 파멸을 내리
려고 하는 건지 모를 일입니다.
키케로 아니, 어떤 괴이한 변고라도 보았소?
카스카 어떤 노예 한 놈이—보시면 아실 만한 놈인데—왼손을 번쩍 쳐들자
불기둥이 치솟지 않겠어요. 횃불 스무 아름쯤 합친 것 같더군요. 그놈은 뜨
거워하지도 않고 화상도 입지 않았어요. 어디 그뿐인가요—나는 줄곧 칼을
뽑아들고 있었는데—의사당 앞에서 사자 한 마리를 보았어요. 사자가 나를
노려보더니 해치지 않고 어슬렁어슬렁 지나쳐 갔습니다. 그러자 공포에 질려
얼굴이 흙빛으로 변한 아녀자들 백여 명이 모여들어서는, 불에 휩싸인 남자
들이 온 거리를 쏘다니는 걸 봤다고 하지 않겠어요. 심지어 어제는 부엉이가
대낮에 광장에 내려앉아 울어댔다지 뭡니까. 부엉부엉 끼익끼익. 이런 흉조
가 갑자기 한꺼번에 몰아닥쳤는데 "이것은 다 까닭이 있는 거야. 이상할 건

영화 〈율리우스 카이사르〉 에드먼드 오브라이언(카스카 역, 왼쪽)·길구드(카시우스 역) 출연.
1953.

없지" 하고 내뱉을 수만은 없지요. 내 생각엔 이러한 괴변들은 이 나라에 어
떤 좋지 못한 사건이 일어날 징조인 것만 같습니다.

키케로 원, 이거야 정말 해괴한 일도 많은 세상이로군. 하지만 인간은 제멋대
로 세상일을 해석하며 본디 의미와는 딴판으로 생각하기가 일쑤지요. 카이
사르는 내일 의사당에 나오시오?

카스카 그러실 테죠. 안토니우스에게 이르시더군요, 내일 의사당에 나간다고
당신께 전해 드리라고.

키케로 그럼 편히 쉬시오, 카스카. 이런 음산한 날씨엔 나다니는 게 아니라오.

카스카 안녕히 가십시오, 키케로. (키케로 퇴장)

카시우스 등장.

카시우스 거기 누구요?

카스카　로마 시민이오.

카시우스　목소리가 카스카로군요.

카스카　귀도 밝으시오. 카시우스, 무슨 밤이 이렇습니까!

카시우스　올바른 사람에겐 아주 유쾌한 밤이오.

카스카　하늘이 불호령을 칠 줄이야 누가 알았겠소?

카시우스　이 세상에 죄가 들끓는다는 걸 아는 사람은 다 알았을 테죠. 날 보시오, 이렇게 거리를 쏘다니고 있지 않소. 위험한 밤에 몸을 내맡기고 말이오. 카스카, 보시다시피 이렇게 앞가슴을 풀어 헤치고 천둥 벼락에게 내 가슴을 들이댔소. 그리고 번쩍하는 파란 번갯불이 하늘 가슴팍을 찢고 튀는 것을 보고, 난 바로 그 불꽃의 한복판에 뛰어들어 내 몸을 내밀었지요.

카스카　그렇지만 뭣 때문에 당신은 감히 하늘을 시험하시오? 인간은 마땅히 두려워서 떨어야 하는 거요. 전지전능하신 신들이 징조를 나타내고 그들의 사자를 보내 미리 알려주어 인간을 놀라게 할 때는.

카시우스　허 참, 둔하시오, 카스카. 로마인이라면 누구나 가져야 할 생명의 불꽃이 당신에겐 없단 말이요? 아니, 가졌어도 안 쓰는 거요? 당신은 하늘의 미묘한 노여움을 올려다보고, 얼굴은 창백해지고 눈은 희번덕거리며 공포에 소름이 끼쳐 넋을 잃고 멍청히 있군요. 하지만 참다운 원인을 생각해 본다면 왜 이리 불기둥이 치솟고, 왜 이리 망령들이 배회하며, 왜 짐승들이 그 본성에서 벗어난 짓을 하고, 왜 노인이 얼띤 짓을 하며, 어린이가 앞을 내다보는지, 또 왜 모든 것이 평생의 습관과 본성과 타고난 기능에서 벗어나 기괴한 모습들을 나타내는지 이제 당신도 알게 될 거요. 그건 이들 모두에게 하늘이 정기를 불어넣어 썩은 냄새가 나는 사회에 대해서 공포와 경고를 주는 수단을 갖게 하는 것이오. 그럼 카스카, 내가 한 사람의 이름을 말해 주겠소. 천둥을 울리고, 번개를 치고, 무덤을 파헤치고, 의사당 앞의 사자처럼 울부짖는 이 무서운 밤과 똑같은 사람을 말이오. 인간으로서는 당신이나 나보다 더 뛰어난 점도 없지만 이런 기이한 전조처럼 불길하고 무서운 존재가 돼버린 사람을요.

카스카　카이사르 말씀이군, 그렇죠?

카시우스　누구든 상관없소. 오늘의 로마인들도 조상과 똑같은 근육과 팔다리를 갖고 있소. 한심한 노릇이오! 아버지들의 정신은 썩어 문드러지고, 우린 어머니들의 나약한 정신에 지배받고 있소. 멍에와 복종은 여자를 닮았다는 증거요.

카스카 실제로 소문에 의하면 내일 원로원 의원들이 카이사르를 제왕으로 추대한답니다. 그렇게 되면 카이사르는 이탈리아를 제외한 모든 바다와 육지에서 군림할 것이오.

카시우스 그렇게 되면 이 단검을 여기에 차고 있지 않겠소. 이 카시우스는 노예 처지에서 카시우스를 구해 낼 거요. 그러니 신들이여, 약자를 강자로 만들어 주소서. 신들이여, 폭군의 뿌리를 도려내소서. 석탑도, 철옹성도, 숨 막히는 토굴도, 튼튼한 쇠사슬도 이 의연한 정신을 억압할 순 없소. 그러나 생명은 이 세상의 굴레가 한도에 다다르면 자기 자신을 해방하는 힘을 언제나 갖고 있죠. 내가 아는 이 자연의 이치를 세상 사람들도 다 알아야 하오. 지금 내가 감내하고 있는 독재도 마음먹기에 따라 언제고 떨쳐버릴 수 있음을 말이오! *(천둥소리 계속)*

카스카 나도 할 수 있소. 어떠한 노예라도 누구나 굴레를 끊을 수 있는 힘을 자기 손아귀에 가지고 있는 거요.

카시우스 그럼 왜 카이사르를 폭군으로 내버려 두오? 불쌍한 친구여! 카이사르도 로마인들을 양떼로 보지만 않았다면 이리가 되진 않았을 거요. 그들이 암사슴만 아니었다면 사자가 되었을 리도 없소. 성급히 큰불을 일으키는 자도 보잘것없는 지푸라기로 시작하는 법이오. 그래 로마가 몹쓸 가지인가, 나무 부스러기인가, 찌꺼기인가, 카이사르와 같은 간악한 자를 빛내주기 위한 터전으로 쓰이다니! 오, 슬픔이여, 나를 어디로 끌고 가는가? 어쩌면 난 기꺼이 노예이기를 바라는 사람 앞에서 이런 이야기를 지껄였는지 모르오. 그렇다면 내 말에 책임을 져야죠. 난 각오가 돼 있소. 그러니 위험 따윈 문제가 안 되오.

카스카 이 카스카를 빗대는 거군요. 코웃음을 치면서 자기 친구를 배신할 사람은 아니오. 내 손을 잡아주오. 그러한 불평의 씨를 없애기 위해 동지를 모읍시다. 나도 가장 깊숙이 발을 내딛은 사람만큼 내 발을 들여놓겠소. *(카시우스와 악수한다)*

카시우스 그럼 맹세하신 거요. 이제 이야기지만 카스카, 사실 나는 이미 고결한 심성을 지닌 로마인들 몇몇을 설득해 놨소. 나와 함께 정의를 걸고 위험 천만한 거사를 단행키로 했소. 지금쯤 그들은 폼페이우스 극장 앞에서 날 기다리고 있을 거요. 지금처럼 무서운 밤거리에는 사람 그림자 하나 얼씬도 하지 않소. 저 하늘도 마치 우리가 결행하려는 것처럼 험한 모양을 하고 있질 않소? 핏빛을 띠었소. 불길 같기도 하고, 무시무시하기 그지없소. (킨나가 다가오는 발소리)

카스카 잠깐 숨으시오. 누가 급히 오고 있소.

카시우스 킨나요. 걸음걸이로 알 수 있소. 우리 동지요.

킨나 등장.

카시우스 킨나, 어딜 급히 가시오?

킨나 당신을 만나려고요. 뉘시오? 메텔루스 킴버?

카시우스 아니, 카스카요. 지금 막 우리의 거사에 가담한 동지요. 모두 날 기다리고 있나요, 킨나?

킨나 동지라니 기쁜 일이오. 거참 몸서리나는 밤이군요! 동지들 몇몇이 이상한 광경을 보았답니다.

카시우스 날 기다리고 있습니까, 동지들이?

킨나 네 그렇습니다. 오, 카시우스, 당신이 고결한 브루투스를 우리 편으로 끌어들일 수만 있다면…….

카시우스 염려 마시오. 킨나 동지, 이 쪽지를 가져다가 브루투스 집정관의 의자 위에 놓아주시오. 브루투스 눈에 쉽게 띄도록요. 이건 창문 안에 던져 넣으시고. 이건 밀초이니, 옛 브루투스의 동상에 단단히 붙여놓도록 하시오. 일을 다 마치면 폼페이우스 극장 복도로 오시오. 기다리고 있겠소. 데키우스 브루투스와 트레보니우스도 거기 있습니까?

킨나 메텔루스 킴버만 빼고 다 있어요. 킴버는 당신을 만나러 댁에 갔습니다. 그러면 난 급히 가서 일러주신 대로 이 편지를 놓아두겠습니다.

카시우스 일이 끝나면 폼페이우스 극장으로 오시오. (킨나 퇴장) 자 카스카, 당신과 나는 날이 새기 전에 브루투스 집으로 갑시다. 그는 거의 우리 쪽으로 기울고 있소. 한 번만 더 만나 대화를 나누면 완전히 우리 편이 될 것이오.

카스카 오, 브루투스는 시민들 가슴속 높은 곳에 앉아 있어요. 우리가 하면 죄로 보이는 것도 그가 지지해 주면 마치 뛰어난 연금술처럼 미덕이자 훌륭한 가치로 바뀔 것이오.

카시우스 브루투스의 인품, 그의 가치, 그리고 우리에게 반드시 필요한 사람이라는 건 당신의 말씀 그대로요. 자, 갑시다. 자정도 훨씬 지났소. 날이 밝기 전에 그를 깨워서 확실하게 우리 편으로 만듭시다. (모두 퇴장)

〔제2막 제1장〕

브루투스 저택의 정원.
브루투스가 정원 안으로 들어선다.

브루투스 이리 오라, 루키우스! 별들의 위치만으로는 언제 먼동이 틀지 모르겠다. 이봐 루키우스, 어디 있느냐? 흉이 돼도 좋으니 나도 저렇게 곤히 잠에 빠져 봤으면. 이런 게으름뱅이 봤나! 어서 일어나래도! 일어나라니깐!

루키우스 등장.

루키우스 부르셨습니까?

브루투스 서재에 촛불을 켜다오, 루키우스. 촛불을 켜거든 이리 와서 준비됐다고 알려라.

루키우스 네 알겠습니다, 나리. (퇴장)

브루투스 (다시 생각에 잠긴다) 아무래도 그를 없앨 수밖에 없어. 사실 나로서야 그를 쳐야 할 개인적인 원한은 하나도 없지. 다만 로마를 위해서다. 그는 황제가 되려고 해. 황제가 되면 그의 천성이 어떻게 변할지 그게 문제야. 살모사는 화창한 날씨에 기어나오게 마련이지. 그래서 길 걸을 때 조심하라는 게 아닌가. 그에게 왕관을 씌워? 그건…… 그에게 독 오른 이빨을 주는 셈이지.

자기 멋대로 사람을 해칠 수 있게 될 것이니, 권력의 남용은 권력에 취해 인간성을 저버릴 때 생기는 법이 아니던가. 카이사르에 대해 솔직히 말하면 이성보다도 감정에 지배되는 일이 결코 없었지. 흔히 듣는 말이지만 겸손이라는 것은 처음에는 야망에 불타는 사람의 사다리라서 사다리를 올라갈 땐 얼굴을 위로 쳐들지만, 막상 꼭대기에 다 오르고 나면 단번에 사다리에 등을 돌려버리고 더 높은 구름을 쳐다보게 되지. 그리고 자기가 올라왔던 발밑 계단을 깔보기 일쑤지. 그래, 카이사르가 바로 그럴 거야. 변고가 일어나지 않도록 미리 손을 써야지. 그렇다고 해도 그를 탄핵할 명분이 서지 않으니까, 카이사르가 권력을 다져가게 되면 앞으로 반드시 독재의 탈을 쓰게 될지 모르므로 지금은 그를 독사의 알이라 생각하자. 만일 알을 까게 되면 독사의 본성을 드러내 반드시 사람을 해칠 거다. 그러니 알을 까기 전에 박살내 버려야 한다.

루키우스 다시 등장.

루키우스 나리, 서재에 촛불을 켜놨습니다. 창가에서 부싯돌을 찾고 있는데 이 편지가 봉한 채 있었습니다. 제가 자리에 들기 전엔 분명히 보지 못했었는데 말입니다. (편지를 건넨다)

브루투스 가서 더 자거라, 날이 새려면 멀었다. 이봐라, 내일이 3월 15일이 아니냐?

루키우스 글쎄요, 나리.

브루투스 달력을 보고 알려다오.

루키우스 네 알겠습니다, 나리. (퇴장)

브루투스 유성들이 하늘을 날며 밝은 빛을 뿜어대니 그 불빛으로 편지를 읽을 수 있을 것 같다. (편지 봉투를 뜯고 읽는다)

　　브루투스여, 그대는 잠자고 있다. 깨어나라, 그리고 자신을 보라. 로마는 앞으로 등등. 외쳐라, 타도하라, 바로잡자⋯⋯.

영화 〈율리우스 카이사르〉 조셉 맨키위즈 감독, 말론 브란도(안토니우스 역)·제임스 메이슨·존 길거든·루이스 칼헌·에드먼드 오브라이언·그리어 가슨·데보라 카 출연. 1953.

"브루투스여, 그대는 잠자고 있다. 깨어나라" 이런 선동 문구가 적힌 편지가 심심찮게 떨어져 있어서 주워 읽곤 했는데, "로마는 앞으로 등등"은 이렇게 보충하면 이치가 닿겠군. 로마는 앞으로 한 사람의 독재에 무릎을 꿇을 것인가? 아니, 로마가? 우리 조상들은 타르퀴니우스가 왕으로 불리자 로마에서 그를 추방하지 않았던가. "외쳐라, 타도하라, 바로잡자" 날더러 외치고 타도하라는 간청이다. 오, 로마여, 그대에게 맹세하마. 그렇게 해서 바로잡을 수만 있다면 이 브루투스의 손으로 기어이 그대의 소원을 이루어 주리라!

루키우스 다시 등장.

루키우스 나리, 3월 15일이 맞습니다. (안에서 노크 소리)
브루투스 이제 됐다. 문간에 나가봐라. 누가 오셨나 보다. (루키우스 퇴장) 카시우스로부터 카이사르를 제거하자는 부추김을 받은 뒤 한잠도 이루지 못했구나. 무서운 역모를 결심하고 그 결행 의지를 폭발시킬 때까지는 허깨비에 홀린 것 같고, 소름 끼치는 악몽을 꾸는 것과도 같아. 정신의 지배자인 이성과 그의 도구인 감정이 격론을 일으켜서 한낱 인간이라는 세계가 마치 작은 왕국처럼 내란의 소용돌이 속에 빠져들어 가는구나.

루키우스 다시 등장.

루키우스 나리, 매부 되시는 카시우스 나리께서 오셨는데 나리를 뵙겠다고 하십니다.

브루투스 혼자이시더냐?

루키우스 아니옵니다. 여러분이 함께 오셨습니다.

브루투스 네가 아는 분들이냐?

루키우스 아니옵니다. 모자를 귀밑까지 푹 눌러 쓰시고 얼굴을 반쯤은 외투로 가려놔서 어느 분이신지 도무지 알 수 없었습니다.

브루투스 어서 이리 모셔라. (루키우스 퇴장) 동지들이겠지. 오, 역모여, 온갖 죄악이 날뛰는 한밤중에도 그대들은 그 험상궂은 얼굴을 보이는 게 창피한가? 오, 그렇다면 낮에는 그대의 볼꼴 사나운 얼굴을 감춰 줄 어두운 동굴을 어디에서 찾아낼 작정이더냐? 그래, 찾을 필요가 없다. 역모여, 차라리 상냥한 웃음 속에 그 얼굴을 감춰라! 만일 그대가 그대의 진짜 얼굴로 나다닌다면 지옥 같은 어둠도 그대를 남의 눈에서 감춰 줄 만큼 어둡지는 않으리라.

음모자들인 카시우스, 카스카, 데키우스, 킨나, 메텔루스 킴버, 트레보니우스 등장.

카시우스 쉬고 계실 텐데 이렇게 무례하게 찾아와서 미안하오. 안녕하시오, 브루투스. 방해가 되지는 않는지요?

브루투스 한두 시간 전부터 일어나 있었지만 밤새껏 한잠도 못 잤소. 함께 오신 분들은 내가 아는 분들인가요?

카시우스 그래요, 다 아시는 분들이오. 그리고 모두 당신을 존경하는 분들이시고. 또 모두가 한결같이 원하고 있소, 모든 고결한 로마인들이 당신한테 품고 있는 기대를 저버리지 않기를. 이쪽은 트레보니우스.

브루투스 잘 오셨소이다.

카시우스 이쪽은 데키우스 브루투스.

브루투스 잘 오셨소이다.

카시우스 여기는 카스카, 이쪽은 킨나. 그리고 메텔루스 킴버입니다.

브루투스 다들 잘 오셨소이다. 대체 무슨 걱정거리가 있어서 주무시지들 못한단 말입니까?

카시우스 한 말씀 드려도 되겠소? (브루투스와 속삭인다)

데키우스 이쪽이 동쪽인가요? 이쪽에서 동이 트겠군요?

카스카 아니오.

킨나 아, 미안하지만 그쪽이 맞아요. 저기 저 구름에 비친 회색 빛줄기는 새벽을 알리는 징조요.

카스카 두 분 다 잘못 아셨다는 걸 증명하겠습니다. 이쪽, 이 칼끝이 가리키는 쪽에서 해가 뜹니다. 아직은 계절이 계절인지라 좀 일러서 해가 확실히 남쪽으로 기울어 있지만, 앞으로 두어 달 뒤면 훨씬 북쪽으로 기울어서 해가 뜨게 됩니다. 그리고 동쪽 하늘은 의사당이 있는 이쪽이고요.

브루투스 여러분 한 분 한 분씩 손을 나에게 주십시오.

카시우스 우리의 결의를 맹세합시다.

브루투스 아니오, 맹세는 필요 없소. 국민들의 비통한 표정, 우리들 마음의 고통, 현 정치 세력의 부정부패—이것으로도 동기가 약하다면 일찍 집어치우고 각자 집에 가서 잠이나 자는 게 좋을 겁니다. 그래요, 저 오만한 폭군이 활개치도록 내버려 두면 그자의 변덕에 따라 우린 파리 목숨이오. 그러나 나는 동포들과 여자들의 나약한 정신을 단단하고 충분하게 담금질하고 밝혀 줄 수 있는 뜨거운 열정을 품어야 한다는 것을 확신합니다. 친애하는 동지들, 우리의 대의명분이 불의를 바로잡자는 것인데, 그 밖에 무슨 동기가 필요합니까? 한다 하면 절대로 약속을 어기지 않는 로마인 기질 말고 더 이상 무슨 증서가 필요합니까? 사나이끼리 거사를 하고, 실패하면 죽음을 언약하는 것 이상으로 무슨 맹세가 필요합니까? 맹세란 신관이나 비겁자, 교활한 사기꾼이나 늙고 나약한 사람, 고통을 견디는 먹통들이나 내뱉는 말이고, 수상한 자들이 부정을 저지를 때나 하는 거요. 그러니 우리의 명분과 행동에 맹세가 필요하다면 우리들 거사의 확고한 정당성을 더럽혀서는 안 되며, 또 우리 정신이 갖는 불굴의 기질을 더럽혀서도 안 됩니다. 왜냐하면 로마인이 한번 약속한 이상 아무리 사소한 일이라도 깨뜨리는 날이면, 로마인의 피는 한 방울 한 방울이 진정한 로마인이 아님을 나타내는 불순한 것이 되기 때문입니다.

카시우스 키케로는 어떻게 하죠? 의중을 떠볼까요? 내 생각엔 강력한 동지가 될 것 같습니다.

카스카 그를 빼놔서는 안 되지요.

킨나 물론입니다.

메텔루스 아, 끌어들입시다. 그 어른의 은백색 머리카락은 우리 쪽에 좋은 여론을 불러일으켜서 우리 거사가 국민의 지지를 얻게 할 거요. 사람들은 그의 판단력이 거사의 주춧돌이 됐다고 말할 거요. 그리고 우리의 거친 혈기도 그의 후덕한 인격에 싸여서 드러나지 않을 겁니다.

브루투스 아뇨, 그는 거론하지 맙시다. 그 어른에게는 알리지 않는 게 좋소. 그는 남들이 시작한 일에 뛰어들 사람이 아니니까요.

카시우스 사실 그는 적합치 않습니다.

데키우스 카이사르 이외에는 아무에게도 손을 안 댈 건가요?

카시우스 데키우스, 좋은 지적이오. 카이사르의 총애를 한 몸에 받고 있는 마르쿠스 안토니우스를 카이사르가 죽은 다음에도 그냥 살려둔다는 건 옳지 않소. 언젠가 우린 그가 교활한 모사꾼임을 깨닫게 될 거요. 아시다시피 그는 재능도 뛰어나고, 그 재능을 활용하게 되면 우린 큰 화를 입게 될 겁니다. 그러니 선수를 쳐서 안토니우스와 카이사르를 함께 해치웁시다.

브루투스 너무 많은 피를 흘리는 일이 될 거요, 카이우스 카시우스. 머리를 베고 팔다리마저 자른다는 건 분노에 사로잡혀 죽이고, 죽인 뒤에도 증오하는 격이죠. 안토니우스는 카이사르의 팔다리에 지나지 않소. 우린 제단에 제물만 바칠 뿐 도살자가 되어서는 안 되오, 카이우스. 우리가 들고일어난 것은 카이사르의 정신에 맞선 때문이오. 인간의 정신에는 피가 흐르고 있지 않소? 오, 가능하다면 카이사르의 정신만을 해치우고 육체는 다치게 하고 싶

지 않소! 그러나 아, 카이사르가 피를 흘려야 되다니! 동지 여러분, 그를 대담
하게 죽입시다. 격분해선 안 됩니다. 나중에 신에게 바치는 제물로서 그를 벱
시다. 사냥개한테 던져주는 시체처럼 난도질해서는 안 됩니다. 교활한 주인
들이 잘하듯이 하인 격인 손을 충동해서 난동을 부리게 하고는 나중에 꾸
짖는 그런 태도를 간직합시다. 그래야만 이번 거사가 필연적인 것이며, 결코
사사로운 원한이 아님을 알릴 수 있소. 또 시민들의 눈에 그렇게 비친다면
우린 암살자가 아니고 숙청자로 불릴 것이오. 그리고 마르쿠스 안토니우스
는 생각하지 맙시다. 카이사르의 머리가 잘리면 그의 팔은 더는 움직이지 못
하오.

카시우스 그러나 불안해서요. 카이사르에 대한 그의 뿌리 깊은 애정을 생각
한다면 말이오……

브루투스 오, 카시우스, 그는 걱정하지 마시오. 카이사르를 사랑해 봤자 그가
할 수 있는 일은 고작 자기 자신에게 한정될 뿐, 상심한 나머지 카이사르를
따라 죽는 정도일 거요. 그것만으로도 대단한 일, 워낙 천성이 방탕한 데다
가 운동을 하거나 친구들과 어울리기 좋아하는 위인이니까.

트레보니우스 염려할 것까진 없습니다. 죽일 것까지도 없고요. 살아남아서 이
번 일을 우스개 삼아 말할 그런 위인이오. (시계가 시간을 알린다)

브루투스 가만! 몇 시를 알렸지요?

카시우스 세 시를 쳤소이다.

트레보니우스 이만 헤어집시다.

카시우스 그러나 아직 내 마음에 걸리는 건 카이사르가 오늘 의사당에 나올
건지 아닌지요. 요즘 그는 미신에 빠져 있는 것 같소. 전에는 환상이니 꿈이
니 하는 징조 따위를 도무지 거들떠보지도 않았는데. 최근에 일어난 불길한
현상과 간밤의 무시무시한 괴변, 그리고 점쟁이들의 권고 때문에 어쩌면 오
늘 의사당에 안 나올지도 모를 일이오.

데키우스 염려 마시오. 만일 그렇게 결심했다면 내가 설득하겠습니다. 그는
귀가 여리니까요. 외뿔소를 속이려면 나무를 이용하고, 곰은 거울을 가지고
생포하고, 코끼리는 함정으로, 사자는 덫으로, 인간이라면 아첨꾼으로 속이
라는 이야기가 있잖소. 그런데 그를 보고 당신은 아첨꾼을 싫어하신다고 말

했더니 그는 그렇다는 거요. 지독한 아첨에 걸려들었으면서 말이오. 내게 맡기시지요. 내가 그의 비위를 맞출 수 있소. 그래요, 반드시 의사당으로 나오게 하리다.

카시우스 아니오, 우리들 모두가 카이사르를 부르러 가십시다.

브루투스 그럼 여덟 시까지. 늦어도 그때까지는.

킨나 늦어도 그때까지로 하고, 어기지들 마시오.

메텔루스 카이우스 리가리우스는 카이사르를 원망하고 있소. 폼페이우스를 칭찬했다 해서 욕을 먹었거든요. 왜 아무도 그를 미처 생각해 내지 못했을까요?

브루투스 그럼 메텔루스 동지! 그에게 가보시오. 그는 내게 호의를 가지고 있는데, 그럴 만한 까닭이 있소. 그를 내게 보내주시오. 내가 설득해 보리다.

카시우스 날이 밝아오는군요. 그만들 가봐야겠소, 브루투스. 그럼 동지들, 다들 흩어집시다. 그렇지만 우리가 한 말을 모두 명심하시고 진정한 로마인임을 보여줍시다.

브루투스 동지 여러분, 생기 있고 밝은 표정을 지으시오. 우리 계획이 얼굴에 나타나지 않도록. 우리 모두 로마 배우들처럼 쾌활하게 위엄 있고 침착하게 행동합시다. 그럼 여러분, 안녕히들 돌아가시오. (혼자만 남고 모두 퇴장) 이봐, 루키우스! 곤히 잠들었구나. 괜찮다. 잘 자거라, 꿀처럼 달콤한 잠을 즐기려무나. 네게는 고민으로 시달리는 사람의 머릿속에 가득 차게 마련인 악몽도, 망상도 없을 게다. 그래서 저렇듯 세상모르게 자는 거지.

포르티아, 집 안에서 나온다.

포르티아 여보!

브루투스 여보! 웬일이오? 어째서 벌써 일어났소? 새벽 공기가 차가워서 약한 당신 몸에는 해로울 거요.

포르티아 해롭긴 당신도 마찬가지예요. 잠자리에서 슬며시 빠져나가시다니 너무하셨어요. 엊저녁 식사 때도 벌떡 일어나셔서 뭔가 생각하시며 팔짱을 끼고 한숨을 내쉬며 서성거리셨죠. 그래서 제가 무슨 일이냐고 캐물었더니 당신은 저를 쌀쌀한 눈길로 뚫어지게 보기만 하셨어요. 계속 물으니까 당신은 머리를 벅벅 긁으면서 퍽 답답하신 듯 발을 구르시더군요. 그래도 제가 거듭 되물으니까 대답은 안 하시고 화가 나서는 저에게 나가라고 손짓을 하셨죠. 그래서 물러났어요. 가뜩이나 열에 들뜬 조급한 마음을 건드릴까 두려워서, 저는 남자라면 누구에게든지 흔히 찾아볼 수 있는 일시적인 기분에 지나지 않기를 간절히 바랐어요. 왠지 식사도 안 하시고, 말씀도 안 하시고, 잠도 안 주무시더군요. 걱정이 당신 마음을 바꿔 놨듯이 당신의 육신마저 바꿔 놨더라면 당신을 알아보지 못했을 거예요. 여보, 제발 뭣 때문에 괴로워하시는지 말씀해 주세요.

브루투스 몸이 좀 불편해서 그러오. 그것뿐이오.

포르티아 당신은 현명한 분이라 만일 몸이 불편하시다면 회복할 방법을 궁리하셨을 거예요.

브루투스 물론 그러는 중이오. 여보, 제발 가서 자구려.

포르티아 몸이 불편하시다고요? 그러면서 가슴을 열어 젖힌 채로 걸어다니며 습기 찬 새벽의 안개를 마시는 게 건강에 이롭다는 건가요? 아니, 몸이 불편하시다면서 건강에 이로운 침대를 빠져나오셔서 해로운 밤공기에 몸을 맡기시다니, 차갑고 더러운 공기를 마셔서 병을 도지게 하겠단 말씀이에요? 안 돼요 여보, 병의 근원은 당신 마음속에 뿌리를 내리고 있어요. 그러니 저는 아내라는 위치와 권리로서 그걸 알아야 하겠어요. (무릎을 꿇으며) 이렇게 무릎을 꿇고 빌겠어요. 한때 당신이 칭찬해 주셨던 제 아름다움과 숱한 사랑의 맹세, 그리고 우리를 하나로 맺어준 그 소중한 서약을 두고 말이에요. 그러니 제게, 당신의 반쪽에게, 곧 당신 자신에게 말씀해 주세요. 왜 그렇게 우울하시죠? 그리고 어젯밤 당신을 찾아온 분들은 누구예요? 예닐곱 명쯤 되는 분들이 어둠 속에서도 얼굴을 가리고 계시던데.

브루투스 일어서요, 여보.

포르티아 당신이 상냥하게만 대해 주신다면 이럴 필요도 없겠죠. 이것 보세요, 당신에 관한 비밀을 제가 알아서는 안 된다는 조항이라도 결혼 서약에 있었던가요? 부부는 한마음 한 몸이라면서 그저 식사나 함께하고, 잠자리나 즐겁게 해주며, 말동무나 돼주는 그런 건가요? 전 그저 당신 애정의 언저리에서 맴돌며 살라는 건가요? 만일 그렇다면 이 포르티아는 브루투스의 정부이지 아내는 아니에요.

브루투스 당신이야말로 나의 진실하고 어진 아내요. 당신은 내 슬픈 심장에 흐르는 붉은 피만큼이나 소중한 사람이오.

포르티아 그 말씀이 진정이시라면 비밀을 꼭 알아야겠어요. 저는 제가 여자임을 인정해요. 그러나 또한 브루투스 당신이 아내로 맞이한 여자예요. 저는 제가 여자임을 인정해요. 그러나 또한 명망 있는 카토 장군의 딸이에요. 그런 제가 보통 아낙들처럼 허약하다고 생각하세요? 비밀을 말해 주세요. 결코 입 밖에 내지 않을 거예요. 저는 제 결심이 강하다는 걸 증명해 드렸지 않았습니까. 이렇게 제 손으로 여기 허벅지에 상처를 내서 보여드렸잖아요. 그러한 것도 참아낼 수 있는 제가 남편의 비밀을 못 지킨단 말이에요?

브루투스 오 신들이여, 이렇게 훌륭한 아내에게 부끄럽지 않게 해주소서! (노크 소리) 아, 소리가 나오! 부인 잠시 들어가 있어요. 천천히 내 마음의 비밀을 모두 당신의 가슴에 이야기하리라. 동지들과 나눈 맹세도 모두 당신한테 설명하리다. 내 고민스러운 이마에 박힌 주름까지도. 그러나 지금은 어서 들어가시오. (포르티아 퇴장) 루키우스, 누가 오셨나?

루키우스, 머리를 싸맨 리가리우스를 부축하고 등장.

루키우스 여기 병자 한 분이 나리를 뵙겠답니다.

브루투스 메텔루스가 말하던 카이우스 리가리우스로군. 이봐, 좀 비켜 서게. 카이우스 리가리우스! 어서 오시오.

리가리우스 안녕하시오? 앓는 사람의 아침 인사를 받으시오.

브루투스 오, 용감한 카이우스. 하필이면 이런 때 두건을 쓰시다니! 병환이 나으시길 바라오!

리가리우스 난 병자가 아닙니다. 브루투스 당신이 명예로운 이름에 어울리는 계획만 갖고 있다면 말입니다.

브루투스 그런 계획이야 갖고 있습니다만 리가리우스, 그걸 듣는 건강한 귀만 가지셨다면.

리가리우스　로마인들이 섬기는 신들에게 맹세하지요. 여기 내 병을 내동댕이 치겠소! (두건을 벗는다) 로마의 넋이여! 명예로운 혈통을 이어받은 용감한 사나이여! 당신은 귀신을 쫓아내듯이 다 죽어가던 내 영혼을 불러일으켜 주었습니다. 자, 돌격을 명하시오. 나는 불가능과도 싸울 거요. 아니, 반드시 정복할 거요. 할 일은 뭔가요?

브루투스　뭐 대단한 일은 아니지요. 병자를 고치는 일입니다.

리가리우스　하지만 건강한 사람을 병들게 할 필요도 있겠죠?

브루투스　우리가 할 일이 바로 그겁니다. 그것은요, 자, 카이우스, 그 일이 무엇인지는 그 사람 집으로 가면서 말해 주겠소.

리가리우스　자, 앞장을 서시지요. 나는 새롭게 불타오르는 용기를 갖고 당신을 따르리다. 무슨 일을 하는진 모르나 브루투스가 앞장선다면 그것으로 충분하오.

브루투스　그럼 나를 따르시오. (모두 퇴장)

〔제2막 제2장〕

카이사르의 저택.

천둥과 번개. 카이사르가 실내복 차림으로 등장.

카이사르　오늘 밤은 하늘과 땅이 마냥 요동을 치는군. 칼푸르니아가 잠자면서 "사람 살려요! 그들이 카이사르를 죽이려고 해요!" 세 번이나 소리를 쳤어. (큰 소리로) 거기 누구 있느냐?

하인 등장.

하인　부르셨습니까?

카이사르　즉시 신관들한테 가서 제물을 바치라 일러라. 그리고 점괘를 알아오너라.

하인　네, 알겠습니다. (퇴장)

칼푸르니아 등장.

칼푸르니아　무슨 말이에요, 여보? 설마 나가시려는 건 아니죠? 오늘은 한 발자국도 집에서 나가시면 안 됩니다.

카이사르　카이사르는 나갈 거요. 나를 위협했던 자들도 있었으나 내 앞에서 대들지는 못했었소. 그들이 카이사르의 얼굴을 보게 되면 다 사라지게 마련이오.

칼푸르니아　여보, 저는 징조 같은 건 믿지 않지만 오늘은 왠지 겁이 나요. 우리가 보고 들은 것 말고도, 집안사람들 이야기로는 야경꾼들이 소름 끼치는 광경을 보았대요. 암사자가 거리에서 새끼를 낳았고, 무덤들이 입을 열어 시체를 토해 냈답니다. 구름 위에서 용감하고 용맹한 용사들이 진을 치고 대열을 편성, 맹렬한 결투를 벌여 의사당 위에 마치 빗방울처럼 피를 뿌리더랍니다. 칼 부딪치는 소리가 하늘에 울리고, 군마가 울부짖고, 죽어가는 병사들이 신음하고, 망령들이 외마디 소리를 지르며 거리를 헤매더랍니다. 오 여보! 이건 예삿일이 아니에요. 정말 걱정이 돼요.

카이사르　어떻게 피할 수 있겠소, 위대한 신들이 하고자 하는 일이라면? 아무래도 카이사르는 가야만 하오. 여러 징조들은 카이사르 한 사람이 아니라 온 세상 사람들에 대한 거니까.

칼푸르니아　거지가 죽는다고 혜성이 나타나지는 않아요. 하늘도 귀인이 죽을 때만 불꽃을 뿜어 죽음을 알려준답니다.

카이사르　비겁자는 죽기까지 몇 번이든 되풀이해 죽지만 용감한 자는 단 한 번 죽음을 맞이하는 법이오. 내가 지금까지 들어온 많은 일 가운데 가장 이상한 일은 사람들이 죽음을 두려워하는 거요. 사람의 목숨은 하늘에 달려 있는 법이오. 갈 때가 되면 가게 마련이오.

하인 다시 등장.

카이사르　신관이 뭐라고 하더냐?

하인　카이사르 각하께서는 오늘 외출하지 마시랍니다. 제물로 바친 짐승의 내장을 꺼내 살피니, 그 짐승에게 심장이 없었다고 합니다.

카이사르   신이 비겁자에게 창피를 주려 함이오. 만일 겁에 질려서 오늘 집에 죽치고 있다면 카이사르는 심장이 없는 짐승이 되고 말 거요. 아니, 이 카이사르는 그럴 수 없소. 나도 위험 그 자체, 카이사르가 위험한 존재라는 걸 잘 아오. 위험과 나는 같은 날에 태어난 쌍둥이 사자인데 내가 형님뻘이니 더 무섭지. 그러니까 나는 가야 하오.

칼푸르니아   오, 어쩌면 그러세요? 당신은 자신감에 넘쳐 분별을 잃으셨군요. 여보, 오늘은 가지 마세요. 당신을 집에 붙드는 건 당신의 공포가 아니라 제 공포 때문이에요. 마르쿠스 안토니우스를 원로원으로 보냅시다. 당신이 오늘 편찮다고 전하세요. 이렇게 무릎을 꿇고 빌 테니 이번만은 들어주세요. (무릎을 꿇는다)

카이사르   마르쿠스 안토니우스를 보내서 내가 편치 않다 전하리다. 당신을 위해 집에 있겠소.

데키우스 등장.

카이사르   데키우스 브루투스가 오는군. 저 사람에게 부탁하지.

데키우스   카이사르 각하, 문안드립니다! 안녕히 주무셨습니까, 각하? 각하를 원로원으로 모시려고 왔습니다.

카이사르   때맞춰 정말 잘 와줬소. 원로원 의원들에게 내 인사를 전해 주오. 오늘 내가 못 나간다는 말을 덧붙여서. 못 간다는 건 거짓말이고, 갈 수 없다는 건 더더욱 거짓말이오. 나는 오늘 나가지 않을 거요. 그렇게 전해 주오, 데키우스.

칼푸르니아   편찮으시다고 말씀해 주십시오.

카이사르   카이사르더러 거짓말을 전하게 시키라니? 내 팔이 뻗치는 한, 세계를 두루 정복한 내가, 저 반백의 노인들에게 진실을 말하는 걸 두려워할 리 있겠소? 데키우스, 가서 말하오. 카이사르는 나가지 않을 거라고.

데키우스   위대하신 카이사르 각하, 그 이유를 말씀해 주십시오. 제가 그대로 전하면 틀림없이 저를 비웃을 것입니다.

카이사르 그 이유는 내 의지에, 가지 않는다는 의지에 있소. 그것이면 원로원은 충분히 이해할 것이오. 하지만 내가 그대를 좋아하니 그대만은 명확히 이해하도록 사실을 말해 주리다. 실은 여기 있는 안사람 칼푸르니아가 날더러 집에 있으라는 거요. 간밤에 꿈을 꾸었는데, 내 조각상이 마치 물구멍이 백 개나 달린 분수처럼 시뻘건 피를 뿜어대고 있는 걸 보았다지 뭐요. 그리고 험상궂은 수많은 로마인들이 웃으며 몰려와서 피에 손을 씻더라는 거요. 내 아내는 그 꿈을 재앙이 일어날 흉조라 생각하고 있소. 그래서 오늘 집에 있어 달라며 무릎을 꿇고 애원하는 게 아니겠소.

데키우스 그 꿈풀이가 완전히 잘못된 것 같습니다. 그건 좋은 꿈이고 행운의 꿈입니다. 각하의 조각상이 무수한 구멍에서 피를 뿜어대고 거기에서 많은 로마인들이 웃으며 손을 씻은 것은 위대한 로마가 각하에게서 부활의 피를 마신다는 것을, 귀족들이 몰려온 것은 카이사르의 피에 그들의 손수건을 적셔 기념하고, 또 영예의 표시로 삼는 걸 뜻합니다. 이것이 부인께서 꾸신 꿈의 뜻입니다.

카이사르 그런데 당신의 꿈풀이가 참 그럴듯하오.

데키우스 그렇습니다. 제 말을 들으시면 분명해질 겁니다. 원로원 결의에 따르면 오늘 위대한 카이사르 각하에게 왕관을 바치기로 되어 있습니다. 각하께서 나오시지 않겠다는 전갈을 보내시면 의원들 마음이 바뀔 것입니다. 뿐만 아니라 누가 이렇게 비웃어댈지도 모를 일입니다. "당분간 원로원은 휴회합시다. 카이사르 각하의 부인께서 좋은 꿈을 꾸실 때까지." 또 각하께서 몸을 숨기시면 그들은 "봐요, 카이사르가 겁먹었어" 수군거릴 겁니다. 용서하십시오, 각하. 이건 다만 각하의 영광을 소망하고 흠모하는 나머지 그만 이렇게 눈이 멀어 아주 순수한 충정에서 드린 말입니다.

카이사르 부인, 당신은 쓸데없는 걱정을 한 것 같소! 나 또한 당신에게 양보하려고 한 게 부끄럽소. 어서 예복을 가져오시오, 나가봐야겠소.

푸블리우스, 브루투스, 리가리우스, 메텔루스, 카스카, 트레보니우스, 킨나 등장.

카이사르 아, 저기 푸블리우스가 날 수행하러 오는군.

푸블리우스 안녕히 주무셨습니까, 각하?

카이사르 잘 오셨소, 푸블리우스. 웬일이오, 브루투스, 그대도 이른 시각에 나와주었군요? 좋은 아침이오, 카스카. 카이우스 리가리우스, 카이사르는 절대로 그대의 적은 아니었소. 그대를 여위게 한 학질이 오히려 강적이었소. 지금 몇 시요?

브루투스 각하, 여덟 시입니다.

카이사르 여러분의 노고와 친절을 고맙게 생각하오.

안토니우스 등장.

카이사르 여! 밤새도록 술을 진탕 마셨는데도 안토니우스가 용케 일어났군. 잘 잤나, 안토니우스?

안토니우스 카이사르 각하께 인사드립니다.

카이사르 (칼푸르니아에게) 안에 들어가 준비하라고 이르시오. (칼푸르니아 퇴장) 이렇게 오래 기다리게 하다니 내 잘못이오. 여, 킨나. 아, 메텔루스. 그리고 트레보니우스도! 당신과는 할 말이 있는데 한 시간이면 되오. 잊지 말고 오늘 내 집에 와주오. 자 이리 가까이, 당신을 잊지 않기 위해 내 곁에 서시오.

트레보니우스 각하, 그러지요. (혼잣말로) 암, 바싹 붙어 있지. 내가 멀리 떨어져 있었더라면 하고 당신의 친구들이 후회하도록.

카이사르 여러분, 안에 들어가서 한잔합시다. 그리고 친구답게 우리 함께 곧바로 갑시다.

브루투스 (혼잣말로) 그래 친구답게, 그러나 친구는 아니지. 오 카이사르, 그걸 생각하면 이 브루투스의 가슴이 메인다! (모두 퇴장)

〔제2막 제3장〕

의사당 부근의 거리.
아르테미도루스가 손에 든 쪽지를 펼치며 등장.

아르테미도루스 (읽는다)

카이사르, 브루투스를 경계하시오. 카시우스도 조심하시오. 카스카를 가까이 마시오. 킨나를 눈여겨보시고 트레보니우스를 믿지 마시오. 메텔루스 킴버도 주의하시오. 데키우스 브루투스는 당신을 좋아하지 않습니다. 당신은 카이우스 리가리우스를 박대했소. 이자들이 모두 한마음으로 카이사르 각하에게 반역을 도모하고 있습니다. 당신이 불사신이 아니거든 신변을 조심하시오. 방심은 음모에 길을 터주는 법. 위대한 신들의 가호가 당신에게 있으시기를! 각하를 경애하는 아르테미도루스 올림.

카이사르가 지나갈 때까지 여기 서 있다가 청원자처럼 이 쪽지를 직접 드려야지. 덕망 높은 분도 질투의 독이 묻은 이빨에서 벗어나지 못한다는 걸 생각하면 가슴이 메어지는군. 이 글을 읽으면, 오, 카이사르여, 살아날 수 있을 거요. 만일 이것을 못 읽는다면 운명은 반역자들과 한패가 될 거요. (퇴장)

〔제2막 제4장〕

의사당 부근의 거리. 브루투스의 저택 앞.
포르티아와 루키우스, 집에서 나온다.

포르티아 이봐, 어서 빨리 원로원으로 달려가라. 대답은 필요 없다. 어서 가라니까. 왜 꾸물대지?

루키우스 어떤 심부름인지 알아야지요, 마님.

포르티아 먼저 거기 갔다가 돌아오면 그곳에서 해야 할 일을 말해 줄 수 있어. (혼잣말로) 오 굳센 의지여, 내 편이 되어다오! 내 심장과 혀 사이를 거대한 산으로 막아다오! 마음은 남자로되 힘은 역시 여자이구나. 여자로서 비밀을 지키기가 이다지도 어려운가! 넌 아직도 안 가고 있느냐?

루키우스 마님, 제가 할 일이 무엇이옵니까? 의사당으로 달려가는 것, 그것뿐이옵니까? 그리고 되돌아오는 것, 그뿐이옵니까?

포르티아　그래, 나리의 얼굴색이 괜찮으신지 잘 보고 와라. 나가실 때 몸이 안 좋으셨으니까. 그리고 카이사르 나리께선 어떻게 하고 계시는지, 어떤 소청인들이 나리께 몰려드는지 잘 보고 와라. 들어봐! 저게 무슨 소리지?

루키우스　아무것도 안 들리는데요, 마님.

포르티아　잘 들어보려무나. 싸움질하듯 왁자지껄하는 소리가 들렸어. 바람을 타고 의사당 쪽에서 들려왔어.

루키우스　고정하십시오, 마님. 정말 아무 소리도 안 들립니다.

　점쟁이 등장.

포르티아　이보세요, 이리 좀 오세요. 어디서 오시는 길이에요?

점쟁이　제 집에서 오는 길이죠, 부인.

포르티아　지금 몇 시에요?

점쟁이　아홉 시쯤인가 봅니다, 부인.

포르티아　카이사르 각하께서는 의사당에 가셨나요?

점쟁이　아직 안 가셨습니다. 저도 자리를 잡으러 가는 길이죠. 의사당으로 가시는 그분을 뵈러요.

포르티아　카이사르께 청원이 있으신가 보군요?

점쟁이　그렇습니다만, 부인. 다행히 카이사르 각하께서 기꺼이 제 말을 귀담아들어 주신다면 몸을 조심하시도록 간청하려고요.

포르티아　왜요, 혹 그분을 해치려는 역모라도?

점쟁이　꼭 그렇다는 건 아니지만, 그럴 수도 있다는 염려 때문이지요. 그럼 안녕히 계십시오. 이곳은 거리가 좁아서 카이사르를 뒤따르는 원로원 의원, 법관, 일반 청원자들이 떼를 지어 몰려들다 보면 약한 자는 밟혀 죽기 안성맞춤이지요. 그러니 좀 널찍한 데로 가 있다가 위대한 카이사르가 지나가면 그분께 말씀을 드려야겠습니다. (퇴장)

포르티아　(혼잣말로) 집으로 들어가자…… 아, 여자의 마음이란 이토록 나약한가! 오 브루투스, 당신의 거사를 하늘이 도와주시기를! 쟤가 들었으면 어쩌지. 브루투스의 청원을 카이사르가 안 들어줄지도 몰라. 아, 기절할 것 같아.

(루키우스에게) 달려가라 루키우스, 그리고 주인님께 난 잘 있다고 전해라. 그리고 돌아와서 그분이 네게 하신 말씀을 내게 들려다오. (모두 퇴장)

〔제3막 제1장〕

로마. 원로원 앞.

회의실 안에서 회의 중인 원로원 의원들의 모습이 열려 있는 문들을 통해 보인다.

군중이 카이사르를 기다리고 있다. 그 가운데 아르테미도루스와 점쟁이도 끼어 있다.

화려한 나팔 소리. 카이사르, 브루투스, 카시우스, 카스카, 데키우스, 메텔루스, 트레보니우스, 킨나, 안토니우스, 레피두스, 포필리우스, 푸블리우스, 그 밖의 사람들 등장.

카이사르 (점쟁이에게) 3월 15일이 되었다.

점쟁이 카이사르 각하, 아직 지나지는 않았습니다.

아르테미도루스 카이사르 각하! 제발 이 편지를 읽어주십시오.

데키우스 트레보니우스의 청원이 있습니다. 시간 나시는 대로 끝까지 읽어 주시기 바랍니다.

아르테미도루스 각하, 부디 제 편지를 먼저 읽어주시옵소서. 제 청원은 카이사르 각하와 깊은 관계가 있사오니 먼저 읽어주시옵소서, 위대한 카이사르 각하!

카이사르 나와 관련된 것이라면 나중으로 돌리겠소.

아르테미도루스 지체하지 마시옵소서 각하, 당장 읽으셔야 하옵니다.

카이사르 아니, 저자가 미쳤나?

푸블리우스 (아르테미도루스를 밀어내며) 이봐라, 저리 비켜.

카시우스 거리에서 청원을 하다니 무엄하다. 의사당으로 오라. (카이사르, 원로원으로 들어간다. 일행은 그의 뒤를 따른다. 원로원 의원들이 자리에서 일어난다.)

포필리우스 오늘 여러분의 계획이 성공하기를 기원합니다.

카시우스 계획이라니, 포필리우스?

포필리우스 그럼 안녕히. (카이사르에게로 간다)

브루투스 뭐라고 했소, 포필리우스 레나가?

카시우스 오늘 우리들 계획이 성공하기를 빈다고요. 혹시 우리의 음모가 탄로난 것이 아닐까요?

브루투스 카이사르에게 가 있으니 눈여겨보시오.

카시우스 카스카, 빨리 해치웁시다. 발각될까 두렵소. 브루투스, 어쩌면 좋겠소? 들통나는 날엔 카시우스나 카이사르나 한 사람은 죽은 목숨이요. 난 자결하겠소.

브루투스 카시우스, 침착하시오. 포필리우스 레나가 우리 계획을 일러바치는 게 아니잖소. 보시오, 그가 웃고 있는 걸. 카이사르의 표정도 변함없소.

카시우스 트레보니우스는 때를 잘 알고 있소. 보세요 브루투스, 그가 마르쿠스 안토니우스를 한쪽으로 끌고 가요. (안토니우스와 트레보니우스, 웃으면서 퇴장)

데키우스 메텔루스 킴버는 어디 있소? 그가 빨리 카이사르한테 청원서를 내야 하는데.

브루투스 준비는 다 됐소. 곁에 가서 그를 돕도록 하시오.

킨나 카스카, 맨 먼저 찌를 사람은 당신이오.

카이사르 준비는 다 되었소? (음모자들이 다가와서 그의 의자를 에워싼다. 카스카만은 좀 떨어져 있다) 카이사르와 원로원 의원들이 시정해야 하는 문제가 무엇이오?

메텔루스 (무릎을 꿇으며) 가장 고귀하시고 가장 강력하시며 가장 권세 높으신 카이사르 각하, 메텔루스 킴버는 비천한 가슴을 각하 앞에 던지옵니다…….

카이사르 그런 짓 하지 마오, 킴버. 그렇게 무릎을 꿇고 머리를 조아리면 졸장부나 허영심에 들떠 막중한 국법과 계율을 어린애들 변덕처럼 뒤엎을지 모를 일이오. 엉뚱한 생각은 마시오. 이 카이사르의 핏줄에는 숫보기들이나 녹이는 달콤한 말에 철석같은 의지가 허물어지는 흐리멍덩한 피는 흐르지 않소. 꿀 바른 말, 굽실거리는 태도, 개처럼 비굴한 아첨 따윈 소용없소. 그대의 형은 국법에 따라 쫓겨난 것이오. 그런 형을 위해 허리를 꺾고 애원을 하며 매달리면 그대도 들개처럼 손 닿지 않는 곳으로 쫓아내 버리겠소. 이 카이사르는 남을 억울하게 하지도 않을뿐더러 명분 없는 용서도 하지 않을 것이오.

메텔루스 누구 안 계시오, 나보다 훌륭한 목소리로 각하의 귀에 다정하게 들리도록 쫓겨난 형의 사면을 간청드려 주실 분이?

카이사르 살해 카를 테오도르 폰 필로티. 1865.

브루투스 각하의 손에 입을 맞추겠습니다. 아첨은 아니옵니다, 각하. 바라옵
건대 푸블리우스 킴버의 추방을 즉시 취소해 주소서.

카이사르 무슨 말이오, 브루투스!

카시우스 (매우 공손하게) 사면을 간청드립니다, 카이사르 각하. 사면을 해주십
시오. 카시우스는 이렇게 각하의 발아래 엎드려 푸블리우스 킴버의 사면을
청원드립니다.

카이사르 내가 그대와 같다면 마음이 움직일 수도 있을 거요. 내가 애원으로
사람의 마음을 움직일 수 있는 사람이라면 나도 그대의 애원에 움직였을 거
요. 그러나 나는 북극성처럼 흔들림이 없소. 하늘에서 오직 하나 변하지 않
는 별 말이오. 하늘에는 셀 수 없이 많은 별들이 박혀 있으며 그 모두가 불
덩어리이고 그 하나하나가 빛나고 있지만 제자리를 굳건히 지키는 별은 오직
하나뿐이오. 인간 세계도 같소. 이 땅 위에는 수많은 사람이 있고, 사람마다
혈육이 있으며 이성을 지니고 있소. 하지만 내가 알고 있는 수많은 사람 가

카이사르의 죽음 빈센초 카무치니. 1798.

운데 의연히 제자리를 지키고 있는 사람은 하나뿐이오. 그건 바로 나요. 자, 그걸 좀 보여주리다. 나는 킴버의 추방을 한결같이 주장했고, 지금도 그 주장을 꺾을 생각은 전혀 없소.

킨나 오, 카이사르……

카이사르 물러가라! 올림포스산을 감히 움직이려 드는가?

데키우스 위대하신 카이사르 각하……

카이사르 브루투스가 무릎을 꿇어도 소용없소.

카스카 손이여, 대신 말해 다오! (카이사르를 뒤에서 찌른다. 카이사르가 의자에서 일어나 피하려고 한다. 음모자들은 그를 폼페이우스 석상 곁으로 몰고 가서 난도질을 한다)

카이사르 (브루투스마저 공격해 오는 것을 보고 얼굴을 가리며) 브루투스, 너마저? 그렇다면 최후다, 카이사르! (죽는다. 원로원 의원들과 사람들이 혼란스럽게 물러난다)

킨나 자유다! 해방이다! 폭정은 무너졌다! 달려가서 선포하라! 거리마다 소리쳐라!

카시우스 누가 광장 연단으로 가서 "자유다, 해방이다, 자치를 되찾았다!"고

외치시오.

브루투스 시민들과 의원 여러분, 두려워 마십시오. 달아나지 마시고 조용히 계십시오. 그의 야심이 대가를 치렀을 뿐입니다.

카스카 연단으로 가시오, 브루투스.

데키우스 그리고 카시우스도.

브루투스 푸블리우스는 어디 있소?

킨나 여기요, 이번 거사에 꽤나 놀랐나 보오.

메텔루스 굳게 뭉쳐 있어야 합니다. 방심해선 안 돼요. 만일 카이사르의 추종자들이…….

브루투스 그럴 필요는 없소. 푸블리우스, 힘을 내시오. 당신을 해칠 생각은 없소. 또한 로마 시민 어느 누구도. 사람들에게 그리 전해 주시오, 푸블리우스.

카시우스 여길 떠나십시오, 푸블리우스. 민중이 몰려들어 혹시나 늙으신 몸에 누를 끼칠까 걱정입니다.

브루투스 그렇게 해주시오. 이 거사의 책임은 행동자인 우리가 지는 겁니다.

트레보니우스 혼자 돌아온다.

카시우스 안토니우스는 어디 있소?

트레보니우스 놀라서 자기 집으로 도망쳤소. 남녀노소 할 것 없이 최후의 심판일을 만난 듯 눈을 휘둥그렇게 뜨고 소리를 지르며 달아났어요.

브루투스 운명이여, 네 마음을 알고 싶구나. 어차피 인간은 죽는 목숨. 다만 문제가 되는 것은 그 시기일 뿐, 괴로운 삶의 나날을 언제 마치느냐는 거다.

카시우스 그러니 20년 동안이나 수명을 단축시켜 주는 건 죽음의 공포를 그만큼 덜어주는 셈이오.

브루투스 그렇다면 죽음은 은혜임이 분명하오. 우리는 카이사르가 죽음을 두려워하는 세월을 덜어주었으니까 그의 친구요. 허리를 굽히시오. 로마인들이여, 허리를 굽혀 카이사르의 붉은 피에 우리 팔꿈치까지 적셔 칼을 피로 얼룩지게 합시다. 그러고는 우리 모두 광장으로 나아갑시다. 피 묻은 칼을 머

영화 〈율리우스 카이사르〉 조셉 맨키위즈 감독, 말론 브란도(안토니우스 역)·제임스 메이슨·존 길구드 출연. 1953.

리 위로 휘두르며 우리 모두 '평화, 자유, 해방!'을 외칩시다!

카시우스 허리를 굽혀 손을 적십시다. (모두 그렇게 한다) 후세에 두고두고 우리의 이 장렬한 장면이 되풀이 상연될 것이오. 아직 태어나지도 않은 나라에서 그리고 미지의 언어로도!

브루투스 지금 폼페이우스 석상 아래 지푸라기처럼 쓰러져 있는 이 카이사르는 몇 번이나 무대에서 되풀이하여 피를 흘릴 것인가!

카시우스 그것이 연극으로 재현될 때마다 우리야말로 우리 조국에 자유를 안겨준 의사(義士)라고 번번이 불릴 거요!

데키우스 그럼 가봅시다.

카시우스 자, 다들 갑시다. 브루투스가 앞장을 서고, 우린 가장 용감하고 고결한 로마인으로서 그 뒤를 따릅시다.

안토니우스의 하인이 등장하여 브루투스 앞에 무릎을 꿇는다.

브루투스 잠깐! 저게 누구요? 안토니우스의 사람이군.

하인 브루투스 나리, 저의 주인이 이렇게 나리 앞에 무릎을 꿇으라 하셨고, 나리 발밑에 엎드리라고 일러주셨습니다. 꿇어 엎드려서 이렇게 말씀드리란 분부가 있으셨답니다. "브루투스는 고결하시고 현명하시며 용감하시고 정직하십니다. 카이사르는 강력하시고 용맹하시며 위엄 있으시고 자애로운 분이셨습니다. 나는 브루투스를 사랑하고 존경하며, 카이사르를 두려워했고 존경했고 사랑했습니다. 만일 브루투스께서 안토니우스의 안전을 보장하시어 찾아뵙는 것을 너그럽게 허락하시고 카이사르가 죽어 마땅한 까닭을 설명해 주신다면, 마르쿠스 안토니우스는 죽은 카이사르보다 살아 계신 브루투스를 더 사랑할뿐더러, 고결하신 브루투스와 운명을 함께하여 불투명한 이 상황을 수습하는 데 성심껏 이바지하겠습니다." 이렇게 저의 주인 안토니우스께서 말씀하셨습니다.

브루투스 그대의 주인은 현명하고 용감한 로마인이시다. 섭섭하게 생각한 적이 없다고 전하라. 이곳에 오시면 충분히 설명할 것이며, 일신의 안전은 내 명예를 걸고 약속한다고 말이다.

하인 그럼 당장 모셔오겠습니다. (퇴장)

브루투스 마르쿠스 안토니우스를 우리 편으로 끌어들이는 게 좋을 듯하오.

카시우스 나도 같은 생각이나 그래도 무척 염려되오. 그런데 내 걱정은 언제나 맞아떨어지거든요.

브루투스 어쨌든 안토니우스를 오라고 합시다.

안토니우스, 입구에서 그 하인과 만나 이야기를 들으며 고개를 끄덕인다.

브루투스 어서 오시오, 마르쿠스 안토니우스.

안토니우스 (곧바로 카이사르 시체 앞으로 가서 무릎을 꿇는다) 오, 위대한 카이사르! 이런 비참한 모습이 되시다니! 당신의 정복, 영광, 승리, 전리품의 모든 것이 이런 모양으로 일그러졌단 말입니까? 삼가 명복을 비나이다! (일어선다) 여러분의 의도가 무언지 또 누가 피를 흘려야 하고 누가 피의 숙청을 당할지 나는 모릅니다. 만일 내 피를 보겠다면 카이사르가 돌아가신 이때보다 더 적당한 순간은 없을 겁니다. 그리고 온누리에서 가장 고귀한 피로 새빨갛게 물든 여러분의 칼보다 더 알맞은 무기도 없을 것입니다. 바라건대 나를 미워한다면 자, 붉게 물든 그 손이 피비린내와 김을 뿜고 있는 이상 마음대로 하십시오. 내가 천 년을 산다 해도 지금보다 더 기꺼이 죽을 수는 없을 겁니다. 죽음의 장소로 보나 방법으로 보나 이 이상 바람직한 경우도 없습니다. 여기 카이사르 곁에서 이 시대를 대표하는 실권자들 손에 죽게 된다면 말입니다.

브루투스 오, 안토니우스! 우린 당신의 죽음을 바라지 않소. 지금은 우리가 잔인하고 비정하게 보일는지 모르겠소. 우리의 이 손, 그리고 우리의 현재 이 행위만을 보아서는 말이오. 그러나 그건 우리의 손이 저지른 피비린내 나는 행위만을 보았을 뿐 우리 마음을 보지 않았기 때문이오. 마음은 연민의 정으로 가득 차 있소. 로마인이면 누구나 겪고 있는 고초에 대한 연민이—불이 불을 끄고, 연민이 연민을 몰아내듯—카이사르를 해치게 된 것이오. 마르쿠스 안토니우스, 당신에 대해선 우리의 칼끝이 납덩이처럼 무디오. 폭정에 대한 격분에 못 이겨 떨던 우리의 팔이 그리고 형제애로 가득 찬 우리의 가슴이 우정과 신의와 존경을 가지고 당신을 맞이하오.

카시우스 새로운 관직을 정할 때에도 당신의 발언권은 누구보다 강할 것이오.

브루투스 잠깐 기다려 주시오. 우리가 공포에 넋을 잃고 있는 시민들을 진정시켜야겠소. 그러고 나서 그 까닭을 당신에게 말해 주리다. 카이사르를 죽이는 순간까지도 그를 사랑한 내가, 왜 그런 행동을 할 수밖에 없었는가를.

안토니우스 여러분의 현명한 판단을 굳게 믿습니다. 여러분의 피 묻은 손을 쥐게 해주십시오. 먼저 마르쿠스 브루투스, 당신과 악수합시다. 다음 카이우스 카시우스, 당신의 손을 잡아봅시다. 데키우스 브루투스, 당신의 손을. 자 메텔루스도. 당신, 킨나도. 그리고 용감한 카스카, 손을. 마지막으로 두터운 우정으로서 트레보니우스, 당신의 손을. 여러분 모두…… 아, 뭐라고 말해야 할지? 나는 이제 위태로운 처지에 있소. 여러분은 나를 둘 중의 하나, 비겁자나 아첨꾼으로 생각하시겠죠. 카이사르, 제가 당신을 사랑한 건 사실입니다. 만일 지금 당신의 영혼이 저희를 굽어보신다면 당신의 죽음보다 더 비통하게 느끼실 겁니다. 이렇게 당신의 안토니우스가 고귀하신 카이사르의 유해

앞에서 당신 원수들의 피에 얼룩진 손을 잡고 화해하려는 겁니다. 이 안토니우스에게 당신 상처의 수만큼 많은 눈이 있다면, 상처에서 흐르는 피만큼 많은 눈물을 흘리는 것이 당신의 적들과 우정을 맺는 일보다 더없이 어울리겠죠. 용서하십시오, 율리우스! 용감한 숫사슴처럼 당신은 여기 쓰러지셨습니다. 당신의 사냥꾼들은 여기 버티고 서 있습니다. 당신을 죽인 증거로 당신 생명의 피를 묻힌 채. 오, 세계여, 그대는 이 숫사슴에게 숲이었소. 진실로 오, 세계여, 이 사슴은 그대의 심장이었소. 많은 왕족들에게 살해된 사슴처럼 당신은 여기에 쓰러져 있습니다!

카시우스 마르쿠스 안토니우스…….

안토니우스 용서하시오, 카이우스 카시우스. 카이사르의 적들도 이쯤은 말할 거요. 친구로서 이 정도는 아직도 비정한 거요.

카시우스 당신이 카이사르를 칭송한다고 탓하는 것이 아니오. 앞으로 우리와 관계를 맺겠는가 묻고 싶소. 당신은 우리의 동지가 되겠소? 아니면 당신을 믿지 말고 우리끼리 일을 해나가야겠소?

안토니우스 그래서 나는 당신들의 손을 잡은 겁니다. 그러나 사실 카이사르의 유해를 본 순간 마음이 흔들렸습니다. 나는 당신들의 동지입니다. 당신들 모두를 사랑합니다. 다만 여러분이 이 이유만은 밝혀주기 바랍니다. 어째서, 그리고 어떤 점에서 카이사르가 위험인물이었는지요?

브루투스 이유가 없다면야 잔학한 짓이오. 우리에겐 충분한 이유가 있고도 남소. 안토니우스, 당신이 카이사르의 친아들이라 해도 반드시 인정할 거요.

안토니우스 나는 다만 그것을 알고 싶을 뿐입니다. 그리고 한 가지 간청을 드려도 되겠습니까? 카이사르의 시체를 광장으로 옮겨 시민들 앞에서 그의 친구로서 추도사를 하게 해주십시오.

브루투스 그렇게 하시오, 안토니우스.

카시우스 브루투스, 할 말이 있소. (브루투스에게만 들리게) 당신은 자기가 하는 일을 모르고 있소. 안토니우스에게 절대로 추도사를 허락해서는 안 되오. 그자의 추도 연설로 민중이 얼마나 동요할지 생각해 보았소?

브루투스 (카시우스에게만 들리게) 염려 마오. 내가 먼저 연단에 올라가서 카이사르를 죽인 이유를 밝히겠소. 그리고 안토니우스가 추도사를 하는 건 우리가

연극 〈율리우스 카이사르〉 데보라 워너 연출, 랄프 파인즈(안토니우스 역)·존 슈라넬(카이사르 역) 출연. 런던 바비칸 극장. 2005.

승인했다고 공포하겠소. 그리고 카이사르의 장례식을 격식에 맞게 정중히 치를 것을 허락했다고 말하겠소. 그러는 게 해로움보다는 이득이 많을 거요.

카시우스 (브루투스에게만 들리게) 어떤 사태가 벌어질지 난 모르오. 어쨌든 내 키지가 않소.

브루투스 마르쿠스 안토니우스, 자, 카이사르의 유해를 옮기시오. 당신은 추도사에서 우리를 비난해서는 안 되오. 그러나 카이사르를 칭송하는 건 얼마든지 좋소. 다만 우리의 허락을 받았다고 밝히시오. 그렇잖으면 카이사르의 장례에 당신은 전혀 관여할 수 없소. 그리고 내가 먼저 연단에 오를 테니 당신은 내 연설이 끝난 다음에 하시오.

안토니우스 예, 그러겠습니다. 그 이상 바라는 건 없습니다.

브루투스 유해를 모실 준비를 하고 우릴 따라오시오. (안토니우스만 남고 모두 퇴장)

안토니우스 (시체 곁에서 무릎을 꿇는다) 오, 당신은 피에 얼룩진 한 줌의 흙, 저 살인자들에게 점잖고 상냥하게 구는 이 몸을 용서하소서! 지금의 당신은 우

율리우스 카이사르 439

리 역사가 있은 이래 가장 고귀한 인간의 폐허입니다. 이 고귀한 피를 흘리게 한 그 손에 재앙이 있으라! 나는 이 상처 앞에서, 벙어리 입처럼 그 붉은 입술을 벌리고 내 혀가 대신 말해 주기를 애원하는 상처 앞에서 예언하노라. 인간의 육신에 저주가 내릴 것이다. 집에서는 골육상쟁이, 국가에서는 처절한 내란이 이탈리아를 온통 휩쓸리라. 피와 파괴가 밥 먹듯 벌어지고 끔찍한 일들에도 너무나 익숙해져서 자기 아이들이 전쟁의 손톱에 갈기갈기 찢기고 할퀴어지는 것을 보면서도 어미들은 웃음만 날릴 뿐, 동정심은 악행으로 질식당하리라. 복수를 하기 위해 방황하는 카이사르의 혼령은 지옥에서 갓 나온 복수의 여신 아테를 동반하여 이 국토에서 국왕의 목소리로 외치리라. "때려부숴라!" 명령하며 전쟁의 사냥개들을 풀어놓으리라. 그리고 이 악랄한 행위는 어서 묻어달라고 신음하는 썩은 시체 더미와 더불어 그 악취로 세상을 뒤덮으리라.

옥타비우스의 하인 등장.

안토니우스 넌 옥타비우스 카이사르의 하인이 아닌가, 그렇지?

하인 그렇습죠, 안토니우스 나리.

안토니우스 로마로 오라는 카이사르의 편지가 갔을 텐데.

하인 주인 나리께선 그 편지를 받고 로마로 오시는 중입니다. 직접 말씀을 올리라는 분부를 받았습죠. 오, 카이사르 나리! (카이사르의 시체를 본다)

안토니우스 가슴이 메일 거다. 저만치 가서 울어라. 슬픔은 전염되는 모양이다, 네 눈 속에 맺힌 슬픈 눈물을 보니 내 눈에도 눈물이 고이는구나. 너의 주인이 오시느냐?

하인 오늘 밤엔 로마에서 20마일도 안 되는 곳에 묵으실 겁니다.

안토니우스 그럼 빨리 돌아가서 이 사태를 주인께 알려라. 이곳은 상중(喪中)의 로마이고, 위험한 로마다. 아직은 옥타비우스에게 안전한 곳이 못 돼. 어서 가서 그렇게 전하라. 잠깐 서 있어. 내가 카이사르의 유해를 광장으로 모셔갈 때까지는 돌아가지 말아라. 내 시험해 보련다. 추도사를 통해서 시민들이 이 살인자들의 잔인한 행위를 어찌 보는지. 그리고 그 결과를 알아본 뒤

너의 젊은 주인 옥타비우스에게 상황을 말씀드려라. (카이사르의 시체를 들고 모두 퇴장)

〔제3막 제2장〕

광장.

한쪽에 연단이 있다. 브루투스와 카시우스, 시민들 무리를 지어 등장.

시민들 우리에게 설명하시오. 이유를 밝히시오.

브루투스 친구들이여, 날 따라와서 내 설명을 들어보시오. 카시우스, 당신은 다른 거리로 가오. 군중을 둘로 가릅시다. 내 이야기를 듣고 싶은 사람들은 여기 남으시오. 카시우스를 따를 사람들은 그분과 함께 가시오. 그러고 나서 카이사르를 죽인 나의 명분을 밝히겠소.

시민 1 난 브루투스의 말을 듣겠다.

시민 2 난 카시우스의 말을 들어보겠네. 두 사람의 설명을 따로따로 듣고 나중에 비교해 보세. (카시우스는 몇몇 시민들과 함께 퇴장. 브루투스는 연단에 올라간다)

시민 3 브루투스가 연단에 올라갔다. 조용해!

브루투스 끝까지 참고 들어주시오. 로마 시민들이여, 동포여, 사랑하는 친구들이여! 내가 이유를 밝히겠소. 조용히들 하시고 내 말을 들어주시오. 내 명예를 걸고 말할 테니 내 말을 믿어주시오. 이 사람을 믿겠거든 내 명예를 존중해 주시오. 현명하게 날 판단해 주시고 더욱 현명한 판단을 위해 여러분의 이성을 일깨워 주시오. 만일 여러분 가운데 카이사르의 절친한 친구가 있다면 그분에게 말하겠소이다, 카이사르에 대한 브루투스의 우정도 그분 못지않다고. 그렇다면 아마 그 친구는 나에게 물을 것이오, 브루투스는 왜 카이사르에게 역모를 했느냐고. 내 답변은 이렇소. 내가 카이사르를 사랑하지 않은 것이 아니라, 로마를 더 사랑했기 때문이오. 여러분은 카이사르가 죽고 만인이 자유롭게 사는 것보다, 카이사르가 살고 만인이 노예로 죽는 것을 바라십니까? 카이사르가 날 사랑했기에 그를 위해 울었고, 그가 영광스러웠기에 그를 위해 기뻐했으며, 그가 용감하였기에 그를 존경했습니다. 그러나 카이사르는 야심가였기에 난 그를 죽였소. 카이사르의 사랑에 대해서는 눈물이, 영광에 대해서는 기쁨이 있을 뿐이오. 여기 누가 노예가 되길 바라는 비굴한 사람이 있겠소? 있다면 말하시오. 난 그분에겐 잘못을 저지른 셈이오. 또 로마인이 되고 싶지 않은 어리석은 사람이 어디 있겠소? 있다면 말하시오. 난 그분에게 잘못을 저지른 셈이오. 제 조국을 사랑하지 않을 비열한 사람이 어디 있겠소? 있다면 말하시오. 그분에게 또한 잘못을 저지른 셈이오. 자, 대답을 기다리겠소.

시민 모두 없소, 브루투스, 한 사람도 없소.

브루투스 그렇다면 내겐 아무런 잘못이 없소. 내가 카이사르에게 한 일은 그대로 여러분이 브루투스에게도 할 수 있는 일이오. 카이사르를 죽인 경위는 의사당에 기록해 두겠소. 물론 그것은 그가 받아 마땅한 그의 영광을 결코 훼손하는 것도 아니며, 죽음을 면치 못했던 죄과를 결코 과장하는 것도 아니오.

안토니우스 상복 차림으로 등장. 그 뒤에 카이사르의 시체가 운구되어 들어온다. 관은 뚜껑이 열린 채 관대 위에 올려진다.

브루투스 카이사르의 시체가 옵니다. 애도를 표하고 있는 마르쿠스 안토니우스는 그의 거사에 가담은 안 했지만, 카이사르 죽음의 혜택을 받아 공화국의 국정에 참여하게 된 것이오. 그 점 여러분도 다를 바가 있겠습니까? 한마디만 더 하고 물러가겠소―나는 로마의 영광을 위해 나의 가장 친한 친구를 죽였소. 만일 나의 조국이 나의 죽음을 요구한다면, 나는 그 칼로 이 가슴을 찌르겠소.

시민 모두 만세, 브루투스! 만세, 만세!

시민 1 만세를 부르며 브루투스를 댁까지 모십시다.

시민 2 브루투스의 조각상을 그분의 선조들 곁에 세우자.

시민 3 브루투스를 카이사르로 추대하자.

시민 4 카이사르의 훌륭한 모습만이 브루투스를 통해 빛날 것이다.

시민 1 환호성을 올리면서 그분 댁으로 모십시다.

브루투스 동포 여러분…….

시민 2 쉿! 조용히! 브루투스 님의 말씀이오.

시민 1 쉿! 조용히!

브루투스 동포 여러분, 나를 혼자 물러가게 해주시오. 날 위해서 여러분은 여기 안토니우스와 남아주시오. 카이사르의 유해에 조의를 표하고 카이사르의 공적을 찬양하는 마르쿠스 안토니우스의 연설을 들어주시오. 안토니우스의 추도사를 허락했소. 부탁하오, 나 혼자 갈 테니 여러분은 안토니우스의 말이 끝날 때까지 아무도 움직이지 말아주시오. (퇴장)

시민 1 모두들 여기 있자! 마르쿠스 안토니우스의 말을 들어보자고.

시민 3 그분을 연단으로 모시자. 다들 들어봅시다. 자, 안토니우스, 어서 올라가시오.

안토니우스 브루투스 덕분에 여러분이 이야기를 들어주신다니 감사하오. (연단에 올라간다)

시민 4 뭐라고 하는가, 브루투스를?

시민 3 브루투스 덕분이라는 거야. 그리고 우리들 모두에게 감사하다고 말하는군.

시민 4 여기서는 브루투스를 욕하지 않는 게 좋을 거야.

시민 1 카이사르는 폭군이었어.

시민 3 암, 그렇고말고. 카이사르를 로마에서 없앤 건 천만다행이야.

시민 2 쉿! 안토니우스가 뭐라 하는지 들어봅시다.

안토니우스 친애하는 로마 시민이여…….

시민 모두 쉿, 조용히! 들어보자.

안토니우스 친구여, 로마인이여, 동포 여러분, 귀를 빌려주십시오. 난 카이사르를 장사 지내러 온 것이지 칭찬하러 온 건 아닙니다. 인간의 악행은 죽은 뒤에도 남지만 인간의 선행은 뼈와 함께 땅에 묻히게 마련이오. 카이사르 역시 그럴 것이오. 고결한 브루투스는 카이사르가 야심에 불탔다고 말했소. 만일 그게 사실이라면 확실히 슬픈 결점이며 가슴 아프게도 카이사르는 그 값을 치렀소…… 나는 브루투스와 그 밖의 분들로부터 허락을 받아 말씀드리는 겁니다. 브루투스는 고매한 분, 그 밖의 분들도 고매하지요. 난 카이사르의 추도사를 하러 이곳에 온 것이오…… 카이사르는 내 친구이며, 내게 성실했고, 공정하셨소. 그러나 브루투스는 그를 야심가라는 거요. 브루투스는 고매한 분이오. 카이사르는 많은 포로들을 로마로 데려왔으며 포로들의 몸값은 모두 국고에 들여놓았소. 어찌 이것이 카이사르의 야심이란 말이오? 가난한 사람들이 배고파 울부짖을 땐 카이사르도 함께 울었소. 야심이란 이보다 더 냉혹한 마음에서 나오는 법이오. 그런데도 브루투스는 그를 야심가라 하오. 어쨌든 브루투스는 고매한 분이오. 여러분은 보셨을 거요. 루페르쿠스 축제 때 내가 세 번씩이나 카이사르에게 왕관을 바쳤지만, 그는 세 번 다 거절한 것을. 이게 야심이오? 그런데도 브루투스는 카이사르가 야심을 품었다고 말했소. 분명 브루투스는 고매한 분이오. 내가 브루투스 말씀에 대항하는 건 아니오. 다만 아는 바를 말하기 위해 여기 있는 것이오. 여러분은 한때 카이사르를 분명 사랑했소. 물론 이유가 있어서지요. 그런데도 왜 여러분은 그를 애도하기를 꺼리는 겁니까? 오, 분별력이여! 그대는 짐승한테로 가버리고 사람들의 이성은 그대를 잃었소. 날 용서하시오. 내 심장은 카이사르와 함께 관 속에 들어갔소이다. 심장이 내게로 되돌아올 때까지 잠깐만 기다려 주시오. (눈물을 흘린다)

시민 1 안토니우스 말에도 일리가 있는 것 같군.

시민 2 사태를 꼼꼼 씹어보면 카이사르가 억울하게 당한 것 같아.

시민 3 그럴까? 여보게들, 그렇다면 더 악한 놈이 활개칠까 두렵군.

시민 4 안토니우스 말을 들었소? 카이사르는 왕관을 받으려고 하지 않았대. 그러니 야심이 없었지 뭐겠소.

시민 1 그게 사실이라면 누군가 그 책임을 단단히 져야 할 거요.

시민 2 저런 가엾게! 울어서 눈이 불꽃처럼 빨갛군.

시민 3 로마를 통틀어 안토니우스만큼 고결한 분은 없어.

시민 1 자, 들어보자. 다시 말을 시작한다.

안토니우스 그러나 어제까지 카이사르의 말 한마디면 온 세상을 떨게 하였소. 지금은 저기 쓰러져 어느 누구도 경의를 표하는 사람이 없소. 오 여러분, 만일 내가 여러분의 마음을 선동해서 폭동과 분노를 일으킬 생각이었다면 브루투스에게도 카시우스에게도 욕이 될 것이오. 여러분도 아시다시피 고매

영화 〈율리우스 카이사르〉 안토니우스를 연기하는 말론 브란도. 1953.

한 브루투스에게 말이오. 난 그분들을 욕되게 하지 않겠소. 차라리 죽은 자를 욕되게 하고 나와 여러분을 욕되게 할망정, 그렇게 고매한 그분들을 욕되게 할 수는 없는 일이오. 여기 카이사르의 도장이 찍힌 문서가 있소. 그분의 서재에서 발견한 것이오. 이것은 그의 유언장이오. 시민 여러분이 이 유언의 내용을 듣게 되면—용서하시오, 난 읽을 생각이 없지만—여러분은 아마도 카이사르에게 달려가 상처에 입을 맞추고 저마다 손수건을 꺼내 그 거룩한 피에 적실 거요. 아니, 그분의 머리칼 한 올을 유품으로 간직하고, 여러분이 죽을 때에는 유언장에 적어 가보로서 후손에게 물려줄 거요.

시민 4 유언을 들어봅시다. 읽으시오, 마르쿠스 안토니우스.

시민 모두 유언장이오, 유언장! 카이사르의 유언을 들읍시다.

안토니우스 진정하시오, 친애하는 친구 여러분. 난 읽을 수가 없소. 카이사르가 얼마나 여러분을 사랑했는가를 여러분은 모르는 편이 좋습니다. 여러분은 나무도 아니고 돌도 아니며 인간이오. 인간인 이상 카이사르의 유언을 들으면 반드시 격분해서 정신이 돌아버릴 것이오. 여러분은 모르시는 게 좋겠습니다. 그의 유산 상속자라는 걸. 만일 그걸 알게 되면 오, 어떤 사태가 벌어질지!

시민 4 유언장을 읽으시오. 듣고 싶소, 안토니우스. 카이사르의 유언장을 읽으시오.

안토니우스 진정해 주시오. 잠깐 기다려 주시오. 내가 해선 안 될 말을 여러분에게 한 것 같소. 카이사르를 칼로 찌른 고매한 분들에게 욕이 될까 두렵습니다. 그게 걱정이 됩니다.

시민 4 그들은 반역자요. 뭐가 고매하단 말이오!

시민 모두 유언장! 유언장!

시민 2 그들은 악당들이요, 살인자들이요. 유언장! 유언장을 읽으시오!

안토니우스 그럼 유언장을 꼭 읽어야 합니까? 그렇다면 카이사르의 유해에 빙 둘러서시오. 그 유언장을 만든 사람을 보여드리겠습니다. 연단에서 내려가도 좋을까요? 허락해 주겠습니까?

시민 모두 내려오시오.

시민 2 내려오시오. (안토니우스 내려간다)

시민 3 내려와도 좋소이다.

시민 4 둘러서요. 뼁 둘러서.

시민 1 관대에 바싹 서지 말아요. 유해 곁에 바싹 서지 말라고.

시민 2 안토니우스께 자리를 내드려요. 고결한 안토니우스께.

안토니우스 아, 너무 밀지 마시오. 좀 물러서 주시오.

시민 모두 물러서요. 비켜요! 물러서.

안토니우스 여러분에게 눈물이 있다면 지금이야말로 눈물을 흘릴 때요. 여러분은 이 외투를 아실 겁니다. 나는 카이사르가 이 외투를 처음 입었던 날을 기억합니다. 어느 여름날 저녁 군막 속에서 네르비족을 정복하던 바로 그날이었소. 보시오, 카시우스의 칼이 여기를 찌르고 들어갔소. 시기심 많은 카스카의 칼이 찌른 이 자국을 보시오. 여긴 총애를 받던 브루투스가 찌른 자국이오. 저주받은 칼을 브루투스가 뽑아들었을 때 자, 보시오. 카이사르의 피가 얼마나 쏟아졌는가를. 마치 문밖으로 뛰어나가서 브루투스가 정말 그처럼 잔인한 짓을 했는지 확인하려는 듯이 말이오. 알다시피 브루투스는 카이사르의 총애를 받아왔소. 오, 신들은 살피소서, 카이사르가 그를 얼마나 사랑했는가를! 브루투스가 찌른 이 상처는 가장 잔인무도했소. 고귀한 카이사르는 브루투스가 찌르는 걸 보았을 때 반역자들의 칼보다 훨씬 강한 그 배신에 완전히 압도당해, 그 위대한 심장은 터지고 말았소. 그러고는 외투로 얼굴을 감싸고 바로 폼페이우스 석상 밑에, 마치 그 석상이 쏟아내는 피 속에 묻히듯 위대한 카이사르는 쓰러졌소. 나의 동포여, 이런 처참한 파멸이 어디 있겠소. 여러분이나 나, 우리 모두가 허물어지고 말았소. 피비린내 나는 역모가 승리의 칼을 휘두를 때 말이오. 이제 여러분은 눈물을 흘리는군요, 한 가닥 동정을 느끼나 보군요. 그 눈물이야말로 경건한 눈물이오. 선량한 분들이여, 카이사르의 찢긴 옷만 보고도 운단 말이오? 여길 보시오. 반역자들에게 난도질당한 카이사르가 여기 있소이다. (카이사르의 외투를 벗긴다)

시민 1 오, 끔찍해라!

시민 2 오, 고귀한 카이사르!

시민 3 오, 원통해라!

시민 4 오, 반역자들, 악당들!

시민 2 복수를 해야 한다.

시민 모두 복수다! 당장! 찾자! 태워라! 불 질러라! 죽여라! 때려잡자! 반역자는 한 놈도 살려두지 말자!

안토니우스 동포 여러분, 잠깐만.

시민 1 쉿, 조용히! 고결한 안토니우스의 말씀을 들어보자.

시민 2 안토니우스의 말을 듣자, 안토니우스를 따르자, 안토니우스와 죽음을 함께하자.

안토니우스 친구 여러분, 친애하는 친구 여러분, 내 말에 격분해서 갑자기 폭동의 불길을 일으켜선 안 됩니다. 이번 거사를 한 분들은 고매한 사람들이오. 무슨 개인적인 원한이 있어 이런 일을 했는지 나는 모르오. 그분들은 현명하고 고매한 분들이오. 틀림없이 그 이유를 여러분에게 설명해 줄 것이오. 친구 여러분, 나는 여러분의 마음을 도둑질하러 여기 온 게 아니오. 나는 브루투스처럼 웅변가도 아니오. 여러분이 알다시피 나는 평범하고 무뚝뚝한 사나이오. 내 친구를 사랑할 뿐이오. 그분들도 그걸 잘 알기 때문에 추도사를 허락한 것이 아니겠소. 나는 슬기도 말주변도 품격도 몸짓도 웅변술도 사람의 피를 끓게 하는 설득력도 없소. 그저 솔직하게 말할 뿐이오. 여러분 자신도 알고 있는 걸 이야기할 뿐이오. 여러분에게 카이사르의 상처를, 저 불쌍한 말없는 상처를 보여드려 나 대신 말하게 할 뿐이오. 만일 내가 브루투스이고 브루투스가 안토니우스라면, 안토니우스는 여러분의 마음에 불을 질러 카이사르의 상처마다 혀를 달아주며 로마의 돌까지도 부추겨 폭동을 일으키게 했을 것이오.

시민 모두 폭동을 일으키자.

시민 1 브루투스의 집을 불태우자.

시민 3 자, 가자! 가서 음모자들을 때려잡자.

안토니우스 내 말을 들어주시오. 동포 여러분, 내 말을 들어주시오.

시민 모두 쉿, 조용히! 안토니우스의 말을 듣자! 고귀한 안토니우스의 말을!

안토니우스 친구 여러분, 왜 터무니없이 소동을 벌이려 합니까? 도대체 카이사르의 어떤 점이 여러분의 사랑을 받을 만하오? 여러분은 내가 말한 유언장을 잊고 있습니다.

시민 모두 맞다. 유언장! 유언을 들어봅시다.

안토니우스 이것은 유언장이오. 카이사르의 도장이 찍혀 있소. 모든 로마 시민들에게 각각 75드라크마씩을 기증한다는 거요.

시민 1 오, 고귀한 카이사르! 그의 죽음을 복수하자.

시민 3 오, 훌륭한 카이사르!

안토니우스 내 말을 들으시오.

시민 모두 쉿, 조용히!

안토니우스 게다가 카이사르는 여러분에게 그의 장원의 모든 것과 별장과 새로 가꾼 정원과 테베레강의 이쪽 기슭을 기증하셨소. 그리고 여러분의 후손들에게 영원히 그들 마음대로 거닐고 쉴 수 있는 공원을 주시었소. 카이사르는 그런 분이오! 그런 분이 언제 다시 나오겠소?

시민 1 절대로 없소, 절대로. 자 갑시다, 가! 성전에 가서 카이사르의 유해를 화장하고 불붙인 나뭇가지를 가지고 반역자들의 집을 태웁시다. 유해를 옮깁시다.

시민 2 불을 가져오라.

시민 3 의자를 때려 부숴라.

시민 4 의자고 창문이고 닥치는 대로 때려 부숴라. (시민들 뛰어나가고, 관을 맨 사람들이 그 뒤를 따른다)

안토니우스 이젠 될 대로 되라. 재앙아, 일은 벌어졌으니 네가 가고 싶은 대로 가거라.

옥타비우스의 하인이 광장으로 등장.

안토니우스 아, 너로구나!

하인 나리, 옥타비우스 나리께서 로마에 도착하셨습니다.

안토니우스 어디 계시냐?

하인 레피두스 나리와 함께 카이사르 나리 댁에 계십니다.

안토니우스 내가 만나러 곧장 그리로 가마. 마침 때맞춰 오셨구나. 운명의 여신도 기분이 좋으신 모양이니 앞으론 잘될 것도 같다.

하인 주인 나리 말씀이, 브루투스와 카시우스가 미친듯이 로마 성문을 빠져나갔답니다.

안토니우스 내가 민중을 선동한 것을 알아챈 모양이다. 옥타비우스에게 안내

하라. (모두 퇴장)

〔제3막 제3장〕

어느 거리.

시인 킨나 등장.

킨나 (혼잣말로) 간밤에 카이사르와 함께 식사를 하는 꿈을 꾸어서인지 불길한 예감이 소용돌이치는군. 나다닐 마음은 없는데도 왜 그런지 밖에 나가게 된단 말이야.

시민들 곤봉을 들고 나타나 킨나를 에워싼다.

시민 1 당신 이름이 뭐요?

시민 2 어딜 가는 길이냐?

시민 3 어디 사는가?

시민 4 결혼했소, 아니면 독신이오?

시민 2 하나하나 솔직하게 대답하라.

시민 1 그리고 간단히.

시민 4 또 하나, 현명하게.

시민 3 그리고 정직하게, 그게 신상에 좋을 거다.

킨나 내 이름이 뭐냐고요? 어딜 가는 길이며, 또 어디 사느냐고요? 결혼했느냐고요? 그럼 하나하나 솔직히, 간단히, 현명하게, 정직하게 대답하리라. 먼저 요령 있게 말하리라. 난 독신이오.

시민2 이건 마치 결혼한 자는 바보라는 말투로군. 그따위로 말하다간 얻어터질지 모른다. 솔직히 말하라.

킨나 솔직히 말해서 카이사르의 장례식에 가는 길이오.

시민 1 친구로서, 아니면 적으로서?

킨나 친구로서요.

시민 2 그건 솔직하게 대답하는 것 같군.

시민 4 어디 사는지 간단히 대답하라.

킨나 간단히 말해서 의사당 곁에 살고 있소.

시민 2 이름은? 정직하게 말하라.

킨나 정직히 말해서 내 이름은 킨나요.

시민 1 이놈을 찢어 죽여라. 음모자의 한패다.

킨나 난 시인인 킨나요, 시인 킨나.

시민 4 썩어빠진 시를 쓴 놈을 죽이자. 썩어빠진 시를 쓴 놈을 죽이자.

킨나 난 음모자 킨나가 아니오.

시민 4 그런 건 상관없다. 이름이 킨나다. 이자의 심장에서 이름만 도려내고 그를 쫓아버려라.

시민 3 찢어 죽여라, 찢어 죽여! (시민들 킨나에게 덤벼든다) 자, 불타는 나뭇가지를 가져와, 어서! 불타는 나뭇가지를 가져오래도. 자, 브루투스 집으로 가자. 카시우스 집으로 가자. 모두 불태워 버리자! 데키우스 집으로 가자. 카스카 집으로도 가자. 리가리우스 집으로도. 자, 가자! (시민들 뭉그러진 킨나의 시체를 끌고 황급히 퇴장)

〔제4막 제1장〕

안토니우스의 저택 한 방.
안토니우스, 옥타비우스, 레피두스, 탁자 앞에 마주 앉아 있다.

안토니우스 이 사람들은 모조리 사형이오. 이름에 표를 해두었소.

옥타비우스 당신의 형님도 사형이오. 이의 없으시오, 레피두스?

레피두스 이의는 없소…….

옥타비우스 표를 하시오, 안토니우스.

레피두스 푸블리우스도 사형에 부친다는 조건이면요. 당신의 조카인데 괜찮습니까, 마르쿠스 안토니우스?

안토니우스 물론 그도 사형이오. 보시오, 그에게도 표를 해두었소. 그럼 레피두스, 카이사르의 집으로 가서 유언장을 가져와 주었으면 하오. 유산의 처분액을 조금이라도 줄일 수 있겠는지 우리 셋이서 챙겨봅시다.

레피두스 여보게들! 이곳에서 만나면 되겠소?

옥타비우스 여기 아니면 의사당에 있으리다. (레피두스 퇴장)

안토니우스 저 사람은 정말 쓸모없는 친구요, 고작 심부름꾼이 제격이죠. 우리가 세상을 삼등분해서 그에게 한 몫을 준다는 건 적당치가 않을 것 같소.

옥타비우스 그건 당신 뜻이었습니다. 우리가 사형자와 숙청자 명단을 작성했을 때만 해도 그 사람의 의견을 고려했던 거요.

안토니우스 옥타비우스, 당신보다 내가 더 오래 살았소. 실은 우리가 받게 될 온갖 중상의 짐을 덜려고 그자에게도 그러한 영예를 나눠 주었던 거지만, 그는 황금을 실은 노새처럼 짐에 눌려 끙끙대며 땀을 빼는 신세요. 우리가 지시하는 대로 이리 끌리고 저리 끌리면서 목적지까지 보물을 날라오기만 하면, 우린 그의 짐을 내려놓게 하고 되돌려 보내는 거요. 그다음에는 아무 짐도 싣지 않은 채 귀를 쫑긋거리며 들판에서 풀이나 뜯으라죠.

옥타비우스 당신이 알아서 하십시오. 그 사람은 경험이 풍부하고 용감한 장군입니다.

안토니우스 내 말도 그렇소, 옥타비우스. 그래서 나는 내 말에 사료를 배불리 먹여주고 있소. 그리고 이 짐승에게 싸우는 법, 돌아서는 법, 멈추는 법, 곧바로 달리는 법을 훈련시키고 있소. 그 몸의 움직임은 이젠 내 마음대로 조종된단 말이오. 그 점은 레피두스도 같소. 그는 가르쳐 주어야 하오. 그는 훈련과 명령이 필요하오. 꽉 막힌 돌대가리요. 게다가 이미 사람들이 쓰다 버려 한물간 물건이나 재주 또는 유행을 흉내내면서 그래도 본인은 유행의 첨단을 걷는 줄 알고 있소. 그 사람은 그저 하찮은 도구처럼만 다루면 될 거요. 그런데 옥타비우스, 중요한 이야기가 있소. 브루투스와 카시우스가 군대를 모으고 있다 하오. 우리도 군사력을 키워야 되겠소. 그러기 위해서는 먼저 결속을 다짐하며 동지들을 모으고 군자금도 마련해야겠소. 즉시 회의를 열어 어떻게 하면 음모를 잘 가려낼 수 있는지, 또 어떻게 해야 드러난 위험에 안전하게 대처할 수 있는지를 의논해 봅시다.

옥타비우스 그렇게 합시다. 우린 말뚝에 매인 곰 신세가 되어 많은 적들에게 둘러싸여 있어요. 그러니 미소를 짓고 있는 자들도 속으로는 무수한 비수를 품고 있는지도 모릅니다. (모두 퇴장)

〔제4막 제2장〕

사르디스 부근 야영지. 브루투스의 막사 앞.
북소리. 루킬리우스가 군대를 이끌고 등장. 카시우스의 노예 핀다루스도 그들 중에 끼어 있다. 브루투스가 막사에서 나온다. 그의 뒤에 루키우스가 따라온다.

브루투스 제자리에 서!

루킬리우스 뒤로 전달하라! 제자리에 서!

브루투스 루킬리우스가 아니오! 카시우스도 왔소?

루킬리우스 근처까지 와 있습니다. 핀다루스가 장군께 주인의 인사 말씀을 드리러 왔소.

브루투스 인사성 하나 밝군. 그런데 핀다루스, 자네 주인이 변한 건지 아니면 부하를 잘못 둔 탓인지 모르나 하지 않았으면 하는 일들만 골라 하고 있는 것 같네. 아무튼 근처에 와 있다니까 그 까닭을 알게 되겠지.

핀다루스 저는 고결하신 주인님을 의심치 않습니다. 사려가 깊고 명예를 존중하는 분입니다.

브루투스 그를 의심하진 않아. 그래 루킬리우스, 한마디만 해주시오. 당신을 대하는 그의 태도가 어땠소?

루킬리우스 매우 공손하고 정중하게 대하시지만, 예전처럼 살가운 맛은 없고 또한 허물없는 속말은 아예 안 했습니다.

브루투스 절친한 우정이 곰삭아 가는 걸 말하는군요. 명심하시오, 루킬리우스. 우정에 병이 들어 틈새가 벌어지기 시작하면 으레 억지 예의를 차리는 법이오. 겉치레가 없고 성실한 사람에겐 술수가 없지만, 불성실한 인간이란 경주에 나선 말들처럼 기세를 부리고 용감한 척하는 법이오. 그러나 정작 피비린내 나는 박차를 견뎌야 할 때에는 갈기를 푹 내려뜨리고 겉모양만 그럴듯한 둔마처럼 기세가 꺾이오. 그의 군대가 오고 있소?

루킬리우스   오늘 밤은 사르디스에서 진을 친답니다. 주력부대인 기병대는 카
시우스와 함께 도착했습니다. (낮은 행진곡)

브루투스   아, 그가 도착했소. 천천히 나가서 그를 맞이합시다.

카시우스가 티티니우스와 그의 부대를 이끌고 등장.

카시우스   제자리에 서!

브루투스   제자리에 서! 뒤로 전달하라.

병사 1   제자리에 서!

병사 2   제자리에 서!

병사 3   제자리에 서!

카시우스   브루투스, 처남은 날 모독했소.

브루투스   신들이여, 심판하소서. 내가 적이라고 모욕한 일이 있소? 하물며 어
떻게 형제를 모독하겠소?

카시우스   브루투스, 당신의 의젓한 태도가 모욕을 감추고 있는 거요. 당신이
남을 모욕할 땐⋯⋯.

브루투스   카시우스, 진정하시오, 불평을 조용히 말하시오. 난 당신 마음을
잘 알고 있소. 그리고 지금은 우리 두 군대가 보고 있소. 그들에겐 우리의 두
터운 우정만을 보여줘야 하오. 그러니 말다툼일랑 맙시다. 부하들을 보내고
내 막사로 와서 실컷 불평을 쏟으시오. 카시우스, 그땐 당신 이야길 다 들어
드리리다.

카시우스   핀다루스, 부대장들에게 전하라. 부대를 여기서 조금 물러서게 하
도록.

브루투스   루키우스도 그렇게 해주시오. 우리 회담이 끝날 때까지 누구를 막
론하고 막사 근처에 얼씬해서는 안 되오. 루킬리우스와 티티니우스는 문 앞
에서 보초를 서주오. (모두 퇴장)

브루투스의 막사 안.
브루투스와 카시우스 등장.

카시우스 당신이 나를 모독한 증거를 대볼까요? 당신은 루키우스 펠라가 이곳 사르디스 사람들한테서 뇌물을 받았다고 해서 탄핵하고 오명을 씌웠소. 나는 그와 잘 아는 터라 탄원하는 편지를 보냈는데, 당신은 보기 좋게 무시했소.

브루투스 그런 편지를 쓴 것 자체가 자신을 모욕하는 것이오.

카시우스 이런 판국에 자질구레한 잘못을 일일이 책잡는 것은 옳은 처사가 못 되오.

브루투스 솔직히 말해서 카시우스, 당신에 대한 비난도 자자하오. 황금에 눈이 멀어 자격도 없는 자들에게 관직을 팔고 흥정한다는 비난이 많소.

카시우스 내가 황금에 눈이 멀어? 그따위 말을 하는 자가 브루투스니까 망정이지 만일 다른 사람이라면 이 세상에서의 마지막 말이 되었을 거요.

브루투스 카시우스란 이름 때문에 부패가 용서받고, 징벌도 맥을 못 쓰게 되고 마는 거요.

카시우스 징벌?

브루투스 잊지 마오 3월 15일을, 3월 15일을 잊어서는 안 되오! 위대한 율리우스가 피 흘린 것도 정의 때문이 아니오? 그의 몸을 찌른 사람치고 그것이 정의를 위한 일이 아니라고 하는 악당이 하나라도 있었소? 이 땅 위에서 첫째가는 인물을 다만 노략질을 옹호했다는 이유만으로 살해한 우리들 가운데 한 사람이, 이제 와서 비열한 뇌물에 우리의 손을 더럽히고 한없이 크고 엄청난 명예를 단지 몇 푼 안 되는 돈에 팔아넘기고서도 좋다는 거요? 나는 그런 로마인이 되느니 차라리 개가 되어 달을 보고 짖겠소.

카시우스 브루투스, 나를 몰아세우지 마시오. 더 이상 참을 수가 없소. 날 이렇게 닦달하다니 정신 나간 게 아니오? 난 군인이오. 난 당신보다 군인으로서 경험도 많고 일을 처리하는 능력도 뛰어나오.

브루투스   어림없소. 당신은 그렇지 못하오.

카시우스   천만에요.

브루투스   그렇지 않소.

카시우스   그만하시오. 내 자제력에도 한계가 있소. 당신의 안전을 생각해서라
도 내 비위를 더 이상 긁지 마시오.

브루투스   물러가시오, 같잖은 인간 같으니.

카시우스   어떻게 그런 말을?

브루투스   들어보시오, 말할 테니까. 눈에 날을 세워 대든다고 내가 물러서야
겠소? 실성한 자가 노려본다고 내가 겁을 먹어야겠소?

카시우스   오, 이런 신이시여! 이 모든 걸 참아야 합니까?

브루투스   그뿐인 줄 아오! 또 있소. 교만한 심장이 터질 때까지 화내보시오.
차라리 노예들에게나 마음껏 인상을 써서 떨게 하시오. 나더러 고이 물러서
라고? 나보고 꼼짝 않고 당하란 말이오? 당신이 성질을 부린다고 내가 겁낼
줄 아시오? 확실히 밝혀두지만 자기 울화에서 나온 독은 배가 터지든 말든
자기가 마셔야 되오. 오늘부터는 당신이 아무리 성미를 부려도 나에겐 좋은
심심풀이오. 아니, 우스갯거리가 될 뿐이오.

카시우스   이렇게까지 하기요?

브루투스   당신이 나보다 유능한 군인이라고 했는데, 어디 보여주시오. 큰소리
친 것을 보여주면 난 기쁘게 보겠소. 나로 말하면 훌륭한 분한테서라면 기꺼
이 배우려는 사람이오.

카시우스   당신은 사사건건 내 꼬투리만 잡을 거요? 브루투스, 그건 중상이오.
난 당신보다 경험이 많다고 했지 더 유능하다고는 입 밖에도 내지 않았소.
그래, 내가 더 유능하다고 했단 말이오?

브루투스   그렇게 말했다 해도 상관없소.

카시우스   카이사르가 살아 있어도 이렇듯 내 비위를 흔들어 놓진 못했을
거요.

브루투스   그만그만! 실은 카이사르에게 대들 용기가 없었던 거겠죠.

카시우스   용기가 없었다고?

브루투스   그렇소.

카시우스 뭐요? 카이사르에게 대들 용기가 없었다고?

브루투스 분명 목숨이 아까웠을 테니까.

카시우스 내 우정을 호락호락 믿지 마시오. 후회하게 될 일을 내가 저지를지도 모르니까.

브루투스 후회하게 될 일을 벌써 저질렀잖소. 카시우스, 당신의 위협 따위는 겁나지 않소. 난 본디 정직이란 단단한 갑옷으로 무장돼 있소. 그따위 위협쯤은 부질없는 바람처럼 스쳐갈 뿐이오. 내가 군자금이 좀 필요해서 사람을 보냈더니 당신은 거절했소. 난 더러운 수단으로 돈을 마련하지 못하는 사람이오. 맹세하지만 가난한 백성들의 손을 비틀어 부정한 방법으로 푼돈을 긁어모으느니, 차라리 나의 심장을 녹여서 그 피 한 방울 한 방울로 드라크마 화폐를 만들겠소. 난 병사들에게 줄 돈을 요청했던 것인데 당신은 거절했소. 그게 카시우스다운 짓이오? 나라면 카이우스 카시우스에게 그런 답변을 했겠소? 마르쿠스 브루투스가 하찮은 돈 몇 푼을 아까워해 친구의 부탁을 거절하는 날이면 하늘이여, 당장에 벼락을 치시어 이 몸을 박살내 주소서!

카시우스 난 거절한 게 아니었소.

브루투스 거절했소.

카시우스 안 했다는 대도 그러시오. 내 대답을 전한 녀석이 바보였던 모양이오. 브루투스, 당신은 내 가슴을 찢어놓았소. 친구라면 친구의 약점을 감싸주는 법인데, 브루투스는 내 약점을 크게만 보고 있다니.

브루투스 그렇지 않소, 당신이 나에게 약점을 떠밀지 않는 한.

카시우스 당신은 날 좋아하지 않는군요.

브루투스 당신의 결점을 싫어할 뿐이오.

카시우스 친구라면 그런 결점은 절대로 눈에 띄지 않을 거요.

브루투스 설령 결점이 저 높은 올림포스산처럼 거대하더라도 아첨꾼의 눈엔 안 띌 거요.

카시우스 오너라 안토니우스, 그리고 애송이 옥타비우스, 쳐들어와서 이 카시우스에게만 복수를 해라. 카시우스는 이 세상에 넌덜머리가 났다. 사랑하는 사람한테 미움을 받고, 처남이라 하여 따르던 사람한테서 모욕을 당하고 노예처럼 구박을 당하여, 결점은 일일이 까뒤집혀지고, 수첩에 올려 읽히고 암기되고 공격의 화살이 되다니. 울고만 싶구나. 눈물과 함께 사나이의 넋을 흘려버리고 싶다! 여기 내 칼이 있소. 여기 내 맨살의 가슴팍이 있소. 그 속에는 재물의 신 플루토스의 광맥보다 귀하고 황금보다 값비싼 내 심장이 있소. 당신이 로마인이라면 이것을 꺼내 가시오. 당신에게 돈을 거절한 나는 내 심장을 드리겠소. 카이사르를 찌른 것처럼 날 찌르시오. 이제 난 알았소. 당신이 카이사르를 증오했던 그때도, 이 카시우스보다 카이사르를 더 사랑했다는 것을.

브루투스 칼을 거두시오. 화를 내고 싶거든 풀릴 때까지 내보오. 마음껏 내보오. 어떤 무례한 일을 하든 그 모욕도 변덕으로 치겠소. 오, 카시우스, 당신은 순한 양(¥)이오. 성을 내도 부싯돌 불처럼 오래가지 못하고, 격렬하게 부딪치면 한순간만 불꽃을 튀기다가 이내 스러지고 마니까.

카시우스 이 카시우스가 브루투스의 놀림감이나 웃음거리가 되려고 오늘까지 살아왔소? 슬픔과 격분에 이렇듯 시달리면서 말이오?

브루투스 내가 감정이 격해서 그만 말이 지나쳤나 보오.

카시우스 그 말이 사실이오? 손을 이리 주시오.

브루투스 내 마음까지도.

카시우스 오, 브루투스!

브루투스 왜 그러오?

카시우스 당신은 내가 어머니에게서 물려받은 조급한 성질로 이성을 잃었을 때 참아줄 우정도 없단 말이오?

브루투스 물론 있소. 카시우스, 이제부터는 당신이 브루투스에게 아무리 심하게 굴어도 당신 어머니한테 꾸중 듣는 셈치고 꾹 참고 있으리다.

시인 (밖에서) 장군님들을 만나 뵙게 해주시오. 두 분 사이에 충돌이 있는 것 같소. 두 분끼리만 있게 해서는 안 되오.

루킬리우스 (밖에서) 들어가실 수 없습니다.

시인 죽어도 좋으니 들어가겠소.

시인, 그의 뒤에 루킬리우스, 티티니우스, 루키우스 등장.

카시우스　무슨 일인가! 대체 왜들 그러오?

시인　장군님들 창피하지 않소? 이게 무슨 일들이오? 두 분이 하실 일은 친구가 되는 겁니다. 두 분보다 나이가 더 많은 이 사람의 말이니 들으시오.

카시우스　하하! 이 친구가 돼먹지 않은 시를 읊는군!

브루투스　물러가지 못할까. 이보시오, 이 무례한 친구, 어서!

카시우스　참으시오, 브루투스. 그게 이 사람의 버릇이오.

브루투스　버릇없이 구는 것도 때가 있는 법이거늘. 전쟁이 저런 엉터리 시인과 무슨 상관이 있나? 이 친구야, 물러가래도!

카시우스　나가요, 나가, 어서! (시인 퇴장)

브루투스　루킬리우스, 그리고 티티니우스, 부대장들에게 명령하여 모든 부대가 오늘 밤 야영할 준비를 하도록 하시오.

카시우스　그리고 당신들은 돌아오는 길에 메살라를 데리고 서둘러 오시오.

(루킬리우스와 티티니우스 퇴장)

브루투스　루키우스, 술 가져오너라. (루키우스, 막사의 내실로 사라진다)

카시우스　당신이 그렇게 화낼 줄은 정말 몰랐소.

브루투스　오, 카시우스, 난 슬픔으로 가슴이 미어지오.

카시우스　우연한 불행에 맥이 풀리다니 당신의 철학도 힘을 못 쓰는군요.

브루투스　나만큼 슬픈 사람도 없소. 포르티아가 죽었소.

카시우스　아니! 포르티아가?

브루투스　죽었소.

카시우스　당신에게 그토록 대들었을 때 용케 내가 죽음을 면했군요. 오, 참을 수 없이 비통한 불운이로다! 대체 무슨 병으로?

브루투스　나와 떨어져 있어서 초조했고, 애송이 옥타비우스와 마르쿠스 안토니우스의 세력이 강해지는 걸 근심한 나머지 아내가 자결했다는 소식이 왔소. 정신착란을 일으켜 하인들이 없는 사이에 숯불을 삼켰다는 거요.

카시우스　그런 식으로 죽다니?

브루투스　글쎄 말이오.

카시우스　오호, 애통하도다!

루키우스가 술과 촛불을 들고 다시 등장.

브루투스   아내 이야긴 그만합시다. 술이나 한 잔 주오. 이 잔에 모든 불화를 묻어버립시다, 카시우스. (술을 마신다)

카시우스   내 가슴이 이 고귀한 건배를 얼마나 갈구하였던가. 자, 루키우스, 철철 넘치도록 술을 부어라. 브루투스의 우정이면 아무리 마셔도 모자란다. (마신다. 루키우스 퇴장)

티티니우스가 메살라와 함께 등장.

브루투스   들어오시오, 티티니우스! 어서 오시오, 메살라. 자 이 촛불 곁에 둘러앉아 주시오. 긴급한 문제들을 의논해 봅시다.

카시우스   포르티아, 당신은 정녕 가셨단 말이오?

브루투스   그만해 두오. 부탁이오. 메살라, 여기 편지가 있소. 애송이 옥타비우스와 마르쿠스 안토니우스가 대군을 거느리고 우리에게 오고 있는데. 필리피로 진군하고 있는 듯하오.

메살라   내게도 같은 내용의 편지가 들어왔소.

브루투스   그 밖의 소식은?

메살라   유죄 선고와 공민권 박탈을 하고 옥타비우스, 안토니우스, 레피두스가 원로원 의원 백 명을 사형에 처했다 합니다.

브루투스   우리에게 온 편지가 서로 엇갈리는군요. 내 편지에는 원로원 의원 일흔 명이 유죄 선고를 받아 처형됐다고 되어 있소. 키케로도 끼어 있고.

카시우스   키케로까지도!

메살라   키케로는 죽었소. 그도 유죄 선고를 받아서요. 장군, 부인에게서 온 소식은 없습니까?

브루투스   없소, 메살라.

메살라   편지에도 부인 소식이 없었던가요?

브루투스   없었소, 메살라.

메살라   그건 진정 모를 일이로군요.

브루투스　왜 그러오? 무슨 소식이라도 들었소?

메살라　아니오, 장군.

브루투스　자, 그대가 로마인이면 진실을 말하오.

메살라　그럼 진실을 말하리다. 로마인답게 참고 견뎌야 합니다. 부인은 분명히 돌아가셨소. 그것도 변사했다고 하오.

브루투스　그래요, 잘 가오, 포르티아. 인간은 언젠가 죽기 마련인 법. 메살라, 아내도 인간인 이상 한 번은 죽어야 하오. 그리 생각하면 견뎌낼 수 있소.

메살라　위대한 인물은 엄청난 불행을 감내하는 법입니다.

카시우스　나도 이성적으로는 당신 생각에 동의하오. 하지만 천성으로는 그렇듯 참아내기가 어렵소.

브루투스　자, 산 사람들의 문제를 생각합시다. 당장 필리피로 진격하는 게 어떻소?

카시우스　그건 좋지 않을 듯하오.

브루투스　그 이유는?

카시우스　그건 이렇소. 적이 우리를 찾게 놔두는 것이 유리하오. 그러면 적군은 물자를 쓰게 되고 병사들은 지쳐 스스로 해를 입게 되며, 그동안 우린 가만히 앉아 충분히 쉬면서 방비를 튼튼히 하고 민첩한 행동을 할 수도 있소.

브루투스　좋은 전략이라도 훌륭한 전략에는 양보하는 것이 마땅하오. 필리피와 이 지점 사이의 주민들은 마지못해 우리 편을 들고 있는 거요. 그들은 할 수 없이 징발에 응하고 있질 않소? 적이 그 지역을 지나쳐 진군할 경우 주민들의 호응으로 병력이 더욱 증강될 테고, 신병이 늘어나 사기도 새로이 높아지고 용기도 얻게 될 거요. 그러니 우리가 필리피에서 적과 맞서면 주민들을 우리 배후에 두게 되어 적에게 그런 이점을 주지 않을 수 있소.

카시우스　내 말을 들어보시오.

브루투스　잠깐만 기다리시오. 명심해야 될 것이 또 있소. 우리 병력은 최대한으로 동원돼 있는 상태요. 우리 군은 기운이 넘치고 사기도 무르익어 있소. 그러나 적군은 나날이 병력이 늘어가고, 절정에 있는 우리 병력은 내리막길이 될 수도 있소. 인간사에도 간만의 차이가 있는 법, 밀물을 타게 되면 행운을 붙잡을 수 있지만, 놓치면 우리의 인생길은 불행의 얕은 여울에 부딪혀 다른 불행을 맞이하게 되는 법이오. 지금 우린 만조의 바다 위에 떠 있는 셈인데, 우리에게 유리한 이 흐름을 타지 않으면 우리 시도는 실패로 돌아가고 말 거요.

카시우스 그럼 당신 뜻대로 합시다. 진격해서 필리피에서 적과 싸웁시다.

브루투스 이야기하다 보니 어느덧 밤이 꽤나 깊었소. 우리도 자연의 요구에 순응해야 하오. 잠시 눈을 붙이고 쉬도록 합시다. 더 할 말은 없소?

카시우스 없소. 그럼 편히 쉬시오. 내일은 일찍 일어나서 진군합시다.

브루투스 루키우스!

루키우스 다시 등장.

브루투스 내 덧옷을 가져와라. (루키우스 퇴장) 잘 가시오, 메살라 동지. 잘 자오, 티티니우스. 경애하는 카시우스, 편히 푹 쉬시오.

카시우스 오, 친애하는 처남! 오늘 밤은 시작이 나빴소. 하지만 우리 둘 사이에 다시는 그런 다툼이 없도록 합시다.

브루투스 모든 게 잘될 거요.

카시우스 편히 쉬시오, 브루투스.

브루투스 편히 쉬시오.

티티니우스, 메살라 편히 쉬십시오, 브루투스 각하.

브루투스 다들 편히 쉬시오. (혼자만 남고 모두 퇴장)

루키우스 덧옷을 가지고 다시 등장.

브루투스 덧옷을 이리 주게. 네 악기는 어디 있지?

루키우스 막사 안에 있습니다.

브루투스 무척 졸린 목소리구나? 가엾은 녀석, 꾸짖는 게 아냐. 과로했군. 클라우디우스와 또 한 사람을 불러와라. 내 막사 안 담요에서 자도록 하겠다.

루키우스 바로! 클라우디우스!

바로와 클라우디우스 등장.

바로 부르셨습니까, 나리?

브루투스 너희들 세 사람, 이 막사 안에서 자도록 해라. 어쩌면 곧 매부 카시우스한테 갈 일이 있어 깨울지도 모른다.

바로 그럼 분부대로 불침번을 서겠습니다.

브루투스 그럴 필요는 없다. 다들 누워 자거라. 어쩌면 내 생각이 바뀔지도 모르니. 루키우스, 내가 찾던 책이 여기 있구나. 내가 덧옷 주머니에 넣어두었던 모양이다. (바로와 클라우디우스, 누워 잔다)

루키우스 확실히 저도 받은 기억이 없었습니다.

브루투스 미안하다 루키우스, 내가 건망증이 심해진 것 같다. 무거운 눈을 잠시 뜨고 네 악기로 한두 곡 들려주지 않겠니?

루키우스 네 나리, 원하신다면.

브루투스 그래 주겠니? 내가 널 몹시 괴롭히는데도 넌 잘 들어주는구나.

루키우스 그게 제 의무인뎁쇼.

브루투스 의무라고 해서 네 힘에 벅차서는 안 되겠지. 혈기가 왕성할 땐 휴식이 필요하다는 것을 나도 잘 알고 있다.

루키우스 나리, 벌써 한숨 자두었습니다.

브루투스 그거 잘했다. 그래도 더 자야 할 거다. 널 오래 붙들진 않겠다. 내가 살아남는다면 너에게 잘해 주마. (음악과 노래) 자장가 같은 곡이구나. (혼잣말로) 오, 사람의 의식을 빼앗아 가는 잠아, 그대는 음악을 연주해 주는데도 이 소년에게 무거운 몽둥이를 대느냐? 착한 아이야, 잘 자거라. 너를 깨우는 몹쓸 짓일랑 하지 않겠다. 그렇게 꾸벅꾸벅 졸다가 악기를 깨뜨릴라. 내가 치워주마. 그럼 착한 친구, 잘 자라. (루트를 살그머니 치운다) 가만있자, 가만있자. 내가 읽다 놔둔 대목을 접어뒀는데, 어디더라? 맞아, 여기로군. (앉는다)

카이사르의 혼령 등장.

브루투스 촛불이 왜 이렇게 어둡지? 앗! 거기 누구냐? 내 눈이 어질어질해서 그런가 보다. 괴이한 허깨비의 모습이 보이다니. 내게 다가오는군. 도대체 네가 무엇이냐? 넌 신이냐, 천사냐, 아니면 악마냐? 쳐다만 봐도 피가 얼어붙고 머리칼이 곤두서니. 네가 누구냐? 네 정체를 말하라.

혼령 저주의 악령이다, 브루투스.

브루투스 어찌하여 왔느냐?

혼령 필리피에서 날 만나리라는 것을 알리러.

브루투스 그럼 거기서 널 다시 만나겠구나?

혼령 그렇다, 필리피에서.

브루투스 그렇다면 필리피에서 다시 만나자. (혼령 사라진다) 겨우 용기를 내니 사라져 버리는군. 악령아, 너한테 할 말이 더 많이 있다. 얘, 루키우스! 바로! 클라우디우스! 다들 일어나라! 클라우디우스!

루키우스 악기 줄의 음이 안 맞죠, 나리.

브루투스 아직도 연주하고 있는 줄 아는 모양이군. 루키우스, 정신 차려!

루키우스 네?

브루투스 루키우스, 크게 소리 지르던데 꿈을 꾸었나?

루키우스 나리, 소리를 질렀는지 모르겠는뎁쇼.

브루투스 아냐, 소릴 질렀어. 넌 뭔가 보았지?

루키우스 아무것도 안 봤는뎁쇼, 나리.

브루투스 더 자거라, 루키우스. 이봐라, 클라우디우스! (바로에게) 너도 일어나!

바로 나리, 무슨 일이십니까?

클라우디우스 네, 뭔데요?

바로, 클라우디우스 우리가 소릴 질렀습니까, 나리?

브루투스 그래. 너희들도 뭔가 보았나?

바로 아뇨 나리, 아무것도 보지 못했습니다.

클라우디우스 저도요, 나리.

브루투스 나의 매부 카시우스에게 가서 전하거라. 아침 일찍 군대를 이끌고 먼저 떠나시라고. 우린 뒤따르겠다고.

바로, 클라우디우스 분부대로 거행하겠습니다. 나리. (모두 퇴장)

브루투스와 카이사르 망령　에드워드 스크리븐. 1802.

〔제5막 제1장〕

필리피의 벌판. 한쪽은 암석과 언덕.

옥타비우스와 안토니우스 군대를 이끌고 등장.

옥타비우스 자, 안토니우스, 우리 뜻대로 되어갑니다. 적군은 절대 내려오지 않고 언덕과 고지대를 지킬 거라 했는데 저들 부대가 눈앞에 와 있소. 우리가 먼저 공격하기 전에 이곳 필리피에서 싸울 모양입니다.

안토니우스 흠, 난 적의 뱃속을 훤히 뚫고 있소. 저렇게 진을 친 속셈을 말이오. 가능하다면 다른 곳에서 싸우고 싶었을 텐데. 그런데도 일부러 내려온 것은 겁을 먹고 있으면서도 큰소리치며 허세를 부려 마치 사기가 올라 있는 듯이 우리에게 보이려는 수작이오. 그러나 그렇게는 안 될 거요.

전령이 달려온다.

전령 장군님들, 준비하십시오. 적은 위풍당당하게 쳐들어오고 있습니다. 전투 개시 깃발도 걸려 있습니다. 그러니 즉시 응전 태세를 취하시옵소서.

안토니우스 옥타비우스, 부대를 이끌고 저 광야의 왼쪽으로 서서히 진격하시오.

옥타비우스 난 오른쪽을, 왼쪽은 장군이 공격하시오.

안토니우스 이런 긴박한 상황에 왜 나와 맞서는 거요?

옥타비우스 장군과 맞서는 건 아니지만 그렇게 하겠소.

북소리. 브루투스와 카시우스 각각 군대를 이끌고 등장. 루킬리우스, 티티니우스, 메살라와 그 밖의 사람들 등장.

브루투스 저들이 서 있군. 담판을 원하나 보오.

카시우스 여기서 움직이지 마시오, 티티니우스. 내 가서 이야기를 해보리다.

옥타비우스 마르쿠스 안토니우스, 전투 개시 신호를 내릴까요?

안토니우스 아니 옥타비우스, 적이 공격해 오면 응전합시다. 가봅시다. 적장들이 할 이야기가 있는가 보오.

옥타비우스 신호가 있을 때까지 움직이지 마라.

브루투스 치기 전에 말을 해보자는 건가, 자네들?

옥타비우스 우리는 그대들처럼 말하기를 좋아하지 않는다.

브루투스 좋은 말은 악랄한 칼보다 나은 것이다, 옥타비우스.

안토니우스 넌 악랄한 칼을 휘두르며 침 바른 말을 지껄이는 자다. "만수무강하옵소서! 카이사르 만세!"를 외치면서 카이사르의 심장에 칼을 꽂지 않았는가!

카시우스 안토니우스, 너의 칼솜씨는 아직 알 수 없지만 말솜씨는 꿀맛이구나. 히블라 산지의 꿀벌도 꿀을 몽땅 빼앗겼겠다.

안토니우스 벌침도 빼앗겼지?

브루투스 암 그렇지, 날갯소리까지도 말이다. 그대는 벌들의 윙윙거리는 날갯소리마저 훔쳤겠다, 안토니우스. 그래서 쏘기 전에 위협을 잘하는군.

안토니우스 악당들아, 너희들은 위협조차도 안 했잖느냐, 너희들의 흉악한 칼이 카이사르 옆구리를 차례로 찔렀을 때 말이다. 네놈들은 원숭이처럼 이빨을 드러내고, 사냥개처럼 알랑거리며 노예처럼 엎드려 카이사르의 발에 입맞췄지. 그러면서 저주받을 카스카가 들개처럼 등 뒤에서 카이사르의 목을 찔렀다. 오, 이 아첨꾼들!

카시우스 아첨꾼들이라고! 그래, 브루투스, 당신 탓이오. 그때 카시우스의 말을 귀담아들었다면 저 혀가 오늘 이 악담을 퍼붓지 못했을 거요.

옥타비우스 자, 본론으로 들어가자. 입씨름이 땀방울을 흘리게 한다면 그것을 행동으로 증명할 때 핏방울로 바뀔 것이다. 보라. 난 역모자들에게 칼을 뽑았다. 이 칼이 다시 칼집에 들어갈 날은 언제이겠는가? 카이사르의 서른세 곳 상처의 복수를 하거나, 아니면 또 다른 카이사르가 반역자의 칼에 또 하나의 희생물이 되지 않는 한 결코 그날은 오지 않을 것이다.

브루투스 카이사르, 그대가 반역자의 손에 죽는 일은 없을 것이다. 그대들 가운데 반역자가 있다면 몰라도.

옥타비우스 그러길 바란다. 난 브루투스의 칼에 죽자고 태어나지는 않았다.

브루투스 오, 그대가 카이사르 가문에서 가장 빼어나다 해도 젊은 친구여, 내 칼에 죽는 것 이상의 명예는 없을 거다.

카시우스 애송이에게 그런 명예는 과분할 거다. 탈 쓴 광대나 주정꾼과 한패가 된 주제에!

안토니우스 카시우스, 옛날 그대로구나!

옥타비우스 자, 안토니우스, 갑시다! 반역자들아, 너희들 얼굴에다 도전장을 던져준다. 오늘 싸울 용기가 있거든 싸움터로 나와라. 용기가 날 때면 언제라도 좋다. 그때까지 기다려 주마. (안토니우스와 함께 군대를 이끌고 퇴장)

카시우스 바람아 불어라, 파도야 몰아쳐라, 배는 물살을 헤쳐라! 폭풍이 인다. 모든 것은 운에 달려 있다.

브루투스 이보오, 루킬리우스! 할 말이 있소.

루킬리우스 (앞으로 나와서) 장군! (브루투스와 떨어져서 이야기한다)

카시우스 메살라!

메살라 (앞으로 나오며) 왜 그러오, 장군?

카시우스 메살라, 오늘이 내 생일이오. 바로 오늘 이 카시우스가 태어난 거요. 손을 주오, 메살라. 내 증인이 되어주오. 난 본의 아니게도 폼페이우스²⁾처럼 우리 모두의 자유를, 이 한판 싸움에 걸지 않을 수 없는 처지에 몰리고 말았소. 그대도 알다시피 난 미신을 물리치는 에피쿠로스의 사상을 깊이 믿었지만 이젠 생각이 바뀌었소. 어느 정도 전조가 있다는 걸 믿게 되었소. 사르디스에서 오는 도중 커다란 독수리 두 마리가 선두의 깃발에 내려와 그대로 앉아 있더니, 병사들 손에서 먹이를 게걸스럽게 받아먹고 이곳 필리피까지 따라왔다오. 오늘 아침엔 날아가 자취를 감추었지만 말이오. 그 대신 이 까마귀, 갈까마귀, 솔개 떼가 우리 머리 위를 빙빙 돌며 우릴 노려보지 않겠소. 우리가 병든 먹이나 되는 것처럼요. 그것들의 날개 그림자는 죽음의 장막 같고, 우리 군대는 그 밑에 누워 죽어가고 있는 것 같았소.

메살라 그렇게 믿지 마시오.

카시우스 그렇다고 고스란히 믿는 건 아니오. 난 힘이 넘치고 있소. 어떤 위험이라도 단호히 맞설 각오가 되어 있으니까요.

브루투스 그렇소, 루킬리우스. (카시우스에게로 다가온다)

카시우스 오, 브루투스, 오늘은 신의 가호가 있어 우리가 태평세월의 친구로서 남은 인생을 보내길 비오! 그렇지만 무상함이 또한 인간사 아니겠소. 그러

---

2) 고대 로마 공화정 말기의 장군·정치가. 해적 토벌, 미토리다테스 전쟁 등 오랜 세월에 걸쳐 로마를 괴롭힌 싸움에서 모두 승리했지만, 카이사르와 전투에서 단 한 번 패배함으로써 모든 것을 잃었다.

니 최악의 사태도 생각해 둡시다. 만일 이 전투에서 패하면 우리가 서로 이야기를 나누는 것도 이것이 마지막이 아니겠소. 그렇게 되면 어떻게 할 작정이오?

브루투스 내가 마음에 굳게 믿는 철학으로는 스스로 목숨을 끊은 카토의 죽음을 비난했었소. 왜 그런지 몰라도 앞으로 일어날지 모르는 재앙이 두려워서 목숨을 단축시킨다는 건 비겁하고 비열한 것으로만 생각되었소. 난 인내로 무장해 이 땅 위 인간들의 생명을 지배하는 높은 힘에 의해 정해진 운명을 기다릴 뿐이오.

카시우스 그러니까 만일 패전하면 포로가 되어 로마의 거리를 끌려다녀도 좋단 말이오?

브루투스 아니 카시우스, 아니오! 당신은 고결한 로마인인 이 브루투스가 로마로 끌려가리라고 생각지 마시오. 나는 체통을 지킬 줄 아는 정신을 갖고 있소. 하지만 바로 오늘은 3월 15일의 거사를 결판내는 날이오. 우리가 다시 만나게 될지는 나도 잘 모르겠소. 그러니 우리의 마지막 작별을 합시다. 영원히 영원히 잘 있으시오, 카시우스! 우리가 다시 만나게 되면 기쁘게 웃음을 나눕시다. 그렇지 않으면 이렇게 작별해 두는 게 잘하는 일일 거요.

카시우스 영원히 영원히 잘 있으시오, 브루투스! 우리 다시 만나게 되면 정말 즐겁게 웃읍시다. 안 그러면 이렇게 작별해 두는 게 잘하는 일이 될 거요.

브루투스 자, 앞서 가시오. 오, 인간이 오늘의 전투 결말을 미리 볼 수 있다면! 그러나 곧 오늘 하루도 끝날 것이다. 그럼 결과도 알게 되리라. 자, 간다! 비켜라! (모두 퇴장)

〔제5막 제2장〕

필리피의 벌판. 전쟁터.
군대가 행진해 온다. 전투 소리가 처음에는 멀리서, 이윽고 점점 가까워진다. 브루투스와 메살라 등장.

브루투스 달려라 달려, 메살라, 말을 달리시오. 어서 이 명령서를 저쪽에 있는 부대에 전하시오. 즉시 공격을 시작하라 말하시오. 옥타비우스 군대는 싸우고자 하는 뜻이 없어 보이니까 급습하면 쳐부술 수 있소. 달리시오, 메살라. 총공격을 명령하시오. (모두 급히 퇴장)

〔제5막 제3장〕

필리피 벌판의 다른 곳.
경종 소리. 카시우스가 분노하여 불안한 모습으로 군기를 들고 등장. 그 뒤를 따라 티티니우스 등장.

카시우스 저걸 보오, 티티니우스! 비겁자들이 도망가고 있소! 나 자신이 아군의 적이 되고 말았구나. 나의 기수가 도망치려 해서 그 비겁한 놈을 죽이고 깃발을 빼앗았소.

티티니우스 오, 카시우스, 브루투스의 명령이 너무 빨랐어요. 옥타비우스보다 우세하다고 자만한 것 같습니다. 부하들이 약탈하고 있는 동안 우린 안토니우스에게 완전히 포위당했소.

판다루스 급히 등장.

판다루스 어서 피하소서, 나리. 어서 피하소서. 마르쿠스 안토니우스가 나리의 막사를 덮쳤습니다. 그러니 피하소서. 주인 나리, 멀리 피하소서.

카시우스 (군기를 땅에 꽂는다) 이 언덕이면 문제없다. 저것 보오, 티티니우스. 저기 불타는 게 내 막사가 아니오?

티티니우스 그렇소, 장군.

카시우스 티티니우스, 그대가 날 사랑한다면 내 말에 올라타 박차를 세게 가해서 저기 군대가 있는 곳까지 갔다가 바로 와주구려. 저기 있는 군대가 아군인지 적군인지 확인하고 싶소.

티티니우스 단숨에 다녀오리다. (퇴장)

카시우스 얘, 판다루스, 좀더 언덕 위로 올라가 봐라. 내 눈이 침침하다. 티티

니우스를 살펴봐라. 그리고 전투 상황도 보이는 대로 말해 다오. (핀다루스, 언덕으로 올라간다)

카시우스 오늘은 내가 이 세상에 태어난 날! 시간은 한 바퀴를 돌고 돌아 나는 삶을 시작한 날에 삶을 마치게 되나 보다. 내 인생은 한 회전을 마쳤구나. 이봐라, 어떻게 됐느냐?

핀다루스 (위에서) 아, 나리!

카시우스 어떻게 됐어?

핀다루스 (위에서) 티티니우스 님이 기병들에게 포위당했습니다. 기병들의 한 부대가 달려옵니다. 하지만 이쪽도 막 달려요. 어이구, 적에게 곧 잡히려나. 어서요, 티티니우스 님! 몇 사람이 말에서 내리는군요. 아, 티티니우스 님도요. 그분이 잡혔어요. (환호성) 들어보세요! 저것들이 환호성을 지르고 있어요.

카시우스 내려오너라, 더 볼 것도 없다. 오, 비겁한 자여, 이 궂은 목숨이 붙어 있어 친구가 눈앞에서 잡히는 것을 보다니!

핀다루스 내려온다.

카시우스 얘, 이리 오너라. 널 파르티아에서 포로로 잡았을 때 난 네 목숨을 살려주는 대신 네게 서약을 하게 했다. 너는 내가 하라는 명령에는 절대로 복종해야 한다고. 자 이제 그 맹세를 지켜라! 이제 넌 자유의 몸, 카이사르의 내장을 찌른 이 칼로 나의 가슴을 찔러라. 대답은 필요 없다. 자, 이 칼자루를 잡아. 내가 이렇게 얼굴을 가릴 테니. 바로 지금이다. 그 칼로 찔러. (핀다루스가 그를 찌른다) 카이사르, 당신은 복수를 했소. 당신의 목숨을 뺏은 그 칼로. (죽는다)

핀다루스 (혼잣말로) 이제 난 자유의 몸. 이렇게까지 해서 자유를 얻고 싶지는 않았는데. 내가 뜻대로 할 수만 있었던들. 오 카시우스 나리! 핀다루스는 이 나라로부터 멀리 달아나 로마인의 눈에 띄지 않는 곳으로 가겠습니다. (달아난다)

티티니우스와 메살라 등장.

메살라 피장파장인 셈이오, 티티니우스. 옥타비우스는 브루투스 군대에 패했으니까요. 카시우스 군대는 안토니우스에게 패했다고 하지만.

티티니우스 이 소식을 들으면 카시우스도 기뻐할 거요.

메살라 장군과 어디서 헤어졌소?

티티니우스 매우 낙담하고 있었소. 하인 핀다루스와 이 언덕에 함께 있었는데.

메살라 저기 땅바닥에 누워 있는 게 그가 아니오?

티티니우스 산 사람의 모습 같지가 않소. 아, 이게 웬일인가!

메살라 카시우스 아니오?

티티니우스 예전엔 그랬소, 메살라. 그러나 이젠 카시우스가 아니오. 오 지는 해여, 붉은 노을 속에 하루가 저물 듯이 붉은 핏속에 카시우스의 일생도 지고 말았구나. 로마의 태양은 졌도다! 우리의 날도 지났고. 구름아, 이슬아, 위험아, 오라. 우리의 일은 끝났다! 내가 전투에서 진 줄 알고 이런 짓을 저지르다니.

메살라 전투 상황이 불리한 줄 알고 이런 일을 저지른 거로군요. 오 가증스러운 오해, 우울의 아들이여. 왜 귀가 여린 인간의 마음속에 뛰어들어, 있지도 않은 걸 있는 것처럼 보여주느냐? 오해여, 쉽게 인간의 마음에 잉태되는 주제에, 행복한 탄생을 할 때엔 너를 낳아준 어미를 반드시 잡아 죽이는구나!

티티니우스 핀다루스! 어디 있느냐, 핀다루스?

메살라 찾아보오, 티티니우스, 그동안에 난 브루투스를 찾아 이 소식을 그의 귀에 찔러 넣겠소. 내가 찔러 넣겠다고 말한 건, 예리한 칼이나 독을 묻힌 투창도 이 비참한 소식만큼 브루투스의 귀를 찌르지 못할 것이기 때문이오.

티티니우스 어서 가시오, 메살라. 그동안에 나는 핀다루스를 찾아보겠소. (메살라 퇴장) 어찌하여 그대는 나를 보냈소, 카시우스? 난 당신의 우군을 만났던 거요. 그들은 내 머리에 승리의 화관을 씌워주며 이걸 당신께 갖다드리라고 했었소. 그들의 환호성을 못 들었단 말이오? 아, 당신은 모든 걸 오해했소! 그러나 받으시오. 자, 이 화관을 이마에 쓰시오. 당신의 브루투스가 이걸 당신에게 드리라 했소. 그래서 난 명령대로 하는 거요. 브루투스, 보러 오시오. 내가 카이우스 카시우스를 얼마나 존경했는가를 보시오. 신들이여, 용서하

소서. 이것이 로마인의 진실이오. 자, 카시우스의 칼아, 티티니우스의 심장을 찾아라. (자살한다)

잠시 뒤 전투 소리는 멎고 메살라를 선두로 브루투스, 젊은 카토, 루킬리우스, 라베오, 플라비우스, 그 밖의 사람들 등장.

브루투스 어디요, 어디요, 메살라, 그의 시체가 있는 곳은?

메살라 보시오, 저기요. 티티니우스가 애도하고 있어요.

브루투스 티티니우스의 얼굴이 하늘을 보고 있는데?

카토 죽었습니다.

브루투스 오, 율리우스 카이사르, 그대의 힘은 아직도 위대한가! 그대의 넋은 땅 위를 헤매며 우리의 칼로 우리들 가슴을 찌르게 하는구려.

카토 용감한 티티니우스! 보십시오, 돌아가신 카시우스께 화관을 씌워 놓았군요!

브루투스 이 두 사람 같은 로마인이 또 태어날 수 있을까? 최후의 로마인들이여, 고이 잠드시라! 이제 로마는 그대들 같은 인물을 다시는 낳지 못할 것이오. 동지들, 돌아가신 분들에게 진 빚을 내가 흘리는 눈물로 어찌 다 갚을 수 있겠소? 갚을 때를 찾으리라, 카시우스. 갚을 때를 찾겠소. 그러기 위해 여러분, 유해를 타소스로 모셔다 주오. 병사들의 사기가 떨어지니 진중에서 장례를 치르는 것은 좋지 않소. 루킬리우스, 갑시다. 그리고 젊은 카토도. 우리 전선으로 갑시다. 라베오와 플라비우스는 선발대로 떠나게. 지금 시각은 세시. 로마인 여러분, 밤이 되기 전에 다시 한 번 싸워서 운명을 결판지읍시다. (모두 퇴장. 병사들이 시체를 들고 간다)

〔제5막 제4장〕

필리피 벌판의 다른 곳.

다시 전투 개시. 브루투스, 메살라, 카토, 루킬리우스, 그 밖의 병사들이 적군에게 밀려 싸우면서 등장.

브루투스 동포 여러분, 굴하지 말고 용기를 내시오! (반격하며 퇴장. 메살라와 그 밖의 사람들 뒤따라 퇴장)

카토 용기를 내지 않을 사람이 어디 있으랴? 날 따를 사람은 없느냐? 전선에서 내 이름을 떨치리라. 난 마르쿠스 카토의 아들이다, 알겠느냐! 폭군들의 적이다. 그리고 나의 조국의 벗이다. 난 마르쿠스 카토의 아들이다, 알겠느냐?

루킬리우스 (카토에게 가세하며) 그리고 난 브루투스, 마르쿠스 브루투스가 나다. 내 조국의 벗 브루투스다. 브루투스는 바로 나다! (적병들과 싸운다. 카토가 살해당한다) 젊고 고결한 카토, 그대도 쓰러지는가? 티티니우스에 못지않은 용감한 죽음이오. 카토의 아들로서 그 이름은 길이 빛나리라. (두 명의 적병과 싸우다가 형세가 불리해진다)

병사 1 항복하라, 그렇지 않으면 죽는다.

루킬리우스 항복하는 것은 단지 죽기 위해서다. 당장 죽여라. 그만큼의 값어치는 있는 사람이다. 자, 브루투스를 죽이고 공을 세워라. (돈을 준다)

병사 1 그건 안 될 말. 굉장한 포로다.

병사 2 야, 비켜라! 안토니우스 장군께 브루투스를 잡았다고 보고하자.

병사 1 내가 보고하지. 마침 장군님이 오신다.

안토니우스 등장.

병사 1 브루투스를 잡았습니다. 브루투스를 잡았습니다. 장군님!

안토니우스 어디 있나?

루킬리우스 무사하실 거다, 안토니우스. 브루투스는 무사하고말고. 내 장담하지만 어떤 적이라도 고결한 브루투스를 사로잡진 못할 거다. 신들이여, 무서운 치욕으로부터 그를 보호하소서! 브루투스를 발견할 때는 그가 죽어 있든 살아 있든 간에 브루투스다운 모습을 보여줄 것이다.

안토니우스 이자는 브루투스가 아니다. 그러나 확실히 브루투스 못지않은 수확이다. 이자를 다치게 하지 말고 정중히 대하라. 이런 자를 적으로서가 아니라 친구로서 갖고 싶다. 가라, 가서 브루투스가 살았는지 죽었는지 알아보

필리피 전투 BC 42년 마케도니아 필리피에서 벌어진 두 차례에 걸친 전투. 카이사르 암살 주동 자인 브루투스·카시우스와 옥타비우스·안토니우스가 이끄는 군대 사이에서 벌어진 전투이다.

라. 나는 옥타비우스의 막사에 있을 테니 전투 상황을 낱낱이 보고하라. (모 두 퇴장)

〔제5막 제5장〕

필리피 벌판의 또 다른 곳.
브루투스, 다르다니우스, 클리투스, 스트라토, 볼룸니우스 등장.

브루투스 자, 살아남은 몇 안 되는 동지들, 이 바위에서 쉬도록 합시다.

클리투스 스타틸리우스가 횃불로 신호를 했습니다만 장군님, 그는 돌아오지 않았습니다. 붙잡혔거나 살해된 모양입니다.

브루투스 여기 좀 앉거라, 클리투스. 살해라는 말이 지금 유행하는 것 같다.

귀 좀 빌리자, 클리투스. (속삭인다)

클리투스　아니, 제가요, 장군님? 안 됩니다. 세상을 다 준대도 싫습니다.

브루투스　그럼 잠자코 입 다물고 있어.

클리투스　차라리 제가 자살을 하겠습니다.

브루투스　귀 좀 빌리자, 다르다니우스. (속삭인다)

다르다니우스　제가 어찌 그런 짓을?

클리투스　오, 다르다니우스!

다르다니우스　오, 클리투스!

클리투스　장군께서 어려운 부탁을 하시던가?

다르다니우스　죽여달라는 거지, 클리투스. 저것 봐, 생각에 잠기셨어.

클리투스　저 훌륭한 그릇도 이제는 슬픔으로 가득 차서 저렇게 눈에서 눈물이 넘쳐흐르고 있어.

브루투스　이리 오오, 볼룸니우스 동지. 할 말이 있소.

볼룸니우스　무슨 말씀이시오, 장군?

브루투스　실은 말인데 볼룸니우스, 카이사르의 망령이 내게 나타났었소. 밤중에 두 번씩이나. 한 번은 사르디스에서, 또 한 번은 간밤에 이곳 필리피 전선에서. 나도 죽을 때가 온 것 같구려.

볼룸니우스　그럴 리가 있소, 장군?

브루투스　아니 확실하오, 볼룸니우스. 볼룸니우스 당신도 세상이 어찌 되는지 알 거요. 적은 우리를 함정으로 몰아넣었소. (멀리서 전투 소리) 적군들이 밀어닥치기를 기다리느니, 우리가 제 발로 뛰어드는 쪽이 명예롭소. 볼룸니우스, 우리 함께 학교에 다니던 친구가 아니오. 오랜 우정으로 부탁하오. 그냥 칼자루만 잡고 있어주시오. 내가 뛰어들겠소.

볼룸니우스　그건 친구로서 할 짓이 못 되오, 장군. (소리가 가까워진다)

클리투스　어서 피하시옵소서, 장군님. 지체하시면 안 됩니다.

브루투스　잘 있게 클리투스. 그리고 볼룸니우스도. (한 사람 한 사람씩 악수한다) 스트라토, 그새 넌 잠들었구나. 그럼 너도 잘 있어, 스트라토. 동지들, 나의 마음은 기쁘오. 내가 살아 있는 동안 나를 배반한 친구는 한 사람도 없었으니까. 패전의 이날에도 나는 더욱 빛나는 영광을 차지할 것이오. 옥타비우스와 안토니우스가 부정한 승리로 얻은 것보다 더욱 큰 영광을 가지게 될 거요. 그럼 마지막 작별이오. 이 브루투스가 자기 생애의 이야기를 다 마친 것 같소. 나의 눈에는 밤이 깃들고 이 한순간을 얻기 위해 고생하며 살아온 나의 뼈도 쉬고자 하오. (경종 소리가 크게 울리며 "도망쳐라, 도망쳐라, 도망쳐!" 소리가 들린다)

클리투스 속히 피하시옵소서, 장군님, 속히.

브루투스 가시오! 뒤따르겠소. (클리투스, 다르다니우스, 볼룸니우스 달아난다) 부탁한다 스트라토, 네 주인 곁에 있어다오. 너는 평판이 좋은 사람이고 네 일생은 명예로웠다. 그러니 나의 칼을 꼭 잡고서 얼굴을 돌리고 있어라. 내가 뛰어들 때까지. 그래 주겠나, 스트라토?

스트라토 먼저 손을 주십시오. 안녕히 가시옵소서, 나리.

브루투스 잘 있어라, 착한 스트라토. (칼을 향해 뛰어든다) 카이사르, 이젠 눈을 감으시오. 당신을 죽일 때 지금 심정의 절반만큼도 내키지 않았소. (죽는다)

안토니우스의 군대가 브루투스의 패잔병을 추격하며 등장. 이윽고 철수를 명령하는 신호 소리. 옥타비우스, 안토니우스 등장. 메살라와 루킬리우스는 포로가 되었다.

옥타비우스 아니, 저자가 누구냐?

메살라 브루투스의 하인입니다. 스트라토, 네 주인은 어디 계시냐?

스트라토 당신처럼 포로가 아니라 자유의 몸이시지요, 메살라 님. 정복자들이라도 그분을 화장이나 해드릴 수 있을 뿐입니다. 브루투스 나리는 스스로 자기를 정복하신 거죠. 아무도 그분의 죽음을 공으로 삼을 수는 없습니다.

루킬리우스 브루투스는 그랬어야 했을 겁니다. 감사합니다, 브루투스. 루킬리우스의 말이 맞다는 것이 증명됐으니까요.

옥타비우스 브루투스를 섬기던 자들은 모두 내가 부리겠다. 이봐라, 너는 나와 함께 지내겠느냐?

스트라토 네, 메살라 님이 추천해 주신다면.

옥타비우스 그렇게 해주오, 메살라.

메살라 주인 나리께서 어떻게 돌아가셨나, 스트라토?

스트라토 제가 잡고 있는 칼에 뛰어드셨습니다.

메살라 옥타비우스, 그럼 저 친구를 써주십시오. 제 주인에게 마지막 봉사를 한 사람이니까요.

안토니우스 이분은 그들 가운데서도 가장 고결한 로마인이었소. 브루투스를 제외한 역모자들은 모두 위대한 카이사르를 증오하여 그를 시해했소. 그러나 이분만은 공명정대한 정의감과 만인의 행복을 위하여 한패가 된 것이었소. 그분의 생애는 고결하였소. 그의 인품은 원만하여 그 때문에 대자연도 숙연히 고개를 들어 "이분이야말로 인간이었다!" 온 세계를 향해 외칠 수 있을 정도였소.

옥타비우스 브루투스의 미덕을 추모해 최대한의 경의를 가지고 정중한 예를 갖춘 장례식을 올립시다. 오늘 밤 그의 유해는 내 막사에 안치될 것이오. 물론 군인에게 어울리도록 명예롭게 배려하리다. 그럼 전쟁터에 휴전을 선포하라. 가서 다 같이 오늘의 기쁜 영광을 나눕시다. (모두 진군하며 퇴장. 몇몇 병사들이 브루투스의 시체를 들어 옮긴다)

Richard III

리처드 3세

[등장인물]

에드워드 4세   잉글랜드 왕

에드워드 왕자   에드워드 4세의 맏아들, 뒤에 에드워드 5세

어린 요크 공작   리처드. 에드워드 4세의 막내아들

클래런스 공작   조지. 에드워드 4세 동생

글로스터 공작   리처드. 에드워드 4세의 동생, 뒤에 리처드 3세

소년
소녀 } 클래런스 공의 아이들

리치먼드 백작   헨리 6세의 조카, 뒤에 헨리 7세

버킹엄 공작

노퍽 공작

서리 백작   노퍽 공작의 아들

리버스 백작   앤서니 우드빌. 엘리자베스 왕비의 동생

도싯 후작
리처드 그레이 경 } 엘리자베스 여왕의 전남편 아들

옥스퍼드 백작

헤이스팅스 경   시종장(궁내장관)

스탠리 경   더비 백작

러벨 경

기사 토머스 본

기사 리처드 랫클리프

기사 윌리엄 케이츠비

기사 제임스 티렐

기사 제임스 블런트

기사 월터 허버트

기사 로버트 브래큰버리   런던 탑 책임자

기사 윌리엄 브랜던

기사 크리스토퍼   스탠리 집안 담당 사제

트레슬
버클리 } 앤의 시종들

런던 시장

주장관

엘리자베스 왕비　에드워드 4세의 아내

마거릿 왕비　헨리 6세의 아내

요크 공작부인　에드워드 4세, 글로스터·클래런스 공작의 어머니

앤 네빌　헨리 6세 아들인 에드워드의 아내, 뒤에 리처드 3세의 아내

요크 대주교

일리 주교

추기경

그 밖에 여러 유령들, 귀족들, 시종들, 하인들, 시동, 사제, 공증인, 시민들, 자객들, 전령들, 병사들

[장소]

잉글랜드

리처드 3세

런던. 어느 거리.
글로스터 공작 리처드 등장.

글로스터 이제야 견디기 어렵던 겨울은 가고, 이렇듯 태양도 요크 집안 편이
되어 가득히 여름 기운으로 넘쳐나는구나. 우리 집안 위에 내리덮였던 구름
도 이제 바다 밑 깊숙이 묻혀버렸다. 머리에는 승리의 화환이 빛나고 만신창
이 갑옷은 자랑스러운 기념품인 양 걸려 있으며, 요란한 나팔 소리는 즐거운
연회의 음악으로, 괴로운 진군의 발걸음은 유쾌한 춤으로 변했다. 성난 병사
들도 얼굴의 주름을 폈구나. 얼마 전까지도 무장한 군마에 걸터앉아 비겁한
적병들의 간담을 위협하던 사람이, 이제는 여인의 방에서 음란한 류트 가락
에 맞추어 춤추고 뛰놀며 희롱하고 있구나. 그런데 나는 본디 이런 장난과는
인연이 없을 뿐더러 거울을 들여다보고 황홀해질 만큼 생겨 먹지도 않았거
든. 아, 조물주의 장난이라고나 할까. 이 몸은 요염하니 새침하게 거니는 님
프 앞을 활보할 만한 위엄도 지니고 있지 못하다. 게다가 아름다운 몸의 균
형을 갖고 있기는커녕 사기꾼 같은 자연에 속아서, 불구에 땅딸보 같은 작은
키에 꼴불견인 모습으로 이 세상에 아무렇게나 내던져졌단 말이다. 이렇게
절름발이에 멋없이 생겨서 내가 곁을 지나갈 때면 개까지도 짖어대니까. 그
렇지, 이러한 내가 피리 소리 요란한 이 맥빠진 태평 세월에 대체 무엇을 즐
거움으로 삼아 지내야 좋단 말인가. 햇빛 아래에서 내 그림자나 들여다보고,
내 몰골을 즉흥시로 읊어보기나 할 수밖에. 그러니 나는 말로만 근사한 이
허식의 세대를 멋지게 지낼 애인이 될 만한 자격도 없으니, 기필코 악당이 되
어 세상의 부질없는 쾌락에 저주나 퍼부어 주자꾸나. 주정꾼의 예언이니, 중

상이니, 해몽 따위로 클래런스와 왕의 사이를 서로 원수같이 증오하도록 만들어 놓는 거다. 나야 엉뚱한 반역자지만, 에드워드왕이 정직하고 공정한 사람이라면 클래런스는 오늘로 투옥되고 말 게 아닌가? 이름 첫머리가 G인 놈이 왕위 계승자를 몰살하고 말 거라는 그 예언으로 해서 말이야. 그런데 가만있자. 이런 음모는 마음속에 숨어 있어라. 마침 클래런스가 오는구나.

호위를 받으며 클래런스 등장. 그 뒤에 런던 탑 책임자 브래큰버리 등장.

글로스터 형님, 안녕하십니까? 그런데 이런 무장 경계병은 어쩐 일입니까?

클래런스 전하께서 이 몸의 안전을 위해 이렇게 호위를 시켜 런던 탑으로 나를 호송케 하신 거란다.

글로스터 왜 그렇죠?

클래런스 내 이름이 조지이기 때문이지.

글로스터 원, 그건 형님 죄가 아니질 않습니까. 그 점이라면 이름을 지어준 분이 처벌되어야 할 일이지요. 아마 전하께서는 탑 속에서 개명시킬 모양이군요. 대체 무슨 영문인지 사정이나 좀 들려줄 수 없겠습니까?

클래런스 리처드, 나도 이야기해 줬으면 좋겠지만 정말이지 전혀 영문을 모르겠어. 소문에 의하면 전하께서는 예언이나 해몽 따위를 곧이들으신 모양이더군. 글쎄 점쟁이가 알파벳 중에서 하필이면 G자를 지적하여, 이 G를 이름 첫머리에 갖고 있는 사람이 왕의 혈통을 끊고 말 거라고 했다는 거야. 내 이름 조지가 G로 시작되기 때문에, 내가 바로 그 혐의를 받게 된 거다. 나는 이것밖에 모르지만 그런 허무맹랑한 소리를 곧이듣고 이렇게 날 투옥하려는 거란다.

글로스터 참, 여자가 날뛰면 이 지경이라니까요. 형님을 런던 탑으로 보내는 건 왕이 아니라 그레이 경의 아내이자 지금은 왕비인 엘리자베스가 왕을 부추겨서 하는 짓이오. 지금은 고관대작이 되어 있는 자기 동생 앤서니 우드빌과 결탁하여, 오늘 출옥하게 되는 헤이스팅스 경을 런던 탑으로 보냈던 것도 바로 그 여자가 아니었습니까? 안심하고 있을 수 없어요, 형님…… 안심할 수 없습니다.

클래런스　정말이야. 아무도 안심하고 있을 수는 없을 것 같다. 왕비의 일가와 왕의 애첩 쇼어 부인과 왕 사이를 주선하고 다니는 밤의 심부름꾼만 빼고 말야. 헤이스팅스 경도 이번에 사면되기 위해서 자존심을 꺾고 애원했다더군.

글로스터　그렇습니다. 그 시종장도 이번에 석방되기 위해서 왕비한테 자존심을 꺾고 애원했다나 봅니다. 그런데 왕의 총애를 얻으려면 왕비의 하인이 되어 하인 제복을 입는 수밖에 없을 것 같습니다. 저 의심쟁이 늙은 과부댁과 왕의 애첩은 우리 큰형 덕분에 귀부인이 되어서는, 이 왕국에서 발언권이 대단합니다.

브래큰버리　실례합니다만, 전하의 엄명으로 신분을 막론하고 클래런스 공과의 사담은 일체 금지돼 있습니다.

글로스터　딴은 그렇죠. 브래큰버리 님, 뭣하신다면 우리 이야기에 끼어보시구려. 역적 모의를 하고 있는 것이 아니라 왕의 총명과 덕행을 이야기하고 있을 뿐이오. 더구나 훌륭한 왕비께서는 연로하심에도 여전히 아름답고 남을 의심하는 분이 아니지요. 게다가 쇼어 부인으로 말하면, 귀엽게 생긴 발목에 입술은 앵두 같고 아름다운 눈에 말씨는 참으로 재치 있는 임기응변이란 말이오. 그리고 왕비 일가는 모두 귀족으로 승격을 했소. 당신 생각은 어떻소? 이런 사실에 이의라도 있소?

브래큰버리　천만에요, 조금도 이의는 없습니다.

글로스터　없을 수밖에. 상대는 쇼어 부인이니까! 내 분명히 말해 두지만 그 부인에게 이의가 있으면 남몰래 살그머니 해야 하는 거요. 한 사람만은 제외하고 말이오.

브래큰버리　한 사람만이라뇨?

글로스터　아, 그 서방님 말이오. 뻔하지 않소이까. 아니, 당신은 날 떠보려는 속셈이요?

브래큰버리　죄송합니다. 용서해 주십시오. 다만 클래런스 공과의 사담은 삼가 주시기 바랍니다.

클래런스　나도 당신 직책은 알고 있소, 그렇게 하리다.

글로스터　우린 왕비의 미천한 하인들이니 모든 일에 복종해야 하고말고요.

그럼 형님, 안녕히 가십시오. 나는 전하께 가겠습니다. 부탁할 일이 있거든 말씀하세요. 형님을 구해 낼 수 있는 일이라면 나는 왕비를 형수라고 불러도 좋습니다. 그런데 형제간의 이런 반목은 형님이 상상하지 못할 만큼 내게는 심적 타격이 큽니다.

클래런스 정말이지 우리 둘 다 불쾌한 노릇이다.

글로스터 아무튼 형님이 오래도록 감옥 안에 있게 하진 않겠습니다. 어떻게 해서든지 석방되도록 애써볼게요. 그러니 그동안만 참고 계십시오.

클래런스 참고 있을 수밖에. 그럼 잘 있거라. (브래큰버리, 호위병들과 함께 퇴장)

글로스터 자, 다시는 되돌아오지 못할 길을 걸어가려무나. 멍청하고 순진한 클래런스, 난 당신을 어찌나 사랑하고 있는지 당신의 영혼을 곧 천국으로 보낼 계획이야. 하늘이 이 선물을 받아주신다면 말이지. 그런데 가만있자, 저게 누구냐? 감옥에서 갓 풀려나온 헤이스팅스 아닌가?

헤이스팅스 경 등장.

헤이스팅스 그간 안녕하십니까?

글로스터 시종장도 안녕하십니까! 바깥바람을 쐬게 되셔서 반갑습니다. 옥중에서 어떻게 지내셨습니까?

헤이스팅스 죄수로 체념하고 지내왔지요. 하지만 오래오래 살아서 저를 투옥하게 한 분들께 보답할 생각입니다.

글로스터 그러시고말고요. 클래런스 공도 그렇게 생각하고 있을 겁니다. 당신의 적이 또한 그분의 적으로, 바로 그 적의 손이 그분에게도 뻗쳐 있으니까요.

헤이스팅스 무엇보다도 한심한 것은 독수리는 갇히게 되고, 솔개와 매 같은 것들이 판을 치는 점이오.

글로스터 세간에 널리 퍼진 소식은 없나요?

헤이스팅스 저 흉한 소식 말고는 세간에 널리 퍼진 소식이라곤 없습니다. 글 쎄 전하께서 몹시 쇠약하여 우울해지시고, 의사들도 대단히 염려하고 있는 모양입니다.

장미전쟁(1455~1485) 영국에서 왕위 계승권을 둘러싸고 붉은 장미 문장의 랭커스터가 흰 장미 문장의 요크가 사이에서 벌어진 전쟁.

글로스터 거참, 좋지 못한 소식이군요. 오랫동안 절제를 하지 않으시더니, 이
　　제는 완전히 건강을 해치신 모양이구려. 참으로 한탄할 노릇이오. 대체 전하
　　는 어떤 형편이신가요, 누워 계시나요?

헤이스팅스 누워 계신답니다.

글로스터 먼저 가보시오. 나도 뒤따라 가리다. (헤이스팅스 퇴장) 왕은 오래가진
　　못하겠군. 그러나 조지를 급행 마차로 천국에 보내기 전에는 죽게 해선 안
　　되지. 아무튼 입궐하여 조지에 대한 왕의 증오심을 더한층 부채질하는 거
　　다. 그러기 위해서는 그럴싸한 증거를 꾸며내어 거짓말을 늘어놔야지. 이 가
　　슴속의 음모가 실패하지 않는 날엔 클래런스는 내일을 보지 못할 것이다. 그
　　일이 끝나면 하느님, 제발 은총을 베푸시어 에드워드왕을 데려가시고 천하
　　를 이 사람의 독무대로 놔둬 주십시오! 그리고 나서 나는 워릭의 막내딸과
　　결혼하는 거다. 그녀의 남편과 아비는 내 손에 죽었지만 그게 무슨 상관이
　　냐? 그녀에게 보상하는 가장 빠른 길은 그녀의 남편이자 아버지가 돼주는
　　것밖에 없다. 그 역을 내가 맡겠다는 거다. 이건 사랑에 빠져서라기보다 그녀

와 결혼하여 조금씩 이루어야 할 또 하나의 음모가 있기 때문이지. 그런데 이건 김칫국부터 마시는 셈이군. 클래런스는 아직도 숨을 쉬고 있고, 왕도 멀쩡하게 정권을 쥐고 있잖은가. 그것들이 없어지고 나면, 그때 내 소득을 차분히 계산해 봐야겠다. (퇴장)

〔제1막 제2장〕

런던. 또 다른 거리.
헨리 6세의 관이 미늘창을 든 시종들의 호위 속에서 등장. 그 뒤에 상주인 앤이 시종들과 함께 등장.

앤 내려놓아요, 그 존엄한 영구를 내려놓아요. 유해로서 관에 들어 있을망정 존엄함에 변함은 없으니까요. 여기서 잠시 애도해야겠어요. 고결한 랭커스터 가문의 때아닌 몰락을. (병사들이 관을 내려놓는다) 성스러운 옥체는 가엾게도 쇠같이 차디차네! 전통 왕가의 핏기 없는 이 유해 좀 보게! 이 불쌍한 앤이 시아버님의 혼령을 불러내는 것을 노여워하지 마시고 저의 비탄을 들어주세요. 옥체를 찌른 바로 그 손목에 살해당한 아드님 에드워드의 아내 앤이옵니다! 자 보십시오. 옥체에서 생명이 날아가 버린 창문에 대고 흘려봐도 소용없는 눈물의 향유를 이렇게 쏟고 있습니다. 아, 이런 상처를 내놓은 손목들은 저주를 받아라! 이 피를 흘리게 한 놈의 피는 저주를 받아라! 옥체를 시해하고 우리를 궁지에 몰아넣은 그 지긋지긋한 악당에게 무서운 화가 떨어져라! 독사나 거미나 두꺼비나, 이 땅을 기어다니는 그 어떤 독충보다도 더 욕을 봐라. 그놈의 자식은 괴물같이 징글맞고, 미처 달도 못 채우고 튀어나와 그 흉악망측한 꼴에 자식을 고대하던 어미조차 한눈에 질겁하여라! 그리고 아비의 고약한 성미를 모두 그대로 타고나라! 그놈이 아내를 얻거들랑, 그 아내는 평생 욕을 보려무나! 젊은 남편과 사별하고 시아버지를 잃은 나보다 더 비참한 꼴을 당하려무나! 자, 그럼 영구를 처트시로 나르시오. 그곳에 묻으려고 세인트 폴 대성당에서 옮겨 왔어요. (병사들이 관을 들어올린다) 하지만 무거워서 지쳤거든 얼마든지 쉬세요. 그동안 나는 헨리왕의 유해를 애도하고 있겠어요.

글로스터 공작 등장.

글로스터 거기 있거라. 그 영구를 내려놔.

앤 대체 어떤 해괴망측한 요술쟁이가 이런 마귀를 불러내어 이렇게 신성한
장례식에 훼방을 놓게 하는 걸까?

글로스터 이놈들, 시체를 썩 내려놓지 못하겠느냐. 오냐, 좋다. 거역하는 놈은
송장을 만들어 놓을 테다.

시종 각하, 비켜주십시오. 영구를 지나가게 해주십시오.

글로스터 개놈 같으니, 무엄하게! 물러서지 못해! 명령이다. 그 미늘창을 높이
들어올려라. 그렇게 하지 않으면 널 때려눕혀서 발길로 차버릴 테다. 이 무례
한 거지야! (시종들이 관을 내려놓는다)

앤 (시종들에게) 아니, 그대들은 떨고 있소? 겁을 내고 있소? 아, 딴은 그럴 테
지. 그대들은 인간이니까. 그야 인간의 눈으로는 이 악마를 마주 볼 수는 없
을 테지. 썩 없어져, 지옥의 무서운 전령 같으니! 살아 계실 땐 저 옥체에 감
히 손을 댔지만 영혼까지 손아귀에 넣을 수는 없어. 그러니 썩 꺼져버려!

글로스터 아름다운 성녀여, 제발 그렇게 저주하지 마시오.

앤 이 더러운 악마 같으니, 제발 꺼져버리고 더 이상 우리를 괴롭히지 마라.
너는 이 지상의 낙원을 지옥으로 만들어 놓지 않았는가. 자신의 악행을 보
고 싶거든 자, 이 살육의 실례를 좀 봐라. 오, 다들 봐요, 봐! 헨리왕의 아문
상처가 다시 입을 열고 새로 피를 쏟고 있잖소. 이 더러운 불구자 같으니, 얼
굴이나 붉혀. 네가 나타남으로써 피가 있을 리 없는 차디찬 빈 혈관에서 이
렇게 피가 쏟아져 나오는 것을 좀 봐. 너의 무참하고 비인간적인 악행 때문
에 이렇게도 기이하게 피의 홍수가 벌어지지 않는가. 오, 이 피를 만드신 신
이시여, 복수로 저자를 죽여주소서! 오, 이 피를 들이마시는 대지여, 복수로
저자를 죽여주소서! 오, 대지여, 입을 꼭 벌리고 저자를 냉큼 삼켜버리소서.
지옥의 마수에 쓰러진 이 왕의 피를 들이마시듯이!

글로스터 부인, 부인은 자비의 법칙을 모르시는 모양입니다. 악에는 선으로

대하고, 저주에는 축복으로 대해야 한다는 것을.

앤 신의 법칙도 인간의 도리도 알지 못하는 악당 주제에. 아무리 사나운 맹수라도 조금은 인정을 알고 있는 법이다.

글로스터 그러나 내가 어떻게 그런 걸 알겠소. 난 맹수가 아닌데.

앤 어머, 놀랍군. 악마가 실토를 하는구먼!

글로스터 더욱 놀랍게도 천사도 화를 내는구려. 성스러운 천사에게 부탁이 있소. 내게 씌워진 온갖 죄목을 스스로 낱낱이 해명하여 무고함을 밝힐 수 있도록 해주오.

앤 세상이 다 아는 악의 화신이여, 제발 내가 세상이 다 아는 죄상을 낱낱이 들어 저주할 수 있도록 해주오.

글로스터 입으로 다 표현하지 못할 만큼 아름다운 여인이여, 좀 참으시고 내게 변명할 기회를 좀 주시오.

앤 상상도 못할 만큼 더러운 악인 같으니, 목매달아 죽는 것 말고 무슨 변명을 하겠다는 거냐?

글로스터 그런 때 자포자기해서는 자신이 스스로 죄인이 되는 격이오.

앤 그와 같은 자포자기가 아니고서는 죄과에 대한 변명은 되지 않는 법이야. 네가 스스로에게 받아 마땅한 중벌을 내려야만 부정한 학살의 죄가 씻기는 거다.

글로스터 그 학살자가 내가 아니라고 한다면?

앤 그렇다면 아무도 학살당하지 않았을 테지. 그러나 모두 죽었어. 악마의 하수인 네 손에 말이야.

글로스터 당신 남편은 내가 죽이지 않았소.

앤 그렇다면 그이는 살아 있겠군.

글로스터 아니오, 죽었소. 에드워드왕의 손에.

앤 그 더러운 혓바닥으로 거짓말을 하는구나. 마거릿 왕비도 목격하셨어. 살기 등등한 너의 칼이 내 남편의 피로 김을 뿜는 것을. 그리고 너는 그 칼을 마거릿 왕비의 가슴에 갖다 댔지. 그러나 그 칼끝을 당신 형제들이 쳐주는 바람에 아슬아슬하게 위기를 면하기는 했지만.

글로스터 그건 그 왕비의 독설에 내가 분개한 탓이었소. 그것도 죄 없는 자에게 억울한 죄를 씌웠으니 말이오.

앤 본디 마음이 잔악하니 학살밖엔 생각하지 않는 주제에. 그래도 이 헨리왕을 자신이 죽이지 않았단 말인가?

글로스터 그건 시인하지요.

앤 시인한다고? 이 무자비한 고슴도치 같으니. 그런 가증할 행위의 대가로 지옥에 떨어져 버려. 하나님도 이 저주에 대해서는 나무라지 않으실 거다! 아, 너무나 인자하고 상냥하며 고결한 왕이셨는데!

글로스터 오히려 지금 가 있는 천국의 왕으로서 어울리는 분이었지요.

앤 그야 천국에 계시고말고. 너 따위는 영영 가보지도 못할 천국에.

글로스터 그건 내게 감사해야지요. 그곳으로 내가 보내준 것이니까. 그분에게는 이 지상보다는 그곳이 더 알맞으니까요.

앤 너에게 알맞은 곳은 지옥밖에 없어!

글로스터 아니, 또 한 군데 있소. 내가 말할 테니 들어보겠소?

앤 지하 감옥일 테지.

글로스터 당신의 침실이오.

앤 눕는 곳엔 어디고 불안이 쌓여라!

글로스터 과연 그렇소. 내가 당신과 같이 눕게 되기까진.

앤 흥, 해보라지.

글로스터 하고말고. 그런데 이봐요, 앤. 서로 싸움은 그만두고 좀더 차분히 이야기를 나누어 봅시다. 플랜태저넷 가문의 헨리왕과 에드워드왕자를 불의의 죽음으로 몰아넣은 장본인이야말로 그 하수인 못잖게 비난을 받아야 할 게 아니겠소?

앤 네가 바로 가장 악랄한 결과의 원인이야.

글로스터 당신의 아름다움이 바로 이 일의 원인이었소. 자나깨나 당신의 그 아름다움을 잊지 못하여, 단 한 시간만이라도 좋으니 당신의 그 포근한 가슴에 안겨볼 수만 있다면 세상 모든 남자들을 죽일 궁리까지 해봤다오.

앤 아, 살인자, 그런 줄 알았다면 이 손톱으로 내 얼굴을 할퀴어 놓을 것을.

글로스터 당신의 아름다움이 망가지는 것을 이 눈이 그냥 보고만 있지는 않을 거요. 내가 곁에 있는 이상 아름다움을 해치게 놔두진 않겠소. 온 세계는 태양 덕분에 빛나고 있듯이 나도 그 얼굴 덕분에 빛나오. 그 얼굴은 나의 태양, 나의 생명이오.

앤 너의 그 태양 위엔 시커먼 밤이 내리덮이고, 그 생명 위엔 죽음이 내려라!

글로스터 이봐요, 아름다운 앤. 그렇게 자기 자신을 저주하지 말아요. 당신이 바로 나의 그 태양이며 생명이니까.

앤 그렇게 됐으면 좋겠다. 원수를 갚을 수 있게.

글로스터 그건 전혀 이치에 닿지 않는 소리요. 사랑해 주는 사람에게 원수를 갚다니.

앤 그건 정당하고 이치에 닿는 말이다. 남편을 죽인 자에게 복수를 하겠다는 건.

글로스터 이봐요, 당신의 남편을 죽인 것은 더 좋은 남편을 주기 위해서였소.

앤 더 좋은 남편이 이 세상에 있을 리 없어.

글로스터 죽은 남편보다도 당신을 더욱 사랑하는 남자가 살아 있소.

앤 이름을 말해 봐.

글로스터 플랜태저넷.

앤 아니, 그건 죽은 남편 이름이잖아.

글로스터 같은 이름이오. 하지만 훨씬 뛰어난 인물이오.

앤 그래, 그가 어디 있지?

글로스터 바로 여기 있소. (앤이 그에게 침을 뱉는다) 아니, 침은 왜 뱉는 거요?

앤 제발 그 침이 독이었으면 좋겠구나!

글로스터 그런 예쁜 입에서 독이 나올 리가 있겠소.

앤 두꺼비는 독을 가지고 있다지만, 이렇게 더러운 두꺼비는 처음 봤어. 썩 꺼져! 내 눈이 더러워지겠으니.

글로스터 이봐요, 당신의 눈이 내 눈을 사로잡아 놨소.

앤 이 눈이 차라리 도마뱀 눈이 되어 너를 한 번 쏘아보고 죽일 수 있다면!

글로스터 나도 차라리 당장에 죽는 편이 낫겠소. 지금은 반죽음을 당하고 있는 형편이니까. 당신 눈이 내 눈에서 짜릿한 눈물을 짜내고, 아이같이 억수 같은 눈물을 쏟게 하여 창피를 주었소. 내 눈은 연민의 눈물은 한 번도 쏟아 본 적이 없었소. 험악한 얼굴을 하고 클리퍼드가 긴 칼로 러틀랜드를 내려칠

영화 〈리처드 3세〉
로렌스 올리비에 각
색·감독·주연, 클레
어 블룸 출연. 영국,
1955.

리처드가 앤에게 그
녀의 시아버지 헨리
6세 장례식에서 애
정을 고백한다.

때, 그 비통한 신음을 듣고 나의 아버지 요크와 형 에드워드는 울었지만 나는 눈물 한 방울도 비치지 않았소. 그렇지, 용맹하신 당신 아버지가 내 아버지의 비참한 죽음을 아이같이 흐느껴 울며 이야기했소. 줄곧 말문이 막히고 곁에 서 있는 사람들도 비에 흠뻑 젖은 나무처럼 볼을 적시고 있었소······ 그처럼 비통한 때에도 이 대장부의 눈은 비굴한 눈물은 무시했다오. 그만한 슬픔도 끌어내지 못한 눈물을 당신의 아름다움이 끌어내어, 울음으로 이렇게 눈을 멀게 해놨소. 나는 친구한테나 적한테나 애원이라곤 해본 일이 없는 인간이오. 이 혀도 달콤한 아첨은 배우지 못했소. 그것이 이제는 당신의 아름다움에 완전히 반하여, 이 거만한 마음도 이렇게 굴복하고 혀는 이렇게 애원하는 것이오. (앤이 경멸하는 눈초리로 바라본다) 입술에 그와 같은 경멸을 보이지 마시오. 그 입술은 키스하기 위해 있는 것이지 그렇게 멸시하라고 있는 것은 아니니까요. 당신의 그 복수심이 진정 용서하지 못하겠다면 자, 이 예리한 칼을 줄 테니 소원대로 이 진실한 가슴을 찔러서 당신을 사모하는 영혼을 하늘로 날려보내 주오. 그 칼 앞에 이렇게 가슴을 드러내 놓고, 무릎 꿇고 겸손하게 처형을 바라오. (가슴을 풀어헤친다. 앤은 칼끝을 그의 가슴에 갖다 댄다) 망설일 건 없소. 헨리왕은 내가 죽였소. 그러나 그렇게 시킨 것은 당신의 아름다움이었소. 자, 어서, 에드워드왕자를 찔러 죽인 것도 확실히 나요. 하나 당신의 그 천사 같은 얼굴이 나를 그렇게 시킨 것이오. (앤은 칼을 떨어뜨린다) 자, 그 칼을, 아니면 나를.

앤 일어서요, 위선자 같으니. 죽이고 싶지만 하수인이 되고 싶지는 않으니까요.

글로스터 그럼 죽으라고 명령하시오. 깨끗이 죽어 보이리다.

앤 벌써 그렇게 말했잖아요.

글로스터 그건 홧김에 한 말이오. 한 번 더 말을 해요. 말만 떨어지면 바로 이 손으로, 당신을 사랑하는 나머지 당신 연인을 죽인 바로 이 손으로 그 연인보다 더할 수 없이 진실한 사랑을 바친 날 죽여 보이리다. 당신을 사랑하는 까닭에 말이오. 그러나 당신은 두 죽음에 다 공범자요.

앤 당신 마음속을 알고 싶군요.

글로스터 내 입으로 말한 그대로요.

앤 당신의 마음도, 입도 믿을 수 없어요.

글로스터 그렇다면 뭇 남자들이 다 거짓말쟁이라는 것이 되오.

앤 글쎄요, 그 칼이나 칼집에 넣으세요.

글로스터 그렇다면 마음은 풀어진 것입니까?

앤 아직은 몰라요.

글로스터 하지만 기대해도 좋소?

앤 누구나 기대를 갖고 사는 것이죠.

글로스터 그럼, 이 반지를 끼어주오.

앤 받긴 해도 내 건 주지 않겠어요. (반지를 낀다)

글로스터 자, 보시오. 내 반지가 당신 손을 감싸고 있구려. 그와 같이 당신의 가슴도 나의 가엾은 마음을 감싸고 있소. 마음과 반지를 둘 다 그렇게 끼고 있어주오. 둘 다 당신의 것이니까요. 게다가 가엾은 이 사나이의 숭배자인 당신이 그 인자한 손에 애원을 하나만 받아준다면, 내 행복은 영원히 변함이 없을 것이오.

앤 뭔데요?

글로스터 다른 문제가 없다면 이 장례식은 마땅히 상주 노릇을 해야 할 이 사람에게 맡기고, 이 길로 곧 크로스비 댁으로 가주지 않겠습니까? 왕의 유해를 정중히 처트시 수도원에 모시고 그 무덤을 참회의 눈물로 적신 다음 바로 당신을 찾아가리다. 여러 가지 은밀한 이유가 있어 그러니 부디 은혜를 베풀어 주오.

앤 기꺼이 그렇게 하겠어요. 당신이 이렇게 뉘우치는 것을 보니 정말로 기뻐요. 그럼, 트레슬과 버클리는 나와 같이 가요.

글로스터 내게 작별 인사를 해주오.

앤 그건 아직 안 돼요. 하지만 남에게 아첨하는 것을 지금 비로소 익혔어요. 그러니 작별 인사는 벌써 받으셨다고 생각해 두세요. (미늘창을 든 시종들과 함께 퇴장)

글로스터 여봐라, 그 영구를 들어라.

병사 처트시로 갑니까?

글로스터 아니다, 화이트프라이어즈로 가는 거다. 그곳에서 나를 기다려라.

(모두 영구를 들고 퇴장) 대체 이러한 때에 구혼을 받아들인 여자가 있을까? 저 여잔 이젠 내 것이다. 하지만 곁에 오래 잡아둘 생각은 없어. 원! 나에게 남편과 시아버지를 잃어 마음은 증오심에 불타며, 입에는 저주를, 눈에는 눈물을 담고 있으며, 더구나 나의 증오에 피를 쏟고 있는 시체를 눈앞에 두고도 내 손아귀에 들어오고 말다니! 게다가 그쪽은 신이니 양심이니 여러 가지 방패를 가지고 있으나 이쪽에는 설득을 도와줄 친구라곤 한 명도 없고, 다만 악마와 가면밖에 없잖은가. 그러한 내가 그녀를 정복하다니! 이건 맨주먹으로 천하를 손에 넣은 격이지! 허, 벌써 잊어버렸단 말인가! 저 용감한 남편 에드워드왕자를? 겨우 석 달 전에 툭스베리 전투에서 마구 휘두른 내 칼에 쓰러진 제 남편을, 그렇게도 미남이고 훌륭한 남자를? 아낌없이 받은 자연의 혜택, 그 젊음, 그 아름다움, 그 총명, 게다가 왕자다운 천품, 그만한 인물은 넓은 세상에 다시는 태어나지 못할 게 아닌가. 그런데도 천하게 내게 눈길을 던져오다니? 그 훌륭한 왕자의 황금 같은 청춘을 내 손에 잘린 채 자기는 독수공방의 한 많은 과부가 됐으면서. 모든 자질을 다 합쳐도 에드워드의 한 조각만큼도 못한 내게? 이런 절름발이 병신에게? 이제 보니 내 공작령을 단돈 서 푼짜리같이 생각해선 안 되겠군. 난 여태껏 나 자신을 너무나 과소평가해 온 모양이야. 그렇지만 분명히 그녀 눈에는 내가 이만저만한 미남이 아닌 모양이군. 내 눈에는 그렇게 안 보이지만. 그래, 거울을 하나 사야겠구나. 그리고 재봉사도 수십 명 불러 몸단장하는 법도 배워야겠군. 이제 나는 나 자신과 화해했으니, 돈이 들더라도 지속해 나가야지. 먼저 저 시체를 무덤에 처치한 다음 내 애인 곁으로 돌아와서 애도의 눈물을 쏟아야겠다. 아름다운 태양아, 내가 거울을 살 때까지 잘 비춰 다오. 내가 지나가면서 자신의 그림자를 볼 수 있도록. (퇴장)

〔제1막 제3장〕

런던, 궁전 안의 한 방.
엘리자베스 왕비, 왕비의 동생 리버스 경, 왕비의 아들 그레이 경 등장.

리버스 진정하십시오, 왕비님. 전하께서는 곧 회복하실 것입니다.

그레이 그렇게 염려만 하고 계시면 전하의 환후에 도리어 해롭습니다. 그러니 부디 기운을 내십시오. 그리고 생기 있고 쾌활한 눈으로 전하를 위로해 드리십시오.

엘리자베스 만약에 돌아가시기라도 하는 날엔, 이 몸은 어떻게 되겠니?

그레이 그와 같은 어른을 한 분 잃는 것, 그것뿐입니다.

엘리자베스 그와 같은 어른을 한 분 잃는 것은 모든 화근이 된다.

그레이 하늘의 덕택으로 훌륭한 왕자님이 있으니, 전하께서 돌아가시더라도 어머니께는 위로가 되어줄 것입니다.

엘리자베스 아, 왕자는 아직 어리다. 성년이 될 때까진 글로스터 공 리처드 후견에 맡겨질 거야. 그런데 그는 나나 그대들을 다 싫어하지.

리버스 벌써 섭정으로 결정됐습니까?

엘리자베스 내정이 되어 있네. 확정된 건 아니지만. 하지만 만약에 전하가 돌아가시는 날엔 그렇게 되고 말 테지.

버킹엄 경과 더비 백작인 스탠리 경 등장.

그레이 버킹엄 경과 더비 경이 오셨습니다.

버킹엄 (엘리자베스 왕비에게) 마마, 옥체 강녕하시옵니까?

스탠리 변함없는 모습을 뵈오니 기쁘기 그지없습니다!

엘리자베스 더비 경, 리치먼드 백작의 부인은 경의 인사말에 아마 동의하진 않을 것이오. 그러나 더비 경, 그 부인이 지금은 그대의 아내가 되어 나를 싫어하고 있지만 안심하오. 그녀가 교만하다 해서 내가 그대를 미워하지는 않으니까요.

스탠리 나쁜 중상자들의 악의에 찬 모략을 믿지 마십시오. 설사 실제로 모략을 하고 있다 하더라도, 그것은 몸이 허약한 탓이라고 용서해 주시기 바랍니다. 그것은 아마 그녀의 고질병에서 온 것이지, 근거 있는 악의에서 온 것은 아니니까요.

엘리자베스 더비 경, 오늘 전하를 만나 뵈었소?

스탠리 바로 지금 버킹엄 경과 함께 뵙고 나오는 길입니다.

엘리자베스 그래, 회복할 가망이 있나요? 두 분에게는 어떻게 보이던가요?

버킹엄 안심하십시오. 전하께서는 쾌활하게 말씀하셨습니다.

엘리자베스 부디 쾌유하시기를! 전하와 이야기를 하셨다고요?

버킹엄 예, 전하께서는 글로스터 공과 왕비님의 동생들 사이, 또 그 동생들과 시종장 사이를 화해시키고자 전령을 보내 입궐하도록 하셨습니다.

엘리자베스 모든 것이 잘 해결되길! 하지만 그렇게 돼지는 않을 겁니다. 내 행복은 지금이 절정인 것 같소.

글로스터 공, 헤이스팅스 경, 왕비의 아들 도싯 후작 등장.

글로스터 모두가 나를 모함하고 있소. 이젠 더 이상 가만있지 않겠소. 전하께 이 사람을 모함한 자가 누구요? 허, 나더러 냉혹하다는 둥, 자기네를 좋아하지 않는다는 둥, 맹세하지만 그런 괴상한 유언비어를 전하의 귀에 불어넣은 이야말로 전하를 진실로 사랑하지 않는 자들이오. 나는 아첨이나 가면을 못 쓰는 사람이오. 남 앞에서 미소를 짓거나, 상냥한 표정을 하거나, 상대방에게 사기를 쳐서 속이거나 하지 못하오. 물론 프랑스식으로 굽실대거나 원숭이같이 아양을 떨거나 하지도 못하오. 그렇다고 나를 원한을 품고 있는 적으로 대하다니. 소박한 한 남자가 남의 신세를 지지 않고 살아가고 싶은데, 그 솔직한 진실이 엉큼하고 교활한 아첨꾼들 등쌀에 모략당해야만 한단 말이오?

리버스 대체 누구한테 하시는 말씀이시오?

글로스터 그대한테요. 염치도 덕도 없는 당신한테요. 언제 내가 그대를 해쳤단 말이오? 언제 그대를 모함했단 말이오? (스탠리를 보고) 아니면 그대를? (도싯을 보고) 아니면 그대를? 아니 그대들 중에 누구를? 염병할! 전하는, 전하에 대한 일이라면 당신들보다 이 몸이 훨씬 더 걱정하고 있소. 전하는 잠시도 편안치 못하시단 말이오. 당신들이 야비한 중상을 하며 전하를 괴롭히고 있기 때문이오.

엘리자베스 글로스터 공, 그건 오해십니다. 전하께서는 다른 사람에게서 들

엘리자베스 우드빌(1437~1492) 에드워드 4세의 왕비이자 에드워드 5세의 어머니.

은 것이 아니라 전하의 판단으로 당신의 평소 행동에 자연스레 나타나 보이는 내부의 증오심, 나의 자식들과 친척들, 또 왕비인 나에 대한 증오심을 아마 눈치채시고, 그 적개심의 근거를 알아보실 생각으로 전령을 보내신 겁니다.

글로스터 글쎄요. 워낙 말세가 돼서, 독수리도 감히 내려앉지 못하는 높은 곳에서 굴뚝새 따위가 먹이를 찾고 있군요. 노예들이 모두 귀족이 되고, 귀족들이 수없이 노예로 전락하는 판입니다.

엘리자베스 진정하십시오, 글로스터 공, 말씀 안 하셔도 잘 알아요. 이 몸의 출세를, 그리고 내 가문의 출세를 질투하고 계시는군요. 정말이지 공작의 신세만은 제발 지고 싶지 않아요.

글로스터 그런데 묘하게 이 사람은 당신의 신세를 지고 있군요. 형 클래런스는 당신 덕분에 투옥당하고, 나는 전하께 치욕을 당하고, 귀족들은 무시를 당하고 있소. 그런데 한편으론 매일같이 벼락귀족들이 태어나는 판이오. 며칠 전만 해도 보잘것없던 이들 중에서 말이오.

엘리자베스 만족스러운 삶에서 이렇게 근심 많은 높은 지위로 올려주신 하느님께 맹세하지만, 전하께 클래런스 공을 모함한 것은 절대로 내가 아닙니다. 오히려 나는 그분을 열심히 옹호했습니다. 그런 나를 당신은 염치도 없이 모욕하고 계십니다. 그런 비열한 혐의를 부당하게도 이 몸에 두시다니요.

글로스터 그럼 요전번 헤이스팅스 경의 투옥과도 무관하시단 말씀이시오?

리버스 물론, 그건…….

글로스터 물론 전혀 관계가 없다는 말씀이군요, 리버스 경! 대체 그걸 누가 압니까? 무관하시기는커녕 왕비께서 당신들을 차례차례 좋은 자리에 올려놓고서도 자신은 상관없는 일이라며 시치미를 떼시고, 그 영예를 모두 당신들의 공덕으로 돌리고 계시잖소. 그 솜씨로 무엇을 못하시겠소? 그 수단으로라면 말이오.

리버스 아니, 그 수단으로 무엇을 했다는 거요?

글로스터 아니, 그 수단으로 무엇을 했느냐고요? 솔직히 그 수단으로 왕과 결혼하시잖았소. 손아래 독신자인 잘생긴 왕과 말이오. 여기에 비하면 당신의 할머니는 남편 복이 좀 없었죠.

엘리자베스 글로스터 공, 공작의 노골적인 욕설과 신랄한 조롱을 오래도록 참아왔지만, 이제까지 참고 받아온 끔찍한 모욕을 이제는 전하께 알려드려야겠어요. 한 나라의 왕후이면서 이와 같이 골탕먹고 조롱당하고 욕을 보느니 차라리 시골에 틀어박혀 부엌데기가 되는 게 낫겠어요.

헨리왕의 아내인 마거릿이 뒤쪽에서 등장.

엘리자베스 잉글랜드의 왕비이면서 쥐꼬리만 한 기쁨밖에는 누리지 못하다니.

마거릿 (혼잣말로) 신이여, 그 쥐꼬리만 한 기쁨조차 더욱더 줄어들게 해주시옵소서! 너의 그 영예도, 신분도, 지위도 다 내 것이었지.

글로스터 아니! 전하께 아뢰겠다고 저를 위협하시는 겁니까? 제발 아뢰시구려. 사양할 건 없습니다. 아까 한 말을 나는 전하 앞에서도 공개적으로 아뢸 테니 두고 보시오. 런던 탑에 갇혀도 좋소. 이제는 나도 할 말이 있소. 내 공로는 싹 잊히고 말 모양이군.

마거릿 (혼잣말로) 없어져라, 악마 같으니! 네 공로는 잊히기는커녕 너무도 잘 기억하고 있다. 너는 내 남편 헨리왕을 런던 탑에서 죽였다. 그리고 불쌍한 내 아들 에드워드를 툭스베리에서 죽였고.

글로스터 그렇소! 왕후가 되기까지, 아니 당신 남편이 왕이 되기까지 난 왕의 큰일들을 위해서 짐말같이 몸을 아끼지 않았소. 오만한 적들을 잡초같이 뽑아내고, 우군에겐 아낌없이 상을 준 사람이오. 형을 왕의 혈통으로 만들기 위해서 나의 피를 쏟아부었소.

마거릿 (혼잣말로) 그래. 네놈은 네 형이나 네 피보다 더 고귀한 피를 흘리게 했다.

글로스터 그때 당신과 당신의 전남편 그레이 경은 랭커스터 가문의 개 노릇에 충실했소. 리버스 경, 그대도 한패였소. 그리고 전남편 그레이 경은 마거릿 지휘 아래 세인트 올번스에서 전사하지 않았소? 잊었다면 돌이켜 생각하게 해드릴까요? 당신의 이전 신분과 지금의 신분, 아울러 나의 이전 신분과 지금의 신분을.

마거릿 (혼잣말로) 살인자 악당이었다. 너는 지금도 그렇다.

글로스터 가엾게도 형 클래런스는 자기 장인 워릭까지 배신했소. 그래서 자기 맹세를 깨뜨리게 됐던 거요…… 신이시여, 그 점을 용서해 주옵소서!

마거릿 (혼잣말로) 신이시여, 복수해 주소서.

글로스터 왕위 쟁탈전에서 에드워드 편에 섰지만 그 대가로, 불쌍한 클래런스는 갇힌 몸이 되었소. 내 마음도 에드워드와 마찬가지로 부싯돌처럼 딱딱해지거나, 그렇지 않으면 비록 나는 세상을 살아가기에는 너무 나약하고 어리석지만, 에드워드가 나처럼 부드럽고 여리면 좋겠소.

마거릿 (혼잣말로) 이 뻔뻔스러운 악당 같으니! 이 세상을 떠나 어서 지옥으로 줄달음치려무나! 그곳이 네 왕국이니까.

리버스 글로스터 공작, 우리 모두를 적으로 몰아세우려고 하시지만, 그 난세에 우리는 그때의 왕을 따랐을 뿐이오. 만약 공작께서 왕이라면 공작을 따랐을 것이오.

글로스터 만약 내가 왕이라면! 차라리 행상인 팔자가 낫소. 천부당만부당하여 생각조차 미치지 못한 일이오.

엘리자베스 이 나라의 왕이 되더라도 기쁨이 별로 없을 것이라고 생각하시는 모양이군요. 마찬가지로 왕비이지만 기쁨은 별로 누리지 못하는 내 처지를 짐작하실 수 있을 거요.

마거릿 (혼잣말로) 왕비라도 기쁨은 별로 누리지 못하지. 나도 그 왕비이지만 기쁨은 전혀 없어. 이젠 듣고만 있을 수 없군. (큰 소리로 말하면서 앞으로 나온다) 좀 들어봐라, 이 해적 같은 자들아. 나한테서 약탈한 것을 놓고 이젠 분배 싸움을 하고 있구나! 너희들 중에 나를 보고 떨지 않을 사람이 누구냐? 만약 그것이 아니라면 내가 왕비니까 신하답게 절을 하든지, 그게 아니라면 나를 폐위시켰기 때문에 역도들처럼 떨고 있느냐? 아, 점잖은 악당아, 고개 돌리지 마라!

글로스터 주름살투성이의 더러운 마녀 같으니, 뭣하러 내 눈앞에 나타났는가?

마거릿 네놈이 저질러 놓은 일들을 되풀이해서 들추어 내려고. 다 들추기 전에는 자리를 뜨지 못하게 할 테다.

글로스터 추방당한 신분이 아닌가? 발각되면 사형이라는 걸 모르는가?

마거릿 그렇다. 하지만 추방되어서 고생살이를 하느니보다는 이곳에서 발각되어 죽는 편이 낫지. 너는 내게 내 남편과 내 아들을 빚지고 있어. 그리고 너는 하나의 왕국을, 그리고 너희들 모두 충성을 내게 빚지고 있어. 내가 지닌 이 슬픔은 본디 너희들 것, 그리고 너희들이 약탈해 간 온갖 기쁨은 나의 것이다.

글로스터 너에게는 우리 아버지의 저주가 내린 거다. 너는 그 어른의 늠름한 이마에 종이 왕관을 씌워 놓고 욕지거리를 퍼부어, 그 어른 눈에서 피눈물을 쏟게 했지. 그리고 그 눈물을 씻으라고 귀여운 러틀랜드의 순진무구한 피가 묻은 헝겊을 내주었다. 네 뼛속에 사무친 그 어른의 저주는 모두 너에게 떨어졌어. 우리가 아니라 신이 너의 잔인한 행위를 벌한 것이다.

엘리자베스 신은 공정하시며 언제나 정의의 편이십니다.

헤이스팅스 아, 너무나도 잔인한 일이었습니다. 그 어린애를 죽이다니. 그렇게도 무자비한 행위는 일찍이 없던 일이었습니다.

리버스 그 소식엔 세상없이 잔인한 인간도 눈물을 쏟았지요.

도싯 그 일의 복수를 예상하지 않는 사람이 없었습니다.

버킹엄 때마침 곁에 있던 노섬벌랜드 경도 그 참혹한 광경에 눈물을 쏟았소.

마거릿 흥! 내가 나타나기 전까지는 다들 으르렁대고 당장 서로 목을 물어뜯을 기세더니, 이젠 뭉쳐서 나에게 증오를 돌리겠단 말이냐? 네 아버지 요크의 무시무시한 저주가 하늘에서 그렇게도 효험이 있단 말이냐? 그래서 헨리왕의 죽음이며, 귀여운 내 에드워드의 죽음, 왕국의 상실, 비탄할 이 내 몸이 현재 처한 추방의 신세 등이 모두 그 바보 같은 아이 녀석의 목숨에 대한 대가란 말이냐? 그래, 저주가 구름을 뚫고 하늘에 이를 수 있단 말이냐? 아, 그렇다면 자욱한 구름들아! 나의 살아 있는 저주 앞에 흩어져 사라져 다오! 너희들 왕도 급살을 당해라. 그놈을 왕위에 앉히기 위하여 나의 왕은 살해당한 거다! 왕세자가 된 네 자식 에드워드도 왕세자였던 내 아들 에드워드처럼, 느닷없이 마수에 걸려 명도 다 못한 때에 죽어버려라! 왕비인 너도 왕비였던 나처럼 비참하게 몰락해 오래도록 살아남아라! 오래 살아남아서 자식들의 죽음을 비탄하고, 내 왕관을 빼앗아 쓴 너를 내가 눈앞에 보듯 네 권리를 빼앗아 장식하는 새 왕비를 보아라! 죽기 전에 벌써 행복한 날은 사라지고 오랜 한탄의 세월을 보낸 다음 어미도, 아내도, 잉글랜드 왕비도 아닌 처지로 죽어 없어져라! 리버스와 도싯! 네놈들은 보고도 못본 체했었지. 헤이스팅스, 너도 그랬었지. 내 아들이 잔인한 비수에 찔려 죽는 장면을. 제발 너희들은 한 놈도 제명대로 죽지 못하고, 불의의 재난으로 다들 죽어버려라!

글로스터 쓸데없는 주문은 관둬. 이 빌어먹을 말라빠진 마녀 같으니!

마거릿 네 몫의 저주는 아직 남아 있다. 거기 있어, 요 개 같은 놈아. 네 몫을 들려주마. 네게 떨어지라고 내가 바랄 수 있는 이상의 지독한 재앙이 하늘에 있다면 아, 하느님, 죄악이 다 익을 때까지 간직되어 있다가 저놈의 죄가 한창 무르익을 때 분노를 넘치도록 쏟아주옵소서. 이 세계의 평화를 휘저은 교란자에게! 그날까지 자나 깨나 양심의 벌레한테 영혼을 갉아먹혀라! 친구를 평생 반역자로 의심하고, 지독한 반역자를 친한 친구로 생각하라! 네 그 지독한 눈을 어떠한 잠도 닫지 못하게 하라! 일단 닫히면 그때는 지옥의 무시무시한 악마들이 나타나서 악몽에 시달려 녹초가 되게 하라! 아귀의 낙인이 찍힌 불구자, 흙을 파헤치는 산돼지 같으니! 지옥의 아들 놈! 너를 밴 어미의 배때기에 욕을 보이고, 너를 만든 아비한테도 미움받을 놈 같으니! 귀족의 이름을 더럽히는 헝겊 같은 것! 이 빌어먹을……

글로스터 마거릿!

마거릿 리처드!

글로스터 왜?

마거릿 누가 널 부른 줄 알아?

글로스터 그럼, 실례했네. 아까부터 늘어놓은 욕설은 모두 나를 두고 한 줄 알았다.

마거릿 물론 너를 두고 한 거다. 그러나 네 대답은 필요없다. 오, 끝으로 내 저주를 마무리해야겠다!

글로스터 그건 벌써 내가 했다. 방금 마거릿이라고 소리친 것이 그 마무리지.

엘리자베스 결국 자기 자신을 저주한 셈이군요.

마거릿 불쌍한 그림의 왕비, 내 신세의 허망한 그림자 같으니! 독으로 등이 부푼 저 거미에게 어쩌자고 사랑을 뿌려주는가. 무서운 거미줄이 너를 옭아매고 있는 줄도 모르고? 바보, 바보 같으니! 제 자신을 죽일 칼을 제 손으로 갈고 있는 셈이구나. 두고 봐라. 등에 독이 든 이 두꺼비 놈을 같이 저주해달라고 내게 애원할 그날이 기어이 오고 말 테니.

헤이스팅스 엉터리 예언자 노파 같으니, 그 미치광이 같은 저주는 그만둬. 괜히 우리의 화를 돋우어 혼나지 말고.

마거릿   몰염치한 것들 같으니! 네놈들이 내 부아를 터뜨려 놨지 뭐냐.

리버스   적당한 대우를 받기가 소원이라면 그것이 어떤 것인지를 가르쳐 드리죠.

마거릿   제대로 된 알맞은 대우로 말하면, 너희들은 다 내 앞에 엎드려야 마땅하지. 나는 너희들의 왕비가 아니냐. 그리고 너희들은 내 신하가 아니냐. 오, 정당히 시중들어라. 그리고 너희들은 신하의 본분을 지켜라!

도싯   (리버스에게) 정신줄 놓은 저 여자와 논쟁하지 마세요.

마거릿   그 입 다물라, 후작, 뻔뻔하군. 갓 주조된 금화 같은 벼락귀족이, 그래 세상에 간단히 통용될 줄 아는가? 작위를 잃는 것이 얼마나 비참한 일인지를 너희들 벼락귀족들도 생각해 보려무나! 높이 솟은 나무는 바람을 거세게 타기 마련. 한 번 쓰러지면 박살이 나는 걸 알아두려무나.

글로스터   훌륭한 충고군. 명심하시오, 후작. 명심하시오.

도싯   저에게뿐 아니라 공작께도 훌륭한 충고입니다.

글로스터   물론 내겐 한층 더 훌륭한 충고요…… 하지만 나는 높디높은 신분인데 우리 독수리 형제들은 삼나무 꼭대기에 집을 짓고, 바람과 희롱하며 태양을 비웃고 있지요.

마거릿   그리고 태양을 가리고 있단 말이지. 아! 아! 죽음의 그늘 속에 묻힌 내 아들을 좀 봐라. 태양보다 더 빛나는 내 아들의 빛줄기는 네놈 증오의 구름 속 영원한 어둠에 파묻히고 말았다. 그리고 네놈의 독수리 형제는 우리 쪽의 독수리 둥지 속에 집을 짓고 있다. 오, 하느님이 굽어보고 계시니 그냥 두실까 보냐. 피로 얻은 것은 피로 잃고 말리라!

글로스터   자비는커녕 부끄러움을 안다면 그 입 다물라.

마거릿   나에게 자비니 부끄러움이 다 무엇이냐. (다른 사람들에게 연설하듯이) 너야말로 나를 무자비하게 대우하고, 몰염치하게 나의 희망을 밟아버리지 않았느냐. 포학이 내가 받은 자비다. 그리고 치욕이 내 인생이다. 그 치욕 속에 내 애통한 분노는 지금도 불타고 있다!

버밍엄   그만, 그만해요.

마거릿   오, 버킹엄 경, 경의 손에 입맞추게 해주오. 동류라는 의식과 우정의 표시로. 그대 가문에 행운이 깃들기를! 그대 옷에는 우리 집안의 피가 묻어 있지 않습니다. 그리고 그대만은 내 저주의 대상이 아닙니다.

버킹엄 여기 계신 분들도 다 마찬가지요. 입에서 나오는 저주는 호흡처럼 자기 입으로 도로 들어가니까요.

마거릿 그럴 리가요. 내 저주는 하늘로 올라가서 하느님의 평화스러운 잠을 깨우고 말 것이오. (버킹엄에게만 들리게) 오 버킹엄, 저 개를 조심하오. 저놈은 꼬리를 치면서 물어뜯는 놈이오. 그 독 이빨에 한 번 물리면 치명상을 입고 마오. 저놈과는 손을 끊고 조심하시오. 죄와 죽음과 지옥이 저놈의 이마에 찍혀 있고, 저놈의 부하들이 뒤에 대기하고 있으니까요.

글로스터 버킹엄 경, 저 노파가 뭐라고 합니까?

버킹엄 아무것도 아닙니다, 공작님.

마거릿 아니, 내 충고를 무시할 참이오? 조심하라는데, 저 악마한테 아첨할 생각이오? 오, 두고 보시오. 저놈이 그대 심장을 비탄의 칼로 찢어 놓는 날이 오고 말 테니. 그때는 이 불쌍한 마거릿을 예언자라고 말하게 될 것이오. 너희들은 저놈의 증오에 희생이 되고, 저놈은 너희들의 증오에 희생이 되겠지. 그리고 너희들 모두는 신의 증오에 희생이 될 것이다! (퇴장)

버킹엄 그 저주엔 온몸의 털이 곤두설 지경이군요.

리버스 나도 그렇습니다. 그런데 왜 저 여자를 내버려 두는지 모르겠군요.

글로스터 그 여자만을 탓할 수도 없는 노릇이오. 정말이지 너무나도 곤경을 당한 여자요. 나도 한몫 끼었지만 내가 한 일이 후회가 되오.

엘리자베스 나로서는 그 여자에게 아무것도 한 기억이 없습니다.

글로스터 하지만 당신들은 다 그 여자를 욕보이고 이득을 취하고 있소. 나는 그 어떤 분의 이익을 위하여 지나칠 정도로 열성을 다했는데, 워낙 냉정한 그쪽에서는 요사이 그것을 싹 잊어버린 모양입니다. 글쎄, 클래런스를 좀 보시오. 근사한 보수를 받고 있잖소. 애쓴 보람으로 돼지 우리 속에 처넣어져 살을 찌우게 되었소. 하지만 신이여, 형님을 이런 궁지로 몰아넣은 자들을 용서하옵소서!

리버스 참으로 군자답고 기독교인다운 말씀입니다. 자기 쪽을 해친 원수를 위해서 기도하시다니!

글로스터 나는 언제나 그렇소…… (혼잣말로) 그거야 속셈이 있어서 한 일이지.

지금 저주한다면 나 자신을 저주하는 것이 되겠지.

케이츠비 등장.

케이츠비 왕비님, 전하께서 부르십니다. 글로스터 공작님도, 그리고 여러분들
도요.

엘리자베스 아, 곧 가리다. 자, 같이들 가시지요.

리버스 제가 모시겠습니다. (글로스터만 남고 모두 퇴장)

글로스터 이렇게 선수를 써서 먼저 시비를 거는 거다. 내가 도화선을 터뜨려
놓은 비밀의 죄악을 슬쩍 다른 사람에게 뒤집어씌우는 거지. 클래런스로 말
하면, 사실 내 손으로 암흑 속에 던져 놓고도 눈물을 쏟아 여러 바보들을 속
이거든. 더비와 헤이스팅스, 버킹엄 등의 바보들을 말이야. 그리고 형 클래런
스 공작을 왕께 고자질한 건 왕비와 그 일당이라고 뒤집어씌우면 되는 거야.
그러면 그치들도 그 말을 곧이듣고 나를 선동하여 리버스, 도싯, 그레이 무
리에게 복수를 하라고 할 게 아닌가. 그러나 나는 한숨을 몰아쉬고, 성경 구
절을 인용하여 신의 명령대로 악에는 선으로 보답해야 한다고 말해 주는 거
다. 이렇게 알몸의 악당에게 옷을 입히는 거다. 성경의 낡아빠진 헝겊 같은
문구를 훔쳐다가 성자인 체하는 거야. 그때야말로 내가 마귀 역을 하고 있
는 최고의 순간이지.

자객 두 사람 등장.

글로스터 가만있자. 내가 부리는 사형집행인들이 나타났군. 웬일들인가, 대담
하고 믿음직한 친구들! 그래, 지금 그 일을 하러 가는 중인가?

자객 1 예, 그렇습니다. 그런데 영장(令狀)이 있어야 그분이 있는 곳에 들어갈
수 있습니다.

글로스터 참 그렇군. 자, 여기 있다. (영장을 내준다) 해치우거든 크로스비 저택
으로 와라. 냉큼 해치워야 한다. 독한 마음을 먹고 애원엔 귀를 기울이지 말
아야 해. 클래런스는 말재주가 여간이 아니니, 듣고 있다간 동정심을 느낄 수

도 있어..

자객 1 염려 마십시오. 쓸데없는 소리는 하지 않을 테니까요. 입심이 센 놈은 실천력이 없는 법입니다. 안심하십시오. 저희들은 혀가 아니라 손을 쓰러 가니까요.

글로스터 세상의 바보들 눈이 눈물을 쏟을 때, 자네들 눈은 맷돌을 쏟을 게야. 난 자네들이 마음에 들었어. 자, 어서 시작하게. 어서 가서 처치하게.

자객 1 예, 알겠습니다. (모두 퇴장)

〔제1막 제4장〕

런던 탑.
클래런스와 브래큰버리 등장.

브래큰버리 오늘은 왜 이렇게 우울하십니까?

클래런스 오, 간밤은 비참한 하룻밤이었소. 무서운 꿈, 소름이 끼치는 장면뿐이었소. 충실한 그리스도교 신자인 이상, 두 번 다시 그런 밤을 지새우고 싶진 않구려. 설사 그 대신 매일같이 행복한 낮의 세계를 얻는다 하더라도 말이오. 정말 무시무시한 하룻밤이었소!

브래큰버리 대체 무슨 꿈이었습니까? 좀 이야기해 주십시오.

클래런스 내가 이 탑을 탈출하여 부르고뉴로 건너가려던 참이었는데, 내 아우 글로스터가 동행하고 있었소. 그런데 아우는 선실로 내려와서 나에게 갑판을 산책하자고 했소. 갑판 위에서 우린 잉글랜드 쪽을 바라보며, 요크가와 랭커스터가의 전쟁 통에 우리에게 떨어질 수많은 고난을 이야기하고 있었소. 마침 위험한 갑판 위를 걷고 있을 때 글로스터가 발을 헛디딘 것 같기에 나는 그를 붙들려고 했소. 하지만 그 순간 파도가 부딪쳐 와서, 그만 나는 성난 파도가 으르렁거리는 바닷속에 떨어지고 말았지요. 아! 물에 빠져 몹시 고생한 기억이 나는 것 같소! 무서운 물소리를 이 귀로 들었소! 무의미한 죽음의 모습들을 이 눈으로 봤소! 그리고 난파선의 무서운 잔해와 고기에 뜯어먹히는 수많은 시체들을 본 것 같소. 그리고 금괴와 거대한 닻, 진주 더미와 그 밖에 가치도 추측하지 못할 정도의 보석들이 바닷물 속에 온통 흩어져 있었소. 어떤 보석은 해골 속에 박혀 있었소. 이전에 두 눈알이 자리잡고 있던 구멍에 그 눈알을 비웃는 것처럼 보석이 박혀서 번쩍이며, 바닷속 미끈미끈한 바닥에 추파를 던지고 근처에 흩어진 뼈들을 조롱하고 있는 듯싶었소.

브래큰버리 죽어가는 순간에도 바닷속의 그런 비밀을 살펴볼 겨를이 다 있었습니까?

클래런스 글쎄 말이오. 차라리 귀신의 밥이 되려고도 몇 차례 애써봤지요. 그러나 심술궂은 파도는 내 영혼을 꽉 틀어막고 있어서 아무리 버둥대며 발길질을 해봐도 대기가 흐르고 있는 망망대해의 수면 위로 내보내 주질 않으니. 그 질식할 것 같은 영혼을 안고 내 가슴은 고통으로 허덕이며, 당장이라도 그 영혼을 바다에 토해 버릴 것만 같았소.

브래큰버리 그런 심한 괴로움에도 잠을 깨지 않으셨습니까?

클래런스 그렇소. 아니, 꿈은 죽은 뒤까지도 계속되었소. 아, 그때부터 내 영혼에 폭풍이 엄습했소. 나는 저 우울한 망각의 강을, 시인들이 말하는 저 음침한 나룻배 사공의 안내를 받아 영원한 밤의 왕국에 다다른 모양이었소. 그곳에서 떠돌아다니는 내 영혼을 가장 먼저 맞은 분이 나의 장인 워릭 경이었소. 그분은 큰 소리로 말했소. "배신자 클래런스 같으니. 네가 저지른 그 거짓 맹세에 대하여 이 영겁의 어둠 세계가 어떤 벌을 줄 수 있을 것인가?" 그리고 그분은 사라졌소. 다음엔 피에 젖은 밝은 머리칼의 천사 같은 그림자가 휠휠 나타나서 소리를 질렀소. "클래런스가 왔구나. 턱스베리 전쟁터에서 네가 날 찔러 죽였지. 복수의 여신들이여, 저놈을 잡아다가 고민의 구렁 속에 처넣어 주옵소서!" 이 말이 끝나자 무시무시한 마귀 떼들이 나를 둘러싼 듯싶었는데, 어찌나 무섭게 내 귀에 대고 외치던지 그 소리에 그만 온몸이 떨려 잠을 깼소. 그러나 잠을 깬 뒤에도 한참 동안은 그냥 지옥에 있는 것만 같았소. 그렇게도 무시무시한 꿈이었소.

브래큰버리 놀라신 것도 무리가 아닙니다. 이야기만 들어도 소름이 끼치는 것 같습니다.

클래런스 아, 브래큰버리, 이렇게 내 영혼에 뚜렷하게 상처를 남겨놓은 죄악도 모두 국왕 에드워드를 위해서 저지른 것이었소. 그런데 좀 보시오. 그 답례로 이 꼴이구려! 아, 하느님! 나의 깊은 기도를 들으시고도 노여움이 가라 앉지 않아 끝내 벌을 내리시겠다면 그 노여움을 저 혼자에게만 행사하시고, 죄 없는 아내와 불쌍한 자식들은 용서해 주옵소서! 브래큰버리, 제발 내 곁에 잠깐 있어주오. 마음이 무겁소. 좀 자야겠군요.

브래큰버리 예, 대령하고 있겠습니다. 부디 편히 쉬십시오! (클래런스, 잠이 든다) 슬픔은 시간의 흐름을 어지럽히고, 고요한 잠을 깨뜨리는군. 그리고 밤을 아침으로, 대낮을 밤으로 만드는군. 왕후 귀족은 영예를 누리며 빛나지만, 겉치레의 영예도 마음속 괴로움을 치러야 하는군. 그리고 상상도 못할 쾌락을 바라다가 도리어 근심 걱정의 세계를 짊어지게 마련이지. 그렇다면 고관대작과 평민 사이의 차이란 겉치레만의 명성 차이밖에 무엇이 있겠는가.

두 자객 등장.

자객 1 여! 거기 누구요?

브래큰버리 대체 누구이며 무슨 일로, 어떻게 여길 왔소?

자객 1 클래런스 공과 할 이야기가 있소. 물론 내 발로 걸어왔소.

브래큰버리 아니, 그 말뿐이오?

자객 2 지루한 이야기보다는 낫잖소. 문답은 치우고 영장을 보여줘야겠군요.

브래큰버리 (영장을 받아 읽고 나서) 이 영장엔 클래런스 공작님을 당신들 손에 인도하라고 돼 있군요. 이게 무슨 뜻인지 따지진 않겠소. 그 일에서 나는 발을 빼고 싶으니까. 공작님은 저기 자고 있소. 열쇠는 여기 있소이다. 나는 이 길로 전하를 뵙고 아뢰야겠소. 내 책임을 당신들에게 넘겼다고 말이오.

자객 1 그렇게 하구려. 약은 생각이오. 그럼 잘 가시오. (브래큰버리 퇴장)

자객 2 그런데 저렇게 자고 있는 사이에 찔러 죽이나?

자객 1 그래서는 안 되지. 깨어나면 우리를 비겁하다고 말할 거야.

자객 2 깨어난다고? 이 멍청아, 최후의 심판 날까지는 깨어나진 못할 거야.

자객 1 글쎄, 그때 말할 거란 말이야. 자고 있는 틈에 우리가 찔러 죽였다고.

자객 2 최후의 심판에 대한 소리를 듣고 나니 어쩐지 좀 마음에 걸리는구먼.

자객 1 아니, 자넨 두려운가?

자객 2 죽이는 건 두렵지 않아. 영장을 가지고 있으니까. 하지만 죽인 죄로 지옥에 떨어지는 것을 막아줄 영장은 없지 않은가.

자객 1 뭐야, 자넨 결심이 돼 있는 줄 알았지.

자객 2 살려주기로 결심이야 돼 있지.

자객 1 당장 글로스터 공작님께 되돌아가서 그렇게 보고할까?

자객 2 아냐, 제발 잠깐만 기다려 주게나. 동정심 많은 내 변덕은 아마 곧 변할 거야. 내 변덕은 언제나 그렇지만 스물을 셀 때까지밖에 계속하지 않으니까.

자객 1 어때, 이젠 변했나?

자객 2 참말이지, 그래도 양심 찌꺼기가 조금은 남아 있는걸.

자객 1 처치해 버린 뒤에 받을 보수를 생각해 보게나.

자객 2 제기, 처치해 버리자고. 보수를 깜박 잊고 있었군그래.

자객 1 이제 양심이 어디 갔는가?

자객 2 그거야, 글로스터 공작님의 돈지갑 속에 가 있지.

자객 1 공작님이 돈지갑을 열고 우리에게 보수를 주려고 하면, 자네 양심은 날아가 버린단 말이지.

자객 2 그까짓 것 날아가 버려도 문제없어. 그까짓 양심을 가질 사람은 거의, 아니 전혀 없을 거야.

자객 1 하지만 되돌아오면 어떡할 텐가?

자객 2 그까짓 것 상관하지 않을 테야. 양심은 사람을 비겁하게 만들거든. 도둑질을 하려고 들면 가책이 들게 하고, 욕을 하려고 들면 비난을 하고, 이웃집 여편네와 자려고 하면 냄새를 맡아내거든. 글쎄 양심은 당장 홍당무가 되는 수줍음쟁이로 가슴속에선 늘 반항을 하고 있단 말야. 그것참 장애 덩어리지. 언젠가 우연히 금화가 든 돈지갑을 주운 일이 있었는데, 양심 덕분에 돌려주고 말았지. 양심을 기르고 있다간 누구나 다 거지가 된다니까. 그러기에 마을에서나 도시에서나 양심은 위험한 것으로 인식되어서 쫓겨나고 있지 않은가 말야. 누구나 잘 살아보고 싶은 사람은 양심에는 구애받지 말고 제 자신만을 믿고 살아가도록 힘을 써야 하는 거야.

자객 1 제기랄, 지금 내 팔꿈치에 나타나서 공작을 죽이지 말라고 날 졸라대고 있군.

자객 2 악마의 마음이 되어 양심일랑 아예 믿지 말게나. 양심은 어느새 살그머니 들어와서 고작해야 한숨이나 몰아쉬게 해줄 뿐이니까.

자객 1 이래 봬도 억센 나야. 양심 따위는 나한테는 상대도 안 되지.

자객 2 거참, 명예를 숭상하는 대장부의 말일세. 자 그럼, 시작해 볼까?

자객 1 먼저 정수리를 칼자루로 내리갈긴 다음, 옆방 포도주 통에 처넣자고.

자객 2 거, 좋은 생각인걸! 술에 담근 과자 꼴을 만들잔 말이지.

자객 1 쉿, 잠을 깨겠네.

자객 2 내리치게.

자객 1 아냐, 좀 얘길 해보세.

클래런스 어디 있소, 브래큰버리? 포도주를 한 잔 주시오.

자객 2 이제 곧 실컷 드립죠.

클래런스 대체 너는 누구냐?

자객 1 당신과 같은 인간입죠.

클래런스 천만에. 나같이 몸 안에 왕족의 피가 흐르진 않잖나.

자객 2 물론, 당신같이 왕족의 피를 흘리려고 하진 않는 사람들이오.

클래런스 목소리는 천둥 같지만 얼굴은 비천하구나.

자객 1 내 목소리는 국왕의 대신이오. 얼굴은 내 얼굴이지만.

클래런스 참으로 불길하고 끔찍한 말투구먼! 그대들의 눈초리가 무섭구나. 왜들 그렇게 파랗게 질려 있느냐? 누가 보내서 왔지? 무슨 일로?

자객 2 저, 예, 실은.

클래런스 날 죽이려고?

자객들 그렇습니다.

클래런스 변변히 대답도 잘 못하는 걸 보니 실행할 용기는 없는 것 같군. 대체 내가 너희들에게 무슨 잘못을 했단 말이냐?

자객 1 우리에게가 아니라 국왕께 잘못을 했지요.

클래런스 국왕과는 화해할 참이다.

자객 2 안 될 말이오. 그러니까 죽을 각오를 하시오.

클래런스 너희들은 하고많은 사람 중에서 하필이면 죄 없는 사람을 죽이러

왔단 말인가? 대체 내 죄가 뭐냐? 죄의 증거는 어디 있느냐? 배심원들의 정식 평의를 거쳐서 엄정한 법정이 그걸 받아들였단 말인가? 이 불쌍한 클래런스에게 가혹한 사형 선고를 누가 내렸단 말인가? 법에 의한 유죄 선고도 있기 전에 죽음으로 날 위협하는 건 이만저만한 불법이 아니다. 여봐라, 인간의 극악무도한 죄를 위해 피를 흘리신 그리스도의 구원을 받으려거든 썩 물러가고 내게 손대지 말라. 손을 대는 날이면 지옥행인 줄 알아라.

자객 1　우리가 무엇을 하든, 명령에 따라 하는 것이오.

자객 2　그리고 그 명령의 주인공은 국왕이오.

클래런스　불충한 신하 같으니! 왕 중의 왕은 그 법규 안에서 살인하지 말라고 엄명해 놓았다. 그런데 그 법규를 무시하고 인간의 법규를 실행하겠단 말이냐? 조심해야 해. 신은 복수를 손에 쥐고 있어. 신의 율법을 깨뜨린 놈들을 머리 위에 내던지려고 말이다.

자객 2　바로 그 천벌이 당신 머리 위에도 떨어지려는 거요. 거짓 맹세와 살인죄로. 당신은 랭커스터 집안을 위하여 싸우겠다고 선서까지 했던 사람이오.

자객 1　그러고서도 신의 이름을 더럽히는 반역자답게 그 맹세를 깨뜨리고, 배신의 칼로 국왕 아드님의 배를 가른 사람이오.

자객 2　더구나 보호하며 키워 주기로 맹세한 왕자를.

자객 1　그런 사람이 무슨 낯으로 신의 무서운 율법을 우리에게 강요하겠다는 거요? 자기는 완전히 맹세를 깨뜨린 주제에!

클래런스　아! 나의 그 악행이 누굴 위해서 행해진 것인지 아느냐? 에드워드를 위하여, 형님 바로 그분을 위하여 행해진 것이었다. 그 일 때문에 왕이 날 죽이고자 그대들을 보낼 리는 없어. 그 죄로 말하면 왕이나 나나 마찬가지니까. 만약 천벌이라고 한다면 공공연하게 내려질 게 아니냐? 신의 권한을 대신할 생각은 아예 하지 말아라. 신은 전능하신 권한을 남의 손을 빌려서, 또는 불법의 수단으로 쓰실 리가 없다.

자객 1　그렇다면 당신은 무엇 때문에 잔인한 앞잡이 노릇을 했지요? 플랜태저넷의 당당한 새싹, 그 늠름한 왕자는 당신 손에 죽었으니 말이오.

클래런스　형을 위하는 마음, 그리고 악마와 분노 때문이었다.

자객 1　우리 역시 당신네 형님을 위하는 마음, 그리고 충성심과 당신의 죄 때문에 이렇게 당신을 죽이러 온 것이오.

클래런스 정말 내 형님을 위하는 마음이 있거든 날 증오하지 말아라. 난 그분의 아우야. 정말 그분을 위하고 있다. 너희들이 돈에 팔려 하는 일이라면, 이 길로 발길을 돌려 내 아우 글로스터 공작한테 가보려무나. 날 살려준 공으로 그가 보수를 줄 것이다. 내 죽음의 소식에 에드워드왕이 내릴 보수보다 더 많은 보수를.

자객 2 당신은 속고 있소. 당신의 동생 글로스터 공작님은 당신을 미워하고 있소.

클래런스 그럴 리 없다. 그는 날 사랑하고 소중히 여기고 있어. 어서 그리로 가봐라.

자객 1 암, 그렇게 하죠.

클래런스 가서 이렇게 좀 전해 주게. 아버지 요크 공이 우리 삼형제를 승리의 팔에 안고 축복하시며 서로 사랑하라고 진심으로 당부하셨을 땐, 이렇게 서로 미워하게 되리라곤 꿈에도 생각지 않으셨을 거라고. 그때 일을 생각해 보라고 글로스터 공에게 전해 줘. 들으면 그도 눈물을 쏟을 게다.

자객 1 암, 눈에서 맷돌을 쏟으시고말고요. 그걸 내 눈에 쏟으라고 당부하셨으니까.

클래런스 아, 그렇게 헐뜯지 마라. 그는 마음씨가 따뜻한 사람이니까.

자객 1 그렇구먼, 인정머리라곤 눈꼽만큼도 없는 작자니까. 이런, 당신은 스스로를 속고 있소. 이렇게 당신을 죽이라고 우릴 보낸 게 바로 그분이오.

클래런스 그럴 리가 없다. 공작은 내 불운을 비탄하며 나를 팔에 안고 흐느끼며 맹세했다. 어떻게든 석방되도록 애써 주겠다고 말이다.

자객 1 물론이죠. 이 지상의 노예와 같은 속박에서 천국의 기쁨으로 석방시켜 주실 테니까요.

자객 2 그럼 하느님과 화해를 하시오. 이젠 죽는 도리밖에 없으니까.

클래런스 하느님과 화해하라고 권할 만큼 경건한 마음을 가지고 있으면서, 자신의 영혼에 대해선 눈을 감고 감히 하느님께 대항하여 나를 죽이려고 하는가? 아, 생각 좀 해봐라. 너희들을 충동해서 이 짓을 하게 만든 당사자도 이것 때문에 결국은 너희들을 증오하게 될 것이다.

자객 2 어떡할까요?

클래런스 참회하고 영혼의 구원을 받도록 해라. 너희도 만약 왕족의 아들로 태어나서 지금 나같이 자유를 박탈당하여 옥에 갇혀 있는 처지라면, 그리고 이렇게 두 자객한테 습격받게 되는 날이면 목숨을 애걸하지 않을 수 없을 것이다. 그렇다, 나는 생명을 애걸한다. 이 같은 궁지에 빠진다면 너희들도 애걸하지 않을 수 없을 거다.

자객 1 참회를 하라고요? 천만에. 비겁하고 계집애 같은 짓이오.

클래런스 참회를 모르는 자는 야수, 야만인, 악마다. (자객 2에게) 여보게, 자네 얼굴엔 동정의 빛이 보이는군. 오, 그 눈초리가 거짓이 아니라면 내 편이 되어 나 대신 생명을 좀 애걸해 주게. 이렇게 애걸해 주게. 이렇게 애걸하는 왕족에겐 거지라도 동정을 해줄 거네.

자객 2 뒤쪽을 조심해요!

자객 1 이거나 받아라. (클래런스를 찔러 죽인다) 한 대 더 받아라. 이래도 부족하다면 포도주 통 속에 담가놔야지. (시체를 끌고 나간다)

자객 2 무참한 짓이다. 무모한 일이지! 예수님을 처형한 빌라도는 아니지만 나도 이렇게 잔인무도한 살인에선 손을 씻고 싶구나!

자객 1 다시 등장.

자객 1 도대체 어떻게 된 거야! 날 도우려고 하지 않으니? 자네가 얼마나 미지근하게 굴었는지 공작님께 일러바치고 말 테야!

자객 2 공작님이 알아주길 차라리 바랄 정도일세. 그분의 형을 내가 살려주려고 한 사실을. 보수는 자네나 받게. 그리고 내가 한 말을 전해 주게. 난 클래런스 공을 죽인 것을 후회하고 있으니까. (퇴장)

자객 1 나는 후회 따위는 하지 않는다. 가버리려무나, 비겁한 자 같으니. 그런데 시체는 당분간 어디 땅속에 감춰놔야겠다. 지시가 내릴 때까지. 그리고 보수를 받으면 어디로 몸을 피해야겠다. 어차피 일은 탄로 나고 말 거다. 그렇게 되면 난 눌러앉아 있진 못할 테니 말이야. (퇴장)

런던. 궁전.

나팔 소리. 병중의 에드워드왕이 의자에 앉은 채 운반되어 나온다. 엘리자베스 왕비, 도 싯, 리버스, 헤이스팅스, 버킹엄, 그레이, 그 밖의 사람들 등장.

에드워드왕 자, 됐소. 이걸로 나도 하루의 임무는 다한 셈이오. 경들은 모두 이 화목을 깨는 일 없이 단결해서 계속해 나가도록 하오. 나는 하느님의 부 름을 매일같이 고대하고 있는 몸이오. 이제는 영혼도 편안히 천국으로 떠날 수 있겠소. 이렇게 지상에서 그대들의 화목을 이루어 놓았으니까. 헤이스팅스 와 리버스, 둘이서 악수하오. 증오를 배 속에 숨기지 말고 서로의 우의를 맹 세하오.

리버스 진심으로 원한을 씻겠습니다. 그리고 이 손으로 진정한 화해를 맹세 합니다.

헤이스팅스 저 또한 목숨을 걸고 진심으로 맹세합니다.

에드워드왕 국왕 앞에서 함부로 연극을 해선 안 되오. 왕 중의 왕인 하느님의 눈에는 아무리 숨겨도 허위는 탄로 나게 마련이니, 그 벌로 서로 멸망당하는 일이 없도록 하오.

헤이스팅스 제 생애를 걸어 변함없는 우의를 맹세합니다!

리버스 헤이스팅스 경에 대한 저의 진정한 우의에 거짓은 없습니다!

에드워드왕 (엘리자베스 왕비에게) 왕비도 이것을 남의 일같이 생각하지 마오. 그 리고 도싯과 버킹엄도. 그대들은 오늘까지 밤낮 파벌 싸움만 해왔소. 왕비, 헤이스팅스 경을 아껴주고, 손에 그의 키스를 받으시오. 그리고 앞으로는 거 짓 없이 행동해 주오.

엘리자베스 헤이스팅스 경, 이제는 지난날의 원한을 영영 잊어버리겠어요. 이 몸과 우리 가문을 걸고 맹세합니다.

에드워드왕 도싯, 헤이스팅스 경을 껴안도록. 헤이스팅스 경, 도싯 후작을 껴 안아 주오.

도싯 맹세코 이 화의의 맹약을 깨지 않겠습니다.

헤이스팅스　저도 맹세합니다. (도싯과 껴안는다)

에드워드왕　그럼 버킹엄 공, 왕비 일족을 안아주시오. 그리고 이 맹약에 도장을 찍어주오. 그것만 보면 나도 안심하겠소.

버킹엄　(왕비에게) 이 버킹엄이 왕비께 원한을 품다니요. 왕비와 왕비의 일족에게 충성과 사랑을 다하지 않는 날엔 당장에 신의 벌이 내리기를! 가장 신뢰하는 우정이 배반당하고 증오가 내리기를! 그리고 친구의 힘이 가장 절실할 때, 가장 믿던 친구가 음험하고 간사한 배신자가 되기를! 이렇게 되기를 신 앞에 빌겠습니다. 왕비님 일족에 대한 충성심이 식는 날엔. (모두 포용한다)

에드워드왕　버킹엄 공, 그 맹세는 병중의 내 마음을 즐겁게 하는 단비요. 이제 아우 글로스터만 있으면, 이 화목은 완전무결한 것이 되는 거요.

버킹엄　마침 공작께서 오시는군요.

　글로스터 등장.

글로스터　전하와 왕비님 심기가 좋으시니 반갑습니다. 여러분도 얼굴빛이 좋군요!

에드워드왕　아, 오늘은 참 행복한 날이었다. 글로스터, 나는 좋은 일을 했어. 서로 으르렁대는 귀족들의 적의와 증오를 화목과 친의로 돌려놨으니까.

글로스터　축복받으실 일이옵니다, 전하. 그런데 여기 모인 귀족 가운데 터무니없는 소문이나 그릇된 억측으로 저를 적대시하는 분이 있다면, 아니 제가 만약 저도 모르는 사이에 어느 분께 실례를 했다면 아까 그 깊은 화목에 두고 관용을 바랍니다. 적의의 대상이 되는 것을 나는 죽음같이 증오합니다. 그러나 선한 사람의 우정이라면 누구한테서나 받고 싶습니다. 먼저 왕비마마, 진정한 화해를 바랍니다. 그러기 위해서는 충성을 다하겠습니다. 저와는 사촌 사이인 버킹엄 공, 우리 둘 사이에 어떤 원한이 도사리고 있다면 이제는 씻어버립시다. 그리고 리버스 경과 도싯 경, 근거도 없이 저를 불쾌한 눈초리로 봐온 여러분, 공작, 백작, 귀족을 막론하고 모든 여러분, 간밤에 갓 태어난 아이와 마찬가지로 아무 적의도 없는 영혼을 갖고 있는 저는 현재 잉글랜드인 누구와도 반목하고 있지는 않습니다. 저는 이런 저의 겸손한 성질에 대하여 신에게 감사하고 있습니다.

엘리자베스 앞으로는 오늘이 신성한 추억이 되고 모든 갈등은 잘 화해되기를 하느님께 빕니다. 그런데 전하, 이제는 아우님 클래런스 공을 용서해 주시기 바랍니다.

글로스터 왕비마마, 제가 지금 제안한 화목이 국왕 앞에서 이렇게 조롱당해야 합니까? 그 공작이 사형당한 것은 누구나 알고 있지 않습니까? (모두 깜짝 놀란다) 그야말로 시체에 매질하여 그분을 모욕하는 격이십니다.

리버스 사형당한 것을 누구나 알고 있다니! 대체 누가 그걸 알고 있단 말입니까?

엘리자베스 아, 하늘이시여! 세상에 이런 일이 있을 수가!

버킹엄 내 얼굴도 다른 분같이 창백하오, 도싯 경?

도싯 예, 그렇습니다. 이 자리에 볼에서 붉은빛이 가시지 않은 분은 한 사람도 없군요.

에드워드왕 클래런스가 처형됐다고? 명령은 취소되었는데?

글로스터 그러나 불쌍하게도 공은 첫 명령으로 처형됐습니다. 첫 명령은 날개 돋친 사신 메르쿠리우스가 전달해 온 거죠. 그런데 취소 명령은 느림보 같은 절름발이가 어찌나 늦게 전해 왔던지, 와서 보니 벌써 매장되어 버린 뒤였습니다. 하느님은 그보다 더 비열하고 더 불충한 놈한테는 관대하신가 봅니다. 왕족의 혈통과는 멀면서도, 훨씬 더 피비린내 나는 생각을 품고 있는 놈들이 클래런스 공처럼 벌을 받기는커녕 의심도 받지 않고 활개치고 다니는 판이거든요!

더비 백작 스탠리 경 등장.

스탠리 관대하신 전하, 제 평소의 충성을 고려하시어 은혜를 허락해 주십시오.

에드워드왕 제발 조용히들. 나의 마음은 슬픔으로 가득 차 있소.

스탠리 윤허해 주시기 전에는 일어서지 않겠습니다.

에드워드왕 그럼 그대의 청이 무엇인지 말해 보오.

스탠리 전하, 저의 하인 목숨을 살려주십시오. 그놈이 오늘 사람을 죽였습니다. 상대는 최근까지 노퍽 공 신하로 있던 사람입니다.

에드워드왕 아우의 사형을 선고한 이 혀, 바로 이 혀로 하인 놈의 사면을 명하란 말이오? 아우는 아무도 죽이지 않았소. 죄가 있다면 생각한 것뿐이었소. 그런데도 가혹한 사형으로 처벌됐소. 그의 구명을 누가 청이나 해봤는가? 분노한 내 앞에 무릎을 꿇고 간청한 자가 한 사람이라도 있었는가? 형제간의 의리와 애정을 누가 간청해 봤는가? 아우가 늠름한 자기 장인 워릭을 배반하고서까지 나를 위해 싸워준 공적을 누가 떠올려 봤는가? 그리고 아우와 같이 툭스베리 전장에서 얼어 죽을 뻔했을 때, 아우는 옷을 벗어 나를 덮어주고 자기는 살이 얼어붙는 추운 밤에 거의 벌거숭이가 되다시피했는데, 그때 일을 누가 이야기나 해줘 봤는가? 횡포한 분노에, 이 온갖 일을 저버린 배은망덕을 깨우쳐 주는 사람은 아무도 없지 않았는가. 그러면서 자기네 마부나 하인이 취중에 사람을 죽이고 구세주의 화신같이 귀중한 인간을 부숴 놓으면, 당장에 찾아와서 무릎을 꿇고 사면을, 사면을, 하며 탄원하다니. 그리고 나는 그것이 부당함을 뻔히 알면서 허락할 수밖에. (스탠리 일어선다) 그러나 아우를 위해선 아무도 변명해 주질 않았소. 나 또한 무정하게도 다시 생각해 보지 않았구려. 경들 가운데 영예의 절정에 있는 사람치고 그의 은혜를 입지 않은 사람이 어디 있소. 그러면서 단 한 번만이라도 그의 구명을 탄원한 사람은 아무도 없었소. 아, 반드시 신의 정의의 벌이 내 위에, 경들 위에, 그리고 내 집안이나 경들 집안 위에 내리고 말 것이오! 아, 헤이스팅스 경, 나를 안으로 데려다주오. 아, 가엾은 클래런스! (헤이스팅스, 왕비, 몇몇 귀족과 함께, 운반되어 퇴장)

글로스터 이것도 경솔한 탓이지 뭐요. 그런데 못 보셨소? 클래런스의 처형을 듣고 왕비 일족들은 마음이 저리는지 창백해졌는데? 아, 왕을 늘 부추긴 것은 그들이 틀림없소! 신의 복수를 받을 거요. 자, 같이 가서 에드워드왕을 위로해 드립시다.

버킹엄 기꺼이 그리하겠습니다. (모두 퇴장)

런던. 궁전.

에드워드왕과 형제들 어머니인 요크 공작부인이 클래런스 공의 아이들(소년과 소녀)을 데리고 등장.

소년　할머니, 말씀해 주세요. 아버지가 죽었어요, 네?

요크 공작부인　아니다, 아가.

소녀　그럼, 왜 그렇게 울고, 왜 가슴을 치면서 "아, 클래런스, 불쌍한 것!" 하고 외치세요?

소년　또 왜 저희들을 바라보고 머리를 흔들며, 저희들한테 고아라는 둥, 가엾다는 둥, 버림받았다는 둥 하세요? 아버지가 살아 계시다면 말이에요?

요크 공작부인　귀여운 손주들아, 그게 아니다. 나는 왕의 병을 슬퍼하고 있는 거야. 왕이 돌아가시지나 않을까 하고 두려워서이지, 너희들 아버지의 죽음 때문은 아니다. 이미 간 사람을 슬퍼해 봐야 그건 소용없는 한탄이 아니겠느냐.

소년　그럼 아버지는 돌아가셨군요. 큰아버지인 전하 때문이군요. 복수는 하느님이 해주실 거예요. 꼭 복수가 내리도록, 저는 열심히 기도하겠어요.

소녀　저도요.

요크 공작부인　시끄럽다 얘들아, 조용히 해라! 왕은 너희들을 사랑하신다. 아무것도 모르는 철없는 너희로서는 너희들 아버지를 누가 죽게 했는지 알 수가 없다.

소년　할머니, 다 알아요. 글로스터 삼촌이 이야기해 주셨어요. 왕이 왕비의 말을 곧이듣고, 죄를 씌워 투옥했다는데요. 글로스터 삼촌은 그 이야기를 하시면서 우셨어요. 그리고 불쌍하다고 하시면서 내 볼에 다정하게 키스해 주셨어요. 그리고 자기를 친아버지같이 의지하라고 하셨어요. 친자식처럼 귀여워해 주시겠다고 말이에요.

요크 공작부인　아, 거짓이 인정의 탈을 쓰고 살그머니 찾아와서, 가면의 덕으로 마음속 흉계를 감추는군! 그도 내 자식, 이 무슨 창피냐. 하지만 그런 거짓은 내 젖을 먹고 자라면서 배운 것은 아니다.

소년 그럼 할머니는 삼촌이 저희를 속이고 있다고 생각하세요?

요크 공작부인 그렇다, 아가.

소녀 그럴 리가 없어요. 아! 저 소리는?

왕비가 머리를 풀어 헤치고 등장. 그 뒤에 리버스와 도싯 등장.

엘리자베스 이 터져나오는 울음, 가련한 신세, 한탄하고 자신을 고문하는 것을 누가 막아줄 것인가? 영혼과는 등을 지고 시커먼 절망과 합세하여, 이 몸을 원수로 삼아야겠구나.

요크 공작부인 참지 못하고 이렇게 울부짖다니 무슨 일인가?

엘리자베스 포악한 비극의 일 막을 끝내기 위해서입니다. 남편이, 아드님 에드워드가, 전하께서 돌아가셨어요. 뿌리는 죽었는데 어떻게 가지가 성하겠어요? 수액이 없어졌는데 어찌 잎사귀가 마르지 않겠어요? 당신도 살아 계시다면 슬퍼하세요. 죽으시려거든 어서 죽으시고. 지금이라면 우리의 영혼을 빠른 날개에 싣고 왕의 영혼을 쫓아서 충실한 신하답게 영겁의 밤인 새 왕국까지 따라갈 수 있을 테니까요.

요크 공작부인 그 슬픔은 내 것이나 다름없지. 그대 남편은 내 자식이니까. 훌륭한 남편을 여의고 나로서는 훌륭한 그분의 산 모습이라 할 자식들을 바라보며 살아왔는데. 이제는 왕의 산 모습이라 할 두 개의 거울은 심술궂은 죽음의 손에 박살이 나고 겨우 위안으로 남은 것이 비뚤어진 거울뿐이군. 그 거울을 들여다볼 때마다 이 몸의 수치가 비쳐 보여 슬퍼지는군. 그대도 홀몸이 됐지만, 그래도 어머니로서 위안이 될 자식들은 남아 있지 않은가. 그러나 죽음은 내 품에서 남편을 앗아가고, 그러고는 가냘픈 이 손에서 두 개의 지팡이를, 클래런스와 에드워드를 빼앗아 갔어. 아, 이 무슨 기구한 팔자인고! 내 것에 비하면 그대 슬픔은 아무것도 아니지. 내 비탄은 그대의 비탄보다 훨씬 크고 내 울부짖음은 그대의 울부짖음을 압도하고 있지!

소년 아, 큰어머니! 저희 아버지가 죽었을 때 큰어머닌 울지 않으셨어요. 그러니 큰어머닐 위해서 같이 울어드릴 순 없잖아요?

소녀 아버지를 잃은 저희들의 고통을 아무도 슬퍼해 주진 않았어요. 그러니 홀몸이 되신 슬픔을 울어드릴 순 없어요!

엘리자베스 우는 것을 도와줄 필요는 없어. 슬픔을 자아내지 못할 만큼 이 가슴이 메말라 있지 않으니까. 모든 샘물아, 내 눈으로 흘러들어와 다오. 조수를 좌우하는 달님의 지배를 받아 억수 같은 눈물을 쏟아내어 이 세상을 물바다로 만들어 놓게나 됐으면! 아, 내 남편, 소중한 에드워드를 위해서!

소년, 소녀 아, 소중한 아버지, 클래런스 경을 위해서!

요크 공작부인 그 두 사람, 다 같이 내 자식인 에드워드와 클래런스를 위해서!

엘리자베스 에드워드 말고 이제는 누구에게 의지해야 한단 말인가. 그분은 가버렸어.

소년, 소녀 아버지 말고 누구에게 의지해야 한단 말이에요? 그분은 가버리셨어.

요크 공작부인 그 두 사람 말고는 누구에게 의지해야 좋단 말인가? 그들은 가버렸어.

엘리자베스 이렇게 불행한 과부도 있었을까?

소년, 소녀 이렇게 불행한 고아들도 있었을까?

요크 공작부인 이렇게 불행한 어미도 있었을까? 아, 나는 이 슬픔들의 어머니이다. 아이들의 고통은 조각이 나 있지만 내 고통은 온통 하나로구나. 엘리자베스는 에드워드 때문에 울고 있지만 나도 울고 있지. 나는 클래런스 때문에 울고 있지만 왕비는 울지 않아. 저 애들은 클래런스 때문에 울고, 나도 울고 있지. 나는 에드워드 때문에 울고 있지만 저 애들은 울고 있지 않아. 아, 너희들 세 사람은 괴로움을 세 겹으로 받는 이 몸 위에 너희들의 눈물을 모두 쏟아다오! 나는 그 슬픔의 유모, 슬픔에게 눈물의 젖이나 실컷 먹여주겠다.

도싯 (왕비에게) 어머니, 신의 뜻을 그렇게 불평하시면 신의 노여움을 사시게 됩니다. 이 세상에서도 너그러운 손이 친절하게 빌려준 채무를 이행하기 싫어하면 배은망덕하다는 소리를 듣게 마련입니다. 하물며 그렇게 하늘에 대하여 반항하는 경우는 말할 나위도 없습니다. 잠시 빌려주신 왕의 수명을

클래런스 공작의 두 아이

하늘이 갚으라고 요구하신 것이니까요.

리버스 자, 이제는 정성스러운 어머니로서, 나이 어린 왕자님을 생각하십시오. 곧 사람을 보내 모셔다가 왕위에 오르게 하십시오. 누님은 왕자를 믿고 사십시오. 그리고 절망적인 비탄은 돌아가신 에드워드왕의 무덤 속에 묻고, 살아 있는 에드워드의 왕좌 안에 기쁨의 꽃을 심으십시오.

글로스터, 버킹엄, 더비, 헤이스팅스, 랫클리프 등장.

글로스터 (왕비에게) 형수님, 기운을 내세요. 희망이, 샛별이 빛을 잃은 슬픔은 누구에게나 같습니다. 그러나 울어봤자 아무도 이 재앙을 어떻게 할 순 없습니다. 아, 어머니, 용서하십시오. 거기 계시는 것을 그만 못 알아보고 실례했습니다. (무릎을 꿇는다) 이렇게 겸손하게 무릎을 꿇고, 축복해 주시길 바라겠습니다.

요크 공작부인 부디 신의 축복을 내려주시옵소서! 그리고 가슴에는 애정과 자비의 순종과 충절이 깃들게 해주시옵소서!

글로스터 아멘! (혼잣말로) 그리고 "천수를 다하게 해주시옵소서!" 이것이 어머니의 축복의 끝말이어야 할 게 아닌가. 이 말을 빼버리시다니 이상한 노릇이군.

버킹엄 침울하고 비탄에 잠긴 여러분! 슬픔의 무거운 짐을 다 같이 짊어진 귀족 여러분, 서로 의좋게 격려해 나갑시다. 선대의 전성기는 이미 지나갔으니 이제는 왕세자에게 새 수확을 기대합시다. 여러분은 서로 간의 증오 때문에 당장에라도 부러질 것 같은 한 그루의 나무와도 같았으나, 그것도 얼마 전에 덧대를 대어 단단히 맞춰졌으니 이제는 건드리지 말고 조용히 소중히 간직해야 합니다. 그건 그렇고, 내 생각에는 소수의 인원만을 러들로에 보내서 젊은 왕자를 런던에 모셔 왕으로 추대함이 좋을 것 같습니다.

리버스 소수의 인원만을 파견하자는 까닭은 무엇입니까, 버킹엄 경?

버킹엄 많은 사람이 움직이면 갓 아문 상처가 다시 터지지나 않을까 염려돼서 그렇습니다. 세워진 지 얼마 안 된 국토이고 더구나 주인도 아직 정해지지 않고 보니, 그만큼 위험은 크잖겠습니까. 말을 다스려야 할 고삐를 말 자신이 쥐고 제멋대로 달려갈 판이니, 뚜렷한 재앙은 물론 재앙의 징조 같은 것도 미리 피하는 것이 최선일 듯합니다.

글로스터 선왕께서는 우리 모두가 화해할 수 있는 자리를 만들어 주셨기를 바라오. 적어도 내게 이 맹약은 견고하고 진실하오.

리버스 저도 그렇습니다. 그리고 여러분도 물론 그러실 것입니다. 그러나 세워진 지 얼마 안 된 국토이고 보니, 일어날는지도 모르는 소란은 미리 피하는 것이 좋을 것 같습니다. 많은 인원이 이동하게 되면 소란이 일어날 우려도 더할 테니까요. 이 점 저도 버킹엄 경의 의견에 찬성합니다. 그러니 역시 소수의 인원만으로 왕자를 뫼셔오게 하는 것이 좋겠습니다.

헤이스팅스 저도 같은 의견이오.

글로스터 그럼 그렇게 합시다. 그리고 러들로에 누구누구를 곧바로 보낼 것인지 자리를 옮겨 결정합시다. 어머니, 그리고 형수님, 같이 오셔서 이 일에 관해 의견을 좀 들려주지 않으시겠습니까?

엘리자베스, 요크 공작부인 물론 기꺼이. (버킹엄과 글로스터만 남고 모두 퇴장)

버킹엄 공작 왕자를 맞으러 누가 가게 되건 우리 두 사람은 뒤처져 있지 않기로 합시다. 이 기회에 요전번 상의한 이야기, 먼저 그 서막으로서 왕비의 오만한 일족을 왕자로부터 떼어놔야겠으니까요.

글로스터 그러기에 경은 나의 한쪽 팔이자 심복의 상담역, 내 한 몸을 맡길 만한 신탁 예언자란 말이오. 좋소. 나는 아이처럼 순순히 그대의 지시를 따르겠소. 그럼 곧 러들로로 갑시다. 뒤처져 있어서는 안 되니까요. (모두 퇴장)

〔제2막 제3장〕

런던. 어느 거리.

시민 두 사람이 등장하여 만난다.

시민 1 안녕하시오. 어딜 그렇게 바삐 가오?

시민 2 실은 그건 나도 잘 모르겠소. 바깥 소문은 들었소?

시민 1 아, 왕이 세상을 떠나셨다더군.

시민 2 정말 흉한 소식이구려. 좋은 소식이라곤 좀처럼 없군요. 아마 앞으로 세상이 어지러울 것 같아요.

또 다른 시민 등장.

시민 3 안녕들 하시오!

시민 1 아, 안녕하시오.

시민 3 에드워드왕께서 돌아가셨다는 소문이 있던데 정말인가요?

시민 2 아, 예, 정말이랍니다. 원 참!

시민 3 그렇다면 세상이 좀 시끄럽겠군요.

시민 1 설마 그럴라고요. 신의 가호로 왕자가 왕위에 오르겠지요.

시민 3 어린 왕이 다스리는 나라에는 재난이 따르게 마련이지요.

시민 2 잘 통치되어 가겠지요. 성년이 될 때까지는 높은 중신들이 보필할 것이고, 충분히 성장하면 손수 잘 다스려 나가게 될 것이오.

시민 1 그렇소. 헨리 6세 왕이 파리에서 즉위하신 것은 태어난 지 겨우 9개월 만이었죠.

시민 3 아, 그랬던가요? 하지만 그때에는 이 나라가 어진 신하들이 많기로 이름나고, 게다가 훌륭한 삼촌들이 보호하고 있었소.

시민 1 이번에도 그 점은 같죠. 삼촌은 아버지 쪽에도 어머니 쪽에도 있습니다.

시민 3 그게 탈이란 말이오. 차라리 그 모두가 아버지 쪽이라든가, 아버지 쪽은 한 명도 없다든가 그랬으면 좋았을 것. 결국 누가 왕위에 가장 가까운가의 경쟁으로 마침내는 우리한테까지 재앙이 떨어질 것 같소. 신이 막아주신다면 몰라도. 아, 글쎄, 글로스터 공이 아주 위험인물이거든요! 게다가 왕비의 아들과 동생들도 오만불손한 사람들이고요. 그들이 다 지배를 받는 쪽이 되고 지배하는 쪽이 되어주지만 않는다면, 이 병든 나라도 종전같이 태평할 수 있을 텐데요.

시민 1 걱정도 팔자구려. 만사 잘되어 갈 일을 가지고.

시민 3 먹구름이 나타나면 약은 사람은 비옷을 입는 법이오. 그리고 큰 잎들이 떨어지면 겨울이 다가온 증거요. 해가 지면 밤을 안 기다리는 사람이 누가 있겠소? 느닷없는 폭풍은 흉작을 예상케 하오. 하기야 모든 일이 잘되어 갈는지도 모르지요. 그러나 하느님이 뜻하시는 일이라면 인과응보의 법칙을 넘어 큰 재앙이 내릴는지도 모르오.

시민 2　사실 모두 다 전전긍긍하고 있소. 누구와 이야기해 봐도 침울한 얼굴에 공포의 빛을 띠고 있지 않은 사람은 없소.

시민 3　변고가 일어나기 직전에는 반드시 그런 법이오. 신으로부터 받은 본능이랄까, 사람의 마음은 닥쳐오는 위험을 알아차리게 마련이오. 폭풍에 앞서 파도가 심해지는 사실을 우리는 경험으로 알고 있소. 그러니 모든 일을 신께 맡깁시다. 그런데 대체 어디를 가시는 중이오?

시민 1　실은 법정에 호출을 받았습니다.

시민 3　아, 나도 그렇소. 같이 갑시다. (모두 퇴장)

〔제2막 제4장〕

런던. 궁전.
요크의 대주교, 어린 요크 공작, 엘리자베스 왕비, 요크 공작부인 등장.

대주교　간밤에는 스토니 스트랫퍼드에서 묵으셨나 봅니다. 오늘 밤에는 노샘프턴에서 쉴 예정으로, 내일 아니면 늦어도 모레는 도착하실 것입니다.

요크 공작부인　어서 왕자를 만나보고 싶구려. 요전에 만났을 때보다 아마 많이 자랐을 거요.

엘리자베스　그러나 안 그렇다나 봅니다. 동생인 요크가 오히려 더 크다고 하더군요.

요크　그렇습니다, 어머니. 하지만 전 그건 싫습니다.

요크 공작부인　무슨 소릴 하는 거냐? 키가 커야 좋지.

요크　하지만 할머니, 언젠가 같이 저녁을 먹고 있을 때 리버스 외삼촌이 저한테 형보다 더 크다고 하시니까, 글로스터 삼촌이 이렇게 말씀하셨어요. "음, 화초는 작아도 품위가 있지만 잡초는 그저 무성하기만 하거든." 그 뒤로는

너무 빨리 자라는 것이 싫어진 것 같아요. 예쁜 꽃은 천천히 자라는데 잡초
는 마구 자라니까요.

요크 공작부인 딴은 옳은 말이다. 그러나 그 말을 네게 한 그 사람한테는 어
울리지 않는구나. 글쎄, 그는 어린 시절엔 허약하여 성장이 아주 늦고 더디었
단다. 그런데 아까 그 이론 같으면, 그 사람은 품위가 있어야 할 게 아니냐.

대주교 예, 물론 그 어른은 훌륭하십니다, 공작 부인.

요크 공작부인 그건 나도 바라지만, 어머니로서는 염려될 수밖에요.

요크 아 참, 그때 그 일만 생각났다면 글로스터 삼촌을 좀 놀려줄 수 있었을
것을. 글쎄 저보다도 삼촌이 큰 게 이상하지 않느냐고 말이에요.

요크 공작부인 아니, 그 일이라니? 얘야, 무슨 말이냐?

요크 글쎄, 삼촌은 어찌나 빨리 자랐던지, 태어나서 두 시간도 안 돼서 빵 껍
질도 씹을 수 있었다나요. 전 두 살이 되어서야 이가 났어요. 할머니, 그런 말
을 해주고 놀려줄 것을 그랬어요.

요크 공작부인 얘, 아가, 누가 그 얘길 해주던?

요크 삼촌 유모가요.

요크 공작부인 삼촌 유모가! 원, 그 유모는 네가 태어나기 전에 죽었는데?

요크 그 유모한테가 아니라면 누구한테 들었는지 잊어버렸나?

엘리자베스 얘가 여간 아니군. 버릇없게 그러면 안 돼.

대주교 왕비님, 아이한테 그렇게 화내지 마십시오.

엘리자베스 담벼락에도 귀가 있다잖아요.

전령 등장.

대주교 여기 전령이 오는군요. 무슨 소식이오?

전령 아뢰기 거북한 소식입니다.

엘리자베스 왕자는?

전령 예, 무사하십니다.

요크 공작부인 소식이란?

전령 리버스 경과 그레이 경이 폼프렛 감옥으로 압송됐습니다. 기사 토머스

본도 두 사람과 함께 죄수로 잡혀갔습니다.

요크 공작부인 누구의 명으로?

전령 글로스터 공과 버킹엄 공 두 분의 명령입니다.

대주교 무슨 죄목으로?

전령 아까 말씀드린 것이 제가 아는 전부입니다. 어째서, 무엇 때문에 그 세 분이 투옥당했는지 저로서는 전혀 모르겠습니다.

엘리자베스 아, 집안이 쓰러지는 꼴이 눈에 선하구나! 호랑이가 온순한 암사슴을 발톱으로 때려 잡았구나. 위엄 없는 아이의 왕좌로 무례하게도 포악한 손이 침해하기 시작하는구나. 어서 오라, 파괴여! 유혈이여! 학살이여! 도면을 들여다보는 것같이 끝이 환히 보이는구나.

요크 공작부인 저주할 세월, 불안하고 시끄러운 세월을 무던히도 오랫동안 이 눈으로 지켜봐 왔지! 내 남편은 왕관을 얻으려다 목숨을 잃었고, 자식들은 운명의 조수에 떴다 가라앉았다 했었지. 그때마다 나는 울고 웃었다. 그런데 안정이 돼 나라 안의 싸움이 말끔히 진압되고 승리자가 되더니, 골육상쟁과 형제간의 피로 피를 씻는 소동이로구나. 패륜의 광란 사태여, 그 지독한 악의를 멈춰 주든가, 나를 잡아가 주든가 해다오. 더 이상 죽는 꼴을 보기는 지긋지긋하니까!

엘리자베스 자, 아가, 우린 성당으로 피신하자. 그럼 어머님, 안녕히 계세요.

요크 공작부인 거기 있거라, 나도 같이 가겠으니.

엘리자베스 어머님은 그럴 필요 없으세요.

대주교 (엘리자베스에게) 왕비님, 어서 보물과 일용품 등을 싸 가지고 가십시오. 저도 맡아둔 옥새를 왕비님께 돌려드리겠습니다. 온 힘을 다해 왕비님께 돌려드리겠습니다. 전력을 다해 왕비님과 왕실을 보호하겠습니다. 자, 성당으로 안내해 드리겠습니다. (모두 퇴장)

〔제3막 제1장〕

런던. 어느 거리.

나팔 소리. 어린 왕자 에드워드, 글로스터 공, 버킹엄 공, 추기경, 케이츠비, 그 밖의 사람들 등장.

버킹엄 런던으로 잘 돌아오셨습니다. 왕자님, 여기는 왕자님의 궁전입니다.

글로스터 잘 돌아오셨소, 조카이자 나의 왕. 여행길에 지쳤는지 우울해 보입니다.

왕자 아니오, 삼촌. 그러나 도중의 사건 때문에 모처럼의 여행길이 지루하고 고달프고 고단해진 것뿐이오. 이곳에 환영 나온 삼촌들이 더 많았더라면 좋았을 것을요.

글로스터 왕자님, 아직 어린 나이의 순결한 마음을 가지고서는 세상의 거짓을 간파하지 못하시오. 사람을 보셔도 겉모습과 속마음을 구별하지 못하지요. 하느님은 알고 계시지만 겉모습이란 좀처럼, 아니 절대로 속마음과 보조를 같이하지 않는 법이오. 지금 환영을 나와 주었으면 하고 바라시는 외삼촌들은 사실 위험하죠. 왕자님은 그들의 달콤한 말에 속으시고 가슴속의 독을 알아보지 못하시오. 그들로부터, 그리고 그 사람들 같은 역적들로부터 신이여, 왕자를 보호해 주시옵소서!

왕자 부디 보호해 주옵소서! 그러나 외삼촌들은 그런 역적이 아니에요.

글로스터 아, 런던 시장이 인사를 드리러 오는군요.

시장이 하인들을 거느리고 등장.

시장 왕자님의 건강과 행복을 축복하나이다.

왕자 감사하오, 시장. 그리고 여러분도. 어머니와 아우 요크가 도중에 진작 환영 나와 줄 것으로 알았는데요. 아, 느림보 헤이스팅스 같으니. 어머니 일행이 환영하러 나오는지 어쩐지를 보고하러 오지도 않다니!

헤이스팅스 경 등장.

버킹엄 마침 그가 허겁지겁 옵니다.

왕자 마침 잘 오셨소. 그런데 내 어머니는 어떻게 되셨소?

헤이스팅스 신이 아니라 이유는 모르겠습니다만, 왕비님과 아우이신 요크 공은 성당으로 피신하셨습니다. 그런데 아우님은 저와 함께 왕자님을 맞으러 나오고 싶어 하셨으나 어머님께서 도저히 승낙을 안 하셨습니다.

버킹엄 쯧, 어리석게시리, 대체 이게 무슨 영문이람! 추기경, 가서 왕비를 설득하여 요크 공을 형 전하께 당장 보내도록 하시오. 그래도 거절한다면, 헤이스팅스 경이 같이 가서 의심의 눈길을 던지는 어머니 팔에서 강제로 빼앗아 오시오.

추기경 버킹엄 공, 내 무력한 설득으로 요크 공을 어머니 손에서 빼앗아 내게 된다면 곧 데리고 오죠. 하지만 점잖게 호소하는데 완강히 거부하실 경우, 신성한 지역의 거룩한 특권을 침해할 수는 없습니다. 이 나라를 통째로 주신대도 이 사람은 그렇게 깊은 죄는 범할 수 없으니까요.

버킹엄 추기경은 까닭없이 완고하시오. 그리고 너무나 형식과 전통에 얽매어 계십니다. 세태의 난맥상을 좀 생각해 보시오. 요크 공을 데리고 온다 해서 성당이 침해될 건 아무것도 없습니다. 본디 그 특권은 범죄를 저지르고 그곳으로 피신하면 안전하다는 것을 알고 있는 자들에게만 허락돼 온 은혜요. 그러나 이번 왕자로 말하면 그렇게 궁지에 빠진 것도 아니며, 범죄를 저지른 것도 아니잖소. 그러니 아무리 생각해 봐도 그곳으로 피신할 필요는 없는 것 같소. 그리고 보면 그곳에 있을 권리가 없는 사람을 데리고 나온다고 해서, 성역의 특권이나 율법에 대한 침해가 되는 건 아닙니다. 성당에 어른이 피신했다는 이야기는 나도 많이 들었소만, 아이가 피신했다는 이야기는 처음 듣는군요.

추기경 아무튼 이번만은 분부대로 하겠습니다. 그럼 헤이스팅스 경, 같이 가 보실까요?

헤이스팅스 예, 그렇게 하지요.

왕자 되도록 서둘러 주시오. (추기경과 헤이스팅스 퇴장) 그런데 글로스터 삼촌, 아우가 오면 대관식 날까지 어디서 머물까요?

글로스터 왕이 되실 몸에 가장 알맞은 곳에서이지요. 뭣하시면 2, 3일 런던 탑에서 쉬시는 것이 좋을 것 같습니다. 그다음에는 건강과 휴식에 가장 적합한 곳을 고르시오.

왕자 런던 탑만은 싫어요. 그곳은 율리우스 카이사르가 지었다죠?

버킹엄 예, 카이사르가 처음 기초를 닦고, 후세 대대로 개축해 왔답니다.

왕자 카이사르가 집을 지었다는 이야기, 기록에 남아 있습니까? 아니면 말로 전해져 내려온 것입니까?

버킹엄 기록에 남아 있습니다.

왕자 하지만 버킹엄 공, 설사 기록에 남아 있지 않더라도 진실이란 건 대대 손손 이어받아 최후 심판의 날까지 전해 내려오지 않을까요?

글로스터 (혼잣말로) 옛말에 어린 것이 너무 총명하면 오래 못 산다고 했겠다.

왕자 네, 뭐라고요, 글로스터 삼촌?

글로스터 예, 기록이 없어도 명성만은 길이 남게 마련입니다. (혼잣말로) 물론 악인의 명성도 그렇고. 이렇게 나는 도덕극에 등장하는 악인처럼 한 가지 말에 두 가지 뜻을 포함시키거든.

왕자 카이사르는 퍽 유명한 분이었지요. 그분의 용맹이 지혜를 한결 더 빛낸 탓도 있겠지만, 그 지혜 때문에 용맹도 후세까지 살아남은 것입니다. 죽음도 이 정복자를 정복하지는 못합니다. 카이사르의 이름은 영원히 살아남아 있으니까요. 비록 몸은 죽었어도. 그런데 버킹엄 경······.

버킹엄 예, 전하?

왕자 내가 성장하면 프랑스에 대한 옛 권리를 도로 찾아내야겠소. 그렇게 못 한다면 왕으로 살아 있는 것보다는 차라리 일개 병사로서 죽는 편이 낫겠소.

글로스터 (혼잣말로) 봄철이 빨리 오면 여름철은 짧게 마련이지.

헤이스팅스 경과 추기경이 어린 요크 공을 데리고 등장.

버킹엄 아, 마침 요크 공이 오십니다.

왕자 아, 리처드! 그래 잘 있었니?

요크 황공하옵니다, 전하. 이제는 이렇게 불러야만 되겠죠.

왕자 아 그렇구나, 우리 둘 모두에게 슬픈 일이지만. 부왕 전하께서는 아직도 살아 계시는 것만 같구나. 그분이 떠나시고 나니 그 이름의 위엄은 땅에 떨어지고 말았구나.

글로스터를 연기하는 윌리엄 찰스 머크리디 사무엘 드 와일드. 1820.

글로스터 아, 조카 요크 공, 잘 있었소?

요크 고맙습니다, 삼촌. 아, 삼촌, 언젠가 말씀하셨지요. 잡초는 빨리 자란다고? 자 보세요, 형님이 저보다 훨씬 더 자라셨잖아요.

글로스터 글쎄 말이오.

요크 그럼 형님은 잡초인가요?

글로스터 원 천만에. 어디 그럴 리가요.

요크 그럼 삼촌은 저보다 형님을 더 소중히 하시는 모양이군요.

글로스터 형님께선 국왕으로서 이 삼촌에게 명령할 수 있으시지만, 요크 공과는 다만 친척이니까요.

요크 삼촌, 그 단검을 저한테 주시겠어요?

글로스터 저의 단검을? 기꺼이 드리죠.

왕자 네가 거지냐, 리처드?

요크 친절한 삼촌이니까 꼭 주실 거예요. 더구나 하찮은 물건이니까, 조금도 아까워하지 않고 주실 거예요.

글로스터 그보다 더한 선물이라도 드리죠.

요크 더한 선물을! 아, 그럼 장검을 주시겠어요?

글로스터 아, 물론. 좀더 가볍기만 하다면요.

요크 아, 그럼 가벼운 선물만 주실 생각이고 무거운 물건을 청하면 거절하실 모양이군요.

글로스터 이 장검은 요크 공이 차기엔 너무나 무거운데요.

요크 더 무거운 물건이라도 나는 괜찮아요.

글로스터 허허, 이 장검을 갖고 싶소? 조그만 공작!

요크 예, 갖고 싶어요. 감사의 말을 해볼 수 있게요. 지금 삼촌이 절 부른 것처럼.

글로스터 어떻게요?

요크 조그만 공작, 고마워요, 이렇게요.

왕자 요크는 언제나 말버릇이 고약하구나. 삼촌, 요크를 참을 줄 아시죠.

요크 그럼 절 참지 말고 등에 업으란 말씀이군요. 삼촌, 형님은 삼촌과 절 다 같이 놀리고 계시는군요. 제가 조그마니까 원숭이같이 삼촌 등에 업힐 줄 아는 모양이지요, 형님 생각엔?

버킹엄 (혼잣말로) 따지는 재치가 대단하군! 삼촌을 조롱하면서, 역정을 덜기 위해서 알맞게 적당히 제 욕을 하는 솜씨 좀 보게. 어린것이 참 놀랍게도 교활하군.

글로스터 그럼 전하, 먼저 가보시지 않으려오? 나는 버킹엄과 함께 어머님한 테 가서 런던 탑으로 전하를 맞으러 나오시도록 권해 보겠소.

요크 아니, 형님은 런던 탑으로 가시는 겁니까?

왕자 섭정인 삼촌 의향이 꼭 그래야만 되겠다는 거다.

요크 저 런던 탑에서는 편히 잠들지 못할 것 같아요.

왕자 왜? 뭐가 무서워서?

요크 글쎄, 클래런스 삼촌의 성난 유령이 나오지 않을까요. 할머니가 이야기 해 주셨어요. 클래런스 삼촌이 그곳에서 암살당했대요.

왕자 나는 죽은 삼촌쯤은 무섭지 않아.

글로스터 뭐, 살아 있는 삼촌도 무서워하실 필요는 없소.

왕자 삼촌들만 다 살아 계시다면 물론 아무것도 무서울 게 없으련만. 자, 그 럼 런던 탑으로 갑시다. 무거운 마음으로 죽은 삼촌들을 생각하면서. (나팔 소 리와 함께 글로스터, 버킹엄, 케이츠비 세 사람만 남고 모두 퇴장)

버킹엄 (글로스터에게) 공작, 어떻게 생각하십니까? 꼬마 요크 공이 몹시 수다 스러운데요. 교활한 어머니의 선동으로 그렇게 불손하게 공작을 조롱하고 비웃는 것이 아니겠습니까?

글로스터 물론 그렇소. 아이가 여간 아니오. 대담하고, 활발하며, 총명하고, 성숙하며, 재주가 많소. 머리 꼭대기부터 발끝까지 철두철미 어머니를 닮았 구려.

버킹엄 그 형제쯤은 염려 없습니다. 그런데 케이츠비, 우리가 상의한 이야기 를 극비로 할 것은 물론, 우리의 계획을 실행하겠다고 그대는 깊이 맹세했었 지요. 오는 도중 이야기했으니까 잘 알고 있겠지만, 그 일을 어떻게 생각하시 오? 쉬운 일은 아니겠지요? 글쎄, 글로스터 공을 이 잉글랜드 왕위에 앉히기 위하여 윌리엄 헤이스팅스 경을 설득하는 일 말이오.

케이츠비 그분은 선왕과의 인연도 있고 왕자를 무척 위하고 있으니, 왕자한테 불리한 일이라면 쉽게 가담하지 않을 것 같습니다.

버킹엄　그럼, 스탠리는 어떨 것 같소? 가망 없을 것 같소?

케이츠비　스탠리도 헤이스팅스와 똑같이 행동할 것입니다.

버킹엄　좋소, 그럼 이렇게 합시다. 케이츠비, 헤이스팅스 경을 찾아가서 넌지시 의향을 떠보시오. 우리의 계획을 어떻게 보는가를 말이오. 그리고 내일 대관식에 관한 회의가 런던 탑에서 열리니까 참석하라고 전하시오. 만약 응해 올 것 같으면 파고들어가서 이쪽 이유를 털어놓으시오. 반대로 상대방이 납같이 반응이 없고 냉담한 태도를 취하거든 그대도 같은 태도를 보이시오. 그리고 더 이상 그 이야기를 하지 말고 형편을 내게 보고해 주시오. 그런 경우엔 내일 회의는 두 파로 나누어야겠소. 그대가 많은 수고를 해줘야겠소.

글로스터　케이츠비, 헤이스팅스 경에게 안부 전해 주오. 그리고 그 사람이 무서워하면 적의 도당이 내일 폼프렛성에서 절개 수술을 당하게 된다고 전해 주오. 그리고 이 기쁜 소식을 축하하는 뜻으로 쇼어 부인께 다정한 키스를 하나 더 해드리라고 전해 주오.

버킹엄　케이츠비, 그럼 자, 가보시오. 잘 부탁하오.

케이츠비　예, 염려 마십시오. 잘해 보겠습니다.

글로스터　결과는 자기 전에 알려주시겠소?

케이츠비　네, 그러겠습니다.

글로스터　크로스비 저택으로 와주오. 그곳에서 기다릴 테니까. (케이츠비 퇴장)

버킹엄　그런데 헤이스팅스 경이 이쪽 음모에 동의하지 않는 경우엔 어떻게 할까요?

글로스터　목을 베어야죠. 이유는 나중에 꾸며대기로 하고. 그건 그렇고 내가 왕이 되면 경에게는 헤리퍼드 백작령과 선왕인 형이 소유했던 동산 모두를 함께 드리겠소.

버킹엄　지금 언약하신 것은 나중에 주십사 청하겠습니다.

글로스터　아, 쾌히 내어주리다. 자, 마침 식사 시간이니 저녁이나 먹고 나서 우리 계획을 잘 모의하여 구체화시킵시다. (모두 퇴장)

헤이스팅스 경 집 앞.

밤. 전령 등장.

전령 (문을 두드리며) 헤이스팅스 경, 헤이스팅스 경!

헤이스팅스 (안에서) 누구냐?

전령 스탠리 경이 보낸 전령입니다.

헤이스팅스 (안에서) 지금 몇 신데?

전령 막 4시를 쳤습니다.

헤이스팅스 등장.

헤이스팅스 스탠리 경은 요즈음 기나긴 밤에 잠을 이루지 못하시는가 보군?

전령 분부하신 일로 미루어 보면 그런 듯합니다. 먼저 시종장님께 안부 전하라 하시더군요.

헤이스팅스 그리고?

전령 그리고 간밤의 꿈에 산돼지에게 투구를 물어뜯겼답니다. 게다가 회의가 따로따로 열리게 되는 모양인데, 한쪽에서 의결되는 내용은 다른 쪽에 참석하시는 자신과 각하를 파멸로 몰아넣게 될는지도 모른다는 것입니다. 그래서 각하의 의향을 알아보라는 분부이신데, 영혼의 직감으로 위험이 닥쳐온 것만 같으니 당장 함께 말을 몰고 북녘으로 피하는 게 어떠시냐는 것입니다.

헤이스팅스 아, 잘 알았다. 돌아가서 너의 주인께 여쭈어라. 회의가 따로따로 열려도 두려워하실 필요는 없다고. 네 주인 나리와 나는 같은 쪽 회의에 참석하기로 돼 있으며, 다른 쪽 회의에는 우리의 동지 케이츠비가 참석하기로 돼 있다. 우리 신상에 관계되는 문제라면 반드시 우리도 알게 될 테니 다 쓸데없는 걱정이라고 가서 전해라. 그리고 꿈 말인데, 네 주인이 그런 악몽의 환상을 다 믿으시다니, 참 기가 막히는구나. 산돼지가 쫓아오지도 않는데 제 풀에 달아나면, 괜히 자극해서 그럴 생각도 없는 놈을 쫓아오게 만드는 격이 아니겠느냐. 돌아가 네 주인께 여쭈어라. 어서 일어나서 내 집으로 와주시 란다고. 같이 런던 탑으로 가봐야겠으니까. 가보면 아시겠지만 산돼지란 놈 은 우리에게 친절히 대할 것이다.

전령 예, 돌아가서 그렇게 여쭙겠습니다. (퇴장)

케이츠비 등장.

케이츠비 각하, 안녕히 주무셨습니까?

헤이스팅스 아, 안녕하시오, 케이츠비. 일찍 일어나셨구려. 그래 불안한 이 나 라 사정은 어떻소?

케이츠비 정말 어지러운 세상입니다, 각하. 리처드 공께서 왕국의 화관을 쓰 셔야만 나라 꼴이 똑바로 서리라 믿습니다.

헤이스팅스 뭐, '왕국의 화관'을 쓰셔야 한다고요? 왕관 말인가요?

케이츠비 예, 그렇습니다.

헤이스팅스 원, 차라리 내 머리를 이 어깨에서 떼어버리고 말겠소. 엉뚱하게 왕관이 그렇게 더러운 곳에 씌워지는 꼴을 나는 못 보겠소. 하지만 당신 보 기엔 그런 야욕을 품고 있는 것 같소?

케이츠비 예, 물론 그렇습니다. 뿐만 아니라 경 또한 나중을 위해 그 계획에 가담해 올 것으로 보고 계신 모양입니다. 그리고 이 기쁜 소식을 전해 드리 라는 분부신데, 각하의 적인 왕비 친척들은 오늘 폼프렛에서 처형당하게 돼 있답니다.

헤이스팅스 사실, 나는 그들과 지금까지도 척을 지고 있으니 그 소식에 슬퍼 할 생각은 없소. 그러나 그렇다고 해서 내가 뒈신 선왕의 아들이 참된 후계 자가 되는 것을 가로막으려고 리처드의 역성을 들 생각 또한 없소. 설사 내 가 죽더라도 그런 짓을 하지 않을 것이라는 점은 신은 아실 것이오.

케이츠비 그 맹세, 하느님이 지켜드리기를 바랍니다!

헤이스팅스 그건 그렇고, 아까 그 소식으로 앞으로 열두 달은 웃고 지내게 되 겠소. 나를 일러바쳐 왕의 노여움을 사게 한 놈들의 비극을 이 눈으로 보게 됐으니 말이오. 케이츠비, 내 말 좀 들어보겠소?

케이츠비 무슨 말씀입니까?

헤이스팅스 두 주일도 되기 전에 아직까지 아무것도 모르는 몇 놈들을 처치해 버려야겠소.

케이츠비 각오도 예측도 하지 못하고 있을 때 죽게 되면 정말 기가 막힐 겁니다.

헤이스팅스 물론 지독한 일이지요! 하지만 리버스나 본이나 그레이가 다 그렇게 됐소. 그 밖에도 같은 운명에 떨어질 사람들이 더 있을 것이오. 더구나 자기만은 안전하다고 생각하는 사람, 아시다시피 그대나 나같이 리처드 공이나 버킹엄과 가까이 하고 있는 사람도 말이오.

케이츠비 그 두 공작님은 각하를 높이 평가하고 계십니다. (혼잣말로) 글쎄, 그 머리를 런던교에 높이 매달아 놓겠다는 생각이니까.

헤이스팅스 그건 나도 물론 잘 알고 있소. 당연한 일이죠.

스탠리 등장.

헤이스팅스 어서 오시오. 그런데 산돼지 잡을 창은 어떻게 하셨소? 그래 산돼지가 무서우시다면서 맨손으로 오시오?

스탠리 안녕하시오. 아, 케이츠비도 안녕하시오. 농담을 하셔도 괜찮습니다만 회의가 따로따로 열리는 건 나로서는 어쩐지 꺼림칙합니다.

헤이스팅스 나도 그대 못지않게 목숨을 소중히 생각하는 사람이오. 더구나 단언하지만, 오늘만큼 내 목숨을 소중하다고 생각해 본 적은 없소. 그러나 좀 생각해 보시오. 내 위치가 안전하다는 자신이 없으면, 내가 어떻게 이렇게 자신만만하겠습니까?

스탠리 하지만 지금 폼프렛성에 투옥된 귀족들도 런던을 떠날 때는 쾌활하고 자기네 지위가 안전하다고 생각했을 것이오. 사실 의심받을 이유란 전혀 없었지요. 그러던 것이 삽시간에 먹구름에 덮이고 말았잖소. 왜 그런지 그런 증오가 급습하는 일이 이 몸에도 있을 것만 같구려. 제발, 겁보가 쓸데없이 겁먹은 것이라면 좋겠구나! 그럼 런던 탑으로 가봅시다. 시간이 상당히 지났나 보오.

헤이스팅스　그럼, 같이 가봅시다. 아십니까? 아까 말씀하신 귀족들, 오늘 목
이 달아나는 겁니다.

스탠리　실은 죄 없는 분들이죠. 오히려 고발한 이들 중에는 모자조차 쓰기에
과분한 사람도 있단 말이오. 그건 그렇고 자, 가봅시다.

　시종 한 사람 등장.

헤이스팅스　먼저 가보시오. 난 저 사람과 이야기 좀 해야겠소. (스탠리와 케이츠
비 퇴장) 여봐라, 그래 어떻게 지내고 있느냐?

시종　예, 각하. 덕분에 잘 지내고 있습니다.

헤이스팅스　실은 나도 형편이 좋아졌다. 요전 여기서 만났을 때보다는 말이
다. 그때는 죄수로 런던 탑으로 호송되던 중이었다. 왕비 일당의 간언에 걸려
서. 지금은 네게만 이야기지만, 오늘 그 적들은 사형이 된다. 그래서 내 처지
는 그 어느 때보다도 좋단 말이다.

시종　부디 그 행운을 오래오래 흡족하게 누리시기를 빕니다!

헤이스팅스　고맙다. 자, 이건 술값이다. (돈지갑을 던져 준다)

시종　고맙습니다. (퇴장)

　사제 한 사람 등장.

사제　마침 잘 만났습니다. 참 반갑습니다.

헤이스팅스　고맙소. 신부님, 그런데 지난번 미사, 아직 보답을 못해 드렸군요.
다음 안식일에 와주시오. 그때 답례해 드리다. (사제 귀에 소곤댄다)

　버킹엄 등장.

버킹엄　아니, 신부님과 이야기 중이시군요. 시종장, 폼프렛에 갇힌 친구들이
라면 몰라도, 당신은 아무것도 참회하실 필요가 없으실 텐데요.

헤이스팅스　아닌 게 아니라 이 신부님을 만났더니 지금 말씀하신 그 사람

들 생각이 문득 떠올랐습니다. 그런데 공작께서도 런던 탑으로 가시는 길입니까?

버킹엄 예, 그렇습니다. 하지만 그곳에 오래 있지는 않을 겁니다. 아마 나는 당신보다 먼저 돌아오게 될 것 같소.

헤이스팅스 아마 그렇게 될 것 같군요. 저는 그곳에서 점심을 먹게 될 테니까요.

버킹엄 (혼잣말로) 그리고 저녁도 먹게 해주지. 당신은 아직 그것을 모르고 있지만. (큰 소리로) 자, 가보실까요?

헤이스팅스 그럼, 같이 갑시다. (모두 퇴장)

〔제3막 제3장〕

폼프렛성.
기사 리처드 랫클리프가 미늘창을 들고 등장. 뒤따라 병사들이 초주검이 된 리버스, 그레이, 본을 끌고 등장.

랫클리프 죄수들을 앞으로 데려와라.

리버스 여봐, 리처드 랫클리프, 이것만은 말해 두겠다. 지성과 충절을 다해 온 신하가 오늘 당신 눈앞에서 죽는 것이다.

그레이 하느님, 저 악당의 무리로부터 왕자를 보호해 주시옵소서! 저주받을 이 흡혈귀들아!

본 죽을 때까지 이날을 고통으로 생각하며 지내게 되리라.

랫클리프 어서 가요. 당신들 목숨도 다 됐으니까.

리버스 아, 폼프렛성, 폼프렛성! 아, 피비린내 나는 감옥, 왕후 귀족에게 불길한 파멸의 아가리. 이 죄 많은 성벽 안에서 리처드 2세는 난도질을 당했지. 그런데 그 악명을 더한층 높이고 싶단 말이냐. 이제 또 우리가 무고한 피를 뿌려 네게 마시게 해줘야 하는구나.

그레이 이제 보니 마거릿의 저주가 우리 머리 위에 내렸구려. 그 부인은 자기 아들을 리처드가 찔러 죽였을 때 보고도 못 본 체하고 있었다고 헤이스팅스와 우리를 저주하더니만.

리버스 그때 그 부인은 헤이스팅스를 저주했고, 버밍엄을 저주했으며, 리처드도 저주했소. 아, 하느님, 그들에게 내린 저주도 잊지 마시고 들어주시옵소서, 지금 우리에게처럼! 그리고 하느님, 내 누님과 왕자만은 용서해 주시옵소서! 굽어보고 계시다시피 죄 없이 쏟아야 하는 저희들의 성실한 피의 대가로!

랫클리프 자, 서두르시오. 집행할 시간이 지났으니까.

리버스 그레이, 본, 우리 안아나 보고 작별합시다. 그리고 천국에서 다시 만납시다. (모두 이끌려 퇴장)

〔제3막 제4장〕

런던 탑의 한 방.
버킹엄, 스탠리, 헤이스팅스, 일리의 주교, 랫클리프, 러벨, 그 밖의 사람들이 회의 탁자 앞에 앉아 있다.

헤이스팅스 그럼 여러분, 오늘 이렇게 모이게 된 까닭은 바로 대관식 절차를 정하자는 것입니다. 신의 이름으로 말씀을 하십시오. 대관식을 어느 날로 정하는 것이 좋을까요?

버킹엄 대관식 준비는 다 되어 있겠지요?

스탠리 물론이지요, 다만 날짜를 정하는 것만 남았습니다.

주교 그렇다면 내일이라도 곧 거행하도록 하시지요.

버킹엄 섭정공의 의향은 어떠신가요? 어떤 분이 글로스터 공과 가장 친밀하시오?

주교 그분의 뜻은 공께서 가장 잘 알고 계실 것 같습니다.

버킹엄 얼굴은 서로 잘 알고 있지만, 마음을 헤아려 보는 것이라면, 제가 여러분의 마음을 헤아릴 수 없듯이, 그분도 제 마음은 헤아리지 못하십니다. 그런데 헤이스팅스 경, 그분과는 당신이 가장 친밀하신 것 같은데요?

헤이스팅스 사실 저는 그분과 친밀한 사이입니다. 그 점을 감사하게 생각하고 있습니다. 하지만 대관식에 관해 상의해 본 적도 없거니와 그분 또한 이렇다

할 말씀이 없었습니다. 그러니 여러분, 날짜는 우리끼리 정합시다. 글로스터 공의 표는 제가 대신 던지겠습니다. 아마 공께서도 제 의견에 찬성하실 겁니다.

글로스터 등장.

주교 마침 공작께서 오셨습니다.

글로스터 아, 여러분, 밤새 안녕하시오. 그만 난 늦잠을 잤구려. 그렇지만 내가 참석해야만 결정될 중요 안건이 내 지각 때문에 설마 결정이 나지 않은 상태로 남아 있진 않을 테죠?

버킹엄 마침 잘 오셨습니다. 하마터면 헤이스팅스 경이 대관식에 관한 공작의 의견을 대신 말씀하실 뻔했습니다.

글로스터 암, 헤이스팅스 경 아니고는 아무도 그만한 자격이 없소. 그는 날 잘 알고 있을 뿐더러 나를 사랑하고 있소.

헤이스팅스 고맙습니다.

글로스터 그런데 일리 주교님!

주교 네, 공작님.

글로스터 내가 이전에 홀번에 갔을 때 댁의 정원에 근사한 딸기가 열려 있는 것을 봤소. 그걸 좀 가져오도록 해주시겠소?

주교 그거야 기꺼이, 당장에 사람을 보내겠습니다. (퇴장)

글로스터 버킹엄 경, 잠깐만. (버킹엄을 곁으로 불러 작은 소리로) 우리의 그 계획에 대해서 케이츠비가 헤이스팅스의 마음을 알아본 모양인데, 그 고집쟁이 친구는 대단히 흥분하여 선왕의 아들을─경건한 말투로 그렇게 칭하더라나─잉글랜드의 왕위로부터 폐위할 계획에 가담하느니 차라리 목이 달아나는 것이 낫다고 한 모양이오.

버킹엄 잠깐 저리 같이 가십시다. (글로스터와 함께 퇴장)

스탠리 그 영광의 날 말인데, 내일은 너무 다급한 것 같소. 날짜가 미루어진다면 모를까, 그렇지 않다면 나 자신도 준비가 제대로 되어 있지 않소.

일리의 주교가 돌아온다.

주교 글로스터 공작님은 어디 가셨습니까? 딸기를 가지러 사람을 보내놓고 왔습니다만.

헤이스팅스 오늘 아침 공작님은 대단히 기분이 좋으신 모양이오. 아까 그렇게도 명랑하게 아침 인사를 하시는 걸 보면 뭔지 퍽 마음에 드시는 일이 있으신 것 같소. 싫고 좋은 감정을 그분만큼 당장 얼굴에 나타내는 사람은 그리스도국 천지를 다 찾아봐도 없을 겁니다. 그분의 낯빛만 보면 누구나 당장 마음속을 알아낼 수 있으니까요.

스탠리 그럼, 오늘 그분의 명랑한 태도, 그 얼굴로 미루어 어떤 마음을 읽으셨소?

헤이스팅스 확실히 공작님은 이중 누구에게도 화를 내고 있지는 않으시오. 만약 화를 내고 계시다면 벌써 얼굴에 나타났을 테니까요.

스탠리 그분이 화내지 않으시기를 하느님께 빕니다.

글로스터와 버킹엄, 다시 돌아온다. 글로스터는 미간을 찌푸리며 입술을 깨물고, 아주 험상궂은 표정을 짓고 있다.

글로스터 여러분 모두에게 물어보겠는데, 만약 흉악한 요술로 내 생명을 노린 마귀가 있다면, 그리고 그 지옥의 주문으로 이 신체를 불구자로 해놓은 놈이 있다면 그 사람은 어떤 벌을 받아야 마땅하겠소?

헤이스팅스 평소 공작님에 대한 저의 사랑으로, 저는 여기 자리한 누구보다 앞서 당돌하나마 그런 사람이 있다면 단호한 처단을 주장하겠습니다. 그가 누구이든 마땅히 사형에 처해야 옳을 것입니다.

글로스터 그럼 그 죄의 증거를 실제 보여드리죠. 자, 보시오. 나는 이렇게 요술에 걸려 있소. 자, 내 팔을 좀 보시오. 시든 어린 나무같이 이렇게 말라 있소. 이건 바로 에드워드 형의 왕비, 그 흉악한 마녀가 저 매춘부 쇼어 부인과 공모해 이 몸에 이렇게 요술의 낙인을 찍어놓은 것이오.

헤이스팅스 만일 그렇다면 글로스터 공작님······.

영화 〈리처드 3세〉 리처드 론크레인 연출, 이안 맥켈런(리처드 역)·아네트 베닝(엘리자베스 역) 출연. 1995.

글로스터 만일이라고! 더러운 매춘부를 옹호하겠다는 거요? 그래 감히 내게 '만일'이라고? 역적 같은…… 이놈의 목을 베어라! 내 맹세하지만 저놈의 떨어진 목을 보기 전에는 절대로 식사를 하지 않을 테다. 러벨과 랫클리프, 그대들 둘이 맡으시오. 그리고 나를 사랑하는 분들은 나를 따라오시오. (헤이스팅스, 랫클리프, 러벨만 남고 모두 퇴장)

헤이스팅스 아, 잉글랜드는 어떻게 되는가! 내 신세는 어떻게 되든 조금도 상관없지만. 아, 나는 바보였구나. 미리 막아낼 수 있었을 것. 산돼지한테 투구를 빼앗겼다는 스탠리의 꿈을 나는 비웃기만 하고 피할 생각은 않았었지. 천을 둘러입힌 내 말은 오늘 아침 세 번씩이나 비트적거렸어. 런던 탑을 쳐다보더니 질겁했었지. 주인을 도살장으로 싣고 가는 것이 싫었던 모양이구나. 아, 아까 만났던 신부가 이제는 내게 필요하게 됐구나. 그 시종한테 오늘 원수들은 폼프렛성에서 무참하게 학살당하게 되지만 나는 총애 속에 안전하다고 자랑했던 일이 참으로 후회스럽다. 아, 마거릿, 마거릿, 당신의 지독한 저주가 이 불쌍한 헤이스팅스의 비참한 머리 위에 영락없이 내리고 말았구려!

랫클리프 자, 어서 하십시오. 공작님은 지금 식사를 기다리고 계시니까, 참회 같은 것도 더 짧게 하시오. 당신의 떨어진 머리를 그분이 기다리십니다.

헤이스팅스 아, 인간의 일시적인 총애를 신의 은총보다도 더 열심히 좇는 한심한 꼴이라니! 다른 사람의 웃음 띤 얼굴에 희망을 거는 자는 술 취해 돛대 꼭대기에 얹혀 있는 선원 같다고나 할까. 배가 흔들릴 때마다 언제 어느 때 내동댕이쳐져 죽음의 깊은 물속에 나가떨어질지 모를 일이지.

러벨 자, 어서 하시오. 이제 와서 한탄해 봐도 소용없으니까.

헤이스팅스 아, 잔인무도한 리처드! 가련한 잉글랜드! 내 예언하지만, 아무리 비참했던 시대에도 아직껏 보지 못한 끔찍한 일이 반드시 너에게 일어나고야 말리라. 날 처형대로 안내하라. 내 머리를 그자에게 갖다 바쳐라. 내 신세를 보며 웃고 있는 놈들도 언젠가는 죽어야 할 게 아니냐. (모두 퇴장)

〔제3막 제5장〕

런던 탑 성벽.
글로스터와 버킹엄 등장. 두 사람 다 몸에 맞지 않는 낡은 갑옷을 입고 있다.

글로스터 버킹엄 경, 그런데 말이오, 이렇게 할 수 있겠소? 달달 떨며 낯빛이 달라지고, 한마디 하고는 숨을 죽이고, 다시 말을 이었다간 또 말을 끊고, 마치 공포 때문에 정신이라도 돌아버릴 것같이 말이오.

버킹엄 그런 비극배우 흉내쯤은 문제 없습니다. 글쎄, 말을 하다가 뒤를 돌아보기도 하고, 좌우를 살펴보기도 하고, 지푸라기 하나만 달싹해도 깜짝 놀라 덜덜 떨고, 몹시 미심쩍어하는 따위 말씀이죠. 공포의 표정이나 억지 미소나 난 마음대로 할 수 있습니다. 필요할 땐 언제라도 솜씨를 보여드리겠습니다. 그런데 케이츠비는 갔습니까?

글로스터 어디 좀 나갔소. 마침 시장과 함께 오는군.

시장과 케이츠비 등장.

버킹엄 시장…….

글로스터 저 도개교(跳開橋) 쪽을 경계하시오.

버밍엄 아, 북소리가?

글로스터 케이츠비, 성벽 쪽을 경계하오.

버킹엄 시장, 이렇게 오시게 한 이유는…….

글로스터 뒤쪽을 경계하시오, 적이오!

버킹엄 하느님, 우리 무고한 사람들을 보호해 주시옵소서!

글로스터 진정해요, 우리 편이니까. 랫클리프와 러벨이오.

러벨과 랫클리프, 헤이스팅스의 머리를 들고 등장.

러벨 그 비열한 반역자의 머리입니다. 그렇게 위험한 인물인 줄을 누가 상상 인들 했겠습니까?

글로스터 내 이자를 무척 사랑했던 만큼 눈물을 쏟지 않을 수가 없구려. 이 땅의 그리스도교도 치고, 이자만큼 정직한 사람은 없다고 믿어왔소. 그래서 이자를 일기장 삼아 나는 영혼 속의 비밀을 그대로 적어왔던 거요. 마음속 악덕을 겉으로는 덕행으로 번지르르하게 감추고 있어서 누구나 다 아는 그 비행, 쇼어 부인과의 간통 말고는 조금도 의심받지 않던 자였소.

버킹엄 글쎄 말이오. 참으로 교묘하게 사람 눈을 속이던 반역자일 줄이야 누 가 상상할 수 있겠습니까? 아니, 누가 곧이듣겠어요? 하늘이 도와 이렇게 살아서 이야기할 수 있기에 망정이지, 이 음험한 역적이 오늘 회의 석상에서 나와 글로스터 공작님을 살해할 음모를 꾸몄을 줄이야.

시장 아니, 그런 음모를요?

글로스터 아니, 시장은 우리가 터키인이나 이교도인 줄 아시오? 아니면 혼란 한 틈을 타서 국법을 무시하고 경솔하게 처리한 줄 아시오? 이 악당을 처형 한 것은 위기에 처한 잉글랜드의 평화와 나 자신의 안전을 고려하여 행한 부득이한 조치였소.

시장 잘 알았습니다! 행운을 빕니다! 헤이스팅스의 죄는 사형을 받아 마땅한 것입니다. 두 분께서 취하신 조처는 앞으로 반역자들에겐 좋은 경고가 될 것입니다. 저 사람이 쇼어 부인과 놀아난 뒤로는 저는 아무런 기대도 하지 않았습니다.

글로스터 실은 시장의 참관도 없이 처형할 생각은 아니었는데, 저 두 사람이 우리를 위한 나머지 우리 뜻에 어긋나게 너무 급히 서둘러 버렸군요. 나로서는 이 반역자가 모반의 목적과 과정을 기가 죽어 자백하는 것을 시장에게 들려줄 생각이었지요. 그래야만 시장도 진실을 시민들에게 설명할 수 있을 테고, 시민들도 우리를 오해하여 이자의 죽음을 슬퍼하는 일이 없을 것 아니겠소.

시장 아니, 말씀만 가지고도 제가 직접 보고 들은 거나 마찬가집니다. 두 분을 조금도 의심하진 않겠습니다. 그럼 이 일에 관한 정당한 조처의 진실을 선량한 시민들에게 알리겠습니다.

글로스터 그래서 시장을 일부러 오시게 한 것이었소. 헐뜯기 좋아하는 세상의 비난은 피해야 하니까요.

버킹엄 오신 것이 좀 늦어버리고 말았지만, 우리의 뜻을 들으신 바와 같이 증언해 주시오. 그럼 시장, 안녕히 가시오. (시장 퇴장)

글로스터 버킹엄 공, 어서 저 뒤를 쫓아가 보시오. 시장은 허겁지겁 시 회의실로 가는 눈치 같으니, 뒤쫓아가서 적당한 기회를 틈타 에드워드왕의 자식들은 사생아라고 주장하시오. 그리고 에드워드왕이 어떤 시민의 목을 벤 일도 폭로하시오. 글쎄, 그 시민이 자기 아들에게 왕관을 상속시키겠다고 말한 것뿐인데, 바로 그 왕관이란 것이 실은 그 집안의 혈통을 이른 것이었소. 그리고 그의 가증할 음욕이며, 자주 색다른 맛을 보고자 한 야수 같은 욕정 따위를 말하시오. 하녀이건 숫처녀건 유부녀건 닥치는 족족 색욕의 광란한 눈과 환장한 마음이 움직이는 대로 모조리 집어먹은 사람이었으니까. 그뿐인가, 필요하다면 내 신상의 창피한 부분까지 폭로해도 상관없소. 글쎄, 어머니가 이 음탕한 에드워드를 임신하고 있을 때, 아버지 요크 공은 프랑스에 출정 중이었소. 날수를 짚어봐도 알 수 있지만, 형은 아버지의 씨는 아니오. 용모가 전혀 다르고, 아버지의 고상한 풍채와는 전혀 딴판이었소. 하지만 그 점은 슬그머니 먼발치로만 언급하시오. 어머니가 아직도 살아 계시니까요.

버킹엄 아무 염려 마십시오. 연설가 역을 멋있게 해보일 테니까요. 내가 왕관을 노리기라도 하는 것처럼 말입니다. 그럼 가보겠습니다.

글로스터 뜻대로 진행되거든 다들 베이나드성으로 데리고 오시오. 내 그곳에 덕망 있는 신부들과 학식 많은 주교들에게 그럴싸하게 둘러싸여 있는 모습을 보여주겠소.

버킹엄 그럼, 가보겠습니다. 3시나 4시쯤 회의장 정보를 가지고 찾아뵙겠습니다. (퇴장)

글로스터 러벨, 어서 쇼 박사한테 좀 가주오. (케이츠비에게) 그리고 그대는 펭커 수사한테로 어서 가서 이렇게 전해 다오. 베이나드성에서 내가 곧 좀 만나고 싶다고 말이오. (두 사람 퇴장) 그럼 나는 가서 클래런스의 꼬마들을 쥐도 새도 모르게 처치해 버릴 궁리를 해야겠는데. 당분간 그 형제와는 아무도 만나지 못하게 해놔야지. (퇴장)

〔제3막 제6장〕

런던 거리.
공증인이 손에 서류를 들고서 등장.

공증인 이건 헤이스팅스 경의 기소장이라고 멋지게 쓰여 있군. 이것이 오늘 세인트 폴 사원에서 낭독될 모양인데, 내용만은 조리가 있어. 나는 이걸 쓰느라 열한 시간이나 걸렸지. 케이츠비가 이걸 내게 가져온 것은 어젯밤이었으니 말이야. 그자도 원고를 작성하는 데에 그만한 시간은 걸렸을 테지. 하지만 헤이스팅스 경은 다섯 시간 전만 해도 규탄이나 탄핵을 받기는커녕 맑은 하늘 아래 자유를 누리며 활개치고 있었지. 참, 별놈의 세상도 다 보겠군! 바보 천치라도 이렇게 얕은 수작쯤은 간파할 수 있을 텐데. 하지만 아무리 대담한 사람이라도 그것을 입 밖에 낼 수는 없지. 과연 말세야. 세상 꼴 다 됐군. 제기, 이런 음모를 잠자코 보고만 있어야 한다니. (퇴장)

베이나드성.
글로스터와 버킹엄, 좌우의 문에서 따로따로 등장.

글로스터 아, 어떻게 됐소. 시민들은 뭐라 말하고들 있소?

버킹엄 시민들은 입을 꼭 다물고 아무 소리도 하려고 들지를 않습니다.

글로스터 에드워드왕의 아이들이 사생아라는 것도 이야기해 주었소?

버킹엄 예, 물론입니다. 그리고 루시 님과의 약혼이며 프랑스 왕의 누이와 약혼한 이야기도 했습니다. 또 만족할 줄 모르는 욕정으로 시내 유부녀들까지 겁탈한 사실과 사소한 잘못까지 엄벌하며 폭군 행세를 한 것 등, 이런저런 일들을 샅샅이 이야기했습니다. 그리고 왕 자신이 사생아라는 점, 그때 아버지 요크 공은 프랑스에 출정 중이었을 뿐 아니라 용모 또한 그 아버지와 전혀 닮지 않았다는 점도 이야기했습니다. 이와는 반대로 글로스터 공의 용모를 좀 보라고 말했습니다. 외모와 고상한 심성이 그 아버지와 꼭 닮지 않았느냐고 말입니다. 또 공께서 스코틀랜드에서 세운 공훈이며 전쟁에서의 전략, 평화 시의 치술, 관대하고 덕망 있고 인자하신 성품 등 사실 이번 일에 도움이 될 만한 점을 한 가지도 빼지 않고 낱낱이 설명해 주었습니다. 그리고 이야기 끝에, 조국을 사랑하는 사람은 "잉글랜드 왕, 리처드 만세!" 외치라고 명령했습니다.

글로스터 그래, 만세를 부르던가요?

버킹엄 아닙니다. 웬일인지 입을 달싹도 않고, 동상이나 돌처럼 말없이 서로 노려보면서 하얗게 질려 있을 뿐이었습니다. 그 모습을 본 저는 호령을 하고 이 고의적인 침묵이 웬일이냐고 시장에게 물었는데, 그의 대답이 시민들은 평소 기록관의 입을 통해 듣는 것이 관례라는 것이었습니다. 그래서 기록관에게 명하여 내 이야기를 한 번 더 들려주게 했지요. 공작님 말씀은 이러이러하고, 그 의견은 이러이러하시다고요. 그러나 그자는 자기 자신의 견해는 한마디도 보태지 않더군요. 그런데 그가 말을 맺자 회장 한쪽 구석에 진을 치고 있던 우리 쪽 사람들이 일제히 모자를 공중에 던졌고, 그 가운데 여남은 명은 "리처드 만세!" 하고 소리를 질렀습니다. 몇 사람 되지 않았지만 나는 이 기회를 놓칠세라 "고맙소, 친애하는 시민 여러분! 이런 열렬한 박수와 환호 소리는 여러분의 분별과 리처드 공작님에 대한 신뢰를 증명해 보여주고 있소"라고 말해 주고는 서둘러 돌아오는 길입니다.

글로스터 혓바닥도 없는 나무토막들! 아무 말도 하지 않더란 말이오?

버킹엄 예, 공작님.

글로스터 그럼, 시장과 의원들도 오지 않는단 말이오?

버킹엄 시장은 근방에 와 있습니다. 공작님은 무슨 근심이 있는 척하십시오. 그리고 특별한 간청이 있기 전에는 절대로 면담해 주시지 마십시오. 또 손에 기도서를 들고 계시는 걸 잊지 마시고 양쪽에 신부 두 사람을 거느리고서 함께 등장하십시오. 그러면 그때에 맞추어 거룩한 성가가 울려나오도록 하겠습니다. 어떤 요구에도 쉽게 응하지 마십시오. 처녀 역을 하시라는 겁니다. 싫다 싫다 하면서 결국은 받아들이는 식으로요.

글로스터 그럼, 그대가 모든 사람들을 대신해 간청하면 나는 거절하란 말이군요. 그런 식으로 나가면 틀림없이 좋은 결과를 얻게 될 듯하오.

버킹엄 어서 옥상으로 가보시죠. 시장들이 문을 두드리고 있습니다. (글로스터 퇴장)

시장과 시민들 등장.

버킹엄 어서 오시오, 시장. 난 아까부터 와 있는데, 공작님은 아무도 만나주지 않으실 모양이오.

케이츠비 등장.

버킹엄 아, 케이츠비, 공작께선 뭐라고 하시던가요?

케이츠비 제발 내일이나 모레 다시 와달라 부탁하십니다. 공작님은 지금 안에서 두 분의 훌륭한 신부님과 한창 묵상 중이시라, 속세의 요청 때문에 그 신성한 기도를 중단하지 않으실 것 같습니다.

버킹엄 이봐요, 케이츠비. 한 번 더 가서 공작님께 여쭈어 보시오. 나쁜 아니라 시장과 시의회 의원들이 공공의 이익에 관한 아주 중대한 문제를 진중하게 생각한 끝에 공작님께 아뢸 말씀이 있어 찾아왔노라고 전해 주시오.

케이츠비 곧 가서 그렇게 여쭙겠습니다. (퇴장)

버킹엄 자, 보시오, 시장. 이 공작님은 에드워드왕과는 부류가 다릅니다! 음탕한 쾌락의 침대 위에서 매춘부들과 희롱하는 것이 아니라, 무릎을 꿇고 두 신부님과 함께 명상에 잠겨 계신다지 않습니까. 나태한 육체를 살찌우기 위해 잠을 자기는커녕 밤잠도 안 주무시고 영혼을 드높이시고자 기도를 드리신다잖소. 이렇게 덕이 높으신 분이 왕위에 오르시면 잉글랜드는 행복할 거요. 하지만 이분을 설득하긴 어려울 것 같습니다.

시장 정말이지 사양하지 않으셨으면 좋겠습니다!

버킹엄 좀 어려울 것 같소.

케이츠비 다시 등장.

버킹엄 아, 케이츠비, 뭐라고 말씀하시오?

케이츠비 공작님께서는 수상히 여기십니다. 아무 예고도 없이 이렇게 수많은 시민들을 불러온 목적을 알 수 없다고요. 버킹엄 경이 혹시 좋지 못한 일을 꾸미고 있지는 않는지 도리어 의심하고 계십니다.

버킹엄 원, 가까운 친척인데 좋지 못한 일을 꾸미는 게 아닌가 나를 의심하시다니 섭섭하군요. 하늘에 맹세하지만, 이렇게 찾아온 것은 오로지 공작님을 흠모하기 때문이오. 한 번 더 가서 이런 뜻을 여쭈어 주시오. (케이츠비 퇴장) 경건하게 묵주를 헤아리며 기도를 올리고 계시는 분을 억지로 끌어내기란 쉽지 않군요. 기도에 열중한다는 것은 과연 소중합니다.

글로스터가 좌우에 신부를 함께 거느리고 이층 무대에 등장. 케이츠비 아래층에 등장.

시장 저기 글로스터 공께서 신부를 거느리고 나오시는군요.

버킹엄 경건한 군자를 허영의 나락으로부터 수호하는 두 개의 훌륭한 버팀

목이 되는 기둥이랄까요. 게다가 좀 보시오. 저렇게 손에는 기도서를 들고 계시잖습니까. 거룩한 인간이라는 좋은 증거요. 유명한 플랜태저넷 가문의 정통, 인자하신 글로스터 공이시여, 모든 이의 청원에 부디 귀를 기울여 주십시오. 진정한 그리스도교도로서의 열렬한 예배를 방해한 점은 죄송합니다.

글로스터 오, 버킹엄 공, 사과할 것까지는 없소. 나야말로 용서를 빌어야 할 처지요. 그만 예배에 열중한 나머지 이렇게도 일부러 찾아오신 것을 소홀히 하고 말았구려. 그런데 대체 무슨 일로 오셨습니까?

버킹엄 저희의 소원일 뿐 아니라 하늘의 신은 물론 주인 잃은 이 나라의 온 겨레도 같은 생각인 듯싶습니다.

글로스터 내가 시민들 눈에 불쾌하게 비치는 무슨 잘못이라도 저질렀나 보군요. 그래서 이렇게들 내 무지를 탓하러 오신 것 아니오?

버킹엄 확실히 그렇습니다. 그러니 부디 저희의 청을 들어주시고, 그 잘못을 고쳐주십시오.

글로스터 잘못을 고칠 생각이 없다면 그리스도 나라에서 살 자격도 없을 것이 아니겠소?

버킹엄 그럼 들어보십시오. 이것이 잘못이 아니고 무엇이겠습니까? 가장 높고 귀한 왕위와 조상 대대로 내려온 통치권, 그리고 타고난 권리와 계속 이어 온 왕가의 영예를 포기하고 혈통을 더럽히게 내버려 두시다니. 조용히 명상에 잠겨 계시는 사이에, 아니 이렇게 방해하러 온 것도 사실은 나라를 생각하는 마음이지만, 이 섬나라는 제 팔다리를 꺾이고 얼굴에는 굴욕의 낙인이 찍히고, 왕가의 줄기에는 잡목이 접붙고, 지금 막 어둡고 깊은 망각의 심연 속에 떨어져 들어가고 있는 중입니다. 이것을 구하고자 이렇게 간청하오니 부디 왕위를 맡으시고, 이 나라를 다스려 주십시오. 섭정이니, 집사니, 대리, 또는 다른 사람을 위한 일꾼으로서가 아니고, 혈통으로 이어 내려온 권리인 자신의 왕국을 손수 맡으십시오. 이것을 간청하기 위하여 공작님을 흠모하는 시민들과 상의한 끝에, 모든 사람의 열의에 감동하여 정의의 이름 아래 공작님 마음을 움직여 보고자 이렇게 찾아뵌 것입니다.

글로스터 이대로 그냥 말없이 떠나야 할지, 또는 엄하게 나무라야 할지 내 지위나 여러분의 호의를 생각할 때 어떻게 해야 좋을지 모르겠구려. 대답을 안

하면 야심에 혀를 묶어서, 대답도 않고 멍에 같은 황금의 왕관을 받아들일 모양이라고 오해받게 될 테죠. 어리석게 이렇게 몰려와서 강요하는 왕관을 요. 그렇다고 꾸짖으며 여러분의 청을 거절할 것 같으면, 나에 대한 호의임을 나도 알고 있는 만큼 내가 여러분을 비난하는 꼴이 되겠지요. 그러니 오해를 피하기 위하여, 우물쭈물하다가 여러분의 감정을 상하지 않도록 명확히 대답을 하리다. 호의는 감사합니다. 그렇지만 덕이 없는 나로선 그 청을 거절할 수밖에 없소. 첫째 모든 장애가 제거되고 타고난 권리로서 왕관을 향한 길은 평탄하다 하더라도, 나는 너무나도 무력하고 결점투성이이기 때문입니다. 나는 드넓은 바다를 견뎌낼 배는 못 되니 위대함을 탐내다가 영광의 연기에 질식당하느니 차라리 지존의 자리를 피하겠소. 그러나 하느님의 가호 덕분에 나까지 나설 필요는 없을 것이오. 설사 그럴 필요가 있다 하더라도 도저히 쓸모없는 이 사람입니다. 다행히도 왕가의 나무는 왕의 열매를 남겨놓았소. 어느덧 세월이 지나면 왕위에 적합하게 익어갈 테고, 그의 통치 아래 틀림없이 세상은 태평하게 될 것이오. 여러분이 내게 강요하는 왕관을 나는 왕자께 바치겠소. 그 행운의 별의 권리와 운수는 당연히 그분의 것이니까요. 하물며 그걸 내가 찬탈하다니. 하느님도 그것을 내게 명하지는 않으실 것이오!

버킹엄 공작님, 그것으로 양심을 증명하시는지 몰라도 주위 사정을 잘 헤아려 보면, 그 말씀은 사소하고 하찮은 것 같습니다. 에드워드 선왕의 아드님이라 말씀하시는데, 그렇긴 합니다만 그를 정당한 왕비의 아들이라고는 할 수 없습니다. 선왕께선 처음 루시 공주와 약혼하셨죠. 이는 당신 어머님이 산증인입니다. 그 후 다시 대사를 파견하여 프랑스 왕의 누이 보나 공주와 약혼하셨습니다. 이 둘을 다 파혼시키고 여러 자식들에 시달린 어머니, 한창 시절도 지나 향기도 가고 고민에 찬 과부가 결국 왕의 음탕한 마음을 사로잡아 지존의 지위를 타락의 구렁텅이로 끌어당겨 가증할 중혼(重婚) 죄를 저지르게 했던 것입니다. 그 부정한 자리에서 태어난 것이 곧 에드워드이므로, 저희는 다만 예의상 왕자라고 부를 뿐입니다. 이 밖에도 얼마든지 폭로할 수 있습니다만, 아직 살아 계신 몇 분께 관련되는 일이므로 입을 삼갈 수밖에 없습니다. 그러나 글로스터 공작, 부디 받아주십시오. 이렇게 눈앞에 바쳐지는 국왕의 대권이 겨레와 국토를 복되게 하는 것은 빼고서라도, 조상의 고귀한 혈통을 현재와 같은 부패로부터 구하여 정통으로 돌리기 위해서라도 말입니다.

시장 공작님, 부디 수락하십시오. 시민 모두의 간청입니다.

버킹엄 이런 흠모의 정을 사양하지 마십시오.

케이츠비 오, 저희 모두를 즐겁게 해주십시오. 그 정당한 청을 부디 허락해 주십시오!

글로스터 아, 그런 근심의 씨를 왜 이렇게 내게 강요하오? 나랏일이나 왕위는 내겐 적합하지 않소. 제발 오해는 마시오. 나는 여러분의 청에 응할 자격도 없거니와 응할 생각도 없소.

버킹엄 기어이 사양하시겠다면…… 그야 형님의 아들에 대한 깊은 애정 때문에 차마 폐위시키지 못하시는 심정은 넉넉히 이해될 뿐 아니라 공작님의 관대한 마음씨와 친절하고 인자하신 인품, 친척들은 물론 지위 고하를 막론하고 온갖 계급에게 동등히 대하시는 태도 등은 직접 보아 잘 알고 있습니다만…… 분명히 말씀드리는데, 공작께서 저희들 청을 수락하시든 안 하시든 형님 아들을 왕으로는 절대로 모시지 않겠으며, 공작님 가문의 불명예와 단절을 초래하게 되는 한이 있더라도 다른 적격자를 골라 왕위에 앉힐 수밖에 없습니다. 그럼, 이만 결의를 여쭙고 물러가겠습니다. 자, 시민 여러분, 물러갑시다. 맹세하지만 더 이상 절대로 애원을 하지 않을 테요!

글로스터 아, 맹세는 하지 마오, 버킹엄 공. (버킹엄과 시민들 퇴장)

케이츠비 공작님, 다시 불러들여서 사람들 청원을 수락해 주십시오. 사양하시는 날엔 온 국토가 비탄에 빠질 것만 같습니다.

글로스터 자넨 나보고 산더미 같은 근심을 껴안으란 말이오? 사람들을 다시 불러들이시오. 목석이 아닌 이상 모두의 친절한 청에 굴복할 수밖에 없군요. 양심과 진실에 어긋나는 일이기는 하지만 말이오.

버킹엄과 시민들 되돌아온다.

글로스터 버킹엄 공, 그리고 현명한 여러분, 운명의 짐을 지워 주시니 싫든 좋든 참고 짊어지리다. 그러나 이런 강요에는 음험한 추문과 악의의 중상이 따르게 마련이니, 그때는 억지로 강요한 책임을 그쪽에서 지고 그와 같은 오점은 씻어주기 바라오. 하느님은 물론이고 여러분도 대략 아시겠지만, 이렇게 된 것은 사실 전혀 내 뜻이 아니오.

시장   신의 축복을! 저희들도 물론 알고 있습니다. 시민들에게 그렇게 말하겠습니다.

글로스터   아, 그렇게 진실대로 말해 주시오.

버킹엄   그럼, 국왕의 칭호로 인사드리겠습니다. 잉글랜드 국왕 리처드 전하 만세!

모두   리처드 전하 만세!

버킹엄   그럼 대관식은 내일이라도 거행하도록 하는 것이 어떻겠습니까?

글로스터   좋을 대로 하구려. 모든 일을 그대에게 맡기겠소.

버킹엄   내일 다시 찾아뵙겠습니다. 그럼 기쁨에 넘쳐 저희들은 물러가겠습니다.

글로스터   (사제들에게) 그럼, 예배를 다시 계속해 주시오. 잘 가시오, 버킹엄 공. 그리고 다른 여러분, 잘 가시오. (모두 퇴장)

〔제4막 제1장〕

런던 탑 앞.
엘리자베스 왕비, 요크 공작부인, 도싯 후작이 한쪽 입구에서 등장. 글로스터 공의 아내 앤, 죽은 클래런스 공의 딸 마거릿 플랜태저넷이, 다른 쪽 입구에서 등장.

요크 공작부인   이게 누구지? 손녀 플랜태저넷이 아니냐? 그 손을 끌고 오는 것은 글로스터의 아내? 아마 틀림없이 런던 탑으로 가는 중인가 보군. 착한 마음에서 왕자들에게 인사를 하러 가는구나. 앤, 잘 만났다.

앤   두 분께서 건강하시어 무엇보다도 반갑습니다!

엘리자베스   안녕하시오! 그래 어디를 가는 길이오?

앤   런던 탑으로 갑니다. 두 분도 그러실 것 같은데, 착한 두 왕자님에게 인사를 드리고자 가는 길입니다.

연극 〈리처드 3세〉 베일리얼 할로웨이 연출. 낸시 프라이스(마거릿 역)·매지 컴프턴(앤 역) 출연. 런던, 뉴시어터 공연. 1930.

엘리자베스 고마워요, 우리 모두 같이 가요.

브래큰버리가 탑에서 나온다.

엘리자베스 때마침 탑의 책임자가 오는군. 여봐요, 말 좀 묻겠소. 왕세자와 어린 요크 공은 어떻게 지내고 계시오?

브래큰버리 잘 지내십니다만 만나게 해드릴 순 없습니다. 왕의 엄한 명령이니까요.

엘리자베스 왕이라니! 대체 누구 말이오?

브래큰버리 물론 섭정 각하 말입니다.

엘리자베스 말을 삼가오. 그분을 왕이라고 부르다니! 그분이 어머니와 아들 사이의 정을 가로막을 셈인가? 내가 그들의 어머니인데 누가 감히 방해하겠단 말이오?

요크 공작부인 나는 그들 아버지의 어머니요. 기어이 만나봐야겠소.

앤 나는 숙모지만 애정으로는 어머니와 같아요. 그래서 이렇게 만나러 온 것이오. 책임은 내가 지겠어요. 당신 직책은 내가 맡겠어요. 어떠한 처벌을 받게 되더라도.

브래큰버리 안 됩니다. 하느님께 맹세한 직책이므로 불가능한 일입니다. 제발 용서하십시오. (탑으로 들어가 버린다)

스탠리 등장.

스탠리 세 분, 한 시간 뒤에 다시 찾아뵙겠습니다. 그리고 요크 공작부인, 부인께선 아름다운 두 왕비님의 시어머니로서 존경받을 위치에 서시게 되겠습니다. (앤에게) 곧 웨스트민스터 수도원으로 가보셔야겠습니다. 리처드왕의 왕비로서 관을 쓰시기 위해서요.

엘리자베스 아, 이 가슴을 조이는 끈을 풀어다오. 갇힌 심장이 자유롭게 고동칠 수 있게. 아니면 이 참혹한 쇠에 갇혀 기절하고 말겠구나!

앤 끔찍한 소식을 다 듣겠네! 아, 달갑잖은 소식!

도싯 진정하십시오. 어머니, 왜 이러십니까?

엘리자베스 도싯, 그런 말을 하고 있을 때가 아니다. 어서 피해라! 죽음과 파멸의 재앙이 네 발꿈치에 다가오고 있구나. 이 어미의 이름이 자식들에게 재앙을 가져오고 있다. 죽음을 피하려거든 어서 바다를 건너 리치먼드한테 가서 살아라. 그곳에서라면 지옥의 손이 닿지 않을 거다. 자 어서, 이 도살장 같은 곳을 피해라. 괜히 송장의 수를 더하게 하지 말고. 나는 마거릿의 저주에 걸려 죽고 말 거다. 어미도, 아내도, 잉글랜드의 소중한 왕비도 아닌 채.

스탠리 그 충고, 참 현명한 배려이십니다. (도싯에게) 어서 빨리 떠나도록 하시오. 내 의붓아들 리치먼드에게 편지를 보내어 마중 나오게 하라. 괜히 어물거리다가 늦지 마시고, 어서요.

요크 공작부인 아, 재앙을 흩뿌려 놓고 있는 악마의 바람! 아, 이 저주할 배속, 죽음의 보금자리! 이 배 속에서 그 독사가 생겨났지. 보기만 하면 사람을 죽인다는 독사가.

스탠리 (앤에게) 자, 부인 가십시다. 서둘러 모셔 오라는 분부셨습니다.

앤 그럼 마음은 내키지 않지만 가보겠어요. 아 하느님, 이 이마에 써야 할 황금 면류관이 불에 달군 강철이 되어 뇌수를 태워 주소서! 성유 대신 무서운 독을 이 몸에 발라주시고, "왕비 만세!"를 듣기도 전에 죽게 해주소서!

엘리자베스 자, 어서 가봐요. 가여운 이여, 그 영광이 조금도 부럽지 않아요. 내 마음을 생각해 준다고 자신의 재앙을 불러들일 필요는 없어요.

앤 저를 저주할 생각이 없으시다고요? 지금 남편인 리처드는 제가 돌아가신 헨리왕의 영구 뒤를 울며 따라가고 있을 때, 천사 같은 전남편과 성자 같은 헨리왕의 피가 채 씻기지도 않은 손목을 갖고 제 곁으로 왔어요. 아, 그때 저는 리처드의 얼굴을 마주 대고 이렇게 저주해 주었어요. "저주를 받아라. 이렇게 젊은 나를 시든 과부로 만든 것은 네가 아닌가! 그리고 네 아내는—누가 되든—네가 살아 있는 한 불행하게 되라! 그리고 너로 인해 사별하게 된 나보다 더 불행하게 되라!"고. 아, 그런데 이 저주를 되풀이할 기운도 없는 약한 여자의 마음이랄까, 금방 꿀 같은 말에 사로잡혀 스스로 제 영혼의 저주의 밥이 되고 말았어요. 그 덕분에 이 눈은 영영 안식을 갖지 못하게 됐어요. 글쎄 그와 한 이불 속에서는 황금 같은 편한 잠의 이슬은 즐길 수 없고, 악몽에 몸부림치는 그의 잠꼬대 때문에 저는 늘 잠을 깨야만 하니까요. 더구나 남편은 장인 워릭과의 관계로 저를 더욱 미워해요. 그러니 머지않아 반드시 저를 없애고 말 거예요.

엘리자베스 가엾어라. 그럼 가봐요! 그 비탄을 진심으로 동정해요.

앤 저도 진심으로 당신의 슬픔을 동정하고 있어요.

엘리자베스 그럼 잘 가요. 비탄 속에 영광의 자리를 맞는 사람!

앤 그럼 안녕히. 그 영광의 자리를 떠나시는 가엾은 분!

요크 공작부인 (도싯에게) 자, 리치먼드한테로 가. 행운을 비네. (앤에게) 리처드에게로 가봐. 천사의 보호를 받도록! (엘리자베스에게) 성당으로 가라. 그리고 온 마음을 다해 기도를 드려! 내가 갈 길은 무덤뿐, 거기에는 평화와 안식이 있을 테지! 팔십 평생 애통한 세월, 일시적인 기쁨은 다음에 오는 긴긴 세월의 슬픔으로 깨지는 그런 일생이었지.

엘리자베스 잠깐만 여기 서서 저와 같이 저 탑을 한 번 더 바라다 봅시다. 낡은 돌아, 연약한 내 아기들을 불쌍히 여겨다오. 악의로 성벽 안에 갇혀버린 내 아기들을! 그렇게도 연약한 아기들에게는 너무도 딱딱한 요람! 나이 어린 왕자들에겐 너무나도 거친 유모, 너무나도 음산한 늙은 동무! 제발 내 아기들에게 친절히 해다오! 이렇게 어리석은 슬픔을 인사말로 남기고, 그럼 탑의 돌들이여, 안녕! (모두 퇴장)

〔제4막 제2장〕

런던. 궁전의 한 방.

나팔 소리. 리처드 3세가 된 글로스터가 왕관을 쓰고 등장. 버킹엄, 케이츠비가 시동을 데리고 여러 귀족들과 등장.

리처드왕 모두 물러서시오. 버킹엄!

버킹엄 예, 전하!

리처드왕 손을 이리. (옥좌에 오른다. 나팔 소리) 경의 충언과 조력으로 리처드왕은 이렇게 옥좌에 오르게 되었소. 그런데 이것은 단 하루뿐인 영광이오, 아니면 길이 누릴 수 있는 영광이오?

버킹엄 언제까지고 영원히 누리시길 빕니다!

리처드왕 아, 버킹엄, 그럼 내 시금석 역을 맡아서 그대가 순금인지 아닌지 좀 시험해 봐야겠소. 왕자 에드워드는 아직 멀쩡히 살아 있소. 자, 이만하면 내 뜻을 알 수 있을 것 같은데.

버킹엄 말씀해 보십시오, 전하.

리처드왕 버킹엄, 난 왕이 되고 싶단 말이오.

버킹엄 그야 벌써 왕이 되어 계십니다, 훌륭하신 전하.

리처드왕 뭐? 내가 왕이라고? 그럴 테지. 하지만 에드워드가 살아 있소.

버킹엄 그렇습니다, 전하.

리처드왕 아, 에드워드가 여태껏 살아 있다니, 입맛이 쓰구나. '그렇습니다, 전하!'라. 경이 그렇게도 눈치가 무디지는 않았을 텐데. 내가 간단하게 말해줄까? 나는 그 사생아들이 죽기를 바랄 뿐만 아니라 전격적으로 이루어졌으면 하오. 경은 뭐라고 답을 할 것이오? 어서, 간단하게 답하시오.

버킹엄 전하 뜻대로 하십시오.

리처드왕 쯧쯧, 온통 얼음같이 그대의 친절한 마음은 얼어 있구려. 자, 대답해 보오. 그것들을 죽이는 데 찬성하겠소?

버킹엄 잠깐 여유를 주십시오. 잘 생각해 본 뒤에 곧 결정하여 대답하겠습니다. (퇴장)

케이츠비 (옆 사람에게 혼잣말로) 왕이 화가 나셨군. 저봐, 입술을 깨물고 있어.

리처드왕 차라리 신경이 둔한 바보나 철부지 애들과 의논하는 게 낫겠어. 수상쩍은 눈으로 내 눈치를 살피는 놈들은 소용없어. (옥좌에서 내려온다) 야심만만한 버킹엄이 몹시 신중해졌군. 시동!

시동 예?

리처드왕 돈만 주면 비밀리에 살인을 맡아줄 사람을 혹시 모르느냐?

시동 예, 오만한 기질이지만 늘 궁색하여 불만 속에 지내고 있는 신사를 하나 알고 있습니다. 돈이면 스무 명의 설득보다도 효과적일 겁니다.

리처드왕 이름은?

시동 티렐이라고 합니다.

리처드왕 그 사람 같으면 나도 조금 알고 있다. 어서 가서 불러오너라. (시동 퇴장 뒤 혼잣말로) 버킹엄이 무슨 깊은 속셈이 있는 모양이군. 너 따위와는 이제 상의하지 않겠다. 오랫동안 지칠 줄 모르고 협력해 오더니, 이젠 멈추어서 쉴 모양인가? 좋아, 그래 봐라.

스탠리 등장.

리처드왕 웬일이오, 스탠리 경!

스탠리 아룁니다. 도싯 후작이 리치먼드가 있는 해외로 도망쳤다고 합니다.

(물러선다)

리처드왕 여봐라, 케이츠비!

케이츠비 예, 전하.

리처드왕 왕비 앤이 위독하다는 소문을 퍼뜨려 다오. 물론 앤을 감금하도록 조치하겠네. 그리고 거지 신사를 한 명 구해 오너라. 클래런스의 딸과 곧 결혼시켜야겠으니. 그 동생은 바보니까 염려 없다. 왕비 앤이 중병으로 반죽음 상태라고 퍼뜨려 놓는 거다. 자, 어서! 무엇보다 먼저 내 신변을 위협할 수 있는 것들은 모조리 뿌리를 뽑아야겠다. (케이츠비 뒤 혼잣말로) 그리고 나는 형 에드워드왕의 딸과 결혼해야겠어. 그렇게 하지 않으면 내 왕국은 깨지기 쉬운 유리 위에 서 있는 꼴이 될 테니까. 왕자들을 처치하고 난 다음 그 누이와 결혼하는 거다. 앞으로의 일이 어떻게 될는지는 모르지만, 피투성이가 되어 여기까지 발을 들여놓은 이상, 앞으로는 죄악이 죄악을 불러오는 대로 맡겨둘 수밖에. 연민의 눈물 따윈 이 눈에 깃들지 않는다.

시동, 티렐을 데리고 등장.

리처드왕 네 이름이 티렐인가?

티렐 예, 제임스 티렐, 진심으로 충성을 맹세합니다.

리처드왕 정말인가?

티렐 예, 시험해 보십시오.

리처드왕 내 친구를 한 명 죽일 각오가 되어 있는가?

티렐 원하신다면 기꺼이 하겠습니다. 적이라면 두 명도 죽여드릴 수 있습니다.

리처드왕 아, 잘 말했네. 실은 두 명의 굉장한 적이 내 휴식과 달콤한 잠을 방해하고 있어서 그러는데, 좀 처치해 줘야겠어. 티렐, 런던 탑의 그 사생아들 말이야.

티렐 그들에게 접근할 방법만 마련해 주시면 바로 없애서 전하의 근심을 풀어드리겠습니다.

리처드왕　그 말 참 달콤한 음악 같구나. 여봐 티렐, 이리 가까이 오게. (티렐이 리처드 앞으로 다가와서는 무릎을 꿇어 앉는다) 자, 이걸 증거로 하라. (반지를 빼서 준다) 일어서라, 귀를 이리 좀. (티렐이 일어나자 리처드가 그에게 속삭인다. 그러자 티렐이 뒷걸음질을 친다) 단지 그것뿐이야. 끝나거든 알려다오. 귀여워해 주마. 출세도 시켜주고.

티렐　당장 가서 처치하겠습니다. (퇴장)

버킹엄 다시 등장.

버킹엄　전하, 아까 물으신 건 잘 생각해 봤습니다.

리처드왕　아, 그 얘긴 그만두오. 도싯이 리치먼드한테로 도망쳤소.

버킹엄　그건 저도 들었습니다.

리처드왕　스탠리 경, 리치먼드는 그대 아내의 아들이오. 경계하오.

버킹엄　전하, 약속하신 상을 내려주시기 바랍니다. 명예와 신의에 두고 약속하신 상을 말입니다. 언약하신 헤리퍼드 백작령과 그 밖의 동산을요.

리처드왕　스탠리 경, 부인을 경계하오. 리치먼드에게 편지를 보낼지도 모르오. 그 책임은 그대가 져야 하오.

버킹엄　저의 정당한 요청에 대답을 해주십시오, 전하.

리처드왕　이제 생각났지만, 헨리 6세가 예언했었소. 리치먼드가 왕이 될 사람이라고! 그가 장난꾸러기 소년이었던 시절에 말이오. 왕이 된다고! 아마…….

버킹엄　전하!

리처드왕　그 예언자가, 그때 왜 이렇게 말하지 못했을까? 이 리처드는 리치먼드를 죽일 거라고. 그때 나도 거기 있었는데 말이오.

버킹엄　전하, 약속하신 백작령을…….

리처드왕　리치먼드라! 지난번에 엑서터에 들렀을 때 시장이 경의를 표하는 마음에서 그곳 성으로 날 안내하여 리치먼드성이라고 설명했는데, 그 이름에 난 깜짝 놀랐소. 아일랜드의 어떤 시인한테 언젠가 들은 얘긴데, 리치먼드를 만나고 난 뒤에는 내가 오래 못 가 죽는다고 했다오.

버킹엄　전하!

리처드왕 아, 지금 몇 시나 되었소?

버킹엄 황공하오나, 전에 약속하신 일을 돌이켜 생각해 주시기 바랍니다.

리처드왕 글쎄, 지금 몇 시냔 말이오.

버킹엄 막 10시를 쳤습니다.

리처드왕 그런가? 치도록 놔두시오.

버킹엄 치도록 놔두라뇨?

리처드왕 괘종시계 추같이 그대는 구걸과 내 명상 사이를 계속 치고만 있으니 말이오. 오늘은 무엇을 하사할 기분이 아니오.

버킹엄 그러시다면 내려주시겠다, 아니다 말씀이라도 해주소서.

리처드왕 귀찮소, 오늘은 그런 기분이 아니오. (퇴장)

버킹엄 결과가 이거란 말인가? 충성을 다했는데 그 대가로 이렇게 비웃음을 당하다니. 이런 냉대를 받으려고 내가 리처드를 왕으로 만들었단 말인가? 아, 헤이스팅스가 좋은 본보기이다. 브레크녹으로 피하자꾸나. 꾸물거리고 있다간 이 목이 달아나겠다. (퇴장)

〔제4막 제3장〕

런던 탑 앞.
티렐 등장.

티렐 포악무도한 짓은 이제 끝났다. 이렇게 무참한 대학살이 이 나라에서 언제 또 있었던가. 다이튼과 포레스트, 내 이 두 사람을 꾀어서 이 잔인한 살육을 감행하게 했는데, 개같이 잔인한 악당들이지만 그래도 따뜻한 인정으로 연민이 일어났는지 왕자들의 슬픈 죽음 이야기에 이르자 애들처럼 둘이서 엉엉 울더군. "아, 이렇게" 하고 다이튼이 "두 아기는 얌전하게 자고 있었소" 말하자 포레스트는 "아 그래, 대리석같이 흰 팔로 서로 껴안고 있고, 입술은 줄기에 달린 네 송이 빨간 장미꽃이 여름철 아름다움을 자랑하는 양 입을 맞추고 있었소. 그리고 머리맡에는 기도책이 한 권 더 놓여 있지 않겠소. 그래서 난 하마터면" 하고 말을 계속하더군. "맘이 변할 뻔했죠. 하지만 제기,

이때 악마란 놈이……" 이 악당 여기서 입을 다물어 버리더군. 그러자 다이튼이 그 말을 받아서 "그거야말로 천지 조화의 최고 걸작, 세상에 둘도 없는 훌륭한 작품인 것을 둘이서 목을 졸라 죽여버렸죠" 했어. 여기서 이 녀석은 양심과 후회에 짓눌려 말문도 막히는 형편이었지. 그래서 할 수 없이 그치들은 그냥 놔두고 이 전말을 잔인한 왕께 전하러 온 거야. 마침 저기 오시는구나.

리처드왕 등장.

티렐 만수무강하시옵니까, 전하!
리처드왕 티렐, 수고했네. 좋은 소식일 테지.
티렐 명령하신 대로 일을 해결했습니다. 전하께서 기뻐하신다면 정말 기쁘겠습니다. 그대로 실행했으니까요.
리처드왕 그런데 숨이 끊어진 것까지 확인했겠지?
티렐 예, 전하.
리처드왕 그리고 묻는 일은?
티렐 런던 탑 사제가 했습니다. 그러나 묻은 곳은 모르겠습니다.
리처드왕 좋아. 그럼 저녁 시간 후에 다시 와서, 그때 상황을 좀 이야기해 다오. 그때까지 보답으로 무엇이 소원인가 잘 생각해 둬라. 그만 물러가도 좋아.
티렐 그럼, 이만 물러가겠습니다. (퇴장)
리처드왕 이제 클래런스의 아들 녀석은 가둬놨고, 딸은 천민과 결혼시켜 놓았지. 그리고 에드워드의 아들들은 저승에서 아브라함의 가슴에 안겨 잠을 자고 있고, 왕비 앤은 이 세상을 떠났다. 그런데 형의 딸 엘리자베스 말인데, 알고 보니 브르타뉴의 리치먼드가 이 왕녀를 노리고 있다고? 이 연분으로 감히 왕관을 써볼 속셈이겠지? 그러나 난 즐겁게 구애를 하러 앞질러 가서 성공을 해야겠다.

케이츠비 등장.

케이츠비 전하!

리처드왕 좋은 소식이냐 나쁜 소식이냐, 왜 그렇게 당황하느냐?

케이츠비 나쁜 소식이옵니다, 전하. 일리의 주교가 리치먼드에게 달아났습니다. 그뿐 아니라 버킹엄이 난폭한 웨일스인들에게 의지하여 전쟁을 일으켜 병력은 시시각각 증가하고 있다고 합니다.

리처드왕 일리 주교와 리치먼드의 결탁은 심상찮은 일이군. 버킹엄의 오합지졸은 대단치 않아. 겁낼 건 없다. 머뭇거리고 떨며 궁리만 하고 있다간 납같이 발이 둔해질 뿐. 끝내는 무능한 달팽이 걸음의 구걸이나 하게 되는 법이지. 그러니 내 날개는 불길처럼 재빨라져 다오! 유피테르의 사신 메르쿠리우스여, 국왕의 전령이 되어다오! 자, 병력을 동원하라. 작전은 내 방패 안에 있다. 어서 행동해야겠다. 반역자들은 벌써 출동하고 있다지 않느냐. (모두 퇴장)

〔제4막 제4장〕

런던. 궁전 앞.

헨리 6세의 아내 마거릿 등장.

마거릿 자, 그렇게 피어오르던 영화도 다 익어 죽음의 입에 떨어지기 시작하는구나. 나는 이 근처에 숨어서 원수들이 시들어 가는 꼴을 가만히 지켜봐 왔어. 무서운 서막을 목격했으니까 이제는 프랑스로 건너가야겠다. 결말은 참혹하고 비참한 비극으로 끝날 것이 뻔하지. 물러가자꾸나, 이 불쌍한 마거릿은! 누가 여기로 오는데? (옆으로 비켜선다)

엘리자베스 왕비와 요크 공작부인 등장.

엘리자베스 불쌍한 내 왕자들! 아, 가엾은 내 아기들! 겨우 싹이 움텄을 뿐, 꽃도 채 피우지 못하고! 아, 너희들의 가냘픈 영혼이 아직은 공중을 날아다니며 영겁의 저승에 갇혀 있지 않다면, 그 가벼운 날개를 타고 내 머리 위를 훨훨 날아 이 어미의 애통에 귀를 기울여 다오.

마거릿 (혼잣말로) 아무렴, 훨훨 날아주렴. 그리고 말해 주려무나. 너희들의 어린 아침의 인생이 늙은 밤에 묻힌 것도 다 인과응보라고.

요크 공작부인　어찌나 불행들이 이 목소리를 쉬게 해버렸던지, 고통에 지친 이 혀는 완전히 벙어리가 되었다. 플랜태저넷 집안의 정통 에드워드야, 어쩌자고 죽어버렸는가?

마거릿　(혼잣말로) 그 플랜테저넷의 죽음은 내 플랜태저넷의 보복, 이름도 같은 에드워드의 죽음은 내 에드워드에게 치른 보상이지.

엘리자베스　아, 신이시여, 그렇게 온순한 어린양들을 늑대 배 속에 던져 넣을 셈입니까? 이토록 무서운 악행이 일어나고 있는데, 그래도 신께선 잠에서 깨지 않으신단 말씀인가요?

마거릿　(혼잣말로) 아, 성자 같은 내 남편 헨리왕과 귀여운 내 아들이 죽던 때도 그랬지.

요크 공작부인　(엘리자베스에게) 죽은 것이나 마찬가지인 삶, 뜨고도 먼 눈, 가엾은 산 유령, 비극의 무대, 세상의 치욕적 삶을 가장한 무덤의 주인공, 끔찍한 대대의 역사를 오늘날까지 혼자 짊어진 이 몸, 휴식 없는 이 몸을 좀 앉혀 놓자꾸나. 부당하게도 죄 없는 피를 취한 잉글랜드의 흙 위에.

엘리자베스　(두 사람이 앉는다) 아, 흙이여, 내겐 차라리 무덤을 다오. 음침한 한 구석을 줄 바에는! 그러면 이렇게 쉬는 대신 이 뼈나 묻힐 수 있을 것 아닌가. 아, 나만큼 슬픔의 씨를 가진 사람이 세상에 또 있을까?

마거릿　(앞으로 나가면서) 낡은 슬픔일수록 더 존중돼야 한다면, 내 슬픔이야말로 윗자리를 차지해야 할 것이다. 자, 내 슬픔을 윗자리에 앉게 해다오. 슬픔도 사교를 가질 수 있는 것이라면. (엘리자베스 곁에 와서 앉으며) 내 슬픔을 헤아려 보면서. 한 번 더 슬픔을 이야기해 보구려. 나에게는 에드워드라는 아들이 있었는데 리처드라는 작자가 죽였어. 나에게는 헨리라는 남편도 있었는데 리처드라는 작자가 죽였어. 너에게는 에드워드라는 아들이 있었는데 리처드라는 작자가 죽였어. 너에게는 리처드라는 아들이 있었는데 리처드라는 작자가 죽였어.

요크 공작부인　나에게도 리처드라는 남편이 있었는데 네가 죽였어. 나에게는 러틀랜드라는 아들도 있었는데 네가 사람을 써서 죽였어.

마거릿　너에게는 클래런스라는 자식도 있었는데 리처드가 죽였어. 그리고 네

배 속에서 기어나온 그 개란 놈이 우리를 개죽음으로 몰아넣었지. 눈보다 이가 먼저 생겨나서 양들을 물어뜯어 그 따뜻한 피를 핥는 잔인한 개, 신의 창조물을 마구 부수는 놈, 슬픔의 울음에 짓무른 눈들을 떨게 하는 지상의 대폭군―그놈을 낳은 것은 네 배다. 우리를 무덤에 몰아넣고자 말이다. 아, 신은 공평도 하시지! 고맙게도 이 잔인한 개란 놈이 한배에서 나온 씨를 잡아먹게 하여, 그 어미를 나와 같은 비탄 속에 빠뜨려 주시다니!

요크 공작부인   아, 헨리의 아내여, 나의 슬픔을 보고 좋아하다니! 신이 굽어보고 계시지만, 난 당신의 불행을 슬퍼했다오.

마거릿   참아줘야겠어. 복수에 굶주린 나, 이제 겨우 소원이 이루어져 속이 후련할 지경이야. 네 아들 에드워드는 죽었어. 내 아들 에드워드를 죽인 그놈은. 그리고 네 손자 에드워드는 내 에드워드를 죽인 대가로 죽었지. 그리고 어린 요크도 죽었지만 그건 덤밖에 못 돼. 형제 둘을 합쳐도 내가 잃은 훌륭한 보배에는 어림없으니까. 그리고 그대의 클래런스도 죽었지. 그가 내 에드워드를 찔러 죽였어. 그뿐인가, 이 광란의 비극을 방관한 놈들, 저 간통자 헤이스팅스와 리버스, 본, 그레이 등 모두 느닷없이 컴컴한 무덤 속에 질식당하고 말았잖은가. 하긴 리처드는 아직 살아 있으나 지옥의 흉악한 간첩이자 지옥에서 살아남은 유일한 하수인으로, 인간의 영혼을 사들여 차례차례 지옥으로 보내는 역할을 하고 있지만, 머지않아서 동정도 받지 못하고 비참하게 죽는 날은 오고 말지. 대지는 입을 벌리고, 지옥은 불타며, 악마는 울부짖고, 성자들은 기도를 하고 있다. 그놈이 어서 빨리 지옥으로 떨어지기를 고대하며 말이야. 하느님, 부디 그놈의 생명을 끊어주소서! 난 그때까지 살아남아 "개는 죽었다!"고 말해야겠어.

엘리자베스   (선 채로) 아, 당신은 언젠가 예언했소. 이 내가 술병같이 튀어나온 그 독거미 놈을, 더러운 꼽추 같은 두꺼비 놈을 같이 저주해 달라고 애원할 때가 오고 말리라고!

마거릿   그때 내가 널보고 "내 행운의 허망한 장식물"이라고 하지 않았던가. 그리고 불쌍한 그림자, "이름뿐인 왕비", 이전의 내 꼭두각시라고 하지 않던가. 무시무시한 연극의 가장 달콤한 서막, 나중에 내던져지려고 높이 놓아진 것뿐이었지. 예쁜 두 아기를 가진 것도 쓸데없는 일이 되는 어미, 꿈의 왕비, 찬란한 깃발, 여기저기에서 총알받이가 되기 쉬운 위험한 목표, 겉치장만의 위엄, 꺼져드는 탄식과 잦아드는 물거품으로 등장을 기다리는 어릿광대 왕비란 말이다. 네 남편은 지금 어디 있는가? 형제는? 두 자식은? 너는 무얼 낙으로 삼고 있는가? 네 앞에 무릎을 꿇고 탄원하며 "왕비 만세!" 하고 누가 말하는가? 아첨하며 굽실대는 귀족들은 어디 있는가? 뒤를 줄줄 따라오는 군중은 어디 있는가? 하나하나 다 따져보려무나. 지금의 네 신세를 알게 될 테니. 행복했던 아내 대신 비참한 과부가, 즐거웠던 어미 대신 그 이름을 통곡하는 여자가, 왕비 대신 마음의 괴로움을 덧쓴 노예가 되지 않았는가. 그리고 애원을 하게 되고, 나를 경멸하던 여자가 도리어 내 경멸을 받는 신세가 되었다. 그뿐인가, 모든 이를 두렵게 하던 네가 이제는 누구든지 두려워하고, 모든 사람에게 명령하던 팔자가 이제는 아무도 복종해 오는 사람이 없잖은가. 이렇게 정의의 시곗바늘은 한 바퀴 빙 돌고, 넌 시간의 희생물로 버림받아 과거의 추억을 가슴에 안고 현재의 운명을 고민할 뿐이다. 내 지위를 찬탈한 네가 내 애통을 꼭 그만큼 가져가지 않고 견뎌낼 수 있겠느냐? 이제야말로 네 오만한 목덜미에 내가 짊어졌던 멍에의 반을 갈라 가졌구나. 이제 나는 지쳤던 머리를 홀가분하게 쳐들고, 너에게 온갖 짐을 맡기겠다. 그럼, 잘 있어. 요크의 마누라, 그리고 비운의 왕비. 이 잉글랜드의 비애를 나는 프랑스에 건너가서 고소하게 웃고 있을 테다.

엘리자베스 아, 저주의 명수, 잠깐 기다려요. 그리고 내 원수들을 어떻게 저주해야 할지, 좀 가르쳐 줘요.

마거릿 '밤'에는 자지 말고, '낮'에는 먹지 말고, 지난날의 행복을 지금의 불행과 비교해 보는 거야. 그리고 네 자식들을 실제보다 귀엽게 생각하고, 그것들을 죽인 자들을 실제보다 흉악하게 생각하는 거지. 잃은 아들들을 실제보다 좋게만 생각하면 악의 장본인은 흉악하게만 보인다. 이렇게 반복해 가면 저절로 저주를 습득하게 된다.

엘리자베스 내 입은 둔해요. 아, 당신의 혀로 생기를 좀 불어넣어 줘요.

마거릿 그대의 불행이 그 입에 생기를 넣어줄 거다. 내 입같이 매섭게. (퇴장)

요크 공작부인 불행에는 왜 말수가 많을까?

엘리자베스 마음속 고통을 공연히 토로하고, 흔적도 남아 있지 않은 기쁨을 허망하게 가슴에 안고, 지금의 비참한 신세를 불쌍하게 한탄하는 사람들! 서로의 불행을 마음대로 떠들게 내버려 두자. 그래 봐야 아무 소용도 없겠지만 마음만은 홀가분해질 테니.

요크 공작부인 그렇다면 혀를 묶어둘 필요는 없다. 나와 같이 가서 지독한 독설로 숨통을 막아놓자. 네 귀여운 두 아들을 목졸라 죽인 내 자식의 숨통을. 나팔 소리가 나는구나. 자, 실컷 저주해 주자.

리처드왕과 그의 군대, 북과 나팔 소리와 더불어 등장.

리처드왕 이 출전을 방해하는 자가 누구냐?

요크 공작부인 아, 누구라니, 마땅히 방해할 수 있는 여자이지 누구겠느냐. 차라리 너를 내 배 속에서 질식시켜 죽여버렸다면, 네가 저지른 참혹한 살인을 예방할 수 있었을 것을!

엘리자베스 (리처드왕에게) 그 이마를 황금의 왕관으로 가리고 있을 셈이냐? 만약에 정의가 승리할 것 같으면, 그 이마에는 살인자란 낙인이 찍히게 될 게 아니냐. 그 왕관을 당연히 써야 할 왕자를, 그리고 내 아들들과 형제들을 무서운 죽음으로 몰아넣은 살인자란 낙인이! 자, 말해 보라, 이 악당아. 내 아들들은 어디 있느냐?

요크 공작부인 (리처드왕에게) 아, 흉악한 두꺼비 같은 것, 네 형 클래런스는 어디 있느냐? 그리고 그 아들 에드워드는?

엘리자베스 (리처드왕에게) 그 점잖은 헤이스팅스와 리버스, 본과 그레이는 어디 있느냐?

리처드왕 나팔을 불어라, 나팔을! 북을 쳐라, 북을! 하느님의 성유를 바른 왕관을 쓴 왕에게 함부로 지껄이는 여인들의 욕이 하늘까지 들리지 않게 하라. 어서 북을 치라니까! (나팔과 북소리) 공손히 애원한다면 모르되, 그런 비명은 우렁찬 북소리로 파묻어 버릴 테요.

요크 공작부인 네가 내 자식이냐?

리처드왕 그렇소, 신 덕분에. 그리고 아버지와 어머니 덕분에.

요크 공작부인 그렇다면 어미의 분노를 조용히 좀 들어봐라.

연극 〈리처드 3세〉 미국 배우 케빈 스페이시(리처드 역) 출연. 런던, 올드빅 시어터 공연. 2001.

리처드왕 어머니, 저는 어머니의 기질을 타고나서 성격상 잔소리는 참고 듣지 못합니다.

요크 공작부인 나는 말 좀 해야겠다!

리처드왕 그럼 그러시든지, 하지만 저는 귀를 틀어막겠습니다.

요크 공작부인 사리를 따져서 말하겠다.

리처드왕 그리고 간단하게 해 주세요. 저는 바쁜 사람이니까요.

요크 공작부인 그렇게도 바쁜가? 나는 고뇌에 몸부림을 치면서 여기서 널 기다리고 있었다.

리처드왕 그러기에 제가 이렇게 나타나지 않았습니까? 고뇌를 위로해 드리려고 말입니다.

요크 공작부인 천만에, 너도 알다시피 네가 이 세상에 나타난 것은 이 세상을 나의 지옥으로 만들어 주기 위해서였다. 너를 낳는 고통이란 이만저만이 아니었다. 너는 어릴 적에 성질이 고약한 고집쟁이였다. 학교에 다닐 땐 거칠고 제멋대로에다가 난폭했다. 성년이 돼서는 오만하고 뻔뻔스럽고 감히 못하는 짓이 없었지. 나이를 먹고 나더니 불손하고 교활하고도 잔인한 모사꾼이 되어, 겉으로는 유순해 보였으나 그 안의 증오심은 더한층 맹렬해졌다. 너와 같이 지내는 동안 이 어미가 과연 한시라도 편안하게 지내본 줄 아느냐?

리처드왕 물론 안 그렇겠죠. 저를 떼어놓고 혼자서 아침 식사를 하러 갔을 때 단 한 번 말고는. 하지만 제가 그렇게 눈에 거슬리시거든 그냥 지나치게 해주시오. 괜히 화내시지 말고요. 자, 북을 쳐라!

요크 공작부인 제발 내 말 좀 들어봐라.

리처드왕 따끔하게 말씀하셨습니다.

요크 공작부인 한마디만 들어봐라. 그러면 두 번 다시 너와는 이야기하지 않겠으니.

리처드왕 그러죠.

요크 공작부인 신의 공정한 처단으로 너는 이번 전쟁에서 승리자로 살아 돌아오진 못할지도 모른다. 아니면 내가 슬픔과 늙은 나이에 지쳐 다시는 네 얼굴을 보지 못한 채 죽을지도 모른다. 그러니까 내 비통한 저주를 짊어지고 가라. 치열한 전투 때 이 저주는 네가 입고 있는 갑옷보다도 무겁게 널 구속하리라! 내 기도는 네 적에 가담하여 싸우리라. 그리고 에드워드의 조그만 영혼은 네 적군 한 사람 한 사람에게 속삭이며 성공과 승리를 약속하고 다니리라. 너는 잔혹한 인간이니, 최후도 무참하리라. 살아 있는 동안 치욕만 당해 온 너이니, 죽을 때도 치욕은 붙어다니리라. (퇴장)

엘리자베스 이것만으로 부족하지만, 저는 이제 저주할 기력이 없어요. 그러니 그렇게 되도록 오직 빌 수밖에요.

리처드왕 잠깐만, 당신한테 할 이야기가 좀 있소. (왕비 곁으로 다가간다)

엘리자베스 내게는 이제 왕의 아들이 없어요. 당신이 죽일 딸들은 있지만. 그 애들은 수녀가 되어 기도로 생애를 보내기로 했어요. 왕비가 되어 눈물 속에 지내느니보다는. 그러니 딸애들의 생명을 노리진 마세요.

리처드왕 엘리자베스라는 딸이 있지요. 얌전하고, 아름다우며, 왕녀답고, 품위를 지닌 딸 말입니다.

엘리자베스 그것 때문에 그 애가 죽어야 한단 말이오? 안 돼, 그애를 살려주세요. 정조라도 더럽혀 놓고 얼굴이라도 흉하게 만들어 놓겠으니. 그리고 저 스스로 에드워드의 침대에서 부정을 저질렀다는 중상을 퍼뜨려 불륜의 씨앗이라는 명예롭지 못한 명예를 씌우겠어요. 그렇게 해서 피 흘리는 살육의 공포를 겪지 않고서도 살아남을 수 있다면, 그 아이가 에드워드의 딸이 아니라는 것을 고백하겠어요.

리처드왕　출생을 모욕하지 마시오. 당신 딸은 훌륭한 왕녀니까.

엘리자베스　그애 생명의 안전을 위해서는 왕녀가 아니라고 주장하겠어요.

리처드왕　왕녀로 태어났기 때문에 안전한 것이오.

엘리자베스　그와 같은 안전한 처지 때문에 그애 동생들은 죽었잖아요.

리처드왕　아니오. 그들은 비운을 타고 태어났기 때문이오.

엘리자베스　그렇지 않아요. 흉악한 친척들이 그애들의 생명을 배반했기 때문이에요.

리처드왕　아무도 운명의 손길을 피할 수는 없소.

엘리자베스　그래요, 신과 등진 자가 운명을 지배하고 있는 한은. 만약 당신이 신의 축복을 받아 좀더 좋은 인생을 지내고 있었던들, 내 아기들도 좀더 좋은 죽임을 당했을 것 아니오.

리처드왕　그 말투는 내가 조카들을 죽인 것 같잖소!

엘리자베스　조카라고요? 행복과 왕국과 친척 관계와 자유와 생명까지 기만하여 빼앗아 갖고서 그런 말이 나와요? 그애들의 가냘픈 심장을 찌른 놈이 누구든 간에 뒤에서 조종한 것은 당신의 머리였소. 그 흉악한 단도도 틀림없이 무디고 둔했던 것이, 당신의 돌 같은 심장에 단련되어 마침내는 내 어린 양들의 내장을 갈갈이 찢어놓고 만 것이에요. 평소 슬픔에 익숙해져 있어서 미쳐서 돌아버릴 것 같은 비통은 온순해졌지만, 그렇지만 않았다면 이 혀가 자식들의 이름을 당신 귀에 들려주고 있을 뿐만 아니라 이 손톱이 당신 두 눈에 달려들었을 것이오. 하지만 나는 죽음의 절망적인 바다에서 돛과 밧줄을 빼앗긴 하찮은 배처럼, 당신의 그 바위 같은 가슴에 부딪쳐서 박살이 나고 말 테죠.

리처드왕　부인, 내 운명은 이 피비린내 나는 전쟁의 승패에 따라 결정될 것이오. 그 운명에 두고 맹세하지만, 나는 당신과 당신 딸을 위해서 호의를 베풀고자 하오. 지금까지 끼친 폐를 보상하기 위해서라도!

엘리자베스 호의라고요? 대체 내게 베풀 어떤 호의를 그 천사 같은 얼굴 뒤에 감추고 있단 말이오?

리처드왕 딸들의 신분을 올려주겠단 말이오.

엘리자베스 단두대 위로 말이죠? 그곳에서 목을 베기 위해서?

리처드왕 최고의 신분과 지위, 이 세상 영광 중에선 더없는 신분으로 말이오.

엘리자베스 내 슬픔을 그런 말로 달래려는 건가요? 자 말해 봐요, 내 딸애들에게 어떤 지위를, 어떤 신분을, 어떤 명예를 주시겠단 말이에요?

리처드왕 내가 가진 모든 것. 그렇소, 이 몸과 함께 모든 것을 송두리째 당신 딸에게 주리다. 그래서 나한테 당했다고 억측하는 여러 모욕의 슬픈 기억을 분노한 영혼으로부터 없애 망각의 강에 내던져 버리시오.

엘리자베스 간단히 말해요, 친절한 설명만 길어지고 실속 없는 약속에 지나지 않으면 안 되니까요.

리처드왕 그럼 말하겠는데, 나는 진정으로 당신 딸을 사랑하고 있소.

엘리자베스 그럴 것이오. 그 딸의 어미도 진정 그렇게 생각하고 있죠.

리처드왕 그게 무슨 뜻이오?

엘리자베스 그거야, 딸애를 진정으로 사랑하고 있을 거란 말이죠. 그리고 당신은 그애 동생들 또한 진정으로 사랑했죠. 그러니 나도 진정으로 감사를 드려야겠군요.

리처드왕 그렇게 성급하게 오해하지 마시오. 나는 정말 진심으로 당신 딸을 사랑하고 있는 거요. 왕비로 앉힐 생각을 갖고 있소.

엘리자베스 아, 그렇다면 왕으론 누구를 앉힐 작정이오?

리처드왕 그거야 물론 그녀를 왕비로 맞는 사람이지 누구겠소?

엘리자베스 아니, 그럼 당신이란 말이에요?

리처드왕 물론 그렇소. 어떻게 생각하시오?

엘리자베스 대체 그애를 어떻게 설득하시려고?

리처드왕 그건 당신한테서 지혜를 얻어야겠소. 딸의 기질을 누구보다 잘 알고 있을 테니까.

엘리자베스 나한테서 얻겠다고요?

리처드왕 진심이오.

엘리자베스 그럼 딸애의 동생들을 죽인 자를 시켜 피가 흐르는 두 개의 심
장을 그애에게 보내세요. 그것에 각각 "에드워드"와 "요크"라는 글자를 새겨
서 말이에요. 그걸 보면 딸애는 아마 눈물을 쏟을 테죠. 그러니 손수건도 보
내구려. 언젠가 마거릿이 당신 아버지께 러틀랜드의 피에 젖은 손수건을 내
민 일이 있었듯이 그렇게요. 그리고 이것은 동생들 몸에서 흘러나온 자줏빛
피가 스며든 것이니, 이것으로 울고 있는 눈을 닦으라고 전하세요. 그걸로도
그애 맘을 유혹하지 못하시거든 당신의 훌륭한 업적을 적어 보내세요. 그애
의 삼촌 클래런스와 외삼촌 리버스를 처치한 사람, 그리고 그애를 위해 숙
모인 앤을 이 세상에서 떠나게 한 사람은 바로 리처드왕이라는 사연도 같이
적어서.

리처드왕 사람을 놀리지 마시오. 그건 그녀를 설득시키는 길이 아니잖소.

엘리자베스 달리 길은 없지요. 하긴 다른 인두겁을 빌려 쓰고 리처드 아닌 인
물로 변한다면 몰라도요. 온갖 악업을 저지른 그 리처드가 아닌 인물로 말
이죠.

리처드왕 이것도 다 그녀를 사랑한 나머지 그랬다고 하면.

엘리자베스 그렇다면 그애는 더욱더 증오할 수밖에. 그렇게 잔인한 학살을
미끼로 사랑을 사려고 했으니까요.

리처드왕 한번 벌어진 일은 구제할 길이 없소. 인간이란 가끔 무모한 짓을 저
질러 놓고 나서 나중에 후회하게 마련이오. 예컨대 당신 아들들로부터 왕국
을 강탈했다고 말하면, 그 보상으로 당신 딸에게 되돌려 주겠소. 그리고 당
신 배 속에서 나온 씨들을 죽였다고 말한다면, 당신 딸 몸에서 내 씨를 낳게
하면 당신 혈통이 되살아 나오게 되는 거요. 할머니란 이름은 어머니란 정다
운 이름이나 다를 것 없지요. 자식은 자식이고 다만 촌수가 하나 아래일 뿐,
바로 당신의 기질이자 당신의 혈통이오. 진통도 똑같고, 다만 딸을 낳을 때
하룻밤의 진통을 이번엔 그 딸이 겪는 것이 다를 뿐이오. 젊어서는 자식들
이 두통거리였지만, 이 리처드의 자식들은 노후의 위안이 될 것입니다. 당신
이 잃은 것이라곤 아들의 왕위뿐인데, 그 대신 딸이 왕비가 되는 거요. 물론
보상하고 싶어도 어찌할 도리가 없는 노릇이니, 가능한 한 내 마음의 친절만
이라도 받아주시오. 전남편한테서 태어난 아들 도싯 후작은 겁을 먹은 나머

지 외국 땅에 가서 생활하고 있지만, 이번 혼사만 이루어지면 불러들여 높은 지위로 올려주겠소. 당신의 아름다운 딸을 아내라고 부를 이 왕은, 아들 도셋을 친히 아우라고 친밀하게 부르겠소. 그리고 당신은 국왕의 장모가 되고, 비참한 과거의 모든 상처들은 이 이중의 행복으로 모두 보상하는 겁니다. 아! 앞으로 좋은 일을 얼마든지 볼 수 있소. 지금까지 흘린 눈물방울들은 빛나는 진주로 변하여 되돌아 올 것이오. 쏟은 슬픔이 20배의 행복을 이자로 붙여서 말이오. 그러니 자, 장모, 어서 딸한테 가보시오. 아직 수줍어하는 나이이니, 그 점은 당신의 경험을 살려 잘 달래어 구애자의 이야기를 들어도 놀라지 않도록 마음속에 영광스러운 왕비의 모습을 동경하는 야심을 불질러 놓고, 결혼의 달콤하고 고요한 기쁨을 이야기해 주시오. 그리고 내가 이 팔로 하찮은 반역자이며 미련한 버킹엄을 응징하여 개선의 화환을 쓰고 돌아오는 날에는, 그녀를 승리자의 신방으로 맞아들이겠소. 그리고 그 승리의 영광을 그녀에게 바치겠소. 그러니 당신 딸은 유일한 승리자, 카이사르의 카이사르가 되는 거요.

엘리자베스　그럼, 가서 뭐라고 이야기해야 좋을까요? 아버지의 동생과 결혼해야 한다고? 아니면 삼촌과? 아니면 동생과 삼촌들을 죽인 남자와? 대체 어떤 이름으로 이야기해야, 신과 법과 내 명예와 그 애의 애정에 위배되지 않고 나이 어린 그 애 마음에 들게 될까요?

리처드왕　이 결혼으로 잉글랜드의 평화가 이룩된다고 이야기하시오.

엘리자베스　그 대신 영원히 부부간에 싸움이 계속될 것이라 이야기하겠어요.

리처드왕　세상을 통치하는 국왕이 애원한다고 전하시오.

엘리자베스　왕 중의 왕께서 그걸 수락하지 말라고 금하신다 하셨는데.

리처드왕　세상에 둘도 없는 영광의 자리에 오른다고 이야기하시오.

엘리자베스　이 어미같이 그 지위에서 쫓겨날 테고.

리처드왕　그녀를 사랑하는 마음은 영원히 변치 않는다고 얘기하시오.

엘리자베스　하지만 그 "영원"이 언제까지 계속될는지?

리처드왕　그녀의 생명이 있는 날까지.

엘리자베스　하지만 그 생명은 얼마나 부지될까요?

리처드왕　하늘이 주신 생명을 다하는 날까지.

엘리자베스 지옥의 전령 같은 리처드가 허락하는 날까지이겠죠.

리처드왕 왕인 내가 그녀에게는 신하의 충절을 바치겠노라고 얘기하시오.

엘리자베스 하지만 신하인 그 애는 당신 같은 왕은 싫다고 할걸요.

리처드왕 나를 위하여 딸한테 변호 좀 해주시오.

엘리자베스 정직한 얘긴 솔직히 전하는 게 제일이죠.

리처드왕 그렇다면 내 사랑의 이야기를 솔직하게 전해 주시오.

엘리자베스 정직하지 않은 얘길 솔직히 말하기란 참 어려운 문제죠.

리처드왕 당신 논법은 너무나 천박하고 성급하오.

엘리자베스 천만에, 내 논법은 너무도 깊이 묻혀서 달싹도 안 하오. 그렇지, 내 어린 자식들은 죽어서 너무도 깊이 무덤 속에 파묻혀 있소.

리처드왕 그 일은 건드리지 마시오, 이미 지나간 이야기니.

엘리자베스 아니, 언제까지나 건드리지 않고는 못 배겨요. 이 가슴의 심장이 끊어질 때까지.

리처드왕 자, 그럼, 성 조지와 이 훈장, 왕관에 맹세하지만…….

엘리자베스 성자를 모독하고, 훈장의 명예를 더럽히고, 왕관을 찬탈했죠.

리처드왕 내 맹세하지만…….

엘리자베스 무엇에 두고 맹세할 것이라곤 없소. 그런 건 맹세가 되지 않아요. 모욕을 당한 성 조지는 이미 명예를 잃고 말았으니까. 더럽혀진 훈장은 기사의 덕을 상실했어요. 그리고 찬탈당한 왕관에 국왕다운 영광이 있을 리는 없지요. 그러니 만약 남이 믿어줄 만한 맹세를 하고 싶거든, 당신이 아직 모독하지 않은 물건에 두고 맹세하란 말이오.

리처드왕 그럼, 나 자신에 두고…….

엘리자베스 당신 자신은 스스로를 망쳐놓았소.

리처드왕 그럼, 온 세상에 두고…….

엘리자베스 그것도 당신이 태어난 일로 더럽혀져 있소.

리처드왕 아, 그렇다면 신에 두고…….

엘리자베스 무엇보다도 그 신을 모독했죠. 신께 한 맹세를 두려워서 깨뜨리지 않았던들 내 남편 에드워드왕이 나와 맺은 백년가약은 감히 끊기지 않았을 것이며, 내 동생들도 살해당하진 않았을 것이오. 하느님께 한 맹세를 감히 깨뜨리지 않았던들, 지금 그대 머리에 놓인 황금 왕관은 내 아들의 부드러운 이마를 장식하고 있었을 것이며, 두 왕자는 내 곁에서 숨을 쉬고 있을 것이오. 그러나 지금은 흙 속에 나란히 머리를 맞대고 잠들어 있지요. 그 맹세를 깨뜨린 덕분에 구더기밥이 되고 있단 말이오. 자, 다음엔 무엇에 두고 맹세를 하죠?

리처드왕　미래에 두고…….

엘리자베스　미래 또한 과거에 저지른 죄악으로 가득 차 있어요. 당신한테 모욕받은 과거 때문에 난 두고두고 눈물을 흘려야만 하니까. 그대가 살육한 아버지들의 자식들은 제대로 된 가르침 없이 자라나서, 노후에는 무식함을 한탄하게 될 거요. 그대가 학살한 남의 자식들의 부모들 또한 열매 없는 고목처럼 그 노후를 한탄하게 될 테고. 그러니 미래에 두고도 맹세하지 말아요. 과거에 저지른 죄악 때문에 미래가 벌써 더럽혀져 있으니까.

리처드왕　내 맹세하지만 이번에는 모든 일을 잘 처리하여 과거의 일을 보상하고 참회할 생각이오. 그래서 무기를 들고 위험한 전쟁에 나가는 것이오! 나 자신이 나를 파멸해도 좋소! 하늘과 운명이 내게 행운을 허락지 않아도 좋소! 낮은 햇빛을, 밤은 휴식을 내게 주지 않아도 좋소! 행운의 온갖 떠돌이별들이 내 앞길을 가로막아도 좋소! 만약 정성어린 애정을, 깨끗한 헌신을, 경건한 사랑을, 아름다운 왕녀인 당신 딸에게 내가 바치지 않는 날엔 말이오! 그녀를 얻지 못하는 날엔 나나 당신이나, 아니 바로 그녀, 이 나라, 그리고 수많은 기독교인들이나 할 것 없이 죽음과 황폐, 파멸과 쇠퇴의 운명에 처할 수밖에 없을 거요. 이를 피하는 길은 오직 하나, 그 밖엔 피할 길이 없소. 그러니 장모님—이렇게 불러야 하겠습니다만—나를 대신하여 그녀를 설득해 주시오. 내 과거가 아니라 미래를 가지고 변호해 주시오. 과거의 행적은 묻지도 따지지도 말고, 미래의 보람을 내세워서 말이오. 그리고 현재의 나라의 형편을 들어서 그 필요성을 주장하고 사소한 감정으로 대업을 그르치지 않게 해주시오.

엘리자베스　이렇게 나는 악마한테 유혹당해야 하는가?

리처드왕　그럼요. 그 악마가 당신에게 선행을 권하는 거라면.

엘리자베스　내 과거를 잊으면서까지?

리처드왕 그럼요. 과거의 기억이 고통거리라면 잊어야죠.

엘리자베스 하지만 내 자식들을 죽인 건 그대요.

리처드왕 하지만 그것을 당신 딸의 배 속에 묻어주겠다고 하지 않소. 그렇게 하면 불사조같이 보금자리 속에서 다시 살아나 당신에게 위안이 될 것이오.

엘리자베스 그럼 당신 뜻대로 가서 내가 딸을 설득해야 하오?

리처드왕 그렇게 함으로써 행복한 어머니가 되시는 거요.

엘리자베스 그럼, 가보겠어요. 곧 편지를 줘요. 그 애 마음은 내가 알려드릴 테니까요.

리처드왕 그럼, 나의 진정한 키스를 그녀에게 보내오. (엘리자베스에게 키스한다) 그럼 잘 가시오. (엘리자베스 퇴장) 바보 같으니, 저렇게 마음이 꺾이다니. 변덕스럽고 천박한 여자로군!

　

　　랫클리프와 케이츠비 등장.

　

리처드왕 어쩐 일이냐? 무슨 소식이냐?

랫클리프 황공하오나 아룁니다. 서해안에 강력한 해군 함대가 나타났습니다. 그런데 이쪽엔 신뢰하지 못할 겁쟁이들만 운집하여 제대로 무장도 하지 못하고 적을 격퇴할 의욕도 없습니다. 그런데 적의 사령관은 리치먼드인 것 같으며, 상륙에 앞서 버킹엄이 원조해 올 것을 기다리고 정박 중이라 합니다.

리처드왕 발이 날쌘 자를 노퍽 공작에게로 빨리 보내거라. 랫클리프 그대나 케이츠비라도…… 케이츠비는 어디 있나?

케이츠비 예, 여기 대령하고 있습니다.

리처드왕 아, 케이츠비, 곧 노퍽 공작한테로 가라.

케이츠비 예, 되도록 급히 달려가겠습니다.

리처드왕 랫클리프, 이리 와! 솔즈베리로 서둘러 가라. 그곳에 도착하거든…… (케이츠비를 보고) 이 미련한 바보 같으니, 뭘 꾸물거리고 있어. 노퍽 공작에게로 가는 걸 잊었느냐?

케이츠비 전하, 먼저 제가 해야 할 일을 말씀해 주십시오. 공작께 전달할 이야기를요.

리처드왕 아, 참, 그렇구나. 이렇게 전해라. 곧 동원할 수 있는 병력을 모두 동원해 곧바로 솔즈베리로 출동하라고. 그곳에서 만나고 싶다고 전해라.

케이츠비 그럼 가보겠습니다. (퇴장)

랫클리프 그럼, 저는 솔즈베리에 가서 뭘 하면 됩니까?

리처드왕 아니, 네가 나보다 앞서 그곳에 가서 뭘 하겠단 말이냐?

랫클리프 아까 전하께서 저한테 먼저 그곳으로 달려가라고 명하셨습니다.

리처드왕 이제 계획이 바뀌었다.

스탠리 경 등장.

리처드왕 스탠리 경, 무슨 소식이오?

스탠리 전하, 마음에 드실 만한 기쁜 소식은 아니지만, 그렇다고 보고드리지 못할 만한 나쁜 소식도 아닙니다.

리처드왕 뭐, 수수께끼란 말이오? 기쁜 소식도 아니고 나쁜 소식도 아니라고! 그렇게 빙 돌려 말할 필요가 있소? 간단히 이야기할 수도 있을 텐데. 그래 다시 묻겠는데, 무슨 소식이오?

스탠리 리치먼드가 바다 위에 나타났습니다.

리처드왕 당장 격침시키시오. 바닷속에 가라앉도록! 비겁한 추방인인 주제에 그자가 도대체 바다 위에서 무얼 하고 있는 거요?

스탠리 모르겠습니다, 전하. 추측하는 수밖에는.

리처드왕 그래, 어떻게 추측하오?

스탠리 아마도 도싯, 버킹엄, 일리 주교 무리한테 선동되어 잉글랜드의 왕관을 요구하러 이곳까지 진격해 온 것 같습니다.

리처드왕 옥좌가 비어 있나? 왕의 칼은 장식물인가? 국왕은 죽고 없단 말인가? 이 왕국에는 주인이 없단 말인가? 요크 가문의 계승자는 나밖에 없잖은가. 그런데 대요크 가문의 계승자 말고 도대체 누가 잉글랜드의 왕이 되겠단 말인가? 자, 말해 보오. 그자가 바다 위에서 대체 뭘 하고 있소?

스탠리 전하, 그 이상은 도무지 추측이 안 갑니다.

리처드왕 음, 웨일스 녀석이 그대의 왕이 되러 왔다는 것밖에는 추측할 수 없단 말이지. 그대도 배반하여 그 녀석과 합세할 눈치로구먼.

스탠리 그렇지 않습니다, 전하. 저를 의심하지 마십시오.

리처드왕 그렇다면 그자를 격퇴해야 할 그대의 병력은 어디에 배치되어 있소? 그대의 소작인과 추종자들은? 지금쯤 서해안에서 역적들의 상륙을 돕고 있는 건 아니오?

스탠리 황공하오나 제 부하들은 북방에 모여 있습니다.

리처즈 내게는 냉정한 친구들이로군. 북방에선 뭣들 하고 있단 말이오? 서쪽에서 왕께 봉사해야 할 이때에!

스탠리 그들은 아직 명령을 못 받은 것입니다. 전하, 저는 이제 물러가서 부하들을 소집해, 언제라도 명령하시는 장소로 출동하여 전하를 돕겠습니다.

리처드왕 음, 음, 그대는 리치먼드와 합세할 모양이군. 아무튼 나는 그대를 믿지 못하겠소.

스탠리 황공하오나 전하께선 저의 충성을 이유 없이 의심하고 계십니다. 제가 배반을 하다니, 예전에도 또 앞으로도 절대로 그런 일은 없습니다.

리처드왕 그럼, 가서 병력을 소집하오. 하지만 그대 아들 조지 스탠리를 볼모로 두고 가오. 만약 그대 충성심이 흔들리는 날엔 아들의 목숨이 위태로운 줄 아시오.

스탠리 뜻대로 하십시오. 저는 충성을 다하겠습니다. (퇴장)

전령 1 등장.

전령 1 아룁니다. 지금 막 데번셔에서 들어온 정보에 따르면, 기사 에드워드 코트니가 자기 형인 교만한 엑서터 주교와 함께 수많은 동지를 모아 반란을 일으켰다 합니다.

전령 2 등장.

전령 2 아룁니다. 길퍼드 일족이 켄트에서 반기를 들었다 합니다. 그리고 시시각각 동지들이 반란군과 합세하여 그 병력이 늘어나고 있답니다.

전령 3 등장.

전령 3　아룁니다. 지금 막 버킹엄의 대군이…….

리처드왕　닥쳐, 올빼미 같은 것들! 그래 죽음의 노래밖에 모른단 말이냐? (전령 3을 때리면서) 자, 더 좋은 소식을 가져올 때까지 이거나 받아라.

전령 3　황공하오나 지금 아뢰고자 하는 소식은 이렇습니다. 갑작스러운 폭우와 홍수로 버킹엄의 군대는 궤멸되고, 버킹엄은 혼자 떠돌게 되어 아무도 그가 간 곳을 모른다고 합니다.

리처드왕　아, 미안하군. 이 돈지갑을 받게나. 맞은 데 대한 보상이네. 그런데 그 역적을 체포해 온 사람에게는 상금을 내린다는 포고가 이미 내려져 있을 테지?

전령 3　예, 그런 포고가 내려져 있습니다.

전령 4 등장.

전령 4　토머스 러벨 경과 도싯 후작이 요크셔에서 반란을 일으켰다고 합니다. 이건 좋은 소식입니다만, 적의 해군은 태풍에 뿔뿔이 흩어지고 리치먼드는 보트로 해안에 닿았다 합니다. 그리고 육지를 향하여 적군인지 자기 편인지를 물었나 본데, 상대방은 버킹엄 부하로서 우군이라는 대답을 했는데도 리치먼드는 그들을 믿지 못하여, 그만 돛을 올리고 다시 브르타뉴로 도주해 버렸다고 합니다.

리처드왕　전군 진격이다, 진격. 동원은 되어 있다. 외적과 싸울 필요는 없어졌으니 국내의 반역자들을 쳐부수는 거다.

케이츠비가 돌아온다.

케이츠비　아뢰오, 버킹엄 공이 체포됐습니다. 더할 나위 없는 기쁜 소식입니다. 하지만 리치먼드 백작은 대군을 거느리고 밀퍼드에 상륙했다고 합니다.

이건 좀 언짢은 소식이지만 아뢰지 않을 수 없습니다.

리처드왕 솔즈베리로 진군! 여기서 따지고 있는 사이에 왕위 쟁탈의 결전은 끝나버리고 말겠다. 버킹엄은 솔즈베리로 송환하도록 누가 가서 처리하라. 자, 다들 진군이다. 나를 따르라. (진군 나팔 소리와 함께 모두 퇴장)

〔제4막 제5장〕

더비 백작 스탠리 경 집.

스탠리 경과 사제 크리스토퍼 어스윅 등장.

스탠리 크리스토퍼, 리치먼드에게 이렇게 전해 주시오. 저 지독한 산돼지 우리에 아들 조지가 갇혀버렸소. 그래서 내가 모반하는 날엔 조지의 목은 달아나고 마오. 그걸 생각하니 지금 당장 가담할 처지가 못 된다고요. 그럼 어서 가보시오. 그분께 안부 전하시오. 그리고 왕녀 엘리자베스와의 결혼에 대한 내용은 왕비께서도 기꺼이 동의하고 계신다고 아울러 전해 주시오. 그런데 리치먼드는 대체 지금 어디에 있소?

크리스토퍼 펨브룩 아니면 웨일스의 하퍼드웨스트에 계실 겁니다.

스탠리 그래, 어떠어떠한 분들이 그분께 가담하고 있소?

크리스토퍼 이름 높은 기사 월터 허버트와 기사 길버트 탤벗, 기사 윌리엄 스탠리, 옥스퍼드, 용감한 펨브룩, 기사 제임스 블런트, 라이스 압 토머스 등등이 부하들을 거느리고 가담하고 있으며, 이 밖에도 훌륭한 명사들이 있습니다. 그런데 도중에서 전투만 벌어지지 않는다면 곧장 런던을 향해 진격할 계획이랍니다.

스탠리 (크리스토퍼에게 편지를 건넨다) 아, 그럼 어서 그분께로 돌아가 보시오. 그분 손에 이 키스를 전해 주시오. 상세한 것은 이 편지에 적혀 있소. 그럼 조심해 가시오. (모두 퇴장)

솔즈베리. 광장.
미늘창을 든 부하들과 함께 주장관이 처형하려고 버킹엄을 끌고 등장.

버킹엄 리처드왕은 끝내 면담을 거절하고 마는 거요?

주장관 그렇소. 그러니 조급하게 굴지 마시오.

버킹엄 헤이스팅스, 에드워드왕의 왕자들, 그레이, 리버스, 헨리왕, 그 왕자 에드워드, 그리고 본 등등 부정한 마수에 걸려 쓰러진 분들이여, 만약 당신들의 원한에 사무친 노한 영혼이 지금 이 꼴을 구름 사이로 내려다보고 있는 것이라면, 복수의 기회이니 이 파멸을 비웃으시오! 그런데 여보시오, 오늘이 위령의 날 아니오?

주장관 예, 맞습니다.

버킹엄 그럼, 위령의 날에 이 몸은 파멸되고 마는군. 에드워드왕이 살아 있을 때, 바로 이날에 난 이렇게 기도하지 않았던가. 왕자들과 왕비 일당을 배반하는 날엔 이 몸에 파멸이 내릴 것이라고. 바로 같은 날에 가장 믿는 사람한테 배반을 당해도 좋다고 맹세하지 않았던가. 아, 바로 이 위령의 날에 덜덜 떠는 이 영혼은 마침내 죄악의 최후 선고를 받고 마는구나. 다 굽어보고 계시는 하늘의 신을 조롱한 죄, 거짓된 기도는 이 머리 위에 되돌아오고, 농담으로 한 기도가 정말로 실현되고 말았다. 이렇게 하느님은 사악한 인간들이 휘두르는 칼끝을 기어이 그 자신의 가슴에 들이대게 하고 마는군. 아, 이제는 마거릿의 저주가 이 목에 영락없이 내리는구나. 그 여자는 이렇게 말했었지. "네 심장은 슬픔으로 터지고 말리라. 그때는 이 마거릿이 예언자였음을 명심하라." 여보게, 그럼 나를 지옥의 처형대로 안내하라. 악은 악의 응보를, 그리고 죄는 죄의 응보를 피하지 못하는 법이지. (모두 퇴장)

탬워스 근처의 적진.

리치먼드, 옥스퍼드, 블런트, 허버트, 그 밖의 사람들이 북재비와 나팔수들과 함께 등장.

리치먼드 폭군의 학정 밑에 신음해 온 병사들, 그리고 사랑하는 친구들, 이렇게 이 나라 깊숙이까지 우리는 아무 저항도 받지 않고 진격해 왔소. 지금 마침 다행히도 의붓아버지 스탠리 경으로부터 격려의 편지가 왔소. 여름철의 밭과 무성한 포도덩굴 등을 망쳐 놓은 저 잔학무도한 찬탈자, 산돼지 놈은 이 땅의 따뜻한 피를 들이켜고, 기름진 이 땅의 가슴을 짓밟고 있소. 이 더러운 돼지는 현재 이 섬나라의 중앙 레스터 부근에 진을 치고 있다 하오. 이 탬워스로부터 겨우 하룻길 정도요. 이쪽에는 신의 가호가 있소. 용감히 진격합시다. 영원한 평화를 거두어들이기 위해서요. 모든 것이 이번의 일전에 달려 있소.

옥스퍼드 우군 한 사람 한 사람의 양심이야말로 죄 많은 그 살인귀와 맞싸울 1천 개의 칼이 될 것이오.

허버트 적군의 장병들도 반드시 우리 편에 넘어올 것입니다.

블런트 그쪽은 무서워서 따르고 있는 사람들뿐이고, 심복은 없습니다. 가장 중요한 시기에 모두 떨어져 나갈 것입니다.

리치먼드 모든 것이 이쪽에 유리하오. 그러니 신의 이름으로 진격합시다. 정당한 희망은 제비의 날개를 타고 재빠르게 날아가는 법이오. 그래서 왕은 신이 되고, 왕 아닌 사람도 왕이 되게 마련이오. (모두 퇴장)

〔제5막 제3장〕

보즈워스 평원.
무장한 리처드왕, 노퍽 공작, 랫클리프, 서리 백작, 그 밖의 사람들 등장.

리처드왕 자, 이곳 보즈워스 평원에 군막을 쳐라. 서리 경, 얼굴이 왜 그렇게 침울하오?

서리 마음속은 얼굴과 달리 10배나 더 경쾌합니다.

리처드왕 노퍽 경······.

노퍽   예, 전하.

리처드왕   노퍽, 드디어 크게 벌어지게 됐구려. 그렇게 생각 안 하오?

노퍽   그건 저쪽도 마찬가지입니다.

리처드왕   어서 군막을 쳐라! 오늘 밤은 여기서 야영하겠다. 하지만 내일은 어디서 하지? 아니 그까짓 건 상관없어. 그런데 반역자들의 병력은 얼마나 되는지, 누구 살펴본 사람 있소?

노퍽   많아야 6, 7천 명이랍니다.

리처드왕   음, 이쪽 병력은 그 3배나 되오. 게다가 왕이란 이름은 천 근의 무게를 가졌으나 저쪽엔 그것이 없소. 자 천막을 쳐라! 음, 지형을 살펴봅시다. 지리에 능한 사람을 좀 불러오시오. 훈련을 게을리해서는 안 되오. 꾸물대고 있다가는 큰일이니 내일은 부지런히 싸웁시다. (모두 지형을 정찰하러 나간다. 병사들은 왕의 군막을 친다)

반대쪽 평원에서 리치먼드, 기사 윌리엄 브랜던, 옥스퍼드, 허버트, 블런트, 그 밖의 사람들 등장. 병사들이 리치먼드의 군막을 친다.

리치먼드   태양도 지쳤는지 황금빛으로 지는군요. 저 불타는 듯한 붉은 태양의 찬란한 자국으로 보아, 내일은 화창한 날씨가 될 것이오. 그런데 윌리엄은 기수(旗手)를 맡아줘야겠소. 누구든 잉크와 종이를 내 군막으로 좀 가져다주오. 내일 작전을 구상하여 각 부대장들에게 할당하고, 적은 병력이나마 적절하게 배치해야겠소. 옥스퍼드 경, 브랜던, 그리고 허버트, 세 분은 여기 남아 있으시오. 펨브룩 백작에게는 자기 부대를 지휘하도록 해야겠소. 블런트 대장, 가서 백작께 내 안부 여쭙고 새벽 2시쯤에 내 군막으로 와달란고 전해주오. 아, 블런트, 한 가지 더 부탁이 있소. 스탠리 경이 지금 어디에 진을 치고 계시는지 혹시 아오?

블런트   군기를 잘못 본 것이 아니라면, 하긴 잘못 볼 리는 없습니다만, 스탠리 경의 부대는 왕의 군대에서 남쪽으로 반 마일 지점에 위치하고 있습니다.

리치먼드   여봐요 블런트, 위험에 빠지지 않고 가능하다면, 어떻게 해서든지 스탠리 경과 연락할 길을 마련해서 이 중대한 편지를 그분께 전하도록 하오.

〈보즈워스 전투〉(1485) 필립 제임스 라우더버그. 1804.

블런트 이 목숨을 걸고 반드시 전달하겠습니다. 그럼 편히 쉬십시오!

리치먼드 가서 편히 쉬시오, 블런트 대장. 자, 여러분, 내 군막에 가서 내일의
    작전을 상의합시다. 이슬이 습하고 차오. (모두 군막 안으로 들어간다)

다른 쪽 군막 앞으로 리처드왕, 노퍽, 랫클리프, 케이츠비, 그 밖의 사람들 등장.

리처드왕 몇 시냐?

케이츠비 저녁 식사 때가 됐습니다. 9시입니다.

리처드왕 오늘 저녁 식사는 않겠다. 잉크와 종이를 좀 가져오너라. 내 투구
    끈을 늦춰 놓진 않았느냐? 그리고 갑옷은 군막 안에 마련해 놨겠지?

케이츠비 예, 만반의 준비를 갖추어 놓았습니다.

리처드왕 노퍽, 곧 부대로 가주오. 감시를 게을리하지 말고 믿음직한 보초를
    배치하오.

노퍽　　예, 그렇게 하겠습니다.

리처드왕　　내일 아침엔 종달새와 같은 시간에 일어나야 되오, 노퍽 경.

노퍽　　예, 염려 마십시오. (퇴장)

리처드왕　　케이츠비!

케이츠비　　예, 전하.

리처드왕　　무장한 전령을 한 명 스탠리 진영에 보내서 이렇게 전하라. 해 뜨기 전에 부하를 거느리고 이쪽으로 출동할 것, 아니면 아들 조지는 영원한 밤의 수렁 속으로 떨어지고 만다고. (케이츠비 퇴장) 자네 술을 좀 부어라. 보초를 배치하라. 백마 서리에 안장을 얹어놔라, 내일 탈 수 있도록. 내 창은 튼튼하고 너무 무겁지 않게 하라. 랫클리프!

랫클리프　　예?

리처드왕　　노섬벌랜드 경을 만나봤느냐? 침울한 안색이지 않더냐?

랫클리프　　예, 서리 백작 토머스 경과 같이 해질 무렵 각 부대를 검열하며 병사들을 격려하고 다니는 것을 보았습니다.

리처드왕　　음, 좋다. 술을 한 잔 다오. 왜 그런지 평소 같지 않게 머리가 둔해지고, 기력도 나지 않는다. 잔을 거기 놔둬라. 잉크와 종이는?

랫클리프　　여기 가져왔습니다.

리처드왕　　내 군막에 보초를 단단히 배치하라. 물러가도 좋다. 랫클리프, 자정쯤에 내 군막으로 와서 내가 무장하는 것을 좀 거들어 다오. 그럼 물러가라.

（랫클리프 퇴장. 리처드는 군막 안으로 들어가서 잠이 든다）

다른 쪽 군막, 리치먼드, 귀족, 그리고 병사들이 보인다. 스탠리가 나타난다.

스탠리　　그 투구 위에 행운과 승리가 내리기를!

리치먼드　　이 어둠이 줄 수 있는 온갖 위안이 아버지 몸에 내리기를! 사랑하는 어머니는 어떻게 지내십니까?

스탠리　　그대 어머니의 축복을 내가 대신 전하겠다. 그대 어머니는 리치먼드의 행운을 위하여 끊임없이 기도하고 계신다. 그건 그렇고, 시간은 소리 없이 다가와서 동쪽 하늘의 어둠을 벗겨 가는구나. 때가 때이니만큼 간단히 말하

리처드 3세를 연기하는 데이비드 개릭　윌리엄 호가스

겠다. 아침 일찍 준비해 피투성이 싸움을 벌이되, 그대의 운명은 하늘의 선택에 맡겨라. 나는 가능하다면—하고 싶어도 못하는 처지이기는 하나—어떻게 해서든지 주위 눈을 속여 승패를 단정할 수 없는 이 싸움에서 그대를 돕겠다. 그렇지만 앞장서서 가담할 순 없다. 왕이 눈치채는 날엔 그대의 어린 동생 조지는 이 아비 눈앞에서 참수를 당하는 판이니까. 그만 가보겠다. 이렇게 절박한 비상사태 아래서는 오랜만에 만난 친구들처럼 흉금을 털어놓고 즐겁게 이야기를 하려야 할 수가 없구나. 하느님은 그러한 기쁨을 뒷날 마련해 주시겠지! 자, 한 번 더 축복을 빈다. 용감히 싸워 성공을 거두어라!

리치먼드　여러분, 아버지를 진지까지 모셔다 드리시오. 마음은 착잡하나 한숨 자야겠소. 내일 승리의 날개에 올라타야 할 때에 납 같은 잠에 짓눌려서는 안 되니까. 그럼 안녕히 가십시오. 여러분 잘 부탁하오. (모두 퇴장하자 무릎을 꿇는다) 아, 하느님, 당신을 위하여 이렇게 궐기한 제 군대를 은총의 눈으로 보살펴 주시옵소서! 그리고 장병들 손에 분노의 철퇴를 주시어 찬탈자에게 가담한 적의 투구를 박살 나게 해주시옵소서! 저희들에게 응징의 임무를 맡겨 승리 속에 당신의 이름을 찬미하게 해주시옵소서! 지금 눈의 창문을 닫기 전에 깨어 있는 이 영혼을 당신께 맡기나이다. 자나 깨나 저희를 지켜주소서! (잠이 든다)

양쪽 군막에 번갈아 헨리 6세의 아들 에드워드왕자의 유령 등장.

에드워드왕자의 유령 (리처드에게) 내일 네 영혼을 무겁게 짓눌러 줄 테다! 잊지는 않았겠지. 툭스베리에서 너는 내 청춘을 찔러 죽였지. 그러니 절망 속에 죽어라! (리치먼드에게) 기운을 내요, 리치먼드. 학살당한 왕자들의 한 많은 영혼들이 당신 편에서 싸우리다. 리치먼드여, 헨리왕의 아들이 이렇게 당신을 격려하고 있습니다. (퇴장)

헨리 6세의 유령 등장.

헨리 6세의 유령 (리처드에게) 살아 있을 때 성유를 바른 내 육체를 너가 난도질하였다. 런던 탑과 나를 기억하라. 절망 속에서 죽어라! 이 헨리 6세가 네게 절망 속에서 죽을 것을 명하노라! (리치먼드에게) 덕이 높고 성스러운 이여, 승리는 그대의 것, 그대가 왕이 될 것을 예언한 헨리는 잠자는 그대를 이렇게 위로하고 있소. 오래 살아 영광을 누리시오! (퇴장)

클래런스의 유령 나타난다.

클래런스의 유령 (리처드에게) 내일 네 영혼을 무겁게 짓눌러 놓을 테다! 술이 가득 찬 통 속에 처넣어져 숨을 거둔 나는, 네 간계에 죽은 불쌍한 클래런스다. 내일 전투에서는 나를 돌이켜 생각하여, 둔한 칼을 손에서 떨어뜨리고 말리라. 절망 속에서 죽어라! (리치먼드에게) 무참하게 죽은 요크 가문 후손들이 랭커스터 가문 출신인 당신의 군대를 지켜주시기를! 오래 살아 번영을 누리시오! (퇴장)

리버스, 그레이, 본의 유령들 등장.

리버스의 유령 (리처드에게) 내일 네 영혼을 무겁게 짓눌러 놓을 테다. 폼프렛에서 죽은 리버스다! 절망 속에서 죽어라!

그레이의 유령 (리처드에게) 그레이를 잊지 마라. 네 영혼은 절망에 빠지리라.

본의 유령 (리처드에게) 본을 잊지 마라. 죄악에 떨며 창을 떨어뜨려라. 절망 속에서 죽어라!

모든 유령 (리치먼드에게) 눈을 뜨고 보시오. 원통한 우리가 리처드의 가슴을 찢어 놓을 테니! 눈을 뜨고 승리의 날을 맞으시오! (퇴장)

헤이스팅스의 유령 등장.

헤이스팅스의 유령 (리처드에게) 극악무도한 죄인아, 일어나라. 그리고 피비린내 나는 전투에서 최후의 날을 맞아라! 이 헤이스팅스를 잊었느냐. 절망 속에서 죽으리라! (리치먼드에게) 번민 없는 조용한 영혼이여! 눈을 뜨시오, 눈을! 그리고 무기를 들고 싸워서 아름다운 잉글랜드를 위하여 승리를 거두시오. (퇴장)

두 어린 왕자의 유령들 등장.

두 어린 왕자의 유령들 (리처드에게) 런던 탑에서 목졸려 죽은 네 조카들을 꿈에 보아라, 리처드. 네 가슴속에서 우리는 납이 되어 널 파멸과 치욕과 죽음으로 끌어당길 테다! 네 조카들의 영혼들이 너에게 절망 속에서 죽을 것을 명하노라! (리치먼드에게) 주무세요, 리치먼드. 고이 주무시고 기쁨 속에 잠을 깨세요. 착한 천사들이 저 산돼지 놈의 이빨에서 당신을 지켜주시기를! 그리고 살아서 행복한 왕가의 근본이 되십시오! 에드워드의 불행한 왕자들이 당신의 번영을 빌고 있습니다. (퇴장)

앤의 유령 등장.

앤의 유령 (리처드에게) 네 아내, 네 곁에서 한시도 단잠을 자보지 못한 불쌍한 네 아내 앤이, 지금 이렇게 네 잠을 실컷 괴롭혀 놓겠다. 내일 전투에서는 나를 돌이켜 생각하고 네 무딘 칼을 손에서 떨어뜨리고 말아라. 그리고 절망속에서 죽어라! (리치먼드에게) 조용한 영혼이여, 고이 잠드시오. 그리고 성공과 행복한 승리의 꿈을 꾸세요! 적의 아내가 당신을 위하여 이렇게 기도드리고 있습니다. (퇴장)

버킹엄의 유령 등장.

버킹엄의 유령 (리처드에게) 누구보다도 솔선하여 네 머리에 왕관을 씌운 나다. 그리고 네 포악함에 마지막으로 희생이 된 나다. 아, 내일 전투에선 이 버킹엄을 떠올리고 죄악에 떨면서 죽어라! 꿈을 꾸어라, 잔인한 행위와 죽음의 꿈. 기절하여 절망하라. 그리고 절망 중에 숨을 거둬라! (리치먼드에게) 당신을 도우려고 했으나 그 뜻을 이루지도 못한 채 죽고 말았소. 하지만 용기를 내고 낙심하지 마시오. 하느님과 천사들이 리치먼드 편에 서 계시오. 리처드는 교만의 절정에서 떨어져 버릴 운명이오. (퇴장)

리처드왕 (악몽에서 깜짝 놀라 깨어나며) 다른 말을 줘! 이 상처를 동여매 줘! 하느님, 제발! 꿈이었군. 아, 겁 많은 양심 같으니, 왜 이렇게 날 고문한담! 등불은 파리하게 타고 있구나. 지금은 한밤중. 덜덜 떨리는 온몸이 공포의 식은 땀방울에 흠뻑 젖어 있구나. 뭐가 무섭단 말인가? 나 자신이? 곁에는 아무도 없어. 리처드는 리처드를 사랑한다. 그렇다, 나는 나다. 그런데 자객이라도 들어왔단 말이냐? 아니지, 살인자는 바로 나지. 무섭다면 도망쳐라. 아니, 나 자신으로부터? 꼭 그래야 할 이유는—나 자신의 복수가 무서우니까. 아니, 내가 나 자신에게 복수를? 아, 그럴 순 없지. 나는 나 자신을 사랑하고 있으니까. 그런데 그건 내가 나 자신에게 좋은 일을 했기 때문인 걸까? 아, 그 반대지! 오히려 나는 나 자신을 증오하고 있어. 끔찍한 죄악들을 저지른 나 자신을! 나는 악당이다. 하지만 악당이 아닌 척 꾸미는 거지. 과연 누가 자기 자신을 나쁘게 말할 수 있겠는가. 바보 같으니, 아첨하지 마라. 내 양심은 1천 개의 혓바닥을 가지고 있지 않은가. 게다가 그 하나하나가 저마다 이야기를 들고나와 나더러 악당이라 비난하고 있잖은가. 위증자, 세상에 둘도 없는 위

리처드 3세를 연기하는 데이비드 개릭 프랜시스 헤이먼, 1760.

증자, 살인자, 극악무도한 살인자라는 둥 나를 비난하고 있지 않은가. 이렇게 지금까지 저지른 갖가지 죄악들이 떼를 지어 법정에서 몰려들어 와서 "유죄다! 유죄!" 절규하고 있지 않은가. 이제 난 절망이다. 내 편을 드는 사람은 아무도 없구나. 내가 죽어도 동정이 가지 않는 판국에 누가 나를 동정해? 아까 이 막사에 나타난 것들은 내 손에 죽은 자들의 혼령이었나 보군. 내일 이 리처드의 머리 위에 복수를 내리겠다고, 저마다 협박했다!

랫클리프가 군막으로 들어온다.

랫클리프 전하!

리처드왕 누구냐?

랫클리프 전하, 랫클리프입니다. 마을의 닭이 두 번이나 새벽을 알렸습니다. 병사들은 일어나 갑옷을 입었습니다.

리처드왕 아, 랫클리프, 난 무서운 꿈을 꾸었다! 어떻게 생각하느냐? 병사들이 설마 배반을 하지는 않을 테지?

랫클리프 예, 절대로 그럴 리는 없습니다.

리처드왕 아, 랫클리프, 나는 두려워, 겁이 난다고!

랫클리프 전하, 그림자를 공연히 염려하지는 마십시오.

리처드왕 사도 바울에 두고 맹세하지만, 오늘 밤의 그림자들이 이 리처드의 영혼을 덜덜 떨게 했다. 천박한 리치먼드가 거느리는 1만 명의 무장 병사보다 더 무서웠다. 날이 밝으려면 아직 멀었구나. 자, 같이 나가자. 부하들의 막사를 돌며 좀 엿들어 봐야겠다. 혹시나 도망칠 의논들을 하고 있을지도 모르겠다. (랫클리프와 함께 퇴장)

부하 귀족들이 리치먼드의 군막으로 들어온다. 리치먼드는 벌써 일어나 있다.

귀족들 안녕히 주무셨습니까?

리치먼드 미안하오, 여러분. 내가 게으르게 늦잠을 자는 것을 그만 들키고 말았구려.

귀족들　편히 주무셨습니까?

리치먼드　잘 잤소. 게다가 좋은 꿈까지 꾸었다오. 나는 여러분이 물러간 뒤에 졸려서 곧 잠이 들었지요. 그런데 리처드한테 살해당한 분들의 영혼이 차례차례로 이 막사에 나타나서 승리를 부르짖고 돌아간 것 같소. 어찌나 기분 좋은 꿈이던지, 그 기억에 내 영혼은 대단히 쾌활해졌소. 벌써 날이 샌 모양인데, 지금 몇 시나 됐소?

귀족들　4시를 쳤습니다.

리치먼드　아, 그럼 곧 무장을 하고 명령을 내려야겠군요. (군막 주위에 집합한 병사들에게) 친애하는 병사 여러분! 벌써 충분히 말한 바 있소. 사태는 절박하고 때가 때이니만큼 상세히 설명할 여유는 없소. 그러나 이것만은 기억해 주기 바라오. 하느님과 대의가 우리 편이오. 성자들의 기도와 박해당한 영혼들의 기도가 높은 성벽같이 우리를 보호하고 있소. 우리와 싸우는 적들도 리처드 말고는 자기네 주인보다 오히려 우리가 승리하기를 바라고 있는 형편이오. 그들이 섬기는 주인이란 대체 어떤 자요? 핏속에서 출세하고, 핏속에서 즉위한 자, 왕관을 얻기 위해서 방법을 가리지 않고, 더구나 그 수단으로 이용한 사람들까지 살육한 자, 비천한 돌멩이인 주제에 부정한 방법으로 획득한 잉글랜드의 왕좌에 자신을 끼워 놓아 보석같이 보이게 하는 자, 신께 대적하는 자가 아니오. 그러니 우리는 신의 적과 싸우는 것이오. 따라서 신은 마땅히 우리를 신의 의병으로서 지켜주실 것이오. 전력을 다하여 폭군을 타도하면, 그 폭군이 죽은 뒤에 여러분은 평화 속에 잠잘 수 있게 되는 거요. 조국의 적과 싸우는 제군이니, 조국의 부(富)가 여러분의 노고에 보답할 것이오. 아내를 보호하기 위하여 싸우는 여러분을 고향의 아내들이 승리자로서 맞이할 것이오. 자식을 칼로부터 지키는 여러분이니, 노후에 그 자녀의 자녀들이 이에 보답할 것이오. 그러니 자, 신의 이름으로, 그리고 조국과 처자식의 이름으로 군기를 휘날리고 용감히 칼을 빼는 거요. 이번 거사가 실패로 돌아가는 날에는, 책임은 내가 지고 차디찬 내 시체를 싸늘한 땅바닥에 눕히겠소. 그러나 성공하는 날엔 신분이 높든 낮든 모두에게 상을 내리겠소. 자, 용감하고 우렁차게 북을 울려라, 나팔을 불어라. 신이시여, 조지 성자여! 리치먼드에게 승리를! (모두 진군하며 퇴장)

리처드왕과 랫클리프 다시 돌아온다.

리처드왕 노섬벌랜드는 리치먼드를 뭐라고 평하시더냐?

랫클리프 싸움에는 무지렁이라고 평하시더군요.

리처드왕 옳은 말이다. 그럼 서리는 어떻게 말하더냐?

랫클리프 빙그레 웃으면서, "우리 쪽으로선 잘됐다" 말씀하시더군요.

리처드왕 그 말도 옳다. 사실이 그렇다. (시계 치는 소리) 몇 번을 치는지 세어봐라. 달력을 이리 다오. 오늘 누가 해 뜨는 걸 보지 못했느냐?

랫클리프 보지 못했습니다.

리처드왕 그럼, 태양은 오늘 빛나기를 꺼리는 모양이지. 달력에 따르면, 벌써 한 시간 전에 동녘을 붉게 물들였어야 할 게 아닌가. 오늘은 그 누구에게는 절망적인 날이 되겠구나. 랫클리프!

랫클리프 예, 전하.

리처드왕 태양은 오늘 나타나지 않을 모양이다. 하늘은 미간을 찌푸리고 아군 위에 구름을 내리덮고 있구나. 아, 곧 쏟아질 것 같은 촉촉한 눈물, 대지에 쏟아져 내리지 않았으면 좋겠다만. 오늘은 태양이 나오지 않을 모양이다! 아니, 그게 어떻단 말인가. 리치먼드에게도 마찬가지가 아닌가? 내게 미간을 찌푸리고 있는 바로 그 하늘은 그자를 슬픈 눈으로 바라보고 있다.

노퍽 등장.

노퍽 무장을, 전하, 무장하십시오. 적이 위세 당당히 진격해 오고 있습니다.

리처드왕 자, 출진이다, 출진. 내 말에 마구를 채워라. 스탠리 경한테 가서 부하들을 거느리고 오라 전하라. 나도 친위병들을 이끌고 전투에 나서겠다. 작전은 이렇다. 전위대는 일렬로 벌려 서고, 기병과 보병은 같은 수로 움직이며, 사수대는 중앙에 배치할 것. 보병과 기병의 지휘는 노퍽 공과 서리 백작이 맡아주오. 나는 주력을 거느리고 좌우 날개에는 최강 기병을 배치하겠소. 여기에 조지 성자의 가호가 있소! 어떻게 생각하오, 노퍽?

노퍽 훌륭한 작전입니다, 전하. 그런데 실은 오늘 아침 제 막사에서 이런 것이

발견됐습니다. (종이쪽지를 내놓는다)

리처드왕 (그것을 읽는다)

노퍽 공이여, 너무 설치지 마오. 당신네 주인 리처드는 사자마자 팔려 버린 처지니까.

이건 적의 책략이군. 자, 모두 자기 부대로 가시오. 거품 같은 꿈에 겁낼 건 없소. 양심이란 겁쟁이가 쓰는 말로, 강자를 위협하기 위해 만들어 낸 거요. 이 늠름한 팔이 양심이며 칼이 법이오. 자, 진격. 용감히 돌진하여 닥치는 대로 해치우시오. 천국에 못 가는 날엔 손에 손을 맞잡고 지옥으로 가는 겁니다. (병사들에게 연설) 이미 충분히 말한 바 있으니, 더 이상 말하지 않겠다. 하지만 여러분이 싸우는 적이 어떤 자들인가, 이것만은 잊지 말라. 그것들은 부랑자, 무뢰한, 탈주자들이다. 브르타뉴의 포도주 찌끼, 비굴하고 비천한 농군들이다. 사람들로 들끓는 고장에서 패할 것을 뻔히 알면서도 자포자기하여 뛰쳐나온 자들이다. 그들은 편히 잠을 즐기는 여러분에게 불안의 씨를 가져오고 있다. 여러분에게는 땅이 있고 아름다운 아내가 있다. 그놈들이 약탈하고 겁탈할 심보들이다. 게다가 그것들을 지휘하고 있는 자는, 내 어머니 덕분에 오랫동안 브르타뉴에서 연명해 온 보잘것없는 인간이잖느냐? 평생 추위라곤 구둣발로 눈 위를 걸어본 정도밖에 모르는 나약한 작자일 뿐. 그따위 무뢰한들은 다시 해외로 쫓아버리는 거다. 잘난 체하는 프랑스의 헝겊 같은 놈들, 굶주리고 삶에 지친 이 거지 같은 놈들은 매를 때려 쫓아버리는 거다. 이런 어리석은 모험을 꿈꾸지 않았던들 이 쥐새끼 같은 것들은 먹을 것이 없어서 벌써 목이라도 매달았을 게다. 설사 우리가 패배를 당하기로서니, 이 브르타뉴의 잡동사니 같은 놈들에게 져서야 되겠느냐. 우리 조상은 그놈들의 조국에 쳐들어가서 한껏 두들기고 짓밟아 그놈들의 오명을 역사에 남겨 놓았지 않았느냐. 그런데 그런 족속들한테 조국을 빼앗겨도 괜찮단 말인가? 그놈들이 아내와 같이 자도 괜찮단 말이냐? 그놈들이 딸을 욕보여도 괜찮단 말이냐? (멀리서 북소리) 저걸 들어봐라! 북소리다. 자, 싸우는 거다, 잉글랜드의 용사들! 싸워라, 용감한 병사들! 당겨라, 사수대들은 화살을 머리 위에 겨누고 당겨라! 기병들은 늠름한 군마에 박차를! 그리고 맹렬히 돌격하여 창끝으로 하늘을 깜짝 놀라게 하라!

전령 등장.

리처드왕 스탠리 경의 대답은? 부하들을 거느리고 오는가?
전령 전하, 그는 오지 않겠다고 합니다.
리처드왕 음, 그의 아들 조지의 목을 베어라!
노퍽 전하, 적은 벌써 늪을 건너왔습니다. 조지 스탠리의 처형은 전투가 끝난 뒤에 하십시오.
리처드왕 이 가슴속엔 1천 개의 심장이 고동치고 있다. 군기를 앞세우고 돌격하라. 예부터 용맹의 구호이신 조지 성자여, 모든 병사들에게 무서운 용의 분노를 불어넣어 주소서! 돌격! 승리는 우리의 것이다. (모두 퇴장)

〔제5막 제4장〕

보스워스 평원의 다른 곳.
북소리, 전투 중. 노퍽과 부하들이 싸우면서 등장.
케이츠비가 뛰어들어온다.

케이츠비 지원병, 지원병을, 노퍽 경, 지원병을! 왕은 인간 이상의 분투를 하시며, 달려드는 적들을 향해 온갖 위험을 무릅쓰고 물리치고 계십니다. 더구나 타신 말이 쓰러져 걸어가면서 싸우시는데, 지옥 입구까지라도 리치먼드를 찾아갈 기세이십니다. 빨리 지원병을 청하시오. 아니면 오늘 패하고 맙니다!

북소리, 리처드왕 등장.

리처드왕 말을 다오! 말을! 대신 이 왕국을 주겠으니, 말을 다오!
케이츠비 들어가 계십시오, 전하. 말은 제가 구해 드리겠습니다.

리처드 이놈아, 이번 주사위에 목숨을 건 나다. 이기기 전에는 죽어도 물러서지 않을 테다. 리치먼드는 여섯이나 있나 보다. 벌써 다섯을 죽였는데 다 대역이었어. 말을 다오! 말을! 그 대신 이 왕국을 주겠으니…… (모두 퇴장)

〔제5막 제5장〕

보스위스 평원의 다른 곳.

북소리. 리처드와 리치먼드가 싸우면서 등장. 리처드가 쓰러진다. 리치먼드 퇴장. 전투 종료의 신호. 나팔 소리와 더불어 리치먼드 다시 등장. 이윽고 손에 왕관을 든 스탠리, 많은 귀족들 등장.

리치먼드 우리의 승리, 신의 은총과 모두가 열심히 싸운 덕분이오! 영광은 마침내 우리 손에 들어오고, 가증스러운 개란 놈은 죽고 말았소.
스탠리 용맹한 리치먼드, 훌륭히 싸웠소. 자, 오랫동안 찬탈당해 왔던 왕관. 그대의 이마를 빛나게 해주려고 시체가 된 극악무도한 자의 머리에서 벗겨온 것이오. 자, 이제 왕관을 쓰고 길이 이름을 누리시도록.
리치먼드 하늘의 위대하신 신이시여, 이 모든 것을 기리어 주옵소서! 그런데 조지 스탠리는 살아 있소?
스탠리 아, 그애는 지금 레스터에 무사히 있소. 특별한 일이 없다면 모두 그곳으로 갑시다.
리치먼드 양측의 전사자는 어떻게 되오?
스탠리 노퍽 공, 월터 페러즈 경, 기사 로버트 브래큰버리, 기사 윌리엄 브랜던.
리치먼드 저마다의 신분에 맞게 정중히 묻어주시오. 적의 탈주병이라도 귀순해 오는 자는 용서한다는 포고를 내리시오. 그리고 이미 선서를 한 바 있지만, 흰 장미와 붉은 장미를 통합하겠소. 오랜 세월 반목에 미간을 찌푸리시던 하늘도 이번의 화해에 미소를 지어주옵소서! 이 말에 이의가 있는 반역자는 설마 없을 테죠? 잉글랜드는 오랜 세월 미친 듯이 스스로 상처를 입어왔소. 형제간에 맹목적으로 피를 흘리고, 아버지는 분별없이 자식을 살육하며, 자식 또한 불가피하게 아버지를 학살하는 판국이었소. 무서운 갈등 속에 담을 쌓고 있던 요크와 랭커스터 집안이었소. 아, 공정하신 신이시여, 이제 두 왕가의 진정한 계승자들인 리치먼드와 엘리자베스로 하여금 이 두 집안을 통합하게 해주시옵소서! 또 자손만대 이 나라에 평화와 풍요와 번영을 가져다주시옵소서! 또다시 피비린내 나는 내란을 일으켜 이 잉글랜드를 핏속에 울부짖게 하는 역적의 칼끝일랑, 앞으로도 반드시 물리쳐 주옵소서! 그리고 이 나라의 평화에 상처를 내겠다는 반역자에게는 이 땅의 산물을 입에 넣지 못하게 해주옵소서! 이제 내란의 상처는 멎고, 평화는 되살아났습니다. 그러니 신의 가호로 영원히 보존되게 해주시옵소서! (모두 퇴장)

수록 작품 해설

수록 작품 해설

《한여름 밤의 꿈》

"셰익스피어의 의심할 여지가 없는 최초의 걸작이다. 낭만과 현실을 어우러지게 하여 하나로 만든다는 점에서는 완벽에 가깝다. 이런 완벽에 가까운 하나로의 어우러짐은 요정에 쫓기는 숲속에서 달빛과 훌륭한 서정시라는 홍수로 목욕한 것과 같다."

미국 문학가 패럿(Thomas Marc Parrott 1866~1960)은 《한여름 밤의 꿈》을 이렇게 평했다.

셰익스피어 극 가운데 가장 환상적이고 몽환적이며 신비로운 이 작품은 작가의 뛰어난 상상력이 더할 나위 없이 풍요롭게 펼쳐진다. 또한 이 극이 지닌 훌륭한 가치는 바로 시(詩)에 있다. 셰익스피어의 서정적인 시적 정취와 시를 쓰는 마음이 극적 분위기에 맞추어져 이 작품에서 절정을 이루고 있다.

온갖 요정과 마법이 넘쳐나는 이 극은 이성과 합리주의를 강조하던 신고전주의 시대에는 그다지 주목받지 못했다. 하지만 상상과 초자연의 세계를 추구하던 낭만주의 시대가 오자 가장 사랑받는 작품이 되었다. 특히 많은 낭만주의 화가들이 이 작품에 사로잡혀 그 어떤 셰익스피어 작품보다도 많은 그림들을 남겼다.

셰익스피어는 초기 희극에서 로맨스(중세 설화)적인 소재와 코미디(현실 풍자)적인 소재를 교대로 시도한 바 있다. 이 두 소재는 유기적으로 결합, 발전하여 낭만희극(로맨틱 코미디)이라는 새롭고도 뛰어난 작품들이 쏟아져 나온다. 《한여름 밤의 꿈》은 첫 낭만희극으로, 공상 세계와 현실 세계가 완전히 뒤섞여 만들어진 즐거운 이야기이다.

그이가 헤르미아 눈에 끌려서 넋을 잃고 있듯이, 난 그이의 장점에만 감탄하고 있어. 야비하고 비천한 것도 사랑에 빠진 사람이 보면 훌륭한 모양을 갖게 되거든. 사랑은 눈으로 보지 않고 마음으로 보는 거야. 그러기에 날개를 가진 큐피드는 장님으로 그려지는 거겠지. 그뿐인가, 사랑의 마음은 조금도 분별심이 없어. 날개와 장님, 이거야말로 물불도 모르는 성미를 나타낸 거지. (제1막 제1장 헬레나의 대사)

셰익스피어의 낭만희극은 주로 초기에 쓰였으며, 복잡하게 얽힌 젊은 남녀의 아름다운 사랑과 행복한 결혼이 주된 내용이다. 《한여름 밤의 꿈》, 《베니스의 상인》, 《뜻대로 하세요》가 그 대표적 작품이다.

집필 연도는 1595~96년으로 추정된다. 첫 출판은 1600년의 사절판으로, 작가의 자필 원고를 바탕으로 인쇄된 좋은 원전으로 여겨진다. 줄거리로 미루어 보아 어떤 귀족의 결혼 축하연에서 흥을 돋우기 위해 쓰인 것으로 보이며, 그 귀족이 누구인지에 대해서는 여러 주장이 제기되어 왔다.

이 작품의 소재는 대부분 셰익스피어가 만들어 냈다. 《실수 연발》에서 로마 희극작가 플라우투스(Titus Maccius Plautus B.C.254?~B.C.184) 스타일을 그대로 닮은 것과 마찬가지로, 어느 누구의 영향을 입은 흔적이 없는 작품이다. 셰익스피어는 여기에 몇 개의 구성(플롯)을 서로 얽어서 하나의 큰 줄거리로 잇고 있다.

테세우스 공작 이야기는 《플루타르크 영웅전》 가운데 〈테세우스 전기〉에서 소재를 끌어온 것으로 보이며, 또 영국 시인 초서(Geoffrey Chaucer 1343~1400)의 《캔터베리 이야기 The Canterbury Tales》 중 〈기사 이야기〉에서 소재를 따왔을 것이다. 그리고 두 쌍의 연인 이야기는 포르투갈 출신 스페인 소설가 호르헤 데 몬테마요르(Jorge de Montemayor 1520~1561)의 《달의 여신 디아나 Diana》에서 가져왔으리라 추측한다. 요정들 이야기는 영국 민간 설화에서 따왔다. 요정들의 왕 '오베론'이라는 이름은 1591년 극작가 로버트 그린(Robert Greene 1558?~1592)의 《제임스 4세》에 나온 적이 있었다. 대부분 여기에서 끌어오거나 프랑스의 옛이야기에서 소재를 가져왔으리라 여겨진다. 요정들의 여왕 '티타니아'는 셰익스피어가 즐겨 읽던 로마 시인 오비디우스(Publius Naso Ovidius B.C.43~A.D.17)의 시에서 따왔다. 또 요정 퍽(로빈 굿펠로)은 영국 민간설화에서 직접 가져온 것이다. 나머지 요정들 이름은 뜰에서 흔히 볼 수 있는 꽃과 풀의 이름이다. 노동자 무리는 그즈음 일하는 계급을 그대로 쓴 것이다.

한여름을 뜻하는 'mid-summer'는 하지(夏至) 무렵을 일컫는다. 영국에서는 이때 잔치를 벌이며 재미있는 놀이를 하는 전통이 있다. 전설에 따르면 이 날 밤에는 요정과 마녀들이 모여 굉장한 잔치를 연다. 이러한 전설과 전통을 바탕으로 한 이 작품에서는 하룻저녁 사이 숲속에

장난꾸러기 요정 〈퍽〉 조슈아 레이놀즈 경. 1789.

서 온갖 일들이 일어나지만, 제목에 나온 그대로 한낱 꿈이며, 아침 해가 뜸과 동시에 뒤집혔던 상황들이 다시 제자리로 돌아간다.

극의 구성은 성격상 전혀 다른 4개로 이루진다. ①요정 이야기, ②공작의 결혼 이야기, ③두 쌍의 연인 이야기, ④노동자들 이야기. 이 네 가지 이야기는 얼핏 하나로 어우러질 수 없는 듯 보이면서도 서로 자연스럽게 연결됨으로써 놀라운 조화를 이루는데, 그 과정에서 셰익스피어의 뛰어난 솜씨가 드러난다. 이런 점에서 《한여름 밤의 꿈》은 높은 평가를 받고 있으며, 그의 낭만희극 가운데 으뜸으로 여겨진다.

셰익스피어는 이 극에서도 매력적인 인물 묘사로 우리에게 깊은 인상을 남긴다. 테세우스 공작을 비롯해 히폴리타, 리산드로스와 헤르미아, 데메트리우스와 헬레나, 오베론과 티타니아 등은 이런 종류의 극에서 흔히 볼 수 있는 전형적인 인물이다. 둘씩 짝을 이루는 관계라는 것 말고는 특별한 개성을 나타내

2막 1장, 〈오베론과 티타니아의 말다툼〉 조셉 노엘 페이튼. 1849.

는 입체적인 인물은 아니다. 그러나 직조공 닉 보텀과 장난꾸러기 요정 퍽은 곁다리 같은 존재라고는 해도 지은이가 훌륭하게 만들어 낸 인물임에는 틀림없다. 퍽이 주인인 오베론의 명령에 따라 움직이면서도 인간들의 어리석은 행동을 한없이 즐기는 모습은 작품의 흥미를 한껏 돋우어 준다. 나쁜 뜻이 없는 장난이 빚어내는 결과들을 보며 유쾌하게 웃게 되는 것이다. 그리고 보텀은 비록 무식하지만 여기저기서 얻어들은 짧은 지식으로 지껄여 대는 선량한 인간이다. 무엇이든지 하고 싶어 하며, 어디든지 참여하려고 덤비는, 그리 영특하지는 않지만 숭굴숭굴하고도 익살맞은, 통속적이지만 이 작품에서 재미있는 부분을 가장 잘 이끌고 나가는 개성적인 인물이다. 패럿은 보텀을 일컬어 "셰익스피어가 처음으로 만들어 낸, 매우 개성적이며 인간미가 넘치는 인물"로 평가한다.

　어울림의 극치인 이 작품은 음악·무용·시의 리듬에다 보통 사람들의 익살을 골고루 버무려 놓았고, 빈틈없는 인물 묘사와 더불어 아름다운 환상 속에서도 또렷한 현실을 느낄 수 있는 하나의 빼어난 그림이다.

〈보텀과 사랑에 빠진 요정 여왕 티타니아〉 에드윈 랜시어. 1851.

《베니스의 상인》

셰익스피어가 두 번째로 손댄 낭만희극이 《베니스의 상인》이다. 청춘 남녀의 사랑 이야기에 16세기 영국의 반유대주의라는 서로 다른 두 개의 축을 치밀하게 엮어낸 작품으로, 무대에서는 오늘날까지도 셰익스피어의 가장 인기 있는 극 가운데 하나이다.

작품에 드러난 사회적 문제와 셰익스피어의 문체 등으로 봐서 1596~97년에 완성되었으리라 여겨진다. 첫 출판은 1600년의 사절판으로 이는 좋은 원전으로 알려져 있다.

극의 소재를 얻은 것은 크게 두 줄기로 나뉜다. 첫째로, 빌려간 돈을 정해진 날짜 안에 갚지 못하면 살점 1파운드를 채무자의 몸에서 채권자가 마음대로 떼어내도 좋다는 이야기의 뿌리는 로마법에서 찾아볼 수 있다. 유럽에서는 중세 시대에 흔하게 전해 내려오는 이야기로서, 1588년 출판된 《얼간이 *Il Pecorone*》라는 설화집에 실린 이야기 가운데 하나이다. 그리고 악역 샤일록의 원형은 크리스토퍼 말로(Christopher Marlowe 1564~1593)의 비극 《몰타의 유대인》

에서 비롯되었는데, 기독교인을 미워하는 유대인 이야기로서 셰익스피어가 이 작품을 쓸 무렵에 런던 시민에게 인기가 높았다고 한다. 둘째로, 금·은·납 상자 3개 가운데 하나를 고름으로써 귀부인의 사랑을 얻는 이야기 또한 오래전부터 전해 내려오는 이야기이다. 보카치오(Giovanni Boccaccio 1313~1375)의 《데카메론 *Decameron*》에도 이런 이야기가 들어 있다.

이 두 이야기가 작품의 중심을 이루고, 거기에 더욱 재미있게 꾸미기 위해

2막 5장, 〈제시카에게 열쇠를 맡기는 샤일록〉 찰스 프레드릭 로우콕

반지 이야기와 유대인 딸이 기독교인 애인과 달아나는 이야기를 곁들였다. 이 또한 르네상스 시대에 널리 퍼졌던 것이다.

《베니스의 상인》은 셰익스피어가 극작가로서 그 성숙함을 보여주는 첫 작품이다. 이보다 앞선 그의 작품에서는 시적 요소가 많이 끼어들어 있었다. 이 극 이후로 작가는 등장인물의 행동에 집중하며, 가장 서정적인 요소도 대화의 일부가 되도록 만들었다. 따라서 여태까지 셰익스피어가 써온 어떤 작품보다도 희곡으로서 완성도가 높다고 볼 수 있다.

첫째, 이 작품을 성공으로 이끈 것은 '촘촘하고 세밀하게 짜인 구성'이다. 사람의 살점을 잘라내는 것을 담보로 내건 차용증서를 둘러싼 이야기와 상자 선택이라는 두 가지 구성을 절묘하게 짜 넣고, 그것을 자연스레 반지 이야기로 연결시켜서 펼쳐 나가는 기법은 오늘날에도 좋은 연구 대상이다.

둘째, 등장인물의 '훌륭한 성격 묘사'이다. 무엇보다 인물 성격이 판에 박은 듯한 정형성에서 벗어나 인간다운 요소가 많다. 다시 말해 사실적인 인물들이다. 유대인 고리대금업자 샤일록을 비롯하여 베니스의 상인 안토니오와 그의 친구 바사니오, 벨몬트의 부잣집 딸 포르티아 등이 모두 인간으로서 그럴듯한 장점과 단점을 가지고 있다. 안토니오는 정직하며 우정을 위해서는 목숨까지도 아끼지 않지만, 샤일록에게는 부당하게 편협하고 독선적이다. 바사니오는 품행이 바르

3막 3장, 〈안토니오의 애원을 거절하는 샤일록〉 리처드 웨스톨. 1795.

지 않지만 애인으로서는 진실하며, 포르티아는 아름답고 지혜로우며 용감한 반면 샤일록이나 바사니오에 대한 일에서 조금 지나치게 교활하다.

극작가로서 셰익스피어의 뛰어난 점은 샤일록이라는 인물 창조에 있다고 해도 지나친 말이 아니다. 그즈음 유대인이 연극 무대에서 다루어질 때에는 언제나 기독교인에게 나쁜 뜻을 품은 극악무도한 인간으로 그려졌다. 이 극에서도 샤일록의 배후에는 그 시절 온갖 사회 문제가 담겨 있는데, 특히 유대인과 고리대금 두 가지는 영국 사람들에게 적지 않은 반발을 불러일으키던 문제였다. 더욱이 1594년에는 엘리자베스 여왕의 주치의였던 포르투갈 출신 유대인 로페즈(Roderigo Lopez 1517~1594)가 여왕 독살 시도 혐의로 교수형에 처해진 뒤 그 시체는 팔다리가 찢긴 채 런던 거리를 끌려 다닌 일이 있었으며, 이 사건의 재판

은 셰익스피어 후원자 가운데 한 사람인 에섹스 백작이 주관했다.

아니, 뭐 유대인은 눈이 없소? 유대인은 손이, 오장육부가, 팔다리가, 감각이, 감정이, 정열이 없단 말이오? 같은 음식을 먹고, 같은 무기에 다치고, 같은 병에 걸리고, 같은 약에 낫고, 겨울에는 추위를 느끼고, 여름에는 더위를 느끼오. 어디가 그리스도교인들과 다르단 말이오? 찔려도 피가 안 난단 말이오? 간지럽혀도 웃지 않는단 말이오? 나머지 것들도 모두 당신들과 마찬가지라면, 이 일의 경우에도 뭐가 다르겠소? 유대인이 그리스도교도를 모욕했다고 합시다. 그리스도교도의 관용은 뭐겠소? 복수요. 그렇다면 그리스도교도가 유대인을 모욕한 경우, 그리스도교를 본뜬다면 유대인은 어떤 인내를 해야 옳겠소? 물론 복수요. (제3막 제1장 샤일록의 대사)

로페즈 사건 뒤 그 무렵 사회에서 샤일록은 단순한 악역으로만 비치지는 않았을 것이며, 셰익스피어 또한 그런 군중 심리에 맞추어 샤일록을 막돼먹은 악인으로 그리는 것이 본디 목적이었을지도 모른다. 그러나 이 극에서 샤일록은 그와 같은 한낱 시대의 저속한 인물에 그치지 않는다. 셰익스피어는 샤일록을 나쁜 뜻과 원한을 품는 게 마땅한, 정당한 이유를 가진 사람으로서 등장시키고 있다. 줄거리에서 샤일록은 사건을 복잡하게 갈등하게 만드는, 적극적인 역할을 하는 인물이다. 그리고 재판 장면에서는 포르티아 대사의 유명한 자비론과 계약대로 처리할 것을 고집하여 안토니오를 죽게 만들려는 샤일록의 집념이 서로 맞서 있다.

처음에는 낭만희극의 줄거리 흐름에서 단순한 악역이 필요했을 텐데, 이 악역 샤일록이 엉뚱하게 생기를 띤 인물로 발전해 간다. 어쩌면 셰익스피어 눈에는 이 악역이 그 본디 행동반경을 넘어설 수밖에 없는 한 인간, 더구나 심한 모욕을 받아 온 수난 민족의 한 사람으로서 비쳤을지도 모른다. 한편, 독자의 눈으로 본 샤일록은 그저 남편으로서, 아버지로서 자연스러운 보통 사람일 뿐이다. 그가 안토니오에게 받은 모멸감을 늘어놓을 때는 고개가 살짝 끄덕여지기도 한다. 딸이 가지고 달아난, 먼저 세상을 뜬 아내가 준 보석 반지를 아끼는 말에서는 독자 또한 그와 같은 감정을 느낀다. 재판에 지고 떠나려고 할 때 내

뱉는 말에는 연민의 정마
저 품게 된다.

앞서 말한 그 시절 고리
대금 문제도 마찬가지이
다. 예부터 고리대금은 물
론 악덕이었다. 그렇다면
셰익스피어는 정당한 대
금업은 어떻게 생각했을
까? 포르티아가 재판장에
서 펼치는 자비론 또한 정
의를 바탕으로 하고는 있
지만, 그 한편에서는 기독
교인의 위선을 풍자하고
있는 것은 아닐까? 악역
샤일록은 《오셀로》에서
이아고로 발전해 간다. 그
러나 무대 위에서, 그리고

4막 1장, 〈이 조문을 보시오〉 엘리자베스 쉬펜 그린. 1922.

비평가들의 펜 끝에서 샤일록은 희극적 인물, 기괴한 인물, 비극적 인물 등 갖
가지로 해석되어 전해진다. 셰익스피어의 원작 자체가 그런 여러 해석이 나올
수 있는 요소를 안고 있기 때문이다.

《말괄량이 길들이기》

《말괄량이 길들이기》는 《실수 연발》과 같은 계통의 이탈리아식 익살극(소극)
이다. 1593~94년에 쓰인 것으로 추정되며, 언제 처음으로 상연되었는지는 정확
히 알려져 있지 않다. 1594년 《말괄량이 길들이기》라는 제목으로 인쇄된 사절
판(四折版)이 있는데, 이 사절판을 셰익스피어의 이른바 나쁜 사절판으로 보는
견해와 이를 바탕으로 셰익스피어가 고쳐 썼으리라는 견해가 있는데, 앞 의견
에 더욱 무게가 실린다.

술 취한 땜장이 슬라이로 하여금 자신을 영주(領主)로 믿게 하여, 그 앞에서

극중극(劇中劇)으로서 말괄량이를 길들이는 연극이 벌어진다. 파도바의 갑부 밥티스타에게는 두 딸이 있다. 동생 비앙카는 얌전해서 구혼자가 많으나, 언니 카타리나는 고집 세고 입이 거친 말괄량이여서 아내로 삼겠다는 남자가 한 사람도 없다. 아버지가 큰딸을 시집보내기 전에는 작은딸도 혼인시키지 않겠다고 선언하는 바람에 비앙카의 구혼

2막 1장, 〈카타리나〉 토머스 프랜시스 딕시

자들은 몹시 조바심한다. 이때 베로나의 젊은 신사 페트루키오가 나타나서 말괄량이에게 거침없이 구혼한다. 페트루키오는 카타리나보다 한술 더 떠서 거리낌 없이 말을 내뱉고 제멋대로 행동하며 정신없이 밀어붙여서, 이름난 말괄량이도 마지못해 결혼을 받아들인다. 그 뒤 페트루키오는 갖가지 우스꽝스럽고도 철저하게 계산된 행동으로 말괄량이를 길들이기 시작하여 마침내 온순한 아내로 만드는 데 성공한다. 한편 비앙카의 구혼자 가운데 하나인 루센티오도 온갖 수법으로 경쟁자들을 따돌리고 비밀리에 비앙카와 결혼하기에 이른다. 비앙카의 다른 구혼자인 호르텐시오는 과부와 혼인한다. 그리고 이들 결혼 피로연에서 세 여인들 가운데 카타리나가 가장 얌전한 아내임이 증명된다. 모두들 부드럽고 순종적인 부인으로 변한 말괄량이를 보고 깜짝 놀란다. 카타리나는 '아내로서 갖추어야 할 점'에 대해 훈계까지 한다.

남편은 그대의 주인이며 생명이고, 수호자이며, 머리, 군주예요. (…) 신하

가 군주에게 진 의무, 그
것이 곧 아내 된 자의
남편에 대한 의무랄까
요. 그렇다면 아내가 고
집을 부리고, 짜증을 내
고, 시무룩해하고, 불쾌
한 얼굴을 하고, 그리고
남편의 착한 생각에 반
항하는 것은 바로 인자
한 군주에게 반역을 꾀
하는 무리가 아니고 뭘
까요? (…) 남편이 바란
다면 저는 순종의 증거
로 언제든지 남편 앞에
엎드릴 생각이에요. (제5
막 제2장)

〈비앙카〉 윌리엄 홀먼 헌트

이 작품은 익살극 특유의 생생한 활기를 뿜어내며 순수한 희극 형태로 발전
하여, 통속적인 가면 너머에 연극의 본질을 지니고 있는 듯하다. 말괄량이 카
타리나를 길들이는 페트루키오는 단순히 보기 언짢은 야만인이 아니라 괴팍할
망정 당당한 신사이며, 젊은 셰익스피어가 흥미를 느낀, 그리고 소박하나마 처
음으로 성격을 창조한 인물이다. 길들여지는 쪽인 카타리나 또한 지독한 왈가
닥이 아니라 다만 말괄량이를 가장한 것뿐이며, 또한 야비한 남편에게 짓밟히
는 게 아니고 그녀 눈에서 사랑의 빛이 반짝이고 목소리에는 음악이 감도는 참
으로 온순하고도 밝은 근대적인 아내로 탈바꿈한다.

《말괄량이 길들이기》는 셰익스피어 작품들 가운데에서 유일하게 '서막(또는
서극)'과 '본극' 구조로 나뉜다. 서막에는 슬라이 사건의 짧은 이야기를 담고, 본
극은 서막의 극중극 장면으로 이루어지는 독특한 형식이다. 극중극은 《한여름
밤의 꿈》이나 《햄릿》에도 나오지만, 이들 두 작품은 이른바 극중의 한 장면으

로서 연극이 벌어지는 반면 《말괄량이 길들이기》는 중심 내용이 '서막의 극중극'으로 되어 있다.

서막을 뺀 본극의 구조를 보면 두 개의 익살극, 즉 루센티오가 그의 하인 트라니오와 바꿔치기하여 여러 경쟁자를 물리치고 밥티스타의 둘째 딸을 손에 넣는 익살극과 난폭한 페트루키오가 큰 딸인 말괄량이 카타리나를 억지 결혼으로 길들이는 익살극을 나란히 놓으며 얽어 나갔다. 익살극다운 성격을 띠는 만큼 완전한 익살극 구조라고 할 수는 없으나, 그 무렵 기교로 무대에서 발휘할 수 있는 효과를 충분히 보여주도록 능숙하게 짜 나갔다. 그러나 이는 자칫하면 극의 중심이 흩어지기 쉬운 위험한 구조이다. 이 극의 중심과 흥미는 페트루키오가 말괄량이 카타리나를 길들이는 데에 있어야 하는데도 오히려 비앙카를 둘러싼 익살극이 차지하는 비중이 클 뿐 아니라, 이로 말미암아 이 사건이 연극의 줄거리가 아닌가 하는 인상을 주기 때문이다.

이 작품을 책으로 읽든, 무대에서 배우들의 연기로 보든 간에 머릿속에 강하게 남는 것은 페트루키오와 카타리나의 관계이다. 그런데 왜 셰익스피어는 비앙카와 관련된 일들을 더 많이 다루었을까? 아마도 그는 처음부터 완전한 희극 구조를 세워 놓고 페트루키오와 카타리나를 중심으로 작품을 구성한 게 아니라 무대에 올려서 성공한 익살극 작품을 손봤기 때문에, 동떨어진 서막이 들어가거나 또한 주류와 비주류가 혼동되는 결과를 불러오게 되었으리라 짐작된다. 어쨌든 재미있는 희극 구조이다.

《안토니우스와 클레오파트라》

"클레오파트라의 코가 조금만 낮았더라도 인류의 역사는 달라졌을 것이다."

이는 프랑스 철학자이자 수학자인 파스칼(Blaise Pascal 1623~1662)이 《팡세 Pensées》에서 한 말이다. 이 격언과 함께 클레오파트라는 주로 남성을 사로잡는 무시무시한 매력을 지닌 여성의 대표적 이름으로 전해져 왔다. 그런 이미지 속에 로마제국이 시작되기 직전 로마에 맞서 싸움을 벌인 이집트의 마지막 파라오라는 그녀의 정치적 입지는 묻혔던 것이 사실이다.

《안토니우스와 클레오파트라》는 1607~08년에 쓰였으며, 처음 출판된 것은

〈안토니우스와 클레오파트라〉 A.M. 포크너. 1906.

1623년 제1이절판(퍼스트 폴리오) 전집에서였다. 셰익스피어의 나이 서른셋이나 서른넷쯤, 4대 비극을 차례로 다 쓰고 난 바로 다음이자 《코리올라누스》를 쓰기 직전이라고 할 수 있다. 언제 처음으로 상연되었는지는 확실하지 않으며, 작품 소재를 얻은 것은 노스(Thomas North 1535~1603)가 옮긴 《플루타르코스 영웅전》이다. 어떤 의미에서는 이 극을 《율리우스 카이사르》의 속편으로 볼 수도 있지만 이는 정치극인 데 비해 《안토니우스와 클레오파트라》는 사랑을 주제로 한 비극이다.

이 작품의 주인공은 제목에 드러나듯이, 역사 속 실제 인물인 로마의 용감한 장군이자 유능한 정치가 마르쿠스 안토니우스(B.C.82~B.C.30)와 이집트의 뛰어난 지성과 수완 및 정열을 지닌 여왕 클레오파트라(B.C.69~B.C.30)이다. 안토니우스는 고대 로마의 제2차 삼두정치(三頭政治) 때 세 집정관 가운데 한 사람

4막 15장, 〈죽어가고 있는 안토니우스를 안고 있는 클레오파트라〉 알렉상드르 비다. 19세기 후반

으로, 동방 국가 원정에 나서 군사적 경제적으로 막강한 세력을 쌓았다. 그는 악티움 해전에서 클레오파트라와의 연합군으로 옥타비우스 카이사르(옥타비아누스 B.C.63~A.D.14)와 겨루었으나 패배한 뒤 스스로 목숨을 끊었다. 클레오파트라는 기원전 305년부터 기원전 30년까지 이집트를 지배한 프톨레마이오스 왕조의 여왕이다. 로마의 두 영웅, (율리우스) 카이사르와 안토니우스를 차례로 사랑했던 그녀는 악티움 해전에서 지고 안토니우스까지 죽자 독사에게 가슴을 물게 하여 죽음을 맞이했다.

셰익스피어가 《안토니우스와 클레오파트라》보다 앞서 10여 년 전에 쓴 《로미오와 줄리엣》은 나이 어린 남녀의 순진무구한 사랑이 온전히 운명의 지배를 받는 비극인 만큼, 누구나 그 내용을 이해하는 데 그다지 어려움이 없었다. 그러나 이 작품의 주인공 안토니우스는 로마제국 3분의 1을 거머쥔, 나이가 쉰에 가까운 영웅호걸이며, 클레오파트라는 한 나라의 여왕이자 30대의 요염한 여성인 만큼 이들 사이에는 여러 복잡한 정치적 이해관계와 중년의 짙은 애욕과 거기에 따르는 지능적인 기교가 서로 얽혀 있으므로 보는 이에 따라서 그 내용을 이해하는 관점이 달라진다.

한 비평가는 이 작품을 순전히 정치적 역사극으로 보고, 작품의 주제는 '사랑'이 아니라 '정치적 성패(成敗)'라고 주장한다. 안토니우스가 막중한 책임을 떠안은 몸으로 클레오파트라의 아름다운 얼굴과 매력적인 말솜씨에 푹 빠져 있다가 끝내 파멸에 이르고 카이사르가 승리하기 때문이다. 물론 이렇게 볼 수도 있으며, 또 그런 사실이 작품 속에 드러나기도 한다. 하지만 그것은 이 작품의 한 부분만을 강조하고 다른 면을 대수롭지 않게 보아 넘긴 주관적인 해석이다.

다른 몇몇 비평가는 안토니우스가 갖춘 무장으로서의 뛰어난 실력과 인

〈클레오파트라의 죽음〉 루카 조르다노. 1700년경

간으로서의 숭고한 성품을 인정하면서도 그를 우유부단한 방탕아로 정의 내리고, 클레오파트라에 대해서는 말과 행동의 모순과 변덕, 거짓과 기교를 지적하면서 그녀를 욕정에 휘둘리는 한낱 요사스러운 여자로 단정한다. 사실 셰익스피어가 그린 클레오파트라는 팜 파탈(femme fatale)의 전형적인 모습을 보여준다. 우리는 극 속에서 모든 이들이 칭송해 마지않던 고귀한 영웅 안토니우스가 클레오파트라의 품속에서 차츰 비도덕적이고 비이성적이며 나약하고 퇴폐적인 모습으로 변모해 가는 과정을 지켜보게 된다. 수많은 싸움을 치른 노련한 장군 안토니우스는 클레오파트라 때문에 악티움 해전에서 어이없이 패배하게 되고, 그녀가 자결했다는 거짓말에 속아 스스로 비참하게 삶을 마감한다. 여기서 셰익스피어는 클레오파트라를 족쇄처럼 남자를 옭아매어 아무리 애를 써도 빠져나갈 수 없는 강한 매력과 흡입력을 지닌 전형적인 팜 파탈로서 그려낸다. 극에서 이런 점만을 드러내 강조한다면 그렇게 해석할 만한 가능성도 있을 것이다. 그러나 이 또한 단편적인 이해에 지나지 않으며 주관적인 해석에 머문다.

셰익스피어는 단순히 현실 세계의 인간 모습을 숨김없이 작품으로 담아내는 데에만 그치지 않았다. 그의 목적은 그러한 현실 세계 재현을 넘어서, 한결 더 높은 '사랑의 영원한 세계'를 향한다. 안토니우스와 클레오파트라의 숭고한 영혼을 그리려 한 것이 그의 뜻이었고, 또 성공한 것이다. 그렇다 하더라도 방탕하고 우유부단한 안토니우스와 색정적이고 음탕한 클레오파트라의 관계를 어찌 사랑으로 볼 수 있을까? 이는 두 사람이 처한 현실과 관계된 제약에서 오는 시선이지만, 작품 전체에 드러난 안토니우스의 자유롭고 거리낌 없는 성격이라는 관점에서 본다면 이른바 방탕과 우유부단의 의미가 달라질 것이다. 그리고 클레오파트라의 성격 본질을 "권력 추구에 열중한, 여성적인 매력과 남성적인 두뇌의 결합"이라고 본 관점과 그녀의 모든 말과 행동을 "미모가 아닌 비상한 생명력"을 통해서 해석한 관점에서 바라본다면, 클레오파트라에게 퍼부어진 모든 부정적 평가가 옅어질 뿐 아니라 수수께끼 같은 그 성격도 해명될 것이다.

안토니우스 장군께서 부르시는 소리가 들리는 것 같다. 그분이 나의 훌륭한 행동을 칭찬하려고 일어서는 모습이 보이는구나. 카이사르의 행운을 비웃는 소리가 들리는구나. 행운이란 신들이 뒤에 벌을 내리실 변명거리지 뭐냐. 안토니우스, 당신께 갑니다. 자, 내 용기야, 날 그분의 아내답게 죽게 해다오! (제5막 제2장 클레오파트라의 대사)

진실한 사랑이 아니고서는 결코 내뱉지 못할 두 사람의 대사는 작품 곳곳에서 얼마든지 찾을 수 있다. 무엇보다도 안토니우스가 정치적으로 무너진 뒤 세상을 등지자, 클레오파트라는 "당신이 없으면 돼지우리만도 못한 이 지루한 세상에 나 혼자 남아 있으란 말씀입니까?"(제4막 제15장) 말한다. 그러고 나서 한 나라의 여왕다운 모습으로 화려하게 차려입은 다음 스스로 목숨을 끊음으로써 안토니우스와 함께 영원한 세계로 떠난다. 여기에서 영원한 세계란 이념에 바탕한 세계, 절대적 위치를 차지하는 세계이다. 그렇기 때문에 이 작품을 읽고 나면, 4대 비극에서 느꼈던 공포와 연민의 정과는 다른 따뜻한 위안과 아름다움을 느끼게 된다.

사실 셰익스피어는 4대 비극에서처럼 《안토니우스와 클레오파트라》의 주제를 충실하게 좇아서 극적 구성을 치밀하게 만들지는 못했다. 그렇지만 이 작품의 시(詩)는 장식적인 성격을 완전히 떠나서 한마디도 더하거나 뺄 수 없을 만큼 내용과 완전히 맞아떨어지기에, 또한 그 말이 일상에서 흔히 쓰이는 평범한 입말이기에, 아울러 깔끔하고 꾸밈이 없으며 담담한 맛을 주면서도 아름다움을 찾고자 했으므로 차원이 다른 깊은 감동을 준다. 《안토니우스와 클레오파트라》는 기존 틀에 얽매이지 않고 자유롭게 지은 작품으로, 완벽함 그 자체라는 데 의의가 있다.

《율리우스 카이사르》

《율리우스 카이사르》는 셰익스피어 생애 중에서 역사극 시기에서 비극 시기로 접어드는 과도기에 탄생했다. 또한 비극 가운데 끼워 넣어진 희극적 요소나 사랑 이야기 등 덧붙는 내용이 전혀 없이 하나의 사건으로만 이루어진 것이 특징이다.

첫 출판은 1623년 제1이절판 전집에서인데, 이것은 문제점이 많지 않은 '좋은 원전'으로 인정받고 있다. 지은 연도는 같은 시대 작가의 작품에 나타난 기록과 역사적 사실, 그 밖의 자료들을 근거로 1599년이라 주장하는 학자와 1601년이라 주장하는 학자가 있다. 어쨌든 1599년과 1601년 사이에 집필한 작품이라는 데는 의견이 거의 일치한다.

셰익스피어는 일찍이 《티투스 안드로니쿠스》를 썼지만, 참된 의미의 로마 역사극은 이것이 첫 작품이다. 그는 《리처드 2세》, 《헨리 4세》, 《헨리 5세》 등 영국 역사극에서 한껏 무르익은 글솜씨를 보이다가 이 작품을 계기로 로마 역사극으로 나아갔다. 여기에는 셰익스피어 개인의 여러 심리적 동기가 있는 것으로 추측할 수도 있겠지만, 외적 동기인 정치 불안과 왕위 계승을 둘러싼 피의 투쟁이 이어지는 영국 역사를 직접적으로 다루기보다는 로마 역사를 소재로 삼아 에둘러 다루는 게 안전하다고 생각했기 때문이었을 것이라는 추측도 일리가 있어 보인다.

셰익스피어의 《율리우스 카이사르》 이전에도 율리우스 카이사르에 대한 이야기를 다룬 시극(詩劇)이 있었다. 그러나 이 작품의 주요 자료는 영국 번역가 토머스 노스(Thomas North 1535~1603)가 프랑스어판을 영어로 옮긴 《플루타르코스 영웅전》 가운데 〈율리우스 카이사르 전기〉, 〈마르쿠스 브루투스 전기〉, 〈마르쿠스 안토니우스 전기〉라는 것이 통설이다. 셰익스피어는 이 자료들을 번역판이라는 2차적인 매개체를 통해서 얻어냈음에도, 자신의 등장인물들을 원전보다도 더욱 생생하게 그려냈다.

안토니우스가 카이사르에게 왕관을 바치는 이야기, 암살 이전에 일어난 온갖 불길한 징조, 아르테미도루스의 예언, 희생된 짐승에게 심장이 없었다는 사실, 칼푸르니아의 꿈, 카시우스에 대한 카이사르의 불만, 죽여야 할 사람을 고르는 장면, 브루투스와 카시우스의 말다툼, 망령의 등장, 전략을 둘러싼 브루투스와 카시우스의 의견 대립, 자살에 관한 대화, 두 장군이 죽는 모습, 브루투스의 장례에 대한 이야기 등은 모두 전기에 있다. 이러한 소재를 고스란히 가져다 쓴 점에서 보면 셰익스피어가 새롭게 덧붙인 내용이 없어 보이지만, 이 소재로 이처럼 훌륭한 예술품을 완성한 것은 기존 작품에서 새로운 것을 만들어내고자 했던 작가적 기질 때문이다. 하지만 그는 이 자료들을 그대로 쓴 것은 아니다.

① 카이사르가 개선한 날은 여섯 달 전인데 루페르쿠스 축제 날로 한 것.

② 카이사르가 살해된 장소를 의사당으로 한 것.

③ 카이사르가 살해된 날짜는 3월 15일, 유언장이 원로원에서 발표된 날짜는 3월 18일, 장례가 치러진 날짜는 3월 19일(또는 30일), 옥타비우스가 로마에 도착한 때는 5월인데 이 모든 일을 같은 날에 일어나게 한 것.

④ 포르티아가 자살한 것은 브루투스가 죽은 뒤였지만 그보다 앞서 일어난 일로 한 것.

⑤ 두 번의 필리피(빌립보) 전투를 한 번으로 줄인 것.

이런 사실들은 극의 진전을 위한 셰익스피어만의 창조력에 따른 것이다. 《플루타르코스 영웅전》에는 카시우스가 감정이 앞서는 사람으로서 카이사르에게 개인적인 원한을 품고 있었다고 서술한 내용이 있는데, 셰익스피어는 이것을 다 이용했다. 그렇지만 브루투스의 연설과 안토니우스의 웅변은 작가가 독창적으로 만들어 낸 부분이다. 〈브루투스 전기〉에는 브루투스가 자신들이 한 일이 정당하다는 연설로써 시민의 찬성을 얻었다는 이야기가 간단히 적혀 있을 뿐이며, 안토니우스의 연설에 대해서는 〈브루투스 전기〉와 〈안토니우스 전기〉에

〈카이사르의 죽음, 포르티아의 자살〉 목판화　요하네스 자이너. 1474.

서로 비슷한 내용이 씌어 있다. 카이사르의 주검이 광장으로 옮겨졌을 때 안토니우스는 오래전부터 내려온 관습에 따라 죽은 이를 기리는 추도 연설을 했고, 시민들이 카이사르에게 동정하는 기색을 보고는 웅변으로 그들의 마음을 부추겼으며, 피로 흥건한 카이사르의 외투를 벗겨 칼 맞은 자리를 시민들에게 보였고, 시민들은 격분하여 폭동을 일으켰으며, 카이사르 주검을 화장했다는 이야기가 있을 뿐이다.

셰익스피어는 카이사르보다도 브루투스와 카시우스에게 더 관심을 가지고 있었다. 그래서 카이사르에 대한 묘사에는 동정하는 빛이 보이지 않는다. 카이사르는 죽임을 당할 만한 행동은 하지 않았지만 우월감을 앞세워 카시우스와 같은 소인배를 격노하게 만들었다. 카이사르에 대한 대접이 불공평하다는 비평도 있으나, 극으로 만들기 위해서는 어쩔 수 없다는 의견도 있다. 그렇게 하지 않으면 브루투스와 그의 무리가 한 일에 대의명분이 서지 않을 뿐 아니라 동정을 살 수도 없기 때문이다.

개선한 카이사르의 명성과 세력을 시기한 타고난 불평불만자 카시우스와 그의 일당은 카이사르 독재를 막는다는 명분 아래, 고귀한 브루투스를 자기들 편으로 끌어들여서, 3월 15일 원로원 의사당에서 마침내 카이사르를 쓰러뜨린다. 그리고 나서 시민들을 모아 놓고 쿠데타의 당위성을 설명했으며, 시민들 또한 그 합리성에 설득된다. 그러나 민심의 움직임을 너무도 잘 파악하고 있는 타고난 선동정치가 안토니우스는 감정에 호소하는 추도 연설을 통해 교묘하게 시민들 마음을 조종하여 사태를 뒤집음으로써, 음모자 일당은 나라 밖으로 달아난다. 그리고 이제 로마에는 옥타비우스 카이사르(옥타비아누스), 안토니우스, 레피두스 등의 삼두정치 체제가 성립된다. 브루투스는 카시우스와 더불어 군사를 일으키지만 로마에서는 아내 포르티아의 자살 소식이 전해져 오고, 카시우스와는 의견이 충돌하며, 전투 전날 밤에는 카이사르 유령에게 시달리는 등 끊임없이 이어지는 고난 속에서 끝내는 필리피 전투에서 패하여, 고귀한 이상을 지닌 이 로마인—다른 이들과 달리 그는 오로지 정의를 위해 독재자를 쓰러뜨리는 데 참여했다—은 죽음을 맞이한다. 브루투스를 중심으로 한 이 작품은 셰익스피어 극들 중에서 가장 정치성을 띠고 있으면서도, 작가의 정치 이념인 국가 질서의 파괴와 회복 문제는 다른 역사극들보다 오히려 흐릿하게 다루어졌다.

작가의 관심은 오히려 인물 성격 묘사에 있는 듯하다. 제목이 《율리우스 카이사르》이므로 주인공이 카이사르냐, 아니면 이 극에서 가장 돋보이는 브루투스냐 하는 문제는 오래전부터 논의되어 왔다. 카이사르는 제3막 제1장에서 죽어버리는 반면에 작품 전체를 통해서 존재감을 뚜렷이 드러내는 쪽은 브루투스이다. 작품 마지막에 옥타비우스와 안토니우스가 브루투스를 추모하고 그의 훌륭한 인격을 찬양하는 것을 보면, 작품 주인공은 카이사르가 아니라 브루투스라는 주장이다. 이에 반대하는 의견은 카이사르가 비록 육체적으로는 (제3막 제1장에서) 죽었지만, 정신적으로는 끝까지 살아 있다고 말한다. 이는 카시우스와 브루투스가 죽음을 앞두고서 남긴 말(제5막 제3장)을 보아도 알 수 있다는 것이다.

그러나 이 작품의 실제 주인공은 제목 '율리우스 카이사르'와는 달리 그의 암살자 가운데 한 명인 브루투스이다. 카이사르 암살이라는 역사적인 사건보다도, 그 암살에 즈음한 인간 브루투스의 심리적인 갈등에 더 초점이 맞추어져 있기 때문이다. 그는 정의감에 넘치며 고결한 정치적 이상을 지녔으나, 현실적이지 못한 이상주의 때문에 끝내 파멸하고 만다.

또한 이 극에 등장하는 민중이라는 집단을 말하자면, 브루투스는 카이사르 살해의 정당성을 그들 앞에서 호소했고, 안토니우스는 그들에게 카이사르의 미덕을 늘어놓으며 음모자들을 규탄했다. 민중은 시인 (가이우스) 킨나를 음모자의 한 명인 (루키우스) 킨나와 같은 이름이라는 이유로 찢어 죽인다. 이렇게 변덕스럽고 무시무시한 민중 집단의 힘을 셰익스피어는 이미 《헨리 6세 제2부》의 잭 케이드의 경우에서 다룬 바 있고, 앞으로 《코리올라누스》에서도 보여준다. 그리고 이상주의자 브루투스, 음모자 카시우스, 선동정치가 안토니우스, 이들 세 인물의 대립 구조는 정치성이 짙은 작품에서뿐만 아니라, 인간 사회의 기본 유형 가운데 하나가 아닌가 한다. 이 극의 또 다른 특징은 문체가 간단명료하고 유창하며 성적(性的)인 묘사가 전혀 없다는 점이다.

이 작품은 곧잘 《햄릿》과 비교된다. 서로 비슷한 점도 많지만, 브루투스는 햄릿처럼 실제성이 없고 철학적인 인물이라고 할 수 있다는 것이다. 브루투스는 전제정치(군주정치)의 가능성을 제거하느냐 마느냐의 문제로 고민한 끝에 카이사르를 죽이기로 마음을 다잡는다. 그러나 대의를 위해 바로잡으려 했던 이상주의자가, 살해로 시작한 혁명의 지도자가 될 수는 없었다. 책략가 카시우스는 안토니우스까지 죽여야 한다고 주장했지만 듣지 않았고, 안토니우스의 추도 연설을 허락하지 말자고 했지만 그 말도 받아들이지 않았다. 그리고 결국은 실패하고 말았다. 그는 카시우스의 충고를 듣지 않았기 때문에 비록 실패하긴 했지만 대의명분을 지키는 고결한 사람으로 남았으며, 개인적인 원한으로 카이사르를 죽이고 부정부패를 일삼은 소인배 카시우스와는 그 부류가 다르다.

《율리우스 카이사르》가 발표되었을 때부터 인기가 있었던 까닭은 물론 훌륭한 작품이기 때문이겠으나 독재와 자유의 문제, 명예를 위해서는 기꺼이 목숨을 버리는 로마인의 정신, 죄에 대한 마땅한 대가, 특히 안토니우스의 호소력 넘치는 웅변 등이 관중과 독자에게 공감과 흥미를 불러일으키기 때문일지도 모른다.

《리처드 3세》

15세기 끝 무렵 영국은 랭커스터와 요크의 두 왕가 사이에 왕위 계승을 둘러싼 전쟁에 휩싸인다. 작품의 주인공 리처드 3세의 형인 요크 공작 리처드가 헨리 6세에게 왕위를 요구한 것으로 시작된 이 싸움은, 권력의 암투를 내용으로 하는 처참하기 이를 데 없는 내전이었다. 이 전쟁이 요크가의 승리로 끝나는 데까지가 《헨리 6세》 3부작의 주제인데, 거기에 이어서 요크 왕가 내부에서의 싸움──글로스터 공작 리처드가 권력을 쥐기 위해 형과 조카를 비롯한 수많은 사람을 죽이고 끝내 자신도 비참한 최후를 맞이하는 과정──이 《리처드 3세》의 주된 이야기를 이룬다.

셰익스피어의 역사극은 대부분 하나로 이어지는 연작을 이루지만, 《헨리 6세》와 《리처드 3세》는 연대적으로 앞뒤에 놓이거니와, 제작 연대도 아주 가까우리라 추측된다. 이 작품이 책으로 처음 출판된 것은 1597년(사절판)인데, 무대 상연은 그보다 훨씬 전부터 있었을 것이라고 짐작만 할 뿐 정확한 시기를 모른다. 하지만 이 작품이 셰익스피어가 아주 초기에 쓴 작품이란 사실은 문체나 작품을 다루는 태도로 보아 틀림이 없으며, 학자들의 정설은 1592~93년에 씌어졌고 1594년 봄쯤 상연되었을 것으로 추정한다. 그때든 지금이든 무대에서는 가장 인기 있는 셰익스피어의 연극 가운데 하나이다.

그리고 이 작품 첫머리에 나오는 글로스터 공작의 독백은, 표현 내용이나 느낌은 다르지만 그 기법이 같은 것이 《헨리 6세 제3부》 제3막 제2장에 나와 있다. 따라서 《리처드 3세》는 그 앞 작품이 쓰였을 때 이미 구상되었고, 또 그 구상이 얼마 지나지 않아서 작품으로 열매를 맺었으리라 짐작된다.

《리처드 3세》의 주요 자료는 홀린쉐드와 홀의 《연대기》이며, 부분적으로는 토머스 모어(Thomas More 1478~1535)의 《리처드 3세 역사》도 참고한 것으로 보인다. 리처드 3세는 1483년 왕위에 올라 1485년 보스워스 전투에서 죽음으로써, 그의 재위 기간은 2년밖에 안 된다. 이 작품은 에드워드 4세가 즉위한 1471년부터 시작하여 15년간에 이르는 역사적 사실을 그리고 있지만, 그것이 겨우 2, 3주일의 사건으로 압축된 것이 특징이다.

《헨리 6세》와 《리처드 3세》 사이에는 눈에 띄는 차이가 있다. 둘 다 역사극이긴 하지만, 앞엣것이 구성에 따른 통일을 꾀했다면 뒤엣것은 주인공에 초점

〈글로스터 공작 리처드와 앤 부인〉 에드윈 오스틴 애비. 1890. 장례 행렬을 뒤따르며 앤 부인에게 청혼하는 리처드

을 모은다. 《헨리 6세》는 토막 이야기가 쌓여 극을 이끌어 나가기 때문에 흥미의 중심을 찾기 힘든 데 반하여, 《리처드 3세》는 주인공의 비중이 압도적이다. 이 극이 작가가 활동한 초기에, 아직 여러모로 서툰 작품임에도 초연 때부터 엄청난 인기를 끌었던 까닭이 바로 여기에 있으리라. 특히 무대극으로서 인기는 《햄릿》을 제외하고는 따라갈 만한 작품이 없을 정도였다.

게다가 아름다운 몸의 균형을 갖고 있기는커녕 사기꾼 같은 자연에 속아서, 불구에 땅딸보 같은 작은 키에 꼴불견인 모습으로 이 세상에 아무렇게나 내던져졌단 말이다. 이렇게 절름발이에 멋없이 생겨서 내가 곁을 지나갈 때면 개까지도 짖어대니까. (…) 나는 말로만 근사한 이 허식의 세대를 멋지

게 지낼 애인이 될 만한 자격도 없으니, 기필코 악당이 되어 세상의 부질없는 쾌락에 저주나 퍼부어 주자꾸나. (제1막 제1장 글로스터 공작 리처드의 대사)

이 작품의 가장 흥미로운 인물은 두말할 것 없이 주인공 리처드 3세이다. 그는 꼽추에다 절름발이이면서도, 권모술수에 뛰어나 목적을 위해서는 수단을 가리지 않는 철저한 악역이다. 그뿐 아니라 그는 자신의 나쁜 점을 감추

〈런던탑 왕자들의 매장〉 제임스 노스코트. 1795. 미국 국회도서관, 워싱턴

려 들지 않고 오히려 떳떳하게 내보이며, 수단으로 위선의 탈을 쓰는 경우에도 자기가 가면 뒤에 숨어 있음을 자신에게나 다른 사람들에게 애써 속이지 않는다. 도리어 그것을 알아채지 못하는 상대의 둔함을 비웃는다. 적어도 그 자신은 그러한 위선을 뚜렷이 의식하지 않고서는 참지 못한다. 또한 그는 쉴 새 없이 연기를 한다. 겸손한 성자를 가장할 뿐 아니라, 때때로 독백을 하며, 앤에게는 꾸준히 구애하는 등, 그는 줄곧 연기를 하는 인물이다. 이런 인물은 이른바 마키아벨리다운 악한이라 하여, 그 무렵 무대의 인기를 독차지했다. 르네상스 시대에 어울리는 존재의 한 전형이리라.

그러나 여기 그려진 성격은 아무리 술수에 밝은 현실주의자라 해도 내면적으로 복잡하지는 않다. 중세극이나 로마극의 악역을 조상으로 하는 리처드왕은 '악을 위한 악'을 마음껏 발휘하여 기쁨을 느끼고 마침내 절망 속에 파멸하지만, 내적 갈등은 전혀 겪지 않는다. 이 점이 셰익스피어의 후기 작품 주인공

들과 다른 점이다. 사실 극작가로서 나아가는 과정에 있던 셰익스피어에게 이런 완숙기 기법을 기대하는 것은 무리이리라. 이 작품에는 부자연스럽게 느껴지는 리처드의 움직임 하나하나가 오히려 그 지나친 부풀림 덕분에 보는 사람에게 믿음을 주는 매력이 있다. 셰익스피어는 수많은 악역을 만들어 냈지만, 같은 악역이면서도 리처드 3세가 독특한 까닭은 이런 양면성 때문일 것이다. 익살에 가까운 그 악한 성격을 결코 사랑스럽다고 할 수는 없

〈리처드 3세와 망령들〉 윌리엄 블레이크. 1806. 갑옷 입은 리처드가 헨리 6세·에드워드 왕자·어린 두 조카·클래런스 공작·앤 왕비 등의 유령들을 향해 칼을 휘두르고 있는 장면.

겠으나, 아무튼 이 인물을 그늘지고 충충한 존재로 만들어 놓지 않았다는 사실은 눈여겨보아야 한다. 이 점이 리처드 3세가 무대 위에서 사람들에게 관심을 받은 이유이기도 하다.

　리처드의 운명은 권력의 절정이 곧 추락이고, 이렇게 하여 《헨리 6세 제1부》부터 움직이기 시작한 운명의 커다란 수레바퀴는 한 바퀴 빙 돌아서 다시 원점에 다다른 셈이다. 이제 제1군 역사극은 끝나고 다음에는 제1군의 원인인 제2군 역사극 막이 올라간다.

셰익스피어 연보

1557년   아버지 존 셰익스피어, 메리 아든과 결혼하여 영국 중부 워릭셔 주(州)의 스트랫퍼드어폰에이번에서 살다.

1558년   존의 맏딸 조앤 태어나다(9월 15일에 세례를 받았으나 어렸을 때 죽음). 존, 마을 보안관에 선출되다(다음 해에도 선출).

1561년   존, 마을 재무관에 임명되다(2기 동안 근무).

1562년   존의 둘째 딸 마거릿 태어나다(12월 20일 세례를 받고 다음 해에 죽음).

1564년   존의 맏아들 윌리엄 셰익스피어 태어나다(4월 26일 세례).

1565년(1세)   존, 마을 참사회 의원에 선출되다.

1566년(2세)   존의 둘째 아들 길버트 태어나다(10월 13일 세례).

1568년(4세)   존, 촌장에 선출되다.

1569년(5세)   존의 셋째 딸 조앤 태어나다(4월 5일 세례).

1571년(7세)   존, 참사회 의장 및 촌장 대리에 선출되다. 존의 넷째딸 앤 태어나다(9월 28일 세례를 받았으나 1579년 죽음).

1574년(10세) 존의 셋째 아들 리처드 태어나다(3월 11일 세례).

1576년(12세) 존, 문장(文章) 사용의 허가원을 내다.

1578년(14세) 존, 집을 담보로 40파운드를 빚내다.

1579년(15세) 존, 아내의 소유지를 팔다.

1580년(16세) 존의 넷째 아들 에드먼드 태어나다(5월 3일 세례).

1582년(18세) 윌리엄 셰익스피어, 여덟 살 위인 앤 해서웨이와 결혼하다(11월 27일 결혼 허가증 발행).

1583년(19세) 맏딸 수잔나 태어나다(5월 26일 세례).

1585년(21세) 쌍둥이 햄넷(남)과 주디스(여) 태어나다(2월 2일 세례).

1594년(30세)	궁내장관 극단의 단원이 되다.
1596년(32세)	맏아들 햄넷 죽다(8월 11일 장례). 10월 20일 존에게 문장 사용이 허락되다.
1597년(33세)	스트랫퍼드에서 가장 좋은 집을 60파운드에 사들이다.
1598년(34세)	벤 존슨의 희곡 무대에 출연하다.
1599년(35세)	글로브 극장 개관되다. 글로브 극장 공동 경영자의 한 사람이 되다.
1601년(37세)	2월 7일 글로브 극장에서 《리처드 2세》를 상연하다. 아버지 존, 죽다(9월 8일 장례).
1602년(38세)	스트랫퍼드 가까운 곳 107에이커를 320파운드에 사들이다.
1603년(39세)	5월 19일 궁내장관 극장을 국왕 극장이라 고쳐 부르다. 《햄릿》 첫 공연되다.
1605년(41세)	스트랫퍼드 및 그 부근 토지의 권리를 440파운드에 사다.
1607년(43세)	6월 5일 맏딸 수잔나를 의사인 존 홀과 결혼시키다. 동생 에드먼드, 런던에서 죽다.
1608년(44세)	수잔나의 첫딸 엘리자베스 태어나다(2월 3일 세례). 어머니 메리 죽다(9월 5일 장례).
1609년(45세)	셰익스피어 극단 블랙플라이어즈 극장을 흡수, 글로브 극장과 함께 두 개 극장을 소유하게 되다.
1610년(46세)	은퇴하여 고향으로 돌아가다.
1613년(49세)	3월 런던에 140파운드를 주고 집을 사다. 6월 29일 《헨리 8세》 공연 도중 글로브 극장이 불에 타버리다. 동생 리처드 죽다.
1616년(52세)	2월 10일 둘째 딸 주디스가 토머스 퀴니와 결혼하다. 3월 15일 유서를 작성하다. 4월 23일 셰익스피어 세상을 떠나다. 4월 25일에 묻히다.
1623년(59세)	8월 6일 아내 앤 헤서웨이 죽다.

셰익스피어 작품 연대 일람표*

1590~91	《헨리 6세 제2부》
	《헨리 6세 제3부》
1591~92	《헨리 6세 제1부》
1592	《베누스와 아도니스》
1592~93	《리처드 3세》
	《실수 연발》
1593~94	《티투스 안드로니쿠스》
	《말괄량이 길들이기》
	《루크레티아의 능욕(凌辱)》
1593~96	《소네트》
1594~95	《베로나의 두 신사》
	《사랑의 헛수고》
	《로미오와 줄리엣》
	《에드워드 3세》
1595~96	《리처드 2세》
	《한여름 밤의 꿈》
1596~97	《존 왕》
	《베니스의 상인》
1597~98	《헨리 4세 제1부》
	《헨리 4세 제2부》
1598~99	《헛소동》

---

* E.K. 체임버스의 추정임.

	《헨리 5세》
1599~1600	《율리우스 카이사르》
	《뜻대로 하세요》
	《십이야(十二夜)》
1600~01	《햄릿》
	《윈저의 즐거운 아낙네들》
1601~02	《트로일로스와 크레시다》
1602~03	《끝이 좋으면 다 좋아》
1604~05	《말은 말로 되는 되로》
	《오셀로》
1605~06	《리어왕》
	《맥베스》
1606~07	《안토니우스와 클레오파트라》
1607~08	《코리올라누스》
	《아테네의 티몬》
1608~09	《페리클레스》
1609~10	《심벨린》
1610~11	《겨울 이야기》
1611~12	《폭풍우》
1612~13	《헨리 8세》

신상웅

일본 교토에서 태어나 경북 의성에서 성장했으며, 중앙대 영문과를 졸업하고 대학원에서 문학박사 학위를 받았다. 1968년 〈세대〉지 신인문학상에 중편 《히포크라테스 흉상》이 당선되어 작품활동을 시작한 뒤, 진중한 역사의식과 날카로운 현실인식이 돋보이는 중량감 있는 작품들을 발표하여 한국현대문학을 대표하는 작가의 한 사람으로 자리잡았다. 시대의 모순과 개인적 갈등을 밀도 있게 조명한 그의 소설들은 시대를 뛰어넘어 강한 흡인력을 행사하고 있다. 장편 《심야의 정담(鼎談)》으로 제6회 한국일보문학상을 수상하였다. 한국펜클럽 사무국장과 중앙대 예술대학원장을 역임, 현재 명예교수로 재직중이다. 주요 작품집으로 《히포크라테스 흉상》, 《분노의 일기》, 《쓰지 않은 이야기》, 《돌아온 우리의 친구》, 장편으로 《배회》, 《일어서는 빛》《바람난 도시》 등이 있다.

세계문학전집009
William Shakespeare
A MIDSUMMER NIGHT'S DREAM/THE MERCHANT OF VENICE
THE TAMING OF THE SHREW/ANTONY AND CLEOPATRA
JULIUS CAESAR/THE LIFE AND DEATH OF KING RICHARD III
한여름 밤의 꿈/베니스의 상인
말괄량이 길들이기/안토니우스와 클레오파트라
율리우스 카이사르/리처드 3세
윌리엄 셰익스피어/신상웅 옮김
동서문화사창업60주년특별출판
1판 1쇄 발행/2016. 6. 9
1판 2쇄 발행/2022. 8. 1
발행인 고윤주
발행처 동서문화사
창업 1956. 12. 12. 등록 16-3799
서울 중구 마른내로 144(쌍림동)
☎ 546-0331~2 Fax. 545-0331
www.dongsuhbook.com
＊

사업자등록번호 211-87-75330
ISBN 978-89-497-1468-4 04800
ISBN 978-89-497-1459-2 (세트)